新古今集古注集成の会 編

新古今集古注集成

近世旧注編 3

笠間書院

目次

凡　例

一、底本は、出来るだけ誤脱のない善本を選び、他の善本二本で校合し、上欄に校異を記した。但し、略校合とし、漢字・仮名の別などは示さない。

二、注を有さない歌本文は省略した。

三、歌番号は、新編国歌大観番号を使用し、和歌の下にその本の歌番号を記した。(但し抜書した場合は、その本の歌番号はつけない。)

四、底本の朱点、鉤点、声点、重ね書き、ミセケチ、異文、傍注、奥書などを含め忠実に翻刻した。但し、以下の諸点については統一した。

五、頭書は、上の校異欄に(頭書)として記した。但し、板本の場合は、注記は特につけなかった。

六、重ね書きは、下の文字が判読可能の場合、下の文字を本文中に(　)で示し、右に小書きして重ね書きの文字を記した。

七、漢字は、烋・枩・峯などの異体字の類や穐・嶋・鴈などの別体の字は、通常字体に統一した。但し、川・河、峰・嶺、頃・比などは、元来別字だから統一しない。なお、哥・謌・歌は、区別して示した。

八、朱墨の別については、必要のある場合のみ(朱)と示し、解題でことわった。

九、宛字は、原則として底本のままとした。

十、漢文は、訓点を含め底本どおりとし、訓点は付けなかった。(底本の訓点が誤っている場合は、マヽとし、校合本で訂正出来る場合は直し、頭注にその旨を記した。)

十一、清濁の区別を行い、句読点は最小限度で付け、文末に句点を付けた。

十二、頭注の校異表記は、清濁の区別をせず、句点は読点で示し、末尾にはつけなかった。

本書は「平成十一年度科学研究費補助金（研究成果公開促進費）」の交付を受けて刊行されたものである。

近世旧注編　12

八代集抄（天和二年刊本）

藤平　泉
安井重雄　校
蒲原義明

凡例

巻頭に示した凡例の外、本集では次の凡例に拠る。

1、底本ではすべて頭注の位置にある注釈の内、和歌に関する注釈は本文の横に示し、詞書及び作者の注釈に関しては頭注に掲げた。

2、和歌、注釈本文には適宜、濁点および句読点を加えた。

3、略字、異体字等は、適宜、通行の文字に改めた。

本書の翻刻は、序および巻一〜巻七を藤平泉、巻八〜巻十五を安井重雄、巻十六〜巻二十を蒲原義明が担当した。

新古今和歌集

新古今和歌集　二十巻

哥員　八雲云千九百八十八首。万葉《ノ》哥入レ之。古今《ノ》哥皆不レ入レ之。元久二年三月廿六日後鳥羽院の院宣によつて。参議《ギ》右衛門督《ノカミ》通具《ミチトモ》。大蔵卿《ノ》有家。右近《ノ》中将定家前《ノ》上総介《ノ》家隆右少将雅経撰進す。寂《ジヤク》蓮撰者に入といへども奏覧以前に卒去す。其哥は上皇御合点ありて定らる。其故に序に叡策のよし見ゆ云々。真名序は親経卿《ノ》。後京極殿の仰せによりて書レ之。かな序はすなわち摂政殿也。八雲拾芥等に有定家卿明月記曰十一月《建仁元年》三日左中弁《長房》奉書上古已後《イゴノ》和哥可二撰進《ス》一者《テイレバ》　此事被レ仰二所寄人《和歌所ノヨリウドニ》一云々。元久二年三月竟宴《キヤウエン》をこなはる。承元三年六月施行《セ》すべきのよし仰らる。以後猶或止《ハヤメ》られ或は始は始て入レ之明月記略記隠岐の国にても上皇の改め直《アラタメナホ》させ給へるよし則上皇の御奥書にあり。定家卿抄物云《ニ》鵜末新古今は鳥子紙にてかきたりき。羅《ラ》の表紙《ヘウシ》に、松竹つるかめをおしものにして侍き。愚老此こと奉行して撰者は五人侍しかども勅定によりていとなみて侍し。まきゑの箱のふたにいれて奏覧《ソウラン》して侍き。

撰者

通具は土御門《ノ》内大臣通親《ミチチカ》公息《ノソク》。母平通盛女《ハノミチモリノムスメ》　号《ス》二堀河《ト》一定家卿《ノ》抄物云《ニ》号《ス》二鵜本《ト》一　通具朝臣《ノ》の哥は詠作のうたごとに、楽天の詩を見る心ちするにて侍り。されば摂政殿もおろかならずほめ給ふ。有家は大弐重家《ノ》息。左京大夫顕輔《ノ》孫。定家卿抄物云有家《ノ》朝臣は思ひ入たる哥ざま也。やさしきかたを捨ず侍《ル》風躰也。げに此道はかやうに有たく侍。

定家卿は俊成卿《ノ》息。母《ハ》若狭守《ノ》親忠《ノ》女。美福門院の泊耆《ハウキノ》局と号す。二條《ノ》院応保元年誕生《ニタンジヤウス》。もとの名は光季《ミツスエ》。中比季光とあらため、後に定家《サタイエ》と号嵯《ス》峨の小倉に山荘《サンサウ》あり。よりて小倉黄門《ノクワウモン》と申す。二條京極《ノ》におはしければ、京極《ノ》中納言とも申す也。後堀河《ノ》院の貞《テイ》永元年十一月に出家し給ひて、法名明静《ミヤウジヤウ》といへり。家《ノ》集を拾遺愚草とて六家集の中にあり。記録を明月記といへり。四條《ノ》院天福二年に勅をうけ給りて、新勅撰和哥集を撰進す。其外述作の書物あげていひがたし、仁治二年八月廿日逝《ニス》八十歳。

定家卿新勅撰自撰の哥是二條家の正風躰也。井蛙抄にも有。

〽名もしるき峯の嵐も雪とふる山桜戸のあけぼのゝそら
〽久かたの桂にかくる葵草《アフヒ》そらのひかりにいくよなるらん
〽天の原おもへばかはる色もなし秋こそ月の光りなりけれ
〽あけば又秋のなかばも過ぬべしかたぶく月のをしきのみかは
〽時雨つゝ袖だにほさぬ秋の日にさこそ御室《ミムロ》の山は染らめ
〽ちりもせじ衣にすれるさゝ竹の大宮人のかざすさくらは
〽松がねを磯辺の波のうつたへにあらはれぬべき袖の上かな
〽恋しなぬ身のおこたりぞ年へぬるあらば逢よの心づよさに
〽こぬ人をまつほの浦の夕なぎにやくやもしほも身もこがれつゝ
〽くるゝよはゑじのたく火をそれと見よ室の八嶋も都ならねば
〽逢ことは忍ぶの衣あはれなどまれなる色にみだれ初けん
〽誰も此あはれみじかき玉のをにみだれて物をおもはずもがな
〽しのべとやしらぬむかしの秋をへておなじかたみに残る月影

〽をさまれる民のつかさのまつりごとふたゝびきくも命成けり
〽もゝしきのとのへを出るよひ〳〵にまたぬにむかふ山のはの月

定家卿衣笠《ノ》内府《ダイフ》へ贈進《ゾウシン》の書に云。去ぬる元久《イハクサン》の比住吉参籠《サンロク》の時、汝《ナンヂ》月明《アキラカ》なりとよろしき霊夢《レイム》を感《カン》じ侍しにより、家風に備《ソナヘ》んために、明月記を草《サウ》し置侍る事も、身には過分のわざと思ひ給ふる。徹書記物語《ノ》云《ニ》哥道において定家を難ぜん輩《トモガラ》は冥加《ミヨウガ》もあるべからず。罰《バツ》をもかうぶるべきなり云々。又云八月廿日は定家卿の忌日《キニチ》也。わが幼生《ヨウシヤウ》の比は和哥所にて比日は吊《トブラ》ひにうたをよまれし也。又云定家の哥はしみ入て、其身になりかへりて読《ヨミ》侍し也。定家に誰も及ぶまじきは恋の哥也。家隆ぞおとるまじけれども、それもこひのうたはおよぶまじき也。井蛙抄云《ニ》。為世《ノ》云定家が義理ふかくして学《マナビ》がたし。玄旨法印詠哥大概抄《ノ》云《ニ》凡二条家の道を習ふといふは、京極黄門定家卿の申されし事を本とするなり。定家は只古今を本として何事もせられし也。同百人一首抄《ノ》云《ニ》新古今を五人におほせて撰《エラバ》れしなり。然に定家卿は奏覧以前に父の喪《モ》にこもりゐ給へり。さるによりて各の撰哥の躰《テイ》彼卿の心にかなはず、其おもむき明月記に粗みえたり。心敬私語《ニ》云《ク》定家卿哥を案じ給へるには、びんをかゝげ直衣《ナヲシ》を着し。おぼろげにも威儀《イギ》をみだし給はずとなん。又云定家卿の哥の姿は朧月夜に仙女のおもかげかりにあらはれてきえうせたらん匂ひなるべしなどいへるとなん。又云定家卿父俊成卿に我哥のさまを懇《ネンゴロ》に尋給ひし詞に、わが哥三十の比まではやはらかに口の品もありて宜《ヨロシキ》き哥とも申侍しほどに、世にほまれも有つるやうに侍し。四十の比よりは骨高にえんなるかたおくれて覚え侍り。さるにやかたへの人のみゝにも入侍らず。是にて知《シリ》ぬ。我哥のよこしまになりゆきぬることを。いかさまに修行をもかへ侍べきとて泪に沈《シツ》み給ひしと、俊成卿申給へるとなん、いかめしく尋給ふ物かな、汝の哥を愚老もより〳〵思ひより侍り。わが哥には姿はるかにかはりぬ。それを歎き給ふべからず。我はかなはぬ道にて肉《ニク》をのみよめり。汝は天然と骨を得たり。汝の哥うらやましき事毎々也。されども八十の今よりまなばゞ悪かるべき故、思ふばかり成となん。物には骨《コツ》と得たる第一の事也。いかにも此まゝによみつのり給はゞ、世一の人なるべしとて泪をながし給へると也。家隆は中納言光隆ノ息。母は太皇太后宮ノ亮実兼ノ朝臣ノ女、本名は雅隆。壬生ノ二位と号す。官は宮内卿。家集を壬二集とて六家集の中にあり。俊成卿の門弟第一云々。嘉禎三年に八十歳して卒。井蛙抄云家隆は寂蓮が聟也。寂蓮相供《具イ》して大夫入道の和哥の門弟になりき。禅門被テレ申云此人未来の哥仙たるべし。見参のたびに難儀などいふ事をばとはず。いつも哥よむべきまさしき心はいかに侍べきぞといふ事を問とて感《カンセ》らるゝ云々。

古今著聞ノ和哥ノ部ニ云。西行むかしよりよみおきたる哥を卅六番に番ひて、御裳濯《ミモスソ》河ノ哥合と名付て色紙《シキシ》を継《ツギ》て、慈鎮和尚に清書を申。俊成卿に判の詞をかゝせけり。亦一巻を宮河の歌合となづけて定家卿の五位の侍従にて侍ける時判をさせけり。諸国修行の時も笈《ヲイ》に入て身をはなたざりけるを、家隆卿にあたへて、円位は往生の期已《ゴスデ》にちかづき侍ぬ、末代に貴殿ばかりのうたよみはあるまじき也。思ふ所侍れば付属《フゾク》し奉る也といひて二巻の歌合を授《サツ》けゝり。げにも彼卿重代にもあらざる身ながら新古今の撰者にくはゝり、定家卿につがひて名をのこせる事いみじき事なり。誠や後鳥羽ノ院はじめて哥の道御沙汰ありけるに、後京極殿に申合られける。彼殿奏せさせ給ひけるは、家隆は末代の人丸にて候也。かれが哥をまなばせ給ふべしと申させ給ひけり。これらをおもふに、上人の相《サウ》せられける事思ひあはせられてめでたく覚え侍也。

又云松殿僧正行意赤痢《リ》を大事にやみふして、夢に志貴《シギ》の毘沙門《ビシヤモン》にまうでたれば、御帳《ミ》をおしあげて、世におそろしげなる鬼神僧正をよびかけて〽長月の十日あまりのみかのはら河波きよくすめる月かな。此哥をよめりけるを見て、夢さめて後、病たちまちにいえぬ。是家隆卿建保のとし九月十三夜内裏百首の内の河月の哥也。かの卿のうたは諸天も納受し給ふにこそ、不思議の事也。略記又云家隆卿八十にて天王寺にてをはり給ひし時、七首の哥をよみて廻向せられける内に〽契りあれば難波の里にやどりきて波の入日ををがみける哉、臨終正念云々。徹書記《ノ》物語《ニ》云家隆は詞きゝてさつ〳〵としたる風骨をよまれし也。定家は執《シツ》しおもはれけるにや、新勅撰には家隆のうたおほくいれられ侍れば、家隆の集のやうなり、但すこし亡室躰のありて子孫しかるまじきうたざまなりとぞおそれ給ひし也。

雅経刑部卿頼経朝臣《ノ》息。参議左兵衛督《ノカミ》従三位、飛鳥井《ノ》祖、歌鞠玄旨百人一首抄ニアリ。徹書記《ノ》物語《ニ》云雅経は定家の門弟たりしほどに代々皆二条家の門弟の分なり。只公宴《クエン》などにて、懐紙を三行《ガウ》五字にかゝるゝばかりこそ、雅経の家のかはりめにてはあれ。其外は何事も唯二条家とおなじ物也。

新古今集の事

定家卿詠歌《ノ》大概《ニ》云、詞不《ハズ》ㇾ可《ラ》ㇾ出《ツ》二三代集《ヲ》一。先達所《ノ》ㇾ用《ル》新古今古人《ノ》之哥同可《ク》ㇾ用ㇾ之。

後普光恩院《ノ》近代風躰《ニ》云《ク》新古今ほど面白き集はなし。初心の人にはわろし。心得たる人は此集を見んことはいかであしかるべき。又云本哥には堀河院の百首の作者までをとる也。同くは名人の哥をとるべし。勅撰には後拾遺までをとるべきと申き、但今は金葉詞花千載新古今などをとりたらん、何かくるしかるべき。此分左相府へも申侍也。連哥には新古今までをもとるなり。證哥には近代の哥よみのうたをも用る也。

阿仏房口伝云新古今むかしのうたのやさしき姿に立かへりて、おらばおちぬべき萩の露、ひろはゞきえなんとする玉笹《サヽ》のあられなど申べきを、あまりにたはれすぐして歌のあしざまになりぬべしとて新勅撰は思ふ所有てまことある哥をえらばれけりなどぞうけ給はり候し。

新古今の題号はあらたなる古今集といへる心なるべし。ます鏡第一おどろの下《シタ》の巻に云かくてこのたびえらばれたるをば新古今といふなり。元久二年三月廿六日竟宴《キヤウエン》と云事春日殿にておこなはせ給ふいみじき世のひゞきなり。かの延喜のむかしおぼしよそへて院の御せい

いそのかみふるきをいまにならへ《ひか》こしむかしのあとをまたたづねつゝ

摂政殿よしつねのおとゞ

しきしまややまとことのは海にしてひろひし玉はみがゝれにけり。つぎ〳〵ずんなかるめりしかどさのみはうるさくてなん下略 愚案拾芥抄に元久二年四月竟宴と云々。此書とたがへり。三月の説ちかゝらんにや。

定家明月記に元久二年三月廿三日に以㆓此中書《ヲ》㆒被㆑遂《トゲ》㆓竟宴《ヲ》㆒のよしありて、又曰廿七日殿御参《ノ》之後自㆓神泉㆒還御などありて竟宴の次第委事《シ》繁多なれば略之。明月記復曰十一月廿一日左大弁《親経》持㆓参《ス》《和歌所也》撰集《ノ》序《ヲ》㆒今日奏覧了《シ》。可㆑覧《ス》㆓殿下《ニ》㆒由新宰相奉《ウケタマハル》㆑之《ヲ》猶返給《シ》有《リト》㆓被《ルヽソヘラ》㆑副事等㆒云々。

或説に此真名序に伏羲基《モトイシテ》㆓皇徳㆒而四十萬年異域《イイキ》自《ラ》雖《モ》㆑観《ルト》㆓聖造之《ノ》書史《ヲ》㆒焉。神武開《テ》㆓帝功《ヲ》㆒而八十二代当朝未《ダ》《ズ》㆑聴《キカ》㆓叡策之《ノ》撰集《ヲ》㆒矣といふ語後京極殿下被《ルヽソヘラ》㆑副事ありといへり。猶其外にもあるにや可尋之。

新古今和歌集　序　　此序可分十三段歟

一 夫《レ》和歌者《ハ》群徳之《ノ》祖百福《ソハクノ》之宗也。

夫和歌者群徳之祖〜―此一段は和歌の徳をいへり。次の詞に理世撫民賞心楽事等群徳百福の祖宗なる所なり。群徳はもろ〳〵の徳といふに同心也。祖は始也。本也。宗は主也。本也。前漢書董仲舒伝《ニ》云天者《ハ》群物《ノ》之祖也といへる語意を用られしにや。百福之宗は為二万物《ノ》宗一と道をいふがごとし。此序は親経卿後鳥羽院にかはりてかけるとかや。

二

玄象《シヤウ》天成《ル》五際六情《ノ》之義未《ダ》《ズ》レ著《アラハレ》素鵞地静《スガツチキヨシ》三十一字《ノ》之詠甫興《ハジメテオコレリ》

玄象天成五際六情〜―此節は和歌のはじまりをいひ群徳の祖百福の宗なる事を委ことわれり。玄象天成初学記《ニ》成公綏《スイガ》天地《ノ》賦《ニ》云玄象成《シ》レ文列宿有レ章この語意を用。玄象は天のいろかたちなり。五際とは前漢書翼奉《ヨクホウガ》伝云詩有《ニ》二五際一。注応劭云君臣父子兄弟夫婦朋友也。孟康《ガ》云詩内伝《ニ》云五際《ハ》卯酉午戌亥也。陰陽終始際会之歳於レ此則有二変改《ノ》之政一六情白虎通云喜《キ》　怒《ド》　哀《アイ》　楽《ラク》　愛《アイ》　悪《ヲ》《ヨロコブイカルアハレムタノシムウツクシムニクム》これ也。素鵞地静とは日本紀云到《イタリマス》二出雲《ノ》之清地《スガノトコロニ》一注清地此云《コヽヲ》二素鵞《スガト》二云々。すさのをのみことの吾心清々之との給ひし所なれば其ところをすがの地といへり。このところにて八雲たついづもやへがきの神詠ありし事、仮名序に委注。此段の心は天地成しはじめ君臣父子の義、卯酉午などの歳もいまだ定まらず、人情の喜怒哀楽などもいまだあらはれざれば、哥もなかりしをすさのをのみことのいづもの国におはしてより卅一字の哥はじまれりとなり。静の字は清の字とおなじ。かの吾心清々之との心也。古今真名序に神世《ノ》七代《ナヽヨ》時質《スナホニ》人淳《フシテ》情欲無《ク》レ分《ツ》和哥未レ作逮《オヨンデ》三于素盞鳴《ノ》尊《ノ》到《ルニ》二出雲《ノ》国《ニ》一始有《テ》三十一字《ノ》之詠一といへるおもかげをうつして玄象天成素鵞地静五際六情三十一字など対して四六の躰にかき給へり。是中古の文躰なるべし。

爾來源流寔繁長短雖《シカシヨリコノカタマコトニシゲクドモ》レ異《ナリト》、或《ハ》抒《ノベテ》二下情《ヲ》一而達《シ》レ聞《キヽニ》或《ハ》宣《テ》二上徳《ヲ》一而致《シ》レ化《ヲ》或《ハ》属《シヨクシテ》二遊宴《ニ》一而書《シ》レ懐《ヲ》或《ハ》採《テ》二艶色《ヲ》一而寄《ス》レ言《ヲ》誠《ニ》是理世撫民《ノ》之鴻徽《コウキ》賞心楽事《ノ》之亀鑑《ナル》者也。

爾《ニ》來源流寔繁《シ》〜―この節は和哥はじまりてより其道盛になりし心也。源流は水上とある末の流のおほき心也。古今真名序源流漸繁の俤をうつせり。もと文撰の序の詞也。長短雖《モ》レ異《ナリト》とは長哥短哥など其躰はことなれども上下君臣其心をのべ徳をのべ遊宴好色のわざにも此ことのはをなしけると也。抒《ノベテ》二下情《ヲ》一而達レ聞《ニ》とは臣下の心を哥にのべて上聞に達する心也。宣二上徳《ヲ》一而致レ化とは君の徳を言の葉にのべて下民を化し給ふと也。化とは悪きものをも善に変化する心也。属《シテ》二遊宴《ニ》一而書《ス》レ懐《オモヒヲ》は遊楽酒宴にもおもひをかき出したる也。艶色はみやびやかなるいろ也。寄言とは哥をよみたる心也。みやびやかなる色を採とは花紅葉など翫びて哥をよみ出る心也。理世は世を治る也。撫民は民をなでめぐむ心也。鴻は大也。徽は縄也。鴻徽は大綱といふ心也。賞心楽事は賞は嘉也。玩也。文撰謝霊運擬《スル》二魏《ノ》太子鄴中集《ヲ》一八首《ノ》詩序《ニ》云《ク》、天下良辰美景賞心楽事四《ノ》者難《シ》レ并《アワセ》此字也。亀鑑かゞみ也。いふ心はまことに世をさめ民をなで心賞玩し事にたのしむ事の大綱亀鑑ぞと和哥をほめたる心也。下情達聞上徳致化は理世撫民にかけ遊宴艶色は賞心楽事にかけて見るべし。鴻徽亀鑑字対なるべし。

三

是以《ヲ》聖代明時集而《テ》録レ之《ヲ》各窮《キハムセイビヲ》二精徽一何《ヲ》以《カ》漏脱《セン》。

四

然《ドモ》猶崑嶺《レイノ》之玉採《トレドモ》レ之有レ餘《リ》鄧林《ノ》之材伐《キレドモ》レ無レ盡《ルコト》。物《ノ》既如レ此歌《モ》亦宣《ベシ》レ然《リル》。

是以聖代明時集而〜〜第三節はむかしより撰集ためしあれば今此集を撰ばるゝ心也。聖代明時は延喜天暦あがりては万葉撰集の比をさしていふなるべし。集而録之とは万葉よりこのかた世々の集の事也。各窮《ム》二精徽《ヲ》一とは文撰序《ニ》論則折《ノワカツテ》理《ヲ》精徽《ナリ》云々。心は精はくはしく徽はこまやかなる也。かの聖代の集どもおの〳〵くはしくこまやかに佳什をえらび出たればもれのこるべきやうなしと也。漏脱はもれもぬくる也。

崑嶺之玉〜〜崑崙山とて玉を生ずる也。崑山ともいへり。白玉河、烏玉河、緑玉河の三河、其源崑山より出る事晋書にあり。

鄧林之材〜〜鄧は国の名なり。夸父《コフ》といふ物、死して其杖を棄《ステ》て鄧林を生ず。弥広き事数千里と列子湯問篇にあり。たとへば万葉古今後撰等によき哥をえらび入られたりといへども猶あまりありてつきずとの心なるべし。材は材木也。物既如レ此とは玉や材もかくのごとくつきざれば哥もしかあるべしと也。かな序にいせの海きよきなぎさのなどいへるもおなじ。

五

仍詔《シテ》下参議右衛門督源朝臣通具、大蔵卿藤原朝臣有家、左近衛権中将藤原朝臣定家、前上総介藤原朝臣家隆、左近衛権少将藤原朝臣雅経等《ニ》上不《ズ》レ択《エラバ》二貴賤高下《ヲ》一令レ摭《ヒロハ》二錦句玉章《ヲ》一。神明《ノ》之詞仏陀《ノ》之作為レ表《タメニアラハサンガ》二希夷《ヲ》一雑《ヘテ》而同《ク》隷《シルス》。

仍詔参議〜〜此集をえらばしめ給撰者をいへり。撰者の伝は発端に委。

錦句玉章〜〜よきうたをいへり。

神明之詞仏陀之作〜〜神祇部に日吉の夢に示し給へるうた住吉の御哥などのたぐひ、釈教部に清水観音御哥などのたぐひをいへり。

希夷〜〜老子経云視《レドモ》レ之不《ヲ》レ見《ヲ》名曰《テ》レ夷聴《トケドモ》レ之不《ヲ》レ聞《ヲ》名曰《テ》レ希《ト》とあり。見ず聞ざる所にも哥の道ある事をあらはさんとて、かの仏神の御哥をまじへてしるせりと也。

隷〜〜玉篇云、力計切附箸也。逍遥院殿シルスと点付給。

始《ハジメテ》二於曩昔《ソノカミニオヨブマデ》一迄二于当時《ニ》一彼此聴編《カレコレスベアンデ》各俾《シム》二呈進《テイセ》一。毎《六ゴトニ》レ至《ル》二玄圃華芳之朝《ハナカウバシキ》瓅砌《サウゼイ》風涼《キ》之夕《ニ》一斟《クミ》二難波津之《ノ》遺流《ヲ》一尋《ネ》二浅香山之《ノ》芳躅《シヨクヲモツテ》一式　吟《ジ》式《テ》詠抜《ジテヌキ》二犀象之牙角《ヲ》一無レ黨無レ偏採《ル》二翡翠之《ノ》羽毛《ヲ》一裁《シ》成《シヲ》而得《タリ》二二千首《ヲ》一。類聚《シテ》而為《シ》二二十巻《ト》一名曰《ケテ》二新古今和歌集《ト》一矣。

始於曩昔迄于当時〜〜むかしいまのうたをこの集にあみ進ぜしむるとなり。

玄圃〜〜楚辞曰、朝《ニ》発軔二於蒼梧《ヲ》一兮夕余至《ニハ》二乎縣圃《ニ》一[注]懸音《ハコエ》玄圃在《ハ》崑崙之上《ニ》一陶潜読《ガム》二山海経《ヲ》一詩云《ニ》沼《タル》槐江《ノ》嶺是《ヲ》謂二玄圃《ノ》丘《ト》一云々。潜確類書云《ニ》、玄圃即《ハ》縣圃也。葛仙公伝《ガ》云《ニ》崑崙一《ニハ》曰玄圃。瓅砌とは瓅《サウ》

玉篇《ニ》子道《ノ》切《カヘシ》石次《グ》レ玉《ニ》云々。玉砌などいふ心なるべし。玄圃も崑崙の一名にて玉のことによれり。後鳥羽院の仙洞の御事をいへる也。元久の御時後鳥羽院の難波津浅香山のあとをたづねて、和哥をもてあそび此集をえらませ給ふ御事也。芳躅はかうばしきあととよむ。式施職切音釈《セキ》用也。モッテと逍遥院殿点也。式吟式詠は詩大雅《ノ》式《ニ》号《テサケビ》式呼《テヨバヒ》この文躰也。犀象は牙角可レ用獣也。無レ党無レ偏とは周書洪範《ニ》云《ク》、無レ党無レ偏王道平々。註党不レ公也。偏《ハ》不レ中也云々。無レ党無レ偏は己《オノレ》が私《ワタクシ》をあらはさゞる也。翡翠は一種而《ニシテ》二色翡赤羽翠《ハ》青羽云々。羽毛のうつくしき鳥なればよき哥になぞらへていへり。よく吟味して犀角象牙のごとくよき哥を抜出し、私なくえらびて翡翠の羽のごとくうるはしき哥をとり出しと也。朗詠《ニ》言語《ハク》巧《タクミニ》偸《ヌスム》二鸚 鵡《ノ》舌《ヲ》一文章分《ハチ》二得《タリ》 鳳凰《ノ》毛《ヲ》一といへるたぐひなるべし。裁は剪也。製也。きぬなど裁成が如くしてと也。類聚は春哥を春部、恋哥を恋部に集る事也。

此段は院御吟味を加させ給心也。

時令節物《ノ》之篇属《ショクシテ》二 四序《ニ》一而星羅《ノ如ニツラネ》衆作雑詠《ノ》之什並《テ》二群品《ピンヲ》一而雲《ノ如ニシテ》 布綜緝《ソウシフノ》之致《ムネ》蓋《シ》云《コヽニ》備《ソナハレリ》矣。

時令節物之篇〜―時令とは春温夏熱秋冷冬寒きたぐひ節物《セツブツ》は時節の景物也。属四序は四季の哥其ところ〴〵に書きつらぬる也。篇は哥の事也。衆作雑詠之什〜―什も篇とおなじ。恋哀傷離別羇旅等の詠哥雲のたなびけるごとくとの心也。群品とはさま〴〵の品といふ心也。綜緝之致とは綜は機縷、緝は続也。績也。いとすぢのつゞきたる也。心は此集の哥の連続をいふ也。

七
伏惟《シテオモンミレバ》 来《テ》レ自二代邸《タイテイ》一而践《フミ》二天子之《ノ》位《ヲ》一謝《シテ》二於漢宮《ヲ》一而追《フ》二汾陽之《ノ》蹤《アトヲ》一。今上《キン》陛下之《ノ》厳親也。雖レ無レ隙《ナシトイトマ》二帝道之《ノ》諮詢《シジユン》一日域朝庭之本主也。争《イカデカン》 不レ賞《セ》二我国之《ノ》習俗《シヨクヲ》一。

来自代邸而践天子之〜―是後鳥羽院を漢文帝に比していへる詞也。代邸とは文帝諸王のほどにおはしたる所也。史記文帝本記云奉《ジシ》二天子法駕《ヲ》一迎《ヲ》二于代邸《ニ》一といへる是也。践天子之位といふも同史記彼本記の詞也。文帝は兄斉悼《ノ》恵王は漢高祖の長子なりし、母駟鈞悪人なれば諸大臣うけずして文帝を代王と申せしをむかへて天子となし申せり。後鳥羽院兄守貞親王をこえて後白河院の位につけまゐらせ給へる事のむね相似たる故准へてかくかけりとぞ。

謝《シテ》二於漢宮《ヲ》一而追《フ》二汾陽之《ノ》蹤《ヲ》一〜―是後鳥羽院のおりゐさせ給へる事也。謝は退也。字彙彼文帝の事の首尾に謝於漢宮といへり。汾陽は荘子逍遥遊篇《ノ》云《ニ》、堯治《メ》二天下之《ノ》民《ヲ》一平《カニシテ》二海内之《ノ》政《ヲ》一往《テ》見《ル》二四子《ヲ》藐姑《ハコ》射《ヤ》之《ノ》山汾水之《ノ》陽《ニ》一窅然《エウゼントシテ》喪《ワスル》二天下《ヲ》一焉。註汾陽《ハ》堯《ノ》都也。天下をわすれ給へる所なれば後鳥羽院のおりゐさせ給へる事を追汾陽之蹤といへり。今上陛下之とは当今土御門院の御父と也。

帝道之諮詢〜―左伝《ニ》咨《トフ》レ親《ヲ》為《ス》レ詢《ト》匀会咨字《ノ》註《ニ》咨或作《ル》レ諮《ニ》。諮詢《シジユン》《トヒトフ》は咨詞と同じ心也。我国之習俗史記高祖本記習《テ》二楚《ノ》風俗《ニ》一徒為《テナル》二楚王《ト》一云々。此字也。我日本の風俗和歌の事なり。此段の心は当代の父帝とておほやけの政事をとはせ給ふ事の故に御いとまなしといへども、さすがにもと我国の主君なればいかで和哥をもてあそばせ給はざらん。此国の風俗なればとの心なるべし。

八　方《ニ》今荃宰合《セ》レ體《ヲ》華夷詠レ仁《ヲ》風化之《ノ》樂《ブ》二萬春《ヲ》一春日野之《ノ》草悉靡《クニナビキ》一月宴之《ノ》契《ル》二千秋《ヲ》一秋津洲《シマノ》之塵惟静《チリコレカナリ》。

方今荃宰合躰〜―此段は君臣合躰して都鄙の民くさなびきたのしむ時なる心なり。荃宰は文選任彦升《ガ》宣徳皇后令《ノ》曰《ニ》、荃宰有レ寄注荃《ハ》君也。宰《ハ》臣也。華夷詠《ズ》レ仁《ヲ》とは華は都、夷は夷中也。君の仁恵をよろこびたのしみて其徳を風詠して都鄙ともに万年の春をたのしむと也。春日野之草靡、論語君子之《ノ》徳《ハ》風《ナリ》小人《ノ》徳《ハ》草《ナリ》草上《クハフレバ》二之風《ヲ》一必偃《ノベフス》この心也。万春といふ詞に春日野とつゞけたり。殊に春日は藤氏の祖神なれば君臣合躰の余情もあるにや。かな序によろづの民春日野の草のなびかぬかたなく、よものうみ秋津しまの月しづかにすみてとある詞をうつされたる也。月宴之契二千秋一といふも此かな序の俤にて月の宴にも千秋をちぎりて秋津国静にをさまれるとの祝詞也。

誠膺《ニアタリ》二無為有載之時《ニ》一可レ頤《ヤシナフ》二染《メ》レ毫《ヲ》採《ルノ》レ牋《カミヲ》之志《ヲ》一。故《ニ》撰《テ》二斯一集一永《ク》欲《ス》レ伝《ント》二百王一

誠膺《アタリ》二無為《ブキ》有載《コウイウセソ》之《ノ》時《ニ》一〜―無為は老子経《ニ》云、為《ナストキハ》二無為《ヲ》一則無《シ》レ不《ズトイフコト》レ治《ヲ》治といへる心也。有載は詩商頌《ノ》云《ニ》、

海外《マデニトヽノホルコト》有載又曰九有《コヽノツクニノ》有《リ》レ載《トヽノホルコト》等の心也。注 載は整《セツ》斉《トヽノヒトヽノフ》也。いま国家無為にをさまり載《セツ》然として整斉の時にあたりて筆をとり集を撰びてながく百王に伝へんと也。百王は後代の久しき事をいへり。

九 彼上古之《ノ》萬葉集者《ハ》蓋《シ》是《レ》和歌之源也。編次之《ノ》起《リ》因准之儀星序惟邈《コレハルカニシテ》煙欝難《シ》レ披《ヒラキ》。延喜有《ニ》二古今集一四人含《フクメテ》二綸命《ヲ》一而成《セリ》レ之《ヲ》、天暦《ニ》有《リ》二後撰集一五人奉《ウケタマハツテ》二絲《シ》言《ヲ》一而成レ之。其後有二拾遺、後拾遺、金葉、詞華、千載等《ノ》集一雖レ出《ヅト》二於聖主数代之《ノ》勅《ヨリ》一殊恨為《ラクハルコトヲ》二撰者一身《ノ》之冣一。因《テ》レ茲《ニ》訪《テ》二延喜天暦二朝之《ノ》遺美《ヲ》一定《メ》二法河歩虚五輩之《ノ》英豪《ヲ》一排《ヒライテ》二神仙之《ノ》居《ヲ》一展《ノブル》二刊修之《ノ》席《ヲ》二而已。

彼上古之萬葉集者〜〜是より此集撰者五人に仰付られし事をいへり。編次之起因准之儀は万葉の編次のおこり其よりなぞらへし儀は、いかなる事といふ事も久しく成し事なれば、おぼつかなしと也。星序は星霜の序次也。年月の事也。煙欝は煙雲の晴せぬごときの欝陶といふ心也。おぼつかなさの晴がたきと也。

絲言は綸命とおなじ。礼記緇衣云《ニ》、王言《ハ》如《シ》レ絲《ノ》其《ノ》出《ルヤ》如《シ》レ綸《ノ》注 綸綬也。疏云、如宛転繩イ本 綸言とあり。はじめ四人含綸命とあるに重複也不用。撰者一身之冣。字彙 冣《ハ》徐預切《ノカヘシジヨ》徐古作《ル》二聚《アツムル》レ物《ヲ》之聚《ニ》一今作《ルハ》レ最《ニ》誤。拾遺より千載集までは皆勅撰ながら撰者一人のあつめにて遺恨なり。されば延喜天暦の二朝のあとをおひとひて五人の撰者を定給へると也。遺美はむかしのよき事のあとののこれる心也。

法河歩虚〜〜月卿雲客といふ心也云々。法河《トハ》山堂肆考《ニ》云《ク》、春秋漢含茲子《ニ》三公 象《ヲカタドリ》二五嶽《ニ》一九卿《フ》法《トル》二河海一。歩虚三躰詩《ノ》注《ニ》云、異苑《ニ》云、陳思王遊《ブ》二魚山《ニ》一忽《ニ》聞《ク》三空裏《ニ》有《ルヲ》二誦経《ノ》声一。清遠寥亮《タリ》。使下解《ク》レ音者写上レ之為《ス》二神仙之《ノ》声《ト》一。道士効《ナラウテ》レ之《ニ》作《ル》二歩虚《ヲ》一此《レ》歩虚之《ノ》始也。韻府《ニ》云、此声 備《ツブサニ》言《フ》二衆仙縹緲軽挙《ヘウベウケイキヨノ》之美《ヲ》一 一説 歩虚歌仙の心也。

五輩英豪〜〜才勝《タルヲ》二万人《ニ》一曰《フ》レ英《ト》豪《ハ》英也。通具卿定家等の五人をさしていへり。通具は月卿なり。定家は此時雲客也。

排《テ》二神仙之《ノ》居《ヲ》一〜院御所を仙洞と申心也。後鳥羽院此集をえらばしめ給ふ事をいへり。刊修はきりをさむる也。此集の哥をえらび給ふ事木ををさむるによそへてなるべし。刊は削也。又槎《キル》レ木《ヲ》也。

十 斯集之《ノ》為《タル》レ體也。先抽《ヌキイデテ》二萬葉集之中《ヲ》一更《ニ》拾《フ》二七代集之《ノ》外《ヲ》一深《ク》索《メテ》而微長《モ》無《ク》レ遺《ノコスコト》廣《ク》求《テ》而片善《モ》必挙《アゲ》。雖レ張《ルト》二網《アミヲ》於山野《ニ》一微禽《ビキン》自逃《ラノガレ》、雖レ連《ヌトウケヲ》二筌於江湖《ニ》一小鮮《センヒソカニル》偸漏。誠《ニ》当《テ》二視聴之《シテイノ》不《ルニ》レ達定《セ》有《テン》二篇章之《ノ》猶遺《ノコルコト》一。今只随《テ》二採得《ルニ》一且所《ナリ》二勒終《ル》一也。

斯集之為體也〜是より此集に入哥の事。且此外に猶もれたるもあるべき心也。万葉の中の哥は撰用て入、古今より千載集まで七代の集は不入と也。

微長はすこしよき心也。

片善〜おなじくすこし面白き所ある哥もすてずとり用ひて此集に入し心也。

微禽自逃《ラル》〜網を野山にはりてあまねくもらさじとすれど、ちひさき鳥おのずからもれのがるゝと也。筌壮子云筌所《ハ》二以取《ンヲ》レ魚得《テ》レ魚而忘《ヲ》レ筌也といへるもの也。小鮮老子経の字也。ちひさきうを也。微長片善のこさず挙用て此集に入るとすれど、目に視耳に聴かぎりこそあれ、視聴の達せず及ばざる哥のもれたるもあるべしとのたとへ也。今只随採得とは、只々視聴の達してとり得るにしたがひて此集に勒終と也。勒は刻也刊也。此段の心口訣。

十 抑《ソモ〳〵》於二古今《ニ》一者不レ載二当代《ノ》御製《ヲ》一自二後撰一而初加《テフ》二其時之《ノノ》天章《ヲ》一。各考《ルニ》二一部《ヲ》一不《タ》レ満十篇《ニ》一而今所《ノ》レ入《ルル》之自詠已《ニ》餘《レリ》二三十首《ニ》一。六義若《モシ》相兼《バ》一両雖《ニ》レ可《ト》レ足依レ無《キニ》二風骨之《ノ》絶妙一還《テ》有二露詞之多加《クル》一偏《ニ》以耽《ワケル》レ道之思《ヲ》二不レ顧《カヘリミ》二多情之《ノ》眼《ヲ》一。

抑於古今者〜抑は発語也。是は後鳥羽院御製おほく入し事の御ことわりとぞ。古今集には延喜の御哥いらず。後撰よりこのかた当代の御製いりしかど十首に過ざりしと也。天章は御製といふ心におなじ。今所入自詠とは此集に入し後鳥羽院の御哥の事也。

六義若相兼〜六義たゞしく相兼てよき哥あらば一両首入せ給ひても御満足なるべけれども風骨のすぐれたる御哥なきゆゑにかへりて卅首まで入せ給ふと御謙退の心なるべし。

露詞は風骨の対に書る也。紀氏新撰貫之序云《ニ》、鮮《アザヤカニ》二浮《ス》藻《ヲ》於詞露《ニ》一云々。此字にや耽《フケル》は過てこのむ心なり。哥をいたく好せ給ふ故に哥数を入せ給ふて他の人目をも思召すと也。多情とは遠慮おほき心にや。

十二凡厥《ソノ》取捨《セル》者《カ》嘉尚之余《リ》特《コトニ》運《ス》二沖襟《ヲ》一。伏義基《モトイシテ》二皇徳《ヲ》一而四十萬年、異域《イイキ》自《ラ》雖《レ》観《ミルト》二聖造《ノ》之書史《ヲ》一焉、神武開《テ》二帝功《ヲ》一而八十二代当朝未《ダ》《ズ》三聴《カ》二叡策之撰集《ヲ》一矣。定知《テヌ》天下之都人士女謳二‐歌斯道《ノ》之遇《ルコトヲ》レ逢二矣。

凡厥取捨者嘉尚之余〜取捨者とはとりすつる也。此集をえらばせ給ふ心也。嘉尚は尚は貴也。此道をよみじたふとませ給ふあまりにさま〳〵ふかき御思案をめぐらされしと也。沖襟日本紀ミコヽロノウチと読。

伏義〜補史記《ニ》曰、蛇身人首結《ヒ》二網罟《ヲ》一以教《フ》二佃漁《ヲ》一故《ニ》曰《フ》二密議氏《ト》一 密音伏 皇徳とは皇は君也。三皇といふも伏義はじめ也。基は本也。始也。異域は異国なり。聖造之書史とは天子のつくり給ふ書也。もろこしには伏義皇徳を始めてより久しき世々に伏義八卦をゑがき、書契をつくりて結縄の政にかへしをはじめ、宋仁宗皇帝の太平広記、太平御覧等のたぐひあれど本朝には神武天皇よりこのかたいまだ帝の御自撰の集あらずと也。叡策《エイサク》とは叡は深明通達の儀、策は編簡なり。拾遺集花山院御自撰といへど此序は公任卿の撰といふに一決して成べし。

定知天下都人〜謳歌は史記五帝本紀《ニ》云、謳歌《スル》者不《ハズシテ》レ謳二‐歌《セ》丹朱《ニ》一而謳二‐歌《ス》舜《ニ》一その徳をうたひたのしむ事也。遇逢とは和哥の道の時にあふ事をたのしみうたふべしと也。古今序に貫之らが此代にむまれて此事の時にあへるをなんよろこびぬるといへる心をうつしてにや。此集のかな序に此時にあへらんものは是を悦び此道をあふがん物は今を忍ばざらめかもといへる心也。

十二
不《ズ》四独《リ》記《ノミニアラ》三仙洞無何《ノ》之郷有《ルコトヲ》二嘲風弄月《ノ》之興一亦欲《ス》レ呈《アラハサント》三皇家元久《ノ》之歳有《アルヲ》二温故《タヅネフルキヲ》知《ルノ》レ新《キヲ》之心一。修撰《ノ》之趣不《ズ》レ在レ茲《コヽニヤ》乎。于時《トキニ》聖暦乙丑王春三月云爾《イフコトシカリ》。

不独記仙洞〜—無何《ノ》之郷とは荘子《シカイフ》逍遥遊篇《ノ》云《ニ》、何不《ゾ》レ樹《ザル》二之於《ウエヲ》無何有《ブカイウノ》之郷一。注言《イフ》三造化自然至道之《ノ》中《ニ》自《ラ》有二可《ルコトヲ》レ樂《ノ》之地一也。こゝは仙洞の楽み深き所をいへり。嘲風弄月は風月をもてあそび哥よみたのしむ心也。皇家は当今の御事也。温レ故知レ新は論語の語なり。延喜古今集の古きあとをたづねて今世新き風雅を知て此撰集ある事をあらはさんとてと也。此詞新古今集の題目の心をこめてなるべし。白氏文集不《ニアラズ》四独記《スルノミニ》三東都履道里《ノリダウリニ》有二閑居《ルコトヲ》泰適之叟《タイテキノオキナ》一。亦令《シメントナリ》レ知《ラ》三皇唐大和歳《ノ》有二理世《ルコトヲ》安楽之《ノ》音《コヱ》一云々。此文躰を写せり、修撰之趣とは此集撰給ふ意趣と也。不在茲乎論語の字也。聖暦は当代の年をたつとむ詞也。元久二年に相当れり。王春は春秋の文意なり。只春の事也。

仮名序之事〜—八雲御抄曰、古今序は哥の眼なれば不レ及二子細《ニ》一。後拾遺千載などの序はさるほど也。新古今の序は首尾かきあひて詞つゞき尤神妙に有がたきほどなり。

明月記曰《ニ》建永二年三月十九日沐浴《ス》。午時《ノ》計有《ルノ》レ召之由清範示《ス》レ之《ヲ》。未時《ノ》扶《タスケテ》レ病《ヲ》参上《ス》。給《テ》二御製二首《ヲ》一拝見《ス》。此事新古今序以《ハ》二集《ノ》中《ノ》哥《ノ》心《ヲ》一被レ載《ノセ》二其部《ニ》一乞《ヲハンヲノ》。件哥以二上古《ノ》作者《ノ》歌《ヲ》一用《ユ》レ之《ヲ》。其中夏はつまごひする神なび山のほとゝぎすとあり。件哥《ノ》赤人《ノ》哥にて入二後撰《ニ》一之由去秋宮内卿見出作者替《ス》不《テズ》二覚悟《セ》一也。此事告《テ》二下官《ヤツガレニ》一令《ム》二奏聞《セ》一其時《ノ》儀定可《キカ》レ改《ム》レ序《ヲ》歟。又雖レ載《ノスト》レ序《ニ》可《キカ》レ不《ル》レ書二此哥《ヲ》一歟。去年事不レ切《キレ》此春即申《ス》。於《テハ》レ序更《ニ》不レ可レ被《ラル》レ改《メ》一字《ヲ》一。又被序哥夏部計無者《ハカリナクンバ》尤可《シ》レ遺《コス》二不審《ヲ》一撰集《ノ》之時撰者或《ハ》引二直《シ》古哥少々《ヲ》一又自詠称《ヲシテ》二読人不《ト》レ知入《ルルヲ》レ之定例也。案《ズルニ》二此《ヲ》一事神なびのつまごひの郭公の哥新《アラタニテ》有二御詠一被《ルル》レ入二御製《ヲ》一第一《ノ》之儀《ト》也。此事有二勅許一云々。

やまとうたはむかしあめつちひらけはじめて人のしわざいまださだまらざりし時、葦原の中津国のことの葉として稲田姫素鵞《スガ》のさとよりぞつたはれりける。

やまとうたはむかし〳〵――此序は後京極殿後鳥羽院のかゝせ給へるやうにてあそばしたるとなり。

此段は和哥のおこりをかゝせ給へり。

あめつちひらきはじめて〳〵――天地開闢《カイビヤク》の事日本紀神代巻上に委、古今和哥集のかな序にしるせり。

人のしわざいまださだまざりしとき〳〵――　神代には士農工商のしわざもとゝのひ定まらず。いはんや糸竹のわざもきこえざりしにめがみを神のあなにゑやの詞をはじめ、すさのをのみことより卅一字の詠出来つたはれりとの心なるべし。芦原の中津国は此国の名勿論也。言の葉とかゝせ給へる芦の余情なるべし。

稲田姫素鵞《スガ》の里よりぞ〳〵――稲田姫《イナタビメ》は素盞雄命《ソサノヲノミコト》の御め、いづもの国つかみてなづちあしなづちといふ夫婦の神のむすめ也。八岐《ヤマタ》の大蛇《ヲロチ》をたひらげて此むすめをとり給へり。日本紀に委ければ略之。素鵝の里は出雲の国也。いなだ姫を宮をたてゝすゑおき給へる所也。日本紀云然後行覓《ノチニユキツヽ》二将《モトム》婚《ミアハシセン》之処《トコロヲ》一遂《ツイニ》到《イタリマス》二出雲《イヅモ》之《ノ》清地《スガニ》一焉。清地此云《ヲバ》二素鵞《スガト》一乃言曰吾心清清《チコトアゲテノタマハクスガ〳〵シ》之此レ今呼《ヨンデ》二此地《ノトコロヲ》一曰《ト》レ清。於彼処《ソコニ》建《タツ》レ宮《ヲ》。或云《ク》時《キニ》武《タケ》素盞嗚《ノヲノ》尊歌之曰《ウタヨミミシテノタマハク》、　夜《ヤ》句《ク》茂《モ》多《タ》菟《ツ》伊《イ》都《ヅ》毛《モ》夜《ヤ》覇《ヘ》餓《ガ》岐《キ》菟《ツ》磨《マ》語《ゴ》味《メ》爾《ニ》夜《ヤ》覇《ヘ》餓《ガ》枳《キ》菟《ツ》倶《ク》盧《ル》贈《ソ》迺《ノ》夜《ヤ》覇《ヘ》餓《ガ》岐《キ》廻《ヲ》。一条《ノ》禅閣《ノ》日本紀纂疏《ニ》曰吾心清々《スガ〳〵シ》之謂《イフ》レ到《ルヲ》二方寸《ハウスン》清浄之《ノ》田地《ニ》一。一云《ニ》上清《ノスガハ》是内清浄下清《ノスガハ》是外清浄。在《リ》二心斉之《ノ》所《ロニ》一レ致《ス》故《ニ》曰二吾心清々之《ト》一。清字《スガノジ》素鵞《ト》五音相通《ズ》。因《テ》二清々之《ノ》言《ニ》一而名《ナヅケテ》二其地《ヲ》一曰二素鵞《スガト》一。かくこゝに稲田姫とすみ給ひてかの八雲の神詠をよみ給へば、此序にもすがのさとよりぞつたはれりと書給へり。

二段和哥之徳

しかありしよりこのかた、そのみちさかりにおこりそのながれいまにたゆる事なくしていろにふけり心をのぶるなかだちとし世ををさめ民をやはらぐるみちとせり。

しかありしより此かた〜〜此卅一字の詠伝はりしより人の世に其和哥の道盛りに弘《ヒロ》ごり其風流今にたえずと也。

いろにふけり〜〜男女に中をやはらぐる哥にて房中の楽《タノシミ》とする也。

世ををさめ民を〜〜和哥は教戒《ケウカイ》之端《ハシ》と古今の序にもいへり。万民の心をやはらげ世を治る道たる事勿論也。亦和哥《ノ》躰にも理世撫民の一躰あり。扨こゝにかく色にふけりと世をさめとをかき給へるは詩の周南召南を閨《ケイ》門郷《ケイ》党邦《ホウ》国に用て、天下を化するゆゑん也といへるたぐひなるべし。

三段撰集之事

かゝりければ代々のみかどもこれをすて給はず、えらびおかれたる集ども家々のもてあそび物としてことばの花のこれる木のもともかたく、おもひの露もれたる草がくれもあるべからず。

かゝりければ〜〜かく房中の楽みとし理世和民の道なればよゝに撰集ありしと也。代々の帝とはならの帝の万葉集、延喜の古今、天暦の後撰等乃至後白河院の千載集迄也。

詞の花のこれる〜〜かく世々家々にもてはやされてよみのこせる詞も有がたくもとめもらせる趣向もあるまじきと也。花といふに付て木のもとといひ露といふより草がくれとかゝせ給へり。皆うたの詞心ともに残るくまなき心なるべし。

四段猶和哥不可盡之故

しかはあれどもいせの海きよき渚の玉はひろふともつくることなく、いづみの杣しげき宮木はひくともたゆべからず。物みなかくのごとし。哥の道またおなじかるべし。

いせの海清きなぎさ〜〜催馬楽、いせの海清き渚の塩かひになのりそやつまん貝や拾はん、玉やひろはん此詞也。

いづみの杣しげき宮木〜〜万葉宮木ひくいづみの杣にたつ民のやむ時もなく恋わたるかも、宮木は禁中たつる材木也。玉も宮木もつきず絶ざるがごとく哥道も猶残べければ此集を撰給ふと也。

五段此集の事撰者等

これによりて右衛門督源朝臣通具、大蔵卿藤原朝臣有家、左近権中将藤原朝臣定家、前上総介藤原朝臣家隆、左近少将藤原朝臣雅経等におほせて、昔いまときをわかたずたかきいやしき人をきらはず、めに見えぬ神ほとけのことの葉もうば玉の夢につたへたることまでひろくもとめあまねくあつめしむ。

右衛門督源朝臣――此人々の伝発端に委註。此五人かの梨壷の例とかや。

むかしいま時をわかたずたかきいやしき――哥のよろしきを集め給ふよしなるべし。

めにも見えぬ神仏の――仏神夢想の哥までと也。古今序に目にみえぬ鬼神をもといへる詞なるべし。うば玉は夢の枕詞也。あつめしむとは五人に撰ばせ給ふ心也。

六段上皇御点之故

おの〳〵えらびたてまつれるところ、夏びきの糸のひとすぢならず、夕の雲の思ひさだめがたきゆゑに芦の下根のみだれるふしもおほかれば、みどりのほら花かうばしきあした玉のみぎり風涼しき夕なにはづのながれをくみてすみにごれるをさだめ、あさかの山のあとをたづねてふかきあさきをわかてり。

おの〳〵えらび奉れる――五人の撰者心々にて撰哥の善悪定めがたき故後鳥羽院清濁浅深を分ち定めさせ給ふと也。夏引の糸は夏この糸也。一筋の枕詞也。夕の雲は定めがたき枕詞芦の下ねはみだれるふしの枕詞也。みどりのほらは仙洞也。玉の砌も同心なるべし。難波津浅香山は古今序哥の父母といへる詞なれば、こゝに和哥の事に用させ給へり。難波津水辺の縁にてすみにごりと云て哥の詞の善悪を定させ給ふ事によそへ、浅香山は山類の縁に深き浅きといひて哥の心の勝劣を分せ給ふ事にそへて書給へり。花芳《カウバ》しき朝風涼しき夕は只朝夕に此事を定めいとなませ給ふとの心をいはむとてなるべし。

七段此集万葉与七代集之用捨

万葉集にいれる哥はこれをのぞかず、古今よりこのかた七代の集にいれるうたをばこれをのする事なし。八段此集之事 たゞし詞のそのにあそび筆のうみをくみても空とぶ鳥のあみをもれ、水にすむうをのつりをのがれたるたぐひむ《ハイ入》かしもなきにあらざれば、今もまたしらざるところなり。

万葉集に〳〵同じ集ながら古今より千載集まで七代の哥はよけて万葉斗はのぞかざる事此集に限らず。後撰拾遺新勅撰等に至まで万葉の哥を入られし、是に玄旨御口訣とて師説有諸抄不註之。

詞のそのにあそび〳〵此集時を分たず人をきらはず、仏神夢想の哥万葉等まで撰び入させ給へりといへどむかしの集にも漏脱の事はあれば今此集にも、もしあるべきもしられぬ事との心なるべし。詞の苑《ソノ》筆の海は哥などおほく書あつめたる跡をいへり。あそぶくむなどいへるは其哥おほき中を撰取給ふ心をよそへての給へり。苑にあそぶといふに鳥の網をそへ海をくみといふに魚の釣をかけて心得べし。

すべてあつめたる哥ふたちゞはたまきなづけて新古今和哥集といふ。

九段部立幷和哥之徳 春がすみたつたの山に初花をしのぶより夏はつまごひする神なびの郭公秋は風にちるかづらきの紅葉冬はしろたへのふじの高根《のイ》に雪つもるとしのくれまで、みなをりにふれたるなさけなるべし。しかのみならずたかき屋に遠きをのぞみて、民のときをしりすゑの露もとのしづくによそへて、人の世をさとり玉ぼこの道のべにわかれをしたひ、あまざかるひなのながぢに都を思ひたかまの山の雲ゐのよそなる人をこひ、ながらの橋の波にくちぬる名ををしみても心うちにうごき詞ほかにあらはれずといふ事なし。

春がすみ立田の〳〵是より古今序の文法に習ひて此集の部立を書つらねさせ給へり。此集春上

〽ゆかん人こん人忍べ春霞立田の山のはつざくら花。

夏はつまごひする〳〵〽おのが妻恋つゝなくや　此哥の事在明月記。

秋は風にちるかづらきの〳〵〽龍田川紅葉々ながる葛城の山の秋かぜふきぞしぬらん。

冬は白妙の〜〜〽田子のうらに打出てみればしろ妙のふじの高根に雪はふりつゝ、此詞を行積る年の暮とそへてかゝせ給へるなるべし。

しかのみならず〜〜それのみならず也。

たかきやにとほき〜〜〽高き屋にのぼりてみれば煙たつ民の竈はにぎはひにけり、仁徳天皇の御貢物ゆるさせ給て民家賑《ニギハ》へる時を知せ給へる哥也。是賀部也。

すゑの露もとの〜〜哀傷部也。〽末の露本の雫や世中のおくれ先立ためし成らん。

玉ぼこの道のべに〜〜離別部〽玉鉾の道の山風寒からば形見がてらにきなんとぞおもふ。

あまざかるひなの〜〜羇旅部〽あまざかるひなのながぢをこぎくればあかしのとよりやまとしま見ゆ、あまざかるはひなも枕詞也。ながぢは長路也。

たかまの山の〜〜恋部也。〽よそにのみみてややみなんかづらきや高間の山のみねのしら雲。

ながらのはしの〜〜雑部也。〽年ふれば朽こそ増れ橋柱昔ながらのなにはかはらで、心うちにうごきて詞ほかに、毛詩云詩者《ハ》志之《ノ》所《トコロ》レ之《ユク》 在《ルヲ》レ心《ニ》為《シ》レ志《ト》発《スルヲコトニス》レ言為レ詩情動《トコヽロウゴイテウチニ》二於中一而形《アラハルコトニ》レ言云々。この詞也。古今序に夫和歌者《ハ》託《タクシ》二其根《ヲ》於心地《ニ》一発《スル》二其花《ヲ》於詞林《ニ》一これも同心成べし。かゝる事共にも皆哥よむと也。

いはんや住吉の神はかたそぎのことばをのこし伝教大師は我たつ杣のおもひをのべ給へり。かくのごときしらぬむかしの人の心をもあらはし行て見ぬさかひの外の事をもしるはたゞこのみちならし。

かたそぎの〜〜神祇部也。〽夜や寒き衣や薄きかたそぎの行合のまより霜や置らん、住吉明神の御詠也。

我たつそまの〜〜釈教部也。〽あのくたら三みやく三菩薩の仏達我立杣に冥加あらせ給へ、伝教大師ひえの山中堂建立の時の哥也。是ら皆此集に入たる哥を部ごとに一首づゝ書つらねさせ給へり。哥の註解奥に委し。

かくのごときしらぬ〳〵―かくしらぬむかしの人丸赤人貫之忠岑等の人の心をもあらはし、龍田かづらき富士長等などの都の外の事をもしるは、只和哥の道にてありと也。前に色にふけり心をのぶる媒とし、世ををさめ民をやはらぐる道とせりと書給へるは和哥の躰《タイ》をいひ、こゝには此集の部立を書給へるにつきて和歌の用《イウ》をいひてともに此道の徳をあらはし給ふなるべし。

十段御譲位之後撰集之故

そも〳〵むかしはいつたびゆづりし跡をたづねて、あまつひつぎの位にそなはり、いまはやすみしる名をのがれてはこやの山にすみかをしめたりといへども、すべらぎはおこたる道をまもり、星のくらゐはまつりごとをたすけしちぎりをわすれずして、あめの下しげきことわざ雲のうへのいにしへにもかはらざりければ、よろづの民春日野の草のなびかぬかたなく、よものうみあきつしまの月しづかにすみて、わかのうらのあとを尋ね、しきしまの道をもてあそびつゝ此集をえらびてながき世につたへんと也。

そも〳〵―抑は反語のことばなり。

いつたびゆづりし跡を―後鳥羽院の帝位の事也。前漢書文帝紀云群臣皆伏固請《シテカタクコフ》代王西郷《ニムカツテ》譲者《ユズルコト》三《タビ》南《ニ》郷《テ》譲《ノ》者再《フタタビ》云々。是文帝を代王とて諸王にておはせし時、恵帝のゝちさるべき帝おはせざりければ、周勃等はからひて帝位にあがめすゑ奉る時の事也。日本紀継躰天皇記《ニ》云、大伴《ノ》金村大連乃《ノオホムラジ》跪《ヒザマヅイテ》上《テ》二天子鏡剣璽符《ヲ》一再拝《ス》云々。男大迹《ヲヽアトヘ》天皇西向《ニ》譲《テ》者《ルコト》三《タビニ》南向《テ》譲者《ルコトフタヽビ》再云々。武烈天皇のゝちさるべき帝おはしまさゞれば継躰天皇を大迹王と申て、応神天皇五代の御孫にて越前におはせしを大伴金村群臣とゝもにはからひて帝位をふませ給ふ時の事也。後鳥羽院は安徳天皇西海におはしまして後に後白河院の御はからひにてをさなくて《四歳》践祚なりけれど御兄守貞親王おはしましければ猶御辞譲の御心をおはしましけん。故に此古事を持てかく書給へるなるべし。あまつひつぎとは宝祚と書、天位にそなはらせ給ふ御事也。

今はやすみしる名をのがれて――八隅知は万葉の詞也。仙覚抄大八島をむけたいらげてしろしめす詞也。島をすみといふ云々。はこやの山八雲抄仙洞をいふ云々。御子土御門院に御位をゆづらせ給ひて仙洞にておはす事也。

すべらぎはおこたる道をまもり――、天子に御おこたりあれば、仙洞に守り補なはせ給ふと也。星の位は、八雲抄大臣の名云々。後鳥羽院御位の時政事を補佐したりし君臣の契を忘れずして、いまもつかへまつりて、院ながら御在位の古にもかはらず、天下のしげき事わざを後鳥羽院の聞召知せ給ふと也。増鏡第一おどろの下の巻に後鳥羽院おりゐのゝちの事をいふに、世をしろしめす事は今もかはらねばいとめでたしと云々。此心なるべし。

よろづの民春日野の草のなびかぬかたなく――万民みな後鳥羽院になびきしたがへる事也。

よもの海――四海四方の夷国までも静に、いはんや吾朝静に曇りなければとの心をかき給へる也。秋津島は日本の名也。神武天皇此国の形を、秋津虫のかたちしたりとの給へるより名付たる事日本紀にあり。万民四海数量を対し、春日野秋津島春秋の字を対し草と月と対して書給へり。わかのうらの跡を尋ね――かく民なびき国しづかなれば延喜天暦等の和哥盛なる世の跡を尋ねて此道を翫び此集を撰せ給ふと也。問此わかのうらの跡を尋ねとあるを延喜天暦の世とさす事如何。答此次の詞に古今後撰の跡をあらためず、五人のともがらを定めてしるしたてまつらしむといへる詞によりもとづき侍り。

十一段此集撰者五人之故

かの万葉はうたのみなもとなり。時うつりことへだゝりて今の人しる事かたし。延喜のひじりのみよには、四人に勅して古今集をえらばしめ、天暦のかしこきみかどは、五人に仰せて後撰集をあつめしめ給へり。其のち拾遺後拾遺金葉詞花千載等の集はみな一人これをうけ給はれる故《がイ》にき〵もらし見およばぬ所もあるべし。よりて古今後撰のあとをあらためず、五人のともがらをさだめてしるしたてまつらしむるなり。

万葉はうたのみなもと〜〜万葉は和哥撰集の根源なれども時代うつりへだ〵りては撰者の数今しりがたしと也。

延喜のひじりの〜〜此撰者以下の事前の集に委細注。拾遺は花山院御撰といへど、此序のおもむきは、かの公任卿の撰といふに定めさせ給へるにや。むかしより両説云々。拾遺発端委。

五人のともがら〜〜此集の五人の撰者の事也。古今後撰の例との心也。

十二段院帝此集御撰之事

そのうへみづからさだめて手づからみがけることは、とほくもろこしのふみの道をたづぬれば、はまちどりの跡ありといへどもわがくにやまとことのはのはじまりてのち、くれ竹のよ〵にか〵るためしなんなかりける。

みづからさだめて〜〜帝のみづから、てづから御撰の事我国にはなしとの心なるべし。

もろこしのふみの道を〜〜玄宗皇帝孝経御註。宋仁宗皇帝の太平御覧太平広記のたぐひ、梁昭明太子の文撰のたぐひにや。はまちどりはあと〵いはん枕詞也。先蹤の事なり。呉竹は世々の枕詞也。

十三段後鳥羽院御製之入事

此うちみづからの哥をのせたる事ふるきたぐひはあれど十首には過ざるべし。しかるをいまかれこれえらべる所三十首にあまれり。これみな人のめだつべき色もなく心とゞむべきもありがたきゆゑに、かへりていづれとわきがたければ、森のくちばかずつもりみぎはのもくづかき捨ず成ぬる事はみちにふける思ひふかくして後のあざけりをかへりみざるなるべし。

みづからの哥を〜〜後鳥羽院御哥也。

ふるきたぐひはあれど〜たとへば後撰に天暦の御製を入、後拾遺に白河院御製を入る類なるべし。何も哥数入ざる也。

かれこれえらべる所三十首にあまれり〜後鳥羽院の御製此集に卅三首入。定めて五人の撰者の御集より撰び出奉れる故にかれこれえらべる所とかゝせ給ふなるべし。

めだつべき色もなく〜御卑下の詞なるべし。秀哥とおぼしめす哥あらば只其限り入させ給ふべきをさしてめだつべきも、心とゞむべきもなきゆゑ、いづれととりわきがたさにかへりてかく数々入させたまふまふと也。又さして秀逸とおぼしめさぬ哥ならば一向に入させ給ふまじけれども、道にすきふけらせ給ふ故にて後のあざけりもかへりみさせ給はずと也。森の朽葉は数つもりといはん枕詞、汀のもくずはかき捨ずの枕詞にて何も後謙退をこめし心なるべし。

十四段撰集終功之年号

ときに元久二年三月廿六日になん記しをはりぬる。

十五段此集之祝言

めをいやしみ、みゝをたふとむるあまりいそのかみふるきあとはづといへども、ながれをくみてみなもとをたづぬるゆゑに、とみのを川のたえせぬ道をおこしつれば、露霜はあらたまるとも松ふく風のちりうせず、春秋はめぐるとも空ゆく月のくもりなくして、此時にあへらんものはこれをよろこびこのみちをあふがん物はいまを忍ばざらめかも。

元久二年〜土御門院の御在位の年号也。

めをいやしみゝをたふとぶるあまり〜是文撰の詞にて近く見る今をいやしみ遠くきく昔の事を貴《タツト》むといはんとてかく書給へり。文撰東京賦云、貴レ耳賤レ目者也。善註桓子新論曰《ニ》、世咸《ミナ》尊レ古卑レ今貴レ所レ聞賤レ所レ見。いその上は古きの枕詞也。

ながれをくみてみなもとをたづぬるゆゑに〜彼古き撰集古今後撰などのいみじき跡を恥るといへども其流をくみ、其撰集の源を尋ねてしたふゆゑに此集をえらびて、万葉以来絶せざる哥道をおこしおきつればと也。富小川は彼いかるがやの哥の詞にて絶せぬの枕詞。かの流れ源の詞の縁也。

露霜はあらたまるともとは文撰に露往霜來《アキユキフユキタル》といへる詞にて時節のうつりかはる事也。春秋はめぐるともとは年の循環する事也。松《マツ》ふく風は散うせずの枕詞。古今序松《マツ》の葉のちりうせずとある俤也。そらゆく月のは曇なくといはん枕詞也。此段の心はかく哥道を興行して此集を撰置つれば時節はかはるとも此集ちりうせず。年はめぐりゆくとも此道は曇なくして当時にあひて集に入たる哥人はよろこび、後代和哥の道を仰《アフ》ぎしたはん物は、今の此中興の時を恋忍ばざらめやとの心也。是も古今序のいにしへをあふぎて今をこひざらめかもといへる文法をうつし給へるなるべし。此序十五段也。或十四段といふ説あれども用べからず。

新古今和歌集　巻第一　巻第一ヨミクセ前註

春哥上

春たつこゝろをよみ侍ける　　摂政大政大臣

1 みよしのは山もかすみてしら雪のふりにしさとに春はきにけり

東野州云、吉野は山ふかき所にて、外よりは春も遅く至るべし。されども天不《ズ》レ言《モノイハ》して四時行はるといへる本文のごとく、かゝるみ雪のうちにも春色は見え侍也。たけ高く見るやうの躰なり。巻頭の哥なれば無上のすがたなるべし。比哥を一部の一番にをける心は、一首のうちに題号の心をふくめり。五文字よりふりにし里といふに、新古

摂政太政大臣
後京極殿良経公也。九条関白兼実公二男、母従三位藤原季行女。建仁二年十二月廿五日摂政。元久元年十二月十四日太政大臣公卿補任。定家卿云、摂政殿は天性不思議の堪能と見之給へり。されば中〳〵兎角に及ばず。人の哥をもよく甲乙を見分ち、我もすぐれたる様を存して、実に双びなき事とぞおぼえ給ふ。御家集　秋篠月清集といへり。

の二字を云、春は来にけりといふに、今の字の心あり。深山の太雪の上にて見たてたる初春の心面白し。

本哥〽いづくとも春の光りはわかなくにまだみよしのゝ山は雪ふる　又古にし里といふは、吉野は皇居の跡なれば、古郷といふ也。

師説 此哥忠岑の山も霞てを本哥ニテ読ながら、古にし里にて、もの字をはたらかし給。奇妙〳〵。

春のはじめのうた　太上天皇

2 ほの〴〵と春こそ空に来にけらしあまのかぐ山かすみたなびく

天香久山のうち霞るにて、春は空にや来にけらしとよませ給ふ也。天のといふに空にとよませ給へる、上下かけあひたる御哥とぞ。ほの〴〵といふ詞に春の朝の風情あるべし。

太上天皇　八十二代 後鳥羽院なり。高倉院第四皇子。御母は七条院殖《ナリ》子。修理太夫藤ノ信隆ノ女。建久九年正月御子土御門院に御譲位のゝち太上天皇の尊号を奉ル。史記注ニ太上者ハ無レ上也。皇者ハ徳大セ於帝ヨリ一。故尊テ二其父ヲ一号ス二太上皇ト一也。天皇口訳

百首哥奉りし時、春のうた　式子内親王 千載集作者

3 山ふかみ春ともしらぬ松の戸にたえ〴〵かゝる雪のたま水

野州云、山深くとぢ籠りたる松門などには、いつともなく雪降つもりて、春ともしらざりしに、さすがに軒の雫の折知顔に音づれたるを哀と覚る申也。春共しらぬ松の戸とつゞけられたるは、松はときはの物にて、春夏秋冬共しらぬ由也。師説 松の戸雪に餘情有。たえ〴〵かゝる感深し。

五十首哥奉りし時　宮内卿 右京大夫師光女 後鳥羽院女房

4 かきくらし猶ふる里の雪の中にあとこそ見えね春はきにけり

かきくらして猶降とそへて也。誰とふともなき故郷の雪中に春はきたりしよと也。人

などの来るには雪に跡あるに、春には跡なき心なるべし。引とふ人もなき宿なれどくる春は〳〵。

入道前関白《法性寺忠通公》太政大臣右大臣に侍ける時、百首哥よませ侍けるに、立春の心を

皇太后宮大夫俊成

5　けふといへばもろこしまでも行春を都にのみとおもひけるかな

玄旨云、もろこしまでもとは、春のあまねく来るをいへり。しかるを都斗と思ひしよと也。師都の春を賞する心にや。

題しらず

俊恵法師前集註

6　春といへばかすみにけりなきのふ迄なみまに見えしあはぢ島山

きのふまでは只波まに見えし淡路島の、けふ春といへば霞しよなど也。〽春立といふ斗にや〳〵此哥の風情をかへたる也。

西行法師千載集二委 号円位上人

7　岩間とぢし氷もけさはとけ初てこけの下水道もとむらん

東風解氷は立春の候なれば、岩間の氷もとけて苔の下にとどこほりし水も、道を求て流出らんと也。

読人不知

8　万葉 風まぜに雪はふりつゝしかすがにかすみたなびき春はきにけり

寒のこる風雪の空ながら、さすがに打霞て春の来しさま也。

9　時はいま春になりぬとみ雪ふるとをき山辺にかすみたなびく

玄旨云、此哥は時は今春に成ぬとよみきりて遠き山べにといふ句にかけてみるべし。

師雪ふかげなる遠山にも時至て霞める心也。

堀川院御時、百首の哥奉りけるに、のこりの雪の心を読侍ける　　権中納言国信右大臣顕房子

10　春日野の下もえわたる草のうへにつれなく見ゆる春のあは雪

野州云、淡雪は淡の如く消安をいへり。然を難面くみゆるといふ事は、下萌の草葉の上にのこれば淡雪をもつれなしとよめり。みゆるといへば、しかとつれなしといふにはかはるべし。一にたぐひなき事をつれなしといへり。わか草の上にあは雪のふりかゝりたるは、たぐひなく面白くみゆるといふよし也。

題しらず　　山辺赤人古今抄拾遺抄等記之

11　あすからはわかなつまんとしめし野にきのふもけふも雪ふりつゝ

玄旨云、しめし野は領じたる事也。あすからは毎日つまんといふ心也。きのふもけふもといふにて心得べし。さしつめてあすつまんと、いひ定《サダメ》たるにはあらざるべし。

天暦御時屏風哥　　壬生忠見拾遺作者前註

12　春日野の草はみどりになりにけりわかなつまんとたれかしめけん

かく面白く成し野を、たれかわかなつまんと領じたる所ならんと也。

崇徳院に百首哥奉りけるとき、春哥　　前参議教長詞花作者

13　わか菜つむ袖とぞ見ゆるかすがのゝとぶひの野べの雪のむらぎえ

村ぎえの雪を、若菜つむ白妙の袖とみると也。貫之春日野のわかなつみにや白妙の袖ふりはへて人のゆくらん、とよみし心にてなるべし。かすがのゝ飛火の野守出て見よいまいくか有て若菜つまゝし。

和哥所にて　土御門院の建久元年に、後鳥羽院和哥所を置給。開闔寄人等有。源家長開闔たり。藤原清範、鴨長明。藤原能秀（ママ）などを寄

延喜御時、屏風に《のうたイ》　紀貫之

14 ゆきて見ぬ人もしのべと春のゝのかたみにつめるわかなゝりけり

貫之集詞書に、子日遊ぶ家とあり。子日の遊びの野べの面白かりしを、行て見ざりし人もしたへとて、野べの形見につみ来たりし篭の若菜ぞと也。形見を篭にそへて也。子日には松を引若菜をもつむ事なれば也。

述懐百首哥よみ侍けるに、わかな　皇大后宮大夫俊成

15 沢におふるわかなならねどいたづらに年をつむにも袖はぬれけり

徒《イタヅラ》に老の歎きの心也。袖ぬるゝは沢の縁也。

日吉の社によみて奉ける子日のうた

16 さゞ波や志賀の浜松ふりにけりたが世にひける子日なるらん

かゝる古き都の跡の松は、定て昔の子日の名残ならんと思ひよせてよみ給ふ心なるべし。

百首哥奉し時　藤原家隆朝臣

17 谷川のうち出る波もこゑたてつうぐひすさそへ春の山かぜ

野州云、古今の哥二首を引合て読る哥也。〽谷風にとくる氷の隙ごとに打出る波や春の初花。〽花のかを風の便にたぐへてぞ鶯さそふしるべにはやる。谷川の氷も早とけて声たて侍れば、鶯もさそへと春の山風にいひかけたる哥也。

和哥所にて、関路鶯といふことを　太上天皇

18 鶯のなけどもいまだふる雪に杉の葉しろきあふさかのやま《せきイ》

上句は古今〽梅が枝にきゐる鶯春かけてなけどもいまだ雪は降つゝ、此哥にてつらね

人とし給へり。
堀川院に百首　此百首の事前の集ども委註

させ給へり。下句は心明なり。鴬の鳴て春めき面白きに、逢坂の関の杉村の雪の興をそへしさまなるべし。

堀河院に百首歌奉りける時、残雪の心をよみ侍ける　藤原仲実朝臣 金葉集委註

19 春きては花とも見よとかた岡の松のうは葉にあは雪ぞふる

野州云、冬は雪の時に逢時也。春は花を賞する物なれば、春は花とも見よと云也。花の時にあふ世なればいふ也。八雲云、片岡は只かた〳〵の岡の心も有。其所可尋云々。

題しらず　中納言家持 拾遺委註

20 万葉 まきもくのひばらもいまだ曇らねば《イぬに》小松がはらにあは雪ぞふる

野州云、巻向の桧原、大和名所也。此哥に春の詞なし。いまだくもらぬにといふを霞の心に読る也。餘寒の躰也。愚案 野州本は雲らぬに也。愚本 曇らねばは春ながら霞まねば、餘寒の雪降と也。

読人不知

21 いまさらに雪ふらめやもかげろふのもゆる春日となりにしものを

玄旨、雪ふらめやもは、雪ふるべきかはととがめたる詞也。かげろふ両説あり。とんばう又糸遊などいふにてみれば、空にちら〳〵とみゆるを云。陽煙ともいふ也。此哥は、もゆるとあれば、陽煙の事なり。扨もゆる春日と成にし物を今更に雪はふらじとおもへば雪の降よとよめる也。

凡河内躬恒

22 いづれかを花とはわかんふるさとのかすがのはらにまだきえぬ雪

春日を古郷とよむ事、伊勢物語の詞なるべし。万葉第八ニ霜雪もいまだ過ねば思はずに

春日の里に梅の花見つ、大伴宿祢三林此哥の心などより、此躬恒の哥もよめるにや。
梅花など咲たるに、雪のまだきえねば、いづれをか花と分て見んと、分兼愛する心也。

家の百首哥合に、餘寒の心を　　摂政太政大臣

23
そらは猶かすみもやらず風さえて雪げにくもる春のよの月

餘寒のゆへ、春ながら猶かすみもやらで雪気にくもると也。春月は霞にこそくもるべきに雪げの雲にくもると也。

和哥所にて、春山月といふ心をよめる　　越前散位大中臣公親女

24
山ふかみ猶影さむしはるの月そらかきくもり雪はふりつゝ

深山なれば、春ながら猶月の寒きけしき也。下句心は明也。

詩をつくらせて哥に合せ侍しに、水郷《スイガウ》春望といふ事を　　左衛門督通光内大臣通親三男

25
みしま江や霜もまだひぬあしのはにつのぐむほどのはるかぜぞふく

宗祇云、自賛哥註冬枯たる芦の霜もさながらにて、いつ萌出べきやうにも見えぬを、春風のぬる〱と打吹て、いつしか春の気色しるきを見れば、芦も早角ぐむほどの春風とよめり。仍春望の心有。水郷《スイガウ》は水辺の村也。必居所をよまねど、里ある所を読也。
宇治　難波　伏見　大井　水無瀬など水郷也。其外猶侍べし。

藤原秀能千載集委註

26
夕月夜しほみちくらしなには江の芦のわか葉をこゆるしらなみ

野州云ゝいかにも長閑なる難波江に、白波の芦の若葉をそろ〱とこゆるは、やう〱夕汐《シホ》みち来らしと見立たる也。言語道断の所也。宗祇云、是も前題也。

春の歌とて　　西行法師

27 ふりつみし高根のみ雪とけにけり清瀧川の水のしらなみ

源重之 拾遺委註

野州云、清滝は愛宕高雄の麓也。清滝と取出して結句に白波といへる賢作也。其故は、春来て雪消る時分は、いかなる清水も濁《ニゴ》る物也。清滝川の濁て流るゝをみて、扨は高根の雪もとけゆくよと、さとりしれる心也。堀川百首 鎌倉やみこしが嵩に雪消てみなのせ川に水増る也。

28 梅が枝に物うきほどにちる雪を花ともいはじ春の名だてに

山辺赤人 古今拾遺註

雪のいたく降て、梅に物うきほどにちるが花とは見えまがへども、花とはいはじ。今もかゝる雪をふらせて花といはするは、春のおこたりなる。其名だてなればと也。是野州の義也。但師説云、ふるを物うき様にわづかにふる雪也。春陽の気遅くて、梅は遅きに、少しくふる雪の花と見えて面白けれど、花とはいはじ。是を花といへば、春陽をそく至るをこたりの名だてなればと也。

29 あづさ弓はる山ちかく家居してたえずきゝつるうぐひすのこゑ

よみ人しらず

梓弓は春といはん枕詞也。都には稀《マレ》にてまたるゝ鶯を、春山近くて不絶聞を悦ぶ心也。

30 梅がえになきてうつろふうぐひすのはねしろたへにあは雪ぞふる

玄旨云、詠哥大概抄 是は万葉の哥也。梅花にうつりきて鳴鶯の翅に淡雪の散かゝりしさま也。毛詩、出《テ》二自幽谷一遷《ヨリウツル》二于喬木《ニ》一鶯の詩也。

百首哥奉りし時　惟明親王 高倉院皇子 母平茂範女

31 うぐひすのなみだのつらゝ打とけてふるすながらや春をしるらん

古今〽雪の中に春はきにけり鴬の氷れる泪今や解らん、をのが泪の氷の解るにて、古巣にゐながら春を知んと也。

題しらず　志貴皇子 天智天皇御子 施基皇子同人カ

32 岩そゝぐたるひのうへのさわらびのもえ出る春になりにけるかな

童蒙抄云、万葉八に有。岩の上にそゝぐ水の氷たるあたりに、早蕨萌出とよめる歟。上と辺と其心かよひたり。愚案 時を感じたる哥也。垂氷《タルヒ》のほとりの蕨も萌出て、春陽の時至れるよとの心也。

百首哥奉りし時　前大僧正慈円 千載集委註

33 あまのはらふじのけぶりの春のいろのかすみになびくあけぼのゝそら

野州云、天の原は空を云也。天の原冨士と古人も読り。ふじの煙の高天《カウテン》にさし上《ノボ》りたるも、早春《ハヤハル》に同心して、春《ハル》の色に成たりと也。二の句にて切て見る哥也。

崇徳院に百首の哥奉りけるとき　藤原清輔朝臣 千載集委註

34 あさがすみふかく見ゆるやけぶりたつむろのやしまのわたりなるらん

室八島・下野煙立所也。なべて霞渡れる朝一入ふかく見ゆる所は、室八島とて煙立所ならんと也。霞にいづくもわかねども、深き所をそこと知心なるべし。

晩霞といふ事を よめるイ　後徳大寺左大臣 実定公千載委

35 なごの海のかすみのまより詠ればいりひをあらふおきつしらなみ

奈古海、越中也。入日の波にひたりしを、かくよみ給へり。面白き風情とぞ。なご摂津同名有。

元久の比とますかゞみにあり　おのこども、詩をつくりて哥に合侍しに、水郷春望といふ事を

太上天皇

36　見わたせば山もとかすむみなせ川ゆふべは秋となにおもひけん

野州云、水無瀬は後鳥羽院皇居也。古人秋の夕を哀なる時といひ伝たり。然共春の夕朧こと霞て、そこはかとなく物閑なる水無瀬の有様、世に又類なく哀にも悲くも侍り。誰秋の夕をさはいひけん。春の夕こそまさりぬれと云さしたる御哥也。風情かぎりなし。

摂政大政大臣家百首哥合　建久二年　世号六百番　に、春曙といふ心を読侍ける

藤原家隆朝臣

37　かすみたつ末の松山ほの〴〵となみにはなるゝよこ雲のそら

末松山は、陸奥。山ごしに海見ゆる所と也。うち霞たる曙に、横雲の明行まゝに、波に立はなれたるさま、海山懸て風情類なくや。

守覚《シュカク》法親王　仁和寺二品後白河皇子、五十首哥よませ侍けるに

藤原定家朝臣

38　春のよのゆめのうき橋とだえしてみねにわかるゝよこ雲のそら

徹書紀物語云、夢打覚て見たれば、峯に横雲のわかるゝ比也。其躰を其まゝよくいひいでし也。夢の浮橋と絶して、峯にわかるゝといへるが、よくつゞき、面白きなり。愚案此説此哥をよく見得せしにこそ。野州云、夢の浮橋とだえしてとは、夢のさめたる事也。春のよのはかなくあけゆく時分、夢も跡なくて、扨も名残おしき物かなと詠やるに、よこ雲の何心なく別れゆくよといふ心をこめて、よこ雲のそうといひ捨られたる哥也。夢の浮橋口伝あり云々。愚案此説聊余情をふくめて、亦捨がたき物なるべし。

きさらぎまで梅の花咲侍らざりける年、読侍ける　中務拾遺作者敦慶親王のむすめ母伊勢

39 しるらめやかすみのそらを詠《めゐイ》めつゝ花もにほはぬ春をなげくと

しるらめやとは、あにしらんや、知ざらんとの心也。詠つゝといふ、つゝは、程へたる心をふくめり。心は春立チかすみそめしより、此花を待にさかずして、二月迄に成にければ今まで花も匂はぬ事と、霞の空を詠めつゝあやしき春を我が歎くとは、梅は知ずやあるらんと也。

守覚《シウカク》法親王家五十首歌に　藤原定家朝臣

40 おほぞらは梅のにほひにかすみつゝくもりもはてぬ春のよの月

野州云、本哥〽照もせず曇も果ぬ春のよの朧月夜にしく物ぞなき、誠の霞ならば、曇も果侍べけれども、梅の匂ひに霞たる月なれば、曇も果ず霞みたるは、本哥のごとく似る物もなしといへるにや。

題しらず　宇治前関白太政大臣頼通公御堂殿子

41 おられけりくれなゐにほふ梅の花けさしろたへに雪はふれゝど

玄旨云、紅梅を雪の降隠したるさま也。されども紅なれば、白妙の雪にまがはずおられけると也。有レ色《テ》易《シ》レ分《チ》残雪《ノ》底無《シテ》レ情《コヽロ》難《シ》レ弁《ヘ》夕陽《ノ》中　朗詠

かきねの梅をよみ侍ける　藤原敦家朝臣参議兼経子蔵人頭

42 あるじをば誰ともわかず春はたゞかきねの梅をたづねてぞ見る

新撰朗詠　紀《ノ》斉名《タナ》至《ルス》無《シ》二定《ムル》家一尋《テ》レ花《ヲ》而不レ問レ主《ヲ》　この心を用るにや。

梅花遠薫《クズ》といへる心をよみ侍ける　源俊頼朝臣金葉委

43 こゝろあらばとはまし物を梅がゝにたがさとよりか匂ひきつらん

かくなつかしき梅がゝは、誰里よりの匂ひぞや。梅がゝに心あらばとはん物をと也。
誰里よりに遠き心有。

百首哥奉し時　　藤原定家朝臣

44　梅のはなにほひをうつす袖のうへにのきもる月の影ぞあらそふ

軒端の梅がゝ面白く、袖にもうつる折ふし、軒もる月のをとらじと、さしうつりしを愛してよみ給へる心なるべし。梅のうつる袖に月もうつればあらそふと読給ふなり。

藤原家隆朝臣

45　梅がゝにむかしをとへば春の月こたへぬかげぞ袖にうつれる

梅香も昔を思ひ出る物にすれば、かくよめり。梅も月も答る事なき餘情哀なる哥とぞ。
源氏早蕨巻に、花のかもまらうどの御匂ひも橘ならねど、昔思出らるゝつま也云々。
紅梅をいへり。伊勢物語《ニ》梅の花盛に月やあらぬと読し俤なるべし。

建仁元年土御門院御宇
千五百番哥合に　　右衛門督通具

46　梅の花たが袖ふれしにほひぞと春やむかしの月にとはゞや

古今〽色よりも香こそ哀とおもほゆれ誰袖ふれし宿の梅ぞも、〽月やあらぬ春や昔の春ならぬ、此両首の詞を用ひて、かくなつかしき梅は誰が袖ふれしぞと、春やむかしのと、なりひらのよみ給へるごとくのむかし恋しき月影にとはんと也。

皇大后宮大夫俊成女

47　梅の花あかねいろ香もむかしにておなじかたみのはるのよの月

此哥も月やあらぬの俤なるべし。梅月の比、語らひし人は今はあらねど、此梅のあかぬ色香も、昔の人香の其まゝにて、月も其夜の俤かはらねば、梅と同じ形見ぞと也。

宗祇自賛哥註云、此作者後にはこしべの禅尼と云。俊成卿千載集撰しける時、手つだひしたる人也。小蔀《シベ》は所の名也。嵯峨にあり。さがの禅尼と申人もあり。通具妻也。

梅花にそへて、大弐三位につかはしける　権中納言定頼 後拾遺委

48 来ぬ人によそへて見つる梅の花ちりなんのちのなぐさめぞなき

花の盛なる程は、よそへ慰むかたも有に、散なん後はいかにせむとの心也。こぬ人は大弐三位をいへるなるべし。花ざかりには来よなどたのめ給へる事有しにや。

返し　大弐三位 後拾遺作者

49 春ごとに心をしむる花の枝にたがなをざりの袖かふれつる

定頼卿のこぬ人によそへてとよみ給へるは、大貳三位によそへと見るとの心を、三位は我が事にはせでの返し也。春ごとに行見まほしと我心をしむる梅が枝に、誰人かなをざりの袖をふれて、其後ゆかでかくこぬ人によそへて見るとはいはるらんとの心なるべし。なをざりとは、大かたにて心をも染ぬ心也。等閑に袖ふれて又も行ぬ心あり。

二月《ジゲツノ》雪落《ツ》レ衣《ニ》といふ事をよみ侍ける　康資王母 後拾遺註

50 梅ちらす風もこえてや吹つらんかほれる雪の袖にみだるゝ

此哥の題は、折《テ》二梅花《ヲ》一而挿《バ》レ頭《ニ》二月《ノ》之雪落レ衣といふ朗詠の句題也。哥の心も此朗詠の全篇の心にて、梅をかうべにかざしたれば、風も我身をこえて高く吹しやらん。梅のちりて雪のごとく袖にみだるると也。梅花なればかほれる雪とよめり。

題しらず　西行法師

51 とめこかし梅さかりなるわがやどをうときも人はおりにこそよれ

とめこかしは、梅がゝをとめても尋来よかしとの心也。疎々しきも折によるべし。かゝ

る面白き梅の盛の宿をもとはぬは、心なき事ぞとの心なるべし。

52
百首哥奉しに、春のうた　式子内親王
ながぬつるけふはむかしになりぬとも軒端のうめはわれをわするな
野州云、此梅の難《キ》レ有色香を、我たぐひなく思ふあまりに、我むなしく成て詠めつるけふは昔に成たりとも忘るなと、人に向ひて物をいひ置やうに被遊たり。又源氏に、槙の柱よ我を忘るなと侍を取よせられてよみ給へり。

53
土御門内大臣《通親公久我内大臣子》家に、梅香留袖といふ事をよみ侍けるに　藤原有家朝臣
ちりぬればにほひばかりを梅の花ありとや袖に春風の《ぞイ》ふく
梅は散て、わづかに匂ひ斗袖にとゞまりしに、匂ふに付て、それさへ春風の吹と也。〽折つれば袖こそ匂へ梅花有とやこゝに鶯のなく。詞はたゞすこし鶯のなくといひ、春風の吹といひかへたる斗なれども、心は各別なり。

54
題しらず　八条院高倉大納言実長女
ひとりのみながめてちりぬ梅の花しるばかりなる人はとひこで
色をも香をもしるほどなる人はとひ来ねば、我独のみ詠てあだに散しと也。〽君ならで誰にか見せん梅花色をも香をも知人ぞしる。
文集、嘉陵《カリヨウノ》春夜《ノ》詩《ニ》、不《ズ》レ明《アキラカ》不《ズ》レ暗《クラカラ》朧々《ロウ〳〵タル》月といへることをよみ侍ける　大江千里古今作者彼集註

文集嘉陵春夜　白氏文集十四に、嘉陵夜有《ニシテ》レ懐二首とある内也。嘉陵は所の名也。三体詩増註《ニ》、鳳州路《ノ》江《ノ》名《也ト》云々。

55
てりもせずくもりも果ぬ春のよのおぼろ月夜にしく物ぞなき
上は詩の詞を其ままにて明か也。下のしく物ぞなきとは、似たる物なき心也。如の字をしくとよめり。

藤つぼ　飛香舎《ヒキヤウシヤ》といふ御殿の名也。藤をうへられし故、号《ス》二藤壺《ト》一。

後朱雀院皇女、母源子
祐子内親王、藤つぼに往侍けるに、女房うへ人などさるべき限り物語して、春秋のあはれいづれにか心ひくなどあらそひ侍けるに、人々おほく秋に心をよせて侍ければ
菅原孝標女《タカスエ》 祐子内親王女房 家集一巻

56 あさみどり花もひとつにかすみつゝおぼろに見ゆるはるのよの月

浅緑なる春の空も、花もひとつに霞て、朧月夜の面白き事をいひたてゝ、春こそかく面白けれ、秋に心をよせ給ふは如何との心也。

百首哥奉りし時
源具親 左京大夫厨光子 左兵衛佐四位

57 なにはがたかすまぬ波も霞みけりうつるもくもるおぼろ月夜に

朧月の影うつりて、かすまぬ波もかすみしと也。景気面白哥と也。うつるも曇る制詞也。誠に大切の詞なるべし。

摂政太政大臣家百首哥合に
寂蓮法師 千載委註

58 いまはとてたのむの雁もうち佗ぬおぼろ月夜のあけぼのゝそら

野州云、たのむ田面五音相通也。今はと云詞は雁のかへらんとするきは也。さらでも春の曙は名残多かるべきに、霞に月の残たる時分なれば帰雁の声も一入残多やうにきこゆれば、心なき雁も名残を惜むかといへり。雁ものもの字、我打佗たる心なり。感情ふかく哀さ無限哥也。

刑部卿頼輔、哥合し侍けるによみてつかはしける
皇大后宮大夫俊成

59 きく人ぞなみだはおつるかへるかりなきてゆくなるあけぼのゝ空

帰雁の鳴といふより、きく人ぞ泪はおつるとよみて、名残を惜む、心也。古今ニ〽鳴渡る雁の泪やおちつらん物思ふ宿の萩の上の露、かりの泪とよみし人はあれど、聞く人ぞ

泪はおつると也。

題しらず　よみ人しらず

60 ふるさとにかへるかりがねさよふけて雲路にまよふこゑきこゆなり

雁の古郷へ帰さを急ぐ心に、さよふくるまでゆくが、雲路にまよひて行やらぬ声きこゆるは、いかに帰さの心せき侘らんと也。

帰雁を　摂政太政大臣

61 わするなよたのむの沢をたつ雁もいなばの風のあきのゆふぐれ

是も田面をたのむとよませ給へり。帰雁の田面の沢をたちゆくは名残おしけれど、時至りて帰ればせんかたなし。此田面の稲葉の秋くる事を忘るなよと、雁に頼めいへる心なるべし。

百首哥奉りし時

62 かへるかりいまはの心ありあけに月と花との名こそおしけれ

今はの心ありといひかけ給へり。有明の月と花との美景に帰雁のけしきの言語道断面白きをみて、かく月と花の美景ありながら、雁に帰らん事を忘れしめずして、今はとかへる心あらするは、月と花の名おりなる名こそおしけれとの心なるべし。

守覚法親王五十首哥に　藤原定家朝臣

63 霜まよふそらにしほれし雁がねのかへるつばさに春雨ぞふる

玄旨云、かりがねの春秋の往来の辛苦をあはれびたる哥なり。愚案 霜まよふそらとは、霜のふりみだれし空をいふなるべし。

閑中春雨といふ事を　大僧正行慶千載作者 白川院御子

閑中　しづかなる心也。

64 つく〴〵と春のながめのさびしきはしのぶにつたふ軒の玉水

玄旨云、春のながめとは春の霖雨也。物を詠むる心をそへて読る哥也。軒に忍ぶのある体にて、閑中の心を顕したる哥也。

寛平御時きさいのみやの哥合のうた　伊勢古今委

65 水のおもにあやをりみだる春雨ややまのみどりをなべてそむらん

野州云、雨ふりて水うごきて紋あれば、綾織みだると也。水には文をなし、山には色を染出せば、春雨の所作を感じてよめる哥也。柳無《シテ》二気力一条先動池有《ニテ》二波文一氷尽開。

百首哥奉し時　摂政太政大臣

66 ときはなる山の岩根にむす苔のそめぬみどりに春雨ぞふる

山の岩根の常磐なるに、苔も時わかぬ緑なるに、春雨降て色をそふ心也。〽常磐なる松の緑も――此心なるべし。

清輔朝臣のもとにて雨中苗代といふ事を読る　勝命法師佐渡守親賢子俗名親行

67 雨ふればをだのますらおいとまあれやなはしろ水をそらにまかせて

水を引とるをまかすといへば、雨にまかせて小田の賤夫もせき入る労なくいとま有と也。

延喜御時御屏風に　凡河内躬恒

68 春雨のふりそめしよりあをやぎの糸のみどりぞいろまさりける

降初を染しとそへてよめり。心は明也。

題しらず　太宰大弐高遠拾遺作者斉敏子

69 うちなびき春は来にけり青柳の陰ふむ道に人のやすらふ

うちなびき春はきにけり　万葉の詞也。なべて春なる心也。陰ふむ道は柳おほひし所也。春に成て柳色そへて面白き故、行人もとゞまる心也。

輔仁親王 後三條院皇子 金葉作者

70 みよしのゝおほ川のべのふる柳陰こそ見えね春めきにけり

ふる柳は冬木して猶若ばへもせぬ也。よりて陰おほふやうもなけれども、春のしるしに春めきしと也。大河吉野の河の名也。古柳は新柳に対して也。

百首歌中に　崇徳院御哥

71 あらしふく岸の柳のいなむしろおりしく波にまかせてぞ見る

八雲抄柳の部に云、いなむしろ、是は水の底《ソコ》にある枝の稲むしろに似たる也云々。奥義抄云、川の底に短《ミジカ》き草の莚《ムシロ》を敷たるやうにおひたるを稲莚とは云也。此柳の末の水にひぢたるが、かの稲莚に似たれば、かく読るとぞ見ゆる云々。おりしく波は打しきる波也。嵐になびく柳の水にひたりて面白を、波に任てみると也。

建仁元年三月哥合に、霞隔二遠樹一といふ事を　権中納言公経 内府実宗子 西園寺太政大臣

72 たか瀬さすむつたのよどの柳原みどりもふかくかすむはるかな

六田淀は大和也。高瀬は川舟也。柳の緑も深く、霞も深き景気なるべし。

百首哥よみ侍ける時、春の哥とてよめる　殷冨門院大輔 千載集委註

73 春風のかすみふきとくたえまよりみだれてなびくあをやぎのいと

風は柳にそひて面白き物なるが、幸に霞吹ときて、其絶間にみせたる様也。

千五百番哥合に、春哥　藤原雅経

74 しら雲のたえまになびく青柳のかづらきやまに春風ぞふく

万葉〽青柳のかづらき山にたつ雲の立ても居ても妹をこそ思へ、宗祇引哥柳の鬘《カツラ》といひかけて也。白雲は葛城に読付たるに、白雲の隙に青柳見ゆる景気也。

藤原有家朝臣

75 あを柳の糸に玉ぬくしら露のしらずいく世のはるかへぬらん

柳の糸に露の玉ぬく風情は、昔よりかく面白きを、いく世の春をへし風情ぞや、不知と感じたるさま也。白露の不知と重て也。

宮内卿 此人ノ此哥合ノ哥讀シ事増鏡ニ委

76 うすきこきのべのみどりの若草にあとまで見ゆる雪のむらぎえ

野州云、雪の早く消遅く消て、其きえたるごとくに、若草の遅速有てもえ出るよしをいへり。野べの雪の村消たりし景気の面白かりつるを、其名残を見せて、跡までうすくこく草葉の色に顕《アラ》はしたる所を感じてよめるうた也。

題しらず　曽祢好忠 拾遺委

77 あら小田の去年のふる跡のふるよもぎいまは春辺とひこばえにけり

あら小田は荒《アラ》しをきたる田也。去年稲かりし跡に蓬生《ヨモギ》出て、古たるが是も春知がほにひこばへせしと也。今は春辺とは難波の哥の詞なるべし。

壬生忠見 拾遺集委註

78 やかずとも草はもえなんかすが野をたゞ春の日にまかせたらなん

野州云、〽春日野はけふはなやきそといふ歌より出たり。草は火にてやけば頓て萌出る也。此哥日と火を兼て也。やかずとも只春の日にまかすべきと也。本哥のけふはなやきそといふをうけて、やかずとも草はもえなんとよめり。かすがといふ字、春日と書事なれば、只春のひにまかせよといふ也。なんといふ詞二あり。はじめは物の治定したるを云なん也。まかせたらなんはまかせよと下知のなん也。かくのごときの詞よくきくべき事也。口訣。

白河院鳥羽に　鳥羽殿の事前ノ集ニ註。

西行法師千載集円位云々

79 よしの山さくらが枝に雪ちりて花をそげなるとしにもあるかな

さくらの枝に雪うち散て、余寒つよき年なれば、花おそげなると案じたる心なるべし。何となく面白き哥とぞ。

白河院鳥羽におはしましける時、人々山家ニ待レ花ヲといへる心をよみ侍りけるに

藤原隆時朝臣左衛門佐清綱子因幡守四位

80 さくら花さかばまづみんと思ふまに日かずへにけり春のやまざと

花を急ぐ心に山里に行て、さかば先最初にみんと待ゐるまに、猶さかねば日かずふる心なるべし。

亭子院ノ哥合に

紀貫之

81 わが心はるのやまべにあくがれてなが〳〵し日をけふもくらしつ

春の山べに心のあくがれ出るは、是も花を待霞をあはれみなどの心なるべし。けふもくらしつは、赤人の桜かざしての詞にて、日比も遊びくらしけふも暮し猶あすもくらさん心をこめたる詞なるべし。

摂政太政大臣家ノ百首ノ哥合六百番いはずに、野遊の心を

藤原家隆朝臣

82 おもふどちそこともしらず行暮ぬ花のやどかせ野べのうぐひす

心は明也。花は鴬の領《レウ》じたれば、下句面白きにや。上句は古今〽思ふどち春の山べにう

ちむれてそこともいはぬ旅ねしてしが、此心と判《ノ》詞《ニ》有。

83　百首哥奉し時　　式子内親王
いまさくらさくぬと見えてうす曇り春にかすめる世のけしきかな
日比にも春のしるしの霞は立しかども、花曇《クモリ》のころこそ、誠の春に霞める気色なれと也。

84　題しらず　　読人不知
ふして思ひおきて詠るはる雨に花のしたひもいかにとくらん
おきふし花を待侘る比、春雨降つゞけばいかに花の咲て面白からんと心をこめて也。
古今〽伏て思ひ起て数《カゾフ》る詞斗用。

85　ゆかん人こん人しのべはるがすみたつたのやまのはつざくらばな　　中納言家持
霞立たる立田の初桜を珍く愛するあまり、往来の人も忍べと也。

86　花のうたとてよみ侍ける　　西行法師
よしの山こぞのしほりの道かへてまだ見ぬかたの花をたづねん
吉野は花の見所おほき山なれば、こぞしほりせし道を此春はかへてと也。

87　和哥所にて哥つかふまつりしに、春の哥とて読る　　寂蓮法師
かづらきやたかまの桜さきにけりたつたのおくにかゝるしら雲
宗祇云、是は三体《ノ》和哥の春の哥也。誠にたけ高き姿《スガタ》也。心は当意即妙也。後鳥羽院も此哥をば殊《コト》にいかめしくおぼしけるにや云々。自讃哥或抄云、後鳥羽院製作御抄に、此哥の事を寂蓮法師はあまり哥に心を入る故に長《タケ》あらずと申人あれども、いで長《タケ》よま

んとおもふ時は、あまりおそろしきまでよめりとあそばしたり。葛城高間は竜田のおくなれば遠望して竜田の奥に所もさらず白雲のかかるは、たかまのさくらさきたりとよめり。愚案此儀宗祇三体和哥注の心と同。

題しらず　　よみ人しらず

88 いそのかみふるき都を来みればむかしかざしし花さきにけり

石上穴穂は安康天皇の都、石上広高は仁賢天皇の都也。そのかみ都なりし時、もてはやされし花の、今もかはらず旧都の跡に咲しと也。

源公忠朝臣 後撰委註

89 春にのみ年はあらなんあら小田をかへす〴〵も花を見るべく

年中を悉皆春にてあれかし。心のまゝに花をみんと也。荒小田は返々といはん枕詞斗也。

八重桜を折て人のつかはして侍ければ　　道命法師 後拾遺委

90 しら雲のたつたの山の八重ざくらいづれを花とわきておりけん

白雲の立といひかけて也。白雲たちて花にまがへば見分きがたかるべき、やへ桜をいかに見分て折けんと也。見分がたかるまじき物をかくいふは、愛するあまりの心なり。

百首哥奉りし時　　藤原定家朝臣

91 白雲の春はかさねてたつたやまをぐらのみねに花匂ふらし

万葉九ニ白雲の立田山の滝の上の小鞍の峰にさきをせる桜の花は――此なが哥の詞を用ひて、白雲のうへに花の雲の立かさなれる風情を、春はかさねて立田山小鞍のみねにとよみ給へり。是もたけ高き姿なるべし。

題しらず　　藤原家衡朝臣 正三位経家子 三位

92 よしの山花やさかりに匂ふらんふる里さらぬみねのしら雲

古郷は即吉野の里をいへり。古郷をさらずしら雲の立峰は、吉野の山の花の盛なるにやとなり。

和哥所《ノ》哥合に、羇旅《キリヨノ》花といふ事を　　藤原雅経

93 岩根ふみかさなる山をわけすてゝ花もいくへのあとのしら雲

万葉、伊勢物語等に、岩根ふみかさなる山のあらねどもとよみし詞を用給ひて、かゝる嶮岨の山をわけゆく旅に、花も幾重の跡の雲に成らんと也。遠く花の雲かゝる山をこえゆき〳〵する心なるべし。

五十首哥奉りし時

94 尋ね来て花にくらせる木の間よりまつとしもなき山のはの月

玄旨、花を尋きて暮せる木の間に、月をふと見し景気言語道断なるべし。面白き事重畳したる心也。宗祇云、待としもなきとは月を思はぬにはあらず。花を尋し時はかゝる月までとはおもはざりしを、あひに逢たる興の面白き心にや。

故郷花といへる心を　　前大僧正慈円

95 ちりちらず人もたづねぬ古里の露けき花に春風ぞふく

故郷のさびしき所の花のさま也。ちりてもちらでも誰問尋る人もなき故郷の閑寂の泪も露けき花に、適とふ物はうき春かぜぞふくと也。

千五百番哥合に　　右衛門督通具

96 いそのかみふるのゝさくら誰うへて春はわすれぬかたみなるらん

正三《(ママ)》位秀能 河内守秀宗子 法名如願

後撰〽石上ふるの山べの桜花植けん時を知人ぞなき、是を本哥にて、心明也。

97 花ぞ見る道の芝草ふみわけてよしのゝみやのはるのあけぼの

藤原有家朝臣

野州云、吉野といふ名所三ケ所あり。丹後水江の吉野、武蔵の吉野、大和也。是は大和の吉野を云か、可尋云々。愚案吉野は天武帝の皇居の跡也。むかしの都は跡もなく、只芝草の道を分て花をぞ見ると也。春の曙の折がら所がらおもひ遣て見侍べし。

98 あさ日かげ匂へるやまのさくらばなつれなくきえぬ雪かとぞ見る

野州云、白妙に花の咲みちたるは全躰雪也。然共雪ならば此日影にきゆべきに、猶々色のにほやかに見えたるは、つれなく消ぬ雪かと思ふよし也。朝日影匂へるは、にほやかなるといふ詞也。香の事にてはなし。宗祇云、是は万葉に〽朝日影匂へる山に照月のあかざる妹を山ごしにして、といふ哥を二句とれり。心は当意即妙也。又云、此哥を吟ずる時は違例も平愈する由頓阿申されしと也。

新古今和歌集　巻第二

春哥下

太上天皇

釈阿和歌所にて九十賀し　釈阿俊成卿の法名也。此賀の事千載集に委註。野州云惣じて賀といふ事は四十歳よりうへ十年にみつべき事を賀する事也。親の賀を子まごなどし師匠の賀を弟子などする事也。此釈阿賀は天子より給はせたり。哥道の御師徳の故也。仁和御門遍昭に七十賀を給りたる例也。依之定家〽花山のあとを尋る雪の色にとしふるみちの光りをぞ見る　此哥新千載集に入侍り。俊成の賀は建仁二年八月云々。

99
釈阿、和哥所にて九十賀し侍りし折、屏風に山ざくらさきたる所を

さくらさくとを山鳥のしだりおのなが〱し日もあかぬいろかな　太上天皇

野州云、御製の心は釈阿を桜に比して彼よはひ千万歳をくるともあかじとあそばされたり。かくのごとく叡慮の御めぐみ有りがたくゝ釈阿名誉なり。源氏に匂兵部卿宮の浮舟の君を、春の日に見れども〱あかぬといふ詞などおぼしめし出られたるにや。本哥は〽足引の山鳥のおの、といふ人丸の哥をとられたり。桜さく遠山鳥のといひ出されたるより、永々し日もあかぬと云詞遣ひ、優々として心又こまやか也。殊勝の御哥也。宗祇云、春の日終日ほのかに霞たるとを山の桜を詠あかぬよし也。しかるに人丸の哥に〽足引の山鳥のおの――といふを取てあそばせり。さるによりて、たけも高く姿も面白きにや。愚案此祇註は哥の表を註し、野州は下心を顕し給へり。

100
千五百番哥合に、春哥　皇太后宮大夫俊成

いく年の春に心をつくしきぬあはれとおもへみよしのゝ花

上句は、多年待にも散にも、花故心を尽たる心なるべし。下句は行尊の〽諸共に哀と思へと読み給ひし心を用ひて心也。

101
百首哥に　式子内親王

はかなくて過にしかたをかぞふれば花に物おもふはるぞへにける

光陰の早く移り来たるを、はかなくて過にし方とよみ給へり。纔《ワヅカ》の一生に只花の咲散物思ひせし春をへて過せしとの心なるべし。

102
内大臣師実公康平三年七月十七日任内大臣に侍ける時、望二山花一ヲといへる心をよみ侍りける　京極前関白師実公太政大臣後拾遺委

しら雲のたなびく山のやへざくらいづれを花とゆきておらまし

花の雲によくまかへる事をよみ給へり。古今雪降れば木毎に花ぞ咲にけるいづれを梅と分ておらまし、此哥の心を用ひ給へるなるべし。

103 花のいろにあまぎる霞立まよひそらさへにほふやまざくらかな

祐子内親王家にて、人々花の哥よみ侍けるに　権大納言長家（御堂息 前集委）

天霧《アマギル》は、空にむらがる心也。空さへにほふは、花の色に映して匂やかに見ゆる心也。天も花に酔へりの風情なるべし。

104 もゝしきの大みや人はいとまあれやさくらかざしてけふもくらしつ

題しらず　山辺赤人

玄旨詠哥大概抄云、内裏の事をいはんとていへる五文字也。時はいつぞなれば、三月桜咲て世間も優々として天下も太平なれば、隙もあり毎日花をみてくらすの心也。けふも暮しつといふに、今日もけふもと数日をこめたり。万葉人丸哥百敷の大宮人はまかり出てあそぶこよひの月のさやけさ、百敷は百官の坐を敷によりて云也。

105 花にあかぬなげきはいつもせしかどもけふのこよひにゝる時はなし　在原業平朝臣

此哥は伊勢物語云、むかし春宮の女御の御かたの花の賀にめしあづけられたりけるに花にあかぬなげきは〳〵　二条后の御かたに花賀の哥也。哥の心は闕疑抄云、上には御賀の躰をよめり。底には花にあかぬなげきとは二条后の御事也。かゝる折にもまぎれぬ思ひある事をいへり。

106 いもやすくねられざりけり春のよは花のみ夢に見えつゝ　凡河内躬恒

いねもやすくせられぬと也。花をおしむ心の夢中にもはなれぬ心なるべし。春のよは
花の散のみ夢にもみえていねも安からずと也。

伊勢

107 やまざくらちりてみ雪にまがひなばいづれか花と春にとはなん

満山の桜散なば深雪降ごとくならん。若さあらば、何れか花と春にこそとはめ、春ならでは其の案内者あらじと也。悉皆太雪《ミユキ》の如くならん心をかく読るにや。

貫之

108 わがやどの物ながらさくら花ちるをはえこそとゞめざりけれ

宿に咲て我花ながら、散を制しがたしとなげく心也。

寛平《宇多》ノ御時きさいの宮の歌合の哥に　よみ人しらず

109 かすみたつ春の山辺にさくら花あかずちるとや鴬のなく

我か花を惜む心から鴬のなくをもおしはかる心なるべし。

題しらず　赤人

110 春雨はいたくなふりそ桜ばなまだ見ぬ人にちらまくもおし

雨いたくふらばまだ見ぬ人のためにちらんがおしきと也。

貫之

111 花のかに衣はふかくなりにけり木の下かげの風のまに〳〵

桜の木陰の風の花のかをさそふまゝに、我衣にしみてふかく薫ると也。まに〳〵はまゝにといふ詞也。

千五百番哥合に　皇大后宮大夫俊成女

112 風かよふねざめの袖の花のかにかほるまくらの春のよの夢

ね覚の袖に、花にふれたる風かよひて、かうばしくぬるがうちにも、其香の枕にかほる春のよの夢の面白さよとの心なるべし。春のよの夢といひ捨て面白き心をふくめたる哥とぞ。

守覚法親王五十首哥よませ侍ける時　藤原家隆朝臣

113 此ほどはしるもしらぬも玉ぼこのゆきかふ袖は花のかぞする

玉ぼこのは道の事也。世上なべて花にふれ遊ぶ比のさまなるべし。

摂政太政大臣家に五首ノ歌よみ侍りけるに　皇大后宮大夫俊成

114 又や見んかたのゝみのゝさくらがり花の雪ちる春のあけぼの

桜狩はこゝかしこの花を見たる躰ばかり也と定家卿御説也。野州云、交野は日次《ヒツギ》の贄《ニエ》の道地也。又桜もある所なれば狩といふ縁にて桜がりとはいへり。花の雪のごとく散たる曙のありさま此世の物とも覚えず。かゝる面白さを命の中には又あひ見がたしといふ心をあまして読る哥也。風情有かたき哥也。玄旨云、御野《ミノ》といふも交野の事也。今の景は四あり。曙と花と雪と交野也。少も心そまぬ事なきを興じてよめる也。又や見んといふに又や見ざらんの心ある由、定家卿の御説云々。異註　詠哥大概抄にあり。

花の哥よみ侍けるに　祝部成仲 詞花集委

115 ちりちらずおぼつかなきは春がすみたつたのやまのさくらなりけり

春霞立田とそへたり。立田山の花の霞中に心もとなきさまなり。こゝろあきらか也。

山里にまかりてよみ侍ける　能因法師 後拾遺委註

116 山ざと《寺イ》の春の夕ぐれきてみればいりあひのかねに花ぞちりける

此哥風の花をさそふやうに、入相の鐘に花の散しにはあらずと東野州の説也。春の夕ぐれに山里の物さびしきにいりあひのかねなりてちり〳〵と花の散たると也。入相《アヒ》のなる比に花ぞちりけるとの心なるべし。誠に山家の夕のさま有。声の絵にうつし出たるしわざ鬼神をも感ぜしめつべし。イ山寺のと有。津の国金竜寺の事といひ伝侍り。能因は津の国の其辺古曽部に住たればさもあるべし。

題しらず　　恵慶法師拾遺委註

117 さくらちる春のやまべはうかりけり世をのがれにとこしかひもなく

遁世の心にて、春の山べに来てあれば、落花のうさ浮世のうきにかはらずと也。世は捨ながらも花をえ捨ぬ心あはれにや。

花見侍ける人にさそはれて読ける　　康資王母前註

118 やまざくら花の下かぜふきにけり木のもとごとの雪のむらぎえ

木下《コノモト》ごとに雪の村消とみゆるは、花下ノ風吹たる成けりと也。詞つよくて女の哥に奇特云々。

題しらず　　源重之拾遺委註

119 春雨のそぼふる空のをやみせずおつるなみだに花ぞちりける

添雨《ソホフル》春の細雨也。花のちる霖雨に、泪もをやみなき事をいひかけたる哥也。古今春雨の降は泪か桜花散をおしまぬ人しなければ、此俤なるべし。

120 かりがねのかへるは風やさそふらんすぎゆく峰の花ものこらぬ

帰雁の過行峰に残花もなきと也。

百首哥ノめしゝ時、春の哥　　源具親左京大夫師光子 四位

121 時しもあれたのむのかりの別さへ花ちるころのみよしのゝさと

宗祇云、時しもあれに心をよくつけて見侍べし。心は明也。自讃哥或抄、みよしのゝたのむの雁もひたぶるに〳〵といへる本哥を取てよめる也。本哥は武蔵国の三吉野也。然を大和国の三吉野によめり。同名所のあるをかよはしてよめる事作例あまたあるべし。時しもあれとは、折節こそあれゝ田面の雁も別ゆく事よ。花ちるつらさに打添てと也云々。野州は武蔵の吉野也。花はよまぬ所なるを、大和の吉野を思ひやりてよめる由をいへり。儀聊むつかし。所好可随歟。

見《ル》二山花《ヲ》一といへる心を　大納言経信後拾遺委註

122 山ふかみ杉のむらだち見えぬまでおのへの風の花のちるかな

深山下風にちりかひ曇る花のさまなるべし。

堀川院《ノ》御時、百首《ノ》哥奉けるに花のうた　大納言師頼金葉委註

123 木のしたの苔のみどりも見えぬまでやへちりしけるやまざくら哉

前のうたはちりかひてみえず。此うたは散て見えぬさま也。心は似侍れど風情こと也。

花《ノ》十首《ノ》歌よみ侍けるに　左京大夫顕輔千載委註三位

124 ふもとまでおのへの桜ちりこずはたなびく雲と見てや過まし

尾上の雲とのみみしに、麓へちりくるにて桜とみしと也。風情面白き哥とかや。

花落客稀《ヲチテカクマレ也》といふ事を　刑部範兼千載委註三位

125 花ちればとふ人まれになりはてゝいとひしかぜのおとのみぞする

落花のゝちは人はまれにて、たま〳〵をとなふ物は花にいとひし風ばかりと也。

題しらず　西行法師

126　ながむとて花にもいたくなれぬればちるわかれこそかなしかりけれ

野州云、捨身捨世《シャシンシャセイ》の上にも花をばゆるして見るに、それも用心なく執着して馴きたれば、名残おしと思ふ心ふかし。花の上にても心をゆるさずと道心者の心をよめる哥也。

花にものもの字眼を付て可見。

越前

127　山ざとの庭よりほかの道もがな花ちりぬやと人もこそとへ

山家は花の便りにこそ人もとふに、花はちりぬるかちらざるかなどとてとふ人も若はあらんに、落花の蹈事おしき庭ならで外の道もがなと也。

五十首哥奉りし中に、湖上花を　宮内卿

128　花さそふひらの山風ふきにけりこぎゆく舟のあと見ゆるまで

自讃哥或抄云、比良の山下風に、湖上遥に埋れたる落花の上をこぎゆく舟の跡見えけん、其興なをざりならずや。愚案あと見ゆるまでといへる、湖上に散しける花のさま也。

宗祇云、こぎゆく舟の跡のしら波といふ哥をとれり。波は跡なき物也。花は舟過れども見えたるよし也。たけたかくことがらいかめしき哥也。

関路花を

129　あふさかやこずゑの花をふくからにあらしぞかすむせきの杉むら

是も宮内卿哥也。花をさそひてゆくあらしの花のむらがりてうち霞たるさま也。風情たぐひなき哥とぞ。あらしぞ霞むは制の詞となれり。

百首哥奉りし時、春のうた　二條院讃岐千載委註

130　山たかみ峰のあらしにちる花の月にあまぎるあけがたのそら

落花の月の前にむらがりちるさま也。月に天霧まことに大切の詞にや。

百首哥めしける時、春のうた　崇徳院御製

131 山たかみ岩根のさくらちる時はあまの羽ごろもなづるとぞみる

盤石劫の事也。四十里四方の石を天人の羽衣にて、千年に一度撫て撫尽すを、一劫といへり。岩根の桜の散かゝるを、天の羽衣の撫るに見なさせ給へり。山高みといふ詞も天のあへしらひにや。

春日社哥合とて、人々哥よみ侍けるに　刑部卿頼輔 千載作者 大納言忠教子

132 ちりまがふ花のよそめはよしの山あらしにさはぐ峰のしら雲

あらしにさはぐ峰の雲のごとくに見ゆると也。散まがふは、村々と花のちりまよひたるさま也。

最勝《サイシヨウ》四天王院 白河なり 障子に、鳥羽院御願 吉野山かきたる所　太上天皇

133 みよし野の高根の桜ちりにけりあらしもしろきはるのあけぼの

吉野の満山の花をさそひて、嵐も白くみゆる曙の面白き心也。

千五百番哥合に　藤原定家朝臣

134 さくらいろの庭の春風あともなしとはゞぞ人の雪とだに見ん

野州云、五文字面白く大切なる詞也。愚案哥の心は、中空に散まふ程は風も桜色成しが、皆落果ては其風の色もなく、只庭に散敷たり。若問人もあらば雪とだに見るべきを、盛にこそ人もとへ、今は雪と見るべき人も来ずとの心なるべし。けふこずはあすは雪とぞ――。

ひとゝせ忍びて大内の花見にまかりて侍しに、庭にちりて侍し花を硯のふたにいれて、摂

政のもとにつかはし侍し　太上天皇

135 けふだにも庭をさかりと《にイ》うつるはなきえずはありとも雪かとも見よ

是も〽消ずは有とも花と見ましや、此哥と金葉〽けさ見ればよるの嵐に散果て庭こそ花の盛なりけれ、是とを取ての御製なるべし。諸共に御覧ぜざりしが残念に思召すにゝけふだにも庭に散し花を雪とも見て慰給へとの御心にや。消ずはありともとは、消るにこそ雪ならめ、花なればよしきえずとも雪とだに見よと、本哥の詞によりてよませ給ふなるべし。

返し　摂政太政大臣

136 さそはれぬ人のためとやのこりけんあすよりさきの花のしら雪

此人は我御事也。御忍びの花見に院のさそはせ給はざりし恨を、何となくこめ給へるなるべし。あすよりさきとはけふの事也。かのけふこずはあすは雪とぞと本哥にはあれど、けふすでに散たる花を見給ふからに、かくよみ給へり。我がさそはれ奉らぬがゆへに、此花の雪は残りて、君の見せさせ給ふにやと也。誘はせ給はでも難《ガタシ》レ有との心有にや。

家の八重桜をおらせて、惟明親王のもとにつかはしける　式子内親王

137 やへにほふ軒端のさくらうつろひぬ風よりさきにとふ人もがな

庭の桜やゝうつろへば、もし風ふかば散果ぬべし。風よりさきにとふ人あらば見すべけれどゝとひ給はねば先見せ申すぞと也。若紫巻ニ〽宮人に行て語ん山桜風よりさきにきても見るべく、是本哥なるべし。

返し　惟明親王

138 つらきかなうつろふ色にやへざくらとへどもいはですぐるこゝろは

八重桜のうつろふ色に付て、かくなる迄に来てみよとも不《ズ》レ承《ウケタマハラ》侍るはつらき哉となるべし。

五十首哥奉りし時　藤原家隆朝臣

139 さくら花夢かうつゝかしら雲のたえてつれ《ねイ》なきみねのはるかぜ

野州云、此哥の心、花の時分は雲をも花と見なして色々に心あくがるゝ也。されどもいつのまにやらん、散果たる事、誠に夢とも現とも不《ザル》二分別《ナラ》一事也。其内に恨かこちたる春風ばかり難面く残りたるよといへり。是世間のありさま也。惜まるゝ物は早く過、いとはるゝ物は久くとゞまる心をこめてよまれ侍り。〽風ふけば峰にわかるゝ白雲の絶て難面き君が心か、宗祇云、此下句たえてつれなきつねなき、本々皆以相違如何。本哥のごとくたえてつれなきは、春風のつれなきにや侍らん。つねなきならばさくらの事にぞ侍らん。自讃哥或抄には、〽世の中は夢か現かうつゝともゆめともわかず有てなければ、風ふけば峰に〳〵　此両首の心にて読り云々。

題しらず　皇太后宮大夫俊成女

140 うらみずやうき世を花のいとひつゝさそふ風あらばとおもひけるをば

此五文字は、恨みずやあらん恨むべしとの心也。浮世を花のいとひ捨てさそふ風あらばちりいなんとおもふありさまを恨まじきや、うらむべしと也。心なき花に心あるやうにうき世をいとひつゝなどよめる所、誠に哥道の本意なるべし。彼小町が〽侘ぬれば身をうき草の根をたえてさそふ水あらばいなんとぞおもふ、とよみし詞を用ひらるゝ事勿論也。

後徳太寺左大臣実定公

141 はかなさをほかにもいはじさくらばなさきてはちりぬあはれ世の中

玄旨云、此世のはかなさを夢まぼろしにたとへたる事なれども、只桜花にたとへんとなり。世の中のはかなさのたとへ、桜の外にはいはじと也。

入道前関白《忠通公》太政大臣家に、百首の哥よませ侍ける時　俊恵法師金葉委註

142 ながむべきのこりの春をかぞふれば花とともにもちるなみだかな

我花をみん残りの齢をかぞふれば、今いく春もあらぬ程に、老たれば落花とともに落涙すると也。哀深き哥也。

花の哥とてよめる　殷冨門院大輔

143 花もまたわかれん春はおもひ出よさきちるたびのこゝろづくしを

花の咲も待侘、ちる別を歎くに付て、花も亦我身なく成なんに、其我に別ん春は思出よ。かく我が花の咲散度々、幾春の心づくしのほどをと也。

千五百番哥合に　左近中将良平後法性寺兼実子号醍醐入道相国

144 ちる花のわすれがたみの峰の雲そをだにのこせ春のやまかぜ

古今〽あかでこそ思はん中は離れなめそをだに後の忘形見に、此詞を取給へり。そをだにはそれをだに也。落花のゝちはまがひし雲を形見とみるに、花をこそ吹ちらずとも、其雲をだにのこせかし。それをもふきやるはうき風やと也。

落花といふ事を　藤原雅経

145 花さそふなごりを雲に吹とめてしばしは匂へはるのやまかぜ

花を吹ゆく風は匂ふ物なれば、花はさそひちらすとも、其名残の匂ひを雲に吹とゞめ

月輪寺　愛宕の麓也。但元
輔集ニ八月林寺にとあり。
拾遺藤原後生月の林のめし
にいらねばとよみしもゝ清
愼公月林寺におはせし時也。
同所にや。

てしばしは匂へと也。雲に吹とめてしばしはといふに切なる心あり。匂ひをさそふ風の虚空に吹ゆく故に、雲に吹とめてと也。たとひ吹とむるとても、久しく匂ふべきならねども、惜む余りにしばしはと也。

題しらず　　後白河院御哥

146 おしめども散はてぬればさくら花いまはこずゑをながむばかりぞ

心は明也。今は梢を詠む斗ぞゝ深切の心侍にや。

残春の心を　　摂政太政大臣

147 よし野山花のふる里あとたえてむなしきえだに春風ぞふく

花のふるさとゝは、花のちり過たる跡なれば、吉野の余情にてよませ給へり。花は跡たえて、只空柯の春風斗ふく様、あはれふかく侍にや。

題しらず　　大納言経信

148 ふるさとの花のさかりは過ぬれどおもかげさらぬ春のそらかな

古郷の物さびしきに、花さへ盛過て猶俤さらぬに、昔恋しき心も篭りて哀にや。花の俤残心也。

百首哥の中に　　式子内親王

149 花はちりそのいろとなく詠ればむなしきそらに春雨ぞふる

伊勢物語、夏の日ぐらし詠れば其事となくとよみし詞を用ひ給へり。花は散て名残をしさに、何となく打詠むれば、只むなしき空《ソラ》に雨ふりて、花の俤ものこらずさびしく物がなしきさま也。其色となくとは只何となくなどいふ心を、花はちりといへる詞のうつりに、其色となくとよみ給へりとぞ。

雲林院　前註。

150　小野宮《実頼公号　清慎公》のおおきおほいまうちきみ、月輪寺にて花見侍ける日よめる

清原元輔後撰委註

たがためにあすは残ん山さくらこぼれてにほへけふのかたみに

今日の清慎公の花見の御きめにこそ、こぼるる迄も匂ふべけれ、たとひけふの形見にも、誰ためにあすはのこらんと也。古今こぼれて匂ふ花桜哉とよめる詞を用ゆ。

曲水宴をよめる

中納言家持拾遺作者委註彼集

151　から人の舟をうかべてあそぶてふけふぞわがせこ花かづらせよ

童蒙抄云ゝ此哥万葉第十五にあり。曲水宴宗書《ハ》曰自《ニク》レ魏《ギ》已後但用《テ》二三月《ヲ》一不二復《ズマタ》用《ヒ》レ己《ヲ》也。続斉階記曰《ニ》、昔周公卜《ス》二城《ヲ》洛邑《ニ》一。因《テ》二流水《ニ》一以汎《ウカブ》レ酒《ヲ》。故詩曰《ニ》羽觴《ウシヤク》随《シタガフニ》レ波 下略。曲水宴に、舟のりてあそぶ事、白氏文集に開成二年三月三日河南尹李《カナンノインリ》侍読《シトク》洛浜《ラクヒン》に禊《ケイ》せんとて、白居易以下十五人を召て舟中に宴すとあり。万葉十七大伴池主が詩に柳陌《リウハク》レ臨《ニ》江《ニカザリ》縟二袨服《ゲンプク》一《ヲ》桃源《タウゲント》通レ海泛《ウシテニウカブシウヲ》二仙舟一とある事、袖中抄にあり。野州云、花かづらとは、花をかづらにかくる儀也。わがせこは女の事にいへり。

紀貫之曲水宴し侍ける時、月入《テ》二花灘《ダンニクラシ》一暗といふ事をよみ侍ける

坂上是則古今委註

152　花ながす瀬をも見るべき三か月のわれていりぬるやまのをちかた

此題月入《テ》二花灘《クハダンニクラシ》一暗。灘は玉篇瀬《ライ》也云々。哥の心は花をながす瀬をも夜まで見るべきに、三日月のわりなく入て山の遠方くらくて見えがたきと也。われてはわりなくといふ詞なるを、三日月の破てと、金葉集などにもよみたるたぐひの詞にてよめるなるべし。

雲林院の桜見にまかりけるにみなちりはてゝはつかにかた枝に残て侍ければ

153 たづねつる花も我身もをとろへてのちのはるともえこそちぎらね　良暹法師 拾遺作者

残花もありやと尋ねつればゞ纔《ワツカ》に片枝に残て見るかひなしよし来春も見んと契らんとすれば、我身も花のごとく老衰《オトロヘ》て、来春を待べくもあらずと也。あはれ浅からぬうたなるべし。

154 寂蓮法師

千五百番哥合に

おもひたつ鳥はふるすもたのむらんなれぬる花のあとのゆふぐれ野州云、花もちり、鳥のこゑもまれなる夕暮、花の陰に独たゝずみて、鳥は帰る所有と頼てや帰るらん。我は此花の陰より外に頼む方なし。さていかにせんとあきれたるさま、いふばかりなき事也。此作者の哥に此姿おほし。執心してよまれし也。古語云、花《ハ》散《テ》在《ツ》㆑根《ニ》鳥《ハ》帰《ル》㆓旧巣《ニ》㆒と云り。

155 ちりにけりあはれ恨の誰なれば花のあととふはるの山かぜ　権中納言公経 坊城内大臣実宗子 西園寺入道

玄旨云、此落花を恨みがほに春風の吹を見て、ちる事も人のわざにあらず。風のちらせばうらみんも風にこそあれ。誰を恨みがほに吹くぞといへり。心なき物に心をつくる此道の習ひ也。

156 春ふかくたづねいるさのやまのはにほの見し雲のいろぞのこれる　摂政太政大臣

百首哥奉りし時

入佐山但馬也。春ふかく末になりて、世上は花もなければ、入佐の山に尋いるに、こゝにも花は残らで、盛の花の比ほのみし雲の色ぞのこれると也。

157 はつせ山うつろふ花に春暮てまがひし雲ぞみねにのこれる　藤原家隆朝臣

心は明なるべし。

158 よしの川きしのやまぶき咲にけりみねのさくらはちりはてぬらん　皇大后宮大夫俊成

是も心あらはなるべし。

159 駒とめて猶水かはんやまぶきの花の露そふゐでの玉川

さゝのくまひのくま河に駒とめてしばし水かへかげをだにみん、此詞を用ひて、しばし水かへと云にあたりて、猶水かはんと也。おなじ水かふにも、花の露そふ井手の玉水の面白きに、駒とめて猶水かひて、しばしならで久しくあらんとの心なるべし。

堀川院御時百首哥奉りけるに　権中納言国信《ザネ》金葉委

160 岩根こすきよ滝川の早ければ波おりかくるやまぶきのはな

清滝は愛宕高雄のふもと也。波おりかくるは急によするさま也。折は山吹の縁也。心は明也。

題しらず　厚見王《ノヲホキミ》従五位上

161 かはづなくかみなみ川に影みえていまやさ《かイ》くらんやまぶきのはな

古今六帖の哥也。但五文字、千はやぶる神南川と有。朗詠には、蛙なくと入しに付て、此集にはかくあるにや。神南川は大和にも山城にも有。哥の心は、一年此河辺に来て、蛙なき山吹咲て面白かりし事を、其後の春思ひ出し心なるべし。

延喜十三年亭子院《ノ》哥合《ノ》哥　藤原興風古今作者 相模掾道成子

162 あしびきの山吹の花ちりにけりゐでのかはづはいまやなくらん

足引山の枕詞をいひかけたり。蛙なくゐでの山吹散にけり花の盛にあはまし物を、と

云哥に付て、山吹の散をみて、彼哥に蛙なくとよみし井手にも今やなくらんと思ひ遣
心也。

延喜二年三月廿日河海ニアリ
飛香舎にて藤花宴侍けるに　　延喜御哥

163 かくてこそ見まくほしけれよろづよをかけてしのべる藤なみのはな

万代かけてたへ忍びて、かはらずさける藤花をかゝる盛にて、万代まで見まほしとの
御製なるべし。

天暦四年三月十四日、藤壷にわたらせ給ふて、花おしませ給けるに　　天暦御哥

164 まとゐして見れどもあかぬ藤波のたゝまくおしきけふにもあるかな

思ふどちまとゐせる夜はから錦たゝまくをしき物にぞ有ける、円居《マトヰ》して見あかざれば、
此藤の陰のたちまうき心を、藤波といふに付て、立縁にてよませ給へり。唐錦たゝま
くとよめるに習はせ給成べし。

実頼謚号
清慎公家屏風に　　貫之

165 暮ぬとはおもふものから藤のはなさけるやどにははるぞ久しき

藤は暮春にさけば、暮ぬとは思ひながら、藤咲宿は行末の春久しからんと、藤原氏を
祝ふ心なるべし。清慎公藤氏長者なればなるべし。

藤の松にかゝれるをよめる

166 みどりなる松にかゝれる藤なれどをのがころとぞ花は咲ける

常盤の松にかゝれれども、藤はをの〳〵の時をしりて春は花咲しと也。此哥貫之集に
は、斎院の御屏風に、池のほとりに藤の花松にかゝれるゑによめるよし見ゆ。

167
春の暮がた実方朝臣のもとにつかはしける　藤原道信朝臣
ちりのこる花もやあるとうちむれてみやまがくれをたづねてしがな
実方朝臣など同道にうちむれて、いざ残花を尋んと也。

168
修行し侍りける比、春の暮によみける　大僧正行尊 金葉委註
木のもとのすみかもいまはあれぬべし春しくれなばたれかとふらん
花山院御哥〽木の下を栖とすればおのづから花みる人に成ぬべき哉、出家は樹下石上を栖とすれば也。かゝる木の下の栖も花の比は人とひてありしが、春暮は誰か問はんなれば此栖も荒ぬべしと也。

169
五十首哥奉りし時　寂蓮法師
暮てゆく春のみなとはしらねどもかすみにおつるうぢのしばぶね
野州云、春のみなとは春の泊りの事也。毎年暮ゆく春はあつまる所有べし。されどもいづくともしらねば尋ねゆく事かなはず。此宇治川の朧々と霞みわたれる夕ぐれに下れる柴舟言語道断面白し。春の泊は只こゝなりけりといひさしたる哥也。暮てゆく春のみなと、湊の字あつまるとよむ也。湊とは物のあつまる所をいふ也。本哥〽年ごとにもみぢばながるたつた川みなとや秋のとまりなるらん。

170
山家三月尽をよみ侍ける　藤原伊綱 千載作者 刑部卿家基子
こぬまでも花ゆへ人のまたれつる春もくれぬるみやまべのさと
野州云、此哥目だつべき所もなし。乍去上手の有のまゝによみなしたる哥に秀逸ある物也。かやうなる所にあぢはひを得る境に入侍らでは知がたき事也。たとへば深山幽谷をば、人のとふ事はまれにも侍らぬものなり。されども花の時分は、思はぬかたを

も尋る物なれば、此花をばさりとも尋ぬべしとたのみ侍しに、花もちり春もむなしく暮ゆく事よとせんかたなき心なり。心あくまでふかく、感情余情極りなき哥也。

題しらず　皇大后宮大夫俊成女

171 いそのかみふるのわさ田をうちかへしうらみかねたる春のくれかな

上句はうちかへしの序哥也。うちかへし恨ても甲斐なく暮る春なれば、うらみかねたると也。

寛平御時后の宮の哥合のうた　よみ人しらず

172 まてといふにとまらぬ物としりながらしゐてぞおしきはるのわかれは

心は明也。いせ物がたり〽過るよはひとちる花といづれまでてふ事をきくらん、などの心よりよめるにや。春の別はのはゝてには也。

山家暮春といへる心を　宮内卿

173 柴の戸をさすや日影のなごりなく春くれかゝるやまのはの雲

暮ぬとても猶日かげさすほどは頼みあるに、入はてゝなごりもなく、春も日もくれたる山のはの雲の心ぼそく哀なく体也。余情無限哥とぞ。

百首哥奉りし時　摂政太政大臣

174 あすよりは志賀の花ぞのまれにだにたれかはとはん春のふるさと

野州云、花園は志賀によみならはし侍り。花苑はいづくにも花の木おほき所をいふべきにや。あれたる古里《フルサト》なれども、花の時は自然にとふ人も有しが、花もちり春さへ暮果てばまれの音づれもあるまじきと也。世間には、此古里を志賀のごとくいへども、爰はたゞ春殿の故郷也といへり。幽玄なる哥也。此作者のうたに如此絶妙不思議おほし。古語云、主人心安楽《ナレハ》花竹有二和気一といへり。玄旨云、是は三月尽の哥也。古郷をいひ出したるは花の時分の春さへとふ人まれなるに、春くれてあすよりは誰かはとはんとおもひやりたる心也。まれにだにのてにをはゝよく〳〵可吟味と也。

新古今和歌集　巻第三

夏哥

題しらず　　　持統天皇

175 春過て夏来にけらし白妙のころもほすてふあまのかくやま

万葉一云ゝ藤原宮御宇天皇代高天原《持統御諱》ノ広野姫《ヒロノヒメ》天皇、天皇御製ノ歌、春過て夏来にけらし《万良之》白妙の衣乾有《サラセリ　ホスナリ》天の香来山　玄旨詠歌大概抄云、天のかく山春のあいだは霞ふかくおほひてそれとも見えざりしが、春過ぬれば霞もたち散して、首夏の天に此山あきらかに見ゆるを白妙の衣ほすとはいへり。ほすは衣の縁なり。夏来てかすみの衣をぬぎて山の明白なるを、白妙の衣ほすとよみ給へり。されば春過ても夏来にけらしも皆用に立て余情ある御哥也。定家〽大井川かはらぬ井せきをのれさへ夏来にけりと衣ほすなり、此哥は井せきにかゝる浪を衣といへり。是らの哥にて其心を得べし。かく山のくの字清てよむべし。百人一首抄も大かた如此。万葉赤人〽冬過て春ぞきぬらし朝日さす志賀の山べに霞たなびく、此上句の類なるべし。

素性法師

持統天皇　水鏡云、天智天皇の第二御女《ムスメ》天武天皇の后也。御母山田大臣ノ石川麿《マロ》のむすめ越智姫《ヲチヒメ》なり。丁亥《ヒノトノイ》の年を元年として第四年に位につき給ひて世を知給ふ事十年也。七年と申し正月にぞ蹈哥はじまり侍し。十年と申しに位をさり給ひて太上天皇と申き。猶日本紀委。大和国藤原の宮に都せさせ給へり。

176 おしめどもとまらぬ春もある物をいはぬにきたる夏ごろもかな

上句心明也。下句は来よともいはぬに夏のきたるに、夏衣を着るにそへてなるべし。

更衣を読侍ける　前大僧正慈円

177 ちりはてゝ花の陰なき木のもとにたつことやすき夏ごろもかな

野州云、〽けふのみと春は思はぬ時だにも立こと安き花の陰かは、是を本哥として花の時は心花に成て、執心ある故に苦く覚て、花なき時は立事安きと也。愚案衣を裁事やすきにいひかけ給へり。

春をくりて昨日のごとしといふ事を　源道済

178 夏ごろもきていくかにか成ぬらんのこれる花はけふもちりつゝ

心は明也。けふも散つゝといふに、猶春の俤のこりて昨日のごとしといふ心を含めてなり。

夏のはじめの哥とてよみ侍りける　皇大后宮大夫俊成女

179 おりふしもうつれはかへつ世の中の人のこゝろの花ぞめのそで

古今〽世の中の人の心は花染のうつろひやすき色にぞ有ける、此本哥の詞にすがりて人の心のみならず、四季折ふしのさまも時うつればかへて、きのふの春の花染の袖を、けふは夏の衣服になしたりと也。詞づかひ優美に心ばへ玄妙なる物なるべし。

卯花如月といへる心をよませ給ふける　白河院御哥

180 卯の花の村々さけるかきねをば雲間の月のかげかとぞ見る

雲間の月の所々なる影かとの心なるべし。

題しらず　太宰大弐重家千載委

181 卯の花のさきぬるときは白妙の波もてゆへるかきねとぞ見る

古今〽わたつ海のかざしにさせる白妙のなみもてゆへる淡路島山、此詞を用ひて、白妙の卯花垣をかの波もちて結たるかと見ゆると也。

斎院に侍ける時、神だちにて　式子内親王

182 わすれめやあふひを草に引むすびかりねの野べの露のあけぼの

野州云、伊勢にては斎宮賀茂にては斎院と申也。いづれをもいつきのみやとよむ也。むかしは両宮へ内親王一人づつまゐらせられし也。賀茂のまつりの時、かり屋をつくり、葵にてかざりて置奉り也。此かりねの野べの事を忘れめやとあそばしたり。貞徳九六古新註云、是は賀茂の御社より北のみあれ野といふ所に、祭の時かりの神館をたてゝ、そこに一夜とまり給ふと云々。其夜の神わざのありがたき事、明ぼのゝ枕のあふひの露、心肝に銘じて、いつまでもわすれめやとよみ給ひたる哥歟。

あふひを読る　小侍従千載集委号待宵

183 いかなればそのかみ山のあふひ草としはふれどもふたばなるらん

賀茂の神山の葵は、一茎二葉の草なれば二葉草ともいへり。其神山のを昔年《ソノカミ》といふ詞にそへて、そのかみより此草のいく年ふれど、只二葉なるはいかなる事ぞと也。わかきをふたばといふによりてなるべし。

鳥羽院御願拾芥最勝四天王院の障子にあさかの沼《ヌマ》かきたる所　藤原雅経

184 のべはいまだあさかのぬまにかる草のかつ見るまゝにしげるころかな

古今〽みちのくの浅香のぬまの花かつみかつ見る人に恋やわたらん、此詞を用ひて、外の野はまだ草浅きにかつみは茂るとの心也。

崇徳院に百首哥奉りけるとき、夏哥　　待賢門院安藝

185 さくらあさのおふの下草茂れたゞあかでわかれし花の名なれば

苧生は伊勢名所也。万葉十一〽桜麻の苧原《ヲフ》の下草露しあれ《イら》ばあかしてはゆけ《ゆかんイ》母は知とも、此哥の詞を用ひて也。桜麻は童蒙抄奥義抄等には、麻苧《アサヲ》の中にさくらの色したる麻を云也云々。袖中抄には、麻の花のうすゝはうなる麻あるを云よしいへり。彷彿の儀にや。八雲御抄にも只麻の名也とあり。童蒙抄等の説を用させ給へるにや。扨此哥の心は、桜麻とは苧原の下草の枕詞を、即苧原に生る桜麻にして、過し春あかで別し桜の名なれば只茂れ、あくまじきとの心なるべし。

題しらず　　曽祢好忠

186 花ちりし庭の木のまもしげりあひてあまてる月の影ぞまれなる

新緑葉を結びて、月も木の間にまれなるけしき也。

187 かりに来とうらみし人のたえにしを草葉につけてしのぶころかな

かりにくにとは、草を刈にそへて仮初にのみ来る心なるべし。只かりにのみ来るとても、恨みし人の今は絶果たるを、恨ながらも忍ぶ草に付て恋しのぶとなり。草をかるは夏茂りし比するわざなれば、此哥夏の部に入しなるべし。

藤原元真

188 夏草はしげりにけりな玉ぼこのみちゆき人もむずぶはかりに

夏草茂りて道分ねば、道行人も草を結びてしるしとして、道迷はじとする心なるべし。

延喜御哥

189 なつくさはしげりにけれど郭公などわがやどにひとこゑもせぬ

かく夏深くなる迄郭公の鳴ぬはいかゞとにや。

柿本人丸

190 なくこゑをえやは忍ばぬほとゝぎすはつうのはなの陰にかくれて

えやは忍はぬは、えや忍ばざらんと也。はの字助字也。初卯花の珍しき木陰より子規の鳴しを愛して、かく木陰れても卯花も咲初つれば、なく声をえや忍ざりけんとの心なるべし。

紫式部

賀茂にまうでゝ侍けるに、人の郭公なかなんと申けるあけぼののかたをかのこずゑおかしく見え侍ければ

191 ほとゝぎすこゑまつほどはかたをかのもりのしづくにたちやぬれまし

此片岡の森の梢の面白きに、郭公の声まつほどは、この森の雫にぬれてたちやすらひせんと也。片岡森は賀茂也。

弁乳母

賀茂にこもりたりけるあかつき、子規鳴ければ

192 郭公みやま出なるはつこゑをいづれの里のたれかきくらん

深山を出かけの初声を、我此賀茂にこもりてきゝそめて感情あさからぬを、いづれのさとの誰か又聞らんとなり。拾遺〳〵深山出て夜半にやきつる時鳥暁かけてこゑのきこゆる、此の本哥をとれるにや。詞書の曙子規鳴ければとあるによくかなへり。

読人不知

題しらず

193 さつき山うの花月夜ほとゝぎすきけどもあかず又なかんかも

五月山、八雲御抄云、或佐伯山《サエキ》とも津の国云々。心は五月山の卯花月夜になく郭公の折がら所がら面白ければ、又なかむかとあかぬまゝに待かけたる心なるべし。

194 をのがつま恋つゝなくや五月やみ神なびやまの山ほとゝぎす

中納言家持

後撰旅ねしてつまごひすらしほとゝぎすかみなび山にさよふけてなく、此集始め此哥入て、後京極殿序にも書給に、後撰にあれば被レ改二御製一云々。野州云、五月やみの物哀なる折ふし郭公のなくをきゝて、ことわりなりと領解したるうたなり。神なび山大和也。

195 郭公ひとこゑなきていぬる夜はいかでか人のいをやすくぬる

大中臣能宣朝臣

いぬるは往ぬる也。今一こゑと下待れて、我えねぬ心から、いかでか人のとよみ給へるなるべし。

196 ほとゝぎすなきつゝ出るあしびきのやまとなでしこさきにけらしも

鳴つゝ出る山とそへてなり。郭公は山より鳴出る物なれば也。いま郭公もなけば、さぞ其やまと撫子もさきつらんとおもひやる心なるべし。

大納言経信 後拾遺委註

197 ふたこゑとなきつときかは郭公ころもかたしきうたゝねはせん

郭公を待あかす折の心なるべし。かくおきあかし待に、ひと声など聞てはねられまじき。せめて二こゑと鳴つときかば、うたゝね斗はすべし。猶とけてはえねまじき心なるべし。

198 ほとゝぎすまたうちとけぬ忍び音はこぬ人をまつわれのみぞきく

白河院御哥

待《テ》レ客《ヲ》聞《ク》二時鳥《ヲ》一といへる心を

来ぬまらうどを待ふかす折ふしなればこそ聞つけつれ。さらずば、よの常の人はえきくまじきほどのしのびねぞとの心なるべし。

題しらず　　　　　　　　　　花園左大臣有仁公

199 きゝてしも猶ぞねられぬ郭公まちし夜ごろの心ならひに

夜ごろは日比と同じ心にて、此比の夜々をいへり。是非に聞んと待てねざりし夜々の心習ひに、聞ても猶ねられずと也。此比いたく待し心をよみ給へるなるべし。

神だちにて郭公をきゝて　　　　　　　　前中納言匡房後拾遺委

200 卯の花のかきねならねど郭公月のかつらのかげになくなり

詞書の神館は賀茂なるべければ、葵桂をかざるべし。月の桂の影とは、其桂を今夜の月中の桂にそへて読給ふなるべし。

入道前関白右大臣に侍ける時、百首哥よませ侍けるとき、郭公哥

　　　　　　　　　　　　　　　皇大后宮大夫俊成

201 むかしおもふ草のいほりのよるの雨になみだなそへそやまほとゝぎす

野州宗祇説異《コト》也。宗祇云、此哥の心、大形の草の庵さへ哀深かるべきを、夜の雨しめやかにて、思ひのこすかたなきまゝ廬山の昔のねざめまで心のそこにうかび侍る折ふし、山郭公うち侘て事とふこゑなど、いかばかりにか侍らん。只今ことわりしらぬ身にだにこそ、筆もさしをかれ侍れ。野州云、我都に住ける時は、草庵などはうき事のやうに聞思ひしに、世をのがれて此草の庵に住て、夜もすがら雨の音をきくに、心も一入澄まさりて感情おほし。かゝる面白き事の草庵などにあらんとは知ざりし事とおもふ折ふし、郭公の声をきけば悲しき事のせんかたもなし。雨を聞て慰む折ふしなれ

ば、涙なそへそと人に物いふごとくに時鳥にことはる哥也。言語道断の所也。詩に
蘭省《ランセウ》花《ノ》時《ノ》錦帳《キンチヨウ》下《モト》廬山《ロサン》雨《ノ》夜草庵《ノ》中白楽天遶《メグル》レ檐《ノキヲ》点滴《テンテキハ》如《シ》二琴筑《ノ》一支《ササヘテ》二枕《ヲ》幽斎《ニ》一聴《テ》始《テ》奇憶《ナリオモフテ》在二錦是迄野州。
城《ノ》哥吹《カスイ》海《ニ》一七年《ノ》夜雨不二曽《コトヲテ》知《ラ》一陸務観古人はいづれも夜の雨を面白き事にいひ侍り。
猶此外も説々あれどとるにたらざるべし。愚意は祇註感深し。しかれども所好にした
がふべきにやとて両説双へ註し侍し。

202 雨そゝぐ花たちばなに風すぎてやま郭公雲になくなり　相模後拾遺作者頼光女相模守大江公資妻
題しらず
雨中の風に橘かほりて郭公鳴し当意の御哥なるべし。

203 きかてたゞねなまし物をほとゝぎす中〳〵なりやよはのひとこゑ　紫式部後拾遺作者
一こゑきゝてはなか〳〵にねられねば、きかで只ねんずる物をと也。

204 たが里もとひもやくると郭公こゝろのかぎりまちぞわびまし　周防内侍後拾遺作者
誰里にもさぞ心のかぎり待侘らんと也。我待心より云也。
寛治八年、前太政大臣高陽院の哥合に、郭公を前集委註

205 夜をかさねまちかね山の郭公雲ゐのよそにひとこゑぞきく
待兼山津の国也。夜をかさねて待かねて、適きくとて雲居のよそに幽なる一こゑをきゝ
しと也。あかぬ心をよめるにや。
海辺郭公といふ事をよみ侍りける

206 ふたこゑときかずは出じほとゝぎすいくよあかしのとまりなりとも　按察使公通千載作者
いく夜明しといひかけて也。心は明なるべし。

寛治八年　堀川院の年号也。

207
百首哥奉りし時、夏哥中に　民部卿範光
郭公猶ひとこゑはおもひいでよ老曽の森の夜半のむかしを
後拾遺、相模守にて上り侍けるに、老曽の森のもとにて郭公を聞て読る。大江公資〽東路の思ひ出にせん子規老曽の森のよはの一こゑ、是を本哥にて、彼公資の東路の思ひ出にせんとよみし老曽の森のよはの一声のむかしを猶今も思ひ出て、一こゑはなけゝそのかみも鳴し所ならずやとの心也。

208
時鳥をよめる　八条院高倉 前大納言実長女
ひとこゑはおもひぞあへぬほとゝぎすたそがれどきの雲のまよひに
黄昏の雲のまよひに、只一声幽なるは郭公とも思ひぞあへぬ。猶たしかにもなけよかしとの心也。

209
千五百番哥合に　摂政太政大臣
ありあけのつれなくみえし月は出ぬ山ほとゝぎすまつ夜ながらに
有明とは、廿日過の比の月なるべし。彼〽難面く見えし別よりとよみし詞に付て、宵よりの郭公をまつに終になかで、難面く出がたげなりし月は已出たり。彼待郭公は其まゝ待夜ながらにてと也。

210
後徳大寺左大臣家に十首哥読けるに、よみてつかはしける　皇大后宮大夫俊成
わがこゝろいかにせよとてほとゝぎす雲間の月のかげになくらん
雲間の月の面白きに、郭公の鳴たる言語道断にて、心のおき所もなきさまなるべし。我心何と興ぜよとてと也。
時鳥の心をよみ侍ける　前太政大臣 頼實公号六条入道

211　郭公なきているさの山のはゝ月ゆへよりもうらめしきかな
　　月の入さの山のうらめしかりしに、郭公の鳴て入山は猶うきと成べし。
　　　　　　　　　　　　　　　　　　　　　権中納言親宗千載作者委前註

212　ありあけの月は待ぬに出ぬれどなをやまふかきほとゝぎすかな
　　有明の宵のほどは山ふかく含《フク》みて有しもまたぬに已に出て、猶郭公は待にも来鳴ぬを、
　　猶山ふかきとよみ給へるなるべし。

　　杜間郭公といふ事を　　　　　　　　　　　　　　　　　　藤原保季朝臣

213　すぎにけりしのだの森の郭公たえぬしづくを袖にのこして
　　信田森和泉也。此森の木深きに郭公の鳴すてゝ過にけるを、感涙おさへがたき心なる
　　べし。たえぬ雫は森の雫なるを、我感涙をもそへてなるべし。

　　題しらず　　　　　　　　　　　　　　　　　　　　　　　藤原家隆朝臣

214　いかにせんこぬよあまたのほとゝぎすまたじと思へばむらさめのそら
　　野州云、いかにせんは切なる詞也。時鳥の難面き程に、またじと思へども、さも思ひ
　　果られずといふ心也。時鳥を恨て是非ともまたじとは思へども、村雨打そゝぎたる夕
　　の空にまたるゝとぞ。やさしき哥也。本哥たのめつゝ来ぬ夜あまたに成ぬればまたじと
　　思ふぞ待にまされる、自讃哥或抄云、此五文字にて果ををともはともむかしはとゞめ
　　しを、当御宇後鳥羽院の比をひより、かやうに何ともなくよめるにや。格におちざる
　　なるべし。またじと思へばとは、来ぬ夜あまたに成ぬれば待よわりたる心也。さる折
　　しも、村雨の降きたればいかにせんといへり。

　　百首哥奉りしに　　　　　　　　　　　　　　　　　　　　式子内親王

215 こゑはして雲路にむせぶ郭公なみだやそゝぐよひのむら雨

一声なきて、しばし雲路にとだえたるほどに村雨降出しさま也。それを泪にむせぶやうに雲路にむせぶとよみ給へる所、此歌の妙所なるべし。扨むらさめをかのむせぶほどに、こぼるゝなみだにやとの心なるべし。古今に声はして泪はみえぬ郭公我衣手のひつをからなん、此哥を取給へるにや。

千五百番哥合に　権中納言公経

216 ほとゝぎす猶うとまれぬこゝろかなながなく里のよそのゆふぐれ

本哥は畢ぬ也。是は不のぬ也。よその夕に鳴も猶疎れざる心ぞと、本哥に答たる心也。

題しらず　西行法師

217 きかずともこゝをせにせんほとゝぎすやまだのはらの杉のむらだち

野州云、山田原とは伊勢の山田也。こゝをせにせんとは所詮にせんと也。山田の原の杉の村立は、郭公の鳴所なれば、きかずともこゝをせんに思はんといひて、下の心同くはなけといふ心也。愚案或説此歌を郭公聞たる歌とて、其儀を付誤也。此哥御裳濯川哥合の哥なるに、俊成卿判詞云、古《フルキ》哥合の例は、花を尋るにも見たるをまさるとし、時鳥を待にもきけるを勝とする事なれど、是は只勝の勝劣を申べし。山田の原のといへる姿凡俗難レ及に似たり。勝と可申と云々。此判の詞を案ずるに、此哥郭公を不聞心なり。

218 郭公ふかきみねよりいでにけりとやまのすそにこゑのおちくる

野州云、外山は近き山也。愚案声のおちくるは、こゑの高みよりきこえくる心也。此哥もみもすそ川の哥合のうたなるに俊成卿の判詞、左哥郭公深き山の岑より出て、外山のすそに声の落くらんほど正《マサ》しく聞心ちしてめづらしく見ゆと云々。

山家暁郭公といへる心を　後徳大寺左大臣

219 をざゝふくしづのまろ屋のかりのとをあけがたになくほとゝぎすかな

賤の丸屋也。上句は山家の心にて、下句戸をあけがたとつゞけて、暁といふ題の心なるべし。

五首哥人々によませ給ける時、夏哥とて読侍ける　摂政太政大臣

220 うちしめりあやめぞかほる郭公なくやさつきの雨の夕ぐれ

此五文字、源氏梅が枝薫物合の所に、此夕暮のしめりに心みんと聞え給へればとあるも、雨中なるを思ひよせ給へるにや。古今郭公鳴や五月のあやめ草といふ詞を用ひて一首は作り立ながら、あやめぞかほる雨の夕暮といふ二句にて、全篇新しく幽玄優美の躰と成侍にや。尤制の詞也。

述懐によせて百首哥よみ侍りける時　皇大后宮大夫俊成

221 けふは又あやめのねさへかげそへてみだれぞまさる袖のしら玉

根を音にそへて述懐の泪を読給へり。詞づかひ奇妙とぞ。

五月五日くす玉つかはし侍ける人に　大納言経信

222 あかなくにちりにし花の色々はのこりにけりなきみが袂に

薬玉には色々作花をかざる故、あかでちりし花の色々の君か袂にのこるとよみ給へり。

薬玉は袖にも几帳などにもかくれば也。

つぼねならびにすみ侍ける比、五月六日もろともにながめあかして、あしたにながきねをつゝみて、紫式部につかはしける　上東門院小少将

山畦《ケイ》　玉篇云、胡圭切《コケイノカヘシ》五十畝《ボ》也。やま田とおなじ。

223 な《たイ》べて世のうきになかるゝあやめ草けふまでかゝるねはいかゞ見る

詞書に、諸共に詠明してとあるは、浮世のうき事など語り詠明したるにこそ。うきは水ある所を世の憂に鳴事をそへて、よべの名残けふまでなくねをいかゞみるとにや。

返し　紫式部

224 なにごとゝあやめはわかでけふも猶たもとにあまるねこそ絶せね

袂にあまるは、かの永き根を泪の袖にあまりてねを鳴にそへて也。何とあやめもわかず、世のうき事共かたりあかせし名残に、けふも猶泪袖にあまるとなるべし。

山畦早苗《サンケイノ》といへるこゝろを　大納言経信

225 さなへとる山田のかけひもりにけりひくしめなはに露ぞこぼるゝ

山田に水をしかくる筧のもりて、小田の注連に露したゝる心也。田に水損旱損などなからん祈にしめひく事あり。

釈阿に九十賀給はせ侍し時、屏風に五月雨　摂政太政大臣

226 をやま田にひくしめなはの打はへてくちやしぬらんさみだれの比

注連をはへしに添て打はへて、なべて此五月雨に朽やしぬらんと也。

題しらず　伊勢大輔

227 いかばかりたごのもすそもそぼつらん雲間も見えぬころのさみだれ

野州云、田子とは只賤の事也。田をうふる時分、いとゞもすそしほるゝは、隙もなきわざをするといはんため也。此の五月雨といひさしてをかれ侍る五月雨の時分、まことにさ有つべき躰也。源氏に〽袖ぬるゝこひぞとかつは知ながらおりたつ田子のみづからぞうき、〽いそぎとれあすは早苗も老ぬべし雨にもたごはさはらざらなん、愚案此野

州の註たごのもすそといふもの字にあたりて、雲間も見えぬと下句によめるより、隙なきわざをするといはんためといへるなるべし。貞徳は、五月雨にはわざせぬ身もそぼつに、田子のもすそもくもまなき雨にもさはらで、田うへそぼつらんとの心といへり。

大納言経信

228 みしま江の入江のまこも雨ふればいとゞしほれてかる人もなし

入江のまこもは、さらでも水にしほるゝに、雨ふればいとゞしほれて刈人もなしと也。時にあはぬ述懐も有にや。

前中納言匡房

229 まこもかるよどの沢水ふかけれどそこまで月の影はすみけり

彼貫之の、淀の沢水雨ふればの詞を用ひて、水清く月澄て底まで透徹する風情をよみ給へり。

藤原基俊

雨中木繁といふ心を

230 玉がしはしげりにけりな五月雨に葉もりの神のしめは《イわ》ふるまで

玄旨抄云、柏木に葉守の神のましけるをしらでぞ折したゝりなさるな、葉守の神とは、木を領ずる神也。愚案此哥諸本しめはふるとあり。注連延《ハフ》るにや。只玄旨の抄に、しめわぶるとあり。あまり茂りて神もト侘《シト》る心にや。然共玄旨義を付給はず。依レ之閣《サシオキ》レ筆《ヲ》侍。

入道前関白太政大臣

百首哥よませ侍けるに

231 さみだれはおふの河原のまこも草からでや波のしたにくちなん

飯《ヲフノ》河原八雲に石見とあり。万葉三《ニ》出雲守《ノ》門部王《カドベノ》飯《ヲフ》の海の河原の千鳥とよみ給へり。

或説出雲といへり。可尋之。五月雨に水まされば、かくて波の下におぼれ朽なんとおもひやる心也。

五月雨の心を　藤原定家朝臣

232 玉ぼこの道ゆき人のことづてもたえてほどふるさみだれのそら

野州云、恋しなば恋もしねとや玉ぼこの道ゆき人のことづけもせぬ、懇なる人のうとくなる事は、何事につけても子細あるべし。世間往復《ワウフク》《ユキカヘル》の人さへうとくなる五月雨の比なりとよめる也。本哥は、道ゆき人の便りの言伝さへ絶る物哉といへるを、五月雨の比に取りなしやう奇特也。

荒木田氏良二祢宜

233 さみだれの雲のたえまをながめつゝまどよりにしに月をまつかな

玄旨云、月は東に向て待物也。されども、五月雨の比は月待出る晴間もなければ、夜の明方に成迄晴もやすると、窓より待たる心なり。

百首哥奉し時　前大納言忠良

234 あふちさくそともの木陰露落てさみだれはるゝ風わたるなり

五月の雨晴しの風に、外面の樗の露落るさま也。時節の花の木取合されて、風情面白く、景気見様の躰也。樗はせんだんといふ木也。

五十首哥奉し時　藤原定家朝臣

235 さみだれの月はつれなき三山よりひとりもいづるほとゝぎすかな

五月雨の晴間なき故、まてども月は難面き深山より郭公斗鳴出しと也。郭公斗の心を独とよみ給へるなるべし。

太神宮に奉りし夏哥中に　太上天皇

236 ほとゝぎす雲ゐのよそにすぎぬ也はれぬおもひのさみだれのころ

晴ぬ思ひは雨中のさびしさなどにや。聞慰ん郭公さへよそに過て、いとゞ思ひも晴ずと五月雨の縁語なるべし。

建仁《土御門院年号》元年三月哥合に雨後郭公といへる心を　二条院讃岐 千載作者 源頼政女

237 さみだれの雲まの月のはれゆくをしばしまちけるほとゝぎすかな

五月雨の晴まの月面白きに、待し子規の鳴たるを、此月を待けるよと思ひやりし心也。

題しらず　皇大后宮大夫俊成

238 たれかまた花たちばなに思ひ出んわれもむかしの人となりなば《せイ》

盧橘のかにむかしの人を思ひ出て、かく終にはかなくなる世なれば、我もむかしの人とならば誰か又かく思ひ出んと也。

右衛門督通具

239 ゆくすゑをたれしのべとて夕かぜにちぎりかをかんやどのたちばな

橘のかをさそふ夕かぜのなつかしきに、我昔の人と成なん行末に、かく橘をかほらせてこひ忍ばせよと、夕風に契をくべきか、いや我を誰忍ぶ人もあるまじければ、たれ忍べとてか契置ん、ちぎりもをかじとの心なるべし。よく〱心を付て見るべき哥也。

百首哥奉りし時、夏哥　式子内親王

240 かへりこぬむかしをいまと《にイ》おもひねの夢のまくらににほふ《かほるイ》たちばな

橘のかにむかしを思ひてねたる夢に、思ひてもかへりこぬむかしを、あり〱と今の事と見し事よとよめり。折しもむかしをみる夢の枕に、橘も匂ひし風情なるべし。又一説、昔を今になすよしも哉といふ哥にて、昔を今になさばやと思ひつゝねし夢に昔をみたる折ふし、橘も匂つる心といへり。

前大納言忠良

241 たちばなの花ちる軒の忍ぶ草むかしをかけて露ぞこぼるゝ

宿はむかしにかはりて、忍ぶ生て軒の橘さへ散て哀なるに、むかしをかけて忍ぶ泪のおつるを忍草の露によせてよめる心なるべし。

五十首哥奉りし時　前大僧正慈円

242 さつきやみみじかき夜はのうたゝねに花たちばなの袖にすゞしき

月もなき夏夜の仮寝に、橘の匂ひをさそふ風吹来たるを、袖に涼しきとよみて、風を含めし哥なるべし。

題しらず　よみ人しらず

243 たづぬべき人はのきばのふるさとにそれかとかほる庭のたちばな

尋ぬべき人は立のきたる古郷に、其人の袖の香かと橘のかほるとなり。古郷の知人は跡はかなきに、橘のかにつけて、猶おもかげも忘られず哀なる風情なるべし。

皇大后宮大夫俊成女

244 ほとゝぎす花橘のかをとめてなくはむかしの人やこひしき

郭公の橘のかをとめきたりてなくは、汝も昔の人の恋しきにやと也。

藤原家隆朝臣

245 たちばなの匂ふあたりのうたゝねは夢もむかしの袖のかぞする

心明也。夢にも昔の人の匂ひなつかしくて見えたる心なるべし。

246 ことしより花さきそむるたち花のいかでむかしのかににほふらん

心明也。珍しき風情にや。

守覚法親王五十首よませ侍けるとき　藤原定家朝臣

247 ゆふぐれはいづれの雲のなごりとてはなたちばなに風のふくらん

源氏葵巻に、時雨打して物哀なる暮つかたと有て、〽雨と成時雨る空の浮雲をいづれのかたとわきてながめん、源氏君葵上を哀傷の哥也。是らの心にて、此夕暮はいづれの雲を吹こし名残とて昔を思ふ橘に風の吹匂ふらんとにや。

橘に郭公なきければよめる　増基法師

1983 ほとゝぎすはなたち花のかばかりになくやむかしのなごりなるらん

かばかりは、かくばかりにといふ詞に香をそへて也。かくばかりなくは昔の名残にて、今も橘に鳴かと也。

堀川院御時きさいの宮にて、閏五月郭公といふ心を、をのこどもつかうまつりけるに　権中納言国信

248 ほとゝぎすさつきみな月わきかねてやすらふこゑぞ空にきこゆる

閏五月なれば、六月やらん分かねて、猶やすらふ声すると也。郭公に五月六月分る心もあるまじけれど、かく詠するが哥也。

題不知　白河院御哥

249 庭のおもは月もらぬまで成にけりこずゑに夏の陰しげりつゝ

夏樹の結葉のさま也。

恵慶法師拾遺作者

250　我宿のそともにたてるならの葉のしげみのすゞむ夏はきにけり

樹陰の納涼の哥也。年ごとに涼み馴し宿の木陰の又其比に成し心なるべし。

摂政太政大臣家百首哥合に、鵜河を読侍ける　　前大僧正慈円

251　うかひぶねあはれとぞみるものゝふのやそうぢ川のゆふやみのそら

野州云、哥の面ことなる事なく聞えたる也。夕闇に見るといふ詞不審也。篝火の影にて見えたる躰也。篝火をよまずして心に持せたる哥のさま作者の物なるべし。愚案ものゝふのやそうぢ河、拾遺抄委。

寂蓮法師

252　鵜かひ舟高瀬さしこすほどなれやむすぼゝれゆくかゞり火のかげ

玄旨云、高瀬とは川瀬の高き所を云也。瀬は水の浅き物也。こゝを竿にて舟をさす也。然ば舟自由ならでとゞこほるによりて、篝火のむすぼゝるゝといへり。きどくなる見たてやう也。此道を心にかけん人は、行住坐臥何の上にも心を捨ずして、其気味を見聞して可二了知一ス《ス》とぞ。

千五百番哥合に　　皇大后宮大夫俊成

253　おほゐ川かゞりさしゆくうかひ舟いく瀬に夏のよをあかすらん

夏のほどいく瀬にいく夜をあかすらんとの心なるべし。

藤原定家朝臣

254　久かたの中なる川のうかひぶねいかにちぎりてやみをまつらん

野州云、〽久方の中におひたる里なればひかりをのみぞ頼むべらなる、桂の里にて伊勢が読る也。所は桂の里なれば、月をこそ本意とすべきに、何と契て闇を待ぞと鵜かひ

舟を見てよめる哥也。

255
百首哥奉りし時　摂政太政大臣
いさり火のむかしの光りほのみえてあしやの里にとぶほたるかな
玄旨云、業平の芦屋の里を詠て〽晴るよの星か河辺の螢かもと詠ぜるを思ひ出てゝ昔の光と読給へり。芦屋の昔も今のごとくに覚ゆれば、其光りを残して今もほのめかすとよめり。

256
式子内親王
窓ちかき竹の葉すさぶ風の音にいとゞみじかきうたゝねのゆめ
窓竹の風すさぶ音に、さらでも短夜の仮ねの夢のほどなきにいとゞと也。朗詠風生《ナルニ》レ竹夜《ヨ》窓《ノ》‐間《ダニ》‐臥《ス》　云々。

257
鳥羽にて竹風夜涼といふ事を人々つかふまつりしに　春宮権大夫公継（号野宮左大臣実定子）
まど近きいさゝ村竹風ふけば秋におどろく夏のよの夢
野州云、誠に打きくより涼しき哥也。夏の哥は、かやうに涼しくかる〳〵とよみたき物也。秋におどろくとは、窓近き笹をさら〳〵と吹渡れる風に覚たる夢は只秋也。去とては、夏の夜なる物をと思ひわづらふ躰あきらか也。後鳥羽院御哥に、〽なつのよの夢路涼しき秋の風さむるまくらにかほる橘。下略　愚案童蒙抄云、〽我宿のいさゝむら竹ふく風の音のさやけき此夕哉、万葉廿にあり。大伴家持卿の哥也。いさゝ村竹とは、いさゝかにすくなき心也。いひさゝといふはわろし、云々。

258
五十首哥奉りし時　前大僧正慈円
むすぶ手に影みだれゆく山の井のあかでも月のかたぶきにけり

水に宿りし月影の水むすべは、波たちて影うごき乱る心也。彼貫之の、〽結ぶ手の雫に濁る山の井のあかでも人に別ぬる哉、を本哥なるべし。

最勝四天王院の障子に清見関かきたる所　権大納言通光

259 清見潟月はつれなきあまの戸をまたでもしらむ波のうへかな

名におふ所の月なれば、さぞ清からんと待ほどに、難面く出やらぬに、短夜なれば月もまちあへず、波上うち白みて明しと也。

家百首哥合に　摂政太政大臣

260 かさねても涼しかりけり夏ごろもうすきたもとにやどる月かげ

玄旨、五文字より首尾さはやかに面白くしたて奇妙の哥なるべし。衣を重れば、暑きに月をかさねたれば涼しきと也。愚案袖の上にうつれる影を衣のやうに、月を重ねてとよみ給へる也。

摂政太政大臣家にて詩哥を合けるに水辺涼《シ》レ自《ヨリモ》秋一といふ事をよみ侍ける　有家朝臣

261 すゞしさは秋や帰りて初瀬川ふる川のべの杉のしたかげ

初瀬川、布留の川辺の杉の木陰の涼しさは秋や却てふるさるゝ斗ならんといはむために、秋や却而初瀬川と休めて、ふる川のべとつゞけられたるなるべし。扨水辺涼《スヾシ》二自秋《アキヨリ》一といふ題の心聞え侍り。古今〽初瀬川ふる川のべに二本ある杉としをへて又もあひみん、二もとある杉、此詞を用られたり。

題しらず　西行法師

262 道のべに清水ながるゝ柳陰しばしとてこそたちどまりつれ

野州云、炎天の苦しき道を過行に、柳の陰に清水のながるゝを見ては立よるべき所也。結句に立どまりつれといふ字、此眼也。此柳陰求めぬ納涼の地なれば、そとの間と思ひて立よりたれば、涼しさに心をとられて行べき道をも忘れて、時節をうつしたるといふ心あまりて侍り。しばしとてこそ立どまりつれ、かやうにほどへ暮さんとは思はざりし物をと、果たる哥也。

263 よられつるのもせの草の陰ろひて涼しくくもるゆふだちのそら

みな月の照日に野べの草葉も巻よられしが、夕立の雲たちおほひて涼しく成たる風情也。野もせは、野の雨也。よられつる野もせの草、まことに炎熱の空のさま見るやう也。陰ろひて涼しく曇る、ありのまゝに面白しとぞ。

崇徳院に百首哥奉りける時　藤原清輔朝臣

264 おのづから涼しくもあるか夏ごろも日もゆふぐれの雨のなごりに

玄旨、詠哥大概抄云、あるかは哉也。五文字ふとは心得がたし。夕景《カゲ》になれば涼しき物なるに、雨の名残さへ相くははりて連《レン》々に涼しくなる躰也。然はおのづからといふ所よくあたれり。夏衣日もとつゞきたるは、衣にひもといふ物あればつゞけ侍也。青苔《ノ》地上《ニ》消《シ》二残雨《ザンウヲ》一　緑樹《ジュノ》陰前《ニ》遂《オフ》二晩涼《ヲ》一　野州説も大かたおなじ。夏の習ひ納涼を求る物なれども、暮雨の名残自然に涼しきとよめり。おのづからといふ詞よくあひあたれり。きとくの歌也、云々。

千五百番哥合に　権中納言公経

265 露すがる庭の玉ざゝうちなびき一むらすぎぬゆふだちの雲

夕立一とをりして、雲うちなびく名残の風に、露すがりたる玉笹のうちなびきて涼しきさま也。雲の一村過て、玉笹のなびくに、風をいはで含め給へり。玉笹、褒美の詞に、露の縁有なるべし。

266
雲隔《ヘダツ》二遠望《エンボウヲ》一といへる心を読侍ける　源俊頼朝臣

十市《トヲチ》にはゆふだちすらし久かたのあまのかくやま雲がくれゆく

十市、大和也。天香久山、是も大和十市郡なり。十市の里に夕立するやらん、かく山のはるかに雲がくれゆくと也。西行の〽秋笹や外山の里や時雨らん、もおなじ風情にや。

267
夏月をよめる　従三位頼政千載委註

庭のおもはまだかはかぬにゆふ立のそらさりげなくすめる月かな

夕立の雨後の月のさま、よく写し得たり。さりげなくは、夕立せし気色もなき空也。

268
百首哥中に　式子内親王

ゆふだちの雲もとまらぬ夏の日のかたぶく山に日ぐらしのこゑ

夕立晴て日も入かゝる山に日晩《ヒグラシ》の鳴さま也。夕立のほどはとだえしが、今鳴出て暮かゝる気色也。蜩《ヒグラシ》は蟬の類也。

269
千五百番哥合に　前大納言忠良

ゆふづく日さすや庵の柴の戸にさびしくもあるか日ぐらしのこゑ

〽夕附日《ツクヒ》さすや川辺〽夕附日さすや岡べ、などゝ万葉によめる詞を、柴の戸夕にさすによみなし給へり。さらでも寂寥難レ堪山家の夕陽に、日晩の声さへするさま也。さびしくもあるかは、古今うちつけにさびしくもあるか、とよめる詞也。詞づかひ絶妙にや。

百首哥奉りし時　摂政太政大臣

270
秋近きけしきの森になく蟬のなみだの露や下葉そむらん
二条院讃岐
気色社、八雲に大隅云々。夏ながらやう〱秋近き気色見えて、下葉などかつ色付るを蟬の此森になくを鳴に付て泪の露とよみて、夏生して秋死するといへる虫なれば、秋の近付悲しみに紅涙おちてや、かく森の下葉もそむらんと、哀みよみ給へる心なるべし。野州抄の引哥〽秋の来るけしきの森の下風に立そふものは哀なりけり、待賢門院堀川よめる哥也。千載集にあり。

271
なく蟬のこゑも涼しきゆふぐれに秋をかけたるもりのした露
壬生忠見拾遺作者
夕暮は蟬のこゑも涼しく聞ゆるに、森の下露さへ落て秋をかけたる景色、いとど涼しきと也。露はいつもあれど先秋の物なればなるべし。

272
螢のとびのぼるを見てよみ侍ける
いづちとかよるは螢ののぼるらんゆきかたしらぬ草のまくらに
此哥草枕とあれど旅にはあらず。忠見家集に、前栽に螢とふをと詞書也。只、前栽草花の辺にふして草枕とよめるなるべし。不定の人間世に我身の行衛もしらぬ事などおもひつゞくる折ふし、螢高く飛のぼるを見、ふせりていづちとか、よるはかくほたるのゆくらん。かく行方もしらぬわが身の草枕せし折ふしに、との心なるべし。螢の虚空にのぼるを、身の上に思ひよそへたる哥にこそ。

273
五十首哥奉りし時
摂政太政大臣
ほたるとぶ野沢にしげる芦の根のよな〱したにかよふ秋かぜ
芦の根は沢の下に、はひかよふを、秋の下にかよふにいひかけて、螢とぶ夜な〱、野沢の芦のうちそよぎて、涼しき風ふけば秋のしのびてかよふにやどの心也。〽下くゝる水に秋こそかよふらし、此詞をとりて風情をかへ給へり。

刑部卿頼輔哥合し侍けるに、納涼を読侍ける　　俊恵法師

274 楸おふるかた山かげにしのびつゝふきけるものを秋のはつかぜ

楸生たる片山陰の夏ともしらず涼しき心をよめり。心は此比の炎天に、いつしか秋風ふかなんとのみ侍ける事よ。此楸生たる片山陰にひそかに忍びて秋の初風の吹ける物を、と興していへる心也。楸は、もろこしにも立秋に用る木にて秋によせある木也。夢華録云《ニク》、京師立秋満《ニテ》レ街《ニ》売《ル》二楸葉《ヲ》一　婦女児童皆剪《キリ》二成《シテ》花様《ニ》一　戴《イタダク》レ之《ヲ》形製不《ズ》レ一《ナラ》　事文類聚巻十二有。

瞿麦露滋《トコナツツユシゲシ》といふことを　　高倉院御哥

275 しら露の玉もてゆへるませの内にひかりさへそふとこなつの花

ませ垣はゆふ物なれば露しげくむすべるを、玉もてゆへるとよませ給へり。ませの露の玉もてゆへるさへあるに、とこなつの露光さへそひて言語道断の心なるべし。

夕顔をよめる　　前太政大臣

276 白つゆのなさけをきける言の葉やほの〴〵見えしゆふがほのはな

此哥源氏夕顔の巻に、彼五条の宿りより源氏の君をほの見ゐらせて〽心あてにそれかとぞみる白露の光りそへたる夕がほの花、と白き扇に書てまゐらせしに、源氏君御たゝう紙に〽よりてこそそれかとも見めたそがれにほの〴〵見つる花の夕顔、とあらぬさまに書かへ給ひし返哥の心也。此巻に其外夕顔のうたはあれど、中にも露の情を見せおけることの葉は、此ほの〴〵見えしゆふがほの返哥なるべしと、いま夕がほの花を

見て此巻の事をかくよみ給へるなるべきにや。猶此巻にめざましかるべきはにやあらんとおぼせど、さしてきこえかゝる心のにくからずおぼさるなど誠に情置ける心なるべし。

百首哥よみ侍ける中に　　式子内親王

277 たそがれの軒端の荻にともすればほにいでぬ秋ぞしたにことゝふ

穂に出ぬはあらはれぬ心也。夏なれば暑きながら、黄昏などの軒端の荻にはあらはにあらぬ秋風の、ともすれば忍び〳〵こととひて涼しきと也。夏の荻の穂に出ぬ心も有て、詞も心もやさしく面白とぞ。

夏の哥とてよみ侍ける　　前大僧正慈円

278 雲まよふゆふべに秋をこめながら風もほにいでぬ荻のうへかな

雲立まよふ夕の空に、秋のけしきをやう〳〵こめながら、猶夏のしるしに風の荻にそよがずと也。荻の穂に出ぬ比なれば風も穂に出すと也。

太神宮に奉りし夏の哥の中に　　太上天皇

279 山里の峯のあま雲とだえしてゆふべすゞしきまきのした露

山家の雨のはじめて晴て雲も漸々と絶して、雨の名残の槙の夕露のすゞしき風情なるべし。

文治六年、女御入内屏風に　　入道前関白太政大臣《兼実公》

280 岩井くむあたりのを笹玉こえてかつ〴〵むすぶ秋のゆうつゆ

井をくむ波に小笹の上に水玉打越るより、かつ〴〵秋の夕露とむすぶと見えて、涼しき心也。岩井とは、石がきせしいづみをいへり。

文治六年女御入内　文治六年正月、兼実公御娘任子女御入内、後鳥羽院の中宮也。

千五百番哥合に　　宮内卿

281 かた枝さすおふの浦梨初秋になりもならずも風ぞ身にしむ

古今、〽苧生の浦に片枝さしおほひなる梨のなりもならずもねてかたらはん、是を本哥にてよめり。初秋になりも、成もならずもとは、夏の末なれば初秋になり、ならざる比をいへり。所は苧生の海辺に、梨の片枝さす陰に風よく吹て、身にしむばかりなる気色也。身にしむは秋の冷やかなるをいへり。

百首哥奉りし時　　前大僧正慈円

282 夏ごろもかたへ涼しくなりぬなり夜やふけぬらんゆきあひのそら

野州云、かたへは一方也。夏はゆき秋はくるを、行合の空といへり。かたへ涼しくなるは、秋のくるにやと也。本哥〽夏と秋と。

延喜御時、月次の屏風に　年中十二月のさまをゑがきし也。　　壬生忠峯

283 夏はつるあふぎと秋の白露といづれかさきにおかんとすらん

朗詠、晩夏の哥也。夏のほどは手をはなたさる扇を、夏果て露も置風も涼しくなれば、うちおく心をよめるなるべし。此哥、秋の白露とあれど朗詠の部立に任せて、晩夏のうたに入られたるにや侍らん。

貫之

284 みそぎする川の瀬みればから衣日もゆふ暮に波ぞ立ける

から衣は、日も夕暮といはんため、波ぞたちけるも其縁語なるべし。大祓する川瀬の日も、暮風吹て涼しき心を波ぞ立けるとよみて、風をこめたるなるべし。

新古今和歌集　巻第四

秋哥上

題知らず　　中納言家持

285 かみなびのみむろの山の葛かづらうらふきかへす秋はきにけり

葛は葉のうら白くうつくしき故、昔より裏見る事に読来れり。此哥吹かへすといふに風をふくめて秋来りて葛の葉もひるがへり、興ある秋風吹心をよみ給ふ也。

百首哥にはつ秋の心を　　崇徳院御哥

286 いつしかと荻のはむけのかたよりにそゞや秋とぞ風もきこゆる

夏のほどはおとせざりし風の、いつしかと荻の葉も一かたに吹むけて、そよ秋来にけりとしらるゝ風の音すると也。倚、カタヨリとよむ也。そゞやは、荻の声に添て也。長恨哥ニ驚破《ソゞヤ》霓羽《ゲイシヨウノ》衣曲、云々。

藤原季通朝臣詞花集委註

287 このねぬる夜のまに秋はきにけらしあさけの風のきのふにもにぬ

古今、秋立ていくかもあらねどこのねぬるあさけの風は袂すゞしき、玄旨、此ねぬるとは、只ねたるといふ事、云々。朝けは朝明也と、定家御説也。ねたるの夜のまに秋はきたりしやらん、あさけの風のありさま、きのふの夏にはかはりたりと也。

文治六年女御入内屏風に　　後徳大寺左大臣

288 いつもきくふもとの里とおもへどもきのふにかはるやまおろしのかぜ

野州云、此哥秋の詞なし。山おろしの風、聞しにかはりしは、秋なるかとよめり。本哥にことはらせたる哥也。此麓の里に住て聞馴し山下風の音も、秋になるよりかはりて聞ゆる也。本哥、秋来ぬとめには〜〜。

百首哥よみ侍りける中に　　藤原家隆朝臣

289 きのふだにとはんと思ひしつの国のいくたの森に秋はきにけり

自讃哥或抄に、生田の森をとふとよめる事〽君住ばとはまし物をつの国のいくたの杜の秋の初風、とあるを本哥とせり。きのふだにとは、夏の比たにゆかまほしく有しに、新冷の景さぞあるらんと、はてはあらじといふ心也云々。宗祇抄云、此森の秋を賞する心深き故に、きのふだにといふにや侍らん。

最勝四天王院障子に高砂かきたる所　　藤原秀能

290 ふく風のいろこそ見えねたかさごのをのへの松に秋は来にけり

玄旨云、松にふく風なれば、花紅葉吹ごとくに其色は見えねども、秋くるとは声にしられたると也。愚案、吹風の色こそ秋とは見えね、松の声に秋はしらるゝと也。松高《シテ》有《ハ》二風《ニ》一声《ノ》秋一、朗詠〽秋きぬとめにはさやかに〜〜　是らの心なるべし。

百首哥奉りし時　　皇太后宮大夫俊成

291 ふしみ山松の陰より見わたせばあくる田面に秋かぜぞふく

山城伏見也。松あり田面などある所也。山松の陰より田面のなびく秋風のさまを見る朝の景色也。

守覚法親王、五十首哥よませ侍けるとき　　藤原家隆朝臣

292 あけぬるか衣手さむしすがはらやふしみのさとの秋のはつかぜ

菅原伏見は荒たる里なれば、風をもふせぎあへぬ所にて、外の新涼の比も袖寒き心也。明ぬるかとは、閨ながら袖の寒きは夜明たるかなどやうの心也。後撰、菅原や伏見の里の荒しよりかよひし人の跡も絶にき　菅家万葉、涼《ニ》颸《ヒヨウ》忽扇《アフヒデ》物先哀《カナシム》応《ベシ》三是為《ナル》二秋《ノ》気《ノ》早来《クル》一

摂政太政大臣

千五百番哥合に

293 ふか草の露のよすがを契にてさとをばかれず秋は来にけり

野州云、〽今ぞしる苦しき物と人待む里をばかれず問べかりけり、此哥の一句をとりてよめる也。よすがはたより也なり。深草なれば、露をたよりにかれず、秋のくるとよめり云々。愚案此哥、露のよすがをちぎりにてとは、露をあひ図の契物にて深草の里をかれず秋のくるとの心也。

右衛門督通具

294 あはれ又いかに忍ばん袖のつゆ野はらの風に秋は来にけり

宗祇云、あはれいかに忍ばんとは来る秋の思ひに堪がたき由也。其ゆへは、此秋大かたに来ぬるとも、哀浅かるまじきを、まして袖の露野原の風もくる秋なれば、猶忍びがたきよし也。ある註に、此あはれはあつぱれなり。さても又などといふ心也。是迄祇

註自讃哥或抄云、あはれ又とは詞の哀也。いかに忍ばんとは、いつとても哥人などは感思になやまさるゝ物ながら、なをざりなる時もあるを、秋の心はとり分たるにや。何として忍ばんするぞといへり。此しのぶは堪忍といへる詞也。

源具親

295 しきたへの枕のうへにすぎぬなり露をたづぬる秋のはつかぜ

両説也。玄旨云、しきたへは敷て堪忍する心也。風の習ひ、物にあたりて散す物也。

扨も我枕の上をば過ていづくへゆくぞ、わが泪をばしらぬかとよめり。我なみだをしらせてちらさばやと思ふ心也、云々。今一説、宗祇云、心あらば也。只枕の露、大かたの露にさきだちてをくよし也。自讃哥或抄云、扨も露を尋ねば、草村野原をこそ尋ぬべけれどもいまだなべては露のをきあへぬ比也。いつも愁のみなる人の枕なれば、定めて露ぞあるらんとをしはかりて吹くるに、あやまたず露のこぼるゝとよめるにや。詞やさしく心ふかし、云々。此説、祇註と大かたおなじ。両説可随所好。

顕昭法師

296 水ぐきの葛葉も色付てけさうらがなし秋のはつ風

水茎岡、近江也。野州、葛は、よの草より早く紅葉する物也。ちはやぶる神のいがきにはふ葛も秋にはあへずうつろひにけり、うらがなしとは心悲しといふ心也。下略。

越前 伊勢氏人女 嘉陽門院女房

297 秋はたゞ心よりをくゆふ露を袖のほかともおもひけるかな

秋夕の悲しみの泪袖をぬらすに付て、露は草木などにをくと思ひしに、秋は只心より袖にをく夕露なる物をと也。

五十首哥奉りし時、秋の哥　藤原雅経

298 きのふまでよそに忍びし下荻の末葉の露に秋風ぞふく

きのふとは、立秋の前、夏のほどの事也。昨日まで忍びて、荻を余所に吹し風の、けふは末葉に吹と也。漸吹なびかして露などこぼるゝさまなるべし。

太神宮へたてまつりし秋の哥の中に　太上天皇

1984 朝露のをかのかやはら山風にみだれて物は秋ぞかなしき

朝露のをきし岡の萱原の山風に吹みだす気色に付て秋情を催す心をかくよみ懸させ給にや。

題しらず　　西行法師

299 をしなべて物をおもはぬ人にさへこゝろをつくる秋のはつかぜ

物思ぬ人せしむる心なるべし。

300 あはれいかに草葉の露のこぼるらん秋風たちぬみやぎのゝはら

みもすそ川の哥合の哥也。俊成卿判詞云、左宮城野の原思ひやれる心猶おかしくきこゆ勝べくや、云々。玄旨、詠哥大概抄云、みやぎ野は露も茂く風景もしげき所なれば、都に帰りて我宿の荒たる庭などに対して、秋風を聞て此比のみやぎのゝ躰を思ひやりてよめる也。西行見し所なれば、時節の景気を感じたる哥也。愚案此御説、野州の一説を其まゝ注し給へり。自讃哥或抄、宗祇抄の義もおなじ。いづれも俊成卿の判詞に随ひたる儀なるべし。正説歟。

崇徳院に百首哥奉ける時　　皇太后宮大夫俊成

301 みしぶつきうへし山田にひたはへて又袖ぬらす秋は来にけり

玄旨云、みしぶは水の渋也。みさびなどいふも同事也。秋は引板《ヒタ》などかけて又袖ぬらすよと也。夏秋かけて難艱《ナンカン》の躰也。愚案夕霧巻ニ山田のひたにも驚ずとある物也。夏は水渋にぬれ、秋は山田守て袖ぬらす民のさま也。

中納言、中将に侍ける時、家に山家早秋といへる心をよませ侍けるに

法性寺入道前関白太政大臣

302 朝霧やたつたの山の里ならで秋来にけりとたれかしらまし

かく霞たてる立田の山里ならで、外には誰しらんと也。立田は、秋をつかさどる神のます山なればにや。

303
題しらず　中務卿具平親王 拾遺作者
ゆふぐれは荻ふく風のをとまさる今はたいかにねざめせられん
夕になるまゝ荻の風も音まされり。今より又猶音そひて、いかにね覚せられんずらんと也。

304
後徳大寺左大臣
夕されば荻の葉むけを吹かぜにことぞともなくなみだおちけり
荻の葉風に何となく秋の悲しみを催されし心也。事ぞともなくは、古今に事ぞともなく明ぬる物を、と読《ヨミ》し詞にて何のよしもなくなどの心也。

305
崇徳院に百首哥奉りし《けるイ》時　皇太后宮大夫俊成
荻のはもちぎり有てや秋風のをとづれそむるつまとなるらん《なりけりイ》
荻も前世の契約にて、秋風の音信れ初るはじめとなるらんと也。つまとは、物の端をいへり。妻にそへて契有てやなど読給へり。

306
題しらず　七条院権大夫 左京権大夫光綱女
秋来ぬと松ふく風もしらせけりかならず荻のうは葉ならねど
心はあきらか也。

307
題をさぐりて、これかれ哥よみたるに、信田杜の秋風をよめる　藤原経衡 後拾遺作者 公業子
日をへつゝ音こそまされいづみなるしのだのもりの千枝の秋かぜ

哥林良材云、〽和泉なる信田杜のくすの千枝にわかれて物をこそ思へ、右、信田森には楠木一本がはびこりて、千枝《チエ》に分れたるといへり。是によりて、篠田森には千枝といふ事をよめる也。猶、詞花・千載集にも此事出たり。

百首哥に　式子内親王

308 うたゝねの朝けの袖にかはる也ならす扇の秋のはつかぜ

ならす扇は、手馴《ナラ》す心也。手なれし扇の風の、漸秋初風にかはりて、うたゝねにあかせし朝明の袖に涼しくふくと也。

題しらず　相模

309 手もたゆくならす扇のをき所わする斗に秋かぜぞふく

心あきらか也

大弐三位

310 秋かぜはふきむすべどもしら露のみだれてをかぬ草のはぞなき

吹結べどもみだるゝと也。桐壺巻、宮木のゝ露吹むすぶ風の音に　などよめる詞也。草露を愛したる哥也。

曽祢好忠

311 あさぼらけ荻のうはゞの露見ればやゝはださむし秋のはつかぜ

時節の景感じたる心也。

小野小町

312 吹むすぶ風はむかしの秋ながらありしにもにぬ袖の露かな

秋かぜの吹むすぶは、昔にかはらねど、我身のをとろへの泪そひて、露は有しにも似ぬとなるべし。

延喜御時、月次屏風に　　紀貫之

313 おほぞらも我も詠めてひこ星のつまゝつ夜さへひとりかもねん

三躰詩、臥《テ》看《ハル》牽牛織女《ノ》星の心。とまりは人丸の詞にて心は明也。

題しらず　　山辺赤人

314 このゆふべふりくる《つイ》雨はひこぼしのとわたるふねのかひのしづくか

七夕の雨は、牽牛の天河を渡るかいの雫かと也。歳時雑記ニ云《ク》、七月六日《ニ》、有レ雨《レバ》謂二之《イフヲ》

洗車雨《ト》一。七日ニ、雨則《フレバ》云《イフ》二酒涙雨《ト》一事文。

宇治前関白《頼通公》太政大臣家に、七夕の心をよみ侍ける　　権大納言長家後拾遺作者

315 としをへてすむべき宿の池水はほしあひの影もおもなれやせん

住に澄をそへて也。年をへて星合の影をうつしたる池水なれば、星合の稀なりといへど、おもなれぬべしと也。祝言也。

花山院御時、七夕の哥つかうまつりける《時イ》に　　藤原長能拾遺作者

316 袖ひちて我手にむすぶ水の面にあまつほしあひの空を見るかな

「袖ひちてむすびし水の氷れるを―」「山城の井手の玉水手に結び、などの詞を用て心は明也。

七月七日、七夕まつりする所にてよみける　　祭主輔親

317 雲間より星合の空を見わたせば《ながむればイ》しづこゝろなきあまの川なみ

七夕の逢瀬を急ぐらんと思ひやる心から、あまの川もしづかなる心なく見ゆる心なるべし。

七夕の哥とてよみ侍りける　太宰大貳高遠

318 たなばたのあまの羽衣うちかさねぬる夜すゞしき秋かぜぞふく

牛女の二人衣をうちかさねてぬるらんと思ひやる夜の涼しきを、かくよめるなるべし。

小弁 金葉作者懐尹女 祐子内親王家女房

319 七夕の衣のつまはこゝろしてふきなかへしそ秋のはつかぜ

野州云、本歌〽わがせこが衣のすそを吹返しうら珍しき秋の初風、七夕の稀の逢瀬は、返すといふ事をきらふ也。それを吹な返しそと、秋風に云懸し哥也。

皇太后宮大夫俊成

320 たなばたのとわたる舟の梶の葉にいく秋かきつ露の玉づさ

七夕には草葉の露を硯水にて、梶の葉に言葉を書て手向る事を舟の梶にいひかけて、長く乞巧せし事をよみ給へるにや。

百首哥中に　式子内親王

321 ながむれば衣手すゞし久かたのあまのかはらの秋のゆふぐれ

天河原といふに付て河風などのよせあれば、衣手涼しと読給ふなるべし。天漢ノ初秋ノ夕景、折りも涼かるべくこそ。

家に百首哥よみ侍ける時　入道前関白太政大臣

322 いかばかり身にしみぬらん七夕のつまゝつよひのあまの川かぜ

折も新涼の天みる人さへあるに、まして適々つまゝつ夜の川風は、いかばかりと思ひやる心也。

七夕の心を　権中納言公経

323　星あひのゆふべすゞしき天の河もみぢのはしをわたるあき風

心は明也。古今に、〽天河紅葉を橋に渡せばや、とよみしより、実方の紅葉の橋はちるやちらずやとよめり。是より紅葉に橋よみきたれとぞ。

待賢門院堀川

324　七夕のあふ瀬たえせぬあまの川いかなる秋かわたりそめけん

心明なるべし。

女御徽《キシ》子女王《ニヨワウ》拾遺作者 斎宮女御

325　わくらばにあまの河波よるながらあくるそらにはまかせずもがな

七夕のたまさかの逢夜なれば其まゝよるにてのみあらせよかし。明る空にうちまぜて明けさせずも哉と也。川波よると添て也。

大中臣能宣朝臣

326　いとゞしくおもひけぬべし七夕のわかれの袖におけるしら露

おもひけぬべしとは、さらでも七夕の別は思ひ消ぬべきに露さへをけば、いとゞ思ひきえんと也。露はきゆる縁語なれば也。露《ハ》応㆓別涙《ノ》㆒珠《ナル》空《ク》落《ツ》。管家の七夕の詩にて朗詠也。

中納言兼輔《ノ》家《ノ》屏風に

紀貫之

327　七夕はいまやわかるゝあまの川川霧たちてちどりなくなり

貫之集第三に、京極中納言屏風の料の哥、廿首の内也。絵に合せたる哥ともなければ、只七夕別をよめる斗にや。七月八日の朝の空に霧立渡り千鳥などなくを、七夕の別てなく折にやと思ひよせてよめる心なるべし。

328
堀川院御時、百首哥中に萩をよみ侍ける　前中納言匡房後拾遺作者
河水に鹿のしがらみかけてけりうきてながれぬ秋萩のはな
野州引哥、秋萩をしがらみふせて鳴鹿《シカ》の目にはみえずで音のさやけさ、此哥の心にて、河水に鹿が柵をかけたりと上句によみて、下句に其心をことはりたる也。山河に風の懸たる——。

329
題しらず　従三位頼政詞花作者
かりごろも我とはすらじ露しげき野《みイ》はらの荻の花にまかせて
催馬楽に、衣かへせんさきんたちや我きぬは野ばら笹原萩の花摺やさきんだちや　万葉十、我きぬをすれるにはあらず高円の野べゆきしかば萩のすれるぞ、ともよめり。是らの詞を用ひてなるべし。心は摺狩衣といふ事あるに、我自身には、摺まじき野原の露けき萩の花に任せてすらせんと也。

330
秋萩をおらではすぎじ月草の花ずりころも露にぬるとも　権僧正永縁後拾遺作者
月草に衣はすらん朝露にぬれてのゝちはうつろひぬとも、此哥を用て月草の花摺衣は露に色うつりかはる共、此萩をおらではと也。萩をいたく愛する心也。月草は露草也。青花也。

331
守覚法親王五十首哥よませ侍りけるに　顕昭法師千載集作者
萩がはなまそでにかけて高まどのおのへのみやにひれふるやたれ
万葉廿、宮人の袖つぎ衣秋萩に匂ひよろしき高円の宮、此哥を用るにや。ま袖は只袖也。高円宮は万葉廿に、天平宝字《孝謙年号》の比の離宮《リキウ》のよし見ゆ。ひれふるは領巾《ヒレ》とてあり。

八雲には袖をいふと云々。裙帯《クンタイ》領巾は、女のよそひ也。萩の花をま袖にふれかけて、高円宮にてひれふるは誰人ぞと也。顕昭哥の中の秀逸といへり。高円は大和也。ひれふるは招《マネク》心也。

題しらず　　　　祐子内親王家紀伊 後拾遺作者

332 をく露もしづ心なく秋風にみだれてさける真野の萩はら

真野萩原、大和なり。秋風にちりみだるれば、露もしづ心なげなるとの心なるべし。

人麿

333 秋萩のさきちる野べの夕露にぬれつゝきませ夜はふけぬとも

此野の萩の面白きに、夕露にぬれつゝも来ませ、さらずば夜更てもと人をさそへる心なるべし。

中納言家持

334 さをしかのあさたつをのゝ秋萩にたまと見るまでをけるしら露

鹿の朝たゞずむ小野也。風情面白くいはんかたなき心をふくめたる哥也。

凡河内躬恒

335 秋の野をわけゆく露にうつりつゝわがころもでは花のかぞする

うつりつゝは、露のしめりに花の香の袖にうつりしと也。心明也。

小野小町

336 たれをかもまつちの山のをみなへし秋とちぎれる人ぞあるらし

真土山、紀伊也。誰をかもまつとそへて也。秋来んと契し人ぞあるらん、秋さく女郎花は誰をか待と也。

337 をみなへしのべのふるさと思ひ出てやどりしむしのこゑや恋しき　藤原元真 後拾遺作者 甲斐守清雅子

元真集には、のべの古郷思ひつゝと有。野の女郎花を、庭にうつしうゑてよめる心なるべし。

千五百番哥合に　左近中将良平 醍醐入道太政大臣

338 夕されば玉ちるのべのをみなへしまくらさだめぬ秋かぜぞふく

露ちりて、風に女郎花のおきふすを枕定ぬとよみ給へり。風情やさしき哥なるべし。

蘭をよめる　公猷《コウユウ》法師 律師 中務大輔定長子

339 ふぢばかまぬしは誰ともしら露のこぼれてにほふのべの秋かぜ

古今、〽ぬししらぬ香こそ匂へれ秋のゝに誰ぬぎ捨し藤袴ぞも、此哥にて心明也。

崇徳院に、百首哥奉ける時　藤原清輔朝臣

340 うす霧のまがきの花の朝じめり秋は夕とたれかいひけん

秋は猶夕間暮こそたゞならねなどいへど、朝霧薄く立て、籬の草花のうちしめりたる気色こそなつかしく面白けれと也。

入道前関白太政大臣、右大臣に侍ける時、百首哥よませ侍けるに　皇太后宮大夫俊成

341 いとかくや袖はしをれしのべに出てむかしも秋の花は見しかど

老後には、野花をみるにも盛者必衰の理の感ぜられ、又来ん秋は存命も不知など心細くて、若年に露分しとは袖のしをれも替れば也。

筑紫に侍りける時、秋の野をみてよみ侍りける　大納言経信

342　花見にと人やりならぬのべにきて心のかぎりつくしつるかな

経信卿は、父君道方卿に具して太宰府におはし、老後に帥に成ても筑紫におはしけり。野州云、此哥は、経信卿、彼国に住ける比、秋の野の面白く哀なるを見て、都の恋しきとを心にこめて詞にあらはさず。寄特也。此作者の哥は、毎首かやうに幽なる所を含て、おもてをばやす〳〵とよめる也。下略　人やりならぬとは、心づからといふ心也。我心のまゝに野遊して心のかぎりおもひのこす事なく、さま〴〵心をつくせしと也。

題しらず　曽祢好忠拾遺作者

343　おきて見んとおもひしほどに枯にけり露よりけなるあさがほのはな

野州云、おきてみんとは露と我事をかけていふ也。只朝顔の程なく化なるを、いはんため也。枯るはしほるゝをいふ也。おきてみんといふ所をつよくいひ立れば、朝いをしたるやうにきこえ侍れば、只あさがほのはかなきことはりを心にかけて見侍る哥也。愚案　露よりけなるは勝の字也。露よりまさりて無キレ墓心也。

貫之

344　山がつのかきほにさける朝がほはしのゝめならであふよしもなし

とくしほれやすきをおしむ心なるべし。

坂上是則古今作者

345　うらがるゝあさぢがはらのかるかやのみだれて物をおもふころかな

裏枯は、下葉よりかつ枯たるさま也。〽かるかやのみだれてあれど、などよみて、乱るゝ物なれば序哥によみて秋思をのべたる哥なるべし。

人麿

346
さをじかのいるのゝ薄はつおばないつしかいもがたまくらにせん

読人不知

入野、所の名也。未考。野州云、此秋の野の色々に乱合て、言葉も尽しがたきをいへる哥也。いつしかとはかゝる秋の野の面白きに同じくは残る心もなく、我思ふ人と諸共に見ばや、いつかさやうに待んといへり。手枕にせんとは、只隔なく馴たきとの心也。

347
をぐらやまふもとのゝべの花すゝきほのかに見ゆる秋のゆふぐれ

女御徽子内親王

朗詠、秋晩の哥也。西山の雄倉山麓は、嵯峨野をかけて面白き所に、秋の日ほどなく暮て花薄のうす〳〵とほのかに見えし風情、さびしく幽玄なるにや。花薄、穂とそへたる詞なるべし。

348
ほのかにも風はふかなん花すゝきむすぼゝれつゝ露にぬるとも

式子内親王

花薄の露の面白きに猶風吹て打なびきなば、今一入ならんとおもふ心にほのかにも風はふかなん、なびきむすぼゝれつゝこぼるゝ露に身はぬるゝともと也。

百首哥の中に

349
花すゝきまだ露ふかしほに出てながめじとおもふ秋のさかりを

玄旨曰、本哥 今よりはうへてだに見じ花薄穂に出る秋は侘しかりけり、花薄を穂に出て詠れば、別して心をなやます物なればながめじとおもふ也。然るに、又露ふかく穂に出ぬれば、感情きはまりなくて、詠めて心をなやます也。又といふ字は、本哥にかゝりてよめり。

摂政太政大臣家百首哥よませ侍りけるに　八条院六条（千載作者 前中納言師仲女）

350 野べごとにをとづれわたる秋かぜをあだにもなびく花すゝきかな

花すゝきのなびくに付て、人の好色の事に比してよめり。かく心おほき秋風にあだにもなびく事よと也。よく其心の実不実を見定てこそあらめと、心をふくめたる哥なるべし。

和哥所の哥合に、朝《ノ》草花《サウクハ》といふことを　左衛門督通光

351 あけぬとてのべより山へいる鹿のあとふきをくる萩のしたかぜ

宗祇（自讃哥注）云、夜もすがら野べに鳴つる鹿の山ふかく打侘て入跡に、萩の下風打吹て、鹿のねしたひがほなるを、かくよみつゞけ侍る也。尤其興面白き詠にや。自讃哥或抄云、鹿を哥ごとになかせたり。かやうなる躰、ことのさびしく見所侍べし。（愚案）此哥題《ノ》、朝《ノ》草花也。鹿は此萩の下風の跡、吹きをくる朝の風情をいはんためばかりにて侍れば、只山へ入たる跡をよみ給へるなるべし。左なくば傍題に成侍べし。祇注、此哥の心をよく得て侍るにや。

題しらず　前大僧正慈円

352 身にとまる思ひを荻のうは葉にてこのごろかなし秋のゆふぐれ

始め、荻の上葉の音に秋を悲しと思ひ初しおもひが身にとまりて、此比は、荻の音きかでも其身にとまるおもひに秋の夕が悲しき也。されば身にとまる思ひを、荻の上葉にして其思ひによりて、此比はかなしき秋の夕暮也とよめるなるべし。沈思の上ならではよみ得がたく、沈吟の後ならではきゝがたき哥にこそ。

崇徳院御時、百首哥めしけるに、荻を　大蔵卿行宗（金葉作者）

353
身のほどをおもひつゞくる夕暮の荻のうはゞにかぜわたるなり
源重之女
秋の夕の心ぼそく哀なるに、我身の上をさま〴〵こしかた行末思ひつゞくる折、荻のそよ〳〵と音づれて秋思をそへたるさま也。

秋哥よみ侍けるに

354
秋はたゞ物をこそ思へ露かゝる荻のうへふく風につけても
藤原基俊
露のかゝり所にする荻の上葉を風の吹ちらす有さまに付て、世上の自他のさまを思ひつゞくる心にや。

堀川院に百首哥奉ける時

355
秋風のやゝはだ寒く吹なべに荻のうはゞのをとぞかなしき
摂政太政大臣
吹《フク》なべにはふくからにといふと同。はだ寒、将寒、肌寒両義あり。哥の意は明也。

百首哥奉ける時

356
おぎの葉にふけば嵐の秋なるをまちける夜はのさおしかの声
荻の葉にふけば、嵐の音秋を感ぜしめて悲き物を、夜半に鹿の音を嵐のさそひくるがきかまほしさには、又かの悲しと思ふあらしを待けるよと也。ふけば嵐の秋なるをなどいふ詞、凡慮の及ばざる所にや。

357
をしなべて思ひし事のかず〳〵になをいろまさる秋の夕ぐれ
身の上にありとあるおもひ事のかず〳〵に、猶一しほいろまさりて、悲しき物は秋の夕暮にてありとの心なるべし。秋のゆふぐれの物がなしき事をいはんとてなるべし。

題しらず

358
暮かゝるむなしきそらの秋をみておぼえずたまる袖の露かな

むなしき空、古今の詞也。虚空《ムナシキソラ》也。暮かるゝおほぞらの秋の気色の粛颯寂寥《シヨウサウセキレウ》いはん方なきに、おぼえず泪のこぼれ給へる心なるべし。秋の暮、天を詠る時に望て、此哥の感を可思。

家に百首哥合し侍けるに

359 物おもはでかゝる露やは袖にをくながめてけりな秋のゆふぐれ

此哥前のも皆後京極殿也。是も秋の夕の感情に、おぼえず袖のぬれ給へる心なるべし。詠るとは、源氏物語などに物思ふ折の詞也。此哥も、心に秋思有てうち詠る事也。只うち見る事のみにはあらず。野州云、秋の夕をながめやるに、さしてそれとしも悲しき故もなし。されど袖を見れば、露のあまるばかりをくを不審して、さては詠めけるよ、我はながむともおもはざりつるにと、いひさしたる哥也。作意ふかくこもりて風情末代にも有がたく、言語同断。不思議の御哥成べし。題は秋夕《ノ》也。

おのこども詩をつくりて哥に合せし侍しに、山路秋行《ノシウカウ》といふ事を

前大僧正慈円

360 みやまぢやいつより秋の色ならん見ざりし雲のゆふぐれのそら

深山の秋の夕の心也。見ざりし雲とは夏などの空には見えざりし雲の色なるべし。玄旨云、夕暮の見ざりし気色は、いつより秋の色には成たるぞと、空に付たる哥なり。

題しらず　寂蓮法師

361 さびしさは其色としもなかりけりまきたつ山の秋のゆふぐれ

宗祇自讃哥注云、此哥、槇の葉は色づかぬ物なれば、それを詞の縁にしていへる也。心は秋のさびしさは何の色ともわかず、分別なきのうへさゝへて、さびしき物也。さ

れば其色としもなかりけりといふにぞ能々、此哥などを吟味せずは、作者の心に大にたがひ侍べし。師説槙立山辺の秋の夕の寂寥、いはん方なきをみて、さびしさはさして其色といふべきかたもなしと、無尽の心をふくめていひさしたる哥也。自讃哥或抄には、委註せんとすれば弥をろそかなる事になる哥にぞ侍と云々。

西行法師

362
こゝろなき身にもあはれはしられけりしぎたつ沢の秋のゆふぐれ

師説、心なき身とは、卑下の詞にて、何の情もしらぬ修行者の身にも、此鴫の飛立沢辺の秋の夕景の、哀に面白き事は思ひしられけりと也。拾遺、〽しながどりゐなのふじ原飛わたる鴫のはね音面白き哉、此哥をひくべしや云々。野州云、此哥は境《サカイ》に至るほど、吟味ふかゝるべし。位ほど面白くも哀にもなる哥也。又筑紫より僧正祐賢、住吉社に百日参籠有て、直に明神の御姿を拝み奉りたりきと、祈念有しに、満する暁、現とも夢とも覚《ヲホエ》ず、此哥を社頭の内より三返たか〳〵と詠吟の声あり。上人はすなわち住吉の明神也と書たる子細あり。頓阿自記也云々。愚案野州哥の義は師説に聊異也。彼抄可㆓吟味㆒。

西行法師すゝめて百首哥よませ侍りけるに　藤原定家朝臣

363
見わたせば花も紅葉もなかりけりうらのとまやの秋のゆふぐれ

此哥を三条西殿御説に、源氏物語明石の巻に云、はる〳〵と物のとどこほりなき海づらなるに、中〳〵春秋の花紅葉の盛なるよりは、只そこはかとなう茂れる陰どもなまめかしきに　云々。此詞を、浦の苫屋の秋の夕暮と取なされたる。又深重なると細流に見えたり。是につきて両義有。此浦の苫屋の秋、夕を見渡せば花も紅葉もなきにいふよしなき景気有といふ説有、又此浦の笘屋の秋の夕の景には花も紅葉もいらずとの心と云々。然共始めの説感深しと師説也。

五十首哥奉し時　藤原雅経朝臣

364 たへてやはおもひありともいかゞせんむぐらのやどの秋の夕暮

野州云、思ひあらば葎の宿にねもしなんひじき物には袖をしつゝも、おもふまゝの思ひ有ともむぐらの宿の秋の夕ぐれは堪てやはあられんと云一説也。下略　愚案本哥は万葉のうたによりて、思ひあらば玉のうてなも何せん葎の宿にねもしなん、とよめるを、此哥は其思ひありとも此秋の夕暮のさびしきむぐらの宿にはいかゞせん、堪忍してやはあらるべきとよみ給へるなるべし。此伊勢物語のおもひあらば五文字の義、委細に彼抄に注し侍り。

秋の哥とてよみ侍ける　宮内卿

365 おもふ事さしてそれともなき《なけれどもイ》物を秋のゆふべをこゝろにぞとふ

夕くれの秋思わりなきと思ふ事のさしてそれとはなき物を、猶思ふ事あるやうに悲きはいかなる事ぞと、秋の夕の悲しさを心にとふと也。

鴨長明 千載集に委註／無名抄之作者

366 秋かぜのいたりいたらぬ袖はあらじたゞ我からの露の夕ぐれ

古今、春の色の至りいたらぬ里はあらじさけるさかざる花のみゆらん、此詞を用。秋の夕とて、なべて人の悲しむともあらじ。我から袖も露けきを、秋風は至らぬ袖もあらじを、只我心からの夕の悲さ成けりと、領状せし心なるべし。

西行法師

367　おぼつかな秋はいかなるゆへのあればすゞろにものゝかなしかるらん　式子内親王

すゞろはそゞろなり。心明也。まことに此上人の風躰なるべし。

368　それながらむかしにもあらぬ秋風にいとゞながめをしづのをだまき

玄旨云、秋風はむかしのそれながら我は昔のやうにもあらぬと也。賤のをだまきはくりかへす物なればむかしを今になさばやの心也。しづのをだまきくり返し　の本哥を心にもちてよめる也。愚案いとゞながめをしつとそへて也。秋の風には、只にも物哀にて、詠をもしつべきに御身のよはひもふりゆき、うき事のみにて、いとゞ詠めをしつる哀、昔を今になさばやとの御哥とぞ。

題しらず　藤原長能

369　日ぐらしのなく夕ぐれぞうかりけるいつもつきせぬおもひなれども

いつもつきせぬ秋思ながら、殊蜩のねに悲き心也。白氏文集十一に相-思夕《テ》上《ニ》二松《ノ》-台一立《テハ》　蛬《ノ》思《ヒ》蟬《ノ》-声満《ミテル》レ耳秋《ナリ》。

370　秋くればときはのやまの松かぜもうつるばかりに身にぞしみける　和泉式部

玄旨、常磐《トキハ》の山なれども、色に出るばかりといふ事を、うつるばかりとよめり、云々。

371　あき風のよもに吹くるをとは山なにの草木かのどけかるべき　曽祢好忠

秋風の此山の四方に吹くれば、のどかにうつろひしほれずしてある草木はあらじと也。

音の字、風の余情にや。

372
あかつきの露もなみだもとゞまらで《ずイ》うらむる風のこゑぞのこれる《きこゆイ》

相模

暁のうらむる風の音に、秋思催されて、露も泪もとめがたきに猶怨《ウラ》めしき秋風はをやまずふく心を露泪はとまらで、風ぞのこれるとよめり。是は朗詠《ニ》　風《ニ》従《ヨリ》二昨夜一声｜弥怨《ウラミ》　露及《ハテ》二明朝《ニ》一泪不《ズ》レ禁《ゼ》此詩七夕の心なるを、かくひきかへてよめりとぞ。

373
法性寺入道前関白太政大臣家の哥合に、野風《をイ》

藤原基俊

たかまとの野路のしのはら末さわぎそゝやこがらしけふふきぬなり

高円野路、大和也。そゝやは、そよ〳〵となる事をそへて、すはや木枯の風けふふくと時節の感也。

374
千五百番哥合に

右衛門督通具

ふか草の里の月かげさびしさもすみこしまゝの野べのあきかぜ

貞徳九六古新注云、此里は昔よりさびしき事に読也。伊勢物語に、〽年をへて住こし里を出ていなばいとゞ深草野とや成なん、月影といふより秋の感あり。本哥の出ていなば野とならんと侘たるをうけて、住む内に野となりたるやうの秋風ときくに感情深き歟。愚案此里の月のさびしさも住なれなばかくもあらじとたへ忍て、住に年へても、月は住こしまゝの淋《サビ》しさにて、のべの秋風かはる気色もなしと也。

375
五十首哥奉りし時、杜間月といふ事を

皇太后宮大夫俊成女

おほあらきの森の木のまをもりかねて人だのめなる秋のよの月

野州云、大荒木杜、山城淀の近所にある名所也。人だのめとは人をたらすなといふ心也。大荒木と云名には似ず、木深き杜にて、木の間を月のもりかぬるとよめり。おほ

といふをおと斗よむ也。おあらぎとよむ、口伝也。下略 よく漏《モル》べしと人に頼せて、もり兼る月の心也。

376 守覚法親王五十首よませ侍けるに　藤原家隆朝臣

ありあけの月まつ宿の袖のうへにひとだのめなるよひのいなづま

有明は十七八夜の比にや、月待宵に袖にひかりて月かと人に頼ませて、月ならねば人だのめなる宵のいなづまと也。

377 摂政太政大臣家百首哥合に　藤原有家朝臣

風わたるあさぢがすゑの露にだにやどりもはてぬよひのいなづま

風の上の浅茅が末のむすぶほどなき露にさへ宿りも果ず、其まゝ影消る稲妻の弥はかなき心也。

378 水無瀬にて十首哥奉りし時　左衛門督通光

むさし野やゆけども秋のはてぞなきいかなる風のすゑにふくらん

野州云、此哥武蔵野の果もなきといふを秋の果もなきといへる奇特也。下略 宗祇、此哥は野径《ヤケイノ》秋興の心とぞ。ゆけども〳〵むさしのゝ面白き秋のけしき果もなければ猶いかなる風の行末に吹興ある事あらんといへる哥とぞきこえし。ある註に、旅行の心なるべし云々。自讃哥或抄云、むさし野は果なしといひならはせども日数をふれば分つくす也。只うき秋のみぞかぎりなき。いかなる風かほとりもはかりもなく行さきも〳〵おなじやうにふくらんとなげきたる心也。但師説如祇注。

379 百首哥奉りし時、月の哥の中に　前大僧正慈円

いつまでかなみだくもらで月は見し秋まちえても秋ぞこひしき

野州云、述懐哥也。いつまでかとは、いつの比までか也。秋まちえてもとは当意の秋也。秋ぞ恋しきとは、昔の秋也。昔見し月は泪曇《クモラ》ざりしに今は老の泪に月をもやつし侍れば昔の秋の恋しきと読り。

式子内親王

380 ながめわびぬ秋よりほかの宿もがな野にもやまにも月やすむらん

此哥、祇注と野州と両説也。野州云、さびしさに宿を立出て詠ればいづくもおなじ秋の夕ぐれ、ながめわびぬとは、詠めくたびれたる心也。三千界の中いづくも秋ならば悲しき事はのがれんかたもあるまじければ詠わびぬとなり。野も山も月のなき所はあるまじと也。愚案是野も山も秋の月すむべきなれば、いづくも悲しく詠わぶべければ秋より外の宿もがなと也。又宗祇云、月を詠め侘る事は秋故なれば此秋といふ事しらぬ宿もがな、月は野にも山にも澄べき物なればいづくにても詠めんといふ心にや。愚案此義は野にもやまにも秋より外の宿あらば、そこにて月を見まほしきとの心也。但、師説も野州説と同意なりき。口訣。

題しらず　円融院御哥

381 月かげの初秋風とふきゆけばこゝろづくしに物をこそ思へ

月も初秋の月、風も初秋風と吹と也。古今、木のまよりもりくる月の影みれば心尽しの秋はきにけり。

三条院御哥

382 あしびきの山のあなたにすむ人はまたでや秋の月をみるらん

東の山のあなたには、またでやと也。こなたで待侘させ給ふ心よりよませ給ふにや。

雲間微月　微　玉篇細也。不明也。

雲間微《ノビゲツ》月といふ事を　堀川院御哥

383 しきしまやたかまと山の雲間よりひかりさしそふ弓はりの月

しきしまやは磯城島金刺宮《シキシマカナサシノ》とて、大和国に欽明天皇の都有し所なるべし。高円山も大和也。弓張は上絃下絃を云。

題しらず　堀河右大臣

384 人よりも心のかぎりながめつる月はたれともわかじものゆへ

世の人よりすぐれて我心の限詠たるよと也。此詠も秋思をこめ給へるべし。かく詠るとても世界平等に照す月は誰と分て我を知にもあらじ物故と也。

橘為仲朝臣 後拾遺作者

385 あやなくもくもらぬ宵をいとふかなしのぶのさとの秋のよの月

信夫の里、八雲《ニ》、陸奥《ト》云々。忍ぶにそへて也。此信夫の里の月のくまなく面白きに忍びありきする人の曇らぬをいとふは無益事と也。

法性寺入道前関白太政大臣

386 風ふけばたまちる萩のした露にはかなくやどる野べの月かな

今ちる露に宿るなれば、はかなくと也。心は明也。

従三位頼政

387 こよひたれすゞふく風をみにしめてよしのゝたけの月をみるらん

野州云、すゞとはちいさき竹の事也。山伏のすゞかけなどいふ説わろし。此吉野の嵩《ダケ》の月を誰か見る、我こそは見れとよめるといふ説あり。我のみかゝる所の月をみると自讃のやうなれば、只吉野のたけの月を思ひやりてよめると見て可然をや。此心にて猶作者の心おもしろきをや。師説、月には見ぬ唐の事をも思ひやらるゝ物なれば、吉野のたけの人倫絶てすごくさびしき所の月を思ひやりし心にや云々。

法性寺入道前関白太政大臣家に月の哥あまたよみ侍けるに　太宰大弐重家千載作者三位

388 月見ればおもひぞあへぬ山たかみいづれのとしの雪にかあるらん

野州云、秋の夜の月さえたるを見るに、遠山万里の更行さま只雪の降つみたるがごとし。更にいつ《月ともイ》の年の雪とも分ぬよし也。おもひぞあへぬとは、思ひわかぬよし也。古詩に、天山《ニハ》不弁《ヘ》何《ケ》年《ノ》雪《ヲ》合《ガツ》浦《ニハ》可《ベシ》レ迷《マヨヒツ》旧日《ノ》珠といふ心を読る哥也。月をば雪にも玉にもたとへ侍る也。

和歌所の哥合に湖辺月といふことを　藤原家隆朝臣

389 にほのうみや月のひかりのうつろへば浪の花にも秋は見えけり

古今草も木も色かはれどもわたつうみの海の波の花にぞ秋なかりける、此哥に答て也。

百首哥奉りし時、秋の哥の中に　前大僧正慈円

390 ふけゆかばけぶりもあらじしほがまのうらみなはてそ秋のよの月

塩焼煙の月に恨めしければ夜更《フケ》て浦人もねたらんには煙もあらじなればと也。塩竈の浦を添て也。

題しらず　皇太后宮大夫俊成女

391 ことはりの秋にはあへぬなみだかな月のかつらもかはるひかりに

玄旨云、本哥久方の月の桂も秋くれば紅葉すればや照まさるらん、上界の月宮殿さへ秋はかはり侍れば、まして下界の秋はかはるも断也とよめる哥也。愚案此哥は月の桂も

秋くればと〳〵秋にはあへずうつろひにけり、と二首の詞を取合せて、月もよのつねにかはれる秋の光に対して人情も常にかはりて物がなしき泪のおつるを、げに断の秋にはあへずおつる泪ぞと也。秋にはあへずは、秋には堪ず也。

藤原家隆朝臣

392 ながめつゝおもふもさびしひさかたの月のみやこのあけがたのそら

玄旨云、詠つゝといへるに程ふる心あり。つく〴〵と詠て、こゝにても宮殿楼閣の朝はさびしく見ゆる物也。其心をもつて終夜月を見あかしてさびしさまされば、月宮殿もさこそと思ひやりたる躰也。詠哥大概抄に有。

五十首哥奉りし時、月前草花

摂政太政大臣

393 ふるさとのもとあらの小萩咲しよりよな〳〵庭の月ぞうつろふ

玄旨云、此哥のうつろふは映の字、こなたへうつろふ也。萩の盛りに古里をも慰むべきと思ふに弥さびしさも悲さもまさりもてゆく物哉とよめり。新古今抄義也。貞徳九六古新註云、あるが中に定家卿秀歌大略に選び出させ給ひたる上は言語同断の哥と知べし。何かと手を付たらばかへりて哥をけがすべし。是は只、月の前の萩を古里にて見るに毎夜さびしき躰なるべし。大味に味なく大声にこゑなし。云々。もとあらの小萩は古今抄に委註。

建仁元年三月哥合に山家秋月といふ事をよみ侍し

394 ときしもあれ古郷人はをともせでみやまの月に秋かぜぞふく

玄旨云、時しもあれとは、時こそあれといふ詞也。むかしのことゝひし人は跡たえはてゝ秋風ばかり音づるゝといふ哥也。吟味深き哥にや。

395
八月十五夜和哥所哥合に深山月といふ事を
ふかからぬとやまのいほのねざめだにさぞな木のまの月はさびしき
此哥、深山月といふ題なれば、深山にてね覚さびしき木の間の月にかく深からぬ外山の庵のね覚め成共さぞなと読て、まして此深山はとの心なるべし。是も摂政殿也。

月前松風　　寂蓮法師
396
月は猶もらぬ木のまも住よしの松をつくして秋かぜぞふく
月はすきまをかぞへてもるといへど、猶木ぶかくもらぬ木の間をも秋かぜはふきわたらずといふ事なく、住吉の松をつくしてこと〴〵くふくと也。此哥、松をつくしてといふ詞眼目なる由、師説也。

　　鴨長明
397
ながむればちゞに物思ふ月に又わが身ひとつのみねのまつかぜ
彼千里の本哥にてよめり。詠れば只にも千々に物思ふ月に、又事をそへて友もなき山居に嶺上の松風吹て堪がたく悲しと也。本哥は我身一つの秋ならずなべての秋との心を我一人見る心に用かへて也。

山月といふ事をよみ侍ける　　藤原秀能
398
あしびきの山路のこけの露のうへにねざめ夜ぶかき月を見るかな
宗祇自讃哥註云、此哥隠れたる所も侍らず。只足引といへる五文字、かなふ心にこそ。其故は末にこと〴〵しく其理り哀をつくしたるに、五文字又くだけては悪かるべきを大やうにいひたる、尤珍重也。其上、足引のといへば此旅ねの山いかにも深山などに聞え、哥の心猶深く侍る也。一説、玄旨云、ねざめ夜ぶかきといふ所粉骨也。ね覚をば明がた近き比する物なるに、苔地の露のうへにねたる夜はまだ宵なれども、ねざめがちなれば夜深きやうに覚るなるべし。云々。可随所好。

八月十五夜和哥所の哥合に海辺秋月といふ事を　宮内卿

399 心あるをじまのあまのたもとかな月やどれとはぬれぬ物から

野州云、物からとは、物ながら也。蜑は心なきものなれども、袂をぬらしたるは月をやどさんためのやうに侍れば、所がら心ある海士哉とよめり。哥の姿詞、比類なくや。

宜秋門院丹後千載作者

400 わすれじななにはの秋のよはの空ことうらにすむ月は見るとも

たとひ他の浦の月は見るとも、難波の月は忘れじと也。

鴨長明

401 松しまやしほくむあまの秋の袖月は物おもふならひのみかは

玄旨云、物思ふ袖ばかりぬれて月はやどる習と思へば、心なき蜑のしほくむ袖にも月はやどる物也と也。

題しらず　七条院大納言中納言実継女

402 ことゝはんのじまがさきのあま衣波と月とにいかゞしほるゝ

野島が崎、淡路也。我月には秋思たへがたく袖しほるゝ心から、あまの衣も思ひやりてよめり。

和哥所哥合に海辺月を　藤原家隆朝臣

403 秋のよの月やおじまのあまのはらあけがたちかきおきのつりぶね

月や惜きとそへ、雄島の蜑とそへて、明がた近く雄島の海士の沖に釣してあるも月めをおしみてにやと云るべし。

題しらず

404 うき身にはながむるかひもなかりけりこゝろにくもる秋のよの月　前大僧正慈円

うき身の心から泪にくもる故、詠るかひなしと也。

405 いづくにかこよひの月のくもるべきをぐらのやまも名をやかふらん　大江千里

此明月に、をぐらき名だゝる山も名をかへつべし。小倉山をもてらすべければとの心也。

406 心こそあくがれにけれ秋のよの夜ぶかき月をひとりみしより　源道済

独深夜の月をつくづくとみて、こま唐の事をも思ひつゞくる心なるべし。

407 かはらじなしるもしらぬも秋のよの月まつほどの心ばかりは　上東門院小少将

秋の月をふかく愛する心に、世間万人の心もかくあらんとの心也。

408 たのめたる人はなけれど秋のよは月見てぬべきこゝちこそせね　和泉式部拾遺作者

こんと頼めし人有てこそ月などみておきあかすなれ、さはなけれど秋の月にはねまうきとなるべし。愛深き故也。

月をみてつかはしける

409 見る人の袖をぞしぼる秋のよは月にいかなるかげかそふらん　藤原範永朝臣後拾遺作者

秋月はいかなる影のそひて、見る人の袖をかくしぼらするぞと也。

返し　さがみ

410 身にそへるかげとこそみれ秋の月袖にうつらぬおりしなければ

いかなる影そふぞといふをうけて、我身にそへる影と見ると也。いかにとなれば秋思催されて袖ぬるゝ泪必月にはおちて、袖に影の宿らぬ折なければとなるべし。

永承四年内裏歌合に　大納言経信

411 月かげのすみわたる哉あまのはら雲ふきはらふ夜半のあらしに

心明なるべし。

題しらず　左衛門督通光

412 たつたやまよはにあらしの松ふけば雲にはうときみねの月かげ

上句は彼〽夜半にや君が　とよみし一句にて、下句、雲にはうときみねの、といふ詞つゞき珍しく及びがたしとぞ。口訣。

崇徳院に百首哥奉りけるに　左京大夫顕輔

413 秋風にたなびく雲のたえまよりもれいづる月のかげのさやけさ

風に棚引出る雲におほはれし月の、少の絶間よりさし出る影のさやかに明白なる風情也。

題しらず　道因法師

414 山のはに雲のよこぎる宵のまは出ても月ぞ猶またれける

野州云、此哥、猶といふ字眼也。よこぎるとは、一村立わたりたるなり。愚案月は出たりと見えながら、猶山のはの雲にしばしたゞよふ風情也。

殷富門院大輔 千載作者

415 ながめつゝおもふにぬるゝ袂かないくよかは見ん秋のよの月

月を見つゝ、わが世もかぎりあれば、いま幾世かはなど思ひつゞけて袖をしぼる心也。

式子内親王

416 宵のまにさてもねぬべき月ならば山のはちかき物はおもはじ

月の面白く見さして入がたきに、山のはにかたぶくまでながめていり果ん名残のおしさに、さても宵のまに見さしてねらるべき月ならば今の物思ひはすまじきに、宵より見捨がたく面白かりしゆへ今もかく惜む歎をするよと也。

417 ふくるまで詠ればこそかなしけれおもひもいれじ秋のよの月

あまりに月を愛するゆへ詠ふかして秋思のおこる事もあれば、一向に月をおもひいれまじきと也。ふかく愛する余《アマリ》の心也。

五十首哥奉りし時　摂政太政大臣

418 雲はみなはらひはてたる秋風を松にのこして月をみる哉

宗祇云、月のほのかに見えしを秋風払ひ尽して、塵ばかりも曇ぬ空に雲を払ひし秋風は松に残りていかにも澄わたり、さよふけゆく比月を見る当意のさま也。

家に月五十首哥よませ侍ける時　藤原定家朝臣

419 月だにもなぐさめがたき秋のよのこゝろもしらぬ松の風かな

野州云、月だにもとは、月にだにも也。感情ふかきに慰め兼る心なるべし。更科の哥の心にや。愚案、かく月もえ慰めぬ我心も知ず、弥さびしき松風哉と也。

420 さむしろや待夜の秋の風ふけて月をかたしくうぢのはしひめ

小筵やは、小筵にや也。風ふけては、風吹つゝ夜の更し也。待人はこで、ふけゆく夜の悲しきに、小筵に独月をかたしきてやあるらんと橋姫の上を思ひやる心なるべし。彼、衣かたしきこよひもや我を待らん、の哥の心によりてなり。

右大将忠経 花山院左大臣子 号花山院右大臣

題しらず

421 秋のよのながきかひこそなかりけれまつにふけぬる有明の月

有明の月を待ほどに、月は出ずして更る恨なるべし。

摂政太政大臣

五十首哥奉りける《イしとき》に野《ヤ》経《ケイノ》月

422 ゆくすゑは空もひとつのむさしのに草のはらより出る月かげ

武蔵野広遠にして、わけゆく行末は空とひとつなる草のはらなれば、千草の中より月の出るさま也。行末はといふにて径《ミチ》の心を読給へり。

宮内卿

雨後月

423 月をなをまつらん物かむらさめのはれゆく雲のすゑのさと人

玄旨云、村雨は此あたり晴ぬれば又かしこに降ル物なれば、こゝの晴たる折から、末の曇たる里人の月待らんかと思ひやる心面白き哥也。

右衛門督通具

題しらず

424 秋の夜はやどかる月も露ながら袖にふきこす荻のうはかぜ

秋ノ夜、露に宿りし月も露とゝもに荻の風の袖に吹こすと也。秋のよの興なるべし。

源家長 蔵人大膳亮 時長子 和哥所開闔有日記

425 秋の月しのにやどかるかげたけてをざゝがはらに露ふけにけり

しのには、奥にしのにおりはへと同、しげく也。笹の縁也。影闌《カゲタケ》ては、月更たる心也。
小笹の露茂《シゲ》きに宿れば、しのに宿かるとよみ給へり。露ふけにけりは、露の深くをける也。

元久元年八月十五夜和哥所にて、田家見《ニミル》レ月《ヲ》といふことを　前太政大臣

426 風わたる山田の庵をもる月やほなみにむすぶ氷なるらん

ほなみは穂並《ホナミ》を波にそへて、月を氷に見なしたる也。朗詠、秦甸《テンノ》一千余里凜《リン》々氷鋪《トシテシケリ》、月のさま也。

和哥所哥合に田家《ノ》月を　前大僧正慈円

427 雁の来るふしみの小田に夢さめてねぬ夜のいほに月を見る哉

心は明なるべし。

皇太后宮大夫俊成女

428 いなばふく風にまかせてすむ庵は月ぞまことにもり明しける

風次第にして荒《アラ》し置庵なれば、月のもりあかすと也。漏と守を添て也。誠にといふ字、眼也。

題しらず　大中臣定雅 千載作者 尾張守雅光子

429 あくがれてねぬよのちりのつもる迄月にはらはぬとこのさむしろ

月見にあくがれ出ていく夜もあれば、床には塵積りし也。月に掃《ハラ》はぬ、ぬしある詞と也。

430 秋の田のかりねのとこのいなむしろ月やどれともしける露かな

稲筵は草筵也。舗る露とは、をきわたしたるが月やどさんためのやうなる心也。

崇徳院御時、百首哥めしけるに　　左京大夫顕輔

431 秋の田にいほさす賤の苫をあらみ月とゝもにやもりあかすらん

庵さすは、小田守、庵を立る事也。苫の荒き故月のもり入を、守にそへて也。天智天皇御哥の詞勿論也。

百首哥たてまつりし時、秋歌　　式子内親王

432 秋のいろはまがきにうとく成《にイ》ゆけどたまくらなるゝねやの月かげ

玄旨云、暮秋の哥也。まがきの草などをしほれたるを、秋の色うとくなるとよみ給へり。手枕なるゝとは、籬の草など枯果て月にさはる物もなく、手枕に月の馴ると也。秋の色の疎くなれば、又枕にしたしくなるを思ひ返したる心妙也。

秋の哥の中に　　太上天皇

433 秋の露やたもとにいたくむすぶらんながき夜あかずやどる月かな

野州云、いたくは、つよくといふ事也。長夜あかずとは、此長き夜も退屈せずといふ事也。源氏に〽鈴虫の声の限を尽しても長き夜あかずふる泪哉、此歌をとり給へり。玄旨詠哥大概抄云、秋の月を御覧ずるに感思になやまさるゝ心よりおぼえず物悲くなり、御涙の露、御衣の袖に結ぶままに月の宿るさま也。

千五百番哥合に　　左衛門督通光

434 さらに又暮をたのめとあけにけり月はつれなき秋のよのそら

月はつれなきとは、彼忠峰の哥にて有明の月をよめり。暮を頼めとは、こよひは限り有て明れば、月見まほしくは此暮を頼めといふやうに明たりと也。月は有明にて猶か

くのこりたる物を、となるべし。或説、月のつれなき心云々。不用。

左中弁光房子前大納言
経房卿家哥合に暁月の心をよめる　二条院讃岐

435 おほかたの秋のねざめの露けくはまたたが袖にありあけの月

野州云、大かたといふに二様あり。一には大概といふ心、たとへば十の物八《ツ》九といふ心也。又をしなべてといふ心あり。此哥は、をしなべてといふ心也。をしなべて秋のね覚の袖の露けきものならば、わがごとく又誰が袖に有明の月はやどるらんと也。

五十首哥たてまつりしとき　藤原雅経

436 はらひかねさこそは露のしげからめやどるか月の袖のせばきに

此歌、野州、宗祇両説也。宗祇云、月は露を便りとして宿る物也。我袖の上に払ひかねたる露はさこそしげくとも、かくまで月の此せばき袖にやどるべしやといふ心にや。誠に〳〵思ひよりがたく侍る姿にや。只袖の露おほき由也。野州云、やどるかは、哉也。払ひかねたる露の茂きに月の宿る事なくともいかゞせんに、せばき袖に宿る月哉と月の光を感じたる也。袖のせばきは卑下の心也。さこそは、かくこそといふ心也

新古今和歌集　巻第五

秋歌下

和哥所にておのこども哥よみ侍しに、夕《ノ》鹿といふことを　藤原家隆朝臣

437 したもみぢかつちる山の夕しぐれぬれてやひとりしかの《イしかのひとり》なくらん

野州云、ぬれてやといふ所に感情こもれり。時雨折々して下紅葉且散比の風景、言語を断ずるおりしも鹿のなくを聞て感じたる哥也。愚案独鹿のなくとは妻なき鹿ならんと声《コヱ》悲しきに付て思ひやりて読給ふなるべし。ぬれてやひとり、製《（マヽ）》の詞也。

百首哥奉し時　入道左大臣

438 山おろしにしかのね高くきこゆ也おのへの月にさ夜や更ぬる

宵の程は山颪のさそふ鹿のねもさだかならざりしが、夜更月さし出るにそへて鳴ね高く聞ゆる心也。

寂蓮法師

439 野わきせしをのゝ草ぶしあれ果てみやまにふかきさをしかのこゑ

をのゝ草ぶしは、野べの草隠れの鹿の伏所也。野分の風のゝち、のべの草ぶし果し故鹿も深山に入てなくこゑなど遠き心なるべし。

題しらず　俊恵法師

440 あらしふくまくずが原になくしかはうらみてのみやつまをこふらん

葛にうらみの縁あれば也。取合面白にや。

前中納言匡房

441 つまこふる鹿のたちどを尋ればさやまがすそに秋風ぞふく

鹿の妻こふこゑをきゝて独などにあらず、只秋興に乗じてなど尋みれば、さ山がすそに秋の風ふきて鹿の行衛も見えず物さびしき景気、面影もたゞならずいはんかたなき風情なるべし。かやうの無味の所、味深きを知べしと也。さ山は武蔵の名所也。但此哥はいづくにてもあるべきにや。

442　百首哥奉りし時、秋の歌　惟明親王
みやまべの松の木ずゑをわたる也あらしにやどすさをしかのこゑ
あらしにやどすとは、鹿のねをさそひゆくほどをいふ也。鹿のねさそふ嵐のやがて松に吹すぐるを、かくよみ給へるなるべし。

443　晩聞鹿といふ事をよみ侍し　土御門内大臣
我ならぬ人もあはれやまさるらん鹿なくやまの秋のゆふぐれ
只にも物哀なる山べの秋の夕に、鹿のねに弥哀なれば、誰もさぞとおもひやり給ふ心也。

444　百首哥よみ侍けるに　摂政太政大臣
たぐへ来る松のあらしやたゆむらんおのへにかへるさをしかのこゑ
尾上の鹿の幽なりしを松の嵐のさそひ来てさだかにきこえしが、又幽に聞えて、もとの尾上のかたに聞ゆる心なるべし。幽玄躰の哥なるべし。

445　千五百番哥合に　前大僧正慈円
なくしかのこゑにめざめて忍ぶかな見はてぬゆめの秋のおもひを
見はてぬ夢の秋思を残念と忍ぶと也。古今、〽命にもまさりておしくある物は見果ぬ夢の覚る成けり、詞斗用給ふなるべし。

446　家に哥合し侍けるに、鹿をよめる　権中納言俊忠（金葉作者 俊成卿父）
夜もすがらつまどふしかのなくなべにこ萩がはらの露ぞこぼるゝ
なくなべには、なくからにと同。終夜なきし鹿の泪の、けさの萩の露とこぼるゝにやと也。〽鳴わたる雁の泪やおちつらん物思ふ宿の萩の上の露。

郁芳門院　前集委注。前栽合は哥合の名也。

447 題しらず　源道済 拾遺作者 信明孫

ねざめして久しくなりぬ秋のよはあけやしぬらん鹿ぞなくなる

暁ねざめしても猶長夜の明ざりしが、やゝ久しく成て鹿のねの聞ゆるは明たるにやと也。

448 西行法師

をやま田の庵ちかくなく鹿のねにおどろかされておどろかす哉

田を守庵近くなく鹿に目を覚しおどろかされて、又鳴子《ナルコ》など引おどろかしたる心也。

449 中宮大夫師忠

白川院鳥羽《鳥羽殿也栄花物語委前注》におはしましけるに、田家《ノ》秋興といへる事を人々よみ侍けるに

やまざとのいなばの風にね覚して夜ぶかくしかのこゑをきく哉

心かくれたるところなき歟。

450 藤原顕綱朝臣 後拾遺作者

郁芳門院前栽合によみ侍ける

ひとりねやいとゞさびしきさおしかのあさふすをのゝ葛のうらかぜ

鹿の朝伏のべの葛の風の物さびしきに、独ねする人やいとゞさびしからんと也。一説、鹿の独ねを思ひやるとぞ。

451 俊恵法師

題しらず

たつた山こずゑまばらになるまゝにふかくもしかのそよぐなる哉

野州云、五文字は紅葉の道地をいはんため也。やう〳〵落葉するよし也。鹿は秋ふかくなりてもみぢもちる時は山ふかく入ものなり。本哥面白し。是粉骨のとりやう也。

本哥 おく山に紅葉ふみわけなくしかの―― 愚案 此哥、全体此本哥をうつせり。立田山

の梢は紅葉也。こずゑまばらになるまゝに、本哥の紅葉ふみわけは落葉なれば也。ふかくも鹿のは、山ふかく也。奥山の心也。そよぐなる哉は、鹿の紅葉をふみわけてそよく〳〵とおく山に入さまなり。端山の梢茂きほどは鹿も出てあるを、落葉してまばらなれば、かたちあらはなるをいとひて山ふかくいるさま也。誠に本哥のとりやう粉骨なるべし。野州亦云、俊恵は人に哥道を示さるゝに、只哥はおさなかれと申され侍しと也。然間俊恵のうたはをさなきなど冷泉家に沙汰有しを、時の宗匠聞て打笑ひて云、諸道ともに先達のみちびきやう初心の人を只後心にとばかりは教がたき事也、いはんや哥道は実地をふみて階《キザハシ》をのぼるがごとくにあるべき道也といへり。その時俊恵歌五六首ひきてこれはをさなき哥かはといへり。此うたその内なり。

祐子内親王家哥合のゝち、鹿のうたよみ侍けるに　　権大納言長家（後拾遺作者）

452　すぎてゆく秋のかたみにさおしかのをのがなくねもおしくやあるらん

秋も末に成て鹿のねまれなる心也。過ゆく秋のかたみにきかん、鹿のねもおしくやあるらん、まれ也と也。わが秋をおしむに付て、鹿のねもおしきならんと也。

摂政太政大臣家の百首哥合に　　前大僧正慈円

453　わきてなどいほもる袖のしほるらんいな葉にかぎる秋のかぜかは

いほもるは、田の番にかり庵に守居る心也。なべての秋風を稲葉に吹のみ悲しきやうに、庵守《イホモル》袖のぬるゝをあやしむ心也。

題しらず　　読人しらず

454　秋田《山イ》もるかりいほつくり我《ワガ》をればころもでさむし露ぞおきける

万葉哥也。心は明なるべし。

455 秋来ればあさけの風のてをさむみやま田のひたをまかせてぞきく　前中納言匡房

野州云、此哥初秋のやうなれども、田を守引板をかくるは中秋よりなり。秋も末つ方になれば四方の気色はげしくなりかはり、風の音強《ツヨ》く成侍れば引板をひくに及ざる由也。任てぞ聞とは、風に任て聞といへる、奇特也。引板は鳴子の類也。

456 ほとゝぎすなく五月雨にうへし田をかりがねさむみ秋ぞくれぬる　善滋為政朝臣

うへし田をかりがねと、刈にそへてなるべし。

457 いまよりは秋風さむくなりぬべしいかでかひとりながきよをねん　中納言家持

心明也。

458 秋さればかりのはかぜ《つばさイ》に霜ふりてさむきよな〳〵しぐれさへふる　人麿

秋去ば、秋来ればとおなじ。かりのこゑ霜寒きなどさへあるに、時雨さへふりて弥秋思をそふる心也。

459 さをしかのつまどふ山のをかべなるわさ田はからじ霜はおくとも

玄旨云、岡べの田面に鹿の鳴を聞て、霜はおくともからじといへる也。誠に色付たる稲葉に鹿のねを聞そへんさま、面白くも哀にも侍べき也。早田《ワサ》は夏の末よりかる物也。霜は秋の末の事也。早田を見て霜はおくともと、あらましの義也。吟味たゞならず殊勝の哥とぞ。詠哥大概抄にあり。

貫之

460 かりてほす山田のいねは袖ひちてうへしさなへと見えずもあるかな

五月田の袖ぬれて辛苦してうへたる物とも見えず。面白く覚る心なるべし。

菅贈太政大臣

461 草葉には玉と見えつゝわび人の袖のなみだの秋のしら露

草の上にては玉とみえて可レ愛《アイス》露の、世を侘人の袖の泪の露はかなしき秋ぞとの御詠なるべし。

中納言家持

462 我やどのおばなが末のしらつゆのをきし日よりぞ秋風もふく

尾花の露と秋風と計会して、一時の秋なる心なるべし。

恵慶法師

463 秋といへばちぎりをきてや結ぶらんあさぢがはらのけさのしら露

秋と計会して露の浅茅にをく心也。契りをきて置ては露の縁なるべし。

人麿

464 秋されば をく白露にわがやどのあさぢがうは葉色付にけり

心は明なるべし。目前の秋興なり。

天暦御哥

465 おぼつかな野にも山にも白露のなにごとをかはおもひをくらん

野にも山にもおく露を、何事をおもひてかくあまねくをくぞ、おぼつかなしと也。露は無心なれどもかくよませ給ふ所、哥なるべし。思ひ置といふ詞、人のうへにあるに付て也。

後冷泉院、（後朱雀皇子　長暦元年八月十七日立太子）みこのみやと申ける時、尋《ヌ》二野花《ヲ》一といへるこゝろを

堀川右大臣

466　露しげみのべを分つゝから衣ぬれてぞかへる花のしづくに

心は明なるべし。

閑庭露滋《シゲシ》といふことを

藤原基俊

467　庭のおもにしげる蓬に事よせてこゝろのまゝにをける露かな

蓬のしげるといふにて、とふ人もなき閑庭の心をよめり。秋の露は深き物なれば只にもしげくをかまほしげなる露の、よもぎのしげきにことよせて遠慮もなく心のまゝにしげくおきしとの心なるべし。

白河院にて野草露繁といへる心を、おのこどもつかふまつりけるに

贈左大臣長実（金葉作者　顕季子）

468　秋の野の草葉をしなみをく露にぬれてや人のたづねゆくらん

草葉をしなみは、古今、薄をしなみと同詞にて、をしなびかしの心也。たづねゆくらんは、野花などを尋る心なるべし。

百首哥奉し時

寂蓮法師

469　物おもふ袖より露や習ひけん秋かぜふけばたえぬものとは

宗祇云、秋の風哀深き比物思ふ袖も堪がたきに、木草の露も絶《タエ》ずくだけゆくをみて、露も我より秋の悲しみを習ひけんといへる由也。愚案秋風吹比は露の絶ず置物なれば也。物といふ字二あれども、病ならぬ哥に八雲抄出し給へり。是に付て猶心得有べし云々。

秋の哥の中に　　太上天皇

470 露は袖に物おもふ比ぞさぞなをくかならず秋のならひならねど

さぞなは、尤さやうにぞをくとの心也。自讃哥或抄云、此御製、物の哀知れる袖にはいつも露ぞをきけるとにや。されば秋ならぬ時も心づからの露也。まして節物の哀をそへては袖の上かはくまもあるべからず。感情至極してこそ覚え侍れ。愚案此註は、此御製の余意をくみて、まことに面白く聞とり侍しにや。まして節物の哀といふより以下の心よく味ひて、此御製の意味をしるべくや。

471 野はらより露のゆかりを尋ねきてわがころもでに秋かぜぞふく

秋思の御泪御衣の袖に露けきに秋風の打ふくを、野原より露吹来たりし風の我袖の露も其ゆかりと尋きてかく吹にやとの御心にや。源氏紅葉賀巻に〽袖ぬるゝ露のゆかり、とよめる詞斗を用て、心はかへさせ給へるにこそ。

題しらず　　西行法師

472 きり〳〵す夜さむに秋のなるまゝによわるかこゑのとをざかりゆく

宗祇云、此哥蛬の鳴所、床近きこゑなどゝぞ覚え侍る、明か也。愚按此遠ざかりゆくは、声の幽に成ゆくをよめるなるべし。

守覚法親王家五十首哥中に　　藤原家隆朝臣

473 むしのねもながき夜あかぬふるさとになをおもひそふ松かぜぞふく

野州云、ながき夜あかぬとは、いとゞ堪がたき古郷に虫も終夜退屈なく鳴たるをうしと思ふ其上に、猶松風のこゑを扨いかにせんかたもなき物と哉いふ哥也。〽鈴虫の声のかぎりを〳〵。

百首哥の中に　　式子内親王

474 あともなき庭のあさぢにむすぼゝれ露のそこなる松むしのこゑ

とひくる人のあともなき庭の浅茅に、松むしのむすぼゝれゐて露の庭に幽になくさま也。

題しらず　　藤原輔尹朝臣 後拾遺作者

475 秋風は身にしむばかりふきにけりいまやうつらんいもがさごろも

遠国などにゐて思ひやりし心也。朗詠云、誰《カ》家《ノ》思婦《シフカ》秋擣《ウツ》レ衣《ヲ》月苦《クルシミ》風凄《スサマジク》砧杵悲《メリ》。

前大僧正慈円

476 ころもうつをとはまくらにすがはらやふしみのゆめをいく夜のこしつ

音は枕にするとうけて、伏見も夢によせある名なるべし。菅原伏見は大和也。幾夜残しつらんと也。

千五百番哥合に、秋のうた　　権中納言公経

477 衣うつみやま《三本みやま野州ね山》のいほのしば〳〵もしらぬゆめぢにむすぶ手枕

いほのしば〳〵もとは、柴の庵を屢《シバ〳〵》とそへて也。源氏須磨巻〽山がつの庵にたけるしば〳〵も、とよめるたぐひなるべし。しば〳〵は、しげく也。しらぬ夢路とは、夢にはしらぬ所をも行見る故に、夢路をかくよめるなるべし。衣うつをとにしば〳〵をどろかされて又は夢見〳〵する心なるべし。所は深山の秋の夜の感情、おもひやり侍るべし。野州抄には、衣うつね山のいほと有て、ね山は麓也といへり。正本、三本、み山とあり。可随所好。

和哥所歌合に、月のもとに衣をうつといふ事を　　摂政太政大臣

478 さとはあれて月やあらぬと恨みてもたれあさぢふにころもうつらん

野州云、秋のよのいねがてなる月に向ひゐたる折しも、悲しく砧の音のすめるを聞て哀に思ひやり給へる心也。荒れたる里なれば、いかなるおちぶれ人か、月やあらぬとむかしにかはれる恨みはしながらも又行べきかたもなく残りゐて衣をうつらんと也。姿詞長高く感情無限御哥也。略註月やあらぬとは、彼中将の西対にて昔にも似ず荒果て侍るによめる心也。

宮内卿

479 まどろまで詠めよとてのすさび哉あさのさごろも月にうつこゑ

すさびは、しわざなどいふ心也。玄旨云、此哥、人のうつをきゝてよめる哥也。夜もすがら衣をうつゆへまどろまで月を見て、扨擣衣を感じたる心面白くや。

千五百番哥合に　藤原定家朝臣

480 秋とだにわすれんとおもふ月影をさもあやなくにうつころもかな

玄旨云、月を詠て秋のつらさを忘れんと思ふに猶うくつらき事は、よし〱月のとがならず秋の習ひぞと思ひて慰んといふ事を、秋とだに忘れんといへり。かくのごとく思返してやう〱秋を忘れんとする所に衣うつ音のさやかに更行をきけば、秋のうさは又是にも有といふやうに、さてもあやにくなる物哉といへり。奇特なる哥也。あやにくとは和讒にといふ詞也。愚按無㆓為方《センカタ》㆒也。

擣衣を読侍ける　大納言経信

481 ふるさとに衣うつとはゆくかりやたびのそらにもなきてつぐらん

野州云、此哥蘇武が古事を読来れり。それにも及ばず。擣衣に雁古来よみ来れり。北斗《ノ》星《ノ》前横《ニヨコタフ》二旅雁一南楼月《ノ》下《ニ》擣《ツ》二寒衣《ヲ》一など詩にも作れり。此古里は旅人の古郷なるべし。旅の空は雁の旅にはあるべからず。旅なる人に告んとよめり。

482 中納言兼輔《ノ》家《ノ》屏風哥　貫之

かりなきてふく風寒みから衣きみまちがてにうたぬ夜ぞなき

君まちがてには、きみ待かねての心也。擣衣は、旅なる夫を待わぶる女のわざに文選文集などにもつくれるより哥にも其心をよめり。此哥其心也。

483 擣衣の心を　藤原雅経

みよしのゝ山の秋かぜさよふけてふるさとさむくころもうつなり

玄旨百人一首抄云、是は古今哥に、〽みよしのゝ山の白雪つもるらし古郷寒く成まさる也、といふ哥をとれり。心はかくれたる所なく詞づかひ妙にして句々に其感侍るにや。かやうのうたをいかにも信仰すべき事といへり。

484 式子内親王

千たびうつきぬたのをとに夢さめて物おもふそでの露ぞくだくる

野州云、秋の悲みに身をくづおれて聊打まどろみて見たる夢を砧の声に打覚《サマ》されて物思袖の露のくだくるといへり。砕るといふ詞は、砧の音に夢を覚したる折節なれば、更に千声万声の砧に袖の露もくだくるやうなりとよめり。八月九月正《ニ》長夜千声万声無《シ》二止時一。玄旨同義。

485 百首哥奉りしとき

ふけにけり山のはちかく月さえてとをちのさとにころもうつこゑ

十市、大和也。心は明也。

486
九月十三夜月くまなく侍けるを、詠めあかしてよみ侍ける　道信朝臣
秋はつるさよふけがたの月みれば袖ものこらず露ぞをきける
十三夜の月は明るをまたで入なれば、さよふけ方には入方にて一入名残おしく、秋も漸々のこりすくなき比なれば袖ものこる所なく一盃にぬれ渡る心也。

487
百首哥奉し時　藤原定家朝臣
ひとりぬる山どりのおのしだりおに霜をきまよふ床の月かげ
玄旨云〽足引の山鳥のおのしだりおのなが〳〵しよを、といふ哥をとれり。山鳥は雌雄峰を隔てぬる物なれば、わが独ねによそへてよめる也。霜置まよふは、月と霜とをいへり。霜夜の長き事を、山鳥の尾といへり。愚案床の月かげといふに、我ひとりぬる心を山鳥によそへし心見え侍歟。

488
摂政太政大臣良経公文治五年十二月廿日左大将、大将に侍ける時、月哥五十首よませ侍けるに　寂蓮法師
ひとめ見しのべのけしきはうらがれて露のよすがにやどる月かな
野べの盛りには、草花のたよりに人目をも見し心の五文字也。其人目見たりしのべのうら枯ののちは、露のたよりに月のみ宿れると也。

489
月の哥とてよみ侍ける　大納言経信
秋のよは衣さむしろかさねても月のひかりにしくものぞなき
月を賞して夜寒をもいとはぬ心也。衣を重て着、筵をかさねて敷よりも、秋の夜は月を見るにしかずと也。筵の縁成べし。

490
九月つゐたちがたに　花山院御哥
あきの夜は早長月になりにけりことはりなりやねざめせらるゝ

いつとなくね覚めせられしに付て、思へばげにことはりや、夜を長月にはやなりしよと也。

五十首哥奉りし時　寂蓮法師

491 むらさめの露もまだひぬ槙のはに霧たちのぼる秋のゆふぐれ

野州云、村雨は颯々と降晴る雨也。玄旨云、槙は深山にある物也。秋の夕に村雨のうちそゝぎてきら〳〵と槙の葉のしめりたる折しも、霧の立のぼるさまをよく〳〵思ふべし。誠に面白くもさびしくも哀もふかく侍べきにや。筆舌につくしがたくこそ。定家卿、見様躰の哥との給へり。

秋の哥とて　太上天皇

492 さびしさはみ山の秋のあさぐもり霧にしほるゝ槙のした露

五文字に一首の表題をいひ出て、深山寂寥の風景をいひ立させ給へる御哥なるべし。

河霧といふ事を　左衛門督通光

493 あけぼのや川瀬の波のたかせぶねくだすかひとの袖のあきゞり

舼《タカセ》和名舟の小《チイサ》きをいへり。夜深きほどは舟のゆき来も見えざりしが、あけぼのゝ川霧の隙に波の音して高瀬舟を下すやらん。人の袖のほのみゆるとの心なるべし。それを下すか人の袖の秋霧と読給へる、此作者の粉骨の所なるべし。

堀河院御時、百首哥奉りけるに、霧をよめる　権大納言公実後拾遺金葉作者

494 ふもとをば宇治の川霧たちこめて雲井に見ゆるあさひやまかな

拾遺〽川霧の麓をこめて立ぬればそらにぞ秋の山は見えける、是を本哥にて宇治の川霧といひて、雲ゐにみゆる朝日山と風情をそへ給へるにて又あたらしく見え侍にや。

495　題しらず　曽祢好忠
山里に霧のまがきのへだてずはをちかた人の袖も見てまし
山よせの高き里などよりは遥に見やらるべければ、霧だにへだてずはと也。山里のよせに霧の籬とよめる成べし。

496　清原深養父
なくかりのねをのみぞきく小倉山霧たちはるゝときしなければ
小倉山はくらき事によみ侍るに、霧の晴間なければ雁の形は見えず、ねをのみきくと也。

497　人麿
かきほなる荻の葉そよぎ秋かぜのふくなるなべにかりぞなくなる
吹なるなべには、吹からに也。時節の感成べし。

498
秋風に山とびこゆるかりがねのいやとをざかり雲がくれつゝ
いや遠ざかりは、弥遠ざかり也。雁の連り行が山を飛こえつゝ猶遠ざかりゆく末に雲に消隠《キエカク》るるさま、見るやうの風情なるべし。

499　凡河内躬恒
初かりの羽かぜすゞしくなるなへにたれかたびねのころもかへさぬ
玄旨云、旅ねする物はいづれも古郷を忍ぶもの也。秋も漸更て雁がね寒く成ゆく時分はいとゞ哀も悲さもうちそへて夢にも都を見ばやとおもふに、衣を返してぬれば夢に思ふ事を見るといへば旅の衣を返して忍ぶよし也。我返してぬるほどに、たれもかへさではあるまじきといふ事を、誰かかへさぬといひさしたる哥也。此哥をとりて摂政殿〽ひとりぬる夜はの衣を吹かへしさてもあらしは見せぬ夢かな。

読人不知

500 かりがねは風にきほひて過れどもわがまつひとのことづてもなし

蘇武が古事などを思ひてよめるなるべし。古今〽たが玉章をかけてきつらん、此哥註委。

西行法師

501 よこ雲の風にわかるゝしのゝめにやまとびこゆるはつかりのこゑ

明がたの山のはによこ雲たちわかるゝそらに初かり渡りたる景気、まことに眼前のごとし。

502 しら雲をつばさにかけて行雁のかどたのおもの友したふなる

古今〽白雲にはねうちかはし、とよめる風情を翅にかけてと読る、又面白しとぞ。雲ゐの雁の門田におりゐる友をしたひて鳴落る景気也。祇注之義。

五十首哥奉し時、月前聞雁といふことを

前大僧正慈円

503 おほえ山かたぶく月のかげさえてとば田のおもにおつるかりがね

大江山は丹波、鳥羽の上にみゆる山なるべし。眼前の事にこそ。

題不知

朝《俊イ》恵法師

504 むら雲や雁のはかぜにはれぬらんこゑきくそらにすめる月かげ

雁の声する折節月の明なるは、羽風に雲や晴ぬらんと也。風には雲晴れば也。

皇太后宮大夫俊成女

505 ふきまよふ雲ゐをわたるはつかりのつばさにならすよもの秋風

ならすは、馴る心也。吹まよふ雲ゐとよみ懸て、翅にならす四方の秋風、詞づかひ神妙とぞ。

詩に合せし哥の中に、山路秋《ノ》行といへる事を　藤原家隆朝臣

506 秋風の袖に吹まくみねの雲をつばさにかけてかりもなくなり

嶺上の風はげしきに雲をも袖にふきまく比、雲につらなる雁のねをきゝて、我袖に吹巻雲を雁も翅にかけてあるよと也。

五十首哥奉りし時、菊《ノ》籬《ノ》月といへるこゝろを　宮内卿

507 霜をまつまがきのきくの宵のまにをきまよふいろは山のはの月

宗祇云、霜を待とは、雨のふれかしと待にはあらず、霜ふれば移ふ物にて盛ほどなきは霜をまつやうなる儀也。花の風を待といふも同事也。扨心は、山のはの月はまだ降ぬ霜をみせたる由也。

鳥羽院御時、内裏より菊をめしけるに、奉るとてむすびつけ侍ける　花園左大臣室（大納言公実女 千載作者）

508 こゝのへにうつろひぬとも菊のはなもとのまがきをおもひわするな

こゝのへは禁中の事也。我愛せし事をも忘なと也。

題しらず　権中納言定頼

509 いまよりは又さく花もなきものをいたくなをきそきくのうへ《しらイ》の露

不《ズ》二是《レ》花《ノ》中《ニ》偏《ニ》愛《スルニ》レ菊《ヲ》此《ノ》花開《ケテ》後更《ニ》無《ケレバ也》レ花の心なるべし。下句は心明也。

かれゆく野べの蛬を　中務卿具平親王

510 秋風にしほるゝのべの花よりもむしのねいたくかれにけるかな

秋風にしほるゝは枯に近しといへど猶かれぬを、虫のねはいたく枯しと也。

題しらず　　　　　　　　　　　　　　　　　　　　大江嘉言 拾遺作者 対馬守六位

511　ねざめする袖さへさむく秋の夜のあらしふくなり松むしのこゑ

かく閨ながらさへ寒き夜に、松虫のさぞ侘らんと思ひやる心也。

千五百番哥合に　　　　　　　　　　　　　　　　前大僧正慈円

512　秋をへて哀も露もふかくさの里とふものはうづらなりけり

野州云、昔より深草は哀なる所によみならはし侍。〽年をへて住こし里を〳〵、返し〽野とならば鶉と成て鳴をらんかりにだにやは〳〵、といへる、哀なる哥也。たとへば年をへてといへるを秋をへてといへる、先きとく也。つよく荒たるさまをいひ立んため也。哀も露も深く成たる深草を弥とふ人はなし。鶉のみ所をえて住也。本哥の、野とならばうづらとなりてとよめる心をよくあらはしたり。

左衛門督通光

513　いり日さす麓のおばなうちなびきたが秋風にうづらなくらん

玄旨云、麓の尾花夕日に打なびく景気面白き折節鶉の鳴を聞て、秋はたが秋ぞ、汝が時分にてはなきかと、とがめていへる哥也。

題しらず　　　　　　　　　　　　　　　　　　皇太后宮大夫俊成女

514　あだにちる露の枕にふし侘てうづらなくなりとこのやまかぜ

宗祇云、此哥は隠れたる所なきにこそ。只化にちる露の枕、はかなきやう哀也。自讃哥或抄云、或説旅の枕と云々。愚意には只床の山風にしめつる露の枕あだに散行まゝにふし侘て鶉なくと見えたり。

千五百番哥合に

515 とふ人もあらし吹そふ秋は来て木の葉にうづむやどの道しば

とふ人もあらずといひかけて也。嵐ふく秋来てさびしきに、木のはふりしきてとふ人もなき道のうづもれしさま也。源氏帚木巻〽うつはらふ袖も露けきとこ夏にあらしふきそふ秋は来にけり、此詞を用ひられしにや。

516 いろかはる露をば袖にをきまよひうらがれてゆく野べの秋かな

自讃哥或抄云、千種の花色ありしのべは露霜にうら枯て、色もなかりし袖の露は紅になりゆく秋哉と也。是も感思のふかきをいへり。

秋の哥とて　太上天皇

517 秋ふけぬなけや霜夜のきり〴〵すやゝかげさむしよもぎふの月

蛬の鳴べき秋も今すこしに成たれば秋のほどになけ、霜も置蓬生の月も漸寒くなりたるぞと也〽なけやなけ蓬が杣の蛬過行秋はげにぞ悲しき、是本哥也。

百首哥奉し時　摂政太政大臣

518 きり〴〵すなくや霜夜のさむしろにころもかたしきひとりかもねん

玄旨云、〽小筵に衣かたしき今夜もや、〽足引の山鳥のおの、此二首を本哥にして蛬のなく霜夜の折からを侘たる也。天然の宝玉也。古語にして、しかも新しき物也。此集抄

百人一首抄両抄略注

千五百番哥合に　春宮権大夫公継

519 ねざめする長月のよの床さむみけさふく風に霜やをくらん

ねざめの床の寒ければ、けさの風に霜の置たるにやと也。けさ吹風には、古今の詞にて錦のきれ成べし。

520 和哥所にて六首哥《三躰和哥の事也春夏秋冬恋旅六首也》つかふまつりし時、秋の哥　前大僧正慈円

秋ふかきあはぢのしまのあり明にかたぶく月をおくるうらかぜ

玄旨云、景気の哥也。然あれど心猶籠れり。傾く月のおしきを猶浦風の吹送りて見え侍るとなるべし。住吉などよりの詠めなるべし。

521 暮秋のこゝろを

なが月もいくありあけに成ぬらんあさぢの月のいとゞさびゆく

有明は十六日以後をいへば、いく夜の有明をへてかく秋も末に成、浅茅の月の只にもさびしきがいとゞ細くさびしくは成らんと也。

522 摂政太政大臣、大将に侍ける時、百首哥よませ侍けるに　寂蓮法師

かさゝぎの雲のかけはし秋暮て夜半には霜やさえわたるらん

彼、白きをみれば夜ぞふけにける、といふを取て暮秋の夜半のやう〳〵さえわたる空に銀河白く白雲棚引を見渡して、鳥鵲の雲梯も深夜の霜や置けんと想像心也。

523 さくらのもみぢはじめたるをみて　中務卿具平親王

いつのまに紅葉しぬらんやま桜きのふか花のちるをおしみし

山桜の散をおしみし春は昨日かとおもふに、早かく紅葉の秋になりしよと也。〽きのふかも早苗取しか何《イツ》のまに稲葉〳〵、此心也。

524 紅葉透《スケリ》レ霧《ニ》といふ事を　高倉院御哥

うすぎりの立まふ山のもみぢばはさやかなれねどそれと見えけり

心は明なるべし。

秋の哥とてよめる　八条院高倉

525　かみなびのみむろのこずゑいかならんなべての山もしぐれするころ
　神南備三室、大和也。只の山々も時雨する比、名におふ所の紅葉いかにそめつらんと也。

　最勝四天王院の障子に鈴鹿川かきたる所　　太上天皇

526　すゞか川ふかき木の葉に日数へてやまだのはらのしぐれをぞきく
　鈴鹿河に木の葉散そめて漸々深くつもりつゝ日数をへて、秋も暮つかたに及びて山田原の時雨する比になるとなるべし。鈴鹿河、深きと添て也。鈴鹿河は鈴鹿郡、山田原度会《ワタラヘノ》郡也。

　入道前関白太政大臣家に百首哥読侍るに、紅葉を　　皇太后宮大夫俊成

527　心とや紅葉はすらんたつたやま松はしぐれにぬれぬものかは
　松も時雨にぬるゝといへどときはに色もかはらねば、紅葉する木もさして時雨にもよらずをのが心と紅葉するかと也。

　大井河にまかりて紅葉見侍りけるに　　藤原輔尹朝臣

528　おもふことなくてぞ見まし紅葉々をあらしの山のふもとならずは
　嵐山とて紅葉につらき名だゝる麓ならずは思ひなからんものを、かく面白き紅葉々をと也。〽思ふ事なくてや見ましよさの海あまの橋立都なりせば。

　題しらず　　曽祢好忠

529　入日さすさほの山べのはゝそはらくもらぬ雨と木のはふりつゝ
　まことの雨ならねば曇らぬ雨と也。入日さすといふ詞も、曇ぬといふによせてありて面白きにや。佐保山の柞の紅葉とよめり。

百首哥奉し時　　宮内卿

530 たつた川あらしや峰によはるらんわたらぬ水もにしきたえけり

野州云、まことにふかく思ひめぐらしたる哥なり。竜田川紅葉みだれてながるめりわたらば錦中やたえなん、是を取りて家隆立田河もみぢをとづるうす氷わたらばそれも中や絶なん、とよめるに又かくよめる事奇妙也。嵐のつよく吹おろす時は立田川に錦を敷たるごとく紅葉の流れたるに、もみぢのうすく成たるは嵐やよはく成らんと云利根なる哥也。愚案にしきたえたるとは、紅葉のたえ〴〵になりたる心なるべし。

左大将六百番哥合是也に侍ける時、家に百首哥合し侍けるに、はゝそをよみ侍ける　　摂政太政大臣

531 はゝそはらしづくも色やかはるらんもりのした草秋ふけにけり

柞原の染たるはいふに及ばず、其森の下草まで秋更たる色に染たるは、柞の雫も色かはりたるにこそと也。柞原柞森、皆山城也。

藤原定家朝臣

532 ときわかぬ浪さへいろにいづみ川はゝそのもりにあらしふくらし

野州云本哥草も木も色かはれどもわたつみの波の花にぞ秋なかりける、柞森、泉川の近辺にあり。元来波には四季転変の色はなけれども、落葉の時節は波の色もかはりたるは、はゝその森にあらしふきちらすらんと也。愚案此六百番哥合俊成卿判詞、波さへ色に泉河などいへる姿、優なるべし云々。

障子の絵にあれたる宿に紅葉ちりたる所をよめる　　源俊頼朝臣

533 ふるさとはちる紅葉々にうづもれてのきのしのぶに秋かぜぞふく

忍ぶは、古て荒たる軒に生る草也。定家卿近代秀哥云、是は幽玄に俤幽にさびしきさま也。

534 百首哥たてまつりし時、秋のうた　　式子内親王

桐のはもふみわけがたくなりにけりかならずひとをまつとなけれど

自讃哥或抄云、〽我宿は道もなきまで荒にけり難面き人を待とせしまに、と侍る本哥と問答せる躰也。彼哥は、難面き人を待とせしまに月日のうつりゆきて宿も荒ぬる事よと打侘たる也。それを、必人を待ばかりにやは月日うつりぬる、たが上にも四時ほどなかりけり、春をおしむ事いまだやまざるに、又秋暮がたに桐のはも道なきまで散つもれりと詠給ひけん有様、眼前に顕れたり。万木に桐をとりよせられたる事は、秋たつ日より一葉ちり初て、とくちりつもる物なれば、其ことはり也。野州云、桐は初秋におつる物也。此哥ふみ分けがたくといふは、暮秋也。〽秋露梧桐葉落時　必といふ字、肝要也。略注義は或抄の説、可用歟。

題しらず　　曽祢好忠

535 人はこず風に木のはゝちり果てよな〳〵むしはこゑよわるなり

心は明也。〽秋は来ぬ紅葉は宿にふりしきぬ道ふみ分てとふ人はなし、此三のはの字をうつして、此躰を習へる哥なるべし。

守覚法親王、五十首哥よみ侍りけるに　　春宮権大夫公継

536 もみぢばの色にまかせてときはぎも風にうつろふ秋のやまかな

常盤木の不変の緑も、外の紅葉々を吹かけられて其色にまかせてあかきを、風にうつろふとよめり。〽秋くれど色をかはらぬときは山よその紅葉を風ぞかしける、を本哥也。

537 千五百番哥合に　藤原家隆朝臣

露時雨もる山かげのしたもみぢぬるともおらん秋のかた見に

もる山は、近江也。露も時雨ももる山にぬるゝとも、暮ゆく秋の形見におらんと也。上句は貫之の〽白露も時雨もいたくもる山は下葉残ず色付にけり、此哥にて、下句は業平の〽ぬれつゝぞしゐて折つる年の中に春は幾日もあらじと思へば、の心を用給へるにや。

538 題しらず　西行法師

松にはふまさ木のかづら《まさの葉かづらイ》ちりにけりとやまの秋は風すさぶらん

すさむらんは、物のすがりたるをすさむといへり。歌林良材ニアリ〽深山にはあられふるらし外山なる正木のかづら色付にけり、此哥を用ひて、松にはふ所の正木のかづらちりたれば、風も今はちらさん物もなしとてや、外山の秋はすさぶらんと也。但野州云、古人正木のかづらながく伝りといへど、暮秋になりて嵐のはげしきに散ぬらん何事も果はある物ぞといふ心を、風すさぶらんとうたがひ侍る也。風すさぶとは、つよく吹事也云々。両説、可随所好。

539 法性寺入道前関白太政大臣家哥合に　前参議親隆

うづらなくかたのにたてるはじ紅葉ちらぬばかりに秋かぜぞふく

交野、河内也。櫨《ハジ》紅葉もちらぬほどに吹来る秋風は、風も興あるさま也。交野は禁野にて鶉なども一入愛すべき所に、秋興不少心なるべし。

540 百首哥奉し時　二条院讃岐

ちりかゝる紅葉のいろはふかけれどわたればにごるやま川の水

山川の浅きをいはんとて、わたればにごるとよめり。心は明也。

541
題しらず　柿本人麿
あすか川もみぢばながるかづらきの山のあきかぜふきぞしぬらし
かの、みむろの山にしぐれふるらしの、一風躰にや。所の景、時節のありさま思ひやられ侍るかし。飛鳥河、大和也。

542
中納言長方千載作者 中納言顕長子
あすか河せゞに波よるくれなゐやかづらきやまのこがらしのかぜ
飛鳥川の瀬々の紅に波よるは、葛城の紅葉を木がらしのちらしながすにこそと也。前の人丸のうたとおなじ心ながら、せゞになみよる紅やといひて、紅葉をいはで木枯などよみて落葉をよめる所、一つの作意にや侍るらん。
長月の比みなせに日比侍けるに、あらしの山の紅葉涙にたぐふよし申つかはして侍ける人の返事に

543
権中納言公経内府実宗子 西園寺相国
もみぢ葉をさこそあらしのはらふらめこのやまもともあめとふるなり
嵐山ならば、さこそ嵐のはらひて涙もおとし給ひけん。此水無瀬の山もとも、紅葉の散て泪も雨とふると也。嵐に雨と対して読給也。
家に百首哥合し侍ける時　摂政太政大臣

544
たつたひめいまはの比の秋風にしぐれをいそぐ人のそでかな
玄旨云、竜田姫今はの比とは、暮秋の比也。今は染べき山の木々もなくて、人の袖をそめんと時雨を急ぐかと也。
千五百番哥合に　権中納言兼宗中山内大臣忠親子

545 ゆく秋のかたみなるべきもみぢばもあすはしぐれとふりやまがはん

けふの秋の別のはかなくとめがたきを歎く心をこめて、あすは形見とみん紅葉ものこるまじき歎きをよめり。

紅葉見にまかりてよみ侍ける　前大納言公任

546 うちむれてちる紅葉々をたづぬればやまぢよりこそ秋は行けれ

友達語ひて紅葉をおしみたるさま也。古今山には春もなく成にけり、といふ哥をうつし給へるにや。山紅葉は猶とくちりし心なるべし。

つの国に侍ける比、道済がもとにつかはしける　能因法師

547 夏草のかりそめにとてこしかどもなにはのうらに秋ぞ暮ぬる

夏よりこし心を枕詞に置也。

くれの秋おもふ事侍ける比

548 かくしつゝ暮ぬる秋と老ぬればしかすがになを物ぞかなしき

幾秋もかくてのみ暮し来て老たる身なれば、不珍暮秋ながらさすがに猶秋の別の悲き心也。

五十首哥よませ侍けるに　守覚法親王

549 身にかへていざゝは秋をおしみ見んさらでももろき露のいのちを

いざゝらば也。秋にかへすとても、はかなき露命をいざ秋にかへんと也。

閏九月尽の心を　前太政大臣

550 なべてよのおしさにそへておしむかな秋よりのちの秋のかぎりを

只にも過る世はなべて惜きにそへて、一月多しとても終には暮る秋をもおしむとの心

なるべし。

新古今和歌集　巻第六

冬哥

千五百番哥合に、初冬のこゝろをよめる　皇太后宮大夫俊成

551 おきあかす秋のわかれの袖の露霜こそむすべ冬やきぬらん

秋の別をしたひておきあかす袖の露の、やう〳〵さえまさりて霜こそむすびつれ、さては冬や至り来ぬらんと也。おきあかすは、露の置をそへて也。大戴礼曰、露凝《コツテ》而為《ナル》レ霜《ト》。

天暦御時、かみなづきといふ事をかみにをきて哥つかふまつりけるに　藤原高光（後撰作者 法名如覚）

552 神無月かぜに紅葉のちる時はそこはかとなく物ぞかなしき

そこはかとなくとは、そこともなく也。哥の心は明也。飛花落葉を見て十二因縁を覚りて仏の道に入を、縁覚とも独覚ともいへり。高光少将、終に横河に入て入道せられ侍し。此哥、其遁世の縁とも成侍しにやとぞ。

題しらず　源重之

553 名とり川やなせの波もさはぐ也もみぢやいとゞよりてせくらん

名取川、陸奥也。簗瀬は、簗うちて魚取所也。簗瀬の波もさはぐなれば、嵐吹そひて

紅葉も弥散流よりて瀬をせくにやと也。

後冷泉院の御時、うへのおのこども大井川にまかりて紅葉浮《ブ》レ水《ニ》といへる心をよみ侍けるに

藤原資宗朝臣 参議資房子 右馬頭四位

554 筏士よまてこととはん水上はいかばかりふくやまのあらしぞ

野州云、是は題をまはしてよみたる哥也。ふとは心得がたき事也。上手の哥に如《ゴトシ》レ此事おほく侍り。たとへば此紅葉の水にちりうきたるを見て、いかばかり峰のあらしのふけばかやうにながれもやらで、ちりうかぶぞ、筏士よ事問んといへる所奇特也。詩にも落葉の詩に追《テ》レ夜《ヲ》光《リ》多《シ》呉園《ノ》月　毎朝声少《シ》漢林《ノ》風　是も落葉といふ字侍らず。

大納言経信

555 ちりかゝるもみぢながれぬおほゐ河いづれゐせきの水のしがらみ

不のぬ也。ながれもあへずながれかゝれる紅葉に大井の井せきも見えわかれねば、いづれか井関の水の柵《シガラミ》ならんとの心也。井関とは水せき分つ所などに柵などせし物也。

大井河にまかりて落葉満《ミテリ》レ水《ニ》といへる心を読侍ける

藤原家経 後拾遺作者 式部大輔四位

556 たかせぶねしぶくばかりに紅葉々のながれてくだるおほゐ川かな

野州云、しぶくとは、きしる心也。高瀬舟はのぼるに、紅葉は流れて落れば、しぶくばかりとよめり。

深山《ノ》落葉といへる心を

源俊頼朝臣

557 日くるればあふ人もなしまさきちるみねのあらしのをとばかりして

玄旨云、深山落葉といふ題をまはしたる哥也。昼は自然山中へわけ入人もあり。日暮

ては人も音せず、岑の嵐の音ばかりしたる深山の感情をいひたる哥也。山中の躰、あふ人はあらであらしのおとばかりしてと、いひさしたる哥也。愚案為家卿詠哥一体云、〽日も暮ぬ人も帰りぬ山里は峰のあらしの音ばかりして、〽日くるればあふ人も——。おくは俊頼朝臣のうた、上手のしわざにてゆう〳〵ときこゆ。はじめもよき哥とてこそ後拾遺には入らるらめ。猶只まさきのかづらは心ひく姿にて侍にや。

題しらず　藤原清輔朝臣

558 をのずからをとするものは庭の面に木の葉ふきまくたにのゆふかぜ

谷の夕風にて、山家としられたり。誰とふ人もなくて自然音する物はと也。吹まくは、吹廻す也。

春日社哥合に落葉といふ事を読て奉りし　前大僧正慈円

559 木の葉ちる宿にかたしく袖の色をありともしらでゆくあらしかな

野州云、嵐は紅葉をさそふ物也。されども此落葉の宿の閑寂を感じて泪の紅に成て、かたしきの袖にあるをばしらで嵐の過行よとよみ給へり。祇註同義。

右衛門督通具

560 このはちるしぐれやまがふ我袖にもろきなみだのいろと見るまで

宗祇云、紅涙なれば我袖には大かたの時雨はまがはぬを、木の葉散雨やまがふといふにこそ。

藤原雅経

561 うつりゆく雲にあらしのこゑす也ちるかまさきのかづらきのやま

玄旨云、ちるかは、疑ひ也。雲に嵐は声あるべからず。されども空に音するは、正木の散て交るかと也。正木の葛城山とつゞきたる風情限なき物なるべし。愚案移り行といふに、雲に嵐のそへる風情あるにや。

562 はつしぐれしのぶの山のもみぢばをあらしふけとはそめずやあるらん《りけんイ》　七条院大納言 中納言実綱女

嵐ふけとは、そめざらんにうき嵐の心に任せて散するよと也。

563 しぐれつゝ袖もほしあへず足ひきのやまの木のはにあらしふくころ　信濃 日吉禰宜允仲女 後号後鳥羽院下野

山中の落葉に嵐ふく比の時雨に時節を感ずる袖のひがたきよし也。

564 山ざとの風すさまじきゆふぐれに木の葉みだれて物ぞかなしき　藤原秀能

玄旨云、木葉のごとく心みだれて物悲きと也。是等六義の内にて全体の比《ヒノ》哥也といふべきにや。

565 冬の来て山もあらはに木の葉ふりのこる松さへみねにさびしき　祝部成茂 日吉禰宜元仲子 大蔵大輔四位

四時吟冬嶺ニ秀二孤松一云々。玄旨云、難レ述二言語ニ一哥也。色々の木葉は散尽して、松の嶺に残たる風情、誠に寂《サビ》しき姿也。残る松さへの、さへの字にて落葉のさびしき躰籠れり。

五十首哥奉りし時　宮内卿

566 からにしき秋のかたみやたつた山ちりあへぬ枝にあらしふく也

野州云、秋のかたみやたつた山といへるは、断の字の心也。散残る紅葉は秋の形見なるに、それをも嵐のふくは、かたみをもたつと也。あへぬは、数多の説有。是は散やらぬ心によめり。愚案かたみをたつに、錦たつをそへて也。

頼輔卿家哥合に落葉の心を　藤原資隆朝臣豊前守重兼子

567 しぐれかときけば木のはのふる物をそれにもぬるゝわがたもとかな

そこはかとなく物ぞ悲しき、といへる時節の感涙、時雨にこそぬれめ、落葉なるにそれにもといへる奇妙にや。

題しらず　法眼慶算少納言俊通子 宿曜師

568 ときしもあれ冬は葉もりの神無月まばらになりぬもりの柏木

折ふし冬は葉守の神もなきといふ月なれば、柏木の森もまばらに散透たると也。葉守神、柏木に読り。前注。

津守国基後拾遺作者 住吉禰宜

569 いつのまに空のけしきのかはるらんはげしきけさのこがらしのかぜ

おぼえず冬の気色になりし心なるべし。

西行法師

570 月をまつたかねの雲ははれにけりこゝろあるべきはつしぐれかな

時雨の空の習ひにて一方晴て猶ふる事あれば、月を待高根の雲は晴しに又時雨るは心あるべき事と也。又説、月を待高根の時雨の雲の晴たるは、心なきにはあらぬ初時雨哉と也。此義、時雨の本意も不レ違云々。然共口訣。

前大僧正覚忠

571 かみな月木々のこのはゝちりはてゝ庭にぞかぜのをとはきこゆる

木葉は吹尽して、猶冬めく風の庭にはらへる気色なるべし。

清輔朝臣

572 柴の戸に入日の影はさしながらいかにしぐるゝやまべなるらん

是も、かたへ晴て猶時雨る気色なるべし。

山家時雨といへるこゝろを

藤原隆信朝臣

573 雲はれて後もしぐるゝ柴の戸ややまかぜはらふ松の下つゆ

時雨の雲晴てのちも、猶松の下露の山風にはらはれて、時雨とまがひしさま也。

寛平御時后宮の哥合に

よみ人しらず

574 神無月しぐれふるらしさほ山の正木のかづらいろまさりゆく

心はあきらかなるべし。

題しらず

中務卿具平親王

575 こがらしのをとにしぐれをきゝわかでもみぢにぬるゝたもとゝぞ見る

風まぜに時雨て紅葉ちりかゝりしを、木枯の風ばかりと聞て時雨をしらで、袖のぬれしをも紅葉にぬれしと思ひし心なるべし。

中納言兼輔

576 しぐれふる音はすれどもくれ竹のなどよとゝもにいろもかはらぬ

時雨には草木色かはるに、竹のそよぎは時雨の音と聞えながら世と共に竹の緑は不変なるはいかゞと也。世は、竹の縁也。此哥、古今六帖ニハ素性也。

十月ばかりときはのもりを過とて

能因法師

577 時雨の雨そめかねてけり山しろのときはのもりのまきの下葉は

万葉〽時雨の雨まなくしふれば槙のはもあらそひかねて色付にけり、此心にて、常盤の名におふ杜の槙の下葉は染兼たるにや、不変なるとの心也。

題しらず　清原元輔

578 冬をあさみまだき時雨と思ひしをたへざりけりな老のなみだも

冬も浅ければ時雨もいまだならんと思ふに、老の雨も堪ず時雨て、時雨も早く降との心也。

鳥羽殿にて旅宿時雨といふ事を　後白河院御哥

579 まばらなる柴の庵に旅ねしてしぐれにぬるゝさよごろもかな

小夜衣は閨中にあれど、まばらなる柴庵なれば時雨にぬるゝと也。旅ねの侘しさ、さぞ侍けん。

時雨を　前大僧正慈円

580 やよしぐれ物おもふ袖のなかりせば木のはののちに何をそめまし

野州云、やよ時雨とは、時雨をよびかけたる詞也。時雨は物をそむる事をこのむ物なり。わが袖のなかりせば木の葉のゝちに何を染べきぞと、時雨に対してよめり。袖を紅涙のそむる事をいへり。

冬哥中に　太上天皇

581 ふかみどりあらそひかねていかならんまなくしぐれのふるの神杉

玄旨云、布留神杉、大和名所也。あらそひかねては、時雨と杉との事也。時雨は杉をそめんとし、杉はふかみどりにてつれなければ、あらそふやうなり。されどもかく隙なくしぐれゆかば杉も紅葉やせんといふ心を、いかならんとよませ給へり。即人丸の哥を本哥也。

題しらず　人麿

582 しぐれの雨まなくしふれば槙のはもあらそひかねていろづきにけり

野州云、色付にけりとは、紅葉したるにはあらず。時雨のまもなくふれば、けしきのかはりたるさまをいふなり。あらそひかねてといふに心を付べし。

和泉式部

583 世の中になをもふる哉時雨つゝ雲間の月のいでやとおもへば《どイ》

野州云、猶もふるとは、降を経の字に心を読めり。いでやとは、世を出むと思立侍れども出られねば、時雨る時分の雲間を月の出かぬるやうなるぞとよめり。愚案是、思へどの儀也。ばは、いでや捨てもなど遠慮し猶予せらるればと也。

百首哥奉りしに　二条院讃岐

584 おりこそあれながめにかゝるうき雲の袖もひとつにうちしぐれつゝ

此五文字心を付べし。時節の感にうち詠る空の雲うち時雨るに、泪も時雨て物悲しき折も折こそあれとの心の五文字也。

題しらず　西行法師

585 秋しのやとやまの里やしぐるらんいこまのたけに雲のかゝれる

秋篠里、大和平群《ヘグリノ》郡、伊駒嶽、河内也。此哥は大和の方より見し景気なるべし。いこまは、雲なへだてそとよみしより、雲の余情ある山也。

道因法師

586 はれくもり時雨はさだめなき物をふりはてぬるはわが身なりけり

降と古とをそへて也。時雨は降とをす事なきに、我身は古果しと時節の感成べし。

587 いまは又ちらでもまがふしぐれかなひとりふりゆく庭のまつかぜ

千五百番哥合に、冬哥　源具親 左京大夫師光子

宗祇云、ちらでもまがふとは、木の葉の時雨ならねど、ふりゆく庭の松風は時雨にまがふよし也。尤其感あるにや。玄旨云、木葉のちるほどは木のはにまがひ、又ちらぬ折の松風もしぐれにまがふと也。木のはといはずして面白きうたなり。

題しらず　俊恵法師

588 みよしの丶山かきくもり雪ふればふもとの里はうちしぐれつ丶

心は明也。此哥俊恵自讃の哥にて、若世の末におぼつかなくいふ人もあらば、かくこそいひしかと語り給へと長明にいひし事、無明《（マヽ）》抄に有。

百首哥奉し時　入道左大臣

589 まきのやに時雨の音のかはる哉紅葉やふかくちりつもるらん

真木の屋は良材にて作し也。紅葉深く散つみし故、雨の音かはりしならんと也。

千五百番哥合に、冬の哥　二条院讃岐

590 世にふるはくるしきものを真木の屋にやすくもすぐる初しぐれかな

野州云、世にふるとは世を経る心也。時雨の降かたへ縁にいひかけたる也。真木の屋とは、結構なる家也。世のうき習ひは此真木の屋に居ても遁れざりけりと、三句にていひさしたる哥也。しぐれの颯々と過るを聞て、わが世をふるは色々様々むつかしき事のあるに、しぐれの何心もなげにやす〳〵と過るものかなとよめり。時雨の哥の最上なり。

題しらず

591 ほの〳〵とありあけの月の月影にもみぢふきおろす山おろしの風

源信明《サネ》朝臣

玄旨詠哥大概抄云、ほの〳〵と明る有明、と家集には有。紅葉のちるを人々のみる所書たる、内の御屏風の哥也。月も有明になり、梢の紅葉々もすくなく、風の音も物すごき時分の言語同断の景気をよく思ふべし。三十四字あれども耳にたゝず、当意即妙の哥也。

592 紅葉々をなにおしみけん木のまよりもりくる月はこよひこそ見れ

中務卿具平親王

紅葉にさへられし月の、落葉ののちこそ明かに見ゆるなれば、紅葉もおしむまじき物をと也。こよひこそは落葉の木の間に始て月をみたる心也。

593 ふきはらふあらしのゝちの高根より木の葉くもらで月や出らん

宜秋門院丹後

岑の冬月の明なるをめでゝよめる也。

春日社哥合に、暁月といふ事を

右衛門督通具

594 霜こほる袖にも影はのこりけり露よりなれしありあけの月

自讃哥或抄云、月の感は秋にかぎると思ひしに、霜氷る袖にも猶清き影は有けると也。師残りけりは、有明の縁にて秋の清光の残りし心也。露より馴しは、秋より袖になれし心也。

和哥所にて六首哥（三躰和哥前注）奉りしに、冬月

藤原家隆朝臣

595 ながめつゝいくたび袖に曇るらん時雨にふくるありあけの月

野州云、いくたび袖に曇るとは、長夜を詠めあかす感情の袖の露也。此露にやどる月影の、時雨るれば見えず、晴れば見ゆる也。其心を、いくたび袖に曇るらんといへり。冬のよの時雨つ晴つ更ゆく躰也。宗祇三躰註云、時雨にも更る月、又袖の泪もうちそふまゝに、いくたび袖に曇らんとよめり。哥のさま奇特とぞ。一儀、詠つゝ思ふべし云々。

題しらず　源泰光

596 さだめなくしぐるゝ空のむら雲《うきイ》にいくたびおなじ月をまつらん《イ見るかな》

晴ては時雨〳〵て、たびたび一夜の中におなじ月を待と也。ィみる哉、同。

千五百番哥合に　源具親

597 今よりは木の葉がくれもなけれどもしぐれにのこるむら雲の月

木の葉に隠し月の落葉の後は也。さはりはなけれども、又時雨にさはりのこりたる雲間の月なると也。

題しらず

598 はれくもる影を都にさきだてゝしぐるとつぐる山のはの月

山辺の打しぐるゝ比、月の出ながら晴曇りて影の都に定めなきを、山べの時雨を告るやうなれば、かくよめり。宗祇云、見様躰也。心は明也。

五十首哥奉りし時　寂蓮法師

599 たえ〴〵に里わく月の光かなしぐれををくる夜半のむら雲

月の光絶々に、一郷の中を分ててらす心也。いかんとなれば、時雨を過るむら雲のゆへぞと也。

雨後冬月といふ心を　良暹法師

600 今はとてねなまし物を時雨つるそらとも見えずすめる月かな

玄旨云、今はとてとは、時雨ぬる内にねなまし物を、扨も〳〵雨後の月の面白きに心をなやます物哉といふ心なるべし。

題しらず　曽祢好忠

601 露霜の夜半におきゐて冬のよの月見るほどに袖はこほりぬ

露霜のは、おきゐてといはんとて也。寒月の感思の涙に、覚(マヽ)ず袖の氷しと也。

大僧正慈円

602 紅葉々は《をイ》をのがそめたる色ぞかしよそげにをけるけさの霜かな

紅葉に白霜のおけるを、をのがそめながら、よそ〳〵しげに色ことにて置し霜かなとよみ給へり。

西行法師

603 をぐらやま麓の里にこのはちりれば梢にはるゝ月を見るかな

玄旨云、紅葉の散をおしみつるに、又其かへ物には、梢に晴る月をみるよし也。

五十首哥奉し時　藤原雅経

604 秋の色をはらひ果てや久かたの月のかつらに木がらしのかぜ

玄旨云、下界の秋の色を払ひ果して、今は上界の月宮の桂を吹木枯かと読り。

題しらず　式子内親王

605 風寒み木の葉はれゆくよな〳〵にのこるくまなき庭の月かげ

冬のあらしに梢散透て月の曇なきを、風さむみ木の葉晴ゆくとよみ給へる、及まじき所にや。

606 我門のかり田のおもにふす鴨のとこあらはなる冬のよの月　殷富門院大輔

鴨のふす床のあらはなるといひて、月の明白なる心なるべし。

藤原清輔朝臣

607 冬がれの森のくち葉の霜の上におちたる月のかげのさやけさ

野州云、此哥、寒き物四迄有。冬枯、朽葉、霜上、月影也。さやけさといひつめたるやうなれど、余情ある哥也。此哥、水晶を瑠璃の壺の上に見るやう也。手を付けがたき躰也。落たる月、入がたの月にはあらず。落葉の上に梢さはる所もなく、影のすみやかに移りたるさま也。霜露既降《テ》木葉尽《ク》脱《ス》人影在《テ》レ地《ニ》仰《テ》見《ル》二明月《ヲ》一 東坡後赤壁賦。

皇太后宮大夫俊成女

千五百番の哥合に

608 さえわびてさむる枕にかげ見れば霜ふかき夜のありあけの月

さえわびては、寒気にいたく侘たる心とぞ。冬の寒夜に目も覚て見れば、霜深きよの有明の枕にさしうつりたるさま也。余情ある哥也。

右衛門督通具

609 霜むすぶ袖のかたしきうちとけてねぬ夜の月の影ぞさむけき《やけきイ》

玄旨云、打とけてねぬとは、心安くねられぬ事をいへり。霜は結べど打とけてもねられぬに、又月もさやかにて、かたがたとけてねぬよの心をよめり。片敷と読切也。

藤原雅経

五十首哥奉りし時

610 影とめし露のやどりをおもひ出て霜にあととふあさぢふの月

浅ぢふの霜に映じたる月を詠めて、秋より詠来りし月なれば、秋の露に影とめ宿りし事を月も思ひ出て、今の霜に其露の跡をとひしたひて宿れるとよみ給へり。

橋上霜といへる事をよみ侍ける　　法印幸清（岩清水別当成清真弟子）

611 かたしきの袖をや霜にかさぬらん月によがるゝ宇治のはしひめ

彼〽衣かたしきこよひもや我をまつらん、とよめる我になりてよめる哥也。我が月に夜がれぬれば、我をまつらん橋姫は、かたしきの袖を誰とかさねんかたもなく、霜にかさねて月にやこよひふすらんとの心也。

題しらず　　源重之

612 夏かりの荻のふる枝はかれにけりむれゐしとりはそらにやあるらん

野州云、〽夏かりの玉江の芦をふみしだきむれゐる鳥の立そらぞなき、此哥に問答したる哥也。芦を荻に読かへたり。ふみしだく荻枯ては、鳥の空にや有らんとよめり。愚案此哥注、袖中抄に委。夏かりは、夏刈也。玉江の芦の哥、後拾遺。是も重之也。

藤原道信朝臣

613 さよふけて声さへさむき芦たづはいくへの霜かをきまさるらん

朗詠、霜《ノ》詩《ニ》、君子夜深《フケテ》声不《ズ》レ警《イマシメ》云々。君子は鶴也といへり。此哥、此詩の心にや。凡朗詠に、霜に鶴の警《イマシメ》て不レ鳴詩あまたあり。李嶠が露の詩にこそ夜警《ム》千年《ノ》鶴と作りし事、事文類聚に見え侍れ。周処風《カ》土記《ニ》、白鶴性《ハ》警《イマシム》至《テ》二八月《ニ》一白露降《リ》二流《テ》於草葉《ノ》上《ニ》一適々《トシテ》有《レバ》レ声即《チ》鳴云々。是に付て口訣有。秘深。

冬哥中に　　太上天皇

614 冬のよのながきをゝくる袖ぬれぬあかつきがたのよものあらしに

野州云、源氏すまの巻に、枕をそばだてゝよもの嵐を問給ふに、波たゞこゝもとに立くる心ちして泪おつとも覚えぬに枕もうくばかりに成にけり、と侍るをとりてあそばれたり。奇妙にや。宵の間はとかくして慰ぬるに、暁がたはせんかたなく堪忍し侘たる心面白し。送《ヲク》るといふ字に心こもれり。又説、寒夜の悲しみ万民の上をも一身に帰《キ》す事ぞと、延喜聖代寒夜に御衣をぬがれしためしまでおぼしめしつゞけゝん、暁の嵐に堪兼させ給ふ御袖のぬるゝと也。難レ有御哥也。

百首哥奉りし時　　摂政太政大臣

615　さゝのはゝみやまもさやにうちそよぎこほれる霜をふくあらしかな

人丸の「深山もさやにさやぐなり、をうつして、霜夜の嵐の寒氷たる風情をよみ給へるべし。

崇徳院御時、百首哥奉りけるに　　藤原清輔朝臣

616　きみこずはひとりやねなん笹の葉のみやまもそよにさやぐ霜夜を

是も人丸の「我は妹思ふ別きぬれば、をうつして、君こずは独やねなむと侘たる風情なるべし。定家卿近代秀哥の内に書連給。

題しらず　　皇太后宮大夫俊成女

617　霜がれはそことも見えぬ草のはらたれにとはまし秋のなごりを

野州云、狭衣物語に「尋ぬべき草の原さへかれはてゝたれにとはまし道しばの露、草のはらは枯ぬれば、秋の名残をたれに問ましとよめり。愚案狭衣は飛鳥井の女君をゆくゑなくなし給へる嘆きなるを、こゝには秋のなごりをとはん草花の野原も霜がれて、そこと問はんかたもなき心にとりなしてよめり。

618
百首哥中に　前大僧正慈円
霜さゆる山田のくろのむらすゝきかるひとなしにのこるころかな
自讃哥或抄云、山田は刈果て、霜置まよふ畔《クロ》の辺《ホトリ》に枯たる薄の一村残れる躰、冬哥はかやうに細くからびたるを躰とせられけるにや。

619
題しらず　曽祢好忠
草のうへにこゝら玉ゐしゝら露を下葉の霜とむすぶ冬かな
野州云、こゝらは、おほくといふ心也。冬かなとおけるに、心を付て見るべき也。秋のほどは草の上にあまた白露の玉と見えしに、今はいさゝか下葉の霜とむすぶ冬かなと冬の所作をいひたてし心也。時節転変をよめるうた也。是も露結而成霜といへる心より也。

620
中納言家持
かさゝぎのわたせる橋にをく霜のしろきを見ればよぞふけにける
師説、冬深く月なき深夜に見わたせば四方に物の音もなく心すみまさる折節、橋の一筋見えて霜白く置わたせるさま、更に此下界とも覚ず、天上の心ちして烏鵲の橋にやなど思ひよそへてよみ出せる也。家隆卿〽詠つゝおもふもさびし久堅の月の都の明ぼのゝ空、是も此界の気色より天上を思ひやりしさま、此家持の哥より思ひ得給へるにや。宗祇云、冬深く月もなく雲も晴たる夜、霜は天に満《ミチ》てさえ〴〵たる深夜などにおき出て此哥をおもはゞ、感情かぎりあるべからず云々。烏鵲橋の事、拾遺抄委。

621
延喜御哥
うへのおのこども菊あはせ是も哥合にやし侍けるついでに
しぐれつゝかれゆくのべの花なれど霜のまがきににほふいろかな

菊宴　菊を賞して遊宴ある也。尚侍満子におほやけより菊宴を給へるなるべし。

なべての野花は枯る比、籬菊のみ霜に匂へるさま也。

622
延喜十四年、尚侍藤原満子に菊宴給《タマ》はせける時　中納言兼輔古今作者

きくの花たおりては見じ初霜のをきながらこそいろまさりけれ

初霜のをきながらこそは、おらで其まゝ置べしとの心也。霜にうつろふ色の面白ければ也。

623
おなじ御時、大井川に行幸延長八年侍ける日　坂上是則古今作者

影さへにいまはと菊のうつろふは波のそこにも霜やをくらん

是則集には、菊の花の残りたると詞書有て、今はた菊のとあり。影さへには、水の影も色のうつりかはりしはと也。

624
題しらず　和泉式部

のべ見ればおばながもとのおもひ草かれゆく冬になりぞしにける《イにけるかな》

心は明也。歌林良材ニ一禅御説、万葉十ニ道のべの尾花がもとの思ひ草今更になぞ物を思はん、右思草は草の名にあらず、只草をいふなるべし。古今十一秋の野の尾花にまじりさく花の〳〵、右尾花にまじりさく花は、定家卿は竜胆《タン》の花の霜枯に残れるを云といへり。愚案是レ密勘ノ義。口訣。

625
西行法師

つの国のなにはの春は夢なれやあしのかれ葉に風わたるなり

宗祇自讃哥註云、此哥は、春の空に芦の若葉のもえ出しを、冬枯の比あらゝかに風うち吹たるに思ひつゞけていへり。なにはの春とは、世の中の盛りも夢ぞと観ずるよし也。師説同。又野州云、有心《イウ》躰ノ哥也。つの国とは、難波といはんため也。なにはとは、

何のうへを見るもといふ心也。芦の葉の角ぐみ出て若やかなりしも、枯葉に成たるは一睡の夢なり。芦のかれはをもって万事を思ひ得たると云也。愚案此哥難波の春はとよめる、はの、てにをはに付ては祇註意味深きにや。

崇徳院に十首哥奉りける時　大納言成通（大納言宗通子　金葉作者）

626 冬ふかくなりにけらしな難波江のあをばまじらぬあしのむらだち

夏秋の比青々たりし芦の、なべて枯葉に成て所々に村立たるに、冬ふかき気色を知たる心也。

題しらず　西行法師

627 さびしさにたへたる人の又もあれないほをならべん冬のやまざと

閑居幽棲の友なき心なるべし。閑寂によく堪て、富貴栄花に心を動さぬ人あれかし。人めも草も枯たる山居の、世外の味をかたらふ友とせんの心なるべきか。

あづまに侍ける時、都の人につかはしける　康資王母

628 あづまぢの道の冬草しげり合てあとだに見えぬわすれ水かな

忘水は、東路にや。所いまだ不勘。冬草に埋れて忘水の跡も見えぬを、都人の忘果てとふ音づれの跡もなきに添たる心にや。

冬哥とてよみ侍ける　守覚法親王

629 むかしおもふさよのねざめの床さえてなみだもこほる袖のうへかな

寒夜の空、床に往昔を思ふ泪も氷るとなり。床寒て泪もこほるとは、寒きには水氷るゆへ泪もとよみ給へり。

百首哥奉りしとき

630 たちぬるゝ山のしづくも音絶てまきのしたばにたるひしにけり
万葉二、大津皇子哥〽足引の山の雫に妹まつと我たちぬれぬ山のしづくに、とよみ給へる詞斗を用ひて、槙の下葉も垂氷《タルヒ》して、立ぬるべき山の雫も氷りて音絶しと也。是も守覚の御哥也。

題しらず　　皇太后宮大夫俊成

631 かつこほりかつはくだくる山川の岩まにむせぶあかつきのこゑ
岩間にむせぶとは、流れのとゞこほる心にや。滝《ロウ》水《スイ》凍《コホリ》咽《ムセンデ》流《ルヽ》不レ得《コトヲ》と白楽天の詞也。且氷り且くだけて流れ流す岩間に、暁の川音のむせぶさまなるべし。

摂政太政大臣

632 きえかへり岩間にまよふ水のあわのしばしやどかるうすごほりかな
きえかへりは、泡の消つ結びつする也。まよふは、岩間にたゞよふ也。消帰りはかなくたゞよふ水の泡の、薄氷にしばしとゞまれるを、宿かるとよみ給へるなるべし。

633 まくらにも袖にも涙つらゝゐてむすばぬ夢をとふあらしかな
寒夜のねがたきに、枕にも袖にも泪の氷のみむすびて夢はむすぶともなきに、猶嵐の音は夢あらば驚かさんとするやうにとひ音づれて、いよ〳〵さむく目も合ぬさま也。結ぬ夢をとふ嵐哉、奇妙也。

五十首哥奉りし時

634 みなかみやたえ〴〵こほる岩まよりきよたき川にのこるしらなみ
水上はなべては氷《コホラ》ざるやらん、猶清滝の岩間より氷らでのこりし波の見ゆると也。たえ〴〵氷るとは、なべては氷らぬ心也。

百首哥奉りし時

635 かたしきの袖の氷りもむすぼゝれとけてねぬよの夢ぞみじかき

玄旨詠哥大概抄云、かたしきとは、寒夜に独いねたるかたしき也。袖の氷とは、涙也。下略野州云、氷もむすぼゝれとけてとつゞけられたる、奇特也。冬の夜さえ〴〵て、ぬるやうなれどもさめぬれば夢もつゞかざるを、夢ぞみじかきとあそばされしなり。略註。

最勝四天王院の障子に宇治川かきたる所　　太上天皇

636 はしひめのかたしき衣さむしろにまつ夜むなしき宇治のあけぼの

〽衣かたしきこよひもや我を待らん、の心也。まつ夜むなしきとは、待つけずしてむなしく曙となりし心也。かたしき衣さむしと、そへさせ給へるにて冬の部に入たるにこそ。寒夜に独衣をかたしきて待あかせし心なるべし。

前大僧正慈円

637 あじろ木にいさよふ波のをとふけてひとりやねぬるうぢのはしひめ

人丸の〽ものゝふのやそうぢ川の網代木にいさよふ波の行衛知ずも、此詞なるべし。いさよふ波は、よりたゞよふ心也。橋姫の事は前註。

百首哥中に　　式子内親王

638 見るまゝに冬は来にけりかものゐるいり江のみぎはうすごほりつゝ

心は明なるべし。

摂政太政大臣家哥合に、湖上冬月　　藤原家隆朝臣

639 志賀のうらやとをざかり行波まよりこほりていづるありあけの月

野州云、さよふくるまゝに汀や氷るらん遠ざかりゆくしがの浦波、氷て出るとは、汀より氷りもて行て遥なる波に寒出たる月を云べし。

守覚法親王、五十首哥よませ侍けるに　皇太后宮大夫俊成

640 ひとり見る池の氷にすむ月のやがて袖にもうつりぬるかな

池の氷にすむ月のやがて袖にもうつるとは、寒夜の感に堪ざる袖の涙も氷れる上に、月のうつれる心なるべし。

題不知　山辺赤人

641 うば玉の夜のふけゆけば楸おふるきよきかはらにちどりなく也

万葉也。清河原、大和也。うば玉は夜の枕詞也。深夜の千鳥さびしく哀なる物也。感情可思。

さほのかはらに千鳥の鳴けるをよみ侍ける　伊勢大輔

642 ゆくさきはさよふけぬれど千鳥なくさほのかはらはすぎうかりけり

行さきおほく夜もふけたる心也。千鳥の感情に行過兼ると也。

みちのくにゝまかりける時よみ侍ける　能因法師

643 夕さればしほかぜこしてみちのくののだの玉川ちどりなくなり

野州云、哥の心はあらは也。野田玉川、海につゞきたる所也。彼所の夕風に千鳥なきたる夕の躰を、有のまゝにいひ出せる哥也。是上手のしわざ也。是一躰也。此躰を心に面白しとも哀也とも骨髄《コツズイ》にしみておもはん時、堺に至たるよと知べきよし、先達申されし也。

題しらず　重之

644 しらなみにはねうちかはし浜ちどりかなしきものはよはのひとこゑ

上句は古今〽白雲にはねうちかはし飛雁の、といへる詞、白波にとかへて風情新しくしなして、下句に悲しき物はなどよめる、天然の哥仙のしわざなるべし。

後徳大寺左大臣

645 ゆふなぎにとわたる千鳥波まより見ゆるこじまの雲にきえぬる

夕の波風もしづかなる海上に、とわたる千鳥の小島の雲に行消し眼前の景也。波まよりみゆる小島、古哥也。

堀河院に百首哥奉りけるに　祐子内親王家紀伊

646 うらかぜに吹上の浜のはまちどりなみたちくらしよはになくなり

浦風に吹上とそへて也。紀伊の名所也。よはに飛立千鳥の鳴は、浦風吹て波立くらしと也。

五十首哥奉りし時　摂政太政大臣

647 月ぞすむ誰かはこゝにきの国やふきあげの千鳥ひとりなく也《イらん》

野州云、誰かはくると、いひかけたる詞也。吹上の浜に月澄渡りたる風景さびしきに、事問来て見る人はなくて、千鳥ひとりなくらんとよめり。奇特なる哥也。

千五百番哥合に　正三位季能

648 さよ千鳥こゑこそちかくなるみがたかたぶく月にしほやみつらん

こゑこそちかくなると、そへて也。鳴海潟は、尾張也。月の入、しほみちきて、千どりもとひくるやらん、こゑちかくなると也。

最勝四天王院の障子に、なるみのうらかきたる所　藤原秀能

649　風ふけばよそになるみのかた思ひおもはぬ波になくちどりかな

権中納言通光

玄旨云、かた思ひとは、潟をよせたり。風にふかれてゆく千鳥なれば、思はぬ波にとよめり。片思ひおもはぬとつゞきたる所、面白し。粉骨也。愚按よそになるみと添たり。

おなじ所

650　うらびとの日も夕暮になるみ潟かへる袖よりちどりなくなり

浦人の晩帰の袖近く鳴立風情なるべし。

正三位李経左京大夫顕輔子

文治六年女御入内屏風に

651　風さゆるとしまがいそのむらちどりたちゐは波のこゝろなりけり

藤原雅経

富島、津国也。波の立居にしたがひて千鳥も立つ居つすれば、波の心次第なる儀なり。

五十首哥奉りし時

652　はかなしやさてもいくよかゆく水にかずかきわぶるをしのひとりね

ゆく水に数かき侘るとは、鴛の水かき侘る事と也。彼行水に数かくよりもはかなきは、といふ詞を取て、つがはぬ鴛のさま也。一説、君がこぬよは我ぞかずかく、といふ心也。

河内

堀河院に百首哥奉りける《し時イ》に

653　水どりのかものうきねのうきながら波のまくらにいく夜へぬらん

浮ねの憂ながらとかさねて、鴨の下やすからぬありさまを読也。

湯原王《ユノハラノヲホキミ》万葉作者 田原天皇第二皇子

題しらず

654　よしのなるなつみの川の河よどにかもぞなくなるやまかげにして

野州云、川淀は、水のよどみて静なる所をいへり。吉野河たぎりて早き川なる中に、閑なる所を鴨の居所にかまへて鳴と云り。山陰にしては、隠居の心也。

能因法師

655 ねやのうへにかたえさしおほひ外面なる葉びろがしはにあられふるなり

葉広柏の霰の音、さこそ侍けめ。〽かた枝さしおほひは、古今の詞、一句にても面白にや。

法性寺入道前関白太政大臣

656 さゞなみやしがのからさき風さえてひらのたかねにあられふるなり

心は明なるべし。

人麿

657 矢田の野にあさぢいろづくあらち山みねのあは雪さむくぞあるらし

矢田野、有乳山、みな越前也。此野の浅茅の色に、彼山の雪をおもひやる風情也。

雪のあした、基俊がもとへ申つかはし侍ける　瞻西上人

658 つねよりもしの屋の軒ぞうづもるゝけふはみやこに初雪やふる

しの屋、笹などふける屋也。山里は雪、京より早かるべければ、かく深く降る比、都も初雪降んと也。

返し　藤原基俊

659 ふる雪にまことにしの屋いかならんけふはみやこにあとだにもなし

けふは都に遍《アマネ》く降て人跡も見えぬ迄なれば、誠に山里はいかならん、さぞ深からんと也。

冬のうたあまたよみ侍けるに　権中納言長方

660 はつ雪のふるの神杉うづもれてしめゆふ野べは冬ごもりけ《せイ》り
万葉七〽石上ふるのわさ田の秀《ヒデ》ずともしめだにはへよ守つゝをらん、しめゆふ野べと
は、しめはへ領し守る野べも、雪の下に成て冬籠ると也。

おもふ事侍けるころ、初雪降侍ける日　紫式部

661 ふればかくうさのみまさる世をしらであれたる庭につもるはつ雪
野州云、此ふればも、経《フ》るといふ義也。世にふるほどうき事のある世をしらで、雪は
降積ると也。〽世にふればうさこそまされみよしのゝ岩の陰道踏ならしてん　愚案荒た
る庭にといふ所、詞書の思ふ事侍ける比とある義をこめて、家の時にあはぬ述懐にや
侍けん。

百首哥に　式子内親王

662 さむしろのよはの衣手さえ〴〵てはつ雪しろしをかのべの松
夜半の閨中寒かりしに、けさ起出てみれば岡べの松に初雪降たる景なるべし。扨は前
夜の寒《サエ》は此雪げなりしなど、余情も侍るにや。

入道前関白、右大臣に侍ける時、家の哥合に雪をよめる　寂蓮法師

663 ふりそむるけさだに人のまたれつるみやまの里の雪のゆふぐれ
深山の里には初雪の面白き比だにとふ人もなくて人のまたるゝに、まして冬ふかき雪
の夕ぐれにはさぞさびしからんと也。野州云、今朝だにとは、初雪の心也。雪の夕暮
といへるは、冬深く成ての事をいへる也。けふの夕暮の事にてはなし。云々。

雪のあした、後徳大寺左大臣のもとにつかはしける　皇太后宮大夫俊成

664 けふはもし君もやとふとながむればま《どイ》だあともなき庭の雪かな

まだ跡もなき、まだとひ給はぬ事をいはんとて也。

返し　後徳大寺左大臣

665 いまぞきく心はあともなかりけり雪かきわけておもひやれども

雪かき分て思ひやれば、定てそこもとの庭には跡もあらんと思ひしに、跡なきとは今ぞきく、扨は思ひやる心は跡もなかりけりと也。

題しらず　前大納言公任

666 しらやまに年ふる雪やつもるらん夜半にかたしく袂さゆなり

忠見集〽年ふればこしの白山老にけりおほくの冬の雪つもりつゝ、是らの心にて、白山に年ふる雪と読給へり。心は、夜半の衣のさゆるほどの白山の雪やふるらんと也。

夜深《フケテ》聞《ク》レ雪《ヲ》といふ事を　刑部卿範兼

667 あけやらぬねざめの床にきこゆ也まがきの竹の雪のしたおれ

暁閨ながら聞し心也。明やらぬにて、夜深心也。

うへのおのこども、暁望《ム》二山雪《ヲ》一といへる心をつかふまつりけるに

高倉院御哥

668 をとは山さやかに見する白雪をあけぬとつぐるとりのこゑ哉

さやかは清明也。音羽山は、山級（マヽ）にも清水にもあり。都より清明に見する雪を、夜の明たりと思ひて鶏の告ると也。鶏にて、題の暁の心をよませ給へり。

紅葉のちれりけるうへに初雪のふりかゝりて侍けるを見て、上東門院に侍ける女房につかはしける　藤原家経朝臣

669 山ざとは道もやみえず成ぬらんもみぢとともに雪のふりぬる

もみぢ斗にてだにあるを、雪さへふれば道もわかず有けむと也。

野亭雪をよみ侍ける　藤原国房

670 さびしさをいかにせよとてをかべなるならの葉しだり雪のふるらん

玄旨云、野と家とを面にあらはさずしてよめる哥也。さびしさは面白き心にや。俊成卿哥に〽わが心いかにせよとて郭公雲間の月の影になくらん、此たぐひにや。愚案 楢のはしだりは、降をもりしさま也。雪には野亭とふ人もあるまじく、閑寂ならん心也。

百首哥奉し時　藤原定家朝臣

671 こまとめて袖うちはらふかげもなしさのゝわたりの雪のゆふぐれ

宗祇云、万葉〽くるしくも降くる雨か三わがさきさのゝわたりに家もあらなくに　といふ哥をとりて、袖うちはらふ陰もなしとかへ、雨を雪にかへてよめり。此哥を、本哥とれる哥の本といへり。心は明也。しかも雪の夕ぐれなどいへる果の句、思ひ入て見侍べきにこそ。野州説同義。佐野渡、大和也。

摂政太政大臣、大納言に侍ける時、山家雪といふ事をよませ侍けるに

672 まつ人のふもとの道は や野州本 たえぬらん軒端の杉に雪をもる也

野州云、待人のふもとの道とは、古郷の者、山居へ雪ふらぬ時だに来らぬほどに、此深雪にはよもきたらじ、思ひ絶んと、軒端の杉に雪のふりつみたるを見ていへる哥也。

法印尭孝も此儀を用て然るべき由被申云々。

おなじ家にて、所の名をさぐりて冬哥よませ侍けるに、伏見里の雪を　藤原有家朝臣

673 夢かよふ道さへたえぬくれ竹のふしみのさとの雪のしたおれ

おなじ家　是も後京極殿にてなるべし。所の名をさぐりて　探題とてあまた題あるにさぐりとる也。

畢ぬ也。雪には道絶るに、雪おれの竹の音に目も覚れば、夢かよふ道さへ絶畢と也。呉竹のふしみとそへて、伏といふも余情にや。

家に百首哥よませ侍けるに　　入道前関白太政大臣

674 ふる雪にたくものけぶりかきたえてさびしくもあるかしほがまのうら

雪中には、藻をたき塩やく煙も絶て、さびしきさま也。かき絶ては、只絶たる心也。塩竈の浦は、陸奥也。

題しらず　　赤人

675 たごのうらにうち出てみればしろたへのふじのたかねに雪はふりつゝ

万葉三に〽ましろにぞふじのたかねに雪はふりける、とあるを、此ましろを白妙になし、雪は降けるをふりつゝと改て此集に入られし由、玄旨御説也野州云、眼前の躰也。つゝといへるに、景趣《ケイシュ》こもりて言語不可説なる哥也。白妙のといへる三の句、心あるべき也。一入めにたちて面白く見ゆるといふなり。玄旨云、此哥は田子の浦のたぐひなきを立出てみれば眺望かぎりなくして心詞に及ばぬに、ふじのたかねの雪を見たる心を思ひ入て吟味すべし。海辺の面白きをも高根の妙なるをも、詞に出す事なくて其さまばかりをいひのべたる事、尤奇異なるにこそ。赤人の哥をば、古今にも哥にあやしくたへなりといへり。奇妙の心也。猶此雪はふりつゝといへる、余情かぎりなし。

延喜御時、哥奉れと仰られければ　　紀貫之

676 雪のみやふりぬとはおもふやまざとに我もおほくのとしぞつもれる

此哥、貫之集第三、内裏御屏風の哥廿六首の内也。山里にすむ人の雪のふれるを見ると詞書あり。絵のさまなり。哥の心は、山里の雪のみふるとや思ふらん、我もここに

おほくの年ふりつもれる物をと也。かのゐに書し山里人に成て也。

守覚法親王、五十首哥よませ侍りけるに　皇太后宮大夫俊成

677 雪ふればみねのまさかきうづもれて月にみがけるあまのかくやま

天のかく山の真坂樹の事、日本紀に有。榊の雪に月の映したるをみがけるとよみ給へるなるべし。

題しらず　小侍従

678 かきくもりあまぎる雪のふる里をつもらぬさきにとふ人もがな

此雪つもりなば道絶ぬべきに、さまでもつもらぬさきにとへかしと也。

前大僧正慈円

679 庭の雪にわが跡つけて出つるをとはれにけりと人は見るらん

我出しあとゝはしらで、人にとはれしあとと人は見んと也。

680 ながむればわが山のはに雪しろしみやこのひとよあはれとも見よ

わが山は、比叡山也。心明也。

曽祢好忠

681 冬草のかれにし人のいまさらに雪ふみわけて見えん物かは

野州云、冬草のとは、かれにしといはんため也。心は、冬草のかるゝと云は初冬也。其時分さへとはぬ人の、雪をわけてはよもきたらじと也。幽に艶《エン》なる哥也。人の離《カ》るゝに、草木の枯るゝとを兼《カネ》ていへり。又説、業平の雪ふみわけて君をみんとは、とよめるやうに真実の心ある人こそとはめ、さなき人はとはじといへり。心のふかき哥也。

略註。

682 雪のあした、大原にてよみ侍ける　寂然法師大原三寂《ノ》一人也

たづねきて道わけ侘る人もあらじいくへもつもれ庭のしらゆき

所は大原の奥にて都に遠き山里なれば、此雪中の道分て尋くる人もあらじなれば、猶いくへもつもれと也。

683 百首歌中に　太上天皇

此ごろは花も紅葉も枝になししばしなきえそ松のしら雪

秋の末冬の初は紅葉あり。春になれば花あるべけれども、其中間なれば、松の雪だにしばしありて見せよとの御哥なるべし。

684 千五百番哥合に　右衛門督通具

草も木もふりまがへたる雪もよに春まつ梅の花のかぞする

此哥、季経入道《ノ》判《ノ》詞《ニ》云、右《ノ》哥花のかぞするといへる事霞たつ春の山べは遠けれど、といふ哥の結句をとれり云々。愚案古今下句、吹くる風は花のかぞする、といふ哥也。雪もよには、夜なるべし。雪夜には草も木も一色にふりまがへて不二分明《ザレ》一《ナラ》ども、雪にこもりて春を待梅のかは、かくれなく匂ふと也。一説、雪もよには、もよは助字也。只雪にといふ詞《けイ》也云々。

685 百首哥めしたる時　崇徳院御哥

みかりするかた野のみのにふるあられあなかままだきとりもこそたて

交野は御膳の鳥取禁野なれば、御狩するかたのゝみのとよませ給へり。霰の音にまだ合せぬ一鳥の立事《コト》もこそあれ、あなかしがましと也。

忠通公永久三年四月廿八日任内大臣
内大臣に侍ける時、家哥合に　法政寺入道前関白太政大臣

686　御狩すととだちの原をあさりつゝかたのゝ野べにけふもくらしつ　前中納言匡房

とだちの原は、鳥の立野原也。あさりは、求の字也。鷹に合せん鳥立の原を尋求て、きのふもけふも暮すと也。〽桜かざしてけふも暮しつ、の詞なるべし。

京極関白前太政大臣高陽院《後拾遺抄吉》哥合に

687　みかり野はかつふる雪にうづもれてとだちも見えず草がくれつゝ　左近中将公衡

かつふるは、かく降也。心は明なるべし。雪に埋もれし草に隠れて、鳥立も見えずと也。

鷹狩の心をよみ侍ける

688　かりくらしかたのゝ真柴折しきてよどの川瀬の月をみるかな　権僧正永縁

かたのゝ真柴折敷てなど、狩暮せし折の有さま、さる事有げにや。淀の川瀬の月、面白き風情なるべし。

埋火をよみ侍ける

689　中〳〵にきえはきえなで埋火のいきてかひなき世にもあるかな　式子内親王

身を埋火にそへて、述懐の哥也。かく世に埋れてなりたつ事もなからんよりは、中々きえ果はせで生かひなき世をふると也。きえなでは、消はせでの心也。

百首哥奉し時

690　日かずふる雪げにまさるすみがまのけぶりもさびしおほはらの里　西行法師

日をへて雪気なる故、弥炭を焼て寒気の用意するを、雪げにまさるといへり。煙は賑《ニギハ》ふ物なれど、大原の里は猶さびしと也。

歳暮に人につかはしける

691 をのずからいはぬをしたふ人や有とやすらふほどに年のくれぬる

上西門院兵衛

玄旨云、をのづからは、自然也。我はとかくしてとはぬに、あなたよりなぜにとはぬぞともいはぬ間に、早年の暮ぬると読り。愚案人をとへといはぬに、問かと待休ふと也。

年の暮によみ侍ける

692 かへりては身にそふ物としりながらくれゆくとしをなにしたふらん

皇太后宮大夫俊成女イ女ナシ

ゆく年をしたふ事を、ゆく人をしたへば立帰る事にそへてよめり。年の立帰りては我身に老の数そふ物とは知ながら、猶ゆく年をしたふは何事ぞやと也。

693 へだてゆく世々のおも影かきくらし雪とふりぬるとしのくれかな

大納言隆季

年の暮の雪うちふる比、少年より今までの我世の事を思ひつゞけてよめる心也。年月へだてゆく世々のさま〴〵の事の俤も、雪のかきくらしふるやうに古果たる年の暮哉。かくのみ隔たり行〳〵て、茫々然《ボウ〳〵ゼン》と跡なき昔《ムカシ》に成なん事よと含めたる哥なるべし。

694 あたらしき年やわが身に《をイ》とめくらんひまゆくこまにみちをまかせて

玄旨云、〽夕ぐれは道もこえねど古郷はもとこし駒にまかせてぞ行、ひまゆく駒とは、光陰の移り安き事を云也。愚案史記九十魏豹伝《ギヒヨウガ》曰《ニ》人生《テ》一世間《ノ》如《キ》二白駒《ノ》過《ルガ》レ隙《ヲ》耳注白駒謂《ハイフ》二日影《ヲ》一とめくらんは、尋来心也。光陰の過るに随ひて新《アラタ》に年の我身に数そひし心を、駒にまかせて来ると読り。

俊成卿家に十首哥よみ侍けるに、歳暮のこゝろを

俊恵法師

695 なげきつゝことしも暮ぬ露の命いけるばかりをおもひ出にして

歎きつゝは、身上の述懐なるべし。ことしも暮ぬといふに、幾年も如此との心あり。纔《ワツカ》に生《イケ》る斗を思ひ出にして、終に本意もとげぬ心成べし。

百首哥奉し時　　小侍従

696 おもひやれ八十《ヤソヂ》の年のくれなればいかばかりかはものはかなしき

心は明也。

題しらず　　西行法師俗名憲清

697 むかしおもふ庭にうき木をつみ置て見し世にもにぬとしのくれかな

宮川哥合の哥也。定家卿判詞に、庭に浮木をつみ置てとをける、定ておもへる心ありぬと見え侍云々。玄旨云、むかし思ふとは、憲《ノリ》清俗の時を思へるにや。見し世とは、わが世に有し時の事也。愚案たとへば俗にて朝につかへし程、正月のまうけに木をつみをきし事有しに、今桑門の幽栖にも猶昔思ひ出らるる浮木をつみをきたれど、其世と今とは似るべくもあらぬありさまなれば、かくよみ給へるなるべし。玄旨抄又云、むかしを恋たるにはあらず、思ひ出たる斗也云々。尤面白く侍るにや。浮木は、根のなき木といへり。

摂政太政大臣

698 いそのかみふるのゝをざゝ霜をへてひと夜ばかりにのこるとしかな

玄旨哥歌大概抄云、磯上布留、つゞきたる大和名所也。初霜の比より連々の心をそへて見侍べき也。一年を送りしは遥に思ひしも、一夜に成ぬる事を驚たる除夜の哥也。師説笹に、一夜の縁有也。

前大僧正慈円

699 としのあけて浮世の夢のさむべくはくるともけふはいとはざらまし

浮世の夢は、人間の迷ひ也。幾年暮ても凡夫心の改《アラタマ》る事もなく、只光陰のみおしまるゝ心を歎かせ給心なるべし。年明ては、此迷ひを翻《ヒルガヘ》す益だにあらばと也。是御卑下にや。

権律師隆聖

700 あさごとのあか井の水に年くれてわが世のほどのくまれぬるかな

朝ごと、くみて仏に供ずる閼伽《アカ》井に年暮るに付て、我残りの世のすくなくなりしが知るゝと也。

百首哥奉し時　入道左大臣

701 いそがれぬとしの暮こそあはれなれむかしはよそにきゝし春かは

若きほどは春を待急し物を、老後には残生すくなく成歎きに、春の来るもさのみ思はれぬ心也。

としの暮に身の老ぬる事を歎きてよみ侍ける　和泉式部

702 かぞふれば年ののこりもなかりけり老ぬるばかりかなしきはなし

年の今少になるをも、若きはいとはねば、是に付ても老の悲きとなり。

入道前関白百首哥よませ侍ける時、歳暮の心をよみてつかはしける　後徳大寺左大臣

703 石ばしるはつせの川のなみまくらはやくもとしのくれにけるかな

野州云、山川は水のみなぎりて、早く落ゆけば也。浪枕は、波の音を枕に聞たる事也。さはやかに長高《タケタカキ》哥也。

土御門内大臣家にて、海辺歳暮といへる心をよめる　藤原有家朝臣

704 ゆくとしをおじまのあまのぬれ衣かさねて袖に波やかくらん

玄旨、行年を雄島は、おしむ心也。重《カサネ》て袖には、老の波の事をよめり。老後を歎く心なるべし。詞つゞき妙也。愚案おしま、此哥はすみてよむべし。

寂蓮法師

705 老のなみこえける身こそかなしけれことしもいまはすゑのまつ山

野州云、万葉君をきてあだし心をわがもたば末の松山波もこえなん、今年も今は末といひかけて、我は老の波越ぬるとなげく心也。

千五百番哥合に　　皇太后宮大夫俊成

706 けふごとにけふやかぎりと思へ《おしめイ》ども又もことしにあひにけるかな

年の暮ごとに、老身の来年のけふに逢事は知がたし。けふや限ならんと思ひて行年をおしみつれど、猶ながらへて又も今年の暮に逢事よと也。季経判詞ニモ、右哥誠に哀に侍ると云々。

新古今和歌集　巻第七

賀哥

みつぎ物ゆるされて国とめるを御覧じて　　仁徳天皇御哥

707 高き屋にのぼりてみれば煙たつ民のかまどはにぎはひにけり

野州云たかき屋は楼閣などの事也。四方を御覧じめぐらして、民の福楽のけしきをう

みつぎ物ゆるされて国とめるを　此事日本紀等を勘るに仁徳天皇の四年二月に楼《タカドノ》にのぼりて四方を御覧ず

るに民つかれて朝夕の煙もたえ〴〵なりければ、今よりのち三とせのほど民をやすめさせ給ひ内裏の御修理をもとどめさせ給ひき。さて七年といふ四月に又楼にのぼりて御覧ぜしに民のすみかにぎはへる事をよろこばせ給ひて此哥をよませ給ふよし水鏡にもあり。仁徳天皇は応神天皇の第四のみこ御母は皇后仲姫なり。癸酉の年正月已卯日御位につかせ給ふ御年廿四。世をしり給ふ事。八十七年也。猶古今抄委。

れしく思召たる御哥也。かまどゝは只人家の事と心得べし。五日一風十日一雨の堯の代のこゝろ此哥にこもれり。愚案さまでならずともにや。

題しらず　　読人不知

708 初はるのはつねのけふの玉はゝき手にとるからにゆらぐ玉のを

此哥万葉廿曰、天平宝字二年春正月三日、召《シテ》二侍従竪子王臣等《ヲ》一令《シメテ》レ侍《ラ》二於内裏之《ノ》東屋垣《ノ》下《ニ》一即賜《タマヒテ》二玉帚《ヲ》一肆宴《セシム》レ時内相藤原朝臣《ノ》奉《ウケタマハツテ》二勅宣《ミコトノリヲ》一諸《ノ》王卿等随《ヲシタガヒ》堪《ルニ》任《テ》レ意《ニ》作《リ》レ哥《ヲ》。并《ニ》賦《ス》レ詩《ヲ》仍《テ》応《ジテ》二詮旨《ミコトノリニ》一各陳《ノベテ》二心緒《ヲ》一作レ哥賦レ詩。始《ハツ》春乃《ノ》波都《ハツ》禰乃《ネノ》〜――右一首右中弁大伴宿禰家持作。是迄萬葉童蒙抄、袖中抄、八雲御抄等。皆家持哥云々。或説志賀寺上人京極御息所に奉る云々。上人詠《ズル》二古哥《ヲ》一歟の由諸抄にいへり。両説の故此集読人不知と侍にや。玉帚の事八雲抄三下《ノニ》云、是は田舎に蚕飼《コガヒ》といふ事をするに、初春の子日の小松に帚をゆひくはへて子《ネ》午の年の女に蚕《コ》をはきよせさすといへり。愚本童蒙抄此義同野州も此儀を用ひて又云、かひ屋をはく帚とも常の帚ともいふ。只物をほむるを玉といへば玉帚といふにや。哥の心は只玉帚手にとるからに命ものぶとほめていへる也。本説をば心にこめて見侍べき也。奥義抄同儀。

子日をよめる　　藤原清正 後撰作者 中納言兼輔子

709 ねのひしてしめつる野べのひめ小松ひかでやちよの陰をまたまし

卜《シメ》つる野辺とは子日の遊に領じたる野也。のべの小松のさまの面白ければ、ひかで其まゝにて千世の陰をや見んと也。優なる哥なるべし。

題不知　　紀貫之

710 きみが代のとしの数をばしろたへのはまのまさごとたれかしきけん

君が年齢の数を、誰が白妙の数にたとへてかくしき置けんと也。古今〽わたつ海の浜の真砂をかぞへつゝ君が千年の有数にせん。

亭子院の六十御賀屏風にわか菜つめるところをよみ侍ける

711 わかなおふる野べといふのべを君をためよろづ代しめてつまんとぞおもふ

心は明なるべし。是も貫之がうた也。

延喜御時屏風哥

712 ゆふだすき千とせをかけて足引の山あゐのいろ 貫之集二ハ山ゐのいろハ はかはらざりけり

愚本貫之集第四云、天慶三年閏七月右衛門督殿御屏風のれう十五首の内、十一月臨時祭〽あしびきの山ゐの色はゆふだすきかけたるきぬのつまにざりけり。此哥に書双べられたり。此集には延喜の御時とあり。愚本は異本成べき歟。扨此哥の心は彼月次の屏風のゑに十一月の北祭を書たるをよみ給へり。木綿襷は神事にかくる物なれば千年をかけてといはんため也。足引のは山といはん枕詞也。山あゐの色とは神事の折は山藍《アイ》といふ草にて摺《スリ》たる青摺《ズリ》といふ物を着用する也。其色の千年かけてかはらぬ事を祝儀に読給ふなるべし。

後朱雀院皇女女一宮と申
祐子内親王家にてさくらを　土御門右大臣 師房

713 君が代にあふべき春のおほければちるともさくらあくまでぞみん

桜のたとひちるとても、此姫君の千世万世のあふべき春ごとに、又咲べければあく迄にこそ見めと也。

温子寛平后昭宣公女
七條后宮五十賀屏風に　伊勢 七條后女房

714 すみの江の浜の真砂をふむたづは久しきあとをとむるなりけり

伊勢家集云、是も同じ后宮の冬の御賀の中、おほきおとゞのつかうまつり給し、だいの住江の浜に鶴たてりと詞書あり。七條后五十賀の時の事也。哥の心は彼だいの作物のさまを其まゝよみて砂上の鶴の足跡の久しきを后宮の御世に祝なす心也。貫之古今序に、とりのあと久しくとゞまればとかゝれしも是らの心にや。

　延喜御時屏風哥　　　　貫之

715 としごとにおひそふ竹のよゝをへてかはらぬいろをたれとかは見ん

　貫之集第二延長四年九月、法皇の六十御賀京極御息所のつかふまつり給ふ時の御屏風の哥十一首の中也。此哥は竹をゐがける所をよみ給へり。年ごとに生そひ栄る竹の世々をへてもかはらぬ色を誰とか見ん。此宇多法皇の御事とこそは見奉らめと也。

　題しらず　　　　躬恒

716 千とせふるをのへの松は秋かぜのこゑこそかはれ色はかはらず《じイ》

　尾上の松の風も、秋吹声はよのつねとはかはるべきに、声こそかはらめ千年の色は替らじと也。

　　　　藤原興風

717 山川のきくの下水いかなればながれて人の老をせくらん

　朗詠谷水《ノ》洗《ニ》レ花汲《ヲクンデ》二下流《ヲ》一而得《ウル》二上寿《ヲ》一者《ノ》三十余家云々。南陽の酈県《レキケン》の甘谷《カンコク》の菊の下水をのみて上寿を得たる事後撰《ノ》抄《ニ》委。老をせくとは不《ザラ》レ老《セ》しむる心也。流て可レ付レ心。

　延喜御時屏風のうたに　　　　貫之

718 いのりつゝ猶ながき月のきくの花いづれの秋かうゑて見ざらん

　是も愚本貫之集ニハ天慶三年閏七月右衛門督屏風の哥の中也。詞書九月菊とあり。い

大二条関白中将に侍ける
教通公御堂関白五男寛弘五
年正月十八日任中将上東門
院の御兄。

のりつゝ猶長月とは、九月は年三とて祈祷の月也。只にも菊は長久の物なるにいのりつゝ猶長月と添て也。

文治六年女御入内屏風哥　　皇太后宮大夫俊成

719 山人のおく袖にほふきくの露うちはらふにもちよはへぬべし

野州云祝言の哥勿論也。本哥〽ぬれてほす山路の菊の露のまにいつかちらせを我はへにけん、といふ哥の心に問答したる也。ぬれてほすまはしばらくなるべし。此哥は露うちはらふ間にも千年を送らんと也。

貞信公家屏風に　　元輔

720 かみな月もみぢもしらぬときは木によろづ代かゝれみねのしら雲

此哥元輔集の愚本に見え侍らず。定て彼屏風の絵、常磐木生たる峰に雲のたなびけるさまなど書たるべし。十月落葉の比も紅葉をだにしらざるときは木に万歳までもと祝へる心なるべし。

題しらず　　伊勢

721 山かぜはふけどふかねどしら波のよする岩根はひさしかりけり

心は明也。不変や岩根の久しき事をよめる故賀哥に入侍にや。

一修院皇子御母上東門院　寛弘五年九月十一日降誕
後一條院うまれさせ給へりける九月、つきくまも《イもナシ》なかりける夜、大二條関白中将に侍ける時わかき人々さそひ出て池の舟にのせて中嶋の松陰さしまはすほどをかしく見え侍ければ　　紫式部

722 くもりなく千とせにすめる水の面にやどれる月のかげものどけし

後一条院の生れさせ給へる折なれば、千とせにすめる水と祝奉りて黄河の水千年に一

大嘗会　天子御代に一度天照天神を祭らせ給ふ。その故御禊《ミソギ》有。

卯杖の松　卯杖の事後拾遺

たびすみて聖人生ずといふ事、王子年が拾遺記にあり。其心なるべし。下句月のくもりなく閑なるを後一条院になぞらへ奉れるにや。

723 永承四年内裏哥合に池の水といふ心を　伊勢大輔

池水の世々に久しくすみぬればそこの玉もゝひかり見えけり

水すみて玉藻も光見ゆると也。玉は光有物なれば也。良珠度寸《リヤウジユワタリ》ナルハ雖《モ》レ有《リト》二百仞《ジンノ》之水一不《ズ》レ能レ掩《オホフコト》二其輝《ヒカリヲ》一と韓詩外伝にある心も有にや。

724 堀川院大嘗会御禊《ジョウエノゴケイ》寛治元年十一月に日ごろあめふりて、其日になりて空はれて侍ければ紀伊典侍《キノナイシノスケ》に申ける　六条右大臣 堀川院外祖兼房公 師房公息

君が代の千とせの数のもかくれなくくもらぬそらのひかりにぞみる

くまなきひかりに千年の数のよく見えしらるゝと也。日は天照太神なればおのづから余情あるにや。

725 天喜四年、後冷泉院年号 后宮の哥合に祝ひの心を　前大納言隆国

住の江におひそふ松の枝ごとに君が千とせの数ぞこもれる

心は明なるべし。松の枝毎の千年無《キ》二限量一心也。

726 寛治八年、堀川院年号 関白前太政大臣 師実公 高陽院哥合に祝ひの心を　康資王母

よろづよを松の尾山の陰しげみきみをぞいのるときはかきはに

万代を待とそへて也。きみをときはにといのるとよみて、松のときはなるをうけたる心なるべし。松尾は上賀茂と同躰也。大宝元年秦都理《ハタノトリ》始て松尾の社を立て大山咋神《クヒノ》と申。

後冷泉院おさなくおはしましける時、卯杖の松を人の子にたまはせけるによみ侍ける

の抄委。但卯杖の松といふ事江次第等にも見えず。源氏浮舟巻に卯鎚《ヅチ》に山橘松などさしそへたる事あり。卯杖卯鎚大かた同じ物と見え侍れば卯杖にも正月の祝儀にそへられしなるべし。

727　　　　　　　　　　　　　大弐三位
あひおひのをしほの山の小松ばらいまよりちよのかげをまたなん
おなじ姿に二またに生たるを、相生といへり。此卯杖の松相生なりしにこそ後冷泉院のおさなくておはしますを、小塩山の小松になぞらへ奉りて、今より千世のめでたき御陰を仰ぎ奉れと、かの子にいへる哥なるべし。

728　永保《白河院年号》四年内裏子《ノ》日に　　　　　大納言経信
子日するみかきのうちのこまつばらちよをばほかのものとやは見る
御垣の内とは禁中の事也。ちよは外の物ならず此御垣の内の事にこそあれと也。

729　　　　　　　　　　　　　権中納言通俊
ねのひする野べの小松をうつし植てとしのをながくきみぞひくべき
年の緒ながく、古今の詞なるに顕註密勘に只年といふ事に緒をくはへたりと云々。野べの松を禁庭にうつし植て幾年も長久に君ぞ引んと也。

730　承暦《一條院年号》二年内裏哥合に祝の心をよみ侍ける　　前中納言匡房
君が代は久しかるべしわたらひや五十鈴の川のながれたえせで
伊勢度会《ワタラヒ》郡五十鈴《イスヾ》川也。度会五十鈴の名の事、神名秘書大田命伝記等に委。事多さに不注之。此五十鈴川の川上に天照太神宮居し給へり。まことに我朝第一の宗廟にておはします代々の帝みな此御流れの末なれば、いすゞの川の流たえせで君が代は久しかるべしと祝ひ奉れる哥なるべし。

731　題しらず　　　　　　　　読人不知
ときはなる松にかゝれる苔なればとしのをながきしるべとぞおもふ

松にかゝれる苔とは女蘿などのたぐひなるべし。常磐の松にかゝれるは長寿のしるべぞとの心なるべし。

二條院御時、花有《ニリ》二喜色《ヨロコベルイロ》一といふ心を、人々つかふまつりけるに　刑部卿範兼

732 きみが代にあへるは誰もうれしきに花《をイ》はいろにもいでにけるかな

玄旨云、君が恵みの著き事は誰も心に思へど、我思ふ程の悦の色をば君に見え奉る事なし。花はよく色に出て上へもみゆる事の浦山しきと読り。

おなじ御時、南殿《紫宸殿前左近桜にや》の花ざかりに哥よめと仰られければ　参河内侍加賀守為業女二條院女房

733 身にかへて花もをしまじ君が代に見るべき春のかぎりなければ

君が代は久しかるべければ、千春万春の花をもながらへて見るべければ、さまで此君に仕る身にかへては花もをしまじと也。

百首哥奉りし時　式子内親王

734 あめのしためぐむ草木のめもはるにかぎりもしらぬ御代のすゑ〳〵

雨には草木の目をはるに天下を恵ませ給ふ。君の御徳をいひかけ給へり。さてめもはるにとは伊勢物語　めもはるに野なる草木ぞわかれざりけるといふ詞にて遥なる事也。遥に限も知ぬ君が御代をいはん。序哥なるべし。

京極殿《土御門南京極西入道道長家》にて、初て人々哥つかふまつりしに、松有《ニ》二春色《ノ》一といふ事を読侍し　摂政太政大臣

735 おしなべて木のめもはるの浅みどり松にぞ千世のいろはこもれる

万木なべて木のめも春にあひては、浅緑の色ながら、就中千世の色は松にぞ籠れると

也。

736
百首哥奉りし時

しきしまややまと嶋根も神代よりきみがためとやかためおきけん《くらんイ》

敷島大和島根皆日本の事也。〽敷島のやまとにはあらぬ唐ごろも、など重詞によみ来れり。此島根を固めて神代に造営し給へるも、此君の御ためなりしにやと也。

737
千五百番哥合に

ぬれてほす玉ぐしの葉の露霜にあまてるひかりいく世へぬらん

野州云、ぬれてほすとは露霜といはんとての詞のおこり也。玉串の葉とは榊の一名也。あまてるひかりは太神宮の御事なり。〽ぬれてほす山路の菊の露のまにいつかちとせを我はへぬらん。愚案露にぬれ霜にぬれてほす榊葉を照させ給ふ神明の威光幾世へぬらんと也。

738
祝の心をよみ侍ける　皇太后宮大夫俊成

君が代は千世ともさゝじ天の戸や出る月日のかぎりなければ

天の戸は空の事也。月日とともにかぎりなかるべき君が御代なれば、千世ともさしてはいはじと也。さゝじといふことは自然と戸の縁なるべし。

739
千五百番哥合に　藤原定家朝臣

わが道をまもらば君を守るらんよはひはゆづれすみよしのまつ

我道とは和哥也。我朝の風俗なれば我道と読給へり。古今序に楽《ム》㆓吾《ワカ》道《ノ》之再昌《フタヽビサカンナルコトヲ》㆒といへる詞を用給へるなるべし。住吉明神は、和哥を守らせ給ふならば、我君後鳥羽院は和哥を翫《モテアソ》ばせ給ふ事浅からねば松の齢をゆづりて君を千とせならしめ給へと也。

八月十五夜和哥所哥合に、月《ハ》多《タ》秋《シウノ》友といふ事をよみ侍し　寂蓮法師

740 たかさごの松もむかしに成ぬべしなほゆくすゑは秋のよの月

玄旨 朗詠 松樹千年終《モ》是《ニハ》朽《クチヌ》といへば、松も千年を限とする也。月には限なければ猶いくとせの友なるべきと也云々。

和歌所の開闔《カイカフ》 如記録所開闔其所之奉行也 になりてはじめてまゐりし日、奏し侍し　源家長

741 もしほ草かくともつきじ君が代の数によみおくわかのうらなみ

藻塩草は浦人のかきよすれば書といふ事の枕詞也。君が代の数に読置和哥は書ど尽じと也。藻塩の縁に若浦浪とよめり。和哥所の心也。

建久七年、土御門院御即位年号也 入道前関白太政大臣、宇治にて、人々に哥よませ侍けるに　前大納言隆房

742 うれしさやかたしく袖につゝむ《あまるイ》らんけふまちえたるうぢのはしひめ

けふの入道殿の哥の会を待えては、橋姫も嬉しさをかたしく袖に包むらんと也。嬉しさを何につゝまんから衣袂ゆたかにたてといはましを、さむしろに衣かたしきこよひもや我を。

嘉応元年、高倉院年号 入道前関白太政大臣宇治にて、河水《ノ》久澄《ク》といふ事を人々よませ侍りけるに　藤原清輔朝臣

743 年へたるうぢのはしもりことゝはんいく世になりぬ水のみなかみ

野州云、此会清輔出題成しに、此題を取て各の哥は出来たれども清輔出来せで久しく待れて此哥を書て出されし也。会過て被申しは、此五文字別にあらんかと心をくだきて尋しに侍らずと被申しと也。清輔此五文字を執心せられし心は年へたるといひて末

に幾世に成ぬといふ所を如何と沈思せられし也。されども宇治の始まりを問んには年へたる者ならでは答じと理を付たる歌也。本哥は〽千早ぶる宇治の橋守なれをしぞ哀とはおもふとしのへぬれば。

744
日吉祢宜《祝部氏》成仲、七十賀し侍けるにつかはしける
なゝそぢにみつの浜松老ぬれど千世ののこりは猶ぞはるけき　後徳大寺左大臣
七十歳に満といひかけて、三津の浜松老ぬれど千世といはんため也。心は七十歳にみちて老給へれど、猶千世ながらへ給はんにはのこりの齢はるかなりと祝へる心也。三津浜摂津也。

745
百首哥よみ侍けるに
やほかゆく浜のまさごを君が代のかずにとらなんおきつしまもり　摂政太政大臣
拾遺〽八百日《ヤヲカ》ゆく浜の真砂と我恋といづれまされりおきつしま守。此詞をとりもちひて遠き浜路の砂を君がふる世の数にとれと也。沖津島守は沖の島を守る人也。

746
家に哥合し侍けるに、春の祝の心をよみ侍ける
かすがやまみやこのみなみしかぞ思ふきたの藤なみはるにあへとは
自讃哥或抄云、藤氏に南家北家あり。閑院の大臣冬嗣の御時南円堂を建立し給ふに〽ふだらくの南のきしに堂たてゝ今ぞさかえん北の藤なみ、と神託有しより殊に北家栄えたり。此事を詠じ給へるなるべし。しかとおもふとはさぞ思ふ。かくぞおもふ。などいへる同じ心なり。春日山は都の南にあひあたれり。北の藤なみとは対したる詞也。和哥も唐詩のごとく文字のおきやうも侍り也。宗祇云、この哥は摂政殿北家にてましませば神に祈る所煩ひなし。彼宇治山の詞を取てよめり。又興福寺南円堂〽―是より

大嘗会　主基《スキ》大嘗会ノ主基悠紀事一条禅閣宗祇へ御相伝の一冊に委。拾遺集等前之抄注之。

辰ノ日参入音声《サンニフオンジヤウ》　大嘗会第二日辰日、御殿の祭あり。両国司悠紀主基宴会を装束して悠紀主基の帳を立時《ツ》刻に出

以下或抄同。

天暦ノ御時ノ、大嘗会主基、備中国中山　読人不知

747 ときはなるきびの中山おしなべて千とせのまつのふかきいろかな

吉備中山こと〴〵く常磐にて千年を待、松の深緑なると也。

長和五年《三條院年号》、大嘗会悠紀方《ユキガタ》風俗哥《フソクノ》、近江国ノ朝日郷ノ　祭主輔親

748 あかねさす朝日の里のひかげ草とよのあかりのかざしなるべし

玄旨云、朝日の出るは色の赤ければ枕詞に読習はせり。又ひかげ草朝日のさとのよせ也。ひかげは苔《コケ》をいふ也。神楽の時、神人かざしにする物也。愚案日本紀に天鈿女命《アメノウズメノミコト》以レ蘿《ヒカゲ》為《ス》ニ手繦《タスキト》一とあり。よりて神事に用る草也。今は白き糸をくみて神祇官など冠の高巾子《カウコシ》にかざすをひかげといへり。二条太閤の年中行事哥合注ノ豊明節会《ニトヨアカリノセチエ》と申は、今年の稲を神に奉りて其後君も聞召《メシ》、臣にも給ふ故に節会をおこなはるゝを云也。凡とよのあかりとは惣じて節会の名也。けふにかぎるべからず。其子細は六百番の哥合にかね〴〵沙汰有し事也云々。愚案六百番哥合元日宴の五番、顕昭哥左方陣云、諸の節会豊明と申よし宣命に見えたり云々。

永承元年《後冷泉院》、大嘗会ノ悠紀《ユキ》方ノ屛風《屛風哥前集註》近江ノ国もる山を読る　式部大輔資業《後拾作者》

749 すべらぎをときはかきはにもる山の山びとならしやまかづらせり

皇帝は常住に守り奉る心をいひかけて也。山かづらとは一条禅閣御説、神事にしたがふ時正木のかづらにて額《ヒタヒ》をゆふをいへり。神楽哥に〽まきもくのあなしの山の山人と人もみるかに山かづらせよ。此哥の詞也。

寛治二年、大嘗会屛風に、たかのを山をよめる　前中納言匡房《後拾遺作者》

御有て、内膳御膳を供《グ》して二献のゝち国司風俗を奏す。儀鸞《ギラン》門より且《カツ》うたひて参入す。国司前に立て次に音声ノ人次に歌女次に男楽人後にあり、此且《カツ》うたひて参入する歌を参入音声と云江次第委初め悠紀方の事はてゝ入御有てのち又天皇主基の帳におはしましておなじやうに内膳御膳を供して二献のゝち主基の風俗を奏す。是も儀鸞門より且うたひて参入するを主基方参入音声と云。

稲春歌　大嘗会はことしの初稲を神に奉らせ給ふ年ごとの新嘗《ニヒナメ》会と云。御代のはじめにおこなはるゝを大嘗会と申されば其神供の稲をつく時の哥を稲春哥といへり。和哥書様ノも或は以㆓神楽哥《ヲ》㆒為《シ》㆑始《ト》或は以㆓稲春哥《ヲ》㆒為㆑始と袋草子八雲御抄にあり。

寿永元年　安徳天皇の年号なり。イ仁安は六条院の年号也。但兼光卿は寿永の主

750 とやかへるたかのを山の玉つばき霜をはふとも色はかはらじ　宮内卿永範文章博士永實子千載作者

鷹の毛をするを、とやかへるといへば近江鷹尾山にいひかけ給へり。椿は八千歳をふれば霜星はふるとも色不《ジ》㆑易《カヘ》と也。

久寿二年近衛院年号、大嘗会悠紀方ノ屏風に、近江国かゞみ山をよめる

751 くもりなきかゞみの山の月を見てあきらけき代をそらにしるかな　刑部卿範兼

曇なき鏡とそへて明王の御代をそらに知と也。

平治元年二条院、大嘗会主基方、辰ノ日参入音声生野をよめる

752 大江山こえていくいく野の末とほみ道ある代にもあひにけるかな　皇太后宮大夫俊成

生野は丹波也。大江山生野丹波の道すぢなれば、道ある代にもあひにける哉と王道をほめ奉る心の序哥に読り。

仁安元年六条院、大嘗会悠紀哥奉けるに、稲春哥

753 あふみのやさかたのいねをかけつみて道ある御代のはじめにぞつく

坂田郡也。大嘗会の稲の国郡を定る事悠紀方には近江主基方には丹波或備中等の国の都の名を大臣書て神祇官を召してトはしめて定て其稲を用ゆ。仁安元年の大嘗会の悠紀方の国郡は近江坂田なればかくよみ給へり。坂田のいねをかりかけとりつみて王道正しき御代のはじめにつきしらくるとの心なるべし。

寿永元年イ仁安、大嘗会主基方、稲春哥、丹波国長田村をよめる　権中納言兼光中納言資長子

754 神代よりけふのためとややつかほに長田のいねのしなひそむらん

野州云、やつかほとは八束ある稲をいへり。稲の長き事也。愚案此哥は日本紀に天照大神天邑君《アメノムラキミ》を定《サダ》めさせ給ひし心にてよめり。神代巻上云、因定《ラテ》㆓天邑君《ヲ》㆒即以《チテ》㆓其稲種《ヲ》㆒始殖《テウソ》

基方の歌人のよし八雲抄にあり。

青羽山　宗祇国分に近江云々。若狭陸奥等にも同名あり。然共大嘗会悠紀の国なれば此集の青羽山可レ為二近江一。

六月松井　六月にさまをゐがきて松井の事をよみ給ふなるべし。

二于天《ノ》狭田《サタ》及《ビ》長田《ナガタニ》一其秋《ノ》垂頴《タリホ》八握《ヤツカニ》莫莫然《シナイテ》甚《ダ》快《シ》也とあり。此心にて此たび此君のためとて神代の長田にうゑし稲も、秋のたり穂やつかにしなひそめけん。今も長田の村の穂なればと也。此哥増鏡には元暦の大嘗会の屏風の哥の由あり。不審にや。

元暦元年、大嘗会悠紀哥、青羽山　　式部大輔光範宮内卿永範子

755 たちよればすゞしかりけり水鳥のあをばの山の松のゆふかぜ

水鳥のは青羽山の枕詞也。名のおふ水鳥の青羽の山の松風なれば、立よれば涼しきとなり。此哥八雲主基云々。

建久九年土御門院即位也、大嘗会此年十一月大嘗会主基、屏風六月松井　　権中納言資実中納言兼光子

756 ときはなる松井の水をむすぶ手のしづくごとにぞ千世は見えける

常磐なるは松井といふ名によりての枕詞也。古今〻結ぶ手の雫ににごる山の井のとある詞を用ひて結ぶ手のしづくの数々に千世の影の見ゆると也。千世の見ゆるといふも松井といふ名につきて也。水むすぶは納涼の心にて六月のさまなるべし。此哥の作者八雲抄には、建久悠紀方としるされ給へり。

新古今和歌集　巻第八

哀傷哥

題しらず　　僧正遍昭

757 すゑの露もとのしづくや世の中のをくれさきだつためしなるらん

野州云、末の露とは梢の心をよめり。もとのしづくは木のもとの雫也。少遅速《チソク》はあれどもいづれもきゆる事を人の命にたとへたり。

小野小町

758 あはれなりわが身のはてやあさみどりつゐには野べのかすみとおもへば

あさみどりは緑霞とて霞の色也。〽浅みどり野べの霞はつゝめどもとよめるに同じ。我身の果は野べの煙となりて緑霞とたなびくべければ哀也とぞ。

中納言兼輔

醍醐延長八年九月廿九日崩、葬醍醐山陵のみかどかくれ給ひて後、弥生のつごもりに三条右大臣につかはしける

759 さくらちる春のすゑには成にけりあまゝもしらぬながめせしまに

あまゝもしらぬとは雨の晴間なき事也。延喜帝隠れさせ給ふ愁傷の泪の隙なきほどに、春も暮、花も散比に成しと也。小町の〽わが身世にふる詠を本哥也。

実方朝臣

正暦二年一条院年号也、円融院正暦二年二月廿三日崩諒闇の春、桜の枝につけて道信朝臣につかはしける

760 すみぞめのころもうき世の花ざかりおりわすれてもおりてけるかな

諒闇倚廬の御所の事也。帝の喪にこもらせ給ふ比の事也。皆人の装束もにび色なる比なれば、墨染の比もと衣にいひかけて、かく比もうき世なるに花もてはやすべき折にもあらぬを、折を忘れて折てまいらすると也。栄花物語四に此哥有て是もおかしうきこえき。世中諒闇にて物のはへなきなどもおほかり云〻。

返し　道信朝臣

761 あかざりし花をや春も恋つらんありしむかしをおもひいでつゝ

円融院を花にたとへてあかざりし花をや春もといひてわが身の事をもそへ給へり。下

句心明なるべし。

762
やよひのころ人にをくれて歎きける人のもとへつかはしける　成尋法師阿闍梨
花ざくらまださかりにてちりにけんなげきのもとをおもひこそやれ
まだ壮年にてうせたりしをさぞ歎き給はん。其元の事を思ひやると也。歎きを木にそへて也。

763
人の桜をうへをきて其としの四月なく成にける又の年初めて花咲たるをみて　大江嘉言
花みんとうへけん人もなきやどのさくらはこその春ぞさかまし
玄旨云、こぞの春ぞさかましとは、かやうに今年咲べきならば、などうへけん人の有時にさかぬぞとよめる也。此てにをは大事也。愚案とても咲とならば去年の春こそ咲べけれの心也。

764
とし比すみ侍ける女の身まかりにける四十九日はてゝ猶山里にこもりゐてよみ侍ける　左京大夫顕輔
誰もみな花のみやこに散果てひとりしぐるゝ秋のやまざと
中陰のほどは追善のため山寺などに籠ゐてあまた相居しが、果の日は皆退散せしを、顕輔卿斗猶残ゐて哀嘆の泪時雨るゝと也。花の都に散果ては花の縁也。

765
公守実定公子朝臣母師長公女、実定公北方身まかりて後の春法金剛院仁和寺東の花を見て　後徳大寺左大臣実定公
花見てはいとゞ家路ぞ急がれぬまつらんとおもふ人しなければ
家路に待べき人もなければ、只にも帰さの心もいそがぬに、花みてはいとゞ家路の帰さ物うきと也。北方の哀傷の心也。

六条摂政　基実公
法性寺入道前関白御子。仁安元年七月廿六日薨。廿四歳。

定家朝臣母の思ひに侍ける春の暮に遣しける

摂政太政大臣

766 春霞かすみしそらの名残さへけふをかぎりのわかれなりけり

なき人の煙と成て霞みし空の名残の春もけふを限の別なりしと也。春霞かすみしは重詞也。さへ心有。

前大納言光頼（権中納言顕頼子、号葉室）春みまかりにけるを桂なる所にてとかくして（葬送也。）帰り侍けるに

前左兵衛督惟方（号粟田口別当）光頼弟

767 たちのぼるけぶりをだにも見るべきにかすみにまがふはるのあけぼの

煙をだにも兄君の形見にみるべきを、霞にまがひて煙も不分明と也。

六条摂政かくれ侍て後うへ（のイ入）をきて侍ける牡丹の咲て侍けるを折て女房のもとよりつかはして侍りければ

太宰大弐重家　顕輔卿子

768 かたみとて見れば歎きのふかみ草なに中〳〵のにほひなるらん

面白き牡丹も形見とみれば歎きの深くなると也。ふかみ草、牡丹なり。下句は、かく歎かすべくは匂はでもあれかし、なに中〳〵の匂ひならんと也。

おさなき子のうせにけるにうへをきたりける菖蒲を見てよみ侍ける

高陽院木綿四手《ユウシデ》（泰子、知足院忠実女）高陽院女房

769 あやめ草たれしのべとかうへ置てよもぎがもとの露ときえけん

此あやめをたれに見て恋忍べとてかく植てうせにけんと也。おさなき物のせしわざ一入哀に侍けん。蓬は菖蒲に取合物也。

なげく事侍ける五月五日人のもとへ申つかはしける

上西門院兵衛（鳥羽院皇女）上西門院女房　金葉作者

770 けふくれどあやめもしらぬ袂かなむかしをこふるねのみかゝりて

けふといふ差別もしらず、懐旧のねのみなかれ、袂にかゝると也。薬玉の袖にかゝれるをそへて也。

近衛院《久寿二年七月廿三日崩、十七》かくれ給ひにければ、世をそむきてのち、五月五日皇嘉門院に奉られける　九条院《呈子》近衛院中宮、忠通公女 実九条相国伊通公女

771 あやめ草ひきたがへたる袂にはむかしをこふるねぞかゝりける

ひきたがへたる袂とは、世を背きて尼衣の御姿の心なるべし。下句は、前の哥と同じ心にて、懐旧のねをなくを昌蒲の根にそへて也。

御返し　皇嘉門院聖子、忠通公女 崇徳院中宮

772 さもこそはおなじたもとの色ならめかはらぬねをもかけてけるかな

皇嘉門院は、九条院と御姉妹、近衛卿《(ママ)》の御養母なれば、かはらぬねをかくると読せ給ふ也。諒闇に養母も形をやつし給ふにや。其故におなじ袂の色とよみ給ふなるべし。

すみ侍ける女なくなりにける比、藤原為頼朝臣《拾遺作者、雅正子》妻身まかりにけるにつかはしける　小野宮右大臣実資公 清慎公子

773 よそなれどおなじ心ぞかよふべきたれも思ひのひとつならねば

妻女にはなれし事同ければ、よそなれど心はかよはんと也。誰も思ひの一つならねばとは、我妻を思ふのみならず、そなたの上をも我歎けば、そなたにも我妻を歎んなればと也。

返し　藤原為頼朝臣

774 ひとりにもあらぬ思ひは《のイ》なき人もたびのそらにやかなしかるらん

誰も思ひのひとりのみならずは、死での旅ゆく人ゝも此方に歎くごとくかなしからん

露とり侍けるを　七夕の手向の哥かくには露を硯水にとる事有。〽草の上の露とるけふの玉づさに軒端の梶はもとつ葉もなし 家隆

と也。

775 小式部内侍露をきたる萩織たるからぎぬをきて侍けるを、身まかりてのち上東門院よりたづねさせ給ひけるに奉るとて　和泉式部

をくと見し露も有けりはかなくてきえにし人をなにゝたとへん

彼からぎぬの萩の露をよめり。をくと見し露ははかなき物から猶かく残りてあるに、小式部が消しはかなさは露にもたとへがたしと也。

776 御返し　上東門院

おもひきやはかなくをきし袖の上のつゆをかたみにかけんものとは

小式部露よりさきだちて、かへりてはかなき露をかたみに見んとはおもひきやと也。

777 白河院御時、中宮 賢子、師実公女、応徳元年九月薨 おはしまさでのち其御かたは草のみしげりて侍けるに、七月七日わらはべの露とり侍けるを見て　周坊《(ママ)》内侍

あさぢはらはかなくをきし草のうへの露をかたみとおもひかけきや

中宮の御かた見に浅茅の露を見んとは思ひかけざりしと也。かけきやは露の縁の詞也。

一品資子内親王 村上天皇皇女、母中宮安子、師輔公女 にあひてむかし 村上の御事なるべし の事ども申いだしてよみ侍ける　女御徽子女王《キシニヨ》 村上女御号承香殿

778 袖にさへ秋のゆふべはしられけりきえしあさぢが露をかけつゝ

きえし浅茅が露とは、村上天皇の崩御の御事を思ふ泪に袖に露置て秋の夕をしられしと也。詞つゞき哀なる哥にや。徽子女王御母は師輔公の妹なれば、資子《シシ》内親王の御母安子の方につきてしたしき御中なるべし。

れいならぬ事おもくなりて御ぐしおろし給ける日、上東門院、中宮と申けるときつかはし

ける　　一条院御哥

779 秋かぜの露のやどりに君をゝきてちりをいでぬることぞかなしき

此世のはかなき御事なるべし。塵を出るとは出家の御事也。塵のけがらはしき世を出て清浄の御身にならせ給ふ心なるべし。寛弘八年六月十九日御出家、法性寺座主院源僧都御戒師、同廿二日崩栄花物語九委

秋の比おさなき子にをくれたる人に　　大弐三位

780 わかれけんなごりの袖もかはかぬにをきやそふらん秋のゆふ露

愁傷のなみだの上に秋の露もそふらんと也。

返し　　読人しらず

781 をきそふる露とゝもにはきえもせでなみだにのみもうきしづむかな

きえ果ばかゝる浮沈む物思ひはすまじき物をとの心なるべし。

廉義公頼忠公《ノ》諡号、清慎公子、母伯耆守家光女の母なくなりてのち、をみなへしを見て　　清慎公小野宮関白実頼貞信公子

782 をみなへし見るに心はなぐさまでいとゞむかしの秋ぞこひしき

女郎花を見給ふにつけても猶北の方の御事思召となるべし。

弾正尹為尊親王三条院皇子、和泉式部通、後拾遺委にをくれて歎侍けるころ　　和泉式部

783 ねざめする身を吹とをす風の音をむかしは袖のよそにきゝけん

玄旨云、人にをくれて、忘れてまどろみしねざめに思ひ出たる比、袖とふ風の音も身を吹とをすやうに悲しく哀に聞えければ、むかしはうきとも悲しともしらでよそに聞けん事よとよめる也。

従一位源師子かくれ侍て宇治兼実公宇治住《ニ》給ふなるべしより新少将此集作者俊頼女がもとにつかはしける

従一位源師子　兼実公《ノ》北方。

忠通公、泰子等母《ノ》。顕房公《ノ》女。
宇治より　兼実公を号《ス》後《ノ》宇治《ノ》入道《ト》藤原系図ニアリ

784
知足院入道前関白太政大臣《兼実公》
袖ぬらす萩の上葉の露ばかりむかしわすれぬ虫のねぞする
露ばかりとは露程もとの心也。露ばかりも北方の御事忘れ給はぬ。なくねを虫に添て也。萩の露を泪にそへてよみ給へり。

785
権中納言俊忠
法輪寺にまうで侍とて嵯峨野に大納言忠家《俊忠卿父》がはかの侍けるもとにまかりて読侍ける
さらでだに露けきさがの野べにきてむかしのあとにしほれぬるかな
父君の御事を思はでだに露けきさが野に、まして其御墓なればいよ〳〵袖のしほるゝと也。

786
後徳大寺左大臣
公《実国卿子》時卿母《中納言家成卿女》身まかりて歎き侍ける比、大納言実国《滋野井》のもとに申つかはしける
かなしさは秋のさがのゝきり〴〵すなをふるさとにねをやなくらん
かなしさは秋のさがといひかけて也。世のさがなどいふ心にて悲しさは秋の習ひといふ心なるべし。秋のさがのゝ蛬より猶実国の愁傷のねをや鳴給ふらんとなり。さがのゝ蛬に付て古郷を想像《ヲモヒヤル》心也。

787
皇太后宮大夫俊成女
母《顕隆卿女、俊忠卿北方》の身まかりにけるを嵯峨のほとりにおさめ侍ける夜よみける
いまはさはうき世のさがののべをこそ露きえはてしあとゝしのばめ
今はさらばと也。今は歎きてもせんかたなし。さらば此のべをこそ其亡者の跡と忍ばめ。扨もはかなき跡哉と也。

母身まかりにける秋のわきしける日もとすみ侍ける所にまかりて

藤原定家朝臣

788 たまゆらの露も泪もとゞまらずなき人こふるやどのあきかぜ

野州云、玉ゆらとは、露の枕詞ながら少といふ事也。此詞書に、母の身まかりける秋もと住ける所にまかりてと有。故郷有ニレ母秋風涙とあり。母のある時さへ秋風涙と古人いひをきたるに、いはんやなくなりたる宿の秋かぜにはといひのこしたる哥也。たけ高くこまやかなる躰かぎりなくあはれふかし云々。愚案故郷有母は新撰朗詠為ニ憲ノ句也。此定家卿御哥は、只にも悲しき秋の悲涙とゞめがたきに、いはんや慈母の御おもひの浅からぬ比、あらき野分の風のそらに露泪しばしもとゞまらずとなり。玉ゆらは、しばしといふ心と八雲御抄にあり。此哥、彼詩の心にもあながち侍るまじけれど、かくとりあはせられし野州の説実捨がたき儀なるべし。

父秀宗河内守身まかりての秋、寄風懐旧といふ事をよみ侍ける

藤原秀能出家法名如願

789 露をだにいまはかたみの藤ごろもあだにも袖をふくあらしかな

野州云、藤衣二様あり。一は服衣、一は山賤などの麁相なる衣也。此哥は服衣也。今はなき人の形見に泪の露を袖にみるを、あだにさそふ嵐は無曲物哉と云なるべし。

久我内大臣春の比うせて侍ける年の秋、土御門内大臣中将に侍ける時つかはしける

殷富門院大輔千載作者在良女

790 秋ふかきねざめにいかゞおもひいづるはかなく見えし春のよの夢

秋ふけて夜長き比は、思ひ出る事も一しほかず〳〵ならんを思ひやる心也。なき人を夢と読てねざめの縁也。

久我内大臣　雅通公。承安五年二月廿七日薨五十。土御門内大臣通親公父。

返し　　　　　　　　　　　　　　　　　　　　　　土御門内大臣

791 見しゆめを忘るゝときはなけれども秋のねざめはけふぞかなしき

はかなき人の悲みはいつとなけれどもとなるべし。いかゞ思ひ出ると云に答てげにぞと也。

しのびて物申ける女身まかりてのち、其家にとまり《イまかり》てよみ侍ける　　　　大納言実家

792 なれし秋のふけし夜床はそれながらこゝろのそこのゆめぞかなしき

其人に馴し夜どこはかはらずながら、心のそこには其人は夢となりしと悲しむ心かず〳〵なる心なり。こゝろのそこの夢ぞかなしきとある所、ふかく思ひ入て見侍べくこそ。むかしの床に来てせめて心もなぐさむやと思へど、更に慰ぬ心あり。

みちのくにへまかり《れりイ》ける野中にめにたつさまなるつかの侍けるを、とはせ侍ければ、是なん中将のつか《はかイ》と申とこたへければ、中将とはいづれの人ぞととひ侍ければ、実方朝臣のことゝなん申けるに、冬の事にて霜枯ほの〳〵と見えわたりて折ふし物がなしくおぼえければよめる　　　　西行法師

793 くちもせぬ其名ばかりをとゞめ置てかれのゝすゝきかたみにぞ見る

骨は土中に朽ても、其名ばかりはこゝにとゞめて、枯野の薄のかたみとなりしと也。さしも優恕ことなりし都の哥人、覚えぬ東路の果に埋れて、折から所から思ひ入て可味。

同行なりける人うちつゞきはかなく成にければ、おもひいでゝよめる　　　　前大僧正慈円

実方朝臣　陸奥守にて下向し給ひて任果ぬうちにうせ給へり。台盤所の雀哀なる世語にや。

794 ふるさとをこふる涙やひとりゆくともなきやまの道しばの露

うせたる同行のさまを思ひやりて読給へり。独行友なき山は死出山也。此世の友をこふる泪をあの世の道芝の露とこぼしゆくらんと也。哀愁ふかき故の思ひ遣なるべし。

母のおもひに侍ける秋《ほどイ》、法輪寺にこもりてあらしのいたくふきければ

皇大后宮大夫俊成

795 うき世には今はあらしの山風にこれやなれゆくはじめなるらん

母君のおもひに山寺におはして世をも捨んの御心を今はあらじとそへて、かくて世を捨山居せんに、只今の山籠りや山風に馴ゆくはじめならんと也。

定家朝臣母身まかりて後、秋比墓所近き堂にとまりてよみ侍ける

796 まれにくる夜半も悲しき松風をたえずやこけのしたにきくらん

まれにきてきくだに悲しき松風を常に亡者の聞らんは哀と也。哀ふかき哥なるべし。

堀河院嘉承二年七月十七日崩かくれ給て後、神無月風の音哀にきこえければ

久我太政大臣

797 物おもへば色なき風もなかりけり身にしむ秋の心ならひに

堀河院を歎き奉る秋のうさの身にしむ心ならひに、風の色なきはなしと思ふと也。〽吹よれば身にもしみける秋風を色なき物と思ひけるかな、友則哥也。是を本哥也。

藤原定通身まかりて後、月あかき夜、人の夢に殿上になん侍とて読ける《侍けるイ》うた 定通右少弁五位、金葉作者、中納言保実子

798 ふるさとをわかれし秋をかぞふればやとせになりぬ有明の月

定通此世をさりて八年になるとなるべし。こよひの月にむかひて有明の月と亡霊のよめる心なるべし。

799　源為義朝臣《六条判官なるべし》身まかりにける又の年月をみて　能因法師
命あればことしの秋も月は見つわかれし人にあふよなきかな
五文字哀也。命なき人の悲しさをいはんとてなるべし。哥心は明也。

800　世中はかなく人〻おほくなく成侍ける比、中将宣方朝臣身まかりて、十月ばかり、白河の家にまかりけるに、紅葉の一葉のこれるを見つけて　大納言公任
けふこずは見てやゝまゝし山里の紅葉もひとつねならぬ世に
人も無常の世なれば、我あすはなくならんもしらず。紅葉もあすはちるべきやらん、しらぬ世なれば、けふこずは見ずしてやゝまんと也。

801　十月ばかり水無瀬に侍し比、前大僧正慈円のもとへ、ぬれて時雨のなど申つかはして、つきの年の神無月、無常の哥あまた読てつかはし侍し中に　太上天皇
おもひ出る折たく柴の夕けぶりむせぶもうれし忘れがたみに
玄旨詠哥大概抄云、思ひ出る折たくは、折《ヲリ》といふ字を兼たり。〽思ひ出るときはの山の岩つゝじいはねばこそあれ恋しき物を、是も思ひ出る時とうけたり。哀傷の哥に嬉しなどいふ詞、引かへ珍しき也。それは其人の忘形見なれば、つらからぬと也。哀ふかく詞つゞき寄妙なる御製也。宗祇自讃哥注云、むせぶはいとはるべき事なれど、それも形見と思へば嬉しき由也。愚案此御製を玄旨は慈鎮の御母の追悼に遊ばせられしと云〻。宗祇は後京極政(ママ)うせ給てと云〻。又后の御愁傷也。この后は通光の妹承明門院云〻。各訣定の説なし。口訣有。

802　返し　前大僧正慈円
思ひ出るおりたく柴と聞からにたぐひしられ《かなしきイ》ぬゆふけぶりかな

上句は、御製を其まゝうけて、君も思召出る折はむせばせ給ふと聞からに、こなたもたぐひしられぬ思ひの煙にて侍と也。ィたぐひかなしきは、我も其御思ひのたぐひに悲しき煙にて侍と也。

雨中無常といふ事を　　太上天皇

803 なき人のかたみの雲やしぐる《イしほる》らんゆふべの雨にいろは見えねど

夕の空をうち詠めさせ給へば、何となく哀に悲しきは、なき人の朝雲となり、行雨とならんといひしたぐひの形見の雲や時雨るらん。此夕の雨に其しるしの色は見えねど、かくかなしきはとの御心なるべし。かたみの雲とは、文選高唐賦に、巫山の神女、楚襄王に夢にまみえて別る時、あしたには朝雲となり、暮には行雨とならんといひしに、其旦朝にみれば、其いひしごとくに雲たなびきぬ。此故に廟を立て朝雲廟といへり。此古事の由、野州、玄旨等の抄に有。ィかたみの雲やしほるらん。宗祇自讃哥注云、此雨の降しめて我心をしほるは、なき人のかたみの雲やかく心をしほるらん、夕の雨に其かたみの雲の色は見えねどもといへるにや。詠哥大概抄も如此

枇杷皇大后宮かくれてのち、十月ばかり、かの宮の人〻の中にたれともなくてさしをかせける　　相模

枇杷皇大后宮　妍子。御堂関白道長女。三条院ノ中宮。万寿四月九月崩。

804 かみな月しぐるゝころも《はイ》いかなれやそらにすぎにし秋のみや人

秋の宮とは中宮をいへど、治安の大宮上東門院の前栽の哥の時、能信卿、義忠、秋の宮とよめり。不限二中宮一歟と八雲抄にあり。哥の心は、かの大宮の御跡の悲しみに心も空に過にし人〻はかゝる時雨の比をもいかにせらるらんと也。

右大将通房宇治関白子、長久五年四月廿七日薨廿身まかりて後、手習すさびて侍ける扇を見出してよみ侍ける

805 土御門右大臣女（通房室 栄花卅四委）

手すさびのはかなき跡とみしかどもながきかたみになりにけるかな

かく別れんとも知ず、只はかなき手すさびの跡とみしに、思ひもよらず形見と成し事よと也。北方の哥哀也。

斎宮女御（徽子女王）のもとにて先帝（村上）のかゝせ給へりけるさうしを見侍て　馬内侍

806 尋ねても跡はかくてもみづぐきのゆくゑもしらぬむかしなりけり

かくても見るとそへて、水茎は筆なるに、水の行衛とそへてなるべし。尋ても先帝の宸筆はかくて見奉れど、昔となりし御行衛はしらずと也。

返し　女御徽子女王（村上御時 承香殿）

807 いにしへのなきにながるゝ水ぐきはあとこそ袖のうらによりけれ

古のなき人のために流るゝ水といひかけて泪をよめり。袖浦は、出羽の名所を、御筆の跡は袖の泪の海となる心を読給ふにや。

恒徳公（為光公之諡号）かくれて後、女のもとに月あかき夜忍びてまかりてよみ侍ける　藤原道信朝臣（恒徳公子）

808 ほしもあへぬ衣のやみにくらされて月ともいはずまどひぬるかな

喪服の墨染を衣の闇と読給へり。父の歎きに心暮て月の夜共いはず迷ふと也。

入道摂政（兼家公、正暦元年七月二日薨）のために万燈会をこなはれ侍けるに　東三条院（詮子、兼家公女 一条院御母）

809 水そこにちゞのひかりはうつれどもむかしのかげは見えずぞ有ける

千ゝのひかりは万灯也。万灯の光りはうつれども、父君の御影は見えずと也。

公忠朝臣（古今作者）身まかりにける比よみ侍ける　源信明朝臣（公忠子）

上東門院白川　始め後一条院御脳（ママ）のほどに、上東門院、禁中に入せ給ひて、崩御のゝち京極殿に出させ給ふ事、栄花物語卅二卅三巻に有。扨卅六巻に、後朱雀院崩御の所に云、女院の御前には、世中を思召歎き侘させ給ひて、いはほの中求めさせ給ひて、白河殿に渡らせ給ひぬ。京極殿をば一品宮に奉らせ給ふ。内大殿の女御（生子）、女院のかくわたらせ給ひぬるをきかせ給ひても、うしとては出にし家をうしとてうちながめさせ給ふほど、いとあはれ也云〻。京極より白河へ也。

810 物をのみ思ひねざめのまくらにはなみだかゝらぬあかつきぞなき
父公忠の事を思ひねにしてのねざめなるべし。

一条院（寛弘八年六月廿二日崩）かくれ給ひにければ、其御ことをのみこひなげき給ひて、夢にほのかに見え給ければ　上東門院（一条院中宮）

811 あふこともいまはなきねの夢ならでいつかは君を又は見るべき
逢事も今はなきとそへ、鳴音《ナキネ》をねるにそへて、夢とつゞけ給へり。哀ふかきうたなるべし。

後朱雀院（寛徳二年正月廿一日崩）かくれ給て、上東門院（後朱雀国母）白川に籠り給けるをきゝて　女御藤原生子（後朱雀院梅壷女御）（大二条関白女）

812 うしとてはいでにし家をいでぬなりなどふるさとにわがかへりけん
彼女院のうき歎き故には、一たび出給へりし京極殿を出て、白河殿にこもりて、二たび世をそむき給ふに、などかわが身はかくうき比に、父おとゞの古郷にはかへりけんとなるべし。哀なる哥にや。此古郷とは、父大二条殿の御所なるべし。栄花物語卅六云、梅壷の女御（生子）殿は、独殿におはしまして、行帰り古郷人に身をなして独詠る秋の夕暮とよみ給へる事なり。かくて同巻の末にて尼にならせ給ひて、いとたふとくおこなはせ給ふとあり。

おさなかりける子の身まかりにけるに　源道済

813 はかなしといふにもいとゞなみだのみかゝるこの世をたのみけるかな
泪のみかゝるとそへ、この世に子をそへて也。はかなしといふにも泪のみかゝる。かやうの早く世をさるべき物を我子と頼し事よと也。

後一条院中宮隠れ給てのち、人の夢に（中宮嫄子、敦康親王女、祐子内親王、禖子内親王等之御母）

誦経に　追福の布施などに送る事也。

814 ふるさとにゆく人もがな告やらんしらぬ山路にひとりまど《よイ》ふと

心は明なるべし。しらぬ山路は死出山也。此中宮、長暦三年九月、禖子内親王を生奉らせ給ひて、九日といふにうせさせ給ふと栄花物語卅四に有。

権大納言長家 号二大宮ノ民部卿一（トママ）

小野宮ノ右大臣 実資公、永承元年正月十八日薨、八十八 身まかりぬときゝてよめる

815 たまのをのながきためしにひく人もきゆれば露にことならぬかな

八十八歳なれば也。栄花物語卅六云、をのゝ宮の右大殿うせ給にけり。九十をしも待給へる心ちして哀也。長しとても終にはかくこそはと見えたり。大宮の民部卿 長家、是を聞給て云々。

小式部内侍身まかりて後、つねに持て侍ける手箱を誦経《ズギヤウ》にせさすとてよみ侍ける

和泉式部

816 こひわぶときゝにだにきけ鐘の音にうちわすらるゝときのまぞなき

かく誦経し廻向する鐘の音に、我小式部をこひわぶると聞にだにきけと也。うちわすらるゝは、鐘打縁也。聞にだにきけは、重詞也。ふたゝびあふ事はなくとも、恋るときゝだにせよとの心なるべし。

上東門院ノ小少将 上東門院女房 身まかりてのち、つねにうちとけてかきかはしける文の物の中に侍けるを見出て、加賀少納言がもとにつかはしける 申つかはしけるイ

紫式部

817 たれか世にながらへてみんかきとめしあとはきえせぬかたみなれども

小少将の文は消せぬ形見にいつまでも残るべけれども、ともにあだなる身なれば、誰存命てみんと也。

返し

加賀少納言 上東門院女房

僧正明尊　元亨釈書曰、釈ノ明尊武《ハブ》庫《コ》令《レイ》野《ノ》奉持《カ》之子、道風之孫、篁之曽孫也。康平六年六月廿六日卒。九十三。中略注。

源三位　大膳大夫敦頼女、後朱雀院御乳母。

818 なき人を忍ぶる事もいつまでぞけふのあはれはあすのわが身を

けふ小少将の哀はあすの我身の上なる世なれば、なきを忍ぶもいつまでならんと也。

僧正《三井寺》明尊《メイゾン》かくれて後、久しく成て、房なども岩倉にとりわたして草おひしげりてことざまになりにけるをみて　津師慶暹 明尊弟子 輔親養子

819 なき人のあとをだにとてきてみればあらぬ里にもなりにけるかな

せめて恋しき慰めには跡をだにみんときてみれば、むかしのけしきにもあらずと也。

慶暹事、後拾遺委。

世のはかなき事を歎く比、みちのくにゝ名ある所〻かきたる絵を見侍て　紫式部

820 見し人のけぶりに《とイ》なりし夕より名もむつまじきしほがまのうら

塩竈は煙立所なれば也。むつまじきは親の字したしみなつかしむ心也。

後朱雀院かくれ給ひてのち、源三位がもとにつかはしける　弁乳母 陽明門院ノ御乳母 陽明門院ハ後朱雀ノ后

821 あはれきみいかなるのべのけぶりにてむなしきそらの雲となりけん

きみとは後朱雀院を申なるべし。心は明也。

返し　源三位

822 おもへきみもえし煙にまがひなでたちをくれたる春のかすみを

此きみは弁乳母なるべし。もえし煙は後朱雀院を申也。御乳母なれば、まことに同じ煙にもとおもひけんに、限りあれば立をくれて煙にえまがはぬ身を霞にそへて也。後朱雀院、寛徳二年正月に崩る故、春と読也。

大江嘉言、対馬守に成て下るとて、なには堀江の芦のうらばにと読て下り侍ける《にイ》ほどに、

国にてなく成にけると聞て　　能因法師

823 あはれ人けふのいのちをしらませばなにはのあしにちぎらざらまし

野州云、大江嘉言、命あらば又帰りこんつの国の難波堀江の芦のうらばにとよみて下けるが、彼国にて身まかりし、誠に誰も命の限りをばしらぬ物也。芦は秋に逢て枯る物ながら枯残侍に、芦のうらばにと詠ぜし人は跡もなく成たる由をふくみて、契らざらましといひさしたるうた也。

題しらず　　大江匡衡朝臣

824 夜もすがらむかしの事を見つる哉かたるやうつゝありし夜やゆめ

昔を夢にみしと今語が現か、又其昔と思ひし世が夢にて、夢と思ひしほどが現なる歟と也。周が夢の蝶と同心也。

俊頼朝臣《源俊頼イ》身まかりて後、常に見ける鏡を仏につくらせ侍とてよめる　　新少将《俊頼のむすめ待賢門院女房》

825 うつりけんむかしの影やのこるとて見るにおもひのますかゞみかな

父のうつし給ひし影やのこるとみれど、只思ひのみます鏡なれば、只佛に鋳《イ》させて功徳にだにせんとの心也。

かよひける女のはかなく成侍にける比、かき置たる文ども経のれうしになさん《文を経紙にすきなさする也》とて取出て見侍けるに　　按察使公通

826 かきとむる言の葉のみぞ水ぐきのながれてとまるかたみなりける

水茎の流れてとは、水の流る縁也。書留る文斗流れての世にとゞまる形見にて、今経の料紙ともなすと也。

禎子内親王　白河院の皇女にて、鳥羽院御在位の代の斎院成しに、隠れさせ給ひて、保安四年八月、堀河院皇女悰子内親王斎院に卜定の事、紹運録にあり。

権中納言道家母　道家公、後京極御子、号ス二光明峯寺ト一。母権中納言能保女。

禎子内親王（白河院皇女、号土御門斎院）かくれ侍てのち、悰子内親王（堀河院皇女、号大宮斎院）かはりゐ侍りぬと聞てまかりて見ければ、何事もかはらぬやうに侍けるもいとゞむかし思出られて、女房に申侍ける

中院右大臣（雅定公　久我相国雅実子）

827 ありす川おなじながれはかはらねど見しやむかしの影ぞわすれぬ

袖中抄云、有栖河は、斎院のおはします本院のかたはらに侍る小河也。舟岡のわたり云〻。哥、斎院はおなじごとかはらねど、禎子内親王は猶忘られずと也。此哥下句、袖中抄には、むかしの影の見えばこそあらめと有。

権中納言道家母かくれ侍にける秋、摂政太政大臣のもとにつかはしける

皇大后宮大夫俊成

828 かぎりなき思ひのほどの夢の中はおどろかさじとなげきこしかな

北方の御歎きなれば、限なき思ひと也。かやうのうき夢はとぶらひ驚し申に付ても御歎きそはむと遠慮して、とはで歎き来しと也。大和物語、〽なき人を君がきかくにかけじとてなく〳〵忍ぶほどなうらみそ、此哥と同歟。

返し

摂政太政大臣

829 見しゆめにやがてまぎれぬ我身こそとはるゝけふもまづかなしけれ

源氏若紫巻、〽見ても又あふ夜まれなる夢の中にやがてまぎるゝうき身とも哉、夢にまぎれてやがてきえうせまほしきとの源氏の心をうけて、やがて紛ずして消残れるわが身こそけふかくとはるゝに付てもまづかなしけれと也。とく消なましかば此思ひあるまじきにとの心なるべし。

母のおもひに侍ける比、又なくなも（ママ）にける人のあたりよりとひて侍りければ遣しける

830 世中は見しもきゝしもはかなくてむなしきそらのけぶりなりけり　藤原清輔朝臣

見し人もきゝ伝へし人も、ともにはかなくて虚空の煙となりはつる世にて有と也。見しとは我母の御事、聞しはかのなくなりし人の事なるべし。

無常の心を　西行法師

831 いつなげきいつおもふべきことなればのちのよしらでひとのすぐらん

誰も無常はのがれぬ世なれば、後世ねがふこそ一大事なれ。いつこのはかなき世を歎き、いつ此一大事を思ふべきとて、あす知ぬ身の後世しらで過すらんと也。

前大僧正慈円

832 みな人のしりがほにしてしらぬかなかならずしぬるならひありとは

ことはり明なる哥也。

833 きのふ見し人はいかにとおどろけば《どイ》なをながきよの夢にぞ有ける

昨日見し人はいかにかくはかなく成しと驚く世なれば、誠に夢にて有と也。

834 よもぎふにいつかをくべき露の身はけふのゆふぐれあすのあけぼの

玄旨云、いつか置べきといひたるもまた末久しきやうなれば、思返してけふの夕暮あすの曙をもしらぬといふ哥也。愚案死て野べの露となるを蓬生の露と読也。

835 我もいつぞあらましかばとみし人をしのぶとすればいとゞそひゆく

世中にあらましかばと思ふ人なきがおほくも成にける哉、此詞を用ひて、生て世にあらましかばよからん物など見し人〻を恋忍ぶとすれば、ひたとなくなりて、なきがおほく数そひたり。かくて我も其数にならん事いつのときぞとの心を、最初に我もいつ

前参議教長　権大納言忠教卿息、刑部卿頼輔卿弟、参議正三位、法名観蓮。

左近中将通宗　土御門内大臣通親公子、通光通具等弟。

ぞとよみ給へり。

前参議教長、高野にこもりて侍けるが、やまひかぎりに成ぬ《侍ぬとイ》とき〻て、頼輔卿まかりける
ほどに、身まかりぬとき〻てつかはしける　寂蓮法師

836 たづねきていかにあはれと詠むらんあとなきやまのみねのしら雲

尋ね来ては、尋ね行て教長卿を頼輔のいかに哀と詠給ふらんと也。下句は心明也。風情あはれに思ひやらる〻哥なるべし。

人にをくれてなげきける人につかはしける　西行法師

837 なきあとのおもかげをのみ身にそへてさこそは人のこひしかるらめ

心あきらかなるべし。

歎く事侍ける人、とはずと恨侍ければ

838 あはれともこ〻ろにおもふほどばかりいはれぬべくはとひこそはせめ

我心におもふほどを哀とばかりにてもいはるべくは、とぶらひいふべけれど、悲しみにあまりて詞もいづまじきにより、今まではざりしと断る心也。

無常の心を　入道左大臣

839 つく〲とおもへば悲しいつまでかひとのあはれをよそに聞べき

頓て身の上ならんと也。

左近中将通宗が墓所にまかりて読侍ける　土御門内大臣通宗父通親公

840 をくれゐてみるぞ悲しきはかなさをうき身のあととなにたのみけん

父として子にをくれて此墓所をみるぞ悲きと也。かくはかなき事を我さき立て我身の跡にみんとは何思けんとなるべし。

覚快法親王鳥羽院皇子、号法性寺座主かくれ侍て周忌のはてにはか所にまかりてよみ侍ける

前大僧正慈円

841 そこはかと思ひつゞけてきてみればことしのけふも袖はぬれけり

一周忌なれば、こぞのけふ隠れさせ給ひし事などそこはかと思ひつゞけて、此墓所を見奉れば、けふもこぞのごとく袖ぬるゝと也。そこはかに墓をそへてなるべし。

母のためにあはた口の家にして仏供養し侍ける時、はらから忠経同母弟家経卿其外有皆まうできあひて、ふるきおもかげなどさらにしのび侍けるおりしも、雨かきくらしふり侍ければ、帰るとて、かの堂の障子にかきつけゝる

右大将忠経

842 たれもみな泪の雨にせきかねぬそらもいかゞはつれなかるべき

誰も懐旧の涙雨せき兼る比、空もいかで難面はあらん、雨ふるこそことはりなれと也。

なくなりたる人のかずをそとばにかきて哥よみ侍けるに

法橋行遍熊野別当行範子

843 見し人は世にもなぎさのもしほ草かきをくたびに袖ぞしほるゝ

見し人は世になき人となりたる心をいひかけて、今卒都婆に書たびに袖のぬるゝと也。

子の身まかりにけるつぎの年の夏、かの家にまかりたりけるに、花橘のかほりければ読る

祝部成仲

844 あらざらんのちしのべとや袖の香をはなたちばなにとゞめをきけん《イくらん》

なからん跡に忍べとてか其袖のかを花橘にとゞめて、我にむかしを忍ばすらんと也。

能因法師身まかりて後よみ侍ける

藤原兼房朝臣

845 ありし世にしばしも見てはなかりしをあはれとばかりいひてやみぬる

能因生て有し世にはしばしも見参せではあらざりしを、なく成ては只哀と斗いひてや

母のために　忠経の母は太政大臣清盛女。

右大将忠経　花山院左大臣兼雅子、号花山院右大臣。

藤原兼房　後拾遺作者、中納言兼隆子。

みし事よと也。実《マコト》に兼房は能因車のしりにて伊勢の御の旧跡を見など、親友成しとみえ侍。

つまなくなりて又の年の秋の比、周防内侍がもとへ申つかはしける　　権中納言通俊

846 とへかしなかたしく藤の衣手になみだのかゝる秋のねざめを

心はあきらかなるべし。

堀川院かくれ給ひて後よめる　　権中納言国信

847 君なくてよるかたもなき青柳のいとゞうき世ぞおもひみだるゝ

青柳の糸といひかけて、よるかた、みだるゝも糸の縁也。君に別奉てよるかたもなきまゝに、只にも心もおさめぬ身の、いとゞ世をおもひみだるゝと也。

かよひける女、山里にてはかなく成にければ、つれぐ〵とこもりゐて侍りけるが、あからさまに京へまかりて暁帰るに、鳥なきぬと人〻いそがし侍ければ　　左京大夫顕輔

848 いつのまに身を山がつになしはてゝみやこをたびとおもふなるらん

都の家より暁出て又山里へかへれば、都を旅とするやうなれば也。

ならのみかどをおさめ奉りけるをみて　　人麿

849 久かたのあめにしほるゝ君ゆへに月日もしらでこひわたるらん《イかな》

此哥、万葉二には、久堅の天にしらるゝ君故に日月もしらず恋わたるかもとあり。家集は、上句万葉のごとし。下句は此集のごとし。此集の習ひ、万葉の哥を引直して入らる。此哥も其類にや。扨久かたのあめにしほるゝとは、魂は天に帰する心にて、か

あからさまに　かりそめに、しばらくなどいふ心也。

暁帰るに　京より又山里へ帰也。

ならのみかどをおさめ　愚案、万葉第二、此哥の詞に云、高市《タケチノ》皇子尊《ノミコト》城上《シキノカミニ》殯《カリ》宮《モガリノ》之《ノ》時柿本朝臣人麿作哥并短歌とありて、なが哥有て、短哥二首の内なり。卅六人集の人丸集の此哥の詞

書も、たけちの皇子をしきのかみにかりにおさめ奉る時の哥とあり。此集相違如何。

やまひにしづみて

くれ給へる事をいふにや。下句、心は明なる歟。猶此哥可尋之。

題しらず　小野小町

850 あるはなくなきはかずそふ世中にあはれいづれの日までなげかん

いづれの日まで我ながらへて人の上をなげくべき。終に其数になるべき身なる物をとなり。

在原業平朝臣

851 しら玉かなにぞと人のとひし時露とこたへてきえなまし物を

此哥伊勢物語委。玄旨云、白玉か何ぞと問れし時、露と答て消なましかば、今の思ひはすまじき物をと也。此哥、実には鬼のくはざれども、物語のまゝに鬼のくひてなき物にして哀傷の部に入たる也。

更衣の服にてまいれりけるを見給ひて　延喜御哥

852 としふればかくも有けりすみぞめのこはおもふてふそれかあらぬか

更衣の一年の服衣を御覧じて、年ふればかくあらぬ姿にも有けり、是は我思ふといふ其人かあらぬか、墨染にて見も分ずと也。

思ひ《喪の事也》にて人の家にやどれりけるを、其家に忘草のおほく侍ければ、あるじに遣しける　中納言兼輔

853 なき人をしのびかねては忘れぐさおほかるやどにやどりをぞする

思ひしのびかねて、せめて忘草にあやかりて忘れんとてとの心也。思ひの切なる心也。古今〽女郎花おほかる宿にやどりせばの詞斗を用。

やまひにしづみて久しくこもりゐて侍けるが、たま〳〵よろしうなりて、内にまいりて、

此季縄少将の事、大和物語に委有。

右大弁公忠蔵人に侍けるに逢て、又あさてばかり参るべきよし申てまかり出にけるまゝに、病おもく成て限に侍ければ、公忠朝臣につかはしける　藤原季縄

854 くやしくぞ後にあはんと契けるけふをかぎりといはまし物を

又あさて斗参るべきといひし事の悔きと也。此時すでにうせしと大和物語に有。

母の女御《庄子女王、代明親王女》かくれ侍て、七月七日よみ侍ける　中務卿具平親王

855 すみぞめの袖は空にもかさなくにしぼりもあへず露ぞこぼるゝ

服衣は七夕にもかさざるに、空より露のかゝりしやうに袖のぬるゝと也。

うせにける人の文の物のなかなるを見出て、其ゆかりなる人のもとに遣しける　紫式部

856 暮ぬまの身をばおもはで人の世のあはれをしるぞかつははかなき

野州云、あすしらぬ我身と思へど暮ぬまのけふは人こそ悲しかりけれ下略。愚案暮ぬまばかりにて、あす知ぬ身をば思はで、只人の世の哀を知事のはかなさよと也。

新古今和歌集　巻第九

離別哥

みちのくにゝくだり侍ける人に装束をくるとてよみ侍ける　紀貫之

857 たまぼこのみちの山かぜさむからばかたみがてらにきなんとぞおもふ

玉鉾は道の枕詞也。みちのくにへの道すがら、山風寒からんには我かたみと見がてらに着給へかしとおもひてまいらすると也。きなんは、うちもねなゝんのたぐひ、下知の詞也。

題しらず　伊勢

858 わすれなん世にもこしぢの帰る山いつはた人にあはんとすらん

いつはたは、帰山につゞく越前の名所を、いつ又とそへて也。世にも越路の帰山とて遠き別なれば、いつ又あはんとかするなれば、世人の心はめかるれば忘るといへば、定てあはであるほどに忘給はんと也。

あさからず契ける《りしィ》人の行わかれ侍けるに　紫式部

859 北へゆく雁のつばさにことづてよ雲のうはがきかきたえずして

玄旨云、雲のうはがきとは文なるべし、文を雁書と云、又朶雲とも雲朶ともかけばなるべし。愚案南国へ行別し人なるべし。雁は雲の上ゆけば、雲のうはがきかき絶ず、雁の翅に文ことづてをこせよと也。

ゐなかへまかりける人に旅衣つかはすとて　大中臣能宣朝臣

860 秋霧のたつ旅衣をきて見よ露ばかりなるかたみなりとも

秋霧のは、立旅衣といふ枕詞、露ばかりといはんため也。此旅衣をそなたに留置て見給へ、露ほどのかたみなりともと也。置ては露の縁語なるべし。

みちのくにゝくだり侍ける人に　貫之

861 見てだにもあかぬ心をたまぼこのみちのおくまで人のゆくらん

まのあたり見てだにあかぬ物を、遠き陸奥へはいかでゆくらん、さやうにへだゝりてはいかにせんとの心也。

逢坂のせきちかきわたりに住侍けるに、遠き所にまかりける人に餞し侍とて

中納言兼輔

862 あふさかのせきにわが宿なかりせばわかるゝひとはたのまざらまし

逢といふ名におふ関にすめばこそ、かく別行人も又あはんとはたのもしけれと也。

寂昭上人入唐し侍けるに、装束をくりけるに、たちけるをしらでをひてつかはしける

よみ人しらず

863 きならせとおもひし物を旅ごろもたつ日をしらずなりにける哉

衣は着馴す物なるを、来馴るに添て也。此方へ来馴給へとて旅衣をも送りしに、暇乞にもおはせぬことよとの心なるべし。

寂昭上人　大江定基法名也。元亨釈書ニ伝ありて入唐の故も委有。後拾遺の抄にも注之。

返し

寂昭法師《イ上人》

864 これやさは雲のはたてにをると聞たつ事しらぬあまのは衣

旗手といふを機にそへて天羽衣の縁によめり。たつ日をしらずとならば、天人の衣たつ事なければ、それならんと也。古今〽夕暮は雲のはたてに〳〵、伊勢、たちぬはぬきぬきし人もなき物を、是仙人の事也。伊勢物語〽是や此天の羽衣むべしこそなど、取合せてよめり。

題しらず

源重之

865 ころも川見なれし人のわかれにははたもとまでこそ波は立《もイ》けれ

衣川は見なれしといはん枕詞也。下句は、川の縁にて泪をよめり。

みちのくにの介にてまかりける時、範永朝臣のもとにつかはしける

亭子院　延喜八年九月、寛平法皇幸ス二金峯山一。このときの事にや。但哥に十月と有。京を九月に出御有て、住吉の郡にて素性に御暇の比は十月にや。

高階経重朝臣(播磨守明頼子)

866 ゆくすゑにあぶくま川のなかりせばいかにかせましけふのわかれを

行末に逢といふ名におふ河のあればこそ、けふの別もなぐさめ侍れと也。又逢んと頼む心なり。阿武隈川、奥州也。

返し　藤原範永朝臣

867 君に又あぶくま川をまつべきにのこりすくなき我ぞかなしき

又逢ふ事を待付べきにも老身は頼みなき心なるべし。

太宰帥隆家くだりけるに扇をたまふとて　枇杷皇大后宮(妍子 前注)

868 すゞしさはいきの松原まさるともそふるあふぎの風なわすれそ

生松原、筑前也。旅途のほどもすゞしく安穏なれとて、扇をそへやるに、其涼しさは生の松原まさるとも我心ざしをわするなと也。

亭子院、みや（吉野也）の滝（みや瀧イ）御覧じにおはしましける御ともに、素性法師めし具せられてまいりけるを、住吉のこほりにていとま給りて、やまとにつかはしけるによみ侍ける　一条右大臣(恒佐)

869 かみな月まれのみゆきにさそはれでけふわかれなばいつかあひみん

十月に深雪は稀の事なれば、稀の御幸をそへてよめり。さそはれてのて、にごるべし。

題しらず　大江千里

870 わかれての後もあひみんと思へどもこれをいづれのときとかはしる

これをいづれのときとは別て後の逢期をいふ也。別てのちに逢みんもいづれの時としらねば心もとなしと也。

成尋法師入唐し侍けるに、母のよみ侍ける

871 もろこしもあめのしたにぞ有ときくてる日のもとをわすれざらなん

唐といへば遥なれどもおなじ天の下なれば、日の照さずといふ事あるべからず。されば、照日の本を忘れず、とく帰朝せよと也。

修行に出たつとて人のもとにつかはしける　道命法師

872 わかれぢはこれやかぎりの旅ならんさらにいくべきこゝちこそせね

いくべきは、行べきに生べきをそへて、いくべき心ちせねば、是や限の旅ならんと也。別をおしみて行もやられぬさま切なる心也。

老たるおやの七月七日つくしへ下りけるに、はるかにはなれぬる事を思ひて、八日の暁おひて舟にのる所につかはしける　加賀左衛門

おひては　追かけての心也。

873 あまの川そらにきこえし舟出にはわれぞまさりてけさはかなしき

七夕の八日の別の銀河の舟出に、我が名残はまされりと也。

実方朝臣みちのくにへ下り侍りけるに、餞すとてよみ侍ける　中納言隆家

実方朝臣みちのくにへ　或説に、実方は行成卿と殿上にて口論にて笏にて冠をおとせし事の故に、近衛中将ながら、陸奥守にて哥枕みて参れとて遣しけるとぞ。

874 わかれぢはいつも歎のたえせぬにいとゞかなしき秋のゆふぐれ

只にも別はかなしきに、秋の夕暮にてさへある事よと也。

返し　藤原実方朝臣

875 とゞまらんことは心にかなへどもいかにかせまし秋のさそふを

とゞまらんも我心次第ながら、秋のゆきてさそふにせんかたなしと也。受領して下りながら、秋のさそさひゆくなどよめる所面白きにや。

七月ばかり、《にイ》みまさかへくだるとて、都の人に遣しける　前中納言匡房

876 みやこをば秋とともにぞたちそめしよどの川ぎりいくよへだてつ

都を立し時は立秋の比なりし。それより淀の川霧隔てゝ猶幾夜過けんと也。立初しといふ詞、下句の霧の縁語にて侍にや。

みこのみや《後三条院、長徳元年八月十七日立太子》と申ける時、太宰大弐実政、学士《東宮学士也、太子御侍読也》にて侍ける、甲斐守にて下り侍けるに、餞給はすとて

後三条院御哥

877 おもひいでばおなじそらとは月を見よほどぞくもゐにめぐりあふまで

たとひ国は隔つとも、月はかはらねば、我を思ひ出ん時はおなじ空とは月をみよ、かひの国遥なる所にても、又都にめぐりあはんまではと也。彼空ゆく月のめぐりあふまでを本哥なるべし。

みちのくにのかみもとよりの朝臣、久しくあひみぬよし申て、いつのぼるべしともいはず侍ければ

藤原基俊

878 かへりこんほどおもふにもたけくまのまつわが身こそいたく老ぬれ

武隈の松、奥州也。待にそへて也。任はてゝ帰路の年月も遥なるを思ふにも老身は待付ん事かたしと也。

修行に出侍けるによめる

大僧正行尊

879 おもへどもさだめなき世のはかなさにいつをまでともえこそたのめね

帰りこんをまてといはまほしく思へども、不実の世なれば、帰らで死ぬべきもしらねば、たのめがたしと也。

にはかに都をはなれてとをくまかりけるに、女につかはしける

よみ人しらず

880 ちぎりをくことこそさらになかりしかかねておもひしわかれならねば
兼てかく別んと思はゞ、契りをかまほしき事もあれど、俄に都をはなるれば、契りをく事も更になかりしかなと也。残念浅からぬ心ふくめるにや。

別の心をよめる　俊恵法師

881 かりそめのわかれとけふをおもへどもいまやまことのたびにもあるらん
心は明也。かりそめの別なれば、さして歎くべきにあらねど、限りのかどでにもあらんと思へば、歎かしきとの心ふくめるにや。

登蓮法師

882 かへりこんほどをや人にちぎらましゝのばれぬべきわが身なりせば
恋しのばれぬべき身ならばこそ、いつかへりこんと契をくべけれ。忍ばれぬべき身ならねば、いつともいひをかじと也。

守覚法親王五十首哥よませ侍りける時　藤原隆信朝臣

883 たれとしもしらぬわかれの悲しきはまつらのおきをいづる舟人
松浦は昔唐土へわたりし所也。誰としらねども遥に我国をはなれゆくらんと思へば、悲しく思ひやる心なるべし。

登蓮法師つくしへまかりけるに　俊恵法師

884 はる〴〵と君がわくべきしら波をあやしやとまる袖にかけつる
君が浪路分ゆくらんを思ひやりて、我袖に泪をかくるとの心をかくよめり。

みちのくにへまかりける人に餞し侍けるに　西行法師

885 君いなば月まつとても詠めやらんあづまのかたのゆふぐれのそら

君行ならばと也。月を待とてにも、まづ東路《アヅマ》のかたを詠やりて、君が事を思はんと也。
下句、例の上人の風情、感情含み侍にや。

886 とをき所に修行せんとて出立けるに《侍ける イ》、人〻別おしみて読侍ける
たのめをかん君も心やなぐさむと帰らんことはいつとなくとも
帰らんはいつとなけれど、若は君も心や慰むとて、いつと頼めをかんと也。我がたのめをけば、我慰む心より君もとよめり。

887 さりともと猶あふ事をたのむかなしでのやまぢをこえぬわかれは
遠き別ながら、さすがに死出の別ならねば、さりともと逢事をたのむと也。

遠き所へまかりける時、師光、餞し侍けるに読る　道因法師

888 帰りこんほどをちぎらんと思へども老ぬる身こそさだめがたけれ
心は明なるべし。

題しらず　皇大后宮大夫俊成

889 かりそめの旅のわかれとしのぶれど老はなみだもえこそとゞめね
仮初の旅なれば、さまで歎べきにあらずと忍ぶれど、老人は泪をも忍びあへずと也。

祝部成仲

890 わかれにし人は又もやみわのやますぎにしかたをいまになさばや
別し人はたとひ年へても又あひも見ん。只其人と若くてかたらひし過にしかたを、今になさんよしなければ、年へて別居ん歎きの一入なると也。三輪の杉を過にしとそへて也。

藤原定家朝臣

891 わするなよやどるたもとはかはるともかたみにしぼる夜半の月かげ

野州云、たとへば遠く別る人の、いつか帰こん、命もしらぬなど、たがひに歎きける夜もすがら、袖にやどる月を見ての哥なるべし。袂はかはるともとは、こよひはもろともに歎く袖の泪に宿る月の、あすよりはひとり〳〵になるべし。されども月は袖にやどるべし。それを形見にせんと契りたる由也。まことにはかなきたのみ也。はかなき哥也。かた見にとは、たがひといふ事也。親房朝臣の哥に、〽かた見にや上毛の霜をはらふらん友ねのをしのもろごゑになくとよめるも、たがひにといふ儀也。

都のほかへまかりける人によみてをくりける　惟明親王

892 なごりおもふたもとにかねてしられけりわかるゝ旅のゆくすゑの露

我名残おしさに袂をぬらすにて、旅行人の袖の露けさをも思ひやり給ふと也。

つくしへまかりける女に、月出したる扇をつかはすとて　読人不知

893 みやこをば心のそらにいでぬとも月見んたびにおもひをこせよ

都を心のそらにしてつくしへゆきぬとも、此月見んたびには我事を忘れず思ひ出よと也。こゝろの空といふ縁に月とよみて、扇のゑをいへる也。

とをき国へまかりける人につかはしける　大蔵卿行宗

894 わかれぢは雲ゐのよそになりぬともそなたの風のたよりすぐすな

たとひへだゝりぬとも、風のたよりには文ことづてはせよと也。

人の国へまかりける人に、かり衣つかはすとてよめる　藤原顕綱朝臣 参議兼経男、母弁乳母

895 いろふかくそめたる旅のかりごろもかへらんまでのかたみとも見よ

色のさむるをかへるといへば、其人の帰るにいひかけたる也。随分心にとゞめて色ふ

かくそめたる狩衣なれども、もしは帰る事もあるべし。よし帰らん迄といひて、帰路までのわがかたみと見給へと也。

新古今和歌集　巻第十

羇旅哥

和銅三年三月、藤原の宮よりならのみやにうつらせ給ふ《うつり給ふイ》ける時

元明天皇御哥

896 とぶとりのあすかの里をおきていなばきみがあたりは見えずかもあらん

野州云、飛鳥《トブトリ》とは、あすかといはんとての枕詞也。飛鳥《アスカ》の里とは、藤原の宮たてられしむかしの京なり。君があたりとは、文武天皇の陵《ミサヽギ》の事也。かの御陵に御輿《コシ》をとゞめられて御なごりおしませ給ひてあそばされたる御製なり。吟味かぎりなきさまなるべし。

天平十二年十月、伊勢国にみゆきし給ひける時

聖武天皇御哥

897 いもにこひわかの松原見わたせばしほひのかたにたづなきわたる

野州云、若松原は伊勢也。妹に恋とは、御旅殿にて都の恋しくおぼさるゝさま也。塩干の潟にたづ鳴わたるは、如比風景まで妹に見せばやの御哥なるべし。

もろこしにてよみ侍ける

山上憶良《ヲクラ》 万葉作者 筑前守云々

898 いざこどもはや日のもとへおほとものみつのはままつまちこひぬらん

羇旅哥　たびのうたをいふ也。前の集に委。

和銅三年三月　万葉第一にあり。野州云、文武天皇十一年、藤原の宮にて崩御。母后元明天皇、同十一年即位。改元有《テ》之号《ス》和銅《ト》。同二年、奈良の宮造立。同三年、藤原よりならの宮に遷《セン》幸也。愚案水鏡中云、慶雲五年正月十一日に、武蔵より銅をはじめて奉しかば、年号を和銅とかへられにき云々。

元明天皇　水鏡云、天智天皇第四の御女、御母蘇我大臣山田石川麿のむすめ也。この帝は文武天皇の御母におはします云々。

天平十二年十月　万葉第六にあり。太宰少弐藤原広嗣、軍をおこし、帝をかたぶけ奉んとせし時、帝は伊勢太神宮に行幸し給ひて、此事を祈申給ひしに、十一月十一日に肥後の国松浦にて広嗣ほろびしよし、水鏡にあり。此時の事なるべし。

聖武天皇　文武天皇の御子、御母不比等の御むすめ、皇太后宮。

万葉一云、山上《ノ》憶《ノ》良《ヲクラ》在《リシ》二大唐一《ニ》時憶《ヲモフ》二本郷一《ヲ》歌　去来子等《イザコドモ》と書。大伴の三津の浜松は、津の国也。待恋をらんといはんため也。皆〻待恋ふらんほどに、はやくわが本国日本に帰らんと也。

題しらず　　人麿

899 あまざかるひなのながぢをこぎくればあかしのとよりやまとしま見ゆ

此哥、万葉三には、天離《アマザカル》夷《ヒナ》之《ノ》長道《ナガヂ》従《ヲ》恋来者《コヒクレバ》とあり。人麿羇旅哥八首の内也。袖中抄十四ひなのわかれの下云、はるかなるひなの長道より都を恋つるに、はりまのあかしより大和の方の山の見ゆるを、近づきにたりと悦ぶ心也。惣じては日本国をやまとしまとはよむ事なれば、別《どイ》して大和国をよむもたがはず是迄袖中抄也。愚案此顕昭説は、万葉の恋来者《コヒクレバ》といふに付ての義なれば、此新古今のこぎくればといふには聊たがへりといへど、心はたがふべからずや侍らん。天離《アマザカル》は、はるかなる儀なり。ひなのながぢは、いなかの遠き道也。こぎくればとは、舟にのり来る心なるべし。下句は、袖中抄のごとく、明石の渡《のイ》より大和の国の山みゆるを悦ぶ心にや侍ん。

900 さゝの葉はみやまもそよにみだる《イと》也我はいもおもふわかれきぬれば

此哥、万葉二に、柿本人麿従《ヨリ》二石見国一《ノ》別《テ》レ妻上《ニリ》一来時《タル》の哥の内也。小竹之葉者《サヽノハハ》三山毛清《モサヤ》爾乱友《ニミダルトモ》と上句あるを、此集には例のそよにみだる也といれられ侍り。そよには、そよ〳〵とそよぎみだるゝ也。《イ》さやぐ也もおなじくそよぐ心也。深山の笹のはそよぎてさびしきに付て、我は別来し妻をおもふと也。心ぼそき旅憶のさま哀に侍にや。

帥の任はてゝ大宰府五年の任限果て也、つくしよりのぼり侍けるに　　大納言旅人《タビト》《タビンド》大納言安麿第一男家持父

901 こゝにありてつくしやいづこしら雲のたなびくやまのにしにぞあるらし

万葉四には棚引《タナビク》山之《ノ》方西有《カタニシアル》良《ラ》志《シ》とあり。かたにしあるらしを、西にあるらしと入られし也。都に在て宰府をしたふ心也。

題しらず　よみ人しらず

902 あさぎりにぬれにし衣ほ《袖をイ》さずしてひとりやきみが山路こゆらん

旅ゆく人をおもひやり、あはれめる哥なるべし。只にも旅懐の泪ひがたからんに、いとゞ此朝霧にほしもあへずしてと也。

あづまのかたにまかりけるに、あさまのたけにけぶりのたつを見てよめる

在原業平朝臣

903 しなのなるあさまのたけにたつ煙をちこち人の見やはとがめぬ

見やはとがめぬとは、師説、見とがめまじきかは、見とがめんと也。上句は、其景気をありのまゝに読出て、たけ高き躰也。牡丹花云、業平都にのみ住て、かゝる山のさまなど珍きに、名におふ煙の面白きを我心に感じて、遠近人も是をあはれと見ざらましやといふ也。

するがの国うつの山にあへる人につけて、京につかはしける

904 するがなるうつの山べのうつゝにもゆめにも人にあはぬなりけり

玄旨云、夢にも逢ぬといはんために、上句をいへる也。哥の心は、現の事はいふに及ばず、夢にも人に逢ぬといへり。逢ぬ成けりといひつめたる所、面白きと也。俊成卿なども此所を褒美せられしと也。

延喜御時《イ御入》屏風哥　紀貫之

905 草まくらゆふ風さむくなりにけりころもうつなる宿やからまし

貫之集四詞書《ニ》云、旅人のきぬうつ声を聞たると有。此屏風のゑのさまをよめり。草枕
結《ユフ》とそへて、夕風寒ければ、此衣うつ宿かりてやねむと、彼旅人の心に成てよめり。
擣衣は寒さを防《フセ》がんための故なれば也。

題しらず　　壬生忠峯

906 しら雲のたなびきわたるあしびきの山のかけはしけふやこえなん
旅行のさま也。此歌、貫之集三に有。下句、山の棚橋我もわたらんと有。

907 あづまぢや《のイ》さやの中山さやかにも見えぬ雲ゐに世をやつくさん
玄旨云、さやの中山は遠江也。さやかにもみえぬ雲ゐとは、古郷を遥に詠やりしさま
也。世をやつくさんとは、此まゝ此世を尽し果ん行末かと也。

伊勢《斎宮におはせしほどなるべし》より人につかはしける　　女御徽子女王

908 人を楢うらみつべしやみやこどりありやとだにもとふをきかねば
玄旨云、有やといはんとて都鳥といへり。とふ音信をきかねば、猶人をうらみつべき
と也。〽名にしおはゞいざ事とはんの本哥にていへり。愚案勿論都をはなれていせへ来し
身なれば、人を恨んやうはなしといへど、猶とはぬ人はうらみつべしとの心也。猶と
いふ詞、心をつくべし。

題しらず　　藤原輔昭菅三品子

909 まだしらぬふるさと人はけふまでにこんとたのめし我をまつらん
我心ならずも旅に逗留するを、知けん人はさもあらじ、まだしらぬ古郷人はとの心な
るべし。思はぬさはりにほどふる旅の歎きの心、けふまでにといふにこもれるにや。

亭子院御ぐしおろし
此哥、詞書、大和物語にあり。宇多院、昌泰二年十月十四日出家卅三、法諱空理、御灌頂時金剛覚。

910　読人不知
しながどりゐな野をゆけばありま山ゆふぎりたちぬやどはなくして
八雲抄云、しながどり、白猪と云、能因説。俊頼云、雄略天皇、ゐな野にて狩し給ひけるに、白き鹿のみ有て猪のなかりければ、しながどりゐなのとは云り云〻。愚案しながどりゐなの事説〻未レ決。只猪名の枕詞にや。哥の心は、夕霧などたちてやう〱暮ゆけど、とるべき旅宿もなしと、侘たるさまなるべし。

911
神風や《のイ》いせのはまおぎおりふせて旅ねやすらんあらきはまべに
童蒙抄云、浜荻は彼国に芦をいふ也。神風は、神風の伊勢国と日本紀にいへり。八雲抄同義。愚案神風も伊勢の枕詞也。あらきはまべは、荒磯などの類にて波風あらき所の心也。ひしき物には芦などして、さる所に旅ねやすらんと旅人をあはれみ思ひやれる心なるべし。
亭子院御ぐしおろして、山〻寺〻に修行し給ひける比、御ともに侍て、和泉ノ国ひねといふ所にて、人〻哥よみ侍りけるによめる
912　橘良利備前掾、法名寛蓮作碁式号碁聖
ふるさとの旅ねの夢に見えつるはうらみやすらん又ととはねば
我家を出てより、又とはねば、故郷に恨る物の心やかよふらん、夢にみえしと也。たびねにひねといふ名あり。

しなのゝみさかのかた書たる絵に、その原といふ所に旅人宿りてたちあかしたる所を　藤原輔尹朝臣

913
たちながらこよひはあけぬその原やふせ屋といふもかひなかりけり
曽乃原布施屋を伏屋といふにそへて、ふしもやらで明したれば、伏屋といふ名もかひ

入唐し侍ける　奝然は東大寺にあり。円融《ユウ》院、永観元年の秋、入宋せり。聖禅院をひらき、優塡《ウシン》第二《ノ》模像《モザウ》を礼し仏工《コウ》張栄《エイ》をやとひてうつしきさませもて帰りて、今嵯峨の釈迦と申、是也。元亨釈書十六に有。

いそのへち　所の名也。行尊十七にしてひそかに三井寺を出て、名山霊区《レイク》に渉跋《シヨウバツ》すと元亨釈書、古今著聞等にあり。

なしと也。

題しらず

御形《ミアレノ》宣旨

914 みやこにてこしぢの空をながめつゝ雲ゐといひしほどにきにけり

都にて越路を兼て詠めやりて、雲ゐ遥なる所といひしを、其いひしほどの所まで今来たりしよと也。

入唐し侍ける時、いつほどか《にかイ》帰るべきと、人の問侍ければ

法橋奝然《ホツキヤウテウネン》

915 たびごろもたちゆく波路とをければいさしら雲のほどもしられず

いさ白雲のは、ほどもしられずといはんとて也。千万里の海路の旅、帰朝の程も知れずと也。

敷津《津国也》の浦にまかりて遊びけるに、舟にとまりてよみ侍ける

藤原実方朝臣

916 ふねながらこよひばかりは旅ねせんしきつの波に夢はさむとも

其まゝ舟中に旅ねせん。たとひ此浦波に夢は覚ともと也。深く美景を思ふ心也。

いそのへちのかたに修行し侍けるに、ひとり具したりける同行をたづねうしなひて、もとの岩屋のかたへかへるとて、あま人の見えけるに、修行者見えば是をとらせよとて、よみ侍ける

大僧正行尊

917 我ごとく我をたづねばあま小舟人もなぎさのあとゝこたへよ

我尋るごとく同行の僧も我を尋ねば、かく答よと蜑人に云心也。

水うみの舟にて、夕立のしぬべきよし申けるをきゝてよみ侍ける

紫式部

918 かきくもり夕だつ波のあらければうきたるふねぞしづ心なき

天王寺　津の国、聖徳太子の御あと、元亨釈書に委。

心明なるべし。

天王寺にまいりけるに、灘波の浦に泊て読侍ける　　肥後

919 小夜ふけてあしの末こす浦風にあはれうちそふ波のをとかな

灘波のうらのうきとまりに、浦風あらく波のをと物がなしき旅ねのさま也。

旅のうたとてよみ侍ける　　大納言経信

920 たびねしてあかつきがたの鹿のねにいなばをしなみ秋かぜぞふく

いなばをしなみは、稲葉をしなびかし也。古今、薄をしなみといふに同じ。旅の暁のね覚の物悲しき秋の風景なるべし。

恵慶法師

921 わぎもこが旅ねの衣うすきほどよきてふかなん夜半のやま風

脇母子《ワギモコ》、吾妹子《ワギモコ》とも書。我妻の事也。よきては、過《スギ》の字、よけて也。只にも女の旅は哀なるに、まして夜寒の山風をいとふ心也。万葉の躰也。

後冷泉院御時、うへのおのこども、旅の哥読侍けるに　　左近中将隆綱

922 あしの葉をかりふく賤の山里にころもかたしきたびねをぞする

山里の所がら、あしふく宿から、独ねの旅の侘しきさま也。

たのみ侍ける人（大江匡衡にや、集ニハ丹波守と有）にをくれてのち、はつせにまうでゝ、よるとまりたりける所に、草をむすびて、枕にせよとて、人のたびて侍ければ、よみ侍ける　　赤染衛門

923 ありし世の旅はたびともあらざりきひとり露けき草まくらかな

此哥、赤染衛門集に、丹波守なく成てと有て、同比初瀬にまうでゝ、夜泊りたる所に草をゆひて枕のれうとてえさせたり。諸共に詣《マウ》でたりしたびのありさま思ひ出られて

と有。ありし世のとは、丹波守諸共にまうでし旅は、今の侘しさにくらべては旅にて
もあらずと也。

堀河院百首《哥イ入》に　権中納言国信

924 山路にてそぼちにけりな白露のあかつきおきの木ゝのしづくに

そぼちは、ぬるゝ也。白露は、暁おきといはん枕詞也。暁起出てゆく旅の山路の雫に
ぬれて侘しき心也。

大納言師頼

925 草まくら旅ねの人はこゝろせよありあけの月もかたぶきにけり

とくおき出よとの心なるべし猶口決。

水辺旅宿といへる心をよめる　源師賢朝臣

926 いそなれぬこゝろぞたへぬ旅ねするあしのまろやにかゝるしらなみ

旅ねしたる芦の丸屋による波の音の侘しさも、磯辺に住馴し人は堪てすめども、都人
の馴ぬ心は難堪と也。

たなかみにてよみ侍ける　大納言経信

927 旅ねするあしのまろ屋の寒ければつま木こりつむ舟いそぐなり

野州云、田上《タナカミ》は経信卿の知行也。哥の心は、彼在所、旅人の宿かる所也。されば、爪
木こりつむ舟を早めて、宿れる人をも慰んと也。世わたる人の心、哀なる心をよめり。
又一説、旅宿の寒きに、爪木こりつみたる舟を見て、こなたへいそげといふ心也。我
つま木求て急ぐ心にはあらず。

題しらず

928 みやま路にけさや出つる旅人の笠しろたへに雪つもりつゝ

是も経信卿哥也。深山路に今朝出て来つる旅人やらん、笠に雪白く降しと也。未ふらぬ里などにてよめる心なるべし。又一説、ゆく旅人を思ひやりし心也。笠白妙に雪ふりつゝ深山路にけさや出ゆくらんと也。此儀を用ゆべしと師説也。

旅宿ノ雪といへる心をよみ侍ける　修理大夫顕季

929 松が根におばなかりしき夜もすがらかたしく袖に雪はふりつゝ

旅ねの習ひ、かく侘しく悲しきめもみるべきなり。寒くからびたるさまにや。

みちのくにゝ侍ける比、八月十五夜に京を思ひ出て、大宮の女房のもとへ《にイ》つかはしける　橘為仲朝臣

930 見し人もとふのうら風をとせぬにつれなくすめる秋のよの月

野州云、とふの浦は名所也。十ふのすがごもといへるは、とふの浦よりあみて出すこも也。浦風音せぬとは、都人の風の音信もせぬよといへる事也。愚案都人は音づれぬに、月はかはらずすめるよと也。

せきどのゐんといふ所にて、羈中ニ見ルレ月ヲといふ心を　大江嘉言

931 草まくらほどぞへにける都出ていく夜か旅の月にねぬらん

此哥は、関戸にかゝはらず、只遠き旅ねに夜を重ねて月に侘たる心なるべし。

守覚《シウカク》法親王家に五十首哥よませ侍けるに、旅の哥　皇大后宮大夫俊成

932 夏かりの芦のかりねもあはれなり玉江の月のあけがたのそら

後拾遺「夏刈の玉江の芦をふみしだきといふ哥を本哥にて也。玉江の月の明方の面白きに、かゝるかりねの侘しき旅もあはれなる、興有と也。

せきどのゐん　山崎也。

933 たちかへり又も来てみん松嶋やをじまのとまや波にあらすな

野州云、此哥を定家卿は一ふし有と定られ侍。哥は聞えたり。此所の風景を感じて、又もきてと読り。〽あすもこんのぢの玉川の類也。波にあらすなは、製の詞也。

藤原定家朝臣

934 ことゝへよ思ひおきつの浜ちどりなく〳〵出しあとの月かげ

玄旨云、奥津の浜は和泉の名所也。〽君を思ひおきつの浜に鳴たづのたづねくればぞ有とだにきく、是を本哥にてよめり。浜ちどりは、なく〳〵といはん枕詞也。出しは、此浜を出し名残なるべし。ことゝへよとは、月影にとへと也。愚案思ひ置と添て也。

藤原家隆朝臣

935 野べの露うらばの波をかこちてもゆくゑもしらぬ袖の月かげ

遠き旅行のほどに袖をぬらすを、野べの露、浦の波のゆへとかこちても、猶行末遠き旅路に、いかなるうき事故の泪に袖に月を宿す事あらんもしらずと侘たる心なり。ふかく吟味すべし。

旅の哥とてよめる

摂政太政大臣

936 もろともに出しそらこそわすられねみやこの山のありあけの月

有明の山の端出し比、諸共に都を我も出しより、日をへて、其都の山は隔たり遠ざかれば、其かどでせし空の有明月の忘られぬと也。

題しらず

西行法師

937 都にて月をあはれとおもひしはかずにもあらぬすさび《イすまひ》なりけり

野州云、此あはれは面白きをいへり。すさびは慰也。都にても月は哀と思ひしかども、慰み多き所なれば大かた也。旅にては月ならで慰なし。旅の月にくらべては、都の月の慰は数にもあらずと成べし。

938 月見ばとちぎりて出《をきてしイ》しふるさとの人もやこよひ袖ぬらすらん

野州云、古郷を出し時、たがひに月見ば思ひ出んと契し也。然ば、只今月をみてふる里人も我ごとく袖ぬらすらんとよめり。自讃哥或抄云、人もやといふに、我袖のぬれたるほどはしられたり。今夜鄜《フ》州《ノ》月、閨中只独看《リミルラン》。

五十首哥奉し時　家隆朝臣

939 あけば又こゆべき山のみねなれやそらゆく月のすゑのしら雲

野州云、かりねを歎き明す折節、白雲の一村月に棚引たるをみて、あすは又あの白雲のかゝる嶺をこそこえめといふ。白雲は高根にある物なればかく読也。

藤原雅経

940 ふるさとのけふのおもかげさそひこと月にぞちぎる佐夜の中山

野州云、佐夜中山は遠州駿州の堺也。旅行はいづくも苦しき中に、けふ取分悲しきは、故郷に何事あるやらんと思ふあまりに、けふの事を月にさそひ来て見せよと也。旅にては、月日の外に又たのむかたなき故にかくよめる也。大事の哥といへり。又云、〽まつち山うちこえくれば我のれる駒ぞつまづく妹こふらしも、人に恋らるゝ時、駒のつまづくといへり。旅行のあとに何事もあれば、必道へ通ずる物也といへり。

和哥所月十《ノ》首哥合の次《ツキデ》に、月《ノ》前《ノ》旅といへる心を人〳〵つかふまつりしに

摂政太政大臣

941 わすれじとちぎりて出しおもかげは見ゆらん物をふるさとの月

旅宿の月にむかひて、古郷出し折、古郷人の我をしたひし面影などおもひ出て、我思ふごとく故郷にも我俤は思ひ出らん物を、いつ又あひかたらはん事ぞなど思ひつゞくる心なるべし。

旅の哥とてよみ侍ける　　前大僧正慈円

942 あづまぢの夜半のながめを語らなんみやこの山にかゝる月かげ

野州云、月はいづくにも澄物也。我よな〳〵歎き明す袖の涙に馴たる月なれば、こゝの泪を都に語れといへる感情及がたくや。都の山にかゝるとは、東よりは西なればかくのごとくよめり。

海辺《ニ》重《ヌ》レ夜《ヲ》といへる事《心イ》をよみ侍し　　越前

943 いく夜かは月をあはれと詠めきてなみにおりしくいせの浜荻

神風のいせの浜荻折ふせてといふ哥をとれり。上句は題の重《ヌ》レ夜《ヲ》の心也。下句は海辺の心也。

百首哥奉し時　　宣秋門院丹後

944 しらざりしやそせの波を分過てかたしく物は伊勢のはまをぎ

鈴鹿河八十瀬《ヤソ》の波にぬれ〳〵すといへる詞を、伊勢の浜荻に取合て、初めての旅にかたしく物は、只浜荻をせし心、侘しく悲きさま也。

題しらず　　前中納言匡房

945 風さむみ伊勢の浜荻わけゆけばころもかりがねなみになくなり

寒き旅行の浜べに雁がねの物哀なるさま也。風寒みといひて、衣かりがねとよみ給へるは、人丸の〽川風寒し衣かせ山、古今〽夜を寒み衣かりがねなど本哥也。

946 磯なれてこゝろもとけぬこもまくらあらくなかけそ水のしらなみ　権中納言定頼

こも枕は真菰の枕也。磯なれぬ身は、心とけてもねられぬに、さのみあらくは波もかけそと也。

百首哥奉しに《時イ》　式子内親王

947 ゆくすゑはいまいくよとかいはしろのをかのかやねにまくらむすばん

岩代岡《ノ》、八雲ニ紀伊云々。かやねは萱の根也。万葉一《ニ》〽君が代も我世もしれや岩代の岡のかやねをいさむすびてん、此詞也。かゝる岡の萱根に我行末はいく夜とてか枕むすばんと也。

千五百番哥合に　皇大后宮大夫俊成女

948 松がねのをじまが磯のさよまくらいたくなぬれそあまの袖かは

雄嶋磯《ヲジマノ》、奥州也。所は遠国の松が根枕して旅の泪隙なきを、雄嶋のあまの袖こそはかくぬれめ、蜑ならぬ身のぬるゝは如何と也。

949 かくてしもあかせばいく夜過ぬらん山路のこけの露のむしろに

野州云、此五文字、如此してもといふ事也。都に有し時は、すきまの風をもいとひ、錦のしとねを敷などしても、猶寒さをいとひ侍しに、旅といふ事は、公私も苔の莚に明し暮し、雲を衣として、知ぬ山路を宿とし、嵐を便とする事を本意とす。此哥、すそより理を付る哥也。苔の莚にかくしてもと読たる哥なり。寄特なるしたて也。かやうによむ哥おほし。拾遺〽かくながら――

旅にてよみ侍ける　権僧正永縁

950 しら雲のかゝる旅ねをならはぬにふかき山路に日はくれにけり

白雲のは、かゝるの枕詞也。深山の雲深き所の旅ねも習ぬ身の夕暮の心ぼそさ思ひやるべし。

暮《ニ》望《ム》二行客《ヲ》一といへる心を行客は旅行人也

大納言経信

951 夕日さすあさぢが原の旅人はあはれいづくにやどをかるらん

夕日さす浅茅原をゆく旅人は、やう〳〵かく暮ぬれば、あはれいづくにか宿をかるらんとながめやる心也。

摂政太政大臣家哥合に、羇《キ》中《チウノ》晩《ユウベノ》嵐といふ事をよめる　　藤原定家朝臣

952 いづくにかこよひは宿をかりごろも日もゆふぐれのみねのあらしに

日も夕暮になりて、峯の嵐もはげしく物心うきに、猶宿りをもさだめずして、かゝる折ふし、いづくにか今夜の宿はからんと侘たるさま也。さびしく哀なる躰なるべし。かり衣紐とそへたり。心詞難及哥也。

旅の哥とてよめる　　藤原家隆朝臣

953 たび人の袖ふきかへす秋かぜに夕日さびしきやまのかけはし

夕日さびしき梯のほとり、物心細きに、秋風の袖にいたく吹躰也。

954 ふるさとにきゝし嵐のこゑもにずわすれぬ人をさやの中山

野州云、此山にては嵐さへ都にて聞しにはかはりたれば、何か我友となる物あらん、旅は嵐を友として行物なるにといふ哥の心也。さやとは、さやうにはともいふ詞也云々。猶口訣。

藤原雅経

955 しら雲のいくへの峯をこえぬらんなれぬあらしに袖をまかせて

なれぬ嵐にとは、初旅の心也。袖を山風に任ていくへこえつらんと也。詞づかひ寄妙にや。

源家長

956 けふは又しらぬ野はらに行暮ぬいづれの山か月はいづらん

様〻の難所をへ来て、けふは又東西わかぬ野原に行暮て、侘しき夕闇のほど、いづれの山より月は出らんと詠しさま也。いづれの山かといふに、不知案内の哀侍にや。

和哥所哥合に、羇中暮といふ事を　皇大后宮大夫俊成女

957 ふる里も秋はゆふべをかたみとて《にイ》かぜのみをくるをのゝしのはら

玄旨云、をのゝ笹原の秋風に、古郷の秋の夕もかやうにこそとおもへば、やがて古郷の形見とをのゝしのはらのうちそよぐをおもふと也。愚案古郷も秋の夕なるを、こゝも夕はおなじければ、是をかたみとてをのゝ笹原の風の送りきたる心也。

雅経朝臣

958 いたづらにたつやあさまの夕けぶり里とひかぬるをちこちのやま

此哥、夕煙といふに心を入べし。やう〳〵暮かゝる旅行の山中に遠近の山のみ見えて、宿かるべき里はいづくともしられぬに、たま〳〵里のしるべなるべき夕煙たつも浅間の嶺にて宿かるたよりにもあらねば、いたづらにたつやとよみ給へり。尤浅間に遠近をよむは、いせ物語の余情なるべし。野州、宗祇等の説大かたかくのごとし。

宜秋門院丹後

959 みやこをばあまつ空ともきかざりきなにながむらん雲のはたてを

野州云、此哥、〽夕暮は雲のはたてに物ぞ思ふといふを本哥にして思ひよれるなるべし。雲のはたてとは、定家卿、僻案抄に、日の入ぬる山に光のする〳〵と立のぼりたるやうに見ゆる雲の旗の手に似たるをいふ也。愚案都は天津空にもあらぬに、恋しき時は何ぞ雲のはたてに物思ひみだれてながむらんと也。

藤原秀能

960 草まくら夕の空を人とはゞなきてもつげよ初かりの声

野州云、枕はゆふ物なれば、夕とつゞけたり。哥の心は、我旅の悲しさを問人あらば、鳴て告よと雁にいひ聞せたる哥也。雁は旅をする物なれば也。

旅の心を　有家朝臣

961 ふしわびぬしのゝをざゝのかりまくらはかなの露やひとよばかりに

しのゝ小笹の露けき枕に伏わびて、さてもかく一夜ばかりのかりねに、露のかばかり置事のはかなさよとあまりの事によめり。一夜は笹の縁也。

石清水哥合に、旅宿嵐といふ事を

962 岩が根の床にあらしをかた敷てひとりやねなんさよの中やま

自讃哥或抄云、床は岩が根、片敷物は嵐也。友とする人あらば、語も慰べきを、かくて独やねなんと也。

旅の哥とて　藤原業清

963 たれとなき宿のゆふべを契にてかはるあるじをいく夜とふらん

宿の夕を契にてとは、あるじもしらぬ所ながら、かならず夕になれば、誰となく宿り宿《シュク》すれば、かくよめり。下句心明也。

羇中夕といふ事を　　鴨長明

964 枕とていづれの草にちぎるらんゆくをかぎりの野べのゆふぐれ

さして定めたる宿もなき旅なれば、ゆくをかぎりにて、夕になれば、いづくにても草枕すれば、枕とていづれの草に契るらんと也。玄旨云、〽世中はいづくかさしてわがならん行とまるをぞ宿と定むる、千万草の中、いづれを枕にさだむる習ひなき旅の躰也。

あづまのかたへまかりける道にてよみ侍ける　　民部卿成範《シゲノリ》千載作者 桜町中納言

965 道のべの草の青葉に駒とめてなをふるさとをかへり見るかな

青葉には駒の心をとむる物なれば、只にも古郷のゆかしきに、駒のとゞまるにつけて、猶かへりみると也。野州云、哥はよくきこえたり。草の青葉めづらしくよめる詞也。駒をとむるといふによくかなへり。遠路なれば、駒をいたはる心もあるべし。潘閬《ハンラウ》といひし人、美山の風景をおしみて驢《ロ》にさかさまにのりし心にかよひたる心也。

なが月の比、初瀬にまうでける道にて読侍ける　　禅性法師

966 はつせ山夕こえくれて宿とへばみわのひばらに秋風ぞふく

初瀬山を夕にこえ暮て、宿とらんとすれば、猶宿りのかたは遠くて、三わの檜原に秋風ふきて物悲きさま也。初瀬より三輪三里斗也。

旅の哥とて読る　　藤原秀能

967 さらぬだに秋の旅ねはかなしきに松にふくなり床のやまかぜ

床の山は近江也。旅ねの床にそへて也。松風の吹ぬだに秋の旅ねは悲しきに、まして松風の夢みん由もなければと也。

摂政太政大臣家哥合に、秋旅といふことを　　藤原定家朝臣

968 わすれなんまつとなつげそ中〳〵にいなばの山のみねの秋かぜ

玄旨云、行平の立別いなばの山の哥に問答してよめり。再会定めなければ、中〳〵に待と告知せそと也。愚案待としきかば今帰こんとは、いひしかども帰こんも定なければ一向忘なん、待と告そと也。

百首哥奉りし時、旅哥　　藤原家隆朝臣

969 ちぎらねどひとよは過ぬ清見がた波にわかるゝあかつきの雲《そらイ》

玄旨云、我も此浦に旅ねをし、雲も亦海上にかゝりたりしが、わが朝立比、雲も波を別るゝ也。雲と我と契りたるやうに見えたりと也。彼海上の躰、哥のおもてのごとし。面白き哥のしたて也。

千五百番哥合に

970 ふるさとにたのめし人もすゑの松まつらん袖に波やこすらん

末の松は、待らん袖に波こえんといはん枕詞也。古郷に契置てし人も我如く袖に泪をかけて待やすらんとの心なるべし。一説、末の松は枕詞ながら、古郷にたのめし人も袖の泪にて待やすらん、又心やかはるらんといはんためとかや。

哥合し侍ける時、旅の心をよめる　　入道前関白太政大臣

971 日をへつゝみやこしのぶのうらさびて波よりほかのをとづれもなし

都忍ぶとそへて、信夫の浦の旅ねに、波より外に都の音信もなければ、うらさびしき日をへつゝ都恋しき心也。

堀川院御時百首哥奉けるとき、旅哥　　藤原顕仲朝臣

972 さすらふる我身にしあればきさがたやあまのとまやにあまた旅ねぬ
野州云、さすらふるとは、伶俜とも龍鍾ともかけり。零落して所も定ずありく也。愚案象潟は出羽也。かくさすらふる身なればこそ、かゝる所の蜑の苫屋に幾夜も旅ねすれ。さらずは一夜だにねらるべき所かはとの心也。たびねぬは旱ぬ也。

入道前関白家百首哥に、旅の心を　皇太后宮大夫俊成

973 なには人あし火たく屋に宿かりてすゞろに袖のしほたるゝかな
玄旨詠哥大概抄云、芦火たく蜑の家に宿かりて、哀なるさまをかくよめり。すゞろとは、心ならずよその事までふと哀に思ひ入てぬるゝ袖也といふ也。すゞは、芦の縁語なればいふ也。只はそゞろといふべし。愚案不意《ソゞロ》、辛《スゞロ》と書。旅宿の所がら思ひやる也。

題しらず　僧正雅縁

974 又こえん人もとまらばあはれしれわがおりしけるみねの椎柴
我かゝる山中に椎柴折しきて旅宿せし跡に、又此岑こえん人もこゝにとまらば、身をつみて我が哀を思ひ知れとなるべし。

前右大将頼朝左馬頭義朝子

975 道すがら富士のけぶりもわかざりきはるゝまもなきそらのけしきに
雨雲晴ぬ旅路の富士をだに見ぬおぼつかなさ侘しさ取あつめ、思ひやるべし。

述懐百首哥よみ侍けるに、旅哥　皇太后宮大夫俊成

976 世中はうきふししげし篠原や旅にしあればいも夢に見ゆ
世をうしと捨て、旅に出れば、篠原の侘しきかりねに妹を夢見て、又古郷も恋しけれ

ば、世はうきふし茂き物哉と、篠の縁にて読給へるなるべし。

千五百番哥合に　　宜秋門院丹後

977 おぼつかな都にすまぬみやこ鳥ことゝふ人にいかゞこたへし

彼いざことゝはんとよみし詞に付ての哥也。都に住てこそ都の事を知て答《コタフ》べけれ。京には見えぬ鳥として、こと問人には都の事をいかゞ答しぞ、おぼつかなしと也。

天王寺へまい《うでイ》り侍けるに、俄に雨《イの》ふりければ、江口に宿をかりけるに、かし侍らざりければ、よみ侍ける　　西行法師

978 世の中をいとふまでこそかたからめかりのやどりをおしむきみかな

世をかりの宿といとひ捨て家を出るまでこそは成がたからめ、かりの宿をおしまずもあれかしと也。

返し　　遊女妙砂石集等ニハ普賢菩薩化身云〻

979 世をいとふ人としきけばかりの宿にこゝろとむなとおもふばかりぞ

世をいとふ人ならば、かやうの所に宿りて心をとめ給はんもあぢきなしと思ひて、宿かし申さゞる也。宿をおしむにはあらずと也。

和哥所にて、おのこども旅の哥つかうまつりしに　　藤原定家朝臣

980 袖にふけさぞな旅ねの夢も見しおもふかたよりかよふうらかぜ

宗祇自讃哥注云、此さぞなは、我上の事をはかりていふ也。旅ねには夢をもさぞな見ざらんといふ心也。夢を見ん頼みあらば、風をもいとひ侍べきに、夢に頼みなければ、思ふ方の風袖にもふけといふ由にや。源氏物語に、〽恋わびてなくねにまがふ浦浪は思ふ方より風やふくらんといへる哥をとりてよめるにやとぞ覚え侍る。野州同義。

家隆朝臣

981 旅ねする夢路はゆるせうつのやませきとはきかずもる人もなし

夢にも人に逢ぬとよめる本哥をうけて、旅ねの夢路に故郷人をみる事はゆるせ、関あり、守人あらばこそ夢路をもゆるさゞらめ、宇津山は関にはあらず、守人もなければと也。

藤原定家朝臣

詩を哥に合せ侍しに、山路秋行といへる心《事イ》を

982 みやこにもいまやころもをうつの山ゆふ霜はらふつたのしたみち

玄旨云、こゝは山中なれば、夕霜ふかく、早冬のごとく也。都にも衣うつ時分にこそあらめとおもひやりたる心也。

鴨長明

983 袖にしも月かゝれとはちぎりをかずなみだはしるやうつのやまごえ

袖に月のうつるは旅行の涙ふかき故也。此うつの山をこゆる時、月にかくあれとは契をかざりしに、いかなる事ぞ、知がたし。若泪は其故をしるにや、ひたと袖にこぼれて月をやどすほどにとなるべし。月にて秋行の題をよめり。

前大僧正慈円

984 たつたやま秋ゆく人の袖をみよ木〻のこずゑはしぐれざりけり

野州云、秋行人は我事なるべし。我袖に木〻の梢をくらぶれば、我袖の色はふかければ、木〻は時雨るにてはなしと也。

百首哥奉し時、旅哥

985 さとりゆくまことの道に入ぬればこひしかるべきふるさともなし

古郷をこひ、妻子を思ふは世間の煩悩也。是を煩悩と覚り捨れば、恋しかるべき古郷もなしと也。覚りゆく真《マコト》の道《ミチ》など、旅の行路の縁語也。実に煩悩の世間を離れて菩提の門にいらん事、此僧正の御本意なるべし。

はつせにまうでゝ帰さにあすか川のほとりにやどりて侍ける夜、よみ侍ける

素覚法師

986 ふるさとへ帰らんことは《も》飛鳥川わたらぬさきに渕瀬たがふな

帰らん事は明日とそへて也。古郷に帰らんは明日なれども、一夜のほどもしられず、きのふの瀬はけふ淵となる川なれば、帰路ちかき旅には猶此川の隔れるが心もとなき心なるべし。

あづまのかたにまかりけるによみ侍ける

西行法師

987 としたけて又こゆべしとおもひきやいのちなりけりさよの中やま

玄旨云、佐夜の中山は、只はさやとよみ、旅宿などの時はさよとよむ也。西上人、老後に二たび此山をこゆるとてよまれたるなるべし。愚案西行、修行のはじめにも東行せられ、其後も鎌倉に至りて、頼朝卿に弓馬の物がたりして、銀猫を給はりながら、門前に出て童にとらせける事、東鑑にみゆ。此哥、いのちなりけりとは、年たけて又此山をこゆるも存命の故なれば、命成けりと也。

旅のうたとて

988 おもひをく人のこゝろにしたはれて露わくる袖のかへりぬるかな

にくからず思ひをく人の心に、古郷のしたはれて、露わけ出し袖のふたたび帰しよと也。思ひをくは、露の縁語にや。

989
熊野へ《にイ》まいり侍しに、旅の心を　太上天皇
見るまゝにやまかぜあらくしぐるめりみやこもいまは夜ざむなるらん
野州云、見るまゝにとは、御幸の道すがら眼前端的の風景なるべし。旅懐の悲しさに、此時雨に都も今は夜寒なるべしとおぼしめしやられたる御心ありがたくや。
古今著聞に、此御幸に毎日御所作に千手経を遊ばされしを、箱に入置せ給へりしが、うせ侍しを、いかに尋ても見えざりしを、陰陽頭在継を召具せさせ給けるに、占はせ給へば、此経うせ侍らず、只よく御覧候へと申せしに、御経の筥の蓋に軸つまりて付たりしをえ見ざりける也。叡感有て御衣を給はせしとぞ。

新古今和歌集　巻第十一

恋哥一

題しらず　よみ人しらず

990
よそにのみ見てややみなん葛城やたかまの山のみねのしら雲
野州云、第二の句にて切て見る哥也。此哥は、はじめの恋の哥なれば、我心をかくる人をばよそにのみ見てややまん、いかゞあらんと深く思ひ入たる様なるべし。青柳のかづらき山にゐる雲の立てもゐても君をこそ思へ 口訣

991
をとにのみありときゝこしみよしの〻たきはけふこそ袖におちけれ　人麿
恋の泪の初めて落たぎる心をよめるにや。

992 あしびきの山田もる庵にをくかびのしたこがれつゝ我こふらくは

野州云、かびの事、説〻有。蚊火、鹿火、哥によりてかはり侍り。蚊遣火は下にくゆらす物なれば、かくよめるにや。鹿火は山田などに鹿を驚さんとて燃てけぶらするをいへり。愚案両説共用。

993 いそのかみふるのわさ田のほには出ずこゝろのうちにこひやわたらん

序哥也。石上布留の早田は、ほには出ずといはんため也。ほに出るとは、あらはれて色に出す心也。穂には出ず心中にのみ恋やわたらん、よし、色に出やせんとふくめたる心なるべし。

女につかはしける　在原業平朝臣

994 かすが野のわかむらさきのすり衣しのぶのみだれかぎりしられず

野州云、いせ物語の詞にて哥の心は聞え侍り。所かすがの里なれば、五文字にをける也。紫は野に生る物なれば、かくいへり。序哥也。忍ぶのみだれ限なきといはんため也。しのぶのみだれとは、忍ぶずりの紋乱たる物なれば、思ひのみだれをよそへよめる也。限しられずとは、思ひのきはまりもなきをいふ也。伊勢委

中将更衣につかはしける　延喜御哥

995 むらさきの色に心はあらねどもふかくぞ人をおもひそめつる

紫は色ふかき物也。心はそれならねど、ふかく更衣を思初しと也。初ると染るを添てよませ給へり。

題しらず　中納言兼輔

996 みかのはらわきてながるゝ泉河いつ見きとてか恋しかるらん

野州云、みかの原、泉河、山城相楽《サガラノコホリ》郡同所名所《ノ》也。玄旨云、わきて流るは、泉の縁の字也。いつ見きといはんため也。是も序哥也。あひ見たる事もなき人を年月へて思ひ侘て、いつ逢見しとてかくこふるぞと我心にいふ儀也。哥のさまたぐひなかるべし云々。師説上句は、人丸の都出てけふみかの原泉河川風寒し衣かせ山、この哥の詞を序に置也。

平定《平仲》文家哥合に　　坂上是則

997 そのはらやふせ屋におふるはゝきゞのありとは見えてあはぬきみ哉

家成卿哥合、基俊判詞云、件《クダン》の木は、美濃、信濃、両国の堺、曽の原ふせ屋といふ所にある木也。遠くてみれば、帚《ハヽキ》を立《タテ》たるやうにてたてり。近くてみれば、それに似たる木もなし。然ば有とはみれば逢ぬ物に喩《タト》へ侍と云々袖中抄。此哥の注にあり。此哥は序哥也。

藤原高光 師輔公子 応和元年十二月出家

人のふみつかはして侍ける返事にそへて女につかはしける

998 としをへておもふ心のしるしにぞそらもたよりの風はふきける

空も便りのは、空にも也。年へし思ひのしるしに空にも風の便を得たりと也。此返事に添る便宜を悦びいへるなるべし。

西宮前左大臣 高明公

九条右大臣女《ノ》イのにはじめてつかはしける
師輔公息女愛宮、母雅子内親王、延喜皇女

999 とし月は我身にそへて過ぬれどおもふこゝろのゆかずもあるかな

思ひ初てより、年月は我歎とゝもに過行ぬれど、思ふ本意はとげずと也。心のゆくとは、本意をとぐる心也。年月は過行ど心は行ずとの作也。

返し

1000 もろともにあはれといはずは人しれぬとはずがたりを我のみやせん　大納言俊賢母 高明室 愛宮

我も思ふ心あれど、諸共にそなたも哀といふまじくは、人知ぬ思ひのとはずがたりも我のみしてあるべけれど、そなたも思ふ心などのたまひて、諸共に哀との給ふべき気色なれば、我思ひも顕はし申さんと也。

天暦御時哥合に

1001 人づてにしらせてしかな隠れぬのみごもりにのみこひやわたらん　中納言朝忠

かくれぬは隠沼也。物の隠れなる沼《ヌマ》也。みごもりは水籠也。いひ出んが恥がましさに心中に恋わたるたとへ也。直にいはんは恥かしければ、人伝にしらせてし哉、扨もかくのみ人しれず恋渡らんかと也。

はじめて女につかはしける

1002 みごもりのぬまのいはがきつゝめどもいかなるひまにぬるゝたもとぞ　太宰大弐高遠

水籠《ミゴモリ》は沼《ヌマ》の水深くてこもれる心也。いはがきは、石垣の沼をかこへる也。つゝめどもといはん序哥也。随分心につゝしみつゝめども、いかなる心の隙にもるゝ泪にぬるゝ袂ぞやと也。

いかなるおりにかありけん、女に

1003 からころも袖にひとめはつゝめどもこぼるゝものはなみだなりけり　謙徳公

随分袖に泪をみせまじきとつゝめども、思ひあまる泪のおつるをなげく心なるべし。

右大将朝光、五節舞姫奉りけるかしづきを見て、つかはしける

前大納言公任

1004
あまつそらとよのあかりにみし人のなをおもかげのしるて恋しき

豊明の事、賀部に注。十一月豊明節会に、公卿受領舞姫を各二人づゝ奉りて舞《マフ》に、袖を挙《アゲ》る事五変、かるがゆへに五節といふと江次第にあり。其五節の舞姫に傅《カシヅキ》とて、さるべき女房理髪のためなどに侍ふを見て、遣し給へる哥なり。哥の心は、天は明なる物なれば、あまつそらとよのあかりとつゞけられたるなるべし。豊明に見てよりいまも猶恋しき心を、なを俤のしるて恋しきと也。

つれなく侍ける女にしはすのつごもりに遣しける　謙徳公

1005
あらたまの年にまかせてみるよりはわれこそこえめあふさかのせき

しはすの晦日なれば、年の越んとする日なる故、かくよみ給へり。春は東よりくれば、逢坂より人のくるがごとくにいひなして、あらたまの年にのみ逢坂をこゆる事を任せんよりは、我こそこえめと也。人に逢を逢坂関越るといへば也。

堀川関白、文など遣して、里はいづくぞと問侍ければ　本院侍従

1006
我やどはそこともなにかをしふべきいはでこそ見めたづねけりやと

もし誠の心ざしあらば、宿を教ずとも尋ね給はんに、そこともいはでこそ尋けりやと心見るべけれと也。

返し　忠義公

1007
わがおもひうらのけぶりとなりぬればくもゐながらもなをたづねてん

思ひを火にそへて空の煙と立のぼりたれば、雲ゐのよそながらも猶尋んと也。空といふより雲ゐながらもと也。

題しらず　貫之

1008 しるしなきけぶりを雲にまがへつゝ世をへてふじのやまともえなん

清原深養父

我おもひのしるしもなく人はつれなきに、きえぬおもひはもえまさるなげきのいつとなきを、かくよめるなるべし。人丸〽ちはやぶる神も思ひのあればこそ年へてふじの山ももゆらめ、後撰、読人不知〽しるしなき思ひにぞきくふじのねもかごと斗のけぶりなるらん、又貫之集〽もゆれどもしるしだになきふじのねに――

1009 けぶりたつおもひならねど人しれずわびてはふじのねをのみぞなく

藤原惟成 左少弁惟材（ママ）子 正五位下

富士は煙立に、我思ひは煙はたゝねど、人しれず思ひ侘ては富士のねのみなくと也。後撰〽恋をのみ常にするがの山なれば富士のねにのみなかぬ日はなし

女につかはしける

1010 風ふけばむろのやしまの夕けぶり心のそらにたちにけるかな

藤原義孝 号後少将

室八嶋、下野、煙立所也。風の便にまかせて我思ひの煙を見する心也。

義孝近衛少将なれば近衛大将也（ママ）

文つかはしける女におなじつかさのかみなるける人かよふときゝてつかはしける

1011 しら雲のみねにしもなどかよふらんおなじみかさの山のふもとを

みかさ山、近衛の大将中少将等をいふ也。白雲を女にたとへ、峯を大将に、麓を少将にたとへて、我もおなじ近衛司なるに、かの人になにとていひかよふらんと恨む心也。

題しらず

和泉式部

1012 けふもまたかくやいぶきのさしも草さらばわれのみもえやわたらん

難面き人の月日へてつらき詞もかはらぬを恨て、けふも又かくやいふといひかけて、

さあらば我のみもえやわたらんともぐさの縁によめり。伊吹は、下野、近江両説也。

源重之

1013 つくば山葉山しげやましげゝれどおもひいるにはさはらざりけり

玄旨云、古今序に、筑波山の陰よりもしげしといへり。彼山は、茂き山にいひ習はせり。何と茂き山なりとも、思ひいらばさはりもなくいらんと也。

又かよふ人ありける女のもとにつかはしける　大中臣能宣朝臣

1014 われならぬ人にこゝろをつくばやましたにかよはん道だにやなき

人に心を付るとそへて也。よし〳〵人に心を付らるゝとも、我は忍びてかよはん、さるべき道だにあるまじきやと也。あらはにかよふ人あるに対していへる心也。

はじめて女につかはしける　大江匡衡朝臣 左京大夫重光子 式部大輔

1015 人しれずおもふこゝろはあしびきのやました水のわきやかへらん

足引の山下水は、わきやかへらんといはんとて也。人しれず思ふ心は浅からねば、下にわきかへるべしと也。下に火有て湯の湧《ワキ》返るやうに、人しれぬ下の思ひは湧返らんとなるべし。口決

女を物ごしにほのかに見てつかはしける　清原元輔

1016 にほふらんかすみのうちのさくら花おもひやりてもおしきはるかな

霞中の桜を女のほのかなるによそへて也。思ひやりてもおしきとは、わが物とせで外にせんを歎く心なり。

としをへていひわたり侍ける女の、さすがにけぢかくはあらざりける 我に近付べくはあらぬ也 に、春の末つかた、いひつかはしける　大中臣能宣朝臣

1017 いくかへりさきちる花をながめつゝ物おもひくらす春にあふらん

いくかへりは、年をいくたびの心也。君をおもふ物思ひにくらす春にいくたびあひて、いくたび咲ちる花をみるらんと也。年をへたる事をいはんとて、咲ちる花をいくたびながめつゝといふなるべし。

題しらず　躬恒

1018 おく山のみねとびこゆるはつかりのはつかにだにも見でややみなん

序哥ながらたとへし哥也。初雁のは、はつかにといはん序也。はつかにだに見ずしてやまんにやといはんとて、奥山のといへるはたとへ也。

亭子院御哥

1019 おほぞらをわたる春日の影なれやよそにのみしてのどけかるらん

此哥、大和物語云、先帝の御時、刑部のきみとて侍ひ給ひける更衣の、里にまかり出給ひて、久しうまいり給はざりけるに、つかはしけるとあり。大空をわたる春日の影とは、禁中をよそにして里に長閑にさぶらふ事をたとへてよませ給へり。此哥、在リ二寛平御集ニ一。仍此集如此。

正月、雨ふり風ふきける日、女につかはしける　謙徳公

1020 はる風のふくにもまさるなみだ哉わがみなかみも氷とくらし

わが身とそへて也。東風氷をとくといへば、春風の吹に付て、かく恋の泪のまさるは、我みなかみも氷とけて、かく泪も流るかと也。

たび〳〵返事せぬ女に

1021 水の上にうきたる鳥の跡もなくおぼつかなさをおもふころかな

謙徳公の哥也。たび〳〵遣す文の返事なくて、いかなる心ぞ、おぼつかなきとのみ思ふ心也。水ノ上の水鳥の跡はなき物なるを、やる文の行衛なきに准《ナゾラ》へて、文字を鳥の跡といふに添てなるべし。

題しらず　曽祢好忠

1022 かたをかの雪間にねざす若草のほのかに見てし人ぞこひしき

序哥也。雪間の若草はほのかに見ゆるものなれば、下句をいはん序によめり。

かへりごとをせぬ女のもとにつかはさんとて、人のよませ侍ければ、二月ばかりによみ侍ける　和泉式部

1023 あとをだに草のはつかに見てしかなむすぶばかりのほどならずとも

古今〽草のはつかに見えし君かも、といふ詞を用ひて也。契を結ぶほどならずとも、返事の跡をだにはつかに見たきと也。結ぶは草のえんの詞なるべし。

題しらず　藤原興風

1024 霜のうへにあとふみつくる《集とむる》浜千鳥ゆくゑもなしとねをのみぞなく

野州云、跡ふみつくるは、はや文などはやりたれども、いまだ返事なければ、心の行衛もなしとよめり。興風集跡踏留《トム》るとあり。心はおなじかるべし。

中納言家持

1025 秋はぎの枝もとをゝにをく露のけさきえぬともいろに出めや

玄旨云、とをゝといひてもたはゝといひても同じ心也。いづれもなびくやうなるさま也。今朝きえぬともとは、命はをく露のやうにきゆるとも、其萩のごとく色には出じと也。ふかく忍びたる心也。

1026 秋風にみだれて物はおもへども萩のした葉のいろはかはらず　藤原高光

高光集に、一条のおとゞのもとなる人にと有。秋風に萩のみだるゝやうに、君に思ひみだるれども、色に出てはえ顕はさずとの心を、萩の下葉の色はかはらずとよめるなるべし。

忍ぶ草の紅葉したるにつけて女のもとに遣しける　花園左大臣

1027 我こひもいまは色にや出なましのきのしのぶも紅葉しにけり

我忍ぶ恋をも色にや出ん、忍ぶといふ草も色に出し程にと也。

和哥所哥合に、久忍恋といふ事を　摂政太政大臣

1028 いそのかみふるの神杉ふりぬれど色には出ず露もしぐれも

野州云、題をまはしたる哥也。神杉ふりぬれどとは、久しき心也。神杉ふりぬれど色に出ず、我も年ふれど今迄色に出ずといふ哥也。忍ぶといふ心きどく也。露も時雨もとは、露にも時雨にもといふ儀也。下の心は泪也。愚案神杉ふりぬれどは、年古し心に露時雨降にそへてなるべし。

北《小イ》野《ノ》宮《ノ》哥合に、忍恋の心を　太上天皇

1029 我恋は槙のした葉にもるしぐれぬるとも袖のいろに出めや

槙は時雨にぬれても色付ぬ物なれば、内〻に袖はぬるゝとも、外に色に出ては見えしられじと也。忍恋の心明也。ぬるゝと斗も袖の色には見せじなどむつかしき儀有。不足信用。

百首哥奉りし時よめる　前大僧正慈円

1030 我こひは松をしぐれのそめかねてまくずがはらに風さはぐなり

野州云、人の難面きを松とし、我思ひ懸るを時雨としてよめる哥也。我恋はといふ詞は、よび出して松を時雨の染かぬるがごとく也といふ五文字也。真葛が原にとは、思ひかけ〳〵ても難面き色もかはらねば恨る斗といふ哥也。真葛が原とは、葛の多き心也。名所にもあり。さはぐと云字、力有字也。恨る心のつよく切なるをいはんため也。

家に哥合し侍けるに、夏恋の心を　摂政太政大臣

1031 うつせみのなくねやよそにもりの露ほしあへぬ袖を人のとふまで

人にしられじと思ふ恋のなみだなれども、やう〳〵よそにもりたるやらん、そなたの袖はぬれ給ふはと人の問までに成しとなり。鳴ねやよそにもりしとそへて也。空蝉の羽にをく露のこがくれて忍び〳〵にぬるゝ袖哉、忍ぶれど色に出にけり我恋は、などを本哥にや。

寂蓮法師

1032 おもひあれば袖にほたるをつゝみてもいはゞやものをとふ人はなし

宗祇自讃哥註云、後撰に、螢を汗衫《カザミ》の袖につゝみて、つゝめどもかくれぬ物は夏虫の身よりあまれる思ひなりけり、とよめるは思ひの忍ばれぬ心也。此哥は、いひ出ぬ下の思ひをさぞと問人もなければ、螢を包みてかくといはゞやといふにや侍らん。愚案此本哥、後撰、大和物語、少異也。何方にても此哥に叶べし。

水無瀬にて、おのこども、久恋といふ事を読侍しに　太上天皇

1033 おもひつゝへにける年のかひやなきたゞあらましのゆふぐれのそら

此五文字、心を付べし。若《モシ》君がなびかましかば、夕暮などに忍びあはんなど思ひつゝ、

年へしかひなかりけん、只其思ひしあらましばかりにて、忍び逢事もなき夕の悲しき
と也。有増は兼て言置心也。只有増のといふ所に玄〻幽微の心有とぞ。

百首哥中に、忍恋を　　式子内親王

1034 玉のをよたえなば絶ねながらへばしのぶることのよはりもぞする

野州云、忍びあまる思ひを押返し〳〵月日をふるに、かくてながらへば、必忍ぶる事のよはらんと思ひ侘て、命も絶なば絶ねといへり。あらはれば、いかなる名にか立んと深く忍心也。よはりもぞするとは、末の事を治定していへり。常にはよはりこそせめと云べきを、如此奇特なるにや。

1035 わすれてはうちなげかるゝ夕かな我のみしりてすぐる月日を

其人にはいまだいはで、我ばかり知て月日をかさねし事を打忘れてはといふ五文字也。扨も其人のかゝる夕などにとへかしとうち歎て、げにも忘たり。其人にかくとしらせてこそあらめ、其人にはいはで我のみ知て過きたりし月日にてある物をと也。

1036 わがこひはしる人もなしせく床のなみだもらすなつげのをまくら

せく床のとは、人に知られじとせく心也。我恋は枕ならでしる人もなければ、必この我泪のさまをもらししらすなと枕に制したる心也。枕より又しる人もなき恋を泪せきあへずもらしつる哉、是を本哥なるべし。黄楊小《ツゲノヲ》枕、黄楊にてつくりし枕也。右三首皆忍恋の哥也。

百首哥よみ侍ける時、忍恋　　入道前関白太政大臣

1037 しのぶるにこゝろのひまはなけれどもなをもるものはなみだなりけり

隙ある所より物はもる事なれば、かくよみ給へり。忍ぶ心に間断《カンダン》はなけれども、猶せ

きあへず泪のもるゝと也。

冷泉院みこのみやと申ける時、（天暦四年七月廿三日立太子、村上天皇第二皇子）さぶらひける女房《イ房ナシ》を見かはして、いひわたり侍ける比、手習しける所にまかりて物に書つけ侍ける　謙徳公

1038 つらけれどうらみんとはたおもほえずなをゆくさきをたのむこゝろに

玄旨云、つらき人を恨ても又いかゞと思惟したる哥なるべし。行末を一向に頼ぬ物ならば、恨ても絶侍べけれど、行末をたのむ心あれば、恨ん共思はぬと也。

返し　読人しらず

1039 雨こそは頼まばもらめたのまずはおもはぬ人と見てをやみなん

野州云、世俗に、頼む木の本に雨のもるといふ事をよめり。侘人のわきて立よる木の本は頼む陰なく紅葉散けり、此哥も頼む木のもとにもるといふ事をよめる也。愚案雨こそは頼むにもるたのもしげなき事あらめ、我はさはあらじ、猶行末も頼まば我も思ふ人と思はんといはんとて、若《モシ》頼給はずは我も思はぬ人と見てやまんとよめり。をは助字也。やむは雨の縁語也。

題しらず　貫之

1040 風ふけばとはに波こす磯なれやわがころもでのかはくときなき

とはには、常にと也。此哥、いせ物語の哥、岩なれやを磯なれやとかはれる斗也。不審也。心明也。

道信朝臣

1041 すまの蜑の波かけ衣よそにのみきくはわが身に成にけるかな

蜑のめかりしほくむにぬらす袖をよそにきくは、いま此恋のわが身になりしと也。

くす玉　菖蒲の根を用ひて続命縷《クスダマ》と云也。

兵衛佐に侍ける　公卿補任云、道長公は永観二年二月一日右兵衛権佐。

くす玉を女につかはすとて、男にかはりて　三条院女蔵人左近

1042 ぬまごとに袖ぞぬれける《ぬるイ》あやめ草こゝろにたるねをもとむとて

君にまいらせんに、我心の深長なるに似たる昌蒲《（ママ）》の根を求んとて、おほくの沼に袖ぬらして尋しと也。扨うき恋に袖ぬらす心を添て也。

五月五日、馬内侍につかはしける　前大納言公任

1043 ほとゝぎすいつかと待しあやめぐさけふはいかなるねにかなくべき

五月まつ山郭公といへば、いつかと待しとよみて、五日をそへて也。あやめ草は、根にそへて、ねにか鳴べきといはんため也。哥の心は、郭公を我身によせて、いつしかとけふの五日を待出たれば、いかなる音を鳴て君に侘んと也。ねになくを、君に思ひをしらせて侘る事によめり。

返し　馬内侍

1044 さみだれはそらおぼれする郭公ときになくねは人もとがめず

いかなるねにかなくべきといふをとがめて、空おぼれする郭公とよめり。空おぼれとは、心にはなくべき時を知ながら、いかになかんなどおぼめくを五月雨のそらとそへてよむ也。哥の心は、郭公の鳴べき時至りてなくは人もとがめねば、いかやうにも鳴給へ、空おぼれせずともとの心也。畢竟取あへぬ心なるべし。

兵衛佐に侍ける時、五月ばかりに、よそながら物申そめてつかはしける　法成寺入道前摂政太政大臣《御堂関白道長公》

1045 ほとゝぎすこゑをばきけど花のえにまだふみなれぬ物をこそおもへ

此哥の花の枝は橘なるべし。橘に郭公はとまれば也。心は、馬内侍が声はきけど、ま

だ文つかはし馴ぬ物思ふと也。郭公を内侍にそへ、踏を文にいひかけて也。

返し　馬内侍

1046 ほとゝぎすしのぶるものをかしは木のもりてもこゑのきこえけるかな

柏木は兵衛の名也。柏木の森とそへて、随分忍音に鳴しを漏《モリ》聞し侍ける事よと也。

郭公のなきけるはきゝつ《つるイ》やと申ける人に

1047 こゝろのみそらに成つゝほとゝぎすひとだのめなるねこそなかるれ

郭公聞けるかと問に付て思ひをのべし内侍が哥也。人頼めは、頼かひなき事也。心のみ空に成てかひなきねを鳴と也。

題しらず　伊勢

1048 みくまのゝうらよりをちにこぐ舟のわれをばよそにへだてつるかな

序哥也。我をよそに隔てしよと恨る心をいはんと也。みくまのゝ浦は紀伊也。

1049 なにはがたみじかき芦のふしのまもあはでこの世をすぐしてよとや

野州云、詞づかひ優なる哥也。序哥にてよく聞えたり。又此五文字、難波潟とは、大やうにいひ出したり。惣じて五文字に君臣の心有。是は大やうにて君の姿也。又ひしといひつめて詮とするもあり。能〻分別すべし。哥の心は、思ひそめしより此かた、人にも縁を求め、詞をもつくし、心をもくだき、あるはたのめて過し、あるは影もはなれずして年月を重れば、いかゞせんなど重ひあまりたる上に、打歎きていひける哥也。みじかき芦のふしのまとは、いさゝかばかりもといふ心也。かやうの哥、凡慮はかりがたき事とぞ。玄旨同義。てよとやとは、あはで過せよとの其方の心かと也。

人麿

1050 みかりするかりばのをのゝならしばのなれはまさらでこひぞまされる

楢《ナラ》柴の、馴はまさらでといはん序哥也。鷹のなつかぬ程木に居るを木居《イ》といふをそへて、其人に馴はまさらで恋の増と成べし。

読人不知

1051 うどはまのうとくのみやは世をばへんなみのよる〳〵あひ見てしかな

有度浜、駿河也。疎くといはん枕詞也。下句も浜の縁にて波のよる〳〵とよめり。心明也。

1052 あづまぢの道のはてなる常陸《ヒタチ》帯《ヲビ》のかことばかりもあはんとぞ思ふ

童蒙抄云、六帖第五にあり。紀友則哥也。ひたち帯とは、常陸国鹿嶋の明神の祭の日、女の懸想《ケサウ》人数多あるには、其名を布の帯に書集て、おまへにをくに、それが中にすべき男の名書たる帯のうらがへる也。それを取て、御前にて懸帯のやうにする也。それを聞つれば、其男かこちかゝりてしたしくなる也。されば、かごとゝはかこつといふ心也。八雲抄、哥林良材等、大かた同。哥林良材、又云、帯にかごといふ物有。鉤の字也。さてかくはつゞくる也。袖中抄同。野州云、かごと斗といふは、少ばかりもと云儀也。

1053 にごり江のすまん事こそかたからめいかでほのかにかげを見て《せイ》まし

澄と住とをそへて、濁江は影の見えぬ物なれば、其人と相住事こそかたからめ、俤をほのかにもいかでみんと也。イ見せましとは、野州云、我切に思ふ姿をいかで見せましと也。

1054 しぐれふる冬の木の葉のかはかずぞ物おもふ人の袖はありける

物思ふ袖のかはかぬをいはん序哥也。

1055 ありとのみをとに聞つゝ音羽川わたらば袖にかげも見えなん

君が有かを音に聞つゝ、君がほとりを前わたりするに、俤をだに見えよとの心也。音羽河は音に聞つゝといふより、わたらばなどいはんため也。影もみえなんも川の縁語也。此河は山城也。

1056 水ぐきのをかの木のはを吹かへし誰かは君をこひむとおもひし

序哥なるべし。吹かへしは、一たび風のちらせし木の葉を又ふく心也。くり返しといはんとおなじ。風といはでかくよむ事、古哥の常也。野州云、誰かは君をとは、絶ぬるきはゝ思ひ切て又とふまじきと思ひしが、又さらに恋しく成たるほどに、誰かは君を恋んと思ひしと、我心をいさめていへる様なるべし。

1057 我袖にあとふみつけよ浜千鳥あふことかたし見ても忍ばん

玄旨云、鳥の跡を見て文字を作初て侍れば、我に文を給はれといふ事によめり。君に逢事はかたく侍れば、文を見て堪忍せんと也。

女のもとより帰侍けるに、程もなく雪のいみじう降侍ければ　中納言兼輔

1058 冬の夜のなみだに氷るわが袖の心とけずも見ゆるきみかな

難面き女のもとより帰りて寒夜にとけてもねられぬ事を上句に序哥によみて、下句に彼女の難面かりし事をよめり。序哥にも我いはまほしき事をよみて、用に立る事、哥の一躰なるべし。春日の里の女に遣す哥に、〽かすがのゝ若紫のとよみ、山の井に手洗ふ女に、〽結ぶ手の雫ににごる山のゐのあかでも人にとよみし貫之集の序哥のたぐひ、あまたあり。

題しらず　藤原元真

1059
霜こほり心もとけぬ冬の池に夜ふけてぞなくをしの一こゑ

元真集の詞に、只の恋と題をかける哥なり。野州云、いとゞねがたき冬のよにをしのなくをきゝて、鴛のつがひあるさへ此夜半の悲しきに堪兼て鳴也。我は猶独ねなればことはりなりといふ心也。鴛《ヲシ》は夫婦契深き鳥也。引〽山川に独おりゐる鴛どりの心しるゝ冬の池哉、〽夜をさむみね覚てきけばをしぞなくはらひも――

1060
なみだ川身もうくばかりながるれどきえぬは人のおもひなりけり

思ひを火にいひかけて、水克火の道理ながら泪川には思ひのきえずと也。

女につかはしける　　実方朝臣

1061
いかにせんくめぢの橋のなか空にわたしもはてぬ身とやなりなん

野州云、久米路の岩橋の事、昔文武天皇御宇、役小角《エンノ》とてうばそく有。金峯山と金剛山の間に岩橋を渡さんとて、彼一言主神を語らひけるに、其形見《カタチミ》にくき事を恥て、よる渡しけるに、渡しとげざるに夜明にけり。物のとげぬ事のたとへ也。此哥も思ひのとげぬ身とや成なん、いかゞせんと也。〽岩橋のよるの契も――

をんなの杉のみをつゝみてをこせて侍ければ

1062
たれぞこのみわの檜原もしらなくにこゝろの杉のわれをたづぬる

玄旨云、〽我庵はみわの山本といふを本哥にしてよめり。我は三わの檜原といふ事も知ぬを、其方の心の杉有て御尋あるかと也。愚案心の杉とは、心のすなをに不変なるを云也。誰ぞ此みわのとは、此実といひかけて、杉の実の事成べし。我は三わの檜原も何もしらで無音せしに、心直に不変にて我を尋るは誰ぞやと、五文字へ帰るうた也。女の尋るを感悦の哥なるべし。

題しらず　小弁

1063 わがこひはいはぬばかりぞなにはなるあしのしの屋のしたにこそたけ

こひを火に添て也。いはぬ斗にこそ外にみえね、下にはこがるゝ物をとの心を芦屋の焼火によせてよめる成べし。

伊勢

1064 我恋はありそのうみの風をいたみしきりによする波のまもなし

有磯海、越中也。間もなく恋る心をいへる哥也。

人に遣しける　藤原清正

1065 すまの浦にあまのこりつむもしほ木のからくもしたにもえわたるかな

序哥也。藻塩木は塩竈の薪也。からくはうき事也。塩の縁也。下の思ひのうき事を読也。

題しらず　源景明 大蔵卿兼光子

1066 あるかひもなぎさによするしら波のまなく物おもふわが身なりけり

あるかひもなきとそへて、波は間もなき物なれば、まなく物思ふと也。

貫之

1067 あしびきの山下たぎついはなみのこゝろくだけて人ぞこひしき

たぎつはたぎる心也。岩波はくだくる物なれば序哥に読り。

坂上是則

1068 足引の山したしげき夏くさのふかくもきみをおもふころかな

序哥也。是も心は明なるべし。

1069　男鹿ふす夏野の草の道をなみしげき恋路にまどふころかな

序哥也。しげきこひぢにまどふといはんとての上句なるべし。

曽祢好忠

1070　蚊やり火のさ夜更がたの下こがれくるしやわが身ひとしれずのみ

序哥ながらたとへたる心もあり。小夜更方は、人しづまりて蚊遣火の下こがるゝも知ぬ比なれば、人しれずのみ下にこがれて苦しとの心也。

1071　ゆらのとをわたる舟人かぢをたえ行衛もしらぬこひのみちかな

玄旨云、由良門は紀伊国也。此所は波荒き所なるべし。心は、大海を渡る舟に梶なからんはたよりをうしなふべき事也。其舟のごとく、我恋路の頼むたよりなくうかびて、ゆくゑなき心をいへり。ゆらの戸と打出るよりたけ高くいかめしき哥也。よく〳〵思慮すべしとぞ。師説此哥裏説あり。口訣云〻。

鳥羽院御時、うへのおのこども寄《スル》レ風《ニ》恋といふ心をよみ侍けるに

権中納言師時

1072　をひ風にやへの塩路をゆく舟のほのかにだにもあひ見てしかな

やへの塩路とは、八重は遠き心なるべし。是も序哥也。舟の帆とうけて、ほのかにだにもといはんための哥也。

百首哥奉しに《ときイ》

摂政太政大臣

1073　かぢをたえゆらのみなとによる舟のたよりもしらぬおきつしほかぜ

由良のとを渡る舟人梶を絶を本哥にて上句は読給へり。舟は梶を便りにてこそ湊へもよるべきに、梶を断《タエ》てよらん便もしらぬ沖の汐風にたゞよふごとく、思ふ人によらん

便もなき事をそへて読給へり。

題しらず　式子内親王

1074 しるべせよ跡なき波にこぐふねのゆくゑもしらぬやへのしほかぜ

古今白波の跡なきかたにゆく舟も風ぞたよりのしるべ成ける、此哥にて読給へり。かく跡なき波路にも風は便りのしるべとなるといへば、我恋の、海上にゆくゑもしらぬごとくいひよるたよりもなきに、しるべして便りをえさせよと、媒使などをやへのしほ風に比してよみ給ふ哥なるべし。跡なき波とは、波路の無《ナキ》レ辺《ホトリ》心也。

権中納言長方 中納言顕長子

1075 きのくにやゆらのみなとに拾《ヒロ》ふてふ玉さかにだにあひ見てしかな

万葉七妹がため玉を拾ふときの国のゆらのみさきに此日くらしつ、是を本哥にて上句をよみて、玉さかにだにとうけたる序哥也。

法性寺入道前関白太政大臣家哥合に　権中納言師俊 堀川大臣子

1076 つれもなき人の心のうきにはふあしのしたねのねに《をイ》こそはなけ

うきとは沼などを云に憂とそへて、難面き人の心のうきにはふとつゞけて、芦の下根は沼などにはふ物なるを、ねになくといはんとてよみくだしたる哥也。

和哥所哥合に、忍恋をよめる　摂政太政大臣

1077 なには人いかなる江にか朽はてんあふ事なみに身をつくしつゝ

江にを縁にそへ給へるにや。いかなる中の縁にて、終に逢事もなく身を尽して徒に下に忍びて朽果んと歎く心を、難波人、江、波、身をつくしなど其縁語にて読給へるなるべし。玄旨云、水尾尽は、波の下に朽る物なれば、忍恋によめる成べし。

隠名恋といへる心を　　皇太后宮大夫俊成

1078 あまのかるみるめを波にまがへつゝなぐさのはまをたづね侘ぬる

見るめを波にといはんとて、蜑のかると読也。思ふ人の名を隠して物いひをこせしが、見るに心得難きを、みるめを波にまがへつゝと也。名草浜、紀伊也。其名を尋侘る心を添て也。

題しらず　　相模

1079 あふまでの見るめかるべきかたぞなきまだ波なれぬいそのあま人

先見るを便にて終に逢べきを、其逢迄の見るめをからん方なし、まだ恋路に馴ぬ我なればとの心を、波にかづき馴ぬ蜑によせての哥也。

業平朝臣

1080 見るめかるかたやいづこぞさほさしてわれにをしへよあまのつり舟

いせ物語に、斎宮を見奉らんしるべを斎宮の童に頼る哥也。

新古今和歌集　巻第十二

恋哥二

五十首哥奉しに、寄雲恋　　皇太后宮大夫俊成女

1081 したもえに思ひきえなん煙だにあとなき雲のはてぞかなしき

野州云、下もえとは、いひ出る事もなく心の中に思ひもゆると云心也。自讃哥或抄云、

かくとだに知人もなき思ひ故に、堪ぬ身の行衛煙とならん果迄も誰かは其事とも詠知べき。只跡はかもなくむなしき空の雲とのみぞ消なんと、思ひの切なるままに、こしかた行末とりあつめて心をくだけるほど、誠に婦人の恋の哥とやさしく哀なる姿なるべし。宗祇注同義

摂政太政大臣家百首哥合に　　藤原定家朝臣

1082　なびかじなあまのも塩火たき初てけぶりはそらにくゆりわぶとも

六百番哥合に、初恋の題の哥也。其ゆへに思ひの火をたきそむる心を蜑のもしほ火たきそめてとよみ給へり。野州云、煙は空にくゆりとは、むすぼゝれたる事也。わがおもひの空にみつるよし也。此恋の煙の空に満るを、わがおもふ人は見るともなびかじといへる也。此哥、六百番衆議判に、くゆるとこそいひ習はし侍れ、くゆりはいかゞと難ぜられけり。随分の人数なれども哥学とゞかぬ所も有やと、俊成卿被申けると也云々。

愚案六百番哥合俊成卿判詞云、左の哥の難に、くゆるとこそいはめと右方申之条は不可然歟。如《キ》レ此《ノ》詞《ノ》字、うつる、うつり、とゞまる、とゞまり、如レ是《カクノ》不《ザル》レ可《ベカラ》二勝《アゲテ》-計《カゾフ》一事也。下略。

百首哥奉し時、恋哥　　摂政太政大臣

1083　恋をのみすまのうらびともしほたれほしあへぬ袖のはてをしらばや

恋をのみするとうけて、かく恋にほしあへぬ袖の果はかひなく朽果べきか、又かくぬるゝしるし有て逢みるべき歟、しらまほしきとの心を読給へるなるべし。すまの浦人もしほたれは、ほしあへぬ袖といはんため斗也。

恋の哥とてよめる　　二条院讃岐

1084 見るめこそ入ぬる磯の草ならめ袖さへ波のしたにくちぬる
俊頼朝臣
万葉〽しほみてば入ぬる磯の草なれや見らくすくなくこふらくのおほき、拾遺にも入たり。汐みつる時は入江となる磯の草は、見る事すくなく恋る事のおほきとよみしを本哥にて、海松和布を見る目にそへて、見る事こそすくなからめ、袖さへ入ぬる磯の草とひとしく波の下に朽しといひて、泪に朽て見るめはまれなる歎きをよめり。

としへたる恋といへる心を読侍ける

1085 君こふとなるみの浦の浜ひさぎしほれてのみもとしをふるかな
前太政大臣
君恋と成身といひかけて、泪にうちしほれてのみ年ふる心を、鳴海の浦の浜楸しほれてとつゞけられたる哥なるべし。鳴海は尾張也。

忍恋の心を

1086 しるらめや木の葉ふりしく谷水の岩間にもらすしたのこゝろを
摂政太政大臣
木葉に埋る谷水の岩間よりもるゝごとく、上には見えずして下にわきかへる心を君はしらめやと也。忍恋也。

左大将に侍ける時、家に百首の哥合し侍けるに、忍恋の心を

1087 もらすなよ雲ゐる峯の初しぐれ木の葉はしたに色かはるとも
後徳大寺左大臣
時雨に色付木の葉も雲ゐる峯は其色外に見えず。我恋も色ゝ下に思ふとももらすなよと、みづから制する心をかくよませ給へり。是忍恋の心也。

恋の哥あまたよみ侍けるに

1088 かくとだに思ふ心をいはせやましたゆく水の草がくれつゝ
後撰〽岩瀬山谷の下水打忍び人のみぬまは流れてぞふる、是本哥也。岩瀬山、大和也。

かく思ふといふ事をだにいはで草の下水の隠し如との心也。

殷富門院大輔

1089 もらさばや思ふこゝろをさてのみはえぞやましろのゐでのしがらみ

さてのみはとは、其まゝ忍びて斗はえやまじなれば、井堤《デ》の柵《シガラミ》の水もるゝやうにもらさんとなるべし。

忍恋の心を　近衛院御哥

1090 こひしともいはゞ心のゆくべきにくるしや人めつゝむおもひは

心のゆくとは、鬱気《ウツキ》の散ずるやうの心也。恋しともえいはで鬱《ウツ》するがくるしきとの御哥也。

見れどあはぬ恋といふ心を読侍ける　花園左大臣有仁公 輔仁親王子

1091 人しれぬこひに我身はしづめどもみるめにうくはなみだなりけり

みるめにうくとは、逢ぬ物故其人を見るに泪の浮と也。沈に対して也。

題しらず　神祇伯顕仲

1092 物おもふといはぬばかりはしのぶとも《べどもイ》いかゞはすべき袖のしづくを

思ふをいはまほしきは堪忍すとも、包み余る泪をいかゞせんと也。

忍恋の心を　清輔朝臣

1093 人しれずくるしき物はしのぶ山したはふ葛のうらみなりけり

忍ぶ恨みのくるしき事をかくよみ給へり。忍ぶ山下はふ葛皆忍ぶ心也。

和哥所哥合に、しのぶ恋の心を　雅経

1094 きえねたゞ忍ぶの山の峯の雲かゝるこゝろのあともなきまで

人をこふる心のけしきもなき迄思ひきえよ、只と也。忍ぶの山のみねの雲とは、かゝるといはんとて也。かやうに人こふる心のといふ事なるべし。

千五百番哥合に　　左衛門督通光

1095 かぎりあれば忍ぶの山のふもとにもおちばがうへの露ぞいろづく

野州云、忍ぶといふ名を持たる山なれば、色づく事はあるまじき事なれども、此山の麓にもかぎりあれば、色づく露のあるよと也。我忍ぶ事の色に出るもことはりぞと也。露ぞ色づくとは、涙の事なり。何事にも限りのある物なれば、いかにつゝむとも一度は色に出べしと也。

二条院讃岐

1096 うちはへてくるしき物は人目のみしのぶの浦のあまのたくなは

うちはへては、ひたすらになどいふ心也。下句の縄の縁也。心は、人目のみ忍びていひもえ出ざるが、打はへて苦しと也。蜑の栲縄《タクナハ》は、細の縄をたぐる心也。篁の「あまの縄たきいさりせんとはに同。

和哥所哥合に、依《テ》レ忍増《ニ》一恋といふことを　春宮大夫公継

1097 しのばじよいはまづたひの谷川も瀬をせくにこそ水まさりけれ

岩間を伝ひ流る谷川もせけばふかくなるがごとく、我恋もいはまほしきをせきて忍ぶ故増るなれば、忍ぶまじきよと也。

題しらず　信濃日吉祢宜允仲女 後号二後鳥羽院下野一

1098 人もまだふみゝぬ山の岩がくれながるゝ水を袖にせくかな

踏見ぬを、文見ぬにそへて也。人も難面て我やる文もみぬに、只人しれぬ袖のみぬるゝ

心也。

1099 はるかなる岩のはざまに独ゐて人めおもはで物おもはばや　西行法師

人目を深く忍心明也。

1100 かずならぬ心のとがになしはてじ《でイ》しらせてこそは身をも恨みめ

人にいひ出かねてかゝるうき思ひするも、数ならぬ身として恋する故と心のとがにのみはなしはつまじき、まづいひしらせて見ん。扨数ならぬ身とて人も疎み難面くはこそ我身のとがともうらむべけれと也。いひ出かねて身を恨あまりての哥なるべし。

水無瀬の恋の十五首哥合に、夏恋を　摂政太政大臣

1101 草ふかき夏野わけゆくさをしかのねをこそたてね露ぞこぼるゝ

野州云、夏の間は鹿はなかぬ物也。されども妻をばこふると也。賀茂重保哥に、ともしするほぐしを妻と思へばや逢みてしかの身をばかふらん。露ぞこぼるゝとは泪の事也。鹿のごとくねにはたてねどもと也。よきたとへ也。

入道前関白、右大臣に侍ける時、百首哥人〻によませ侍けるに、忍恋の心を　太宰大弐重家

1102 のちの世をなげくなみだといひなしてしぼりやせましすみぞめの袖

髪をそり、衣を墨染にせし身の恋はつきなき事なれど、愛着つきがたく泪忍がたければ、後世を歎くと云なして袖をやしぼらんと也。是忍ぶ心也。

大納言成通、文つかはしけれどつれなかりける女を、後の世まで恨のこるべきよし申ければ　読人不知

1103 たまづさのかよふばかりに慰めてのちのよまでのうらみのこすな

我返事をだにすまじけれども、玉章はたがひにかよはさん。是に慰めてはかなき恋に未来の恨を残し給ふなと也。

前大納言隆房、中将に侍けるとき、右近馬場のひをりの日、まかれりけるに、物見侍りける女車よりつかはしける（野州、右近馬場日をり、古今、いせ物語等に有。定家卿僻案抄委みえたり云〻。）

1104 ためしあればながめはそれと知ながらおぼつかなきはこゝろなりけり

業平のためしあれば、恋せらるゝ詠とは知ながら、誰とさしての詠ならん、おぼつかなしと也。

野州云、業平、此所にて、見ずもあらず見も〳〵、返し、しるしらぬ何かあやなく〳〵とよみ、又大和物語に書たる返哥は、見もみずも誰と知てか恋らるゝおぼつかなみのけふの詠めや、是らを取合てよめるなるべし。

返し　前大納言隆房

1105 いはぬより心やゆきてしるべするながむるかたを人のとふまで

此返しの心は、我詠めは君故なれど、いまだいはぬ程より我恋る心がゆきてしるべせしやらん、詠る方を君が問ほどにまであると也。物や思ふと人のとふまでを本哥なるべし。

千五百番哥合に　左衛門督通光

1106 ながめわび《イわびぬ》それとはなしに物ぞ思ふ雲のはたての夕ぐれのそら

夕暮は雲のはたてに物ぞ思ふあまつ空なる人をこふとて、雲の旗手《ハタテ》は、古今の抄等委。

哥の心は、恋する人の習ひ、雲のはた手の打なびく夕暮になどは何となくうちながめられ、さま〳〵物思ひ催すさまなるべし。それとはなしにとは、さしてつらしともうらめしともなつかしともなく、本哥には雲のはたてに物ぞおもふともいひたれど、我は只詠め侘て、それとはなしに物思ふと也。風情哀にや。

雨のふる日、女につかはしける　　皇太后宮大夫俊成

1107　おもひあまりそなたの空を詠ればかすみをわけて春雨ぞふる

あまり恋しくなつかしさに思ひあまりて、君がかたの空をうちながむれば、春雨の打かすみていとゞおぼつかなさをそふる風情、言外に有て哀にや。

水無瀬恋十五首哥合に　　摂政太政大臣

1108　山がつのあさのさ衣おさをあらみあはで月日やすぎふける庵

野州云、本哥〽すまの蜑のしほやき衣おさをあらみま遠《ドヲ》にしあれや君がきまさぬ、〽杉板もてふける板間のあはざらばいかにせんとか我ねそめけん、まどをは、おさの間《マ》のとをきを云、人のとはぬ間の遠きを麻衣のおさによせてよませ給へり。山がつとをきて、麻のさ衣杉ふける庵などよく取合たる哥也。愚案此哥の杉ふけるは、本哥によりて杉板もてふける成べし。あはで月日の過るとそへて也。人のとはぬ間のまどをにてあはぬ月日をかさねし歎きなるべし。詞づかひ、本哥のとりやう、心をとゞめてみるべき御哥也。

欲《ホツスル》二言出《イヒイデント》一恋といへる心を　　藤原忠定大納言兼宗子

1109　おもへどもいはで月日はすぎの門さすがにいかゞしのびはつべき

心にはわりなく思へども、いはで月日を過して苦しきに、かくのみ忍びこめん、さすがに堪がたきに、さのみは忍び果べからずとていひ出んとする心をよめり。月日の杉

の門といひかけて、さすがといふも門の縁也。

1110 あふ事はかたのゝ里のさゝの庵《イホ》しのに露ちる夜半のとこかな

百首哥奉りし時　　皇太后宮大夫俊成

交野里、河内也。逢事はかたしとうけて也。笹の庵は、(ママ)しのにといはんため也。逢事かたき歎きにしげくなみだの床にちる心を、笹に露のちる縁なるべし。

1111

入道前関白、右大臣に侍ける時、百首哥の中に、忍恋ちらすなよしのゝ葉草のかりにても露かゝるべき袖のうへかは

野州云、ちらすなよとは、もらすなといふ詞也。かりにてもとは、仮初にてもといふ儀也。自讃哥或抄云、忍恋也。かりそめにも只は涙のかゝるべきかは、物思ふとしられぬべし。袖にもらさで忍べとなり云ゝ。しのゝ葉草、八雲御抄云、皆しのといふ物と心得てよめり。扨一よなどそへたり。但、只ちゝとある草を云歟。花などもさしてなくて一筋づゝ生たる也。

題しらず　　藤原元真（甲斐守清邦子　五位丹波介）

1112 しら玉か露かととはん人もがな物おもふ袖をさしてこたへん

彼何ぞと人のとひし時露とこたへてといふをうけて、我にもさやうに問人あらば、物思ふ袖をさして、君を思ふ泪ぞやと答ん物をと也。我思ひを知人なきを歎く心也。

1113 いつまでの命もしらぬ世の中につらきなげきのやまずもある哉

女につかはしける　　藤原義孝

はかなき身のとく死なば、かゝる歎きもせじに、さすがにいつまで生んもしらぬ世につらき歎の止ざるよ、いつまで難面くつらき歎せんと也。

1114　崇徳院に百首哥奉りける時　　大炊御門右大臣
わがこひはちきのかたそきかたくのみゆきあはでとしのつもりぬる哉
玄旨云、本哥〽夜や寒き衣や薄きかたそぎの行あひの間より霜や置らん、此哥を引てよめり。千木とは、神殿の棟に打ちがへたる木をいふ也。さきをかたそぎにすれば、かたそぎといふ也。うちちがへたれば、行合ずとよめり。

1115　入道前関白家に百首哥読侍ける時、あはぬ恋といふ心を　　藤原基輔朝臣
いつとなくしほやくあまのとまびさしひさしくなりぬあはぬおもひは
いせ物語〽波間より見ゆる小嶋の浜びさし久(ママ)しく成ぬ君に逢みで、を本哥にて、是も同じ序哥ながら、いつとなく塩やくといふに、常に思ひにもゆる心をよめるにや。下句は明也。

1116　夕恋といふことをよみ侍ける　　藤原秀能
もしほやく蜑の磯屋の夕煙たつ名もくるしおもひ絶《タエ》なで《きえなでイ》
宗祇自讃哥注、心明也云々。是も夕煙立名といはん序哥ながら、思ひたえなでまでもしほやく縁なるべし。立名も苦しければ、思ひ切らんわざながら、さすがに思ひ絶ずしてと歎く心也。思ひ、火を添て也。

1117　海辺恋といふ事をよめる　　定家朝臣
すまの蜑の袖にふきこすしほ風のなるとはすれど手にもたまらず
玄旨云、引〽なれ行はうき世なればやすまのあまの塩やき衣まどをなるらん、袖に吹こす塩風をあだ人によせてよめり。塩風はふけ共、袖にたまらぬ心也。あだ人も馴るとはすれども、しかと我手にたまらぬよし也。愚案〽たま〳〵来ては手にもたまらずと俊頼

の哥の詞を用給へるにや。

摂政太政大臣家哥合に読侍ける　寂蓮法師

1118 ありとても逢ぬためしの名とり河くちだにはてね瀬〻のうもれ木

古今〽名とり河せゞの埋木あらはればを本哥にて、人の難面さに逢ぬためしの名を取たれば、生て有とてもかひなければ、一向死なんにしかじといはんとて、下句はよめり。

千五百番哥合に　摂政太政大臣

1119 なげかずよいまはたおなじ名取河せ〻のうもれ木朽はてぬとも

是も〽名取河せゞの埋木あらはればと、〽今はた同じなにはなる身をつくしてもとを取合せて、とても立し名なれば、今又朽《クチ》はつとても同じ名なれば今更なげかじよと也。侘ぬれば今はたおなじといへる本哥の心に成かへりて、しかも名取河など珍く読給へり。

百首哥奉し時　二条院讃岐

1120 なみだ川たぎつ心のはやき瀬をしがらみかけてせく袖ぞなき

古今〽足引の山下水の木隠れてたぎつ心をせきぞかねつる、の詞を用ゆ。瀧津心は、思ひの切にて忍びがたき心也。水のたぎる心なり。忍びあまる泪のとめがたきをせきとめんかたなしといはんとて、泪川の早き瀬を柵かけてなど読也。

摂政太政大臣、百首哥よませ侍けるに　高松院《ノ》右衛門《ノ》佐

1121 よそながらあやしとだにも思へかしこひせぬ人の袖のいろかは

我恋に泪のいろも紅になりぬるを、おもふ人の只よそながらあやしき事哉とだに思へかし、さも思ふまじき事よ、扨も恋せぬ人の袖のかゝる色になる物かは、彼人のしら

であるらんよと歎く心なるべし。

恋の哥とてよめる　　読人不知

1122 しのび《おもひイ》あまりおつるなみだをせきかへしをさふる袖よ《にイ》うき名もらすな

随分に忍べども忍びあまり落る泪を袖にをさへて、かくては終に人にしられぬべしと思ふより、をさふる袖よ我恋するといふ名をもらすなと也。

入道前関白太政大臣家哥合に　　道因法師

1123 くれなゐになみだのいろのなりゆくをいくしほまでと君にとはゞや

人の難面さに泪も紅に成ゆくに、猶人の心もやはらがねば、此紅涙の幾しほ色まさらんまで難面かるべきぞ、問たきと也。

百首哥中に　　式子内親王

1124 夢にても見ゆらんものを歎きつゝうちぬるよひの袖のけしきは

玄旨云、此哥、歎きつゝより下句へつゞけて見て、又始の五文字へ見る哥也。此袖のぬれたるを夢にも見ば、かの人の哀と一言はいふべき事をと含たり。師説

かたらひ侍ける女の、夢に見えて侍ければ読ける　　後徳大寺左大臣

1125 さめてのち夢なりけりと思ふにもあふはなごりのおしくやはあらぬ

夢にも逢て別の名残おしきはせんかたなき心なるべし。

千五百番哥合に　　摂政太政大臣

1126 身にそへるそのおもかげもきえなゝんゆめなりけりとわするばかりに

夢と知ても見し俤猶そひてわすれがたければ、此俤も消よかし、はかなき夢なりしと忘るべきにとの心也。

題しらず

1127 夢のうちにあふと見えつるね覚こそつれなさよりも袖はぬれけれ　大納言実宗

人の難面を歎くより逢夢の覚しは悲きと也。

五十首哥奉し時　前大納言忠良

1128 たのめをきし浅茅が露に秋かけて木の葉ふりしく宿のかよひぢ

玄旨云、〽秋かけていひしながらもあらなくに木葉ふりしくえにこそ有けれ、此哥を其まゝうつしたる心なるべし。愚案此本哥はいせ物語のさま、みな月ばかりより秋かけていひし心也。此哥は、落葉は冬すべきを、秋かけて降しける心に用《ユ》。心は、秋必あはんと頼め置し浅茅が宿に露など置て秋になれどもとはず、秋の末になりて冬ちかく木葉ふりしけども猶とはれぬ心ぼそさをよめる心なるべし。頼め置しは、露をく縁語也。〽秋は来ぬ紅葉は庭にふりしきぬ道ふみ分てとふ人はなし、此哥をも取合せてよめるなるべし。〽契置しさせも(ママ)露を――

隔《ヘダテ》レ河ヲ忍恋といふ事を　正三位経家 大弐重家子

1129 しのびあまり天の河せにことよせんせめては秋をわすれだにすな

度〻逢まほしけれど、忍ぶ中なれば、七夕の契にことよせて年に稀にあひみるべし。かく稀にこそあらめ、秋の逢瀬を忘れずだに有て必あへと也。七夕にことよするにて隔《ツル》レ河ヲ題の心也。

遠きさかひをまつ恋といへる心を　賀茂重政 神主重保子

1130 たのめてもはるけかるべき帰る山いくへの雲のしたにまつらん

帰山は越前也。頼め置ても帰りてあはんほども遙なるべき境なれば、いくへの雲の下にか待ならん、はかなしとの心なるべし。

摂政太政大臣家百首哥合に　　中宮大夫家房

1131 あふ事はいつといふきの峯におふるさしもたえせぬ思ひなりけり

六百番哥合、寄草恋の哥也。逢事はいつといふ事もなく、さも絶ぬ思ひなると也。伊吹山のさしも草をいひかけて也。さしもは、しは助字也。さもといふ詞也。かくとだにえやはいぶきの心也。

家隆朝臣

1132 ふじのねのけぶりも猶ぞ立のぼるうへなき物はおもひなりけり

彼哥合、寄煙恋也。富士は高しといへど、煙は猶高く立のぼれり。誠に上なき物は思ひぞと火をそへて也。我思ひの上なきをいはんとて、煙も猶ぞと、もの字をよみ給へるなるべし。よく心をつけて吟味すべき哥なるべし。

名立恋といふ心をよみ侍ける　　権中納言俊忠

1133 なき名のみ立田の山にたつ雲のゆくゑもしらぬながめをぞする

我はゆくゑもしらぬ事になき名のみ立事よとうち歎きて、うちながめて、あはれ誠にあふよしもあれかしなどうちおもふ心ふくみて哀なる哥にや。大和物語に、立田川岩根をさして行水の行衛もしらぬ我ごとやなく、此詞をとれるにや。

百首哥中に、恋の心を　　惟明親王

1134 あふ事のむなしき空の浮雲は身をしる雨のたよりなりけり

逢事のむなしきはあはぬ事也。虚空《ムナシキソラ》にいひかけて也。身をしる雨とは、伊勢物語ニ身のさいはいをしる心也。逢はでうき身のほどを思ひ知て打詠打なく心にや。雲は雨の便りなれば也。

右衛門督通具

1135 わがこひはあふをかぎりの頼みだにゆくゑもしらぬそらのうき雲

〽我恋は行衛もしらず果もなし逢を限と思ふ斗ぞ、本哥のごとく、逢を限と思へど、其頼も行衛知ぬ浮雲のごとく、頼みもなしと歎く心成べし。

皇太后宮大夫俊成女

水無瀬恋十五首哥合に、春恋の心を

1136 おもかげのかすめる月ぞ宿りける春やむかしの袖のなみだに

自讃哥或抄云、業平朝臣、五条后の西対にこぞを恋て、月やあらぬと月のかたぶくまで詠けるありさまのみならず、有し面影の月にそひけん景気など、かやうによみあらはさん事、なをざりにはかなふまじくぞ覚侍る。宗祇云、面影のかすめる月ぞとは、忘がたき俤の月に立そひて昔を思ふ袖の泪に宿る由也。

定家朝臣

冬恋

1137 床の霜まくらの氷きえわびぬむすびもをかぬ人のちぎりに

むすびもをかぬ人の契とは、必こんとかたくも契りをかざりしが、さすがに来まじくもあらざりし心なるべし。来まじくもあらざりし物をとおもひて、ひとりしたまつに、床の秋の露も霜と結び、枕の泪も氷となりてきえ侘たりと也。秋の比よりも待来て冬になりても猶来ぬをなげく心なるべし。扨冬恋といふ題をよみ給へるにや。

有家朝臣

摂政太政大臣家百首哥合に、暁恋

1138 つれなさのたぐひまでやはつらからぬ月をもめでじありあけのそら

〽有明の難面くみえし別より暁ばかりうき物はなし、〽大かたは月をもめでじなどの詞を用て也。人のつれなきにうんじ果て、有明の月もつれなきたぐひとつらからぬかは、つらければ、月をもめでじとの心也。此哥、六百番哥合に、彼本哥は、月をつれなしといひたりとは見えず、暁に人をつれなしといひたるとこそ見えたれ、さらば此哥いかゞと右方より難じければ、左陳云、有明のつれなく見えしとよまれたれば、月の事とこそ聞えたれといへり。俊成卿判詞にも、有明のつれなく見えし別よりといへる哥は、人のつれなかりしより、暁ばかりうき物はなしといへり。但、さはありとも、月をもめでじといへらんもたがふべからずやとのたまへり。此哥も月をつれなきたぐひとよめり。やはとは、つらからぬかはといはん詞を上に置してにをは也。

うぢにて、夜恋といふ事をおのこどもつかふまつりしに　　藤原秀能

1139
袖のうへに誰ゆへ月はやどるぞとよそになしても人のとへかし

袖に月の宿るは泪也。此泪は君故なれども、それとは君がしるまじければ、誰ゆへぞとよそ事になしてもとへかしと也。自讃哥或抄云、心も詞もかくれたる所は侍らず。但、定家卿、幽玄躰の内の余情なりとて行雲躰に入て、哥にはやさしく物やはらかなるすぢをこひねがふべき事とやらんとかゝれたり。愚案増鏡第一おどろのしたの巻に、建保哥合の時、院の御哥に此秀能の番ひし事をいふ所に云、北面の中に藤原秀能とて年比も此道にゆり、すき物なれば、めしくはへらるゝ事、常の事なれど、やんごとなき人〻の哥だにもあるは一首二首三首には過ざりしに、此秀能九首まで召せて、しかも院の御かたてにまいれり。其身の上にとりて長き世のめいぼく何かはあらんとぞきゝ侍し中略下略。其作者のほどおもふべし。

久恋といへる事を　　越前

1140 夏びきの手びきの糸の年へてもたえぬおもひにむすぼゝれつゝ

序哥也。夏引の糸の事、別注《ニス》。へて、たえぬ、むすぼゝれなど、糸の縁にてよめり。年へても忘られず、絶ぬ思ひにまつはれたる心也。〽夏引の手引の糸をくり返し事しげくとも絶んとおもふな古今、是を本哥也。

家に百首哥合し侍けるに、祈恋といへる心を　　摂政太政大臣

1141 いく夜われなみにしほれてきぶね河袖に玉ちるものおもふらん

玄旨云、貴布祢は恋を祈る神なる故に、和泉式部〽物思へば沢の蛍も我身よりあくがれ出るたまかとぞ見る、此所にてよみ侍けるに、〽奥山にたぎりておつる滝津瀬の玉ちるばかり物なおもひそ、如此神託ありたるといひ伝たり。和泉式部哥は、魂《タマシイ》の事をよみたる哥也。此哥どもを取出てよみ給へる成べし。波にしほれてきぶね川、来といひかけてよめり。愚案和泉式部哥、後拾遺に有て、彼集に委注。此哥の袖に玉ちるは泪の事なるべし。

1142 年もへぬいのるちぎりははつせ山おのへのかねのよそのゆふぐれ　　定家朝臣

師説、此哥、第二句にて切て心得べし。彼俊頼の、はげしかれとはいのらぬ物を、只はげしかれと祈なしたるやうなりと歎きし心などの俤にて、祈不逢恋の心なるべし。たとへば、年へて祈るかひもなく我思ふ人はよそにゆきかよふ事に成たれば、初瀬にまうでゝ尾上の鐘の入相をきゝて、哀わが彼人を祈り得たらば、かゝる夕暮には待もし、行もすべき物をなど思ひつゞけて、扨も我祈願は年もへたり。されど、其祈る所の契約はよその夕暮といのりしやうに成けるよ、かくは仏に契約は申さゞりし物を、

との心なるべし。種〻の説信用にたらず云〻。

片思いの心をよめる

1143皇太后宮大夫俊成

うき身をば我だにいとふいとへたゞそをだにおなじ心とおもはん　述懐百首の中の片思の心也。難面き人の我に同心ならぬに付て、うき身は誠に我さへいとひて遁世捨身の心あれば、よし〳〵君も我をいとひ給へ、其いとふ心をだに我に同心とおもはんと也。君がいとふは本意ならねど、なびくかたにあまり同心なきによりて、かくよみ給へりし心也。そをだにとは、それをだに也。是古今ニ〽そをだにのちの忘れがたみに、とよみし詞なれば、詞一を本哥にとりたる哥に井蛙抄に有。亦此哥、うき身をば我だにいとふにて述懐の心有なり。

題しらず

1144 こひ死なんおなじうき名をいかにしてあふにかへつと人にいはれん　権中納言長方 中納言顕長子

只に恋死ぬも逢にかへて死ぬも死る憂名は同じければ、只に死んよりいかにもして逢に命をかへつるといはれんと也。〽命やは何ぞは露のあだ物を逢にしかへばおしからなくに、此古今の哥を取て也。

1145 あすしらぬ命をぞ思ふをのづからあらば逢世をまつにつけても　殷富門院大輔

拾遺〽いかにしてしばし忘ん命だにあらば逢世の有もこそすれ、是を本哥にて、命だにあらば、をのづからあふ世もあらんとまつにつけても、命はあすしらぬ物なれば、あはで死もやせんと思ふと也。哀命のうちにあはまほしきとの心こもり侍にや。

八条院高倉

1146 つれもなき人のこゝろはうつせみのむなしきこひに身をやかへてん

人の心はうきとそへて、空蝉はからなれば、むなしくあはぬ恋に身をかへて恋死なんにや、扨も難面きうき人故にと也。

西行法師

1147 なにとなくさすがにおしきいのちかなありへば人やおもひしるとて

うき恋におしからぬ命と思へど、又何となくさすがにおしきと也。其故は、もしながらへて世に有へば、うき人も哀と思ひ知べきかとてと也。

1148 おもひしる人ありあけの世なりせばつきせず身をばうらみざらまし

有明といふより、下句につきせずと読り。かくふかく思ひても哀と思ひしるともなくつれなければ、身もうらめしくうとましきにつけて、もし哀と思ひ知人あらば、かくつきせず我身をうらみはつまじきものをとなり。

新古今和歌集　巻第十三

恋哥三

中ノ関白かよひそめ侍ける比　儀同《ギドウ》三司ノ母（儀同三司伊周母 高階成忠女）

1149 わすれじのゆくすゑまではかたければけふをかぎりのいのちともがな

野州云、行末までもかはらじ忘れじとは契侍れども、末は知ぬ世なれば、人のかはらぬ先に命の果よかしとよめる哥也。玄旨云、猶人の事は頼がたければ、一夜を思ひ出

中関白　道隆公、大入道兼家公子、伊周公父。

にして消もうせばやといへる心、尤切にて哀不浅也。

忍びたる女を、かりそめなる所にゐてまかりて、かへりてあしたにつかはしける

謙徳公

1150 かぎりなくむすびをきける《つるイ》草枕いつ此たびをおもひわすれん

無限契結し此度のことをいつ忘んと也。結ぶは、草枕にいひかけて、此度を此旅ねにそへて也。

題しらず

業平朝臣

1151 おもふには忍ぶることぞまけにけるあふにしかへばさもあらばあれ

いせ物語に、女のある所にきてむかひをりければ、いとかたはなり、身もほろびなん、かくなせそと女のいひければよめる哥也。忍ぶも思ふに負たれば、よし／＼逢にかへて身もほろびなばさもあらばあれと也。

人のもとにまかりそめて、あしたにつかはしける

廉義公関白頼忠謚号 清慎公子、公任父

1152 きのふまで逢にしかへばと思ひしをけふはいのちのおしくもある哉

彼業平の哥を上句に置て、逢みて後は久しく逢見まほしさに命おしく思はるゝと也。

百首哥に

式子内親王

1153 あふ事をけふまつが枝の手向ぐさいく夜しほるゝ袖とかはしる

逢事をけふ待とそへて、けふはじめたる事にあらず、幾夜しほるゝ袖とかは知、久しくぬれし物をとの心を、本哥の詞によりてよみ給へり。万葉第一「白波の浜松が枝の手向草幾世までにか年のへぬらん、此詞つゞきを用給へり。一条殿の哥林良材云、手向草は只手向といはんと也。松をも結び、又時にしたがひて花紅葉をも行て手向るを云

也。

頭中将に侍ける時、五節所のわらはに物申そめて、のち尋てつかはしける

源正清朝臣

1154 こひしさにけふぞたづぬるおく山のひかげの露に袖はぬれつゝ

五節の折にいひそめてより、弥恋しさたへがたくてけふぞ尋ると也。ひかげの露とは、日蔭のかづらの露なり。奥山などに生る草也。五節の時ひかげのかづらかくるゆへかく読り。五節のわらはとは、五節の舞妓に薫炉しとねなどの役する童女有。江次第、源氏物語、枕草子にも沙汰ある事也。

題しらず

西行法師

1155 あふまでのいのちもがなと思ひしはくやしかりけるわがこゝろかな

野州云、逢て後の哥也。逢ぬさきには、せめて人にあふまでの命も哉と思ひしに、からふじて逢ぬれば、又いつまでもと命のおしき也。されば、あふまでの命とねがひしは悔しきといへる哥也。又の説には、命はあだなる物なれば、ちぎる中にも命をあやうく思ひしに、命はあれども人は絶はてぬれば、命をながらへよと思ひしは悔しき事ぞと云哥の心也。風情かぎりもなく有心に侍云々。師説ははじめの儀を用。

三条院女蔵人左近

1156 ひとごゝろうす花ぞめのかり衣さてだにあらでいろやかはらん

人の心うすきもうらめしきに、さてうすきのみにてだにあらで名残もなくかはりや果てんと也。薄花染は浅縹《ハナダ》也。それをいひかけし詞也。

興風

1157 あひ見てもかひなかりけりうば玉のはかなき夢にをとるうつゝは
うば玉は夜の事の枕詞也。夢といはんため也。心は明也。うば玉の闇の現はさだかなるゆめにいくらもまさらざりけり、此哥に聊かはれり。
実方朝臣

1158 中〳〵に《のイ》物思ひそめてねぬる夜ははかなき夢もえやは見えける
物思はでねたらば、若は夢にも其人をみる事あらんに、物思ひ初てねし夜は中〳〵かへりて夢も見えず、起明すと也。
忍びたる人とふたりふして　伊勢

1159 夢とても人にかたるなしるといへばたまくらならぬ枕だにせず
深く忍べば、枕にだにしらせじとて、逢夜は手枕ならで只の枕だにせぬに、たとひ夢とも人に此事をもらし語なと也。
題不知　和泉式部

1160 枕だにしらねばいはじ見しまゝにきみかたるなよ春のよのゆめ
枕にもしらせねば、枕のもらしいはんやうなし。若人にいはんはきみならでなし。君かたるなと也。春の夜の夢とは、此人に逢し事をいふ也。
人に物いひはじめて　馬内侍

1161 忘れても人にかたるなうたゝねのゆめ見てのちもながゝりし《らぬよイ》夜を
夢見て後も長かりし夜をとは、一たび逢みてのちも猶逢みるべければ、人に語るなと也。仮ねの夢のゝちも猶夜長ければ、夢みるべき事を逢事によせてよめる也。ィながゝらぬよをは、世にや。うたゝねの夢のごとくはかなき逢瀬なれば、末とけても長かるまじき中を人に語るなと也。

女につかはしける　　藤原範永朝臣

1162 つらかりしおほくの年は忘られて一夜のゆめをあはれとぞ見し

一夜の夢とは、まれのあふせに年比の難面さのうさをもわすれてなつかしくあはれなると也。

題しらず　　高倉院御哥

1163 けさよりはいとゞおもひをたきましてなげきこりつむあふさかのやま

後朝の哥なるべし。思ひを火にそへて、歎きをこりつむと也。逢坂の山とは、逢見し事をなぞらへてよませ給ふなるべし。あはぬ已前もおもひあふてのちもいとゞ自由に逢まじきなげきなどせさせ給ふ心なるにや。

初会《ハジメテアフ》恋の心を　　俊頼朝臣

1164 あしの屋のしづはた帯のかたむすびこゝろやすくもうちとくるかな

玄旨云、しづはた帯とは、賤女の機織《ハタヲル》時片結《カタムス》びにとけ安くする帯也。とくるといはむ序哥也。思ひ〳〵て初て逢たる嬉しさに我心の奥もなくうちとけたると也。

題しらず　　よみ人しらず

1165 かりそめにふし《のイ》見の里の草枕露かゝりきと人にかたるな

仮初にふしたるとそへて也。露のかゝるを、露ほどもかく有しと人にかたるなと逢見し中を口堅る心也。

人しれず忍びける《たるイ》事を、文などちらすと聞ける人につかはしける　　相模

1166 いかにせん葛のうらふく秋かぜに下葉の露のかくれなき身を

葛の裏吹返して下露も隠れなく見ゆる事を、我中の世に隠れなきをいかにせんと侘て、扨もうらめしき事哉との心をこめて、葛の裏吹とよめり。

題しらず　実方朝臣

1167 あけがたきふたみの浦による波の袖のみぬれておきつしま人

袖のみぬれておきゐつゝ明しがたき心をそへよめり。明がたき蓋《フタ》とそへて也。此二見の浦は但馬なるべし。

伊勢

1168 逢ことのあけぬ夜ながら明ぬれば我こそかへれこゝろやはゆく

明ぬ夜のごとく逢ことの埒もあかで已《スデ》に夜は明たれば、是非もなく帰るに、心のゆく事もなく鬱〻としたる心を、我身こそ帰れ、心はゆかずとよめり。心のゆくとは、本意をとげて心よき事也。心のゆかぬとは、本意もとげず鬱《ウツ》せし心也。

九月十日あまりに夜更て和泉式部が門をたゝかせ侍けるに、きゝつけざりければ、あしたにつかはしける　太宰帥敦道親王

1169 秋のよの有明の月の入までにやすらひかねて帰りにしかな

もし聞付て明もやするとて、秋のよの長〻しきに有明のいるまで門にたゝずみて、猶あけざれば、あまりやすらひかねて帰りしと也。作者敦道親王は冷泉院第四御子、三品太宰帥。

題しらず　道信朝臣

1170 心にもあらぬ我身のゆきかへり道のそらにてきえぬべきかな

行ても逢みねば、心にはゆかんとも思はねど、さすがに見まくほしさには行帰り〳〵して、かく終に道の半天にて消果ぬべき事よと歎心也。切なる心也。

近江更衣に給はせける　延喜御哥

1171 はかなくもあけにける哉朝露のおきてののちぞきえまさりける

別を悲む心に明ぬほどより思ひ消しに、明果ておきてのゝちは猶消増《キエマサ》りしと也。

御返し　更衣源周子 右京太夫唱女

1172 朝露のおきつる空もおもほえずきえかへりつる心まどひに

きえかへりは、いたく思ひ消し心也。きえかへりし思ひに心まよひて起帰《ヲキ》りし空も我は覚えずと也。

題しらず　円融院御哥

1173 をきそふる露やいかなる露ならんいまはきえねとおもふわが身に《をイ》

あまりに思ひ侘て、いまは消果よと思ふわが身に、又置そふる露はいかなる事ぞと也。思ひ侘る身の泪のそふる心なるべし。消よといふに付て置そふる露はいかなるとよませ給へり。

謙徳公

1174 おもひ出て今はけぬべしよもすがらおきうかりつるきくの上《うはイ》の露

音にのみ菊の白露よるはおきてひるは思ひにあへずけぬべし、此本哥は独ねかねたる心也。よもすがらおきうかりつるとは、二人ねし夜の心もとけず、背《ソム》き〳〵に起出ん事を歎きし事をいまも思ひ出て、今はけぬべしとなるべし。本哥によりて、菊の上の露とよみて、消ぬべし、おきうかりなど露の縁語によみ給へり。

女みこにかよひて　大和物語勘物云、延喜皇女前斎院詔子、延喜廿一年賀茂退《ヨリテ》配《ス》清蔭《ニ》

1175　清慎公
うば玉のよるの衣を立ながらかへるものとはいまぞしりぬる
衣は裁《タツ》といふ縁あれば、立ながらとよみ給へり。此哥も逢夜の心もとげずして、只に帰る歎きをよみ給へるなるべし。既《スデ》に衾をかはすべき中ながら、たゞに立ながら帰る事有とは今ぞしると也。夜の衣は衾の事也。まことに閨中に入ながら心もゆかで帰るらん心、をしはかられて切なるべし。

夏の夜、女のもとにまかりて侍りけるに、人しづまるほど、夜いたくふけてあひて侍ければよめる　藤原清正
1176　みじか夜ののこりすくなく更行《ユケ》ばかねて物うきあかつきのそら
かねて物うきとは、いまだ暁ならねども、やがて別ん時ちかしと思へば、かねて懶《モノウキ》と也。

女みこにかよひそめて、あしたにつかはしける　大納言清蔭
1177　あくといへばしづ心なき春のよの夢とやきみをよるのみは見ん
大和物語云、おなじおとゞ、彼宮をえ奉給ふて帝のあはせ奉給へりけれど、初比忍びてよる〱通ひ給ひける比、帰て、あくといへば〱〱。春の夜は短くて逢程もなきに明るといへば、静なる心もなく侘しきと也。常に見たきとの心なるべし。

やよひの比、よもすがら物語して帰り侍ける人の、けさはいとゞ物おもはしきよし申つかはしたりけるに　和泉式部
1178　けさはしもなげきもすらんいたづらにはるの夜ひとよ夢をだに見で
春の終夜徒に語明して心つよく帰給へば、今朝は後悔の歎きし給ひつらんと也。今朝

はしもといふに、夜前はうらめしくたゞにかへりし事よとの心ふくめり。今朝はといふに心を付べし。

題しらず　　赤染衛門

1179 こゝろからしばしとつゝむ物からに鴫のはねがきつらき今朝かな

此哥、赤染集には、けぢかうなりて暁にと詞書有。此比より気近《ケヂカ》くしたしく成て、猶しばし人にもしられじとつゝみて、我心からあはぬ夜を隔《ヘダテ》ながら、独ねしよの暁はあはぬ夜の数かぞへられてつらきとの心なるべし。〽暁の鴫の羽がき百羽《モヽハ》がき君が来ぬ夜は我ぞ数かく、この心なるべし。赤染集、此哥の返し、〽もゝ羽がきかくなる鴫の手もたゆくいかなるかずをかゝんとすらんとあり。但イ本ニ心からしばしとつゝむの哥を男と有。しからば此返し、赤染にや、不審。只此集にては如《ク》ニ此集《ノ》一可レ用。

しのびたる所よりかへりて、あしたにつかはしける　　九条入道右大臣作者部類ニ師輔公云々。

1180 わびつゝもきみが心にかなふとてけさもたもとをほしぞわづらふ

逢無実恋也。まれに逢ながら猶いとはるゝによりて、君が心をやぶらじとて、侘つゝも徒にかへりて、けさも袖をぬらすと也。けさもといふに、たび〳〵の心あるにや。

小《コ》八条のみやす所民部卿昇女、後撰作者につかはしける　　亭子院御哥

1181 手まくらにかせる袂の露けさはあけぬとつぐるなみだなりけり

君が手枕に我袂をかせる也。明ぬると告たる侘しさの泪に袂の露けきとの心なるべし。

題しらず　　藤原惟成

1182 しばしまてまだ夜はふかし長月のありあけの月は人まどふなり

とく起別んとする人をとゞむる哥也。人まどふとは、人をまどはすと也。月清き故に

あけぬよを明たりと人をまどはすなれば、猶しばし侍給へと也。

1183 せんざいの露をきたるを、などか見ずなりにしと申ける女に　実方朝臣
おきて見ば袖のみぬれていとゞしく草葉のたまのかずやまさらん
二人ふしたる朝のおき出がたき心をよめり。おきぬだに別の近きうさの泪に袖ぬるゝに、おきて見ば、草葉の露もそふほどいとゞ泪のこぼれんと也。

1184 二条院御時、あかつきかへりなんとする恋といふことを　二条院讃岐
あけぬれどまだきぬ〴〵に成やらで人の袖をもぬらしつるかな
きぬ〴〵とは、二人の衣をかはしてねたるが、おき別て別〻になる事也。暁になれど、猶おきかねて、我泪に彼かはせし人の袖をもぬらせしと也。暁帰らんとする題の心奇妙にや。

1185 題しらず　西行法師
おもかげのわすらるまじきわかれ哉なごりを人の月にとゞめて
俤を月にとゞめて別しかば、此俤月見るたびに思ひ出られんとの心なり。

1186 後朝恋の心を　摂政太政大臣
又もこん秋をたのむの雁だにもなきてぞかへるはるのあけぼの
野州云、雁は春帰りて秋は必来る物なれども、それも春の曙の帰さはなごりおしむにや、鳴て帰る也。我只今の別は又逢みん事も頼なければ、歎くもことはりといふ哥也。たのむの雁、頼みといふ字の心に用所によりて、たのむともたのみともつかひ侍也。たぐひなきすがた、不可思議の御哥也。

女のもとにまかりて、心ちれいならず侍ければ、帰りてつかはしける

1187 賀茂成助 神主成真子 五位

たれゆきて君につげまし道しばの露もろともにきえなましかば

此異例によりて帰さの道芝の露とゝもにきえなば、人しれぬ中なれば、誰君にかくとも告ん。扨も君にもしられずして死ん事よと也。

女のもとに物をだにいはんとてまかれりけるに、むなしく帰りて、あしたに　　左大将朝光

1188 きえかへりあるかなきかのわが身かなうらみて帰るみちしばの露

きえかへりは、きえたるがわづかに生かへりたる心也。物をだにいはで、むなしく帰す恨みに、身もきえかへり、あるかなきかの心ちすると也。道芝の露といひ捨て、消かへりの縁に用たる也。

東二条兼家公にや、おほとのゝ女御と栄花物語に有
三条関白女御入内のあしたにつかはしける　　花山院御哥

1189 あさぼらけ置つる霜のきえかへり暮まつほどの袖を見せばや

後朝の哥也。きえかへり、前の哥に同。此朝かへりて、又行ぬべき暮をまつほどの袖の泪を見せばやと也。

法性寺入道前関白太政大臣家哥合に　　藤原道経 讃岐守顕綱子

1190 庭におふる夕かげ草の下露やくれをまつまのなみだなるらん

玄旨云、夕かげ草とは、ゆふべの草迄也。非ズ二草ノ名ニ一。

題しらず　　小侍従

1191 まつよひに《のイ》ふけゆくかねのこゑきけばあかぬわかれのとりは物かは

あかぬ別の鳥は悲しき物と思ひしかど、待夜に更行かねの初夜後夜ときこえゆく悲し

さにくらべては、物にもあらずと也。物かはとは、物の数かはといふにおなじ。平家物語に待宵侍従といへる、此哥の故也。

1192 これも又ながき別になりやせん暮をまつべきいのちならねば　藤原知家

今朝の別も又長き別とやならん、あまり名残の切なる思ひに、暮て来逢迄ながらへん心ちせねばと也。

1193 ありあけは思ひ出あれやよこ雲のたゞよはれつるしのゝめのそら　西行法師

横雲はたゞよふ物なれば、たゞよはれといはん枕詞也。帰侘てたゞよはるゝしのゝめに、有明の後の思ひ出にもならんけさのそらの気色なるとの心なるべし。別の悲き中にも思ひ出有と也。

1194 大井川ゐぜきの水のわくらばにけふはたのめし暮にやはあらぬ　清原元輔

玄旨云、堰埭《ヰゼキ》は水をとむる物也。しがらみなどの類也。わくらばゝまれなるといふ儀也。愚案井ぜきの水のわくとそへて也。序哥也。まれ〳〵けふこんとたのめし暮にあらぬかは、然るに遅きはいかゞと待侘る心也。

1195 けふとちぎりける人のあるかととひ侍《テイ》ければ　読人不知

ゆふぐれにいのちかけたるかげろふのありやあらずやとふもはかなし

かげろふは蜉蝣《フユウ》とて、朝に生て夕に死すとて、夕暮までに命をかけたる虫也。あるかなきかにはかなき虫なれば、ありやあらずやといはん枕詞にをけり。此夕こんといふにかけたる命なれば、来ずばながらふべきならぬを、有やあらずやと問給ふもはかなき事と也。

西行法師、人々に百首哥よませ侍りけるに　定家朝臣

1196 あぢきなくつらき嵐のこゑもうしなどゆふぐれにまちならひけん

野州云、あらしは夕にふく物也。むかしより人を待事は夕にかぎるなり。いかなる人の夕には待習ひけん、悲しき限りと也。師説、嵐の音は只にもさびしくつらき物なるに、其つらき嵐も音そへてうきに、さる夕暮にしもあぢきなく人待事を、など待ならひけんと也。自讃哥或抄云、詞の外に面影そへる哥とは是らの類にや。毘娑門堂大納言為兼卿、新古今の中に哥首と勘たる其一也。

恋の哥とて　太上天皇

1197 たのめずは人をまつちの山なりとねなましものをいさよひの月

まつち山、万葉には紀伊也。哥の心は、こんとたのめずは、たとひ下待心は有ともねんものを、今こんとたのめしゆへに月にやすらはるゝとそへて、いさよひの月とよませ給へり。いさよふはやすらふ心也。〽やすらはでねなまし物を――

水無瀬にて、恋十五首哥合に、夕恋といへる心を　摂政太政大臣

1198 なにゆへとおもひもいれぬ夕だにまち出しものをやまのはの月

野州云、だにといふ字ばかりにて恋に成侍り。人をまたぬ夕にも月をば待物なり。いはんや必とたのむ夕はまたるゝことはりなりと、我と道理をつけたる哥也。幽玄に侍り。

寄風恋　宮内卿

1199
きくやいかにうはの空なる風だにもまつにをとする習ひありとは

玄旨云、待に松をよする事、哥の習ひ也。心なき風だにもまつといふ名を知て音づれ侍に、我思ふ人の是程迄心を尽して待に、などとはぬとかこつさまなるべし。聞やいかにとある五文字、後に置たる哥也。面白き五文字也。自讃哥或抄云、此御哥合の時、講師定家朝臣五文字をよみあげゝれば、番《ツガ》へる人有家朝臣覚えずあと声を出せると申伝へたり。判詞にも有難きさま也と有哥義同、仍略。

題しらず　　西行法師

1200
人はこで風のけしきもふけぬるにあはれにかりのをとづれてゆく

待人は来ずして、ふく風の気色も夕暮宵などの物侘しさには猶まさりて、更ぬる夜に雁の哀に音づれしに、人はこで雁は音づれしとて、聊慰めたるに似たれど悲みは猶添心也。

八条院高倉

1201
いかゞふく身にしむいろのかはるかなたのむるくれの松かぜのこゑ

後拾遺〽松かぜは色やみどりに吹つらん物思ふ人の身にぞしみぬる、松風は物おもふ人の身にしむ習ひながら、ことにこんとたのむる夕暮のそらにはいかゞふくらん、身にしむいろのかはりて覚ると也。松といふに、待といふ詞自然とこもり侍にや。

鴨長明

1202
たのめをく人もながらの山にだにさよふけぬればまつかぜのこゑ

野州云、人もながらとは、人もなきといはんため也。たのむ人なき山にだに更行ば松風の吹と也。松風を待といふ字になしてよめり。心なき山にもまつといふ風のふけば、ましてたのめたる夜更てはまたであるべきかはと、音づれ侍らぬ人をかこちたる哥也。
此だにといふ字も前に摂政殿の御哥同心也。

藤原秀能

1203 いまこんとたのめし事をわすれずはこのゆふぐれの月やまつらん

今こんといひしばかりに長月の――、本哥は今こんといひし人を待也。此哥は我いひをきし心也。用かへて也。いまこんと我がたのめをきし事を君がわすれずは、此夕暮に下待て月をや待てあるらん、いかゞあるらんなど思ひやりしさま、余情無限ニや。

待恋といへる心を　式子内親王

1204 君まつとねやへもいらぬ槙の戸にいたくなふけそやまのはの月

野州云、本哥君こずはねやへもいらじこ紫わがもとゆひに霜は置とも、足引の山より出る月待と人にはいひて君をこそまて、此哥二首を本哥にてよめり。月を人待かこつけにせんと也。いたくなふけそとは、月もしばしは山のはにやすらひてつよく更る空をな見せそと也。真木の戸はうつくしき木などにて作たるをいふ也。引君やこん我やゆかんのいさよひに槙の板戸もさゝずねにけり

恋の哥とてよめる　西行法師

1205 たのめぬに君くやとまつ宵のまのふけゆかでたゞあけなましかば

契はをかねども、若はくるやとまつ宵の更るといふ事なく明たらば嬉しかるらん、待に更行うさの堪がたきにとの心也。

定家朝臣

1206 かへるさの物とや人のながむらんまつ夜ながらのありあけの月

宗祇自讃哥注、心は明也。姿有がたきさまにぞ。待夜乍などいふ詞、比類なき物也。師説待夜ながらとは、暮より待て、更ても待出ず、終に其人は来ずして明たる心也。扨も有明の月の物悲しさは別て帰るさの物とばかりや人のおもふらん、わが待夜ながらの悲しさせんかたなき月をとの心なるべし。野州云、有明のつれなく見えしと云忠岑が哥を深く執心せられて常に吟ぜられし、其心よりよみ出給へりとぞ。鴨長明、新古今三首の名哥といひし其一の哥也。中略注自讃哥或抄の義一説有。只不如師説。

題しらず　読人しらず

1207 君こんといひし夜ごとに過ぬればたのまぬものゝこひつゝぞぬる

いせ物語、高安の女の、男こず成てよめる哥也。幾夜もこずして過ぬれば、今は頼ぬ物の猶恋つゝ独ぬると也。

人丸

1208 ころもでに山おろし吹て寒きよをきみ来まさずはひとりかもねん

心は明なるべし。

左大将朝光久しう音づれ侍らで、たびなる所に来あひて、枕のなければ、草をむすびてしたるに　馬内侍

1209 あふことはこれやかぎりのたびならん草のまくらも霜がれにけり

限りの度といふ二旅をそへて、草の枕も霜枯たれば、あふ事もかれ果て、此たびや限ならんと也。内〻かれ〴〵なる心をふくめて也。

天暦御時、まどをにあれやと侍ければ　女御徽子女王

1210 なれゆくはうき世なればやすまの蜑のしほやきごろもまどをなるらん

まどをにあれや　〽すまの蜑の塩やき衣おさをあらみ

ま遠にしあれや君がきまさぬ、といふ哥の心成べし。

あまり馴行はあく習のうき世なればにや、逢事の間遠なるらんと也。蜑の衣はあらければ、きぬ目間遠なるをそへて也。馴衣などいへば、馴ゆくといふも衣の縁語也。

あひてのちあひがたき女に　　坂上是則

1211 霧ふかき秋の野中のわすれ水たえまがちなる比にもあるかな

序哥也。忘水、大和又津の国などの名所也。我を忘れしにやとの心をそへて、忘水は絶〻なる物なるを、枕詞に上句にをけり。後拾遺〽はる〳〵と野中に見ゆる忘水絶間〳〵を歎く比哉とも読り。

寛和二年七月十六日立春宮
三条院、みこの宮と申ける時、ひさしくとはせ給はざりければ　　安法法師女

1212 よのつねの秋風ならば荻の葉のそよとばかりの音はしてまし

野州云、そよとはそとの心也。大かたの秋風ならば、そとの音づれもあるべし。つよくはげしく吹秋風は荻をもふきしきて中〳〵音もせぬ物也。其ごとくわれにはげしくむかふほどに音づれもあらじといふ哥也。愚案中務集〽秋風の吹につけてもとはぬ哉荻の葉ならば音はしてまし、是を本哥にて、いたく秋風吹中なれば、そともをとづれなきとうらめる心なるべし。

題しらず　　中納言家持

1213 あしびきの山の陰草むすび置てこひやわたらんあふよしをなみ

山のかげ草は、山陰に人しれず生たる草也。みそかなる所に人を契置て、逢事自由ならぬを歎く心にや。

延喜御哥

1214 あづまぢにかるてふかやの乱れつゝつかのまもなくこひやわたらん

玄旨云、つかのまとは、時のまもなくと云也。かるてふ萱の乱つゝつかのまもなきとは、つかぬるまもなき心也。師説序哥也。少の隙もなく恋や渡んといはんとての上句也。

権中納言敦忠

1215 むすびをきし袂だにみぬ花すゝきかるともかれじ君しとかすは

袂だに見ぬとは、花薄を結びをきし君が其後見えこぬ心也。此むすびをきし君が又来てとかずは花薄枯ともえ枯まじき、必枯ずして此君待付よとの心なるべし。我待心を花薄にいひはげましてよせいへるうたとぞ。薄を結ぶ事、大和物語、忠岑哥に有。

百首哥中に　　源重之

1216 霜のうへにけさ降雪の寒ければかさねて人をつらしとぞ思ふ

霜は秋よりをき、雪は冬に成て降也。人のとはで、秋暮、冬来りて、霜の上にけさ雪の寒きにつけて、秋も霜につらく今も雪につらしと思ふとの心也。かさねては、霜に雪のふりかさねし縁也。

題しらず　　安法法師女

1217 ひとりふすあれたる宿のとこの上にあはれいく夜のねざめしつらん

あれたる宿といふに、人のとはで年へたる心をこめたり。かく独ねにのみ年をへて、哀いくよねざめし物思ふらんと歎く心なるべし。

源重之

1218 山しろのよどのわかごもかりにきて袖ぬれぬとはかこたざらなん

序哥。菰かるには袖ぬるゝ事をそへて也。かくかり初に来ながら、久しくあはで袖ぬれしなどはかこち給ひそ。真実ならば、ゆるりとおはしてこそあらめとの心なるべし。

1219
かけて思ふ人もなけれど夕されば　おもかげたえぬ玉かづらかな　貫之

人は我をかけても思はねど、我は思ふ故に女の玉かづらせし俤の夕には絶ずたつと也。かけて、絶ぬ玉かづらの縁也。〽人はいさ思ひやすらん玉かづら——

宮づかへしける女をかたらひ侍りけるに、やむごとなき男の入たちて《切にこの女にいひよる也》いふけしきを見て恨みけるを、女あらがひければ、よみ侍ける　平定文

1220
いつはりをたゞすの森のゆふだすき　かけつゝちかへわれをおもはゞ

偽を糺すとそへてなり。ゆふだすきは、懸つゝといはん枕詞也。誠に我を思はゞ糺の神をかけて誓《チカ》へと也。

人につかはしける　鳥羽院御哥

1221
いかばかりうれしからまし　もろともにこひらるゝ身もくるしかりせば

我に恋らるゝ身も我と諸共に恋路を思ひ知て苦しくは、かく難面くはあらじなれば、いかに嬉しからんと也。一説、我恋の苦しきと共に恋らるゝ君も苦しくは嬉しからんと也。君に苦しかれと思ふは恋の本意にたがふに似たれど、我が切なる余りの心とぞ。

かた思ひの心を　入道前関白太政大臣

1222
我ばかりつらきをしのぶ人やあると　いま世にあらばおもひあはせよ

玄旨云、我ばかりは、我ほどゝいふ詞也。我ほどつらきを堪《タヘ》て人を思ふ物はよもあらじ、此世に亦もあらば思ひ合せよと也。此忍ぶは堪忍也。愚案人はつらきに、我は堪忍して猶思ふ所、題の片思也。

摂政太政大臣家百首哥合に、契恋の心を　前大僧正慈円

1223 たゞたのめたとへば人のいつはりをかさねてこそは又もうらみめ

玄旨云、恋の哥のよみやうの手本といふ哥也。只頼めとは、我心を我とせめていへる也。此たとへばは、世俗に、仮令は何と有ともかと有ともといふがごとし。愚案たとへば人に偽有ともまづ只頼めと我にせめていひて、よし偽とても一旦は先頼て弥偽かさならばこそ又うらみもすべし。我いとをしく思ふ人をたとひ偽有ともかろ〴〵しくとがめ恨べきにあらずとなるべし。

女をうらみて、今はまからじと申て後、猶忘れがたくおぼえければ、つかはしける　左衛門督家通 大納言実通子

1224 つらしとは思ふ物からふし柴のしばしもこりぬこゝろなりけり

野州云、待賢門院加賀哥に、かねてより思ひし事よふし柴のこる斗なる歎せんとは、ふし柴とは、しばしもこりぬと兼ていはんため也。愚案五倍子柴也。しばしもつらきにこりず思ふと也。

たのむる事侍ける女、わづらふ事侍けるが、おこたりて、久我内大臣のもとに遣しける　よみ人しらず

1225 たのめこしことの葉ばかりとゞめ置てあさぢが露ときえなましかば

此世にふかく契置し言の葉ばかりをとゞめて、身は浅茅が露と消なましかば、我も悲しかるべし。君も哀と思召んを、病いへてよみがへりて嬉しきとの心なるべし。

返し　久我内大臣

1226 あはれにも誰かは露をおもはましきえのこるべきわが身ならねば

そなたに露ときえ給はゞ、我もともに死ぬべければ、誰のこりゐて哀とも思ひ侍らんと也。深く頼めし中なれば、ともにこそきえめと也。

題しらず　　小侍従

1227 つらきをもうらみぬ我に習ふなようき身をしらぬ人もこそあれ

人のつらきをもうき身のとがに思ひなして、我はうらみ侍らずとて、恨ぬ我にならひて、人にもかくつらくし給ふな、人にはうき身のとがともしらで、堪忍せであだをなし、うけへなど、御ため悪くする事もあるべきほどにと也。

殷富門院大輔

1228 なにかいとふよもながらへじさのみやはうきにたへたるいのちなるべき

野州云、何かいとふとは、我命の事也。思ふ人のつれなくうらめしければ、故もなき命をかこちて、命のあればこそ人もつらけれ、絶果てよと思ふ心を、扨も我ははかなき事を思ふ物哉、いとはずともうき事には堪まじき命をといふ哥也。愚案此説は、我命を何かはいとふと也。師説は、難面き人に何かは我をいとひ給ぞ、たとひいとひ給はずともよもながらへ侍らじ、大かたのつらさにこそ堪忍ぶべけれ、さのみ難面くうきに堪たる命なるべきかはとの心也。両説可随所好歟。

刑部卿頼輔 大納言忠教子

1229 こひしなんいのちはなをもおしきかなおなじ世にあるかひはなけれど

逢ばこそ世にあるかひならめ、難面く片思にて同じ世に有かひはなければ、死たるがましならめども、猶恋死ん命はおしき、かくうき人故は猶かひなき死《シニ》なればと也。

西行法師

1230 あはれとて人の心のなさけあれなかずならぬにはよらぬなげきを

恋は数ならぬ身にもよらぬ歎きなるを、哀とて情あれと也。人は憐みあるべき物なれば、人の心の情あれなとよめるなるべし。

1231 身をしればひとのとがとも思はぬにうらみがほにもぬるゝ袖かな

身の数ならぬをしれば、人の難面きをとがと思はぬ物を、猶恨みがほに泪落るは如何と也。

女に遣しける　皇太后宮大夫俊成

1232 よしさらばのちの世とだに頼めをけつらさにたへぬ身ともこそなれ

つらさには堪ず死ぬべくもあるを、よしさあらば、後世にあはんとだに契をけと也。よしさらばとは、よし〳〵此世に逢まじきならばと也。

返し　藤原定家朝臣母 若狭守親忠女

1233 たのめをかんたゞさばかりを契りにてうき世の中の夢になしてよ

さばかりは、それ斗也。此世に逢事はかなふまじければ、望のごとく頼めをかん。其後世斗を契にして万事を浮世の夢となし給へ、恨を残すなと也。

新古今和歌集　巻第十四

恋哥四

中将に侍ける時、女につかはしける　清慎公

ゆするつき　花鳥余情ニ云、

1234 よひ〳〵にきみをあはれと思ひつゝ人にはいはでねをのみぞなく

よひ〳〵は夜〻といふにおなじ。思ひつゝといふに心こもれり。心は明なるべし。

返し　よみ人しらず

1235 君だにもおもひ出けるよひ〳〵をまつはいかなるこゝちかはする

とひ給はぬ御心は浅きに似たれど、それだに思ひ出給ふ夜〻をこなたには待居て思ひまいらする心を、をしはかり給へとの心なるべし。

大納言国経男、延長六年六月右少将
少将滋幹につかはしける

1236 こひしさに死ぬる命をおもひ出てとふ人あらばなしとこたへよ

大和物語の哥也。恋しさにやう〳〵死ぬべし。若とふ人あらばなしと答よ、もはや死ぬべければと也。

うらむる事侍て、さらにまうでこじとちかこと《誓言》して、ふつかばかり有て遣しける　謙徳公

1237 わかれてはきのふけふこそへだてつれ千世しもへたるこゝちのみする

あはで二日ばかり隔たれど、千年もへだてし心ちして恋しきと也。毛詩 一日不レ見《レバ》如二三月《ノ》一。

返し　恵子女王 花山院国母 贈皇后宮母 代明親王女

1238 きのふともけふともしらず今はとてわかれしほどの心まどひに

そなたには昨日けふへだてしなど覚え給へど、我は更に来じとて別し心まどひに物もおぼえずと也。

入道摂政《兼家》久しくまうでこざりける比、びんかきて出けるゆするつきの水入ながら待けるを

泔器《ユスルツキ》有台并ニ蓋《フタ》。弄花抄ニ云、鬓《ビン》だらゐのたぐひ也。

見て　右大将道綱母

1239 たえぬるか影だに見えばとふべきをかたみの水はみくさゐにけり

かたみの水はみくさゐにけりとは、彼泔器《ユスルツキ》の水の程へて渋《サビ》たる事也。此人久しくこぬは絶果て見限給ふかと、此水に影だにみえば問んに、影もみえずと也。

内にひさしくまいり給はざりける比、五月五日、後朱雀院の御返事に　陽明門院（三条院皇女　後朱雀院后）

1240 かた〴〵にひき別れつゝあやめ草あらぬねをやはかけんと思ひし

こなたかなたにかくわかれゐて、あやめにはあらぬなくねをかけんとはおもはざりしと也。

題しらず　伊勢

1241 ことの葉のうつろふだにもある物をいとゞしぐれのふりまさるらん

人の言葉のあらぬさまにうつりかはるだにかなしきに、時雨のふりまさりて、いとゞ侘しきと也。時雨には紅葉すれば也。一説、時雨は泪をいへりとぞ。

右大将道綱母

1242 ふく風につけてもとはんさゝがにのかよひし道はそらにたゆとも

さゝがにはふるまへど、人はとはで程ふるを、吹風にこと付てもいかなる事ぞと問まほしきかひなき蜘のふるまひながら、猶たのもしかりし道は絶ともと也。風には蜘のい絶れば也。

后の宮（中宮安子、九条右大臣師輔公女）久しく里におはしけるころつかはしける　天暦御哥

1243 くずの葉にあらぬ我身も秋風のふくにつけつゝうらみつるかな

秋風を人のあくにそへて成べし。心は明也。

久しくまいらざりける人に　延喜御哥

1244 霜さやぐ野べの草葉にあらねどもなどかひとめのかれまさるらん

霜さやぐは、寒《サユ》る心也。又霜置し草のそよぐ心と也。久しく参らぬを人目枯ると読せ給也。

御返し　よみ人しらず

1245 浅茅おふる野べやかるらん山がつのかきほの草はいろもかはらず

野べの浅茅はかれもやし侍るらん、こなたにかはる心はなき物をとの心なるべし。

春になりてとそうし侍けるが《春になりてまいらんと申たる也、春もまいらねば也》、さもなかりければ、内より、いまだ年もかへらぬにや《いまだまいらねば也》との

たまはせたりける御返事を、かえで《作枝などにや》の紅葉につけて　女御徽子女王

1246 かすむらんほどをもしらず時雨つゝすぎにし秋の紅葉をぞ見る

君が方は春にて霞むらんに、此方には春といふ程をもしらず、時雨て過し秋のまゝの紅葉をぞ見侍ると也。いそ《(ママ)》だ入内し給はぬ程なるべし。

御返し　天暦御哥

1247 いまこんとたのめつゝふることのはぞときはに見ゆる紅葉なりける

今こんと頼めらるゝ言の葉斗ぞときはの紅葉にて、来る事はなしと也。詞ばかりにて誠なしとの御心成べし。

女御のしもに侍けるに《熈子女王里亭におりておはしけるにや》つかはしける　朱雀院御哥

1248 たまぼこの道ははるかにあらねどもうたて雲ゐにまどふころかな

道のほどははるかならねど、禁中には思召まどふと也。久しく里亭にて逢せ給はねば

麗景殿女御　延子《ノブコ》、堀河右《ノ》大臣頼宗《ノ》女

生子《ナリコ》　教通女《ノリミチノ》

也。雲ゐは禁中をいへり。はるかなる事をも雲ゐといへばなるべし。

御返し　女御熈子女王 保明親王女 大皇太后宮

1249 おもひやる心は空にあるものをなどか雲ゐにあひ見ざるらん

里亭より御なつかしく思ひやりまいらすれば、心空になりてあるに、何とて雲ゐにて逢見まいらせざるらんと也。空にあるといふより雲ゐと也。是も雲ゐは禁中の事と空とをそへてなるべし。

麗景殿女御まいりてのち、雨ふり侍ける日、梅つぼの女御に　後朱雀院御哥

1250 春雨のふりしく比はあをやぎのいとみだれつゝ人ぞこひしき

栄花物語卅四にある哥也。ふりしくは降しきる也。青柳のは、最乱《イト》つゝとよませ給はん枕詞也。雨中の徒然に恋しさの心乱れさせ給ふと也。

御返し　女御藤原生子

1251 あを柳のいとみだれたる此ごろは一すぢにしもおもひよられし

一すぢにしも思ひよられじとは、麗景殿女御にも思ひよらせ給はんと也。一筋、よる、糸の縁也。

又つかはしける　後朱雀院御哥

1252 青柳のいとはかた〳〵なびくともおもひそめてん色はかはらじ

たとひ外になびく方有とも、もとより思召そめし梅つぼには御心かはるまじきとの心を、糸を染る縁語に読せ給なるべし。古今あすか川淵はせになる――

御返し　女御生子

1253 あさみどりふかくもあらぬ青柳はいろかはらじといかゞたのまん

はやうは　むかしの事也。
みあれの日　御形日《ミアレ》、加賀（ママ）
のまつりの事也。

浅緑のふかゝらぬ御心ざしは色かはらじとのたまはすれどたのみがたしとの心を、青柳にそへての御返哥也。右四首、皆栄花物語の哥也。

はやう物申ける女に、かれたる葵をみあれの日つかはしける　実方朝臣

1254 いにしへのあふひと人はとがむともなをそのかみのけふぞ忘れぬ

枯し葵を古の葵とよみて、もと逢しが中絶し事をそへたり。けふの音信《ヲトヅレ》を中絶の者のあやしきわざととがめ給ふとも、猶昔年の忘れ難くて如此すると也。

返し　よみ人しらず

1255 かれにけるあふひのみこそ悲しけれあはれと見ずやかものみづがき

賀茂の瑞籬に枯てかゝれる葵を哀とは見給はずやとよみて、かく中絶て逢瀬枯しが悲しきに、君は哀とも見ずや有けん、今まで音づれ給はざりしとの心をそへたるなるべし。きみは忘れて過し給ひしに、我のみ歎きたりしといはんとて、葵のみこそと読る也。

ひろはたのみやす所（広幡御息所、中納言庶明卿女）につかはしける　天暦御哥

1256 あふことをはつかに見えし月影のおぼろげにやは哀ともおもふ

はつかは、わづか也。廿日の月にそへて也。おぼろげは、大かたなる事也。月の朧にそへて也。逢事のわづかなれば、大かたならず哀に恋しく思召すと也。栄花物語第一云、此御中にも広幡の御息所ぞあやしう心ばせあるさまにみかどおぼしめいたりける。内よりかくなん、〽あふさかもはてはゆきゝのせきもゐずたづねてとひこきみはかへさじ、といふ哥を同じやうにかゝせ給て、御方〻に奉せ給ひける。此御返事を方〻さま〴〵に申させ給けるに、広はたの御息所はたき物をぞまいらせ給たりける。さればこ

そ猶心ことに見ゆれとおぼしめしけり云々。あはせ焼物すこしといふ沓冠の折句也。悦目抄にも有。

題しらず　　伊勢

1257 さらしなやをば捨山の有明のつきずもものをおもふころ哉

古今〽我心慰めかねつ更科や――、此本哥にて有明のつきせずとそへて、心は明也。つきせぬ物思ひの慰むかたなき心也。

中務後撰作者

1258 いつとてもあはれと思ふをねぬるよの月はおぼろげなく〳〵ぞ見し

中務集詞書、よべの月は見やしけんと人のいへるにと有。むかし中務と逢みし人の其ねし夜のめぐりきたるに、彼人思ひ出て、其翌日、よべの月はみたるにやと問をこせし返事の哥なるべし。月はいつとても哀と思ふを、とりわきて先年君とねぬるよの月は大かたならずなく〳〵見て哀と思ひしとの心なるべし。おぼろげなく〳〵とは、大かたなる事なくとの心をそへたる詞也。

躬恒

1259 さらしなの山より外にてる月もなぐさめかねつこのごろのそら

更科の月をみてこそ慰めかねつとよみたれども、此比のそらの物思ひにさらしなの外の山に照月をみても慰めがたしと也。此哥、躬恒集には、雑の哥ながらこひのうたにて心面白き故、此集には如此なるべし。

読人しらず

1260 あまの戸をしあけがたの月みればうき人しもぞこひしかりける

只明方の空の月なるべし。其折に向ひて、うき人の恋しかりけん心を其まゝよみいでたる哥なるべし。源氏榊巻にひく哥也。

1261 ほの見えし月を恋しとかへるさの雲路の波にぬれてこしかな

ほの見えし人を月にたとへ、心も空に成て帰るを雲路とよみて、雲の波を泪によせて、其人をほのみて帰さに心も空にて泪ながら帰りし心なるべし。

人につかはしける　　　　紫式部

1262 いるかたはさやかなりける月かげをうはのそらにもまちしよひ哉

逢て帰る人を月に比して、人の帰るを月の入に比したる哥也。かく帰るさはしばしもとゞこほらず、情なき人を我まちつるよひのほどは、心もそらにて有し事よとなるべし。人を月にたとへしゆへ、うはの空にもとよめるにや。

返し　　　　よみ人しらず

1263 さしてゆく山のはもみなかきくもりこゝろのそらにきえし月影

我帰るを入月に比してよめるを、其まゝうけて月に成て、さしてゆく山のはもなどよめり。帰さは心も皆かき曇りて心も空になりつゝ思ひきえたるといはんとて、心の空にきえし月影と読なるべし。

題しらず　　　　藤原経衡 中宮大進公業子 大和守五位

1264 今はとてわかれしほどの月をだになみだにくれてながめやはせし

別れしほどの月をだに見てをきたらば、今も形見に思ひ出んを、別の泪にそれをだに見ざりし事よと也。

肥後 肥後守定成女 二条太皇大后宮女房

1265 おもかげの忘れぬ人によそへつゝいるをぞしたふ秋のよの月

心は明なるべし。

1266 うき人の月はなにぞのゆかりぞとおもひながらもうちながめつゝ

後徳大寺左大臣

なにぞのぞは助字也。うき人のために月は何のゆかりぞや、何のゆかりにもあるべきやうはなしと思ひながらも、せめての慰めに打詠らるゝと也。野州云、詠つゝといひ残したる所感情有。

1267 月のみやうはの空なるかた見にて《とイ》おもひも出ばこゝろかよはん

西行法師

遠く隔たりぬる中のはなかき事をよめるなるべし。うはの空なる形見ながら、月ならで形見もなければ、我みて慰むに、彼方にももし此月に思ひも出ば、それだに我と同心ならんと思ひなぐさむ心なるべし。

1268 くまもなき折しも人を思ひ出てこゝろと月をやつしつるかな

月はくまなきに、其人をおもひ出るなみだにあきらかならざれば、あたら月を我心からやつしつるよと也。

1269 物おもひてながむる比の月の色にいかばかりなるあはれそふらん

是も西行哥也。ものおもふ比、月をみれば、一入悲しく泪もとゞめがたければ、あやしみとがめたる下句の心也。

1270 くもれかしながむるからにかなしきは月におぼゆるひとのおもかげ

八条院高倉

野州云、月を詠めゐたる折しも、何となく人も恋しく悲ければ、月をみる故にかやうにや侍らん、曇れかしといへる也。月におぼゆるとは、月に忘れぬよし也云々。愚案月におぼゆるは、其おもかげを月にむかひて思ひ出る心也。源氏物語に、おもかげ覚えてなどゝある詞也。

百首哥中に　　太上天皇

1271 わすらるゝ身をしる袖のむら雨につれなく山の月はいでけり

忘られし身を歎きて、泪隙なき折ふし、山の端に月さし出ていとゞ物思ひそふる心をかくよませ給へり。身をしる袖のむら雨は泪也。雨には月は出ぬ物なるに、袖の村雨に出るをつれなくとよみて、猶物思ひそふ心をふくめたるなるべし。

千五百番哥合に　　摂政太政大臣

1272 めぐりあはんかぎりはいつとしらねども月なへだてそよそのうき雲

忘るなよほどは雲ゐに成ぬとも空ゆく月のめぐりあふまで、此哥を心に思ひて、月みれば終にはめぐりあはん頼みあり。いつと限は知ずながら、まづ雲にへだてそと也。宗祇自讃哥註云、忘るなよの哥の心を取て、心は明也。但、よその浮雲といへるは、わが思ふ人いかなるよそのさはりありてか思ふ所いたづらにならんとなげくよし也云々。

1273 わがなみだもとめて袖に宿れ月さりとて人のかげは見えねど

宗祇同抄云、袖にやどるとても其人の影は見ゆべくもあらねど、せめて我泪の袖をとぶらへとなげくよし也。ある註に、恋すればわが身は影と成にけりさりとて人にそはぬものゆへ、古今の哥を取てよめり云々。自讃哥或抄云、ともに見し夜の月なれば、我泪もとめてやどれと也。さりとてとは、さありとて人の影は見えねども、さてもや慰

郵便はがき

料金受取人払

神田局承認

3081

差出有効期間
平成12年10月
31日まで

※有効期間後は
切手を貼って
お出し下さい。

101-8791

004

〈受取人〉

東京都千代田区猿楽町2-2-5

笠間書院

営業部行

通信欄

(住所変更の場合は、ごめんどうですがお知らせください。)

ご愛読ありがとうございます

これからのより良い本作りのために役立たせていただきたいと思います。

ご感想・ご希望などをお聞かせ下さい。

この本の書名　　お知りになったきっかけ

● 小社 PR誌「リポート笠間」(年1回・10月発行)　いる・いらない

● 出版総目録　いる・いらない

お名前　(　　才)

(ご職業　　)

〒

ご住所

☎　(　　)

注　文　書

書名　部数

書名　部数

書名　部数

裏面通信欄もお使い下さい。

むとゝ也云々。両義所好にしたがふべし。

1274 こひわぶるなみだや空にくもるらんひかりもかはるねやの月かげ　　権中納言公経

物思ふ閨の月は光りもかはりてみゆれば、是は我恋の泪や空にくもるらんと也。我泪に目のさやかならぬ故ながら空にといへる所哥也。

1275 いくめぐりそらゆく月もへだてきぬちぎりしなかはよそのうき雲　　左衛門督通光

是も、そらゆく月のめぐり逢までの哥を取てなるべし。忘るなよと契し中はよその浮雲と成て、めぐりあはんと待ぬる月はいくめぐりかへだてきぬらんとなげくよしなり。月を雲の隔る縁也。

1276 今こんとちぎりしことは夢ながら見し夜ににたるありあけの月　　右衛門督通具

宗祇自讃哥註云、をのがきぬ〴〵のあかぬ名残にかけし詞は跡なけれど、月は見し夜の空に帰るよしなり。自讃哥或抄云、別し時契れる事は只あとなき夢也。見し夜に似たる月の現にのこるこそおぼつかなけれとて、茫然としたる躰也云々。野州は素性哥を引り。

1277 わすれじといひしばかりの名残とてその夜の月はめぐりきにけり　　有家朝臣

是も、〽今こんといひし斗の哥を用てなり。忘れじといひし斗に、其名残とて其逢契りし夜の月ばかりはめぐりきて、其人は影もなきよしなるべし。

題しらず　　　　　　　　　　　　　　　　　　　　摂政太政大臣

1278 おもひ出てよな〳〵月に尋ねずはまてとちぎりし中やたえなん

玄旨云、月の比は必とひ侍らんとたのめて後跡もなく成ぬれども、我は忘れず、夜な〳〵尋行て忘給ふなといひて、度〻いさめたるよしなり。我も人のやうに忘侍らば、やがて絶果ぬべし。人は思出る事もあらじと云哥也。風流なる姿成べし。

家隆朝臣

1279 わするなよいまは心のかはるともなれしその夜のありあけの月

たとひ今はやう〳〵心かはるとも、馴し其夜の月はせめて忘るな、扨もえ忘まじき其夜の気色ぞやと心を含めし哥なるべし。

法眼宗円（木工権頭時宗子）

1280 そのまゝに松のあらしもかはらぬをわすれやしぬるふけしよの月

さよふけがたに逢みし時、月影松の嵐忘がたかりしを、いまも其まゝにかはらねど、君は忘やしつらん、中絶たり、我は忘ずと也。

藤原秀能

1281 人ぞうきたのめぬ月はめぐりきてむかしわすれぬよもぎふのやど

此五文字、切なる心あり。むかし逢みし人は忘れじとたのめをきながら、かれ果て年月ふれば、宿はよもぎふに荒たるに、月のみ昔にかはらず、其夜のさまにさし出たるに付て、扨もかくたのめぬ月はめぐりきしに、人ぞうきと也。玄旨御説、源氏物語の蓬生の宿の心をこめてよめりとの給へり。彼巻に、哀に心深き契をし給ひしに我身のうくてかく忘られたるにこそあれなどあり。月あかくさし出たるに、かうし二まばかりあけてなども有。

八月十五夜、和哥所にて、月前恋といふ事を

1282 わくらばにまちつる宵もふけにけりさやはちぎりし山のはの月　摂政太政大臣

師説、わくらばには邂逅《タマサカ》也。常にもこぬ人の適こんとたのめつるを待に、かくたまさかの待夜さへも更しと也。野州云、哥の心は、月出ばやがてとこそ契りしに、むなしくふけゆくほどに、我はさやうにはちぎらざりし物を、宵のまとこそ契つれととがめたる哥也。月の山のはにかたぶくを見てあくがれて独ごとをいへる躰也。切なる哥也。

1283 来ぬ人をまつとはなくてまつよひのふけゆくそらの月もうらめし　有家朝臣

人にしられじとて、待気色もなく下待心也。月もうらめしといふに、かく来ぬ人のうらめしさをこめたる哥也。もの字、心をつくべし。

1284 松山とちぎりし人はつれなくて袖こす波にのこる月かげ　定家朝臣

玄旨云、本契きなかたみに袖を〳〵、五文字は本哥の事也。其契《チギリ》し人は難面《ツレナク》て我袖の泪が波のごとくこえたると也。松山と契たるは、契の変《ヘン》ずまじきといひて、其後かはりたる間、袖の泪の波こえて契し事はあとなく成て、其比の月ばかり変《ヘン》ぜずしてのこるとよめり。

千五百番哥合に

1285 習ひこしたがいつはりもまだしらでまつとせしまの庭のよもぎふ　皇太后宮大夫俊成女

師説、此五文字は、人は誰が偽を習《ナラ》ひきて偽するやらん、我習はぬ事なれば、まだし

らでとの心也。野州云、我宿は道もなきまで荒にけり難面き人をまつとせしまに、我は偽といふ事をしらねば、人のとはんといひしを誠とのみ思ひてまつほどに、庭のよもぎふとなる迄待て月日をへたるといふ儀也。

経房卿家哥合に、久恋を　　二条院讃岐

1286 あとたえて浅茅がすゑになりにけりたのめしやどの庭のしら露

君が見捨まじきと頼めたりし詞は誠ならで、問も来ず跡たえて、浅茅庭に生て露ふかきさま也。あさぢが末にといふにて、草生ざりしに生る心なれば、久恋の儀也。

摂政太政大臣家百首哥よみ侍りけるに　　寂蓮法師

1287 来ぬ人をおもひたえたる庭の面のよもぎがすゑぞまつにまされる

しばしこそ待たれ、今は思ひ絶てもはやとふまじきと歎く庭によもぎ高くなりしをみれば、待侘しより侘しく悲しきと也。たのめつゝこぬよあまたに成ぬればまたじと思ふぞ待にまされる、此詞を用ひ給へるなるべし。

題しらず　　左衛門督通光

1288 たづねても袖にかくべきかたぞなきふかきよもぎの露のかごとを

玄旨云、源氏、蓬生巻に尋ねても我こそとはめ道もなくふかきよもぎのもとの心を、ふかきよもぎの露のかごととは、恨の事なるべし。末摘をば忘れても後に又とはれしを、我をばとはれん方なきと也。師説たとへば、ふかくかこちよるべき故ある中なるを、尋ねとひぬべき事ながら、はかなき中にて、其露のかごとを袖にかけとひぬべきかたもなしとなげく心なるべし。両説可随所好。

藤原保季朝臣

1289 かたみとてほのふみわけし跡もなしこしはむかしの庭のおぎはら

ほのふみわけしは、ほのかに幽なる跡もなき心也。荻の穂の縁也。思ふ人のゆくゑなく成しに、せめて形見とて古跡をだにきてみれば、むかしわがかよひし比ふみ分たる道は跡たえて、ほのかにも見えねば、其所にもあらぬかと思へど、来しはむかしの庭にてかはるべくもあらねど、只荻原と成しさま也。心ぼそくさびしき心也。

法橋行遍

1290 なごりをば庭のあさぢにとゞめ置てたれゆへきみがすみうかれけん

あひ知たる人の古跡をきてみれば、むかしの宿の俤もなく、庭の浅茅原斗を其名残ととゞめたるやうに荒てさびしきに、扨も誰故に我を捨てかく君が住うかれしぞとうらめしく悲しき心なり。

摂政太政大臣家百首哥合に　定家朝臣

1291 わすれずはなれし袖も氷るらんねぬ夜のとこの霜のさむしろ

玄旨云、引おもひつゝねなくに明る冬の夜の袖の氷はとけずぞ有ける、わがごとくあなたも忘れ給はずは、袖の泪も氷るらんと也。愚案六百番哥合、俊成卿、此哥判詞云、人の袖をも思ひやれる心優に侍るべし云々。此哥なれし袖もやと侍る所、凡俗の及まじき所にや。霜寒き夜の独ねの床の小莚に君が事を思ひ出て、袖の泪のつらゝゐる比、扨も彼方にも我を忘れずは、我が二人ねて馴し其袖もかくのごとくこそ氷らんなど思やるさま也。

家隆朝臣

1292 風ふかばみねにわかれん雲をだにありしなごりのかたみとも見よ

六百番哥合、別恋の題の哥也。暁おき別るゝ比、岑のよこ雲のわかるゝを見て、此別のゝち、風吹雲別ん時、けさの事を思ひ出て形見とも此気色を見よと云置さまにや。巫山神女が別路に、朝には行雲とならんといひし面影も侍にや。古今〽風吹ば岑に（ママ）

百首哥奉りし時　摂政太政大臣

1293 いはざりき今こんまでの空の雲月日へだてゝ物おもへとは

玄旨云、やがてこんとこそ云給へれ、月日隔てかやうに物思へとはいはざりきと也。宗祇自讃哥注云、只今とこそ契り侍しが、かやうに月日隔て物思へとやはか（ママ）いひしと恨る由也。今こんといひし斗に長月の〳〵、此哥を取れり。同或抄云、雲とは月日へだてゝといはんための詞也。愚案今こんとこそ君がいひつれ、其今くる迄の空のかやうに久しく待遠にて、我に物思へとはの給はざりしに、かく物思はするはいかゞと也。

千五百番哥合に　家隆朝臣

1294 おもひ出よたがかねごとの末ならんきのふの雲のあとのやまかぜ

野州云、かねごとゝは、兼約の事也。必と契し事は跡はかもなく成たり。昨日の雲たなびきたる跡に吹風ばかり残りて、跡もなく成たるやうに絶はてたると也。それを思ひ出よ、たがかねごとにてもなし、そなたのかねごとはきのふの雲の跡の山風のごとしといへり。たとへば、人の袖をひかへて、たが仰られしかねごとぞ、そなたの仰られし事ぞと理づめにしたるやうの哥也。宗祇自讃哥注云、きのふの雲の山かぜに跡もなく成たり。誰がいひし兼言の葉の末にか、君がちぎりし言の葉こそ、此雲のごとく跡もなく侍れ、おもひもいでゝこのことはりをしれと人を恨るよし也。愚案此両説大かた同義なる内に、野州義は、きのふの雲の跡の山風を、たとへ斗にいひし心也。宗祇

艶書の哥　艶書は、けさうぶみとよむ也。恋の哥の事也。

義は、きのふの雲の跡の山風を興じていへる心也。両説所好に可レ随歟。

二条院御時、艶書の哥めしけるに　　刑部卿範兼

1295 わすれゆく人ゆへ空をながむればたえ〴〵にこそ雲も見えけれ

我を忘れゆく人の絶ゞに成行を歎きて、空など打詠れば、雲も絶ゞに打棚引て、いとゞ物思ひを催すさま也。

題しらず　　殷富門院大輔

1296 わすれなばいけらん物かとおもひしにそれもかなはぬこの世なりけり

思ふ人の忘れなば、死もしなんと思ひしに、かく忘られては死なんと思ふも心に任せずと也。それもといふもの字、心有。思ふ人にいつまでもと思ふがかなはぬを歎く心なるべし。

西行法師

1297 うとくなる人をなにとて恨むらんしられずしらぬ折もありしに

人に忘られてうきあまりに、思ひさまさんために観念したる心也。かくうとくなるをも恨むまじき也。始め逢見ざりし時は、我も君にしられず、君もわがしらざりし其折とおもひなすべしとの心也。めづらしき心なるべし。

1298 いまぞしるおもひ出よとちぎりしはわすれんとてのなさけなりけり

一別の後忘られて、うきあまりにさま〴〵思ひめぐらしてよめる心也。彼別し時、必思ひ出よと君が契りし事は、かく忘れてこざらん時に思ひ出よとの事なりしよとの心なり。情なりけりといふ詞、意味あり。其時より我を忘んと思ひながら、さすがに情をかけて思ひ出よともいひしよなど思ふ由也。忘るゝはうき人ながら猶一向にもうし

と思ひ果ぬ心也。一説、忘んとてのあだの情なりしをしらでうれしかりしはかなさよと也。

1299 建仁元年三月哥合に、逢不レ遇恋の心を　　土御門内大臣

あひ見しはむかしがたりのうつゝにてそのかねごとを夢になせとや

昔語りの現とは、現ながら過し事にてかひなき心也。一たび逢見し事は現ながら、昔になし果て、其時の兼言をも夢になせとて、かく今は難面逢給はぬにやと也。

権中納言公経

1300 あはれなる心のやみのゆかりとも見しよのゆめをたれかさだめん

古今〽君やこし我やゆきけん、と有し返しに、〽かきくらす心のやみにまどひにき夢現とは世人定めよ、此哥をうけて、心のやみとは心のまよひたる事也。ゆかりとは、其類といふ心也。一夜ほのかに逢見しよの夢は、業平の心のやみにまどひにきといひし哀なるたぐひなりしよといふ事も、君と又あひてこそいひも定むべけれ、其後又あひ見ねば、誰定むべき、外に又知人もなき事なれば、定《サダメ》んかたなしと也。是も前のうたと同題の哥也。本哥の用ひやう、寄妙也。

右衛門督通具

1301 ちぎりきやあかぬわかれに露をきしあかつきばかりかたみなれとは

玄旨云、暁ばかりかたみなれとはちぎらざりし物をといふ也。〽暁ばかりうき物はなし、とある哥の俤なるべし。愚案是も逢不遇恋也。其別し暁ばかりをかたみにて、又逢まじきとは契しや、さはちぎらざりし物をと也。

寂蓮法師

1302 うらみ侘またじいまはの身なれどもおもひなれにしゆふぐれのそら

野州云、恨侘とは、人を恨、わが身を侘る由也。またじ今はとは、待まじきとうちふ（ママ）て侍れども、さすが思ひなれたる夕暮の空をば扨いかにせん、待まじきとも思はれずといひさしたる哥也。今はとは、其当座のきはをいふ心也。切なる詞也。まことに寂蓮の風也。徹書記物語云、寂蓮が恨わびの哥も夕暮の空にては果ぬうた也。夕暮の空をば扨もいかにせんとの一句をのこしたる也。野州義、同意也。ゆへあるにや。是も逢不遇恋、同時の哥也。

宜秋門院丹後

1303 わすれじのことのはいかになりにけんたのめし暮は秋風ぞふく

玄旨云、木葉は風に落れば忘れじとのことの葉は何とか成ぬらん、たのめし暮は秋風の木の葉に吹がごとく、枯〻に成たるとよめり。愚案たのめし暮は只秋風ぞふきて、其人はこずと也。此ぞの字、心をつくべし。是も逢不遇恋、同題也。

家に百首哥合し侍けるに　　摂政太政大臣

1304 おもひかねうちぬる宵もありなましふきだにすさめ庭の松かぜ

あまり思ひ〳〵ても其かひなき事に、幾夜もねずして明すに、松風さへ侘しく音そふれば、思ひかねてはうちまどろむ宵も若はあらんに、松風だに吹をやめかしと歎く心也。彼哥合には寄木恋也。

有家朝臣

1305 さらでだにうらみんとおもふわぎもこがころものすそにあきかぜぞふく

玄旨云、〽わぎもこが衣のすそを吹かへしうらめづらしき秋の初風、秋風がうらみよと催すやうに、衣のすそを吹返すと也。さやうにあらずとも、うらみつべき物をと也。
愚案 女のけしきうはの空なるうへに、漸〻秋の気色みゆるを、恨る心成べし。

題しらず　よみびとしらず

1306 こゝろにはいつも秋なるねざめかな身にしむかぜのいく夜ともなく

物おもふ折は、いつとなく風身にしみて、いつも秋のねざめのやう也と也。心にはといふ五文字、物思をこめたり。下句は心明也。

西行法師

1307 あはれとてとふ人のなどなかるらん物おもふやどの荻の上かぜ

玄旨云、此とふ人は我思ふ人に限らず、をよその人も哀とて問来て慰めよかしと也。

入道前関白太政大臣家哥合に　俊恵法師

1308 わがこひはいまをかぎりとゆふまぐれ荻ふく風のをとづれてゆく

物思ふ比の荻の声の悲く物侘しきに、恋の限は今ぞと也。切なる心なるべし。

題しらず　式子内親王

1309 いまはたゞこゝろのほかにきく物をしらずがほなるおぎのうはかぜ

野州云、大方に待し比は荻のうちさゝやく音をもとはれやするとおどろかれ、風の扉にあたるをも心かけ侍り。次第に疎く成て、荻の声、風の音を頼みつる事も昔に成たると也。心の外とは、心かけざる也。荻の音をばよそにきくと也。愚案 荻の音づれに気の付たるは、大かたなるほど也。いまは一向に絶果て心にもかけぬ物を、猶もとのやうに吹て、かく心の思ひたえたるをしらずがほに荻の風の音なふと也。

家哥合に　摂政太政大臣

1310 いつもきく物とや人のおもふらんこぬゆふぐれのまつかぜのこゑ

宗祇自讃哥注、身にも心にもとをりてたぐひなければ、人は常の空にやきくらんと云にや。又或注、〽こぬ人をまつ夕暮の秋風はいかにふけばか侘しかるらん、古今の哥を本哥にしてよめり云々。是迄祇注。愚案いつもきく松風と世のつねの人は思ふらん、君がこぬ夕暮の松風は身にしみ、心にとをりて悲しき物をと也。祇注同義ながら、詞簡にて初心聞違やせんとて也。

前大僧正慈円

1311 こゝろあらばふかずもあらなんよひ〳〵に人まつやどの庭のまつかぜ

人まつ宵々の松風は悲しきに、心あらばふかであれかしと松風にいへる心也。六百番哥合に、此哥、信定と作者を書て、摂政殿の前の哥に番ひて、俊成卿の判にて、此哥勝侍。哥合のうたは故実ある事とぞ。撰集に入哥とは聊かはり侍るとぞ。

和哥所にて、哥合し侍しに、逢不遇恋のこゝろを　寂蓮法師

1312 里はあれぬむなしき床のあたり迄身はならはしの秋風ぞふく

宗祇自讃哥注云、〽手枕のすきまの風も寒かりき身はならはしの物にぞ有ける、と云哥をとれり。たまさかに尋し人も絶行て、里も荒るゝばかりの折節、むなしき床に秋風の悲しく吹入たるを思ひ入て、身はならはしのとよめる也。愚案里は荒ぬといふより空しき床のあたりまで秋風ぞふくとよめる、首尾相調、心よくいひとりたる哥なるべし。

水無瀬恋十五首哥合に　太上天皇

1313 さとはあれぬ尾上の宮のをのづからまちこしよひもむかしなりけり

玄旨云、人も尋くる時は宿をもかざり侍るに、うとく成て後はをのづから荒侍と也。

此夕〳〵と待侍るに、早頼めたる夕はむかしに成たるよと也。尾上の宮は皇居也。つよく荒《アル》るといひたてんために、此名所をとり出るにや。又おのへの宮のをのづからとうくる詞の縁にも成侍。長高き風情かぎりなし云々。此哥口訣有。

有家朝臣

1314 物おもはで只大かたの露にだにぬるればぬるゝ秋のたもとを

自讃哥或抄云、水無瀬殿恋十五首の哥合に、秋恋といへる題也。只だに秋の袂はぬるゝ也。思ふ人ゆへにはぬれてもぬれよとよめるなるべし。宗祇同抄云、心は只思ひの露のすぐれたる所をよくいへる心にこそ。愚案両義聊かはれり。祇注は、只にも秋の露にはぬるゝを、まして物思ふ秋の袂は泪ふかき心となるべし。師説是を用。

雅経

1315 草まくらむすびさだめんかたしらずならはぬ野べのゆめのかよひぢ

自讃哥或抄云、水無瀬殿恋十五首哥合、旅宿恋といへる題也。よひ〳〵に枕定めん方もなしいかにねしよか夢に見えけん、といへる本哥を取たり。いづくの程に草枕をむすびてか、習ぬ野べの夢のかよひ路はあるべきとたどりたる姿也。玄旨抄同。

和歌所哥合に、深山恋といふ事を

家隆朝臣

1316 さても猶とはれぬ秋のゆふは山雲ふくかぜもみねに見ゆらん

野州云、秋の夕の山を詠ゐたるに、峯に棚引たる雲を風の吹なびくるを見ていへる哥也。此峯の雲を吹事は人の目にも見え侍べし。さはあれども、打なびきとふ事はなきよと歎きたるよし也。五文字切なる心也。

藤原秀能

1317 おもひいるふかきこゝろのたよりまで見しはそれともなき山路かな

野州云、此哥、定家卿も寄特なる由褒美有しと也。たとへば、我思ひの深きにくらぶべき物なきに、山を見るに、奥もなく深き物なれば、わが思ひのたぐひ也。もしも慰むやと分入て見るに、山の果は有けり。我思ひほど果もなくふかき物なしといへる也。無上至極の哥なるべし。

題しらず　鴨長明

1318 ながめてもあはれと思へおほかたのそらだにかなし秋のゆふぐれ

大かたの空さへ悲しき秋の夕を、まして物思へば猶かなしきに、此秋の夕の空を詠給ひても、我物思ひて悲しきほどを哀とをしはかり給へかしと也。

千五百番哥合に　右衛門督通具

1319 ことの葉のうつりし秋も過ぬればわが身しぐれとふるなみだかな

深く頼めし人の詞のあらぬさまにかはりて、秋も過、冬に成て弥ふるされし身の泪時雨るゝ心也。小町〽今はとて我身時雨とふりぬれば言の葉さへに移ひにけり、此哥を本哥にて、言の葉のうつるに時雨の縁をうけられしにや。

定家朝臣

1320 きえわびぬうつろふ人の秋の色に身をこがらしの森の下露

野州云、秋とは我があかれぬる色也。身をこがらしとは、身もこがるゝよし也。人のはげしくかはる気色、木枯のごとくなるに、消やらぬ露の身の残りて物を思ふ事よとよめり。きえわぶるとは、人のかはるにも猶したがひ侍る心こもりたる哥也。愚案木枯森は駿河也。

摂政太政大臣家哥合に　寂蓮法師

1321 六百番歌合 こぬ人を《の》秋のけしきやふけぬらんうらみによはるまつむしのこゑ

野州云、人の心の秋の気色に風情もはげしく冷じくなるを、秋の気色や更ぬらんといへり。虫も秋深く成てよはりゆくごとく、我恨みも次第によはり侍ると云也。人のあきたるを秋にとりなしてよめり。愚案 此哥、六百番哥合には、こぬ人の秋のけしきとあり。哥の義分明によくきこえ侍り。但新古今諸本、こぬ人をとあり。然ば、五文字にて句を切て、此こぬ人をうらみによはるまつ虫とつゞくるてにをはにや侍らん。彼哥合に、寄虫恋の題也。松虫を待と添て成べし。

恋の哥とてよみ侍ける　前大僧正慈円

1322 我こひは庭のむら萩うらがれて人をも身をも秋のゆふぐれ

玄旨云、此五文字、物にたとふる心こもりたる也。秋も末に成て庭の村萩もうら枯たるを見て、わが思ひの果もかやうにいたづらにこそ成侍らめ、人をも身をもとはよし〳〵人をうらみじ、身をもうらみじといふ心をふくみて、秋のゆふぐれといひ捨たる哥也。言語同断不可思議也。万葉に、我せこをわが恋をれば我宿の草さへ思ひうら枯にけり、此哥にて可二意得一なり。師説、口伝有云〻。

被忘恋の心を　太上天皇

1323 袖の露もあらぬ色にぞ消かへるうつればかはるなげきせしまに

玄旨云、人の心のうつりかはる歎きをすれば、わが袖の露さへ紅涙になると也。消かへるとは、もとをきしはきえて、更にをく事也。只そなたの心のかはるごとく、わが袖もあらぬ色にうつるとよみ給へる哥也。袖の露もといへる面白し。自讃哥或抄同。

1324　むせぶともしらじな心かはら屋に我のみけたぬしたのけぶりは　定家朝臣

玄旨云、是も前に同題也。瓦にてふきたる家と云説もあれども、是は只瓦やく屋の事なるべし。かはら屋は、心のかはるをいひかけたる也。瓦屋のけぶりは上へ見えぬ物なれば、我下の思ひのくゆるをかく云也。愚案心かはるとそへて、被忘恋をよみ給へり。

1325　しられじなおなじ袖にはかよふともたがゆふぐれとたのむ秋かぜ　家隆朝臣

是も被忘恋の哥也。此夕ぐれをも、我は忘られし身なれば、来んとも頼ぬを、誰が夕暮と頼むぞや、うらやましや。此夕の秋かぜは、其人の袖にも我袖にもおなじ袖にはかよふとも、かくなげくとはかのかたへはしられじなと也。たがゆふぐれとたのむ秋風といふ詞つゞき、粉骨の所なるべし。

1326　露はらふねざめは秋のむかしにて見はてぬ夢にのこるおもかげ　皇太后宮大夫俊成女

同題也。露はらふはなみだ也。ねざめは秋のむかしにてとは、秋の夜の夢に忘られぬ時のなつかしき俤を見しが、見はてずして、さめてはあかれ、忘られし昔の此夢みぬ時に成帰し心なるべし。されど、見し夢中の俤はのこりて、悲く泪露けきさま也。

摂政太政大臣家百首哥合に、尋恋　イの心を　前大僧正慈円

1327　こゝろこそゆくゑもしらねみわの山杉のこずゑのゆふぐれのそら

我庵はみわの山もと恋しくは尋てきませ、とよみしを本哥にて、みわの山の杉のこずゑを尋ねゆく夕暮の空のたど〳〵しく悲しき心のはかりもなきを、心こそ行衛もしら

ねとよめり。〳〵我恋は行衛も知ず果もなし――

百首哥中に　式子内親王

1328 さりともとまちし月日ぞ移りゆくこゝろの花のいろにまかせて

人の心のうつりそめて絶〻なりしほどは、猶さりともかくのみはあらじと待しに、人の心弥うつりゆくに任せて、問ぬ月日もうつりゆき、久しく成し心也。〳〵色みえでうつろふ物はよのなかの人の心の花にぞ有ける

1329 いきてよもあすまで人はつらからじこのゆふぐれをとはゞとへかし

我が思ひの切なるは、人もやう〳〵見しるべきに、生て我あらんに、よもあすまで人は難面なからじ。されども、我あすまではえ生まじきを、此夕暮をとはんとならばとへかしと也。待わぶる夕の切なる心なるべし。この御哥を、美人の紅粉をけがす事をきらふたぐひにて、有のまゝにてけだかくもうつくしくも覚るよし、自讃哥或抄にあり。

暁恋の心を　前大僧正慈円

1330 あかつきのなみだや空にたぐふらん袖におちくる鐘のをとかな

鐘の聞ゆるを落くるといふに、泪もおつれば、かねと空にたぐふやらんと也。夜すがら物思ひあかす比、暁のかねの一入歎きを催す心をかく読せ給ふなるべし。

千五百番哥合に　権中納言公経

1331 つく〴〵とおもひあかしの浦千鳥波のまくらになく〳〵ぞきく

旅泊恋の哥也。源氏明石巻、〳〵独ねは君も知きやつく〴〵と思ひ明石のうらさびしさを、此詞にて彼浦の旅ねの物思ひに御の悲き心也。

1332
たづね見るつらき心のおくの海よしほひのかたのいふかひもなし　定家朝臣
奥海は陸奥也。玄旨は、忍ぶ山しのびてかよふ道もがな人の心のおくもみるべく、といふ哥を引給へり。此哥合、顕昭判ニハ、源氏すまの巻、いせ嶋やしほひのかたにあさりてもいふかひなきはうき身成けり、といふ哥の詞といへり。所詮、両首の詞を用させ給ふなるべし。心は、人の難面も猶若心のおくにはやさしきかたもやと、尋みれば、みるにしたがひて弥つらき心の奥のみゆれば、扨もいふかひなき事やと歎く心にや。しほのひがたの奥を尋る縁にかくよみ給へる詞づかひ、まことに定家に誰も及まじきは恋の哥也と徹書記のいへる、さる事にこそ。

水無瀬恋十五首哥合に

1333
見し人のおもかげとめよ清見がた袖にせきもる波のかよひぢ　雅経
野州云、清見が関は、波の音絶間なき所也。俤といふ物はとまらざる物也。関は人を留る物なれば、俤とめよといへり。袖に関もるといへる、上手のしわざ、寄特也。拾遺、胸はふじ袖は清見が関なれや煙も波も立ぬ日ぞなき、愚案袖にせきもるは、袖の泪をとゞめんとする心也。此哥の波のかよひぢもなみだの事なるべし。ほのみし人の俤はとゞまらで、泪のせきあへぬさま也。

1334
皇太后宮大夫俊成女
ふりにけりしぐれは袖に秋かけていひしばかりをまつとせしまに
玄旨云、引秋かけていひしながらもあらなくに木葉ふりしくえにこそ有けれ、秋必あはんと契つれども、さはなくして、時雨ばかり袖にふると也。愚案此哥、中の五文字より読はじめて、さて胸の句をよみて、五文字をよむべし。秋かけていひしばかりとは、素性〽今こんといひしばかりにの哥の詞も用ひられたり。秋になりてあはんといひしを頼て待とせしまに、其契ひきたがへて秋とてふる物は泪の時雨也との心と、自讃哥或抄にあり。

1335 かよひこし宿の道しばかれ〴〵にあとなき霜のむすぼゝれつゝ

かよひし人の跡たえて、宿の道芝も枯ゝになり、秋ふかくなりゆくまゝに、霜のむすぼゝれて、さびしく悲しきさまなるべし。むすぼゝれつゝといふに、さびしく悲しとの心をふくめたる哥とぞ。狭衣のきみ、飛鳥井のきみを行衛しらずなし給ひて、〽尋ぬべき草のはらさへかれはてゝたれにとはまし道しばの露、とよみ給ひし心ばへもあるにや。

新古今和歌集　巻第十五

恋哥五

水無瀬恋十五首哥合に　藤原定家朝臣

1336 しろたへの袖の別に露おちて身にしむいろの秋かぜぞふく

野州云、引〽白妙の袖の別はおしけれど思ひかねつゝゆるしつる哉
〽吹よれば身にもしみける秋風を色なき物と思ひける哉、白妙の袖とは、装束の色を云。袖の別に露落しより秋風身にしみ悲しくなる心也。

藤原家隆朝臣

1337 おもひいる身はふか草の秋のつゆたのめしすゑやこがらしの風

自讃哥或抄云、思ひのふかくなるまゝに、身のあやうくはかなき姿は露のをもく落安きがごとし。契りし事の末はあらぬさまに成て、木枯に露の消るやうに我命やきえなんとよめるなるべし。深草とは、深き事を名所によまれたり。祇同義。

前大僧正慈円

1338 野べの露はいろもなくてやこぼれつる袖よりすぐる荻のうはかぜ

宗祇同抄云、袖の露の色深きに思へば、野べの露は色もなくてやとぞいへる。愚案 荻の風は野べの露吹物なれば、問かけていへる心也。物思ひに紅涙露けき比、袖吹過る荻の風に一入侘しさそへて、のべに吹こぼす露もかく有やいなやと問給へる心也。

題しらず　左近中将公衡

1339 こひわびて野べの露とはきえぬともたれか草葉をあはれとは見ん

難面き人なれば、消し跡迄も哀はかけじと歎心なるべし。

右衛門督通具

1340 とへかしなおばながもとのおもひぐさしほるゝのべの露はいかにと

八雲御抄云、思ひ草といふは露草也と、通具卿の説云〻。思草説〻有とも、此哥は其作者の説を可用歟。心は思ひしほるゝ泪のさまは何故ぞと問へかしとの心也。

家に恋十五首《イ十首》哥よみ侍ける時　権中納言俊忠

1341 夜のまにも消べき物を露霜のいかにしのべとたのめをくらん

しのべは、堪忍せよと也。心は、難面き人の終にはあはんなどあいなだのめするを恨て、切なる思ひに夜のまにも恋死ぬべき物を、いかに堪忍しながらへよとてか、かくたのめ置らんうたてさよとの心也。露霜は消置などの縁語也。

題しらず　　道信朝臣

1342 あだなりと思ひしかども君よりは物わすれせぬ袖のうは露

君があだし心に我を忘るゝを恨る哥也。露をあだにはかなき物と思ひしかども、君よりは頼もしくうき時は物忘せで必袖に置也。君はあだにて我を忘るゝたのもしげなきよといはんための心なるべし。

藤原元真

1343 おなじくは我身も露ときえなゝんきえなばつらきことのはも見し

生てあるゆへにつれなきありさまをも見、つらき詞をもきくといはんとて、言の葉も見じとよめり。もの字に心付べし。露は葉にあれば、かく取合たる也。

たのめて侍ける女の後には返り事をだにせず侍ければ、かの男にかはりて　　和泉式部

1344 今こんといふことのはもかれゆくによな〳〵露のなにゝをくらん

上句は、返事をもせぬ心也。下句は、泪を是も葉は枯しに、露は何にをくと縁をとれるにや。

たのめたる事あとなくなり侍にける女の、久しく有てとひて侍ける返事に　　藤原長能

1345 あだごとの葉に置露の消にしをある物とてや人のとふらん

頼めし事の跡なきを化言《アダゴト》の葉とよみ、露を我身に比して也。かく化《アダ》人故に、我はなく

成にし物を、猶有とて問るゝにやと也。化なる詞の末をふかく歎し心也。

よみ人しらず

1346

藤原惟成につかはしける

うちはへていやはねらるゝ宮城野の小萩がした葉いろに出しより

忍ぶほどこそあれ、君に思ふ心をみえ初て後はいもねず物思ふと也。

返し

藤原惟成

1347 はぎの葉や露の気色も打つけにもとよりかはるこゝろある物を

小萩が下葉色に出しといふをとがめて、萩の葉露のさまをみれば、さしよりにはやもとより色かはる心の有物を、あだには頼みがたしと也。打つけはさしよりに也。もとよりは、萩の縁語と也。

題しらず

花山院御哥

1348 よもすがらきえかへりつるわが身かななみだの露にむすぼゝれつゝ

夜すがら泪に結ぼゝれて、物思ひに消かへると也。消返りは露の縁語也。

久しくまいらぬ人に

光孝天皇御哥

1349 きみがせぬわが手枕は草なれやなみだの露のよな〳〵ぞをく

久しくまいらぬ人なれば、君がせぬわが手枕と也。露をくといはむとて、わが手枕は草なれやと也。

御返し

よみ人しらず

1350 露ばかりをくらん袖は頼まれずなみだの川の瀧津せなれば

泪の露のよな〳〵をくとあるをとがめて、我君思ふ泪は瀧つせなれば、露ほどの御泪は頼れずと也。古今〽をろかなる泪ぞ袖に玉はなす我はせきあへずたきつせなれば

みちの国のあだちに侍ける女に、重之妹もこゝに有し由拾遺に有九月ばかりにつかはしける　重之

1351 おもひやるよその村雲しぐれつゝあだちの《がイ》はらに紅葉しぬらん

よその心出来て我には心かはるらんと思ひやると也。

思ふ事侍ける秋の夕暮、独ながめてよみ侍ける　六条右大臣室

1352 身にちかくきにける物を色かはる秋をばよそにおもひしかども

源氏若菜上、女三宮の御事を源氏の君に恨て、紫上の哥、〽身にちかく秋や来ぬらん見るまゝに青葉の山もうつろひにけり、とよみ給へる事を思ひて、人の心の秋にうつりかはる事をよそに思ひしかども、其色かはる秋の我身の上にきたるとなげく心なるべし。

題しらず　相模

1353 いろかはる萩の下葉を見ても先ひとのこゝろの秋ぞしらるゝ

野州云、草花の中に萩ほど面白くやさしき花なし。それも秋深くなれば、見し陰もなく、うつろひ侍り。うつくしき姿さへ秋にあひぬれば、かくのごとし。いはんや人の我をあきて後は、見にくゝもいとはしくも思ふはことはりぞと、いとふをもあしく思はぬ由也。風情いたりて心幽なる哥也云〻。師説拾遺〽秋萩の下葉につけてめにちかくよそなる人の心をぞ見る、此心をとりて也。秋来て萩の下葉の色かはるを見て、我をも人の秋きて心かはるらんをおもひ知となるべし。両説可随所好歟。

1354 稲妻はてらさぬよひもなかりけりいづらほのかに見えしかげろふ

蜻蛉《カゲロフ》、稲妻とてともにはかなき物ながら、猶いなづまは宵〻ごとに影みゆるに、かげ

ろふはほのかに見えてのち、跡かたもなきはいづくにかゆくゑもなしとなり。我をすさめぬあだ人をかげろふに比して也。

1355　人しれぬねざめのなみだふりみちてさもしぐれつるよはのそらかな　謙徳公

ふりみちては降そふ心也。人しれぬ物思ひにねざめたる折ふし、時雨うちして泪降そふ心也。

1356　なみだのみうき出るあまの釣ざほの長き夜すがら恋つゝぞぬる　光孝天皇御哥

泪浮出るとそへて蜑の海底よりうかべる心也。下句は、釣竿の長きとそへて心明なるべし。

1357　まくらのみうくとおもひし泪川いまはわが身のしづむなりけり　坂上是則古今作者

泪を川に比して、枕のみ浮と思ひしと也。拾遺にも、泪河水まさればや敷妙の枕の浮てとまらざるらん、とあり。下句明也。

1358　おもほえず袖にみなとのさはぐ哉もろこしぶねのよりしばかりに　よみ人しらず

伊勢物語に、五条なる女をえ得ずとて、とぶらへる人に返報の哥也。下句より上句へ返りてよみて心得べし。おもほえずは、思ひもかけず也。よりしばかりには、唐船のよりしほどにと也。彼とぶらひし心ざしのうれしき感涙におもひもかけず、唐船のよりしほどに袖に湊《ミナト》のさはぎ侍と也。

1359 いもが袖わかれし日よりしろたへのころもかたしきこひつゝぞぬる

妹が袖をと也。恋つゝぞぬるといふに、いく夜もかさねし心ふくめり。

1360 あふ事のなみの下草みがくれてしづこゝろなくねこそなかるれ

逢事のなきとそへて也。みがくれては、水隠也。忍び〳〵の心あり。しづ心なくは、静なる心なく也。音こそ鳴るれは、根こそ流るれと、波の下草の縁語也。大和物語の哥也。

1361 うらにたくもしほの煙なびかめやよものかたより風ぞふくとも

野州云、煙を人にたとへ、風を我にして我ほど思ふものは世にたぐひあらじに、我思ふにさへなびかぬ煙なれば、いづくよりいひ通ふ共、なびく事はあるまじきと也。師説難面人なれば、我かといひかくいふともなびかじと歎く心なるべし。

1362 わするらんと思ふ心のうたがひにありしよりけに物ぞかなしき

伊勢物語に、こと心なくいひかはせし女の聊《イサヽカ》なる事にて出ていにけるが、久しく有てねんじわびて、又あひかたらひしが、猶うたがはしさに男のよめる哥也。宗祇云、是はかの女に又いひかはして侍けるのち、女の心猶あだにて、我をや忘るらんと思ひ、うたがはしさにこしかたより猶まさりて悲しきといふ心也。げには勝也。

1363 うきながら人をばえしもわすれねばかつうらみつゝなをぞこひしき

いせ物語に、むかし心にもあらで絶にける中、猶や忘れざりけん、女のもとよりとあり。宗祇云、うきながらとは、業平の心はうけれど、忘がたければ、かく恨ても猶恋しき心也。かつはかくといふ心也。右二首祇注山口記。

1364 いのちをばあだなるものときゝしかどつらきかたにはながくもあるかな

人のつらさにいけるかひなければ、きえよかしと思ふかたには、あだならで命長きと
也。

1365 いづかたにゆきかくれなん世の中に身のあればこそひともつらけれ
あまりにつれなき人を思ひわびて、我身の世にあるゆへにこそ人もつらければ、死もせまほしけれど、さすがに死なれねば、いづかたにゆきかくれなんと也。

1366 いまゝでに忘れぬ人は世にもあらじをのがさま〴〵としのへぬれば
いせ物語、いひさしてやみたる女に、年比有てやれりし哥也。玄旨云、若年の昔申たりしもあなたこなたして年へぬれば、定て失念あるべし。我は忘ぬといふ儀也。

1367 玉水を手にむすびても心みんぬるくは石の中もたのまじ
上句は、山城のゐでの玉水手にむすびを本哥なるべし。野州云、玉水は清水などをほめていふ詞也。清水は石の中より湧《ワキ》出る物也。されども、むすびて心見んと也。ぬるくは石の中より出る水とてもたのみがたき也。其如く我心かくる人、上には懇なるやうなれども、底の心はしられぬ物なれば、能〻取入て心をみんと也。石の中より出る水のぬるきやうにては頼がたかるべしといふ哥也。

1368 やましろのゐでの玉水手にくみてたのみしかひもなき世なりけり
いせ物語、ちぎれる事あやまれる人につかはしたる哥也。序哥也。たのみしをいはんとて、手にくみてとよみて、かはるちぎりの恨をいひのべたり。

1369 きみがあたり見つゝををらんいこま山雲なかくしそ雨はふるとも
伊勢物語祇注云、是は万葉の哥也。高安の女、業平のおはしける大和の方を見て、此哥を思ひよりて詠じたるなるべし。

1370 中ぞらに立ゐる雲のあともなく身のはかなくもなりぬべきかな

是もいせ物がたり、彼（伊物にける哉）忘るらんとおもふ心のうたがひにの返哥也。玄旨云、女の我心を観じてよめる哥也。我心かろくして、さしもなき事に出ていにしが、さらば其まゝもなくて、又堪忍もせで立帰たるは、雲の跡もなく迷ゝにたゞよふ如く也といへり。

1371 雲のゐる遠山鳥のよそにてもありしときけばわびつゝぞぬる

雲のゐる遠山とよみかけて、遙に隔たりし心也。山鳥は昼は雄雌一所に有て、よるは山の尾を隔てぬるといへば、よそにてもといはんとて、かくいへり。心は遙に隔りても君が別条《ベチデウ》なくて有ときけば、独ね侘つゝも堪てぬると也。

1372 ひるはきてよるはわかるゝ山どりのかげ見るときぞねはなかれける

童蒙抄云、六帖の哥也。山鳥、よるはひとりぬる事をよめり。影見る時ねをなく心は、異苑曰《ニ》、山鶏《ドリ》ハ其毛羽を愛《アイ》す。水に映《エイ》ずれば、則《スナハチ》舞《マ》ふ。魏武帝《ギノブテイ》時、南方よりこれを献《ケン》ず。公子蒼舒《サウヂョ》令《シム》下レ人《シテ》取《テ》二大鏡《ヲ》一看《ミセ》中其前《ニ》上山鶏形《カタチ》を鑒《カヾ》みて舞こと不《ズ》レ止。愚案此哥、影みる時は、かの人の俤をみる時ねをなくといはん序哥成べし。

1373 我もしかなきてぞ人に恋られしいまこそよそにこゑをのみきけ

此哥は、大和物語に、大和にある人、始めは限なく思ひかはして、後に男他の女を愛《アイ》して我家にいれて、壁《カベ》を隔《ヘダ》て置《ヲキ》て、本《モト》の女の方へは更にこで、後の女のかたにのみ男のあれど、ねたましくもいはであるに、秋の夜、鹿のなくに、男かべごしに、いかゞきくと問ければ、本の女、此哥をよみければ、男かぎりなく感じて、後の女を送りて、もとのごとく住けるとあり。略記玄旨云、我もしかとは、我も其ごとくなど云詞也。それを鳴てとつゞけんために、鹿にそへていへり。我も恋られし時は人の鳴しと也。今こそ人のうとく成て、よそにこゝろをのみきけといへり。

1374 夏野ゆくをじかのつのゝつかのまもわすれずぞおもふ妹がこゝろを　人丸

野州云、をじかは、鹿の惣名也。されども、別而ちいさき鹿といへり。是は夏野行とあれば、鹿子《カノコ》などの心なるべし。其角《ツノ》の生初る比は手一束《ソク》斗ある也。束の字をつかとよめり。つかは少の間也。時のまも忘ず思ふと也。愚案夏野の鹿は、春かはりし角のやう〳〵生出るを鹿茸《ロクシヨウ》《フクロツノ》といふ。是を束《ツカ》の間とよめり。

1375 なつ草の露わけ衣きもせぬになどわが袖のかはくときなき　八代女王万葉作者

夏草はしげりて露もふかきを、分ゆけば、袖のいたくぬるゝ也。それをかくよめり。さやうにもせぬに、など袖のかはかぬぞと也。恋にいたく袖のぬるゝ事をいはんとて也。

1376 みそぎするならの小川の河風に祈ぞわたるしたにたえじと　清原深養父

万葉也。楢の小河、家隆卿のうたにも有。御祓し祈て、わが中の人しれずして絶ざらん事を思ふと也。

1377 うらみつゝぬる夜の袖のかはかぬはまくらのしたにしほやみつらん　山口女王万葉作者

恨みてぬるよのなみだひがたき心也。うらみといふを浦見とそへたり。扨枕の下を泪の海にして塩やみつらんとよめり。

中納言家持につかはしける

1378 あしべよりみちくるしほのいやましにおもふかきみがわすれかねつる
上は、いやましにといはん枕詞也。我に深切のほどを感ずる心にや。芦辺の汐の弥益りにますごとくの心也。

1379 しほがまのまへにうきたるうき嶋のうきて思ひのある世なりけり
奥州、塩竈浦也。是も序哥也。うきては、心のうかれし心也。二首万葉也。

題しらず　赤染衛門

1380 いかにねて見えしなるらんうたゝねのゆめよりのちは物をこそおもへ
仮寝の夢にほのみしが、又も見えず、物思へばいかにねて見えしならんと也。古今〽いかにねしよか夢に見えけんを本哥也。

参議篁

1381 うちとけてねぬ物故に夢を見て物おもひまさる比にもあるかな
物思ひにとけてもねられぬ物ゆへに、中〳〵の夢を見て弥物思ひ増るよと也。

伊勢

1382 春のよの夢にありつ《ひイ》とみえつればおもひたえにし人ぞまたるゝ
もはや来まじきと思ひ絶し人を、春の夢に有〳〵と見えつれば、又頼有て待るゝと也。

盛明親王

1383 はるの夜の夢のしるしはつらくとも見しばかりだにあらばたのまん
いたく難面き人を、夢には少し難面きさまに見し心なるべし。春のよの夢に見ししるし有て、現にもあひみる事あらんに、夢に見しごとく少つれなきは、つらかるべくともよし。其夢に見しほどにだにあらば、日比のいたくつれなきよりは頼むべき物をと也。

1384
ぬる夢にうつゝのうさもわすられておもひなぐさむほどぞはかなき　女御徽子女王
日比つらき人を夢に逢見てうれしく思ひなぐさみしを、よく思へばはかなき夢なる物を、現にはうき人をかく思ひなぐさむ事のはかなさよとなるべし。

春の夜、女のもとにまかりて、あしたにつかはしける　能宣朝臣

1385
かくばかりねてあかしつる春のよに《のイ》いかに見えつる夢にかあるらん
あかぬ逢瀬のほどをゆめといひなしての哥なり。かくぬるまもなく短《みじか》き春にいかに見えし夢ぞや。ねてこそ夢はみるべけれ、あやしきとの心也。

題しらず　寂蓮法師

1386
なみだ川身もうきぬべきねざめ哉はかなき夢のなごりばかりに
はかなき夢をみしばかりに、いたく泪の流るゝをかこちたる心成べし。

百首哥奉しに　家隆朝臣

1387
あふと見てことぞともなく明にけり《あけぬなりイ》はかなのゆめのわすれがた見や
古今〽秋のよも名のみ成けり逢といへばことぞともなく明ぬる物を、是本哥也。事ぞともなくとは、何事をいふともなくの心也。逢とみし斗にて、何の事もなきに、只忘がたき夢の俤を形見とする心なるべし。

題しらず　基俊

1388
ゆかちかく《しイ》あなかま夜はのきり〲す夢にも人の見えもこそすれ
ゆかちかしとは、蛬は夜寒にそへて床に近付物也。詩の七月篇《ノヘンニ》、十月蟋蟀《シツソツ》《キリ〲ス》入《ル》㆓我《ガ》床下《ニ》㆒

とある心也。あなかまは、あらかしましとの心也。夢をもみせぬを歎く心なるべし。

千五百番哥合に　皇太后宮大夫俊成

1389 あはれなりうたゝねにのみみし夢のながきおもひにむすぼゝれなん

是もはかなきほどの逢瀬を夢にしてよみ給へるにや。只うたゝねにみし夢のあふせの行末長く心にむすぼゝれ、忘がたからむは哀也となるべし。

題しらず　定家朝臣

1390 かきやりしその黒髪の筋ごとにうちふすほどはおもかげぞたつ

玄旨云、思ふ人と枕をならべて髪などかきなでしさま也。其髪筋を分るごとく物ごとに面影のたつよし也。愚案打ふすとするほどには必其俤立と也。

和哥所歌合に、遇不逢恋の心を　皇太后宮大夫俊成女

1391 夢かとよ見しおもかげもちぎりしもわすれずながらうつゝならねば

自讃哥或抄云、かはり果たる後は、其面影、有し契り、うつゝにもあらずと也。愚案そのかみ逢し夜の面影も契し詞も我は忘れずながら、かの人はかはり果て、現にもあらぬさまに成ければ、其俤、契なども夢かとよと也。

恋の哥とて　式子内親王

1392 はかなくぞしらぬ命をなげきこしわがかねごとのかゝりけるよに

玄旨云、命ながらへて行末まで逢見んと契りし時は、はかなき命のいかゞあらんと歎しに、命はあれども我かねごとのみこそ残れ、人の契し事は跡もなく成果たるよと也。愚案かゝりける世にとは、かくありける世に也。たとへば、階老を契ても、命のながらへこそしられぬ事と歎しが、命のはてをもまたず、人の心かはりて、我中のかねごと

のかくかひなく有ける世に、命しられぬと歎きし事のはかなさよと也。

弁

1393 過にける世〻の契りも忘られていとふうき身のはてぞはかなき

玄旨云、男女の中は生〻世〻の契といひならはせり。されば、世〻のちぎりとはよめり。其世〻の契も忘れていとはるゝほどのうき身の果の悲し《はかなか》さよと也。

崇徳院に百首哥奉ける時、恋哥　皇太后宮大夫俊成

1394 おもひわび見し面影はさて置てこひせざりけんおりぞこひしき

さま〴〵の思ひも恋する故なればよめる心也。あまり思ひ侘て見し俤の恋しきは、さて置て恋といふ事せざりし折が恋しきとなるべし。

題しらず　相模

1395 ながれいでんうき名にしばしよどむかな求ぬ《氷ぬイ》袖のふちはあれども

玄旨云、求ぬ袖の淵とは、我袖なれば、もとめぬ也。師説イ本氷ぬ袖とあり。可然歟。求氷似たるを伝写のあやまれるにや。氷らぬ袖の淵は泪也。かく氷らぬ淵はあれど、恋にながさんうき名に恥て、さすがに泪をももらさずよどむとなるべし。但、三本求ぬと有。一本求ぬと有て、イ氷ぬとかけり。玄旨も用させ給へば、故あるべきにや。

おとこの久しくをとづれざりけるが、わすれてやと申侍ければ、よめる　馬内侍

1396 つらからばこひしき事は忘れなでそへてはなどかしづごゝろなき

つらき人は忘るべき事を、猶恋しき事を取そへては、などしづ心なく思ふ我心ぞと也。忘れなでは、忘れはせで也。

わすれてや　久しく逢ぬ間に忘てや有けんと也。

1397
むかし見ける人、賀茂祭のしだいしに出たちてなんまかりわたるといひて侍ければ

君しまれ道のゆきゝをさだむらんすぎにし人をかつわすれつゝ

野州云、君しまれは、君しもあれ也。只きみしもといふ詞也。君が道のゆきゝをばさだむれども、我方へくる道をばかく忘るゝと也。かつはかく也。むかし見ける人、賀茂祭の次第司に出立てなんまかりわたるといふ詞書にて、よく聞えたり。愚案過にし人は我事也。道を行過し人にそへて也。過にし人をも忘つゝさやうの君しも道のゆきゝをいかでさだむらん、あやしきとの心也。をさへ字なきらん習有。

賀茂祭のしだいし　次第司也。祭の次第を司りて道の往来行列など定る人成べし。

1398
としごろたえにける女の、くれといふ物たづねたりける、つかはすとて　藤原仲文伊賀守公高子五位上野介

花さかぬくちきの杣のそま人のいかなるくれにおもひいづらん

朽木杣、近江甲賀郡也。花さかぬとは、朽木といはん枕詞也。榑は杣人の作業なれば、いかなるくれといはん序哥也。年比絶し人のいかなる暮なれば、かく尋らるゝならんと也。

くれといふ物　榑《クレ》也。和名《ニ》榑は壁柱也とあり。

1399
久しくをとせぬ人に　大納言経信母

をのづからさこそはあれとおもふまにまことに人のとはずなりぬる

人のとだえをも始めの程はをのづから故障なども有て、さもこそあらんと思ひなすまに、終にとはで果ぬるよと也。

1400
忠盛朝臣、かれ〴〵になりてのち、いかゞおもひけん、久しくをとづれぬ事をうらめしくやなどいひて侍ければ、返事に　前中納言教盛母

ならはねば人のとはぬもつらからでくやしきにこそ袖はぬれけれ

前中納言教盛母　大宮《ノ》権大夫家隆朝臣女。

をとづれぬをうらめしくや思ふといへる返事なり。人を恨む事もまだ習はねば、とはぬをつらしとも思はず。只かゝる人に逢初し後悔に悲しきと也。

題しらず　　皇嘉門院尾張 刑部少輔家基女 千載作者

1401 なげかじなおもへば人につらかりしこの世ながらのむくひなりけり

人の此世につらきは前世のむくひといへど、思へば前世までもあらじ、我此世にて人につらかりしむくひぞと也。

和泉式部

1402 いかにしていかにこの世にありへばかしばしものをおもはざるべき

何と此世にありわたらば、しばしだに物思はであらんと也。あまり物思ふ事のしげき歎き也。

深養父

1403 うれしくはわするゝ事も有なましつらきぞながきかたみなりける

人のつらさの長く忘られまじき恨をいはんとての哥なるべし。

素性法師

1404 あふ事のかたみをだにもみて《えてイ》しかな人はたゆとも見つゝしのばん

逢事のかたきとそへて也。逢がたき中に形見だにあらば、人の絶てのゝちみて忍んと也。

小野小町

1405 わが身こそあらぬかとのみたどらるれとふべきひとにわすられしより

人のとはぬは我身のなきになりたるにやとあやしまるゝと也。たどらるゝは、あやしむ心也。又一説、人に忘られしより、我身は我身にもあらず覚る心也。

1406 かづらきやくめぢに渡す岩橋のたえにし中となりやはてなん　能宣朝臣

葛城久米路岩橋は渡し果ざれば、絶にし中といはん序哥なるべし。役小角が事前注。

1407 いまはともおもひなたえそ野中なる水のながれはゆきてたづねん　祭主輔親

玄旨云、いにしへの野中の清水ぬるけれどもとの心をしるひとぞくむ、野中のしみづは、もとの妻の事をたとへていひならはせり。愚案是能因哥枕にしたがふ御説也。此古事、袖中抄に委。此哥の心は、今はくみにも来まじとも、思ひな絶そ、野中の水はもとより知たるながれなれば、必ゆきて尋んと也。たとひ中絶たりとも、本《モト》のこゝろを知たる妻なれば、行尋あひみんとの心をたとへて読る也。

1408 おもひいづやみのゝお山のひとつ松ちぎりし事はいつもわすれず　伊勢

玄旨云、我が一すぢにおもふ事を彼山の松に思ひよそへてよめり。我は無二無三に思侍れども、そなたは忘やし給ふと也。それに思ひ出やとうたがひてよめり。師説松の不変なるを中の契にかけしを読るにや。

1409 出ていにし《伊物こし》跡だにいまだかはらぬに《伊物じを》たがかよひぢといまはなるらん　業平朝臣

玄旨云、いせ物語の詞に、二日三日ばかりさはる事有てとかけり。我思ふ人の頼みなきをいへる也。二日三日のとだえなれば、出し跡だにかはるまじきを、今はたれをかよはすらんとうたがひてよめり。

1410
梅の花かをのみ袖にとゞめ置てわがおもふ人はをとづれもせぬ

梅の花とは、香をのみ袖にとゞめ置てといはん枕詞也。なつかしきうつりがのみを我袖にとゞめて、我思ひは猶もよほされ侍るに、彼人は音絶し歎をよみ給へる成べし。

斎宮女御につかはしける　　天暦御哥

1411
あまのはらそこともしらぬ大空におぼつかなさをなげきつるかな

女御の里亭などにおはしたる比、久しく逢せ給はぬおぼつかなさに、そこともしらぬ空を詠やりておぼしめしつゞけたる御哥成べし。

御返し　　女御徽子女王

1412
なげくらん心をそらに見てしかなたつあさぎりに身をやなさまし

大空におぼつかなさをなげきつる哉とよませ給へるを、誠か偽かを空に見まほしきに、身を霧になして立のぼりてや見んとなるべし。

題しらず　　光孝天皇御哥

1413
あはずしてふる比ほひの数多あればはるけきそらにながめをぞする

あはで日をふる比の数多だびあれば、空を詠て物思ふと也。日をふるを雨の縁にてながめとよませ給へり。はるけき空もあはで日をふる縁あるにや。

女のほかへまかるをきゝて　　兵部卿致《ムネ》平親王

1414
おもひやる心もそらにしら雲の出たつかたをしらせやはせぬ

白雲のは、出たつかたといはん枕詞也。しらせやはせぬは、出立方をしらせざるか、など知せぬと也。

題しらず

1415 雲ゐよりとを山鳥の鳴てゆくこゑほのかなるこひもするかな　躬恒

序哥也。思ふ人のこゑのみほのかにきゝて、あふ事なきを歎く心なるべきにや。

弁ノ更衣久しくまいらざりけるに、たまはせける　延喜御哥

1416 雲ゐなる雁だになきてくる秋になどかは人のをとづれもせぬ

心は明なるべし。

斎宮女御、春のころまかり出て久しくまいり侍らざりければ　天暦御哥

1417 春ゆきて秋までとやは思ひけんかりにはあらず《でイ》ちぎりし物を

雁と仮とをそへて也。春行て秋までとや思ひけん、などかさは思ひし事ぞ、かりそめならずふかく契りてとくまいられよといひし物をと也。雁こそ春行て秋くる物なれとの心を含めて也。

題しらず　西宮前左大臣高明公

1418 はつかりのはつかにきゝしことづても雲路にたえてわぶるころかな

はつかには、わづかに也。逢事はさてをき、わづかに絶〻なりし言伝もたえし心を雁にそへてよみ給へり。

五節のころ、うち《内裏也》にて見侍ける人に、又のとしつかはしける　藤原惟成

1419 をみごろもこぞばかりこそなれざらめけふの日かげのかけてだにとへ

野州云、小忌《ヲミ》衣は、五節の時の装束也。大忌《ヲホミ》といふも有。日蔭の葛《カヅラ》も同時の具也。かけてだにとへといはんとての序也。愚案衣は身に着馴る物なれば、小忌衣去年ばかりだに馴ざらめとよめり。去年のやうにこそ逢馴ざらめ、けふはかけてとひだにせよとの

心なるべし。こぞばかりは、こぞ程に也。

1420 住よしのこひ忘れ草たねたえてなきよにあへるわれぞかなしき　藤原元真

古今〽道しらばつみにもゆかん住のえの岸に生てふ恋忘草、むかしは住吉に有し草の、今はたねも絶たる世に、我うき恋を忘んすべなきとなげく心なるべし。

斎宮女御まいり侍けるに、いかなる事かありけん　天暦御哥

1421 水のうへのはかなきかずもおもほえずふかきこゝろしそこにとまれば

伊勢〽行水に数かくよりもを本哥にや。深き心の君にとまりしは数も覚ぬ程と也。

久しく成にける人のもとに　謙徳公

1422 長き世のつきぬなげき《イ思ひ》の絶《タエ》ざらばなにゝいのちをかへてわすれん

久しく逢ぬ恨の忘れがたなき歎きをよめる哥也。野州云、長き世とは、後世也。今生の恨、後生まで相続《アヒツギ》てゆかば、何に生命をかへて忘んと也。

題しらず　権中納言敦忠

1423 こゝろにもまかせざりける命もてたのめもをかじつねならぬ世を

無常の世に行末かけてとたのめても、命の心に任せざれば、はかなく頼めもをかじと也。

1424 世のうきも人のつらきもしのぶるにこひしきにこそ思ひわびぬれ　藤原元真

玄旨云、世のうきも人のつらきも堪忍せらるゝが、恋しき事は堪忍しがたきよし也。

しのびてかたらひける女のおや聞て、いさめ侍ければ　参議篁

1425
かすならばかゝらましやは世の中にいとかなしきはしづのをだまき
わが身の物の数にもあらば、女の親もかく有べしやとの心也。玄旨云、哥はよく聞え侍り。賤の小団巻《ヲダマキ》に心なし。只いやしき事をいへり。いとは最の字也。糸によそへてよめり。

題しらず　藤原惟成

1426
人ならばおもふ心をいひてましよしやさこそはしづのをだ巻
いやしき人に心をかけて物いはまほしけれど、情しるべくもあらぬを歎きて、賤のをだ巻に其ひとを比してよめる哥なるべし。をだまきが人ならば、思ふ心をいひきかせまほしけれど、よしやさこそいふかひもなきをだ巻なればと也。あれはの松の人ならばと、いせ物がたりによめるも、人を松に比していへる、同じ心なるべし。

よみびとしらず

1427
わがよはひおとろへゆけばしろたへの袖のなれにし君をしぞおもふ
白妙のは、袖の枕詞也。老後恋の哥也。年老、心よはるにつけて、なれにし人のなつかしく恋しき心也。

1428
いまよりはあはじとすれやしろたへのわがころもでのかはくときなき
野州云、いつよりも物悲しく侍れば、人の心もかはるにやと也。すれやは、するや也。頼政哥に、子を思ふ鳰のうきすのゆられきてすてじとすれやみがくれもせぬ、是もするや也。又、為兼哥ニ、待事の心もすらんけふの日のくれじとすれやあまり久しきと有。するとすれは、五音通ずる也。愚案袖のひる事なきは、今より逢まじとすればにやと也。

1429
玉くしげあけまくおしきあたらよをころもでかれてひとりかもねん
野州云、あけまくおしきあたら夜とは、明行をあたら夜とおしむよし也。衣手かれてとは、人と衣をかさねてねぬ事をいふ也。哥の心は、逢みし夜は明るをあたら夜とおしみ侍しが、ひとりねてはあかしかぬるよと也。

1430
あふ事をおぼつかなくてすぐ《もイ》す哉草葉の露のをきかはるまで
玄旨云、おぼつかなくてとは、逢事のいつとも定ぬ心也。露のをきかはるとは、春秋のをしうつるさま也。頼みなく恋わたる様なるべし。

1431
秋の田のほむけの風のかたよりにわれは物おもふつれなきものを
序哥也。穂を一かたに吹むけたる心を、かたよりにといはん序によめり。君はかくつれなくなびくべくもあらぬものを、われはかたよりに物思ふよと也。かたよりは、一偏なる心也。

1432
はしだかの野もりの鏡えてし哉おもひ思はずよそながら見ん
野州云、野もりのかゞみとは、野にある水をいへり。むかし、雄略《ユウリヤク》天皇、野行幸をし給ひしに、御鷹それて見えざりしを、野守に御尋有しに、あのむかひの峯に御鷹は候と申たるを、やがて尋給ひてをきとらせ給へり。扨いかにして外にある鷹をば知たるぞと御尋有けるに、野守の申せしは、此水に御鷹の影うつりて見え候へば申たると申けると也。さて、野守のかゞみといへり。それにつきて、思ひ思はずよそながら見んとよめる也。はしだかの野守のかゞみといふは、狩場にての事なればいふ也。愚案野守鏡の説、童蒙抄にあり。此哥の心は、思ふ人の思ひおもはず問知がたきに、いかでよそながら見るよしもがなとの心をかくよめるなるべし。

1433 おほよどの松はつらくもあらなくにうらみてのみもかへるなみかな

玄旨云、彼浦の松の本へ波のよせては帰り〳〵するは、松を恨て帰るやう也。松は恨べき故なき也。それを、業平の斎宮を恨《ウラミ》奉るによりて、斎宮の御身にはとがもなき物を、恨てのみ帰る波哉と、なずらへてよみ給へるなるべし。業平に逢給ふ事、人しれぬ事なれば、上はたゞ海辺のうたまで也。心を付てみるべし。愚案いせ物がたり也。大淀は、いせの名所也。

1434 しらなみは立さはぐともこりずまに浦のみるめはからんとぞおもふ

野州云、思ふ中に口舌《クゼチ》ある時よめる哥也。さてこりずに浦のみるめはからんと口舌をかてずあはんといふなるべし。こりずまはこりぬといふ事なるを、こりずまと須磨の浦によせてよめるなるべし。見るめとは、人を見る事也。引〽みるめこそ入ぬる磯の〳〵、〽こりずまに又もなき名は〳〵

1435 さしてゆくかたはみなとの波たかみうらみてかへるあまのつりぶね

野州云、さしてゆくとは、わが思ひかけたるかた也。浪高みとは、人のけしきのはげしくあらけなき躰也。うらみて帰るとは、さすが思ひ捨がたくて、行かへり〳〵あくがれたる心也。いせ物がたりに、〽いたづらに行ては帰る物ゆへに見まくほしさにいざなはれつゝ、愚案恨てと浦見てとをそへ、あまのつりぶねを我身に比して、人の心のよりがたきを、湊の波高みとよめり。

雑哥　雑の事前の集に委注。猶口訣

雑哥上

入道前関白太政大臣家（兼実公、号《ス》後《ノ》法性寺《ト》忠通公子）、百首哥読せ侍けるに、立春の心を　皇太后宮大夫俊成

1436 年くれしなみだのつらゝとけにけりこけの袖にもはるやたつらん

古今〽雪の中に春はきにけり鶯の氷れる泪今やとくらん、此詞を用給へるにや。老後出家の後の哥なれば年の暮をおしみ給ひし。泪の氷の今とけしは、家を出、世をのがれし袖にも春立しにやと也。苔《ノ》袖は桑門《ヨステヒト》の衣也。

土御門内大臣家（通親公、雅道公子）に、山家残雪といふ心を読侍ける　藤原有家朝臣

1437 山かげやさらでは庭にあともなし春ぞきにける雪のむらぎえ

野州云、五文字雪の深くつもれる所をいはんため也。かゝる所を人のとふ事は侍らず。庭の村消は人のとひたる跡のごとし。人はとはざれば春の来たる跡也けりと云心を幽に風姿いだしたる哥也。さらでとはさうならではといふ詞也。愚案、さらではとは春きししるしの村消ならでは人のとひくる跡なしと也。

円融院位さり給て後、ふなをかに子日し給ひけるにまいりてあしたに奉りける　一条左大臣（雅信公 敦実親王子）

1438 あはれなりむかしの人をおもふにはきのふの野べにみゆきせましや

此哥此集第一の秘説あり。数寄人のために口訣に残して今不註。

御返し　円融院御哥

1439 ひきかへてのべのけしきは見えしかどむかしをこふる松ぞなかりき

此御返哥同前。

月あかく侍ける夜、袖のぬれたりけるを　大僧正行尊

1440 春くれば袖のこほりもとけにけりもりくる月のやどるばかりに

春は東風解氷といへば袖の氷もと也。月の宿るほど泪の袖をぬらせしと也。

鶯を　菅贈太政大臣

1441 谷ふかみ春のひかりのをそければ雪につゝめるうぐひすのこゑ

春陽遅き谷の雪に鶯未出ざるを雪につゝめると読せ給へり。下心は鶯未レ出遺《イケン》賢在《アリ》レ谷などいへる心にて世に讒《ザン》人おほくて賢者出頭せず。君の恩光《オンクハウ》も薄《ウス》き御述懐にや。

梅

1442 ふる雪に立まどはせる梅のはなうぐひすのみやわきて忍ばん

玄旨云、白梅を雪に皆人見まがふ也。鶯は梅にしたしき物なればよく分て知んと也。忍んは珍しき詞也。よく知んといふ事をいへり。愚案、此哥も下心梅を君子にたとへ雪を小人に比して小人君子をくらまして世に顕《アラハ》さず。若《モシ》賢者有て見知顕《ミシリアラハ》さばこそあらめ、世に知ものなしとの御述懐なるべし。

枇杷左大臣仲平公、忠平公兄の大臣に成て侍けるよろこび申とて、梅をおりて貞信公忠平公昭宣公子号《ス》二小一条太政大臣《ト》一

1443 をそくとくつゐに咲ぬる梅のはなたがうへをきしたねにかあるらん

此哥大和物語にあり。大鏡にも貞信公より御兄にあたらせ給へど廿年まで大臣に成をくれ給へりし。終に成給へればおほきおとゞの御悦びの哥〽遅くとく終に〜〜、やがて其花をかざして御対面などあり。遅かれとかれ終に任大臣の心を梅の咲になぞらへて、たがうへし種にてかゝる御繁昌ぞとの御悦びの心也。

延長の比ほひ、五位蔵人に侍けるを、家集、御譲位にあひてはなれけれとゝ有はなれ侍て、朱雀院承平八年又集十一月と有かへり成て、あくる

1444
年む月に御遊侍ける日、梅の花をおりてよめる　源公忠朝臣
もゝしきにかはらぬ物ぞ梅の花おりてかざせる匂ひなりけり
先帝の御代に五位蔵人にてつかへまつりし程の百敷の在さまに、当代の御時は皆かはりてみしにもあらぬさまをいはんとて、梅が香ばかりかはらぬ由をよみて昔を思ふ心にや。

1445
梅の花を見給ひて　花山院御哥
色香をばおもひもいれず梅の花つねならぬ世によそへてぞみる
野州云、此帝は世をいとはせ給て山〳〵に修行し給ひし也。其時あそばされし御製也。真実殊勝なる花の御覧じたてられやう也。人の花を見るは色わかみ香にめづる習ひなるを、心ある人の詠めは、何の上にも常ならぬ世を観念すべき事と思ふ也。うつくしく咲出たる梅花を御覧じて、是も常ならぬ物ぞとあそばされし御心有がたき事也。一天のあるじさへ如此おぼし歎く世なるを、何心なくあかしくらし年月を送る事、浅ましくうたてしき事也。

1446
上東門院万寿三年正月十九日御遁世、法名清浄覚世をそむき給にけるはる、庭の紅梅を見侍て　大江三位
梅のはなにゝほふらん見る人のいろをもかをもわすれぬるより
見る人とは上東門院を申なるべし。この花をもてはやすべき人の遁世し給ひて、色香をも忘れ給へる世に誰にかみせんとて匂ふらんとの心也。〽君ならでたれにか―。

1447
東三条院女御詮子兼家公女、号梅壷女御におはしける時、円融院つねにわたり給けるをきゝ侍て、ゆげいの命婦がもとにつかはしける　東三条入道前摂政太政大臣兼家公
春がすみたなびきわたる折にこそかゝる山辺はかひもありけれ

ゆげいの命婦　靭負命婦、靭は矢を入るしこ也。衛門はしこを負故、ゆげいとい

へり。衛門の命婦といふ事也。命婦は女官也

堀河院　二条南、堀河東、南北二町、兼通家

閑院左大将　朝光卿也。堀川関白兼通公子

棚引渡るとは天子の渡御《ト》をなぞらへてよみ給へり。山辺は霞の棚びく所なれば女御の御方を比し給へり。かく渡御あるこそ宮仕のかひはあれど悦び給心也。山の峡の縁也。

御返し　　円融院御哥

1448 むらさきの雲にもあらで春霞たなびくやまのかひは何ぞも

紫雲とは后の事と八雲抄に有。立后有てこそかひあらめ、さもなくては何のかひぞやとの御心成べし。東三条院には若宮《一条院》も出来させ給へど、関白頼忠公の女《ムスメ》、みこもなくて立后の事、殿下の御心を思召故にて帝の御随意ならざる由栄花物語に有。其心成べし。

柳　　菅贈太政大臣

1449 みちのべのくち木の柳春くればあはれむかしとしのばれぞする

野州云、五文字は左遷の心也。朽木とはさすがに朽も果ずして春の来れば、其色のみゆるごとく我身もうきに絶果ずして、時節につけて都を恋忍ぶよとよみ給へり。幽に哀ふかき御哥也。朽木の柳をもつて御身をかへりみたる御哥也。

題不知　　清原深養父

1450 むかし見し春はむかしの春ながらわが身ひとつのあらずもある哉

春はむかしにかはらねど身のありさまは昔にもあらぬ歎なるべし。

堀河院におはしましける比閑院左大将の家の桜をおらせにつかはすとて　　円融院御哥

1451 かきごしに見るあだ人の家ざくら花ちるばかりゆきておらばや

閑院大将の家堀川殿に隣なるべし。あだ人とは大将をたはぶれてよませ給へり。花散

しごとくに行て折やせんと也。

御返し　　左大将朝光

1452 おりにごと思ひやすらん花桜ありしみゆきの春を恋つゝ

円融院みゆきの事有し家なるべし。其春を花もこひて折にもおはしませと思ひやすらんと也。

高陽院 中御門南堀河東南北二町師通公家 にて花のちるを見て読侍ける　　肥後 堀川百首作者 京極関白家女房

1453 よろづ代をふるにかひある宿なれやみゆきと見えて花ぞ散くる

ふるにかひあるといふ縁に深雪とみえてとよめり。高陽院をいはへる心なるべし。

返し　　二条関白内大臣 師通公 師実公子

1454 枝ごとの末までにほふ花なればちるもみゆきと見ゆるなるらん

雪は木の葉に降物なれば、枝ごとの末まで咲匂ふ花なれば散も雪とみえん事勿論と也。

連枝の末まで繁栄の心をこめて上句は読給とぞ。

近衛《コノヱ》 少将中将等をいへり、定家卿此集の時権中将也。殿上人也。 つかさにて年久しくなりて後うへのおのこども大内の花見にまかれりけるによめる　　藤原定家朝臣

1455 春をへてみゆきになるゝ花の陰ふりゆく身をもあはれとや思ふ

大内の花なればいく春の君の行幸になるゝ花とよみ給へり。かくみゆきに馴る花なれば、わが近き衛《マモ》りにて供奉仕りて久しく年ふり行て昇進をもせぬ身を哀とや思ふと花に読かけての述懐にや。是も行幸を深雪にそへてふりゆくと読給也。

最勝寺の桜はまりのかゝりにて久しく成にしを、其木年ふりて風にたふれたるよしを聞侍しかば、おのこどもにおほせてこと木をそのあとにうつしうへさせし時、まかりて見侍れ

最勝寺　白河尊勝寺の東、元永元年十二月十七日供養
鳥羽院と拾芥抄にあり

ばあまたのとし〳〵くれにし春までたちなれける事などおもひ出てよみ侍ける

藤原雅経

1456 なれ〳〵て見しはなごりの春ぞともなどしら川の花のしたかげ

此哥詞書のあまたの年〳〵暮にし春まで立馴ける事など思ひ出てとあるに心を付くべし。雅経卿は飛鳥井殿の先祖にて鞠の名匠におはしければ、多年此花の陰に蹴鞠の極奥に立馴給ひ、其年の暮春までも見馴給ひしには今年を名残の春ぞともなどかしらん。いつまでもとこそ思ひつる物をとの哥の心なるべし。などしら川とは、などしらんといへる詞也。古木に名残のあさからぬほど余情ふかく哀なる哥にこそ。

建久六年東大寺供養に行幸の時興福寺の八重桜さかりなりけるを見て枝にむすびつけ侍ける

読人不知

東大寺供養　去治承四年清盛公東大寺を焼しを、建久六年三月十二日修復せられ、後鳥羽院行幸あり。源将軍頼朝卿守護也。世に大仏供養と云是也

1457 ふる里とおもひなはでぞ花ざくらかゝるみゆきにあふ世ありけり

南都なれば古里とよめり。かゝる行幸に逢世もあれば旧都とも花に思ひ果そと也。是も深雪にそへてふる里の縁に用たるにや。

こもりゐて侍ける比、後徳大寺左大臣しら川の花見にさそひければまかりてよみ侍ける

源師光

1458 いざやまた月日のゆくもしらぬ身は花の春ともけふこそは見れ

玄旨云、いざやとは万葉に不知と書たり。されば此哥はいざといふ詞を発言のやうにして末にしらぬ身とをけり。いざしらずと常にいふ詞を引切て句を隔てよめり。愚案、月日の行もしらぬとは籠居の心なり。たれこめて春の行ゑもしらぬまにといふに同。

敦道のみこのともに前大納言公任の白河の家にまかりて又の日、みこのつかはしける使に

1459
付て申侍ける　　和泉式部

おる人のそれなるからにあぢきなく見し我やどの花のかぞする

此哥の詞書の敦道のみこは冷泉院の皇子、御母は贈后宮超子、東三条入道関白兼家公の御むすめなりし三品帥宮とぞ申ける。賀茂の祭の帰さをも和泉式部と同車にて御覧じけるに、車の口の簾を中より切てわが御方を高くあげ給ひ、式部のかたをおろしてきぬながら出させて紅の袴に赤きしきしの裳のいと広きつけて、土とひとしくさげられしかば、物見よりそれをこそ人の見しよし大鏡に見えたり。哥の心は折給ふ人の其人なるからに日比あぢきなしと見し我宿のかうばしき花の香になりしと也。おる人とは公任卿をいへり。さしも和漢の才人なればそれなるからにとよめり。色をもかをもしる人ぞしるとよみし心をおもふべし。

1460
題しらず　　藤原高光

見ても又またもみまくのほしかりし花のさかりはすぎやしぬらん

此哥高光遁世のゝち、世上の花見などにも出交《マジハ》るべくもあらぬ身にてよみ給へるにや。見ても〳〵あかざりし花をもいまはよそにしたる心也。上句古今詞也。

京極前太政大臣師実公、宇治関白息家に白河院みゆきし給ひて又の日花の哥奉られけるに読み侍ける　　堀河左大臣俊房公 土御門右大臣子

1461
老にけるしらがも花も諸共にけふのみゆきに雪と見えけり

けふの行幸に白髪をもはゞからず出交はれる心なるべし。

後冷泉院御時、御前にて翫《モテアソフ》二新成《ンジヤウノ》桜花《ヲ》一といへる心をおのこどもつかうまつりけるに　　大納言忠家

翫新成桜花　玄旨云、作花の事也

1462 さくらばなおりてみしにもかはらぬにちらぬばかりぞしるしなりける　大納言経信

玄旨云、花のさながら咲たるやうなれどもちらぬをみて作花としると也。

1463 さもあらばあれ暮ゆく春も雲のうへにちる事しらぬ花しにほはゞ　大納言忠教

玄旨云、同題也。愚案、任他とは春は暮ゆくともさもあらばあれと也。雲の上は後冷泉院御前なれば也。ちる事しらぬ花は作花也。此花の色匂ひてかくちらずば暮春もおしまじと也。

無風散花といふ事をよめる

1464 さくらばなすぎゆく春の友とてや風のをとせぬ世にもちるらん　鳥羽院御哥

玄旨云、風の音せぬ世とは泰平の時をいふ也。無端繞《ナシハシメクル》レ屋《ヲ》長《ウ》松樹《ニ》忽取《ハタチマチテ》二風声《ヲ》一作《ス》二雨声《ウセイト》一、むかし、もろこしにて松氏《シヨウシ》といふ人乱をゝこしたる事を作たる詩也。愚案、春は風の有無によらず過る物なれば、花も風なくてちるは春の友なれば伴んとてにやと也。

鳥羽殿にて花の散がたなるを御覧じて、後三条内大臣にたまはせける

鳥羽殿　白河院九条の南鳥羽までに十四町をこめて作らせ給へり前抄委

1465 おしめどもつねならぬ世の花なればいまはこの身を西にもとめん

無常の世の花なればおしむかひもあらじ。今は菓を求んといふにそへて無常の世には此身を西方極楽にとこそ求むべけれと也。厭離穢土《エンリエド》勤求浄《ゴングジヤウ》土の心也。

世をのがれて後百首哥よみ侍けるに、花の哥とて　皇太后宮大夫俊成

1466 いまは我よしのゝ山の花をこそやどのものとも見るべかりけれ

遁世の身なれば吉野に栖を求んに此山桜を宿の物とみんと也〽三吉野の山のあなたに

宿も哉世のうき時のかくれがにせん。

入道前関白太政大臣家哥合に

1467 春くればなをこの世こそ忍ばるれいつかはかゝる花をみるべき

死て後の世にいつかはかゝる花をみんと思へば猶この世の名残の春はおしきと也。

同じ家首首哥に

1468 てる月も雲のよそにぞ行めぐる花ぞこの世のひかりなりける

野州云、世間に光ある物は月花の二也。月は上界をめぐりて他の世界をもてらす物なれば此世の物ともいひがたし。此下界にての光は花にしく物あらじと摂政殿を花によそへてよめり。

春の比、大乗院より人につかはしける　前大僧正慈円

大乗院　ひえの山無動寺にあり。慈円ノ御坊也

1469 見せばやなしがのからさき麓なるながらのやまの春のけしきを

玄旨云、摂政殿へまいらせらるゝ哥也。春の眺望を殿下へ見せまいらせたきと招《マネ》き申さるゝ哥なるべし。此殿下に此僧正は伯父《ヲヂ》にてまします也。愚案、後拾遺能因が〽心あらん人にみせばやつの国の難波わたりの春のけしきを、是を本哥なるべし。

題しらず　西行法師

1470 柴の戸に匂はん花はさもあらばあれながめてけりなうらめしの身や

野州云、さもあらばあれとは物をおもひ捨たる詞也。柴の戸にておもへば、世に有し時、花の色香にめでしさへうらめしきに、まして今は何しに花とも思ひ侍らんといへり。まことに無極の道心者の哥也。略註之。

1471 世の中をおもへばなべてちる花の我身をさてもいづちかもせん

世間のはかなさを思ひつゞくれば、なべてちる花のごとく有てなき我身なるを、扨もいづくとかせん、たゞ其まゝになるべからん、まゝよとの心にや。

安法法師

東山に花見にまかり侍るとて、これかれさそひけるを、さしあふ事有て、とゞまりて申つかはしける

1472 身はとめつ心はをくる山ざくら風のたよりに思ひおこせよ

身こそ指合てとゞめつれ、心は花に送りやりたれば、風の便には花も我を思ひをこせよと也。

俊頼朝臣

題しらず

1473 さくらあさのおふの浦浪立かへり見れどもあかず《ぬイ》やまなしの花

桜麻の生の浦前ニ註。此哥も「生のうらにかた枝さしおほひなる梨の、を本哥にて梨花の立帰り見あかぬ心也。

橘為仲朝臣、みちのおくに侍ける時、哥あまたつかはしける中に

加賀左衛門

1474 しら波のこゆらんすゑの松山は花とや見ゆる春のよの月

波のこゆると見ゆる末の松のさまは月に映して花とみゆるにやと也。陸奥にて此美景を見給ふらん、浦山しさと心を含て也。

1475 おぼつかな霞たつらんたけくまの松のくまもる春のよの月

玄旨云、春のよの月はいとゞ朧なるに、松のくまをもる月いかばかりか侍らん、さぞ興に興をそへて面白くも哀にもあらんと思ひやりたる哥也。「たけくまの松は二木を都

人いかにとゝはゞみきとこたへん、面白き名所也。

題しらず　法印幸清

1476 世をいとふよしのゝおくのよぶこ鳥ふかきこゝろのほどやしるらん

玄旨云、よぶこ鳥といへばわが世をいとふ心深きをよく知て、よしのゝ奥深くよぶかといへり。面白き哥也。

百首哥奉し時　前大納言忠良

1477 おりにあへばこれもさすがに哀なり小田のかはづのゆふぐれのこゑ

玄旨云、古今序に鶯に対して蛙を書り。されども世間にそれ程もてはやす物にあらず。さればさすがに哀也とよめり。愚案、折にあへばといふに心を付べし。

千五百番哥合に　有家朝臣

1478 春の雨のあまねき御代を頼む哉霜にかれゆく草葉もらすな

玄旨云、春雨の草木のうるほひと成て生長せしむるを、天子のあまねき御めぐみにたとへて我身の霜にせめられたる草葉をもらし給ふなとたのみまいらする心をよめり。面白き哥也。

崇徳院にて、林下春雨といふ事をつかふまつりけるに（イニナシ）　八条前太政大臣

1479 すべらぎの木高き陰にかくれてもなをはる雨にぬれんとぞ思ふ

玄旨云、皇《スヘラキ》を高木によそへて木高きとよめり。猶春雨にぬれんとぞ思ふとは、是ほどあまねき御恵みを請ながら猶あかず思ふは心の私ある也と述懐の心にて世をほめ身をいましめたる哥なるべし。

円融院位さり給て後（永観二年御譲位廿六歳）、実方朝臣、小馬《コノ》命婦（拾遺作者前摂津守棟世女）と物語し侍る時に（一所イ）、山吹の花を屏風のうへより

なげこし給ふて侍ければ　　実方朝臣

1480 やへながらいろもかはらぬやまぶきはなどこゝのへにさかずなりにし

八重ともにといふ心なるべし。心は円融院位をさらせ給ひても、何のかはるけぢめもなきにいかで其まゝ禁中におはしまさゞりけんとなり。廿六歳にておりゐさせ給ふを残念の心成べし。

御返し　　円融院御哥

1481 こゝのへにあらでやへ咲山ぶきのいはぬいろをばしる人もなし

山吹は口なし色なれば、いはぬ色とよみ習はせり。御心には故ある事なれど仰出されねば人はしらじと也。栄花物語花山の巻に、この帝十一歳にて御位につかせ給ひて十六年になりぬ。いかでおりなんとのみおぼさるゝうちに、御物のけもおそろしくしげうおこらせ給ふなど有。其故に早く御譲位の事ありしにや。

五十首哥奉し時　　前大僧正慈円

1482 をのがなみにおなじ末葉にしほれぬる藤さく田子のうらめしの身や

田子の浦は越中〽そこさへ匂ふ藤なみを、と人丸の読給ふ所なるべし。慈円は藤氏の長者法性寺ノ入道忠通公の御子也。御兄弟に覚忠僧正、興福寺の恵信信円など出家おほく、御姪《オイ》にも僧あまた出来るを、藤氏のをとろへの故とおぼす所をかく述懐し給へるにや。

猶説ゝあれど略之。

世をのがれて後、道長公、寛仁三年三月廿一日出家、法名行覚 四月一日、上東門院太皇太后宮と申ける時、衣がへの御装束奉るとて

法成寺入道前摂政太政大臣 道長公

1483 から衣花のたともにぬぎかへよ我こそ春のいろはたちつれ

使少将のかざし　賀茂祭に四献のゝち挿頭花を給ふ事江次第六に有。往年には葵を懸る故此事なし云〻

春の色とは花の袂とおなじ心なるべし。入道殿こそ黒染にて花の色は断果て着給はね。おほみやはけふの更衣に此花衣をき給へと也。

御返し　上東門院

1484 からころもたちかはりぬる春のよにいかでか花のいろを見るべき

父ぎみの黒染にたちかへ給ひし比、いかで花やかなる色をも着んとの御心にや。夜は物の色を見ぬにいひかけてかくよみ給へり。四月一日ながら大やうに花の色といはんため春の夜とよみ給ふなるべし。春といへば夏も籠る心なるべし。

四月まつりの日まで花ちりのこりて侍けるとし、その花を使少将のかざしに給ふ葉にかきつけ侍ける　紫式部

1485 神代にはありもやしけんさくら花けふのかざしにおれるためしは

かく桜の久しく残て祭の使の少将のかざしに給ふためしは、神代には有しにやしらず珍しき事と也。神代といふ詞、祭に縁有て面白とぞ。

いつきのむかしをおもひ出て（式子内親王の斎院にておはせし時を思出給也）　式子内親王

1486 ほとゝぎすそのかみ山のたびまくらほのかたらひしそらぞわすれぬ

そのかみと昔の事をいひかけて也。祭に神館にかりねし給ひし時郭公の鳴たる事など難忘と也。源氏花散里巻におちかへりえぞ忍ばれぬ郭公ほのかたらひし宿の垣ねに、此詞を用給か。

左衛門督家通、中将に侍ける時、祭使にてかんだちにとまりて侍ける暁、斎院女房の中よりつかはしける　よみ人しらず

1487 たちいづる名残ありあけの月かげにいとゞかたらふほとゝぎすかな

家通卿の神館を立出給ふ名残ある月影に、只にも語らふ折ふし、いとゞ郭公もかたらふとなるべし。

返し　　左衛門督家通

1488 いく千世とかぎらぬ君が御代なれどなをおしまるゝけさのあけぼの

斎院の御代はいく千世ともかぎらねば、いく千たびもあふべき祭の比のあけぼのながら猶けさの名残のおしまるゝと也。

三条院御時、五月五日、あやめのねを郭公のかたにつくりて梅の枝にすへて人の奉りて侍けるを、是を題にて哥つかふまつれとおほせられければ　三条院女蔵人左近

1489 梅が枝におりたがへたるほとゝぎすこゑのあやめもたれかわくべき

郭公は梅にはつきなき物なればおりたがへたると也。こゑのあやをいひかけて折違たれば、こゑの綾目をわかんやうもなしと也。五月五日のあやめをそへて也。

五月ばかり物へまかりける道にいとしろく口なしの花のさけりけるを、これ《かれイ》は何の花ぞと人に問侍けれど申さゞりければ　小弁

1490 うちわたすをちかた人にことゝへばこたへぬからにしるき花かな

野州云、こたへぬからにしるきとは口なしの花なれば答ぬぞと也。打渡す遠方人に物申す我其そこに白くさけるは何の花ぞも、梔子《クチナシ》の花も白き物也。本哥の取やう面白也

山ぶきの花いろ衣ぬしや誰とへど答ず口なしにして。

さみだれの空はれて、月あかく侍ける《ければイ》に　赤染衛門

1491 さみだれのそらだにすめる月かげになみだの雨ははるゝまもなし

此哥赤染集に丹波守なく成てと有て其愁哀のうた共妻なくて荒行閨の上とてや木の

春宮にさぶらひ　花山院二歳にて春宮に立給ふに贈皇后も若くおはしませば恵子女王もさぶらひ給へる成べし

葉を風の吹ちらすらん、といふ哥など書つらねて此哥有。匡衡にをくれての泪の雨をよめる成べし。

述懐百首哥中に、五月雨　　皇太后宮大夫俊成

1492 さみだれはまやの軒端のあまそゝぎあまりなるまでぬるゝ袖かな

催馬楽東屋の詠物《ウタヒ》〽あづまやのまやのあまりの雨そゝぎ我立ぬれぬ、などある詞也。両方に雨水落るを雨下《マヤ》といふ台屋作りなり。此哥あまりなる迄といはん序哥也。心は明也。

題しらず　　花山院御哥

1493 ひとりぬる宿のとこ夏あさな〳〵なみだの露にぬれぬ日ぞなき

床夏の、朝露にぬるゝをいひかけて独床の泪露けき御心なるべし。

贈《ソウ》皇后宮懐子、伊尹女、冷泉院女御、花山院御母にそひて、春宮にさぶらひける時、少将義孝伊尹子、母恵子女王久しくまいらざりけるに、なでしこの花につけてつかはしける　　恵子女王代明親王女伊尹北方贈皇后宮義孝等ノ母

1494 よそへつゝ見れど露だに慰まずいかにかすべきなでしこの花

撫子といふにつけて義孝によそへつゝみれど露も慰まねはいかゞせんと也。

月あかく侍ける夜、人の蛍をつゝみてつかはしたりければ、雨ふりけるに申つかはしける　　和泉式部

1495 おもひあらば今夜の空はとひてまし見えしや月のひかりなりけん

おもひを火にそへて也。蛍のごとく思ひあらば、こよひの雨のさびしき空はとひ給ふべきに我を思ひのなきやらん、とひ給はねば蛍の光りと見えしは月の光り成けん、蛍にてはあらざりしかと也。

題しらず　七条院大納言

1496 思ひあれば露は袂にまがふかと秋のはじめをたれにとはまし

いせ物語〽秋やくる露やまがふと思ふまで、是を本哥也。秋は露深き物なれば泪の深きをいはんとて也。我におもひあればかく秋の露は袂の泪にまがふかととひきかまほしけれど、誰にとふべき人もなしとなげく心也。本哥に秋やくるとは、初秋の心なれば秋のはじめを誰にとはましといへる所作意成べし。

后宮より、内に扇《をイ》奉り給ひけるに　中務

1497 袖のうら波ふきかへす秋かぜに雲のうへまですゞしからなん

袖浦は出羽の名所を扇の風の袖吹返すによそへて波吹返す秋風になどよめり。雲の上までとは禁中の事也。内裡へ奉らるゝ扇なれば雲の上まで涼しかれかしとよめり。

業平《ノ》朝臣の装束《サウソク》つかはして侍けるに　紀有常朝臣

1498 秋やくる露やまがふとおもふまであるはなみだのふるにぞ有ける

伊勢物語に委。秋の来て露の泪に置まがふと思ふほど袖のある事は、何故なれば此装束の嬉しき感涙の降にて有と也。

はやくより《むかしといふこゝろ也》わらは友だちに侍りける人の年比へてゆきあひたる、ほのかにて《たゞしばし逢みし心也》、七月十日ごろ、月にきほひて帰り侍ければ　紫式部

1499 めぐり逢て見しやそれともわかぬまに雲がくれにし夜半の月かげ《イかな》

見しやそれとも分ぬとは、年へてめぐり逢て只と逢見しは其人かそれならぬかとも見分ぬまにと也。其人を月に比してかく見分ぬまに早く雲隠にし名残おしさよとほのかにて帰る事を読也。月影といひて名残惜き心を含めり。いせ物語〽空行月のめぐりあふ

まで、此詞にてよめる哥とぞ。

みこのみやと申ける時、春宮也、三条院寛和二年七月十六日立坊 少納言藤原統理《ムネマサ》後拾遺作者伊予守祐三子 年ごろなれつかうまつりけるを、世をそむきぬべきさまにおもひたちけるけしきを御覧じて　三条院御哥

1500 月影の山のはわけてかくれなばそむくうき世をわれやながめん

統理を月に比して遁世山居などせば独浮世に徒然と詠させ給はんと也。此帝御目を煩せ給ひて御位の程もなかりし也。御心さへいとなつかしうおいらかにおはしまして、世人いみじうこひ申めりと大鏡にもあり。

題しらず　藤原為時 刑部少輔雅正子 紫式部父

1501 山のはをいでがてにする月まつとねぬよのいたくふけにけるかな

出がたくする也。心は明也。

参議正光、朧月夜に忍びて人のもとにまかれりけるを、見あらはしてつかはしける　伊勢大輔

1502 うき雲はたちかくせども隙もりてそらゆく月の見えもするかな

正光を月に比して、さま〴〵忍びかくし給へども見顕はしたるとの心なるべし。

返し　参議正光 忠義公子

1503 うき雲にかくれてとこそ思ひしかねたくも月のひまもりにける

随分しられじとおもひしを、ねたく見あらはされしよと也。

三井寺にまかりて、日ごろすぎてかへらんとしけるに、人〻なごりおしみてよみ侍ける　刑部卿範兼 童蒙抄作者 式部大輔能兼子

1504 月をなどまたれのみすと思ひけんげにやまのはゝいでうかりけり

人〻なごりおしみて　寺の人〻に名残おしまれて範兼の読也

月も山を出憂くてこそまたれつらんに、只に侍れのみするとなど思ひけん、実に山は出《イテ》うき物をと也。月の出うく思ふ心はなけれど、我出うく思ふ心よりかくよめる也。

山里《法輪寺にや》にこもりゐて侍けるを、人のとひて侍ければ　法印静賢千載作者 少納言通憲子

1505 おもひ出る人もあらしの山のはにひとりぞいり《イそら》しありあけの月

嵐山を人もあらじといひかけて也。思ひいづる人もあらじ、只独入居る山里と思ひつれば足下に思ひ出てとひ給ふよと也。身を山に入に付て有明の月に比して也。

八月十五夜、和哥所にて、おのこども哥つかうまつり侍しに　民部卿範光範兼子 中納言

1506 わかのうらに家の風こそなけれども浪ふくいろは月に見えけり

浪ふく色とは風の白波立る心也。心は身は和哥の家ならねども今夜の月に和哥所に召れてよろこぶとの心にや。和哥浦に交る心を波ふくとよめり。

和哥所哥合に、湖上月明といふことを　宜秋門院丹後

1507 よもすがら浦こぐ舟はあともなし月ぞのこれるしがのからさき

万葉〽こぎいにし舟の跡なきがごと、とよめる詞を用ひて終夜の舟はこぎ去て跡なき波路に残月の気色也。

題しらず　藤原盛方朝臣中山中納言顕時子

1508 山のはにおもひもいらじ世の中はとてもかくても有明の月

野州云、月の出るより入までの躰を詠め居て何事も果は有けり。人間の苦楽は月の出入間より猶あだなる事也。善悪に付て山林の栖をもとめん事本意なれど、思ひ定めて又思ひ返し山にてもうきはのがれじ、とてもかくても世にはあらんぞと也。〽世の中はとてもかくても有ぬべし宮もわら屋もはてしなければ、とてもかくてもといふ詞、と

してもかくしてもといふ義也。

永治元年譲位近く　譲位は天位を東宮にゆらせ給ふ事也。是は崇徳院鳥羽の上皇の御はからひにて御心にもあらで御譲位の比也

永治元年、譲位《ジョウイ》ちかく成て、よもすがら月をみてよみ侍ける　皇太后宮大夫俊成

1509 わすれじよ忘るなとだにいひてまし雲ゐの月のこゝろありせば

宗祇自讃哥註、是は天子御国ゆづり近く成て万物《ヨロツ》哀なる比の詠にや。雲ゐの月は大内の月也。心はをしはかるべしとや申べからん。自讃哥或抄云、南殿の花の春西階の月の秋馴つかふまつれる事忘るゝ時や持らん。心有せば契置て是より後はのこる雲ゐの月とかたりなぐさまし物をといへるなるべし。

崇徳院に首首哥奉りけるに

1510 いかにして袖にひかりの宿るらん雲ゐの月はへだてこし身を

宗祇自讃哥註、此哥は俊成の卿世をのがれて昔の雲ゐを思ひてよめるにや。自讃哥或抄云、出家のゝちの哥也。月の感に泪うちこぼれて袖なる光りを見て雲ゐのまじはりは隔果《ヘタテ》たるに、いかでかくはやどるらんとおぼめきたる心也。野州云、雲ゐとは大空の事、まことには禁中の事をさしていへり。袖にひかりの宿るとは涙の事也。

文治の比　後鳥羽御時也

文治のころほひ、首首哥よみ侍けるに、懐旧の哥とてよめる　左近中将公衡左大臣公能子

1511 心にはわするゝ時もなかりけり三代の心かしの雲のうへの月

三代のむかしとは後鳥羽より三代以前高倉院の御事也。即後鳥羽の父帝也。御心ばへもめぐみふかくおはしける由平家物語にもみゆ。時にしたがふみやづかへに、いひこそ出ね心には忘れ奉らずと也。

百首哥奉りし時、秋哥　二条院讃岐

1512 むかし見し雲ゐをめぐる秋の月いまいくとせか袖にやどさん

雲ゐは空と禁中を兼たり。禁中に侍し時見し月の、いま我むかしをこふる泪に宿るを、
老の後なれば今幾年やどさんと也。

月前述懐といへる心をよめる　藤原経通朝臣

1513 うき身世にながらへは猶《又イ》思ひ出よたもとにちぎる有明の月

袂に契るとは泪に宿る月にゆくゑを約束する心也。存命まじき身ながら猶又ながらへ
ば今夜袂に宿れる事を月も思ひ出よと也。

石山にまうで侍て、月を見てよめる《イよみ侍ける》　藤原長能

1514 みやこにも人やまつらん石山の峯にのこれる《こもれるイ》秋のよの月

石山の峯の残月のおしき我心尽しより都にも侍て心を尽すらんと思ひやる心也。石山
は都の東なればこゝに入る月は都に出るらんの心にてかくよめり。〽身をつめば入もお
しまじ秋の月山のあなたの人もこそまて、此心なるべし。

題しらず　躬恒

1515 あはぢにてあはとはるかにみし月のちかきこよひはところがらかも

阿波渡遥に也と称名院殿説也。淡路にて阿波渡の月を遥に見しに、こよひは所からに
や近くみると也。

月のあかゝりける夜、あひかたらひける人の此ごろの月はみるやといへりければよめる　源道済

1516 いたづらにねてはあかせど諸共にきみがこぬよの月は見ざりき

〽かくばかりおしと思ふよをいたづらにねてあかすらん人さへぞうき、是を本哥にてか
く徒にねてはあかせども、君と諸共に見ぬは面白からでみぬと也。

1517 夜ふくるまでねられず侍ければ月の出るをながめて　増基法師

あまのまらはるかにひとりながむればたもとに月の出にける哉

野州云、はるかといへる此句肝要《カンヨウ》也。こしかた行末の身の上を思ひつゞけて夜更るまで詠ゐるに、何の故とはなけれども覚えずたまる袖の泪に月の宿るを見て、はるかにながめたると思へば袂に月は出けるよといへる、きとく也。姿幽玄にて有心なる哥也。愚案、はるかにながむれば、やがて近き袂に出しと泪に宿るをいへり。

1518 能宣朝臣、やまとの国まつちの山ちかく住ける女のもとに夜更てまかりてあはざりけるをうらみ侍ければ　よみ人不知

たのめこし人をまつちの山のはにさよふけしかば月も入にき

こんとたのめ給ひしゆへ我も久しく待ゐたるに、あまり待わびて入てふしたるゆへあはざりしとの心を更て月の入にそへてよめり。我あはざりしは遅くおはせしゆへなれば、さのみはうらみ給ひそと也。

1519 百首哥奉し時　摂政太政大臣

月見ばといひしばかりのひとはこでまきの戸たゝく庭のまつかぜ

月見ば思ひ出てこんといひしばかりに、我待ふかすに其人は音もせで松風ばかり槙の戸を音づるゝと也。いひしばかりは素性の哥の詞也。

1520 五十首哥奉しに山家月の心を　前大僧正慈円

やまざとに月は見るやと人はこずそらゆく風ぞ木の葉をもとふ

山家落葉に道とぢて小夜風物佗しきに、月をうち詠てかく月を見ても人はとひもこで、うはの空なる風のみ木葉をも音づれていとゞ断腸をそふる心也。

摂政太政大臣、大将に侍し時、月の哥五十首よませ侍けるに

1521 ありあけの月のゆくへをながめてぞ野《口訣》でらのかねはきくべかりける

師説、有明の月の行衛は西也。宵より西にかたぶくまで詠、さま〴〵おもひつゞけて無常を観する比、鐘の声を聞て弥心にしみかへりたる時よめる心なり。常にきくかねなれども、かやうの折こそ一入哀なれと成べし。

おなじ家の哥合に山月の心をよめる　藤原業清（前右馬助良清子 五位）

1522 山のはを出ても松のこのまよりこゝろづくしのありあけの月

木のまよりもりくる月の影みればこゝろづくしの秋は来にけり、本哥は秋の愁情なるを、此哥は山のはに待侘し心づくしの上にやう〳〵まち出ても松の葉のさはりて心づくしなる心なるべし。

和哥所哥合に深山暁月といふ事を　鴨長明

1523 夜もすがらひとりみ山の槙のはにくもるもすめるありあけの月

独見るとそへてなり。夜もすがらに心を付べし。独終夜深山の月をみれば槙の木の間にくもりしも、やう〳〵槙の葉をはなれて明白になりし当意の面白く心澄る躰也。一説、深山に独みる終夜の月は心すみて哀も深ければ槙のはにくもるといへどもすめるにてありとなり。

熊野にまうで侍し時奉りし哥の中に　藤原秀能

1524 おく山の木の葉のおつる秋風にたえ〴〵みねの月《くもイ》ぞのこれる

深山の秋風に落葉のすきまよりたえ〴〵残月のみゆる幽情なるべし。

1525 月すめばよものうき雲空に消てみやまがくれを《にイ》ゆくあらしかな

野州云、宵のほどは嵐も雲も月にそひし也。次第に更ゆけば雲もきえ風のをともしづまりて山がくれなどに小笹などのうちさやぎて山ふかく嵐のふきてゆく、誠に眼前の躰なり。熊野へ参詣の時のうたなれば心にしみ侍り。宗祇自讃註云、是も只みるやうなり。

山家の心をよみ侍ける　猷円法師 左京大夫隆信子 法印

1526 ながめわびぬ柴のあみ戸の明がたに山のはちかくのこる月かげ

此五文字山家の物さびしさ堪かねし心有。山のはちかく入かゝれる柴戸の月あまりにさびしさに詠わびしとなるべし。

題しらず　花山院御哥

1527 あかつきの月みんとしもおもはねど見し人ゆへにながめられつゝ

暁ふかき月をみるも逢みし人の恋しさに打詠らるゝにつけてぞと也。

伊勢大輔

1528 ありあけの月はかりこそかよひけれくるひとなしのやどの庭にも

かよふはゆきくる事也。月の夜ごとにゆく事をいへり。心は明なり。

和泉式部

1529 すみなれし人かげもせぬわがやどに有あけの月はいくよともなく

有明の月は幾夜ともなく影すると也。人影もせぬといふに対《タイ》して含《フクメ》めたる也。

家にて月照水といへる心を人々よみ侍けるに　大納言経信

1530 すむ人もあるかなきかの宿ならしあしまの月のもるにまかせて

宿はあれてたが守《モル》ともなくて池の芦間より月のもるばかり見ゆるさま也。芦間の月のもるといふに題の心有。守と漏とをそへて我宿の述懐にや。

秋の暮にやまひにしづみて世をのがれ侍ける又の年の秋、九月十余日《トヲカアマリ》月くまなく侍けるに
読侍ける　皇太后宮大夫俊成

1531 おもひきやわかれし秋にめぐり逢て又もこのよの月をみんとは

わかれし秋とは、去年世を遁《ノカレ》て此世の月に別し其秋に二度逢て又も此月をみんとは思ひきやと也。病身浮世頼みなきさまなればなるべし。

題しらず　西行法師

1532 月を見て心うかれしいにしへの秋にもさらにめぐりあひぬる

若年の古月にうかれし身の、遁世のゝち心身閑に成て、秋月に対して古を思出たる心を有のまゝに読り。

1533 夜もすがら月こそ袖に宿りけれむかしの秋をおもひいづれば

昔の秋を終夜思ひ連ねて落涙の心也。

1534 月のいろに心をきよくそめましやみやこをいでぬ我身なりせば

都に有しほどは浮世の人にて、月をみるにも浮世の事のみ思ひ出られ、心もをのづから濁しに、都を出、世をのがれては、月をみても心浮世の外にて更に濁る思ひなし。其心をおもひつゞけて都を出ぬ我身ならば、かく月に対しても清く心を染べきかはとの心なるべし。遁世の身を楽《タノシ》める心也。野州云、世をのがれぬさきならば、月に心をそめましやといへる道心者の心もちあはれなり。

1535 すつとならばうき世をいとふ《いつるイ》しるしあらんわが《われにイ》身はくもれ秋のよの月

清光はさすがにすてがたし。曇らば月も捨安からん。月をだに捨とならばうき世をい

とふしるしのあるならん。わが身にはくもれとなるべし。わが身は曇れは、わが身にはの心也。ィわれにはとあるに同心成べし。遁世のゝちも明月は捨がたき心をふかくいはんとてよめる哥なりとぞ。

1536 ふけにけるわが身《世イ》のかげをおもふまにはるかに月のかたぶきにけり

野州云、夜の更るをわがよはひのふくるにいひかけたる詞也。わが世の影とは齢《ヨハヒ》の更《フケ》たる面影なり。月も出てより半天《ナカソラ》までは光もさやかに花やか也。次第〳〵に西にかたぶく影は光もうすく遠くなり侍り。わが身もかくのごとくとおもふうちに、ちやと月の山のはにちかく成たるをおしみたる哥也。はるかに月のとは、月をみる事を忘れて我齢《ヨハヒ》のほどを悲しみ思ひつる間は久しかりつるよといふ心也。幽玄躰也。

入道親王覚性

1537 ながめして過にしかたをおもふまにみねより峯に月はうつりぬ

玄旨云、月を待出し東の峰より詠めして、こしかたを思ふ間に西の峰にうつりたると也。

藤原道経（讃岐守顕綱子　北小路右大臣同名）

1538 秋のよの月に心をなぐさめてうき世にとしのつもりぬる哉

うき事しげき世はとく遁まほしけれど、秋月にせめて慰めて、かく浮世に年へしよと心を付てみるべし。彼〽おば捨山にてる月をみて、の哥を取たる成べし。

五十首歌めしし時

前大僧正慈円

1539 秋をへて月をながむる身となれりいそぢのやみをなになげくらん

玄旨云、四十の闇五十のやみといふ事はことなる心なし。只ふりゆく心のかきくらすさま迄也。愚案、此歌此僧正五十歳の比よみ給へるにや。かくおほくの年のふりゆきて、心のくらきを何なげくらん、此年比の秋をへて月をながむる身となれりし物をと月を賞して読給ふ心なるべし。此僧正は久寿二年四月誕生、元久元年の比五十歳にや。

百首歌たてまつりしに　　藤原隆信朝臣

1540 ながめてもむそぢの秋は過にけりおもへばかなしやまのはの月

六十歳といへば残生いくばくならぬほどなり。山のはの入がたちかき月みても身のほどかなしく心ぼそしと也。

題しらず　　源光行（豊前守光季子 大監物河内守）

1541 こゝろある人のみ秋の月を見ばなにをうき身（世イ）のおもひ出にせん

身を心なき物にして、かゝるうき身も月見る事のあればこそ、世の思出はあれと也。

千五百番哥合に　　二条院讃岐

1542 身のうさに月やあらぬと詠むればむかしながらの影ぞもりくる

野州云、先姿詞いふばかりなき哥也。身のをとろへ行まゝに、月をみるも哀ふかく悲しければ、身の盛なる時見し月の光にはかはり侍やらんと詠るに、もりくる月のさやかに、我こそむかしの月よといふやうに移るを見て、弥身の上を思ひ知たる由也。かの西の対にての哥の心をおもへるにや。師説、我身ひとつはもとの身にして、とある心より、影ぞとよみて、月は昔ながら我身はもとの身ならぬ心を身のうさにとよめり。

世をそむきなんと思ひたちけるころ月をみてよめる　　寂超法師（丹後守為忠男 俗名為経）

1543 ありあけの月よりほかに誰をかはやまぢの友とちぎりをくべき

山居すべき後も月をこそ友なふべけれとなり。

山里にて月の夜都を思ふといへる心をよみ侍ける　大江嘉言

1544 みやこなるあれたる宿にむなしくや月にたづぬる人かへるらん

山里に日比へて都に久しく帰らぬに、宿もあれたらんに月夜など諸共にみんとて尋る人も我があらねば、むなしくやあはで帰るらんと思ひやる心なるべし。

長月のありあけの比、式子内親王にをくれりける　惟明親王

1545 おもひやれ何を忍ぶとなけれどもみやこおぼゆるありあけの月

朋友妻子など何を忍ぶ物あるとはなけれど、有明の月に対しては都の思ひ出らるゝを思ひやり給へ、是も山居のさびしきゆへぞとの心なるべし。

返し　式子内親王

1546 ありあけのおなじながめは君もとへみやこのほかも秋のやまざと

有明にさま〲思ひ出る事は此方も同じながめなれば君もとぶらひ給へ。斎院も秋は悲しく洛外も秋は悲しからんに思ひ知給ふべければと也。

春日社哥合に暁月の心を　摂政太政大臣

1547 あまの戸をおしあけがたの雲間より神代の月の影ぞのこれる

野州云、本哥〽天の戸を押明方の月みればうき人しもぞ恋しかりける、此本哥にて詠じ給へり。をしあけとは天照太神岩戸《イハト》に籠《コモ》り給ひしを、諸《モロ〱》の神、神楽などし給ふに押明《オシアケ》て出給ひたる事をよめり。只今明方の月をみて日神の岩戸を出まし〱たるやうに見奉たる心にや。愚案、此哥は春日社の歌合なれば藤氏の祖神天児屋命《アマノコヤネノ》の御事にてよみ給へり。日本紀云、中臣遠祖天児屋命《ナカトミノトホツオヤノコヤネノミコト》、則《スナハチ》以《テ》神祝《ホサキニ》祝《ホサキ》之於是《コヽニ》日神《ノカミ》方《マサニ》開《アケテ》二磐戸《イハトヲ》一而出《イテマス》焉。中臣祓にも此事あり。神代の月の影ぞ残れるとは此日神の出ましけるより世に日月のあき

らかなる事を思ひて読給へるなるべし。是師説也。

1548 右大将忠経 兼雅子 母平清盛女

雲をのみつらき物とて明すよの月やこずゑにをちかたの山

雲をのみ月にはつらき物と思ひ明すに、遠山の梢に月のおちかゝるをみれば、つらきは雲のみにあらず、梢も月のさはりなると也。

藤原保季朝臣 大弐重家子有家弟

1549 いりやらで夜をおしむ月のやすらひにほの〴〵あくるやまのはぞうき

夜はあけがたながら猶月は入やらで、夜をおしむけしきに山のはにやすらふに、やまのはは何の名残もなくほの〴〵とあけゆくがうきと也。余情ある哥なるべし。

月あかき夜、定家朝臣にあひて侍けるに、哥の道に心ざしふかき事はいつばかりよりの事ね侍りければ、わかく侍し時西行に久しくあひともなひて、聞ならひ侍しよし申て、そのかみ申しことなどかたり侍て、かへりてあしたにつかはしける

そのかみ申しこと　西行の在世の教訓など定家へかたりてと也

1550 あやしくぞかへさは月のくもりにしむかしがたりに夜やふけにけん《ぬらんイ》

法橋行遍 熊野別当行範子

野州云、終夜むかしの事を語りふかし侍しに、泪落とは覚えねど月の俤曇たりしはあやしかりつるといふ哥也。夜や更にけんとはさま〴〵の昔を思ひ出る事のみにまぎれて、更行空をも我はしらざりけりと云心也。けんといふはらんといふ詞にかへり侍り。心得あるべき事也。師説、月あかき夜といふ詞に心を付べし。かく月明なるに帰さに曇しはあやしとの五文字也。扨は昔の西行の物がたりに夜更なみだおちしにこそと也。風情優に心ふくみてまことに西上人の風躰のなごりなるべし。

1551
故郷月を　寂超法師
ふるさとの宿もる月にことゝはんわれをばしるやむかしすみきと
久しく住捨てとはぬ古郷なれば、昔住し我とも知たる人はなければ、月にこと問んと也。漏に守を添て也。住きは住し也。

1552
遍照寺に月をみて　平忠盛朝臣
すみ《だイ野州本すだき》きけんむかしの人はかげたえてやどもるものはありあけの月
遍照寺は寛朝大僧正の旧跡、さしも密派さかんなりし跡ながら人影もせず有明の月斗宿もると也。ィすだきけん。野州云、すだくは集の字也。おほくあつまりたる事也。遍照寺、昔栄し時は月よ花よと人も問侍り、ふりゆくにしたがひては人は影せず、月のみもり侍るよといへり。駒とめて麓の野べを尋ればをぐらにすだくつは虫哉、是もあつまる義也。但むしなどのなくかたによめるも哥によりて侍べきにや。

1553
あひ知て侍ける人のもとにまかりたりけるに、其人ほかに住て、いたうあれたる宿に月のさし入て侍りければ　前中納言匡房
やへむぐらしげれるやどは人もなしまばらに月の影ぞすみける
まばらに月のとは荒たる軒より月もまばらにさし入さま也。上句は恵慶法師人こそ見えね秋はきにけり、を本哥也。

1554
題しらず　神祇伯顕仲
かもめゐるふぢ江のうらのおきつすに夜舟いさよふ月のさやけさ
藤江浦、播磨と八雲抄に有。沖津洲は沖の島など也。夜舟いざよふはたゞよひてゆきやらぬ心也。

1555
俊恵法師
なにはがたしほひにあさる芦たづも月かたぶけばこゑのうらむる
あさるは求の字也。鶴の餌を求るさま也。わが傾月のおしくうらめしきより、芦たづも声恨とよめる也。

1556
前大僧正慈円
和哥所哥合に海辺月といふことを
わかのうらに月の出しほのさすまゝによるなく鶴のこゑぞかなしき
潮《ウシホ》は月にしたがひて満干ある故に月の出しほのさすまゝにとよめり。塩のさして鶴のおりゐしも立さはぐこゑの物悲きと也。塩みちくれば潟をなみ、を本哥成べし。

1557
定家朝臣
もしほくむ袖の月かげをのづからよそにあかさぬすまのうら人
よそにあかさぬとは、塩くむに袖ぬれて月のやどるゆへ、をのづから月をばよそにせずと也。

1558
藤原秀能
あかしがたいろなき人の袖を見よすゞろに月もやどるものかは
玄旨云、いろなき人の袖とは海士の袖なるべし。すゞろは不意也。愚案、色なき人とは心の色なく情なき蜑など也。それもすなとりなどして袖ぬれてこそ月は宿れ、そゞろに何となく月は袖に宿る物かはとなり。我袖に月のやどるも物思ふ泪にぬるゝゆへぞといはんとて也。

具親
熊野にまうで侍しつゐでに、切目宿《キリメノ》にて海辺眺望といへる心を、おのこどもつかうまつりしに

切目宿　紀伊国也。切目王子、九十九王子の一也

1559
ながめよとおもはでしもや帰るらん月まつなみのあまのつりぶね
玄旨云、只今海上の眺望に又蜑の釣舟興をそへて言語同断也と也。あまは此興を求て人は詠めよと思ひては帰まじきを、自然に面白き景気をそへたると云哥也。

八十におほくあまりて後百首哥めししに、よみて奉りし　皇太后宮大夫俊成

1560
しめをきていまやとおもふ秋やまのよもぎがもとにまつむしのなく
自讃哥或抄云、しめをきて今やと思ふとは世を捨し事年久しく山家に籠居て、ともかくも成たらば、かしこにおさめよと廟所《ベウシヨ》など定をける深き谷の辺、茂きよもぎが本、時しも秋にして我まつむしや鳴らんと読たるにや。定家卿感極れる哥と書たり。げに此哀は骨にもとをる斗也。愚案、無常所に山路をしめをきて、我終焉を今やと思ふ心也。八十餘の御哥也。

千五百番哥合に

1561
あれわたる秋の庭こそあはれなれましてきえなん露のゆふぐれ
野州云、秋はつくろひかざりし庭さへ面影哀にみえ侍に、まして住あらしたる庭のありさま人すむ所とも見え侍らず。我ある時さへかくのごとし。いはんや我なからんあとの思ひやられて、一入哀にも悲しくもおぼえ侍るよし也。須磨の巻に、だいばんなどかたへはちりばみつゝたゝみ所々引返したり。見るほどだにかゝり、ましてあれゆかんといふ詞をとりてよめるうた也。同物語をとるとも、能いひおほせられて似合たらん所をとれと也。此哥ましてきえなん露とつゞき侍る奇特也。面かげ幽に風情難レ及哥也。

題しらず　西行法師

1562 雲かゝるとを山ばたの秋さればおもひやるだにかなしきものを

雲かゝるとは遠く詠やりたる風情也。秋去は秋きたる事をいふ也。雲かゝれる遠山畑の秋のけしきは、遙に思ひやるだに悲しげに住憂げなるに、まして住身ならばとの心也。

五十首哥人々によませ侍けるに、述懐の心をよみ侍ける　守覚法親王

1563 風そよぐしのゝをざゝのかりの世をおもふねざめに露ぞこぼるゝ

かりの世といはんため、露ぞこぼるゝなどの詞の縁に風そよぐしのゝをざゝとよめり。ね覚に思ひつゞけて泪こぼるゝ心也。

寄風懐旧といふ事を　左衛門督通光

1564 あさぢふや袖にくちにし秋の霜わすれぬ夢をふくあらしかな

上句は宿は荒て庭の浅茅生は秋の霜に朽《クチ》、袖は昔にかはるをとろへの泪に朽し心を引合せて、浅ぢふや袖に朽にしとよめり。是作者の達者自由の所なるべし。下句はかく荒し宿、朽し袖に、恋しきむかしをしばし夢にみしに、嵐の吹おどろかして名残悲しきねざめに其夢のたゞちの忘れがたく思ひつづけらるゝに、今もかの嵐猶やまずふけば、さてもかの夢をおどろかしたるだにうきに忘れぬ夢をも吹嵐哉と也。浅茅生、袖に朽にし忘れぬ夢などいふに懐旧の心有。余情かぎりなく詞心に任て及ぶまじきすがたとぞ。此哥忘れぬ夢とは浮世の夢の事或は往事の夢の事など説〻。野州抄、自讃哥諸抄に有。今略之。

皇太后宮大夫俊成女

1565 葛の葉のうらみにかへる夢の世をわすれがたみの野べのあきかぜ

是も寄風懐旧なるべし。うらみにかへるとはうらめしかりし昔を立帰り思ひ出る事を

葛の風に裏返《ウラカヘ》るにそへてよめり。わすれがたみとは忘がたき事也。むかしの恨をも過にし事は覚《サメ》たる夢と同じければ、はかなき夢の世に、はかなの輪廻《リンユ》やと忘れぬべき事を又猶忘がたく葛ふく野べの秋かぜに付ても思ひ出る事よと也。

題不知　　祝部允仲光仲

1566 しら露はをきにけらしな宮木のゝもとあらのこ萩すゑたはむまで

古今〽もとあらの小萩露をゝもみ、を本哥也。心は明也。

法成寺入道前太政大臣、女郎花を折て哥よむべきよし侍ければ　　紫式部

1567 をみなへしさかりの色を見るからに露のわきける身こそしらるれ

是は道長公に恨み申事有て、此つゐでに其恨をのぶるにや。かく女郎花の盛なるをみるに付ても、我身は露のめぐみなきほど思ひしらるゝと也。女郎花は女にそへて我身にくらべいへる也べし。

返し　　法成寺入道前摂政太政大臣

1568 しら露はわきてもをかじ女郎花こゝろからにやいろのそむらん

露は平等なれども只式部が心からに分へだてあると思ふらんとの心也。心からにや色の深さ浅さ有と思ふらんと也。

題しらず　　曽祢好忠

1569 山里に葛はひかゝる松がきのひまなく物は秋ぞかなしき

玄旨云、葛はひかゝる松垣は隙あるべからず。それをわが思ひの隙なきに取なしたり。

秋のくれに、身の老ぬる事をなげきて読侍ける　　安法法師

1570 もゝとせの秋のあらしは過しきぬいづれの暮の露ときえなん
玄旨云、百年とは只おほくの年を過したるといふ詞也。愚案、嵐に露は散消る物ながら是までは過しきたり。されども限ある命なればとの心哀なるべし。

頼綱朝臣、津の国のはつか《羽束》といふ所に侍ける時つかはしける　前中納言匡房
1571 秋はつるはつかの山のさびしきにありあけの月をだれとみるらん
九月末つ方の有明のさびしき心をいひかけたるにや。誰とみるらんといふに、都の友を思出給やいなやとの心をこめて也。

九月ばかりに、すゝきを崇徳院に奉るとてよめる　大蔵卿行宗
1572 花すゝき秋の末葉になりぬればことぞともなく露ぞこぼるゝ
事ぞともなくとは其事ともなき儀也。花薄の露にそへて、秋も末になりて秋情いとゞ物がなしく成まさりて泪の其事となく落る心なるべし。

山里に住侍るころ、あらしはげしきあした、前中納言顕長《中納言顕隆子》がもとにつかはしける　後徳大寺左大臣
1573 夜半にふくあらしにつけて思ふかなみやこもかくや秋はさびしき
山家の夜半の嵐のさびしきに付て、都もかくや秋はさびしからんと思やる心也。

返し　前中納言顕長
1574 世の中に秋はてぬればみやこにもいまはあらしのをとのみぞする
世にあきたれば都にも今はあらじ。実定公のごとく山居せんとの心を、秋果て嵐はげしき心にそへてよめり。

清涼殿の庭にうへ給へりける菊を、位さり給ひてのち《安和二年八月十三日御譲位》、おぼしいでゝ

1575　冷泉院御哥

うつろふは心のほかの秋なればいまはよそにぞきくの上の露

菊のうつろふを御位をさりて院御所にうつらせ給ふ心にそへて也。今は禁中の事をよそに聞せ給ふといひかけて也。此帝は元方民部卿の霊《レウ》にて浅ましかりし事の故に、世をたもたせ給事、只三年にておりゐさせ給へば、うつろふは心の外の秋とよませ給へるにこそ。

1576　源順

貞元元年九月順集に有
なが月の比、野宮に前裁うへけるに

たのもしな野の宮人のうふる花しぐるゝ月にあへずなるとも

しぐるゝ月は神無月をいふにこそ。順集此哥の返し、女房のいひ出す〽あすよりは時雨にかゝる花をうへてのべやるべくもあらぬ秋哉といへり。九月尽の比とみゆ。あへずは堪ず也。又は取あへずの心也。時雨ふりさゆる十月にはやがてなるとも、野の宮人のうふる花は斎宮のおはす所なれば、花も外のとは、かはりて久しかるべければたのもしと也。斎宮を祝申心成べし。

題しらず　読人不知

1577　山川の岩ゆく水もこほりし《ゐイ》てひとりくだくるみねのまつかぜ

山河の岩にくだけし水も氷てをとせねば、松風斗颯〻たるを独くだくるとよめり。

百首哥奉りし時　土御門内大臣

1578　あさごとにみぎはの氷ふみわけてきみにつかふる道ぞかしこき

忠臣の朝ごとに氷をふみ〳〵出仕のさまを、ほめ給ふ心也。源氏浮舟巻〽峰の雪汀の氷ふみ分て君にぞまどふ道はまどはず、此詞也。

最勝四天王院障子に、あぶくま河かきたる所　藤原家隆朝臣

1579 きみが代にあぶくま川のむもれ木もこほりのしたに春をまちけり

玄旨云、君の御恵み及ばぬ所なければ理木さへ春を待と也。愚案、君が代に逢とそへて也。理木さへ目ぐみはな咲春を待と也。阿武隈河、奥州也。

元輔清少納言父也がむかし住侍ける家のかたはらに、清少納言すみける比、雪いみじうふりて、へだての垣もたふれ侍りければ、申つかはしける　赤染衛門

1580 あともなく雪ふる里はあれにけりいづれむかしのかきねなるらん

むかし肥後守にて父元輔の住ける跡もなく、いづれが其垣ねとみゆる所だになく成し哀をとぶらふ心なるべし。

御なやみおもくならせ給てのち、雪のあしたに　後白河院御哥七十七代

1581 露のいのちきえなましかばかくばかりふるしら雪をながめましやは

かくばかり面白くふる雪をとの御心なるべし。心は明也。後白河院は建久三年三月十三日、六十六歳にて崩御。

雪によせて述懐の心を　皇太后宮大夫俊成

1582 杣山やこずゑにおもる雪おれにたえぬなげきの身をくだくらん

仙山は材木切出す所なり。絶ぬ歎き身をくだくといはん序哥也。雪折に木のくだくる心をそへてなるべし。

仏名のあした、けづり花を御覧じて　朱雀院御哥

1583 時すぎて霜にかれにし花なればけふはむかしのこゝちこそすれ

仏名三ケ夜過て翌朝なれば、時過霜枯し花とよませ給て、昨夜の時めきしも、けふは

仏名のあしたけづり花　御仏名の時、曼陀羅《マンダラ》の前、師子形の中央に削花《ケヅリ》の机《ツクエ》を置。雲図抄に図有。古今めどに

けづり花付るは、別の事也

昔に成し事よとの御心にや。

花山院おりゐ給ひて又の年、御仏名にけづり花につけて申侍ける

前大納言公任

1584 ほどもなくさめぬる夢のうちなれどそのよににたる花のいろかな

見るまもなく覚《サメ》し夢を花山院の御在位の程なかりしによそへよみ給へるなるべし。猶御仏名会けづり花の色は御在位の世に似たると也。世を夜にそへて夢の縁成べし。

返し

御形宣旨《ミアレノセンジ》

1585 見し夢をいづれ《もイ》のよぞと思ふまにおりをわすれぬ花ぞかなしき

是も院のおりゐを夢とよみしにや。あまりおもひかけざりし御事の心まどひに、いつの夜に見し夢ぞとおもふまに、今院の御仏名とて折を忘ぬけづり花をみるに付て、更におりゐの事思ひしられて悲きと也。

題しらず

皇太后宮大夫俊成

1586 老ぬとも又もあはんとゆくとしになみだのたまをたむけつるかな

老果てあすもしらぬ身ながら、又も歳暮にあはんとて涙の玉を手向しと也。旅ゆく人に手向とて送り物するは、其道中無事にて又逢みんの祝儀なれば、ゆく年とよみて旅ゆく人のやうによみなし給へり。むかし淵客《エンカク》人のもとに宿りて、別れに盆をこひて泪をこぼして玉となして、あるじにあたへて帰りし事蒙求にあり。これらのより所にて年の別に涙の玉を手向つる哉とよみ給にや。此哥実に又も歳暮にあはんとて手向するにはあらねど、老の歳暮の悲しみになみだの玉をなす事をかくよみ給へるなるべし。

慈覚大師

1587 大かたにすぐる月日をながめしはわが身にとしのつもる成けり

月日の過る事を、大かたの世の習ひと、よのつねに詠め過せしは、わが身に年のつもるにて有けるよと也。是千万人皆かくのごとし。是をかくよませ給ひて世人に心をつけて死を忘れず菩提を思はしめ給ふ方便なるべし。

新古今和歌集　巻第十七

雑哥中

朱鳥五年九月、紀伊国行幸時　　河島皇子

朱鳥《シュテウ》五年　愚案、持統《ジトウ》天皇の四年にあたれり。此帝の行幸成べし

1588 しら波のはま松が枝の手向ぐさいく世までにか年のへぬらん

野州云、此手向草は松の技に長くさがりたる草なるべし。松にひかれて幾世へぬらんと也。愚案、一条禅閤御説前に注。此哥万葉一に有。

題しらず　　式部卿宇合《ノキアヒ》不比等子

1589 山城のいは田のをのゝはゝそはら見つゝや君が山路こゆらん

君が此柞原を見つゝ越行らんを思ひやりて離別を惜む心也。

在原業平朝臣

1590 あしのやのなだの塩やきいとまなみつげのをぐしもさゝずきにけり

摂津《ノ》芦屋灘《ノナダ》也。いせ物語牡丹花《ノ》抄《ニ》云、上句は明也。つげの小櫛《ヲグシ》もさゝずとは、いやしき物のいとまなき故、髪けづる事もなきよし也。万葉《ニ》然之海人者《シカノアマハ》めかりしほやきい

1591
とまなみくしげのをぐしとりも見なくに、といふ哥を少とりかへたり。はるゝよの星か川辺の蛍かもわがすむかたにあまのたく火かいせ物語の詞に、やどりのかたを見れば、あまのいさり火おほく見ゆるに云〻。牡丹花云、芦屋の里の漁火《イサリビ》、かずもなく見えて所のさまも面白き当意をよめり。いさり火とは見れども、見る目の奇異《キイ》なるところをほめんとて、星か河べのほたるかあまのたく火かとうたがへり。

よみ人しらず

1592
しかのあまのしほやく煙風をいたみたちはのぼらで山にたなびく
筑前しかのうらなり。風をいたみは、いたく吹ゆへにの心也。風によこをれて山のかたに煙のたなびく景気也。

貫之

1593
なにはめの衣ほすとてかりてたく芦火のけぶりたゝぬ日ぞなき
難波の女の塩くみ衣の、毎日にぬれて芦火にほすさまをあはれみたる心とぞ。

忠峰

1594
ながらのはしをよめる
としふれば朽こそまされ橋ばしらむかしながらの名だにかはらで
津国長柄橋といふ名は昔ながらに今もかはらで、橋は朽まさりて漸絶んとするをおしめる心なるべし。

恵慶法師

1595
春の日のながらの浜に舟とめていづれかはしととへどこたへぬ
春の日の長きとそへて也。橋の朽果て其跡だにしる人なくなりし心なるべし。

1596 くちにけるながらの橋をきてみればあしのかれ葉に秋かぜぞふく　後徳大寺左大臣

橋は跡なくて芦の枯葉の風冷しき様也。余情哀なる哥とぞ。

題しらず　権中納言定頼

1597 おきつ風よはにふくらしなにはがたあかつきかけて波ぞよすなる

心は明なるべし。

春、すまのかたにまかりてよめる　藤原孝善《タカヨシ》

1598 すまの浦のなぎたる朝はめもはるにかすみにまがふあまのつりぶね

なぎは和の字也。風波しづまれる也。めもはるには見る目も遥《ハルカ》に也。あまの釣舟の霞の遠見なるべし。

天暦御時屛風哥　壬生忠見

1599 秋かぜのせきふきこゆるたびごとにこゑうちそふるすまのうら波

忠見集詞書、秋すまの浦に関有云〻、是其屛風のゑのさま也。此さまをよめり。古今住吉の松を秋風吹からにを本哥也。心は明也。

五十首哥よみて奉りしに　前大僧正慈円

1600 すまのせき夢をとをさぬ波の音をおもひもよらで宿をかりけり《けるイ》

波の音にねられぬを、関の夢をとをさぬやうに読なし給へり。かくあらんとは思ひもよらで、くやしくも宿かりしよとの心なるべし。

和哥所哥合に関路秋風といふことを　摂政太政大臣

1601 人すまぬふはのせきやの板びさしあれにしのちはたゞ秋のかぜ

師説、此只秋の風といふ詞、古人称美し給へり。不破の関屋あれ果てのゝちは只秋風ばかりして、すむ人もなく、とふ人もなく物さびしき気色、詞の外に余情かぎりなし。板びさしあれてのゝちはなどの詞づかひまで凡俗をはなれ侍と云ゝ。但此哥の義、自讃哥等の諸抄にも此関あれてよりのちふく風は四季ともに只秋の風とよみ給へり。たとへば春の花にふくとも、此板びさしにふくは秋風の哀たるべきにや。秋の風深く悲しく物哀なる物なれば也といへり。然ども師説は人はすまで荒し後は秋風斗吹心哀も深く、題のこゝろにもよくかなへりと云ゝ。可随所好歟。

明石のうらをよめる　源俊頼朝臣

1602 あま小舟とまふきかへすうらかぜにひとりあかしの月をこそ見れ

苫吹返すすきまに只独月みる心也。或説に此ひとりは自然とゝいふ心有といへり。如何のよし師説には侍じ。

眺望の心を　寂蓮法師

1603 わかのうらを松の葉ごしに詠むればこずゑによするあまのつり舟

松の葉ごしにみれば蜑舟の沖なるが梢によするやうなる気色、誠に珍しき眺望也。

千五百番哥合に　正三位季能

1604 水の江のよしのゝ宮は神さびてよはひたけたるうらのまつかぜ

水江能《ヨシ》野宮、丹後也。神さびては年ふりし心也。よはひたけたるは松の久しき心也。古所の神さびたるさま余情ある哥とぞ。

海辺の心を　藤原秀能

1605 今さらにすみうしとてもいかゞせんなだのしほやのゆふぐれのそら

むすめの斎宮　村上皇女規《キ》子《シ》内親王、斎宮に立て、いせへ群行し給ふ。御母徽子女王そひて下り給ふ。円融院御宇也

野州云、灘の塩屋は摂州の名所也。彼所に住侘ていづくへもいなんと思へども、年比堪忍したる事いたづらになるべければ、うしとてもいかゞせん、只此まゝに堪忍するにしくはあらじと也。此いかゞせんは、ちからなしといふ詞なるべし。〽あふさかの嵐の風はさむけれど行衛しらねば侘つゝぞぬる、かやうの哥の心なるべし。愚案、此哥夕暮のそらのさびしく侘しきよりかく住うしとても、今更せんかたもなしと思ひ侘たる心なり。余情有にや。

むすめの斎宮に具してくだり侍て、おほよどのうらにみそぎし侍とて　女御徽子女王斎宮女御

1606 おほよどのうらにたつ波かへらずは松のかはらぬ色を見ましや

徽子女王、はじめ斎宮にて下り給ひしが、今二たび帰りこずば此大淀の松のかはらぬ色をみんや、あな珍しとの心なるべし。

大弐三位さとに出侍けるをきこしめして　後冷泉院御哥

1607 まつ人はこゝろゆくとも住よしの里にとのみはおもはざらなん

野州云、待事を松によそへて住吉とはつゞけ給へり。又住吉といふから里とよませ給へり。心ゆくはなぐさむ也。愚案、大弐三位を待人はまち得て心なぐさむとも、さのみ里ずみにのみあらんとは思ひそ、とく禁中に帰れとの御哥也。御乳母なれば也。

御返し　大弐三位後冷泉院御乳母

1608 すみよしのまつはまつともおもほえできみがちとせのかげぞ恋しき

玄旨云、松ともおもほえでとは、住吉の松には心とゞまらで、只君が千年の陰こそ見奉りたく侍れと也。愚案、里にまつ人は松とも何とも思ひ侍らでと也。松は千年の物な

れば君が千とせの影ぞとよめり。

教長卿、名所哥よませ侍けるに　　祝部成仲

1609 うちよする波のこゑにてしるきかなふきあげのはまの秋のはつかぜ

古今〽秋風の吹上にたてるしらぎくは、を本哥なるべし。波のこゑにて秋の初風吹事のいちじるきと也。吹上を風の波を吹上る心によせて也。

百首哥奉し時、海辺哥　　越前

1610 おきつ風夜さむになれやたごの浦のあまのもしほびたきまさるらん

夜さむになればにやといふ心也。夜寒さにや藻しほ焼火も、たきまさるらんと也。

海辺霞といへる心をよみ侍し　　家隆朝臣

1611 見わたせばかすみのうちも霞みけりけぶりたなびくしほがまのうら

塩がまのうらの、はるかに霞みわたりし中に、名におふ浦の汐やく煙の又たなびきしありさまなり。景気と詞と相兼て珍しき風体とぞ。

太神宮に奉りける百首哥の中に、わかなをよめる　　皇太后宮大夫俊成

1612 けふとてや磯菜つむらんいせ島やいちしのうらのあまのをとめご

けふとてやとは正月七日の事なるべし。菜摘は女のわざ也。磯菜は海人乙女似合しき物なるべし。太神宮奉納の哥なれば伊勢島一志浦など読給へり。

伊勢にまかりける時よめる　　西行法師

1613 鈴鹿山うき世をよそにふり捨ていかになりゆくわが身なるらん

ふり捨、なりゆく、皆鈴の縁語なるべし。心は桑門の有さま、あはれふかゝるべし。

題しらず　　前大僧正慈円

1614
世の中を心たかくもいとふかなふじのけぶりを身のおもひにて

玄旨云、心高くとは過分の事也とよめり。其過分なる事を富士の煙にひとしきと云心也。又心高くとは世に抽《ヌキンテ》たる心と也。師説、世をいとはんと思ふおもひ、ふじの煙と高く向上にして終にいとひはなれじよとの儀なるべし。

あづまのかたへ修行し侍けるに、ふじの山をよめる　西行法師

1615
風になびくふじの煙の空に消てゆくゑもしらぬわがおもひかな

玄旨云、所住不定《シヨジウフジヤウ》のさまをふじの煙の風になびく体によみなされたり。種〻の説あれども不用。只作者の一身の様迄也。師説、我心の此世にとまらねば、煙の空に立きゆるごとく思ふ所も行衛なし。されば身も所住不定なる事をいはんとて、行衛もしらぬわが思ひ哉とよめると御説也。

さ月のつごもりに、ふじの山の雪しろくふれるをみて、よみ侍ける　業平朝臣

1616
時しらぬ山はふじのねいつとてかかのこまだらに雪のふるらん

牡丹花云、五月に雪あれば時しらぬ山はふじの根成けりと云也。其心を返して、扨もいつとてかかくふるぞと也。かのこまだらは村〻の雪也。師、珍景を感ズル也。

題しらず　在原元方

1617
春秋もしらぬときはの山ざとはすむ人さへやおもがはりせぬ

春萌秋変ずることをもしらぬ名におふ山里には、住人さへ不老にて面がはりせぬと也。

五十首哥奉し時　前大僧正慈円

1618
花ならで只柴の戸をさして思ふこゝろのおくもみよしのゝやま

野州云、吉野山へは人ごとに花に心ざし有て入也。世をいとふ人、亦此山へ入也。扨花ならで柴戸をさして思ふと也。其心の奥もみよしのゝ山ぞといへる也。

題しらず　西行法師

1619 よしの山やがて出じとおもふ身を花ちりなばと人やまつらん

自讃哥或抄云、花故とはいひたれども入於深山思惟仏道の心ざし也とよめる成べし。愚案、花見にと云《イヒ》て、やがてすぐに此山にこもらんと思ふを、花見に入し人なればちりなば出んと人やまつらんと也。吉野に西行の旧跡今に有。

藤原家衡朝臣

1620 いとひても猶いとはしき世なりけりよしのゝおくの秋のゆふぐれ

玄旨云、世をいとひて入たる吉野の奥にて秋の夕暮に浮世の事を思出ていひたる哥也。秋の夕暮の物悲きにはあらぬさまに心の成ゆけば、いとひても猶いとはしき世成けりと云り。

千五百番哥合に　右衛門督通具

1621 ひとすぢになれなばさても杉の庵によな〳〵かはる風のをとかな

玄旨云、山家の嵐の音の悲しさは、一すぢならぬ事なれば別而かなしきと也。一筋に山居に心をなれてあらば、さやうにても過さん物をといふ也。杉を過の字によせてよめり。

守覚法親王、五十首哥よませ侍けるに、閑居の心をよめる　有家朝臣

1622 誰かはとおもひたえてもまつにのみをとづれてゆく風はうらめし

かゝる住居は誰かはとはんと思ひきりて待事もなき身ながら、まつにばかり音づれて

我をとはで行風はうらめしきと也。あまりに人のとはぬ事をいはんとて風だにとはぬ心をよめるなるべし。

鳥羽にて哥合し侍しに、山家嵐といふ事を　宜秋門院丹後

1623 山ざとは世のうきよりもすみわびぬことのほかなるみねのあらしに

山里は物のさびしき事こそあれ世のうきよりはすみよかりけり、此哥を翻《ホン》案せり。大方のさびしさなどは、世のうきよりもとおもひなせば堪忍せられ侍れど、あまり事の外なる嵐のさびしさに、世のうきよりも住わぶる山里のうさ也と也。

百首哥奉りし時　家隆朝臣

1624 滝のをと松のあらしもなれぬればうちぬるほどの夢はみせけり

山居せしはじめは、さしもさはがしかりし滝の音松の嵐のひゞきなりしかど、馴れば少うちまどろむほどの夢をも見すると也。けにくき物もなるればさまでもあらぬためしにや。

題しらず　寂然法師

1625 ことしげき世をのがれにしみ山べにあらしの風もこゝろしてふけ

事しげくさはがしき世をのがれし山居なれば、さのみ嵐もさわがざれと也。

少将高光横川に　此人の発心の事、栄花物語、元亨釈書委

少将高光、横川にまかりて、かしらおろし侍けるに、法服つかはすとて　権大納言師氏（貞信公子高光兄弟）

1626 おく山のこけの衣にくらべ見よいづれか露のをきまさるとも

苔の衣は世捨人の衣也。苔は露けき物ながら、我高光をしたふ泪の衣は苔の衣にもぬれまさるべしと也。

返し　　如覚高光法名師輔公子

1627 しら露のあしたゆふべにおくやまのこけのころもはかぜもさはらず

朝夕露のをくとそへて也。露に朽はてゝ苔衣は風ふせがんかたもなきに、法服を給はりて嬉しき心なるべし。苔の衣は風もさはらず朽果しと心をふくめし哥とぞ。

能宣朝臣、大原野にまうでゝ侍けるに、山里のいとあやしきに、すむべくもあらぬさまなる人の侍ければ、いづこわたりよりすむぞなどとひ侍ければ　読人不知

1628 世の中をそむきにとてはこしかどもなをうきことはおほはらの里

世のうきをいとひそむきにとて、きてはすめども、猶うき事のおほきとそへて也。西の大原にや。

返し　　能宣朝臣

1629 身をばかつをしほの山とおもひつゝいかにさだめて人のいりけん

かつはかくといふ詞也。山居は身を捨てこそあらめ、かく身をおしと思ひつゝは、世は背がたかるべきを、いかに心を定て入しぞあやしきと也。山里をうき事おほきと云は、身を惜むゆへなればなるべし。

ふかき山に住侍けるひじりのもとに、たづねまかりける《たりけるイ》に、いほりの戸をとぢて、人も侍らざりければ、帰るとてかきつけゝる　　恵慶法師

1630 こけの庵さしてきつれど君まさでかへるみやまの道ぞ《のイ》露けき《さイ》

苔の庵は世捨人の庵の苔ふかき也。是へとさして来たれどもあはで帰れば泪に道も露けくおぼゆると也。

ひじりのちに見て、返し

1631 あれはてゝ風もさはらぬ苔《草イ》の庵にわれはなくとも露はもりけん
風もさはらぬは風もふせがぬ心也。されば露漏けんと也。守の字をそへて、我はゐずとも露の留守しけんに、立入ても帰給へかしとの心也。

題しらず　西行法師

1632 山ふかくさこそ心はかよふともすまであはれはしらん物かは
ふかき山居に誰もさこそ心はかよひて哀とも思ひやるべけれども、みづから住てこそ、まことの山中のあぢはひはしるべけれ。すまでをしはかりには、いかで哀をもしらんと也。

1633 やま陰にすまぬ心はいかなれやおしまれている月もあるよに
山陰にすまぬうき世の人心はいかならん、あやしきと也。いかなれやはいかなればすまぬぞやとの心也。下句は山にいるをおしまれても、入月もある世に誰かとむる物もなく、いらばいらるべき人のいらぬはいかゞと也。すまぬは月の縁語にや。

山家送《ニオクル》レ年《ヲ》といへる心をよみ侍ける　寂蓮法師

1634 たち出てつま木折こしかた岡のふかきやまぢとなりにけるかな
大木は鎌などにてこり、木は爪折也。爪木は小木也。立出てつま木折来たりし片岡の、年ふるまゝに生茂りて、末深き山と成し事よと也。送レ年比明也。

住吉哥合に、山を　太上天皇

1635 おく山のおどろがしたもふみわけて道ある世ぞと人にしらせん
おどろは荊《ウハラ》也。深山のおどろが下の道なき所をも、ふみ分て道ある世とひとにしらせんと也。王道のをこなひがたき所にも、しゐて徳をほどこし化をしきて、道ある世と今世後代の人にもしらさせ給はんと也。まことに帝王の御哥にて有がたき物なるべし。増鏡第一おどろの下の巻に、此帝の御事を万の道〻にあきらけくおはしませば、国に才ある人おほく昔に恥ぬ御代にぞ有ける中にも、しきしまの道なんすぐれさせ給ひける。御哥数しらず、人の口にある中にも、おく山のおどろが――と侍こそいみじくやんごとなくは侍れとあり。

百首哥奉し時　二条院讃岐

1636 ながらへて猶きみが代をまつ山のまつとせしまにとしぞへにける

讃岐は源三位頼政女《ムスメ》。二条院に宮仕へて、院かくれさせ給ふてのちも猶久しくながらへて、千五番哥合にも方人に召れし人なれば、此君が代をまつといふも後鳥羽院の御事にや。此帝は高倉院の第四宮にて七条院の腹に生させ給ひしが、平家の一門のみ時の花をかざしける比は、四宮は掲焉《ケチエン》にももてなされさせ給はず、御位などの御望あるべくもおはしまさゞりしを、安徳天皇西海におはしましてのち、後白河院の御はからひにて四歳にて御位につかせ給ひ、十五年のほどめでたき御代成し事、増鏡にも見えたり。さればこの君が代をまつとせしまに年へしとよみて、今待得たる喜《ヨロコ》びをのべし哥なるべし。

山家松といふ事を　皇太后宮大夫俊成

1637 いまはとてつま木こるべき宿の松ちよをばきみとなをいのるかな

玄旨云、本哥、住佗ぬ今は限と山里につま木こるべき宿求てん、此哥を思へり。哥の心は、捨し身の上にても天子の御事をば千秋万歳と祈奉ると也。誠に臣下の心成べし。

春日社哥合に、松風といへる事を　有家朝臣

1638 われながらおもふか物をとばかりに袖にしぐるゝ庭のまつかぜ

宗祇云、物を思ふかといはんを、思ふか物をといふ詞づかひ優なると也。我思ひをおどろく心珍しきやうにや。玄旨云、つくづくと独居て松風をきけば、さながら時雨の声にて松風とは思はず、袖の上にてしぐるゝは物思ふ泪かと我ながらうたがひたる心なるべし。

山寺に侍ける比　道命法師

1639 世をそむくところとかきくおく山は物おもひにぞいるべかりける

所とかきくは世を背く所とやらん、きくの心也。浮世の思ひをすまじきために入と聞、山寺にて物思ひ絶ざれば、只山寺は物思ひなんとて入所よとの心なるべし。

少将井の尼、大原より出たりと聞て遣しける　和泉式部

1640 世をそむくかたはいづこ《イくに》も有ぬべしおほはらやまはすみよかりきや

世を背て住かたはいづこにも有ぬべし。しかるに大原にしも住給ひしは住よかりしにやと也。北山の大原は炭焼所なれば、そへてよめるなるべし。此哥三本いづくに有ぬべしとあり。てにをは心よからず。一本いづこもと有。尤可然にや。

返し　少将井尼

1641 おもふことおほ原山のすみがまはいとゞなげきのかずをこそつめ

思ふ事多きとそへ、嘆きを木にそへて、炭竈の縁語なるべし。心は思ふ事おほき名におふ所なれば、住に付ても山居のかひなく、いとゞ嘆きを添し故、出侍しとなり。

題しらず　西行法師

1642 たれ住てあはれしるらん山里の雨ふりすさむゆふぐれのそら

山家の雨中の夕、閑寂かぎりなかるべし。深く山居を楽《タノシ》む人ならで、誰か哀を知侍らんと也。西上人の身は浮雲《フウン》のごとく、心は死灰《シクハイ》のごとくにして、高く世外にあそぶにあらずば、おもひ得がたき境界なるべし。

1643

しほりせで猶山ふかく分いらんうき事きかぬところありやと

殷富門院大輔

山居も浅はかにては憂世の縁猶はなれざらん。されば絶て世縁をはなれてうき事きかぬ所あらば、猶山ふかく入て、ふたゝび帰りみざるべしとの心にしほりせでとよめり。しほりは山中に入人の帰る道をまよはじとて、木の枝など折かけてゆくをいへり。二たびかへらじの心に枝折せでと也。

1644

かざしおるみわのしげ山かき分てあはれとぞおもふ杉たてる門

玄旨云、本哥古に有けん人も我ごとやみわの檜原にかざし折けん、我庵はみわの山もと〜、此両首にてよめり。かざしおるとは、昔三わの山の檜原にかざしおれる事有しを、今は三輪といふ枕詞に読習《ナラハ》せり。哀とぞ思ふは神代の事を思遣たるにや。

法輪寺に住侍けるに、人のまうで来て、くれぬとていそぎ侍ければ

道命法師

1645

いつとなきをぐらの山の陰をみて暮ぬと人のいそぐなるかな

小倉山は法輪寺に大井河一《ヒトツ》を隔てさしむかへり。さればいつもくらき名におふ山の陰をみて、暮たりと思ひて帰さを人の急ぎ侍るよと也。実には暮ざる物をとの心なるべし。暮ぬは畢ぬ也。

後白河院、栖霞《セイカ》寺におはしましけるに、駒びきのひきわけの使にて参けるに

栖霞寺　一条禅閤花鳥余情云、栖霞《セイカク》観《ハン》は左大臣融《トヲル》公の山荘也

後に寺に成て栖霞寺といふ。今の清涼寺《セイリヤウジ》の東にある阿弥陀堂是也

駒びきのひきわけの使　公事根源云、駒牽《コマビキ》十六日天皇南殿に出御なりて御馬を御覧ず。上卿御馬解文《ゲモン》を奏す。次ニ事果て王卿已下次第に給はる馬をさしづなを取て御前にすゝみて一拝す。取のこしの御馬をば、引分《ヒキワケ》の使とて、次将《ジシヤウ》中少将也をもて院東宮など然べき所〻へまいる上下略

冬の比大将はなれて　兼家公大将はなれ給ふことは忠義公のしわざなる事、栄花物語、大鏡等に委。拾遺集抄ニ委註

定家朝臣

1646 嵯峨のやま千世のふる道あとゝめて又露わくるもち月のこま

野州云、本哥さがの山みゆき絶にし芹河の千世の古道跡は有けり、本哥は光孝天皇行幸の御時の哥也。本哥をうけて又露わくるといへり。駒をひきわくる事をよそへていへり。望月駒信濃国より参る也。其外諸国よりまいる駒、院春宮をはじめ臣下各〻にくばり給ふ也。引分の使は中将少将の官なる人つとむる事也。

なげくこと侍けるころ

知足院入道前関白太政大臣忠実公後二条関白師通1647 さほ川のながれ久しき身なれどもうき世にあひてしづみぬる哉

玄旨云、藤氏の流久しきを、かの川によせてよみ給へり。なげく事侍るとは、官位などの望みとゞこほる事なるべし。愚案佐保川を藤氏の事によめる事、奈良春日に近き故歟。

東三条入道関白太政大臣兼家公

冬の比大将はなれて、貞元二年十一月停大将遷治部卿なげく事侍けるあくる年、右大臣に成て奏し侍ける天元元年任右大臣即従二位

1648 かゝるせもありける物を宇治川のたえぬばかりもなげきけるかな

かく嬉しき瀬もある物をと也。宇治川を氏にそへて藤氏の絶ぬるばかりに歎侍し事よと也。此大将、はなれてこもりおはせし比、円融院へ奉給ふ兼家公の長哥にも、思へども猶悲しきはやそうぢ人もあたら世のためしなりとぞさわぐなるまして春日の杉村にいまだ枯たる枝はあらじ、などよみ給へるも、藤氏末葉にて枯し枝と思ひ給へる心なるべし。たえぬばかりは、絶ぬるほどゝいふ事なるべき歟。

円融院御哥

御返し

1649 むかしよりたえせぬ川の末なればよどむばかりをなになげくらん

藤氏は、神代より天照太神と天児屋根命相殿の御契約ありてより、世々にたえせぬ輔佐の臣家なれば、しばしのほどよどむばかりにこそあらめ。絶べきやうはなかりしに、何にさまでなげかれけんとの御哥なるべし。

題しらず　人麿

1650 ものゝふのやそうぢ川の網代木にいさよふ波のゆくゑしらずも

野州云、氏には八十氏《ヤソウチ》あり。武士《モノヽノ》のやそうぢとつゞけたり。此国に生れ来るもの、いづれの家の誰と名をおしみ家をあらそふ事は、只網代木に波のすこしの間やすらふ躰也。皆行衛もなく成侍心也。しらずもといひ捨たる哥也。いさよふ、こゝにてはやすらふかた也。哥によりて心かはるべし。師説、上句はものゝふのやそうぢとつゞけて、宇治川の網代木にといふばかり也。心は此河のあじろ木によりたゞよふ波のゆくゑもしらず、はかなき心也云々。両説可随所好歟。

布引の瀧見にまかりて　中納言行平

1651 わが世をばけふかあすかと待かひのなみだの瀧といづれたかけん

いせ物語の哥也。師説、時にあはで田舎わたらひなどする身の述懐也。我時にあふ世を、けふかあすかと待甲斐のなき其泪の瀧と此たきといづれたかゝらんと也。待かひのなみだと無の字にいひかけたり云々。但野州云、此哥は時にあはで都にもあらず。此瀧など見侍る事をよめり。我世を案ずるに、けふあすにきはまりたるやうに思ふ心まことに哀也。まつかひは待間也。世をなげくなみだと瀧といづれぞといへる心也云々。両説可随所好。

二条関白内大臣師通公号後二条

京極前太政大臣師実公師通公之父、布引の瀧見にまかりたりけるに

1652 みなかみのそらに見ゆるはしら雲のたつにまがへるぬのびきの瀧

玄旨云、水上の高き詮を見たてたるうた也。たつは布の縁なり。

藤原有家朝臣

最勝四天王院の障子に、布引瀧かきたる所

1653 久かたのあまつをとめがなつごろも雲ゐにさらすぬのびきの瀧

空より落るを天人の衣さらすとよめり。夏ごろもは白重など白き心をいはんとて也。又布といふ名に付て成べし。古今〽何山姫の布さらすらん、を本哥也。

摂政太政大臣

天の河原をすぐとて

1654 むかしきくあまのかはらを尋ねきてあとなき水をながむばかりぞ

玄旨云、天河、河内国也。昔きくは惟高親王狩し給ひて業平御供にて狩暮し、七夕つめに宿からん天の河原になどよめりし古事を思ひ出られたるにや。跡なき水とはむなしく何事も過たる由也。愚案、惟高親王、業平なども、只名斗なる感情なるべし。

藤原実方朝臣

題しらず

1655 あまの川かよふうき木にことゝはんもみぢのはしはちるやちらずや

八雲抄云、紅葉の橋は誠にあるにあらず。たとへばあらましにいふ也。愚案、古今〽天の河紅葉を橋にわたせばや七夕つめの秋をしもまつ、とよめるを、あらましによめる事ながら打まかせて紅葉橋ノとよめる成べし。うき木の事は張騫《チヤウケン》ノ漢武帝の使にて、槎《ウキヽ》にのりて天漢《アマノカハ》の源をきはめしに、孟津《マウシン》に至りて織女にあひて帰し事と、河海抄、童蒙、八雲等の諸抄にあり。哥の心は、栄雅古今の説に、此張騫に紅葉の橋の事をとはんといふ実方の哥也云〻。うき木にのりてかよふ人にちるや散ずやをとはんと也。

堀河院御時、百首哥奉りけるに　前中納言匡房

1656 まきの板も苔むすばかり成にけりいく世へぬらん《かへぬるイ》せたのながはし

玄旨云、真木の板とはよき板也。其板も早朽て苺《コケ》むす程になれり。幾世をかへたると也。

天暦御時、屏風に国〻の名をかゝせさせ給ひけるに、飛鳥河　中務

1657 さだめなき名にはたてれどあすか川はやくわたりしせにこそありけれ

玄旨云、あすか川は淵瀬かはりやすき川とよみ習はせり。されば定なき名にたつといへり。されども早く渡りし瀬にこそあれといふは、もとわたりし同じ瀬也と屏風の絵なればよめり。

題しらず　前大僧正慈円

1658 山ざとにひとりながめて思ふかな世にすむ人のこゝろながさ《つよイ》を

山里の詠の楽み深きに付て、世に住人妻子を帯して世事につかはるゝは、いかに心長き事ぞと思はるゝと也。え堪忍すまじき事をとの心也。

西行法師

1659 やまざとにうき世いとはん友もがなくやしくすぎしむかしかたらん

自讃哥或抄云、定家卿面白き躰に入られたり。世をいとひて後は捨ざりしほどのくやしきぞと人をすゝめたる詞なり。野州云、惟高親王〽夢かとも何かおもはんうき世をばそむかざりけんほどぞ悔しき、とあそばして都へつかはされし返哥を取て、くやしく過しむかしかたらんといへり。

1660 山里は人こさせじとおもはねどとはるゝことぞうとく成ゆく

玄旨云、人こさせじとは人来らせじと思はねど也。自然に人跡の絶る躰を云り。

大僧正慈円

1661 草の庵をいとひても又いかゞせん露のいのちのかゝるかぎりは

身命のある限は風雨のふせぎに庵なくてはあられねば、是をもいとはしきとても露命のほどはせんかたなしと也。草に露のかゝる縁也。

都を出て久しく修行し侍けるに、とふべき人のとはず侍ければ、熊野よりつかはしける

大僧正行尊

1662 わくらばになどかは人のとはざらんをとなし川にすむ身なりとも

玄旨云、音なし川にすむ身は隠遁《イントン》《カクレノカルヽ》の心也。かくれのがるゝとは人にしらるゝ事のなきを望む心也。されども、とふべき人のとはぬを恨たる心なるべし。わくらばには玉さか也。音無河は熊野なり。

あひしれりける人のくまのにこもり侍けるに、つかはしける

安法法師

1663 世をそむく山のみなみの松風に苔の衣や夜さむなるらん

熊野は紀伊也。南海道也。さればやまの南とよめり。山中の苔衣いかにと思遣心也。

西行法師、百首哥すゝめてよませ侍けるに

藤原家隆朝臣

1664 いつか我こけのたもとに露置てしらぬやまぢの月をみるべき

朝にのみつかへて隠遁をねがへども、のがれがたき泪をいつか我こけの袂に此露を置て、山路の月を隠者の身にてみんと也。顕基中納言の、配所の月罪なくてみばや、といひし心もかよひて哀にや。玄旨云、西行すゝめたる百首にはさもあるべき哥也。

百首哥奉しに、山家のこゝろを

式子内親王

1665 今は我松のはしらの杉の庵にとづべきものをこけふかき袖

今は我本意のごとくならば、世を捨て苔ふかき袖を松の柱の杉ふける庵に、とぢ籠べき物を、思ひの外に浮世にすむ哉との心也。

小侍従

1666 しきみつむ山路の露にぬれにけりあかつきおきのすみぞめの袖

野州云、面にきこえて隠れたる所なし。しかあれど此哥有心躰に入たり。世をいとひはてゝ山林にまじはれば、恋も述懐もなければ袖の露にぬるゝ事なし。今袖のぬるゝ事のあるは只あかつきおきの山路の露也といへり。誠に思入たる哥也。愚案、暁おきは晨朝のつとめなど也。おきは露の縁也。

摂政太政大臣

1667 わすれじの人だにとはぬやまぢかなさくらは雪にふりかはれども

野州云、わすれじの人とは忘まじきといひし人なり。桜は雪にふりかはるといふを落花と常に人の見る哥也。さにてはなし。花の比人をまてども〳〵とはず、月日を送もてきて雪の比までもをとづれずといへる哥也。

五十首哥奉しに《時イ》

藤原雅経

1668 影やどす露のみしげくなりはてゝ草にやつるゝふるさとの月

月影宿す草の露也。古今〽君忍ぶ草にやつるゝ古郷は、といふ詞を用て也。玄旨は草にやつるゝとは荒たる所にては余に草深くて、光まで見かへしさま也とのたまへり。

俊恵法師身まかりて後、とし比つかはしけるたきゞなど、弟子のもとにつかはすとて

賀茂重保

帰りてのちとぶらひ　寂蓮
かへりてのち、西日法師が
清貧を問尋し也

1669 けぶりたえてやく人もなき炭竈のあとのなげきをたれかこ《とイ》るらん

やく人もなきとは、俊恵法師のなきあとの歎を、たれかいまもするといふ心を、木をこるにそへてよめるなるべし。

老て後、つの国なる山寺《里イ》にまかりこもれりけるに、寂蓮尋ねまかりて侍けるに、いほりのさま住あらして哀に見え侍けるを、帰りてのちとぶらひ侍ければ

西日法師

1670 八十あまり西のむかへを待かねてすみあらしたる柴のいほりぞ

やそぢあまりとよむ也。此年比、西方弥陀の来迎をのみ待かねて、柴の庵にも貪着《トンヂヤク》なきゆへ、かく住あらし侍ぞやと也。

山家歌《ノ》あまたよみ侍りけるに

前大僧正慈円

1671 山ざとにとひくる人のことぐさはこのすまゐこそうらやましけれ

玄旨云、ことぐさは口号《クチスサミ》にいふ事也。口すさびにうらやむ斗にて、真実に来ては住人なしとよめる哥也。誠にかくある事也。愚案、三体詩相《ニ》逢尽《テコトく》道休《クイフヤ》レ官去林下《クハンヲント》何曽見《ナンソカツテン》二一人《ヲ》一。僧霊徹《レイテツ》が詩也。

後白河院かくれさせ給てのち、百首哥に

式子内親王

1672 をのゝえのくちしむかしは遠けれどありしにもあらぬ世を《にイ》もふるかな

式子内親王父帝後白河院

彼王質《シツ》が山を出て、故郷のさまのあらぬさまなりしむかしのことは遠く隔たりたる事なれど、今の御身の上にも父帝の御在世とはあらぬさまなる世をふると也。院御所を仙洞と申て仙境《キヤウ》に比せば、後白河院の御世を王質が棊《ゴ》をみし時になぞらへてかくよみ給へり。

述懐百首哥よみ侍けるに　皇太后宮大夫俊成

1673 いかにせんしづがそのふのおくの竹かきこもるとも世の中ぞかし

玄旨云、人しれぬ賎が園生の奥に垣こもりても世間をはなれずいかゞせんと述懐の心おもしろし。身にはなれぬ影のごとくなる世なればいづくもおなじうさぞと也。愚案、竹といふより世の中とよみ給へるなるべし。

老のゝち、むかしを思ひ出侍て　祝部成仲

1674 あけくれはむかしをのみぞしのぶぐさ葉すゑの露に袖ぬらしつゝ

むかしをのみあけくれこひ忍びて、袖をぬらす事を忍ぶ草にそへて葉末の露などよめり。老のゝちといふ詞書にて明也。

題しらず　前大僧正慈円

1675 をかのべのさとのあるじを尋れば人はこたへずやまおろしのかぜ

岡辺の里のあるじは宿にあらで、とへどこたふる物もなく、只山おろしばかり吹と也。

西行法師

1676 ふるはたのそばのたつ木にゐる鳩の友よぶこゑのすごきゆふぐれ

玄旨云、古畑は荒たる畑也。そばとは山のかたさがりなる所をいへり。たつきは、たよりといふ心もあれど是は只立木也。哥は聞えたり。

1677 やまかげの《イ山賎の》片岡かけてしむる野のさかひにたてるたまのを柳

山居の家居のさま岡野辺かけて領じたるさま也。玉の小柳は柳をめでゝ玉と云也。

1678 しげき野をいく一村にわけなしてさらにむかしをしのびかへさん

うき世をいとひて、草茂き野に庵してはなれすめば、をのづから隣など出来て年ふるまゝに、はじめいとひし浮世とおなじ一村になれば、隣なかりしむかし恋しくなるに付て又所をかへてもおなじかるべき事を、いく一村にわけなして更にむかしを忍びかへさんとよめるなるべし。まことに深き遁世者の心なるべきにこそ。

1679 むかし見し庭の小松にとしふりてあらしのをとをこずゑにぞきく

庭の小松に年つもりて嵐のひゞく大木に成し心也。是も西上人の遁世の庵の松なるべし。

三井寺やけて　鳥羽院御宇、
保安二年五月叡山より焼之

三井寺やけて後、すみ侍ける房を思ひやりて読る　大僧正行尊（円満院祖師 鳥羽院護持僧）

1680 すみなれしわがふるさとはこのごろやあさぢがはらにうづらなくらん

三井の本坊をおもひやり給へる哥なるべし。鶉は荒たる所になく鳥也。〽野とならば鶉となりて〳〵

百首哥よみ侍けるに　摂政太政大臣

1681 ふる里はあさぢがはら《すゑイ》になり果て月にのこれる人のおもかげ

むかしの人の跡は浅茅ニあれて只其俤の月に残れると也。杜子美李白を夢みる詩に、残月満《ミツ》㆓屋梁《ニ》㆒猶疑《ウタカフ》見《ル》㆓顔色《カトヲ》㆒

題しらず《イニナシ》　西行法師

1682 これや見しむかしすみけん跡ならんよもぎが露に月のかゝれる

蓬は荒たる所に生る草也。蓬の露かゝれるに月のうつりしさま、さらにとふ人もなき故也。古跡の様哀也。

人のもとにまかりて、これかれ松の陰におりゐてあそびけるに　貫之

西院《サイキ》　都の西に有

1683 陰にとて立かくるればから衣ぬれぬあめふる松のこゐかな

松のこゐを雨ふるときゝて、木陰にとて立かくれたれば、衣はぬれぬ松風の雨なりしよと也。

西院《サイキノ》辺に、はやう《むかしの事也》あひしれりける人を尋侍けるに、すみれつみ侍ける女しらぬよし申ければ、よみ侍ける　能因法師

1684 いそのかみふりにしひとをたづぬればあれたるやどにすみれつみけり

石上は古き枕詞也。菫《スミレ》は荒屋《クハウヲク》に生る草也。家持哥〽つばなぬく浅茅が原のつぼ菫今盛《サカリ》にもしげき我恋。

ぬしなき宿を　恵慶法師

1685 いにしへをおもひやりてぞ恋わたるあれたる宿のこけの岩ばし

岩橋のさまなど故ある人の跡とみえながら、苔生荒たるを憐《アハレ》む心也。恋わたるは橋の縁語なるべし。

守覚法親王、五十首哥よませ侍けるに、閑居の心を　藤原定家朝臣

1686 わくらばにとはれし人もむかしにてそれより庭のあとはたえにき

たまさかに問こし人有し事も、年ふりむかしになりて、其後問人もなければ人跡絶たると也。まことに閑居のさま也。

物《もの》にまいり《へまかりイ》ける道に、山人あまたあへりけるを見て　赤染衛門

1687 なげきこる身は山ながらすぐせかしうき世の中に何かへるらん

木は山中にてこる物なれば、歎きこるとならば幸山ながら過せかし。山居は世のうきをも忘るべきに、何にかく憂世には帰るらんと木こる山人によめる心也。

題しらず　　人麿

1688 秋されば狩人こゆるたつたやまたちてもゐても物をしぞ思ふ

序哥也。狩は四時にする事左伝にもあり。又初鷹狩小鷹狩、勿論秋也。されば秋さればば狩人こゆると也。立田山は下句に立てもゐてもといはんため也。立居に物思ふ心なるべし。

天智天皇御哥

1689 あさくらや木の丸どのに我をればなのりをしつゝゆくはたが子ぞ

神楽朝倉のうたひ物也。一条禅閤《ノ》梁塵愚案抄《リヤウジングアン》云《ニ》、朝倉のやしろは延喜式神名帳には土左国《ノ》土左郡にありとしるせり。風土記にも土左国《ノ》朝倉郷に朝くらの社有と見えたり。朝倉木の丸殿は土左の国に侍るを、古来あやまりて筑紫にありといへり。木の丸どのとは行宮《アンキウ》を云。丸木の黒木にて作れる名也。天智天皇いまだ春宮と申ける時、斉明天皇にしたがひ給ひて朝くらの行宮にとゞまり給へる時、此宮へまいる百《モヽ》の官名謁《ツカサナダイメン》して罷出侍る事を、名のりをしつゝゆくはたが子ぞと詠じ給へる也。上下略。野州云、古哥はかやうに心に任て、ありのまゝにいへる也。

新古今和哥集　巻第十八

雑哥下

山　　菅贈太政大臣

1690 あしびきのかなたこなたに道はあれどみやこへいざといふ人の《ぞイ》なき

是より十二首、天満天神、筑紫におはしましける時の御詠とぞ。足引は山の枕詞を、即山の事に用させ給へり。山道はおほけれど、都へさそふ人はなしと御歎の心にや。

日

1691 あまのはらあかねさし出る光りにはいづれのぬまかさえのこるべき

あかねさし出るは日の出る光也。沼は池と同じ。春陽の及ぶ所の池の氷、いづれか解《トケ》残べきながら、左遷の御身には天子の御恵みにあたらずとの御心にや。日は天子の象《シヤウ》《カタトリ》なれば也。

月

1692 月ごとにながると思ひします鏡西のそらにもとまらざりけり

月ごとには毎夜の月の心にや。ます鏡は月の形を読給へり。夜ごとに鏡のごとく照月の西に流ると見れど、又西にもとまらねば流人の御身も亦東にや帰る時あらんとの御心にや。天廻《メクラシテ》二玄鑒《カンヲ》一雲将《マサニ》レ霽《ハレントス》唯是西行《ニ也》二不《ス》左遷《センニアラ》一。菅家御詩。

雲

1693 山わかれとびゆく雲の帰り来る影見るときはなをたのまれぬ

山にかゝれる雲の山をわかれて飛行が、やがて立帰る影を見れば御身も西府におはすれども御帰路のたのみありとなるべし。大鏡にも有。

霧

1694 きり立てる日のもとは見えずとも身はまどはれじよるべありやと

日のもとは日の辺也。霧は讒人にたとへ日は天子にかたどれり。讒人に隔てられて帝京は遠ざかるとも身はまどはされじ。実の罪なき身は又よるべもありやととの心なるべし。日をみずとも身はくらきにまどはじとの心にそへて読給へり。

雪

1695 花とちり玉と見えつゝあざむけば雪ふるさとぞゆめに見えける

あざむけばは偽心也。雪の色〻に降まがへば古里もかく降らんと思ひやられて、夢にもみえけると也。下心は、雪は佞《ネイ》人讒《サン》者に比して、言《コト》を好《ヨク》し色《イロ》を令《ヨク》して君王にへつらひ、いつはるらん。さて、いかに万人の愁へ国のつひへをなすらんと都の思召やらるゝと也。実に忠臣の御心にや。雪を花と見る事詩哥に常の事也。玉とみゆるは文選謝《シヤ》恵連《ケイレンカ》雪賦云《ニ》、既《ステニ》因《ヨツテ》レ方《ケタナルニ》而為《ナシ》レ珪《ケイヲ》亦遇《アフテ》レ円《マトカナルニ》而成《ナス》レ璧《ヘキヲ》。注、珪《ハ》方玉《也》璧《ハ》円玉《也》。古今に、〽何かは露を玉とあざむく、此詞を用させ給へるにや。

松

1696 老ぬとて松はみどりぞまさりけるわがくろかみの雪のさむさに

五文字は老ぬとてもの心也。老ぬとても松は緑の色をますに、我黒髪は雪さむくふると也。寒さにとは、かゝる寒さにも松の緑はそふとの心也。白楽天詩に、歳-暮《テ》満山雪《アリ》、松色　鬱《サカリニシテ》　蒼〻《サウ〳〵タリ》。是らの心にや。

野

1697 つくしにもむらさきおふる野べはあれどなき名かなしぶ人ぞきこえぬ

野州云、紫の一もと故になどよめるたぐひ也。紫生るはゆかりの事也。天満天神の九州に流されおはしましし時、真実に無名悲しむ人はなきと被《サレ》レ遊《アソ》たる御詠也。口訣。

道

1698 かるかやの関守にのみ見えつるは人もゆるさぬ道べなりけり

刈萱《カルカヤノ》関筑前也。宰府《サイフ》と同国也。流人の身におはしませば御ありきも自由ならず、守目などあれば、人のゆるさぬ道べは、なべて刈萱の関守とのみ見ゆると也。都府楼《トフロウハ》纔《ワツカニ》看《ミル》二瓦《カハラノ》色《ヲ》一観音寺只《ハ》聴《キク》二鐘《ノ》声《ヲ》一。是も同比、同心の御作にや。

海

1699 うみならずたゝへる水のそこまでもきよききこゝろは月ぞてらさん

海其外の水底も清き所は月の照すなれば、我御心もにごりなきを日月も照覧し給へとなるべし。ふかく讒言をいとはせ給ふ御心にこそ。大鏡にも此御哥を是かしこくあそばしたり。かしげに月日こそ照し給はめとにこそはあめれ云〻。

かさゝぎ

1700 ひこぼしのゆきあひをまつかさゝぎのわたせるはしを我にかさなん

是も御身の自由ならぬを歎かせ給ふ御哥にや。天帝の常はゆるさぬ彦星の中をも、此鵲の橋をわたしてあはしむるを、我にもかせよかし。あまかけりて無実の罪を天帝にもうつたへあきらめんの御心にや。終に天満大自在天神とあらはれさせ給へり。可仰可貴。

波

1701 ながれ木とたつしらなみとやく塩といづれかからきわたつみのそこ

流木は海上にながるゝ木也。流人の御身をそへさせ給ふなるべし。からきはうき目の心也。流木も波も塩も皆海中の物にて、いづれがからきと問かけて、御身のうへにはしかじとの心をふくめ給へるにや。わたつみは海神とも書。只海の事也。御配所の思ひをよろづの物につけてのべさせ給へる事ともなるべし。

題しらず　読人不知

1702 さゞなみやひら山風の海ふけばつりするあまの袖かへる見ゆ

さゞなみは近江の事の枕詞也。比良山も近江也。ひらの山風に釣するあまの袖のひるがへるが見ゆると也。

1703 しらなみのよするなぎさに世をつくすあまの子なればやどもさだめず

朗詠に海人の詠とあり。世をつくすは我一生をおふる心也。蜑の賎しき身なれば宿をも夫をも定ずと也。

千五百番哥合に　摂政太政大臣

1704 舟のうち波のしたにぞ老にけるあまのしわざもいとまなのよや

玄旨云、舟の中にては釣をたれ波のしたにてはかづきをする也。さればいとまなき世也。なをざりにては誰も過しがたき世也とよそへていへり。愚案、朗詠《ニ》、舟《ノ》-中浪《ノ》-上一生《ノ》之歓会《クンクハイ》是-同《シ》、此詞にや。

題しらず　前中納言匡房

1705 さすらふる身はさだめたる方もなしうきたる舟のなみにまかせて

さすらふるは是は左遷にあらず。只田舎わたらひなどたゞよふ心也。匡房卿太宰帥《タサイノソツ》にて下り給ふ比の哥にや。波上の舟の浮たるにさすらふる身の定めなきを思ひよせ給へる心なるべし。

増賀上人（住多武峰 元亨釈書委）

1706 いかにせん身をうき舟のにをおもみつゐのとまりやいづくなるらん

玄旨云、荷をおもみとは身にわざはひなどのおほき事なるべし。つゐのとまりやいづくなるらんとは身のゆくゑの定なきを歎く心なるべし。愚案、増賀上人は菩提に心ざしふかく、名利をいとひし人也。名利は菩提のさはり。是にかゝづらへば身のわざはひおほく、後世の落着いづくとも定がたし。是を歎きてかくもよみ給ひ、かつ此ゆへに仏神にいのりて名利を厭離《エンリ》《イトヒハナルヽ》し給ふ成べし。

人麿

1707 あし鴨のさはぐいり江の水のえの世にすみがたきわが身なりけり

鴨のさはぐ入江は水にごる故、世にすみがたきの序哥也。心は明也。水江は丹後与射《ヨザノ》郡也。

大中臣能宣朝臣

1708 あしがもの羽かぜになびくうき草のさだめなきよをたれかたのまん

浮草のなびきのさだめなきに、無常を観じての序哥也。

なぎさの松といふことをよみ侍ける　　源順

1709 老にけるなぎさの松のふかみどりしづめる影をよそにやは見る

松老て水に影沈めるを、我老て官位浅く沈倫せしに思ひ合すと也。但この哥順集ニハ、内記ためのり読て順よみくはへたる、〽ふかみどり松にもあらぬ朝あけの衣さへにぞしづみそめけん、とあり。本の異あるにや。此集にかぎらずかやうのたぐひ集におほし。然ども其集のまゝに見る習ひとぞ。

山水をむすびてよみ侍ける　　能因法師

1710 あしびきの山下水にかげみればまゆしろたへに我老にけり

眉白き我影に老を驚く心なるべし。津国古曽部に能因墓有。其辺に此哥読し水とて有
とぞ。

尼に成ぬと聞ける人に、さうぞくつかはすとて　法成寺入道前摂政太政大臣

1711 なれ見てし花のたもとをうち返しのりのころもをたちぞかへつる

花の袂にて馴見し人を今は法服を立かへてまいらすと也。

后に立給ひける時、冷泉院の后宮《昌子内親王》の御ひたいを奉給ふけるを、出家の時返し奉給とて
東三条院

1712 そのかみの玉のかざしをうちかへしいまはころものうらをたのまん

野州云、そのかみとは昔也。玉のかざしとは、ひたいとて女房の装束の時、髪《カミ》あげと
ておほひ、かつらのやうにする物也。それを御出家の時返しまいらせらるゝとて読給
へる哥也。昔の玉のかざしを打返して衣のうらの玉を頼んと也。衣裏宝珠といふ事は
法華《ホツケ》の文也。師説、打返しは、衣のうらをかへす心を、かのひたいの玉のかざしを返す
事にそへて也。

返し　冷泉院ノ太皇大后宮

1713 つきもせぬひかりのまにもまぎれなでおひてかへれるかみのつれなさ

野州云、つきもせぬひかりとは光のつきぬ先にといふ心也。ひかりとは東三条院后に
ておはせし時の威光なり。まぎれなでとはともかくもならでといふ心也。老てかへれ
るとは年老て又もとの御方へ帰ると也。それを髪には生《ヲヒ》てといふ事秀句なれば、かた
〴〵よせて余情有てよみ給へり。

上東門院出家のゝち、こがねのさうぞくしたるぢんのすゞ、銀の箱にいれて、《栄花物語梅のつくりえ》梅の枝につ
金のさうぞくしたる　沈香

の念殊に金の装束したる也

けて《だと有》奉られける　枇杷皇太后宮 妍子御堂女 上東門院妹

1714 かはるらん衣のいろをおもひやるなみだやうらのたまに《とイ》まがはん

野州云、是も衣裏宝珠の心也。御出家の後なればかはるらん衣の色といへり。すゞの玉をやがてさとりの玉に取なされたり。泪は歓喜の泪なるべし。愚案、此哥栄花物語少かはれり。引直して入事此集多。

返し　上東門院

1715 まがふらんころもの玉に《とイ》みだれつゝなをまださめぬこゝちこそすれ

玄旨云、まがふらんとは前の哥の泪やうらの玉にまがはんとあれば其詞にあたりていへり。衣の玉にみだれつゝとは玉のみだれのやうに我泪のみだるゝと也。されば猶まださめぬ無明の酒の酔の中の心ちし給ふと也。

題しらず　和泉式部

1716 しほのまによものうら〳〵尋れどいまはわが身のいふかひもなし

玄旨、いふかひもなしとは身のせんかたもなく何事も思ふかひなき事也。塩のまとはしほの干潟の間なるべし。其塩の間に貝はさま〴〵ある物なれど、我身のいふかひはなし尋るともあらじと也云々。

屏風のゑに、塩釜の浦を書て侍けるを　一条院皇后宮 定子 中関白女

1717 いにしへのあまやけぶりと成ぬらんひとめも見えぬしほがまのうら

絵に塩がまの煙斗有て人などなかりしなるべし。ゑに書置し塩がまなれば古の蜑や煙に成ぬらんと読給へり。人めみえぬ心也。

少将高光、横川にのぼりて、かしらおろし侍にけるを、きかせ給てつかはしける

1718 みやこより雲のやへたつ山なればよかはの水やすみよかるらん　天暦御哥

玄旨云、第一の句より第四の句へうつりたる哥也。郡よりも横河は住よかるらんと思召やりたるさま成べし。

御返し　如覚高光法名

1719 もゝしきの内のみつねに恋しくて雲のやへたつ山はすみうし

野州云、捨身の人の哥に都を常に恋しく思ふとは本意に非るやうなる哥なれども、勅答なればかくよめる也。誰も都より住よきなどゝ申べきを九重をはなれて常に恋しく横河は住うしと侍る。誠に哀深く君に対し奉て礼義正しき心也。如此の事能〻可見侍事也。

世をそむきて小野といふ所に住侍ける比、古今いせ物語に有業平朝臣雪のいとたかうふりつみたるをかきわけてまうで来て、夢かとぞおもふ思ひきやと読侍けるに　惟喬親王文徳第一皇子

1720 夢かともなにかおもはんうき世をばそむかざりけんほどぞくやしき

野州云、業平へ御返哥也。心よく聞えたり。御遁世をかちえたりと思召たるさま一入哀深し。

都の外にすみ侍ける比、久しうをとづれざりける人につかはしける　女御徽子《シ》女王

1721 雲ゐとぶ鴈のねちかきすまゐにもなを玉づさはかけずや有けん

誰か玉章をかけてきつらん、などよみしより読給ふ成べし。雲ゐとぶかりがね近きとは都の外はるかなる所の心にや。雁には玉章かくるためしあれど、我住居は雁がねち

かきながら、猶人は玉章をかけ消息をもせずと也。

1722
亭子院寛平九年七月三日遜位三一歳おりゐ給はんとしける秋よみける　　伊勢亭子院の御子をうみ奉て号ス二伊勢ノ御息所ト一

しら露はをきてかはれどもゝしきのうつろふ秋はものぞかなしき

朝に消夕にをきかはるやうの心なるべし。物ごとに世はかくうつりかはる習なれど、四海の主《アルシ》十善の君のかはらせ給はんとする秋は悲しきと也。露は秋の物なれば百敷うつろふ秋といはんとて、露の置かはる事を上句によめるなるべし。

1723
殿上はなれ侍て、よみ侍ける　　藤原清正

あまつかぜふけゐのうらにゐるたづのなどか雲ゐにかへらざるべき

玄旨云、吹飯《フケヰ》浦和泉也。殿上はなれてとは、六位蔵人にて殿上に侍て五位に成て地下にくだる事也。などか雲ゐに帰らざるべきとは又昇殿せぬ事はあらじと思ふ儀也。愚案、清正家集云、紀伊《キ》の守になりてまだ殿上もかへりせで〽天津風ふけいの〳〵、是蔵人巡爵《シユンシヤク》に預《アツカ》りて受領《ジユリヤウ》しても猶還昇《クハンセウ》を望める事を浦の鶴の雲ゐに立帰る事にそへてよめり。朗詠集註、枕双紙春曙抄等委。

1724
二条院、菩提樹院におはしまして後の春、むかしを思ひ出て、大納言経信まいりて侍ける又の日、女房の申つかはしける　　読人不知

いにしへのなれし雲ゐを忍ぶとやかすみをわけて君たづねけん

栄花物語四十云、年かはりて都にかはりたる春のけしきも哀なるに、月おかしきほどに民部卿経信まいり給へり。故院の殿上人にて物し給ひしかば哀にて尋ねまゐり給へる事などいひて又の日女房のいひやりける〽古のなれし雲ゐ〳〵、とあり。後一条院の御時、殿上人にて馴奉りし事を恋ひて、かく山里の霞を分て尋給ひしにやと也。雲ゐ

二条院　章子内親王也。後一条院皇女、後冷泉院后。父帝の御墓所の東山なる所に、菩提樹院をたて、傍に御堂立ておはします事、栄花物語四十ニ有

すみをすり筆を　千載集を
うらやみて我筆墨に年ふれ
ど、言の葉は及ぬ心をよめ
るなるべし

といふより霞を分てといへり。民部卿の御返し〽哀にも見えし昔《ムカシ》の雲ゐ哉谷の鴬声ばかりして、彼物語に有。

最勝四天王院の障子に、大淀かきたるところ　藤原定家朝臣

1725 おほよどのうらにかりほすみるめだにかすみにたえてかへるかりがね

いせ物語〽大淀の浜におふてふみるからに、〽袖ぬれてあまのかりほす、などの詞を用て、霞の中の帰雁の見る目にわかず幽なる春の浦波の面白き気色をかすみに絶てなど読給成べし。だにといふ詞心を付べし。

最慶法師、千載集かきて奉けるつゝみ紙に、すみをすり筆をそめつゝとしふれどかきあらはせることのはぞなき、と書つけて侍ける御返し　後白河院御哥

1726 はまちどりふみをく跡のつもりなばかひあるうらにあはざらめやは

筆の道にも年つもらば其かひはあらん物ぞと最慶を慰させ給ふ御心なるべし。貝をかひあるといふ詞にそへて也。

上東門院、高陽院におはしましけるに、行幸侍て、せきいれたる瀧を御覧じて　後朱雀院御哥

1727 瀧津瀬にひとの心を見る事はむかしに《もイ》いまもかはらざりけり

此哥、栄花物語卅四暮待星の巻《ニ》云、山河流れ瀧の水きほひおちたるほどなど、いみじうおかし。院の御方に出羽弁《イテハノ》〽瀧津瀬に人の心を見る事はむかしも今もかはらざりけり、伊勢がせき入ておとすといひたる大納言《中カ》の家居も、かばかりはあらざりけんとめでたくいみじ云〻。此物語のさまは此哥出羽弁也。此集の例の作者の異儀なるべし。哥の心は即彼物語に註しそへたる拾遺敦忠の西坂もとの山荘の瀧の岩に〽音羽川せき入て

まつかたはしも　周防内侍
少なりとも、見まほしきと
いひやる詞也
申あはせてこそ　見せて談
合してこそよからめと返事
也

おとす瀧津瀬に人の心の見えもする哉、と伊勢がよみしをうけて瀧津瀬の面白き作ざまに人の故ある心をみる事は、伊勢がむかしもいまの高陽院の瀧もかはるまじきと此院をほめし心なるべし。高陽院の事前註《ニ》。

権中納言通俊、後拾遺えらび侍ける比、まづかたはしもゆかしくなど申て侍ければ、申あはせてこそとて、まだ清書もせぬ本をつかはし侍けるを、みて返しつかはすとて

周防内侍

1728 浅からぬこゝろぞ見ゆるをとは河せきいれし水のながれならねど

野州云、伊勢哥に〽音羽川せき入て〳〵、通俊の後拾遺えらびけるをほめてよめる也。

本哥の取やうきとく也。

哥奉れとおほせられければ、忠峯がなどかきあつめて、奉けるおくに書つけゝる

壬生忠見 忠峯子

1729 ことのはのなかをなく〳〵尋ればむかしの人にあひみつるかな

哥書集し中を父が事など思ひてなく〳〵尋たれば、父が言の葉を見出て、まのあたり逢みし心せしと也。文選五十六、〽潘安仁楊仲武誄《ハンアンジンカヤウチウブカルイニ》云、披《ヒラヒテ》レ帙《ジツヲ》散《ス》レ書《ヲ》屢《シハ〳〵》観《ミル》二遺文《イヲ》一有《リ》レ造有レ写《ウツセル》或草《ハ》或真《ハ》執玩《トリモチアソンテ》周《メクラスレハ》復想《マタスヲモヒ》二見《ミル》其人《ヲ》一、紙労《イタツカハシクス》二于手《ヲ》一涕《ナンタ》霑《ウルホス》二于巾《キンヲ》一。

遊女の心をよみ侍ける

藤原為忠朝臣 皇后宮少進知信子

1730 ひとりねのこよひもあけぬ誰としもたのまばこそはまつもうからめ

遊女のさまを有のまゝによめり。以言《コレコト》が遊女の詩《ニ》、家夾《ハサシハサ》江－河南北岸《メリ》、心通《ハカヨウ》上下往来船《ノニ》。遊女も人を待ぬにはあらねど、誰必と頼めねば待憂さもなく独ねにのみ明すと也。こよひもといふに毎夜の心有。

大江挙周《タカチカ》匡衡子、母赤染衛門、はじめて殿上ゆるされて草ふかき庭におりて拝しけるを見侍て

赤染衛門

1731 草わけて立ゐる袖のうれしさにたえずなみだの露ぞこぼるゝ

立居る袖とは拝賀に左右左などのさま成べし。荒たる庭の草分て昇殿の悦びしたるを母の心思ひやるべし。嬉しさに袖ぬるゝを草の縁に露ぞこぼるゝと也。

秋の比わづらひける、をこたり《平癒せし事也》て、たび／＼とぶらひける人につかはしける

伊勢大輔

1732 うれしさはわすれやはする忍ぶ草しのぶるものを秋のゆふぐれ

病中度〻の御とぶらひの嬉きは忘ねど、忍ぶ故毎度は嬉しとも申やらざりしを如何思召しと也。

返し

大納言経信

1733 秋風のをとせざりせばしら露の軒のしのぶにかゝらましやは

かゝらましやはとは、かくあるべきかは也。おとづれ申たればこそ、忍ぶ中にもかく忘ぬなども承れとの心を、秋風の音して軒の忍ぶの露をこぼしかくる心にてよみ給へり。

ある所にかよひ侍けるを朝光大将見かはして、夜ひとよ物語してかへりて又の日

右《左イ》大将済時

1734 しのぶ草いかなる露かをきつらんけさはねもみなあらはれにけり

忍ぶ中のけさは、みなあらはれしはいかなる事成しとの心を、忍ぶ草の露に根の顕しにそへてよみ給へり。

返し

1735 あさぢふをたづねざりせば忍ぶ草おもひをきけん露を見ましや　左大将朝光

我も尋行たればこそ忍びて思ひをかれし事を見付侍れと也。草に露をく縁をうけてよめり。

わづらひける人のかく中侍ける　よみ人しらず

1736 ながらへんとしもおもはぬ露の身のさすがにきえんことをこそ思へ

存命すべき病気とは思はず、思ひ定たれどさすがにきえん事は残念なると也。

返し　小馬命婦

1737 露の身のきえば我こそさきだゝめをくれんものかもりのした草

露のごとくはかなき身にて、消るとならば我こそさきだゝんと思へ。もしそこにうせ給はゞをくるべきかはと也。森の下草は露の縁なるべし。

題しらず　和泉式部

1738 いのちだに《さへイ》あらば見つべき身の果をしのばん人のなきぞかなしき

世に命だにながらへば誰も我身の果を見つべきか。一人として我なき跡を恋忍んずる人のなきが悲きと也。

れいならぬ事侍けるに、しれりけるひじりのとぶらひにまうできて侍ければ　大僧正行尊

1739 さだめなきむかし語りをかぞふればわが身もかずにいりぬべきかな

老少不定なる世の様様なるむかしの事ども語出て、それ〴〵などかぞふる中に我もかく違例にてあすをもしらぬ身なれば、其数にいるべきかなど也。

五十首哥奉し時

1740 世の中のはれゆく空にふる霜のうき身ばかりぞをきどころなき　前大僧正慈円

玄旨云、世の中の晴ゆく空とは明王聖主の御代と云也。我身の拙くして更に置所なきと卑下の心也。

例ならぬ事侍けるに、無動寺にてよみ侍ける

1741 たのみこし我ふる寺のこけのしたにいつしかくちん名こそおしけれ

無動寺は相応和尚の開基《キ》也。相応は慈覚大師に不動別儀護摩《ゴマノ》法を授《サツカ》り、染殿の后の悪霊を降伏《ガウブク》し、理公《(ママ)》を誦《ジユ》して寛平の帝の歯痛《シツウ》をとゞめなど其験《ゲン》あげていひがたく、まさしく不動尊の再誕《タン》といへり。伝教慈覚の二大師の諡号《ヲクリナ》も此和尚の表奏《ヘウソウ》によりて也。かく有験《ウゲン》明徳《ウトク》の名跡《メイセキ》におはして其法灯《トウ》をあきらかにかゝげん御心おはしけんを、たのみこし我ふる寺とよみ給ふにや。扨御本意もとげずして違例にかゝり給ひ、終になす事もなからむを歎きおはして、我古寺の苔の下にいつしか朽ん名こそおしけれとよみ給ふなるべし。玄旨御説、身こそ苔の下に埋むともなしをく事のあらば名は残るべきに、無智無才なる身は名ともに朽果《ハテ》んと也との給ふは裏説をば隠し給へりとて、師説如此。

題しらず　大僧正行尊

1742 くりかへしわが身のとがをもとむればきみもなき世にめぐるなりけり

玄旨云、此僧正に別而叡慮よかりしに、君おはしまさぬに、猶浮世を遁ずして住給ふ心歟。題不知とあれば定がたし。口訣。

1743 うしといひて世をひたすらに背《ぶるイ》かねば物おもひしらぬ身とやなりなん　清原元輔

くれなゐのきぬ　延喜式弾正云、凡婦人ハレ得著二夫ノ衣服色一、凡公私奴婢ハ服紫緋緑《アケミトリ》紺縹《ハナタ》不レ須《モチヒ》二全色ヲ一、中略。女蔵人ハ下臈也。紅のきぬを表すべからず。検非違使は非違をけみする職也。むかしは弾正かやうの非常を正しけるを嵯峨の御時使庁《シチヤウ》を置れてより、糾弾《キウタン》のこと検非違使にうつるよし職原抄に見えたり

うづまさ　太秦は薬師の霊場なれば、衆病悉除のちかひにまかせて違例の祈にこもれるなるべし

世をうしと斗いひて、ひたすらにも背かずにあれば、世のうき物思ひもしらぬ身と成て終に遁世をえせざらんよとの心なるべし。

読人不知

1744 そむけどもあめの下をしはなれねばいづくにもふるなみだなりけり

世を背ても、あめの下をはなれねば、いづくにても猶世のうき泪ふると也。天《アメ》と雨《アメ》を添てなり。

延喜の御時、女蔵人内匠《タクミ》白馬節会《正月七日ノ》見侍けるに、車よりくれなゐのきぬを出したりけるを検非違使のたゞさんとしければいひつかはしける

女蔵人匠

1745 おほぞらにてるひの色をいさめてもあめのしたにはたれかすむべき

かくいひければたゞさず成にけり

照日の色、緋の色をそへて也。普天の下にすむ人、てる日の色をふるゝことをいさめては住がたからんと也。

れいならでうづまさにこもり侍けるに心ぼそくおぼえければ

周防内侍

1746 かくしつゝ夕の雲となりもせば《にイ》あはれかけてもたれかしのばん

かく煩ひ、心ぼそくして、夕の雲烟ともならば、誰かはかけて恋忍ぶ物あらんと也。心細き儀也。

題しらず

前大僧正慈円

1747 おもはねど世をそむかんといふ人のおなじかずにや我もなりなん《いりイ》

我もかたちは出家ながら心に道心ふかゝらずば、世の人の真実には世をそむかんと思はで、口にのみいふ人の同じ数になるべしと也。みづからいましめ給ふ心なるべし。

西行法師

1748 かずならぬ身をも心のもり《もち玄旨本》がほにうかれては又かへりきにけり

玄旨云、数にもあらぬ身を我心の持たる物と思ひて、行衛なく浮れ出ては、又本のごとく立帰るよし也。愚、守顔也。

1749 をろかなる心のひくにまかせてもさてさはいかにつゐのおもひは

玄旨云、愚痴《グチ》なる心より思ひはおこる也。此をろかなる心にまかせて、つゐの思ひの果をいかゞせんと也。くらきよりくらきにいるをなげくさまにや。愚、扨さらば如何也。

1750 とし月をいかで我身にをくりけんきのふの人もけふはなき世に

昨日見し人もけふはなき化《アダ》しよに、我存命のあやしきと也。

1751 うけがたき人のすがたにうかび出てこりずや誰もまたしづむべき

もと悪道におちゐたる身の不思議の縁にて、適うけがたき人界《ガイ》の姿《スカタ》をうけうがひて、此たび仏道に入、出離《シユツリ》生死のいとなみをもなさず、又こりずも悪趣《アクシユ》におちて流転《ルテン》の身になるべきかと也。みづからいましめ人をもすゝむる心なるべし。

守覚法親王、五十首哥よませ侍けるに

寂蓮法師

1752 そむきても猶うきものは世なりけり身をはなれたるこゝろならねば

玄旨云、背ても猶思ひ出れば世はうき物にて有けり。身をはなれし心にてなければ、山深く住ても心は猶人間にかよひてうき事を思ふとなり。身を離《ハナレ》ぬ影をにくみて走《ハシ》るなどいへる心なるべし。

述懐の心をよめる

1753 身のうさを思ひしらずはいかゞせんいとひながらも猶すぐすかな

身のうきを思ひ知ていとひながらも猶うちすぐす事よ。若思ひしらずばいかにすべき
ぞと也。身の捨がたきを深くいへる心也。

前大僧正慈円

1754 なにごとを思ふ人ぞと人とはゞこたへぬさきに袖ぞぬるべき

心中に思ひあまる故、外にあらはれて人もあやしみとがめて問なれば、答ぬ先に先泪
さへぎるべしと也。

1755 いたづらにすぎにし事やなげかれんうけがたき身のゆふぐれの空

玄旨云、有為《ウヰ》の身を知ながら徒《イタヅラ》に過し〳〵て、今はの時歎《ナゲ》くべきと也。それを夕暮の
空と身を尽す事にいへり。たま〳〵うけがたき人身に生《ウマレ》て空《ムナシ》く年月を過し事をいふ也。
愚案、うけがたき身の菩提《ボダイ》に入らで臨終《リンジウ》に悔《クヤ》まんとの心也。

1756 打たえて世にふる身にはあらねどもあらぬすぢにもつみぞかなしき

仏道に打絶て世にふる俗人の身のたぐひにはあらねども、さすがに世にふれば、あら
ぬ事のすぢに罪作る事の有て悲しきと也。

和哥所にて、述懐のこころを

1757 やまざとにちぎりしいほやあれぬらんまたれんとだにおもはざりしを

自讃哥或抄云、安楽行品《ニ》国王王子大臣官長《ニモ》亦不《ス》㆓親近《シンコンセ》㆒と説れたり。常には隠遁《オントン》所望の
由奏聞を経られけれども勅許なかりしと也。横川の雲の奥に草庵を露の命のかゝるか
ぎりはとて、しめこそをかれけめ。されども年月過ゆくまゝにちぎりし庵やあれぬら
んと也。またれんとだにとは、やがてきて住んとこそ思ひしにとなるべし。愚案、此説
の心はやがてきてすまんと庵に契し心なるべし。又野州云、山里と有て又庵とよめる

事は、前に人の住たりし所へ行て我も必来て庵をならべんといひたる心なり。其きたりて住べしとちぎりし時にはまたるゝ事もあらじ。頓《サヤ》てゆかんと思ひしに、其まゝとはで程久しくなれば、住んと思ひし庵や荒ぬらんと也。宗祇同義。但或抄説、亦野州一説也。所詮両説可随所好歟。

右衛門督通具

1758 袖にをく露をばつゆとしのべどもなれゆく月やいろをしるらん

玄旨云、袖にをく露とは泪の事也。涙を露といひて人には忍べども、月は毎夜馴て我が思ふ心の色を知らんと也。述懐の哥也。

定家朝臣

1759 君が代にあはずはなにをたまのをのながくとまではおしまれじ身を

玄旨云、本哥かた糸をこなたかなたによりかけてあはずは何を玉のをにせん、君が代に逢ずは何を命にせん、長きをねがふも君が世にあはん頼みぞと也。恋の哥をとりてかくよめり。愚案、君が代にあふとは時にあふ事なるべし。

家隆朝臣

1760 おほかたの秋のねざめの長きよもきみをぞいのる身をおもふとて

玄旨云、本哥ふして思ひおきてかぞふる万代は神ぞ知らん我君のため、是を本哥としてよめり。君をぞ祈る身を思ふとては、道のくだりて巨細に成たる故也。

1761 わかのうらや沖津《オキツ》塩合《シホアヒ》に浮び出るあはれわが身のよるべしらせよ

玄旨云、引わたつ海のおきつ塩あひにうかぶあはのきえぬ物からよるかたもなし、我和哥の道にたづさはれども、しほあひの淡《アハ》のごとくいまだ浮たる心し侍り。さればあはれ我身のよるべしらせよと卑下したる哥也。愚案、和哥を若の浦にそへて上句は哀といはん序哥也。うかび出るあはとうけて也。本哥の詞によりて也。

1762
そのやまと契らぬ月も秋風もすゝむる袖に露こぼれつゝ

玄旨、其山と契らぬとは住所いづくとも契ぬと也。然ば月も秋風もこゝに来てすめとすゝむるやうなれば、感情に堪ず。泪の露こぼるゝよし也。宗祇自讃哥註云、世をのがれて至んと思ふ山を、いづれ其山とちぎらねど、月も秋風も我をすゝむるにやと思ふ也。すゝむるとは、月を見れば物あはれにて、いとふ心のつくをすゝむるといへり。秋風も又同じことわりなり。愚案両説大かた同義にて、月と秋風のすゝむる心ばへ少かはれり。ともに捨がたし。可随所好歟。

雅経

1763
君が代にあへるばかりのみちはあれど身をばたのまずゆくすゑのそら

宗祇自讃哥註云、時代の恵をもよくほめたる哥也。道はあれどゝは、哥鞠両道、時にあへるをいへり。されども身によりて行末を頼ずといへる君徳を恋る由也。玄旨同義

皇太后宮大夫俊成女

1764
おしむともなみだに月はこゝろからなれぬる袖に秋をうらみて

師説、をしむともなしとそへて也。月にむかへば物悲しき秋情のおこりて、泪袖にみちて、毎夜の月を袖に馴し也。是秋の故とおもへばおしむべき秋をも、我心から恨ておしむともなしと也。秋をうらみておしむともなしとよむべきうたなるべし。

千五百番哥合に

摂政太政大臣

1765
うきしづみこん世は扨もいかにぞとこゝろにとひてこたへかねぬる

玄旨云、一心に対して来世の事を歎くさま也。愚案、来世の浮沈《ウキ》みも此世の心のなすわざなれば、心に対して、扨いかに浮か沈まんかと問へどもとかく答へかねて知がたしと也。実は仏祖不伝とにや。

題しらず

1766 我ながら心のはてをしらぬかなすてられぬ世の又いとはしき

玄旨云、此哥も人の性情の定れる事なき故に、おもふ事もさだまらぬと也。されば其終りをしらぬと也。愚案、捨まほしと思へど、捨られぬ世の又いとはしく、我一心の上のさだめがたければ、かくあり〳〵てのはて〳〵の心はいかゞあらん、我ながら知がたしと也。

1767 をしかへし物をおもふはくるしきにしらず《ぬイ》がほにて世をやすぎまし

玄旨云、中〳〵世の哀をもしらぬやうにならばやと、我身のうきにたへかねてよめり。愚案、世上のさまをさまざまをし返しおもふが苦しきに、中〳〵に世の事をもしらず顔にて過やせましと也。あまり世のおぼしめすにかなはざるを摂政の御身におぼし歎く心なるべし。

五十首哥読侍けるに、述懐の心を　守覚法親王

1768 ながらへて世にすむかひはなけれどもうきにかへたるいのちなりけり

源氏絵合巻云、此御世には身のほど覚え過にけり。中比なきに成て沈みたりし愁《ウレヘ》にかはりて、今迄もながらふる也とあり。光源氏などのやうに世に住かひある身ならねど、先うきにかへて命はながらへたると也。あながち源氏の心ならでもにや。

権中納言兼宗

1769 世を捨るこゝろは猶ぞ《もイ》なかりけるうきをうしとはおもひしれども

世のうきをうしとはしれど、其憂世を捨むとは猶思はずと也。世間なべての人情なるべし。

述懐の心をよみ侍ける　　左近中将公衡左大臣公能孫 権中納言実守子

1770 すてやらぬわが身ぞつらきさり共とおもふこゝろに道をまかせて

玄旨云、さりともと思ふ心にひかれて、うき身を捨る道に猶まよふと也。

題しらず　　よみ人しらず

1771 うきながらあればある世に古里のゆめをうつゝにさましかねつゝ《イつも》

古郷の夢とは古郷を忘ぬ昔の時うつり事さりし心也。現に覚《サマ》しかぬるとはよし〳〵と思ひ覚《サマ》さぬ心也。たとへばをとろへて、憂ながらもあればあらるゝ世に、思ひさましてもあるべき事を、其古郷のむかしの栄へは、夢とうつりかはりしを、現にさましかねて恋したふ事よとの心也。さましかねつゝ恋したふよと心をふくめたる哥也。イ本、さましかねつものもは助字也。心はおなじ。

源師光大納言師頼子 右京大夫

1772 憂ながら猶おしまるゝいのち哉のちの世とてもたのみなければ

後世に必楽《タノシ》みを極んたのみもなければ、此世のかくうきながらも、猶死なばやとはおもはれず、いのちおしきと也。

賀茂季保神主重保子

1773 さりともとたのむ心のゆく末もおもへばしらぬ世にまかすらん

玄旨云、頼むゆく末の定不定しられねば只世に任て有と也。愚案、さりともかくてのみはあらじと、頼むもよく思へば、行末の事はしらぬ世なれば、只世にうち任てあると也。此理我一人のみにあず(ママ)。万人なべての理なればまかすらんとよめる。優にて面白しとぞ。

荒木田長延

1774 つく〴〵とおもへばやすき世の中をこゝろとなげくわが身なりけり

やすきとは心身安楽の心にや。たとへば天命と思へば貧賤《ヒンセン》も歎《ナゲ》くべきにあらず。素《ソ》して行《ヲコナ》へばいと安し。無常を観ずれば富貴もうらやむにたらず。樹下石上《ジユゲセキジヤウ》も安かるべし。誠に思へば安き世を歎くは心からなるべし。

入道前関白太政大臣家、百首哥よませ侍けるに　　刑部卿頼輔

1775 川舟ののぼりわづらふつなでなはくるしくてのみ世をわたるかな

序哥也。網手縄苦しとそへて也。下句明也。

題しらず　　大僧正（都イ）覚弁（俊成子 興福寺）

1776 老らくの月日はいとゞ早瀬川かへらぬ波にぬるゝ袖かな

かへらぬ波とは、歳月のふたゝび帰らぬを早瀬河の縁によめり。朗詠云、歳月難《ハカタシ》下従《ヨリ》二老《ノ》底一帰《ヘリ》上、此心也。老てはいとゞ光陰早く覚る心なり。

よみて侍ける百首哥を、源家長（和歌所開闔）がもとに見せにつかはしけるおくに書付て侍ける　　藤原行能

1777 かきながすことのはをだにしづむなよ身こそかくてもやま川の水

野州云、山川には木葉流《ル》れば、それによそへて、かきながす言の葉といひて末に山川の水とをけり。身こそかくてもやま川の水とは、世を休したる心也。身こそ休し果た

り共、言の葉を見ばと也。愚案、言の葉をだにしづむなよといふに、身こそ沈みてやむべけれど、述懐の心なるべし。

身の望みかなひ侍らで、社のまじらひもせでこもりゐて侍りけるに、あふひをみてよめる

鴨長明

1778 見ればまづいとゞなみだも《ぞイ》もろかづらいかにちぎりてかけはなれけん《イるらん》

泪もろきとそへて、此葵かづらに何の契りにかけはなれ、かく社のまじらひもせぬぞと也。

題しらず

源季景

1779 おなじくはあれないにしへ思ひ出のなければとても忍ばずもなし

玄旨云、二《ノ》句にて切て見る哥也。思ひ出る事のなしとても、昔を忍ぶなれば同じくは思出る事のあれかしと也。愚案、思出は栄達の心なるべし。

西行法師

1780 いづくにもすまれずは只すまであらんしばの庵のしばしなる世に

たとひ住とても、しばしのかりの世に住れぬ所に着しとゞまらんははかなき事と也。柴の庵はしばしとかさねんため、又すまれぬ所を捨去《ステサル》とても、わづかの小庵何に着する事あらんの心をこめてよめるなるべし。西上人のさま此哥に見え侍にや。

1781 月のゆく山に心をくりいれてやみなるあとの身をいかにせん

玄旨云、月花を見るものゝ、心は身にそはずやみなるあとのとは、心を月にそへてをく程に、跡の身は闇也。こゝを人ごとにしらぬ也。西行修行の程も此哥にてみえたり。

前大僧正慈円

五十首哥中に

1782 おもふことなどとふ人のなかるらんあふげばそらに月ぞさやけき

野州云、此哥説〻多。中道実相の心などもある由侍れども、釈教の部にあらねば、さやうの観門などとも定がたき歟。「月見れば千〻に物こそ悲しけれ、とよめるごとくに、空をみれば月のさやかなるに、物の思はるゝをなどか問来て慰る友のなかるらんとよめるといへり。あふぐとは、ふりあふぎて物を高く見る心なり。自讃哥或抄、同義。定家卿此哥を長高体《タケカカキ》に入られたり云〻。師説、玄旨法印は、此哥いせ物がたり「我とひとしき人しなければ、を本哥也。思ふ事をなどとひあはす友のなくはあるらん。空をあふげばさやけき月の友はある物をとの心也云〻。両説可随所好。

1783 いかにしていまゝで世には有明のつきせぬものをいとふこゝろは

世をいとふ心はつきせずながら、いかにして今迄いとはで世にはあるぞと也。世には有事ぞといひかけ、有明のつきぬ物をとうけてよみ給也。

西行法師、山里よりまかり出て、むかし出家し侍し其月日にあたりて侍るなど申たりける返事に　八条院高倉

1784 うき世出し月日の影のめぐりきてかはらぬみちを又てらすらん

出家せしおなじ月日のめぐりきてといふを、月影日影にそへて、山里に入し道をいま出る時も照しけんと也。下心は、発菩提心《ホツホタイシン》のちゑの光り不退《フタイ》の地を照すにやと讃嘆《サンタン》する心なるべし。

太神宮哥合に　太上天皇

1996 おほぞらにちぎる思ひの年もへぬ月日もうけよゆくすゑの空

宗祇自讃哥註云、大空に契る思ひとは、帝の御心いかなる事にか侍らん。但何事にて

も大ぞらにちぎるとは、其実、所もなき事を心とおもひあてゝとやかくと心にちぎる由也。〽そらにしめゆふ心ちこそすれ、といふ哥の同じ事也。月日もうけよとは、大ぞらといへる詞の縁也。愚案、此哥太神宮哥合御哥也。大空に契る思ひは、あまつひつぎの御祈念を天津神にかけて、年へたりとの御心なるべし。月日もうけよは、日神月よみの尊もゆくすゑかけてうけまもらしめ給へとの御事にや。実は叡慮はかりがたき事なるべし。雑部に神祇の入事、常の事にや。

前大僧都全真〔玉葉作者〕、西国のかたに侍けるにつかはしける　承仁《シヨウニン》法親王〔後白河皇子〕

1785 人しれずそなたをおもふ《しのぶイ》こゝろをばかたぶく月にたぐへてぞやる

西国にゐる人なれば、入月につけて思ひやるとの心なるべし。

前大僧正慈円、文にてはおもふほどの事も申つくしがたきよし、申つかはして侍ける返事に　前右大将頼朝

1786 みちのくのいはでしのぶはえぞしらぬかきつくしてよつぼのいしぶみ

野州云、坪の石文は、昔田村将軍、陸奥の坪《ツホ》といふところに日本の中央なりと石に碑文をかきしより、つぼの石ぶみといふ也。哥の心は、くはしく文に思ふ事をつくし給へと也。愚案、磐手《イハデ》信夫《シノブ》夷《エソ》坪碑《ツホノイシフミ》、皆陸奥の名所を取合せてしたて給へる哥なるべし。此哥此集に入し事、東鑑にもあり。

世の中のつねなきころ　大江嘉言

1787 けふまでは人をなげきて暮にけりいつ身のうへにならんとすらん

心明也。

題しらず　清慎公〔小野宮太政大臣〕

1788 道しばの露にあらそふ我身かないづれかまづはきえんとすらむ

露ははかなき物ながら、我身を観ずるに、猶露にもをくれまじき心なるべし。まづは先也。

皇嘉門院 法性寺関白女 実顕房公女

1789 何とかやかべにおふなる草の名よそれにもたぐふわが身なりけり

玄旨云、何とかやとは、空おぼれしてたよりたる心也。壁《カベ》に生《ヲ》ふ草は、いつまで草也。いつまでといふは、久くはあらじといふ詞也。我身もいつまでぞ、久しくはあらじと歎給ふ御哥也。

1790 こしかたをさながら夢になしつればさむるうつゝのなきぞかなしき

権中納言資実

過こし方は、其まゝ夢となして、いま思ひさまさんかたなしとの心なるべし。

松の木のやけたるを見て

1791 千とせふる松だにくゆる世の中にけふともしらでたてるわれかな

性空上人 書写上人平安城人 橘善根子六根浄

くゆる、焼し心也。千年の松だに時節あるに、けふともしらで菩提をもしらでいたづらにたてる身哉と也。

題しらず

1792 かずならで世に住の江のみをつくしいつをまつともなき身なりけり

源俊頼朝臣

数ならで世に住とそへて、住江の水尾尽の波に沈て待事なきがごとく、立身の期もなき身と歎く心也。いつをまつともに住吉の松をそへてにや。

皇太后宮大夫俊成

1793　うきながらひさしくぞ世を過にけるあはれやかけしすみよしの松
　　　　　　　　　　　　　　　　　　　　　　　　藤原家隆朝臣
　玄旨云、住吉の神とよむべきを、久しくといふ詞に合せて松とよめり。又たのみをかけて年へたる身を松に比して、神慮にも哀やかけ給ふらんとよめる心もあるべし。
　春日社哥合に、松風といふ事を
1794　春日山谷のうもれ木くちぬともきみにつげこせみねの松風
　　　　　　　　　　　　　　　　　　　　　　　　宜秋門院丹後
　野州云、かすが山谷の埋木とは、彼朝臣藤原なれば春日山とよめり。谷の埋木とは、身の埋れたるを云也。かく朽果ると君に神慮の致す所にて、しらせ申さばやと祈る心を、君に告こせ峰の松風とよめり。述懐の心なるべし。

1795　なにとなくきけばなみだぞこぼれぬるこけのたもとにかよふまつかぜ
　　　　　　　　　　　　　　　　　　　　　　　　女御徽子女王
　苔の袂は出家のゝちの哥にや。出家の身は松風に付て何を思ふ事有とはなけれど、物さびしき松風をきけば泪落ると也。
　さうしに、あしでながうた《芦手長歌、ながうたにて絵などのやうに書也》などかきて、おくに

1796　みな人のそむきはてぬる世の中にふるのやしろの身をいかにせん
　　　　　　　　　　　　　　　　　　　　　　　　実方朝臣
　皆人世を背き果しに我いたづらにふる事よと也。世の中にふるを布留の社とそへて也。
　女御家集には、女三《（ママ）》宮の御双紙かゝせ奉給ひけるに、芦手〳〵云〻。
　臨時《リンジ》の祭の舞人《実方通信也》にてもろともに侍けるを、ともに四位して《四位に成事也》のち祭の日《四月中酉日》つかはしける

1797　ころも手のやまゐの水に影みえし猶そのかみの春ぞこひしき
　野州云、衣手の山井の水とは、臨時のまつりとて石清水の祭を舂せらるゝをいふ也。

ひかげのくみ　白糸にてくみて、神事の時冠にかざる物也

此祭を南祭と云也。霜月の賀茂の祭をせらるゝを賀茂の臨時のまつりといふ。いづれも舞人あり。其舞人の装束を小忌衣と云なり。其小忌は白布に藍《アイ》にて絵を書也。されば衣手の山井とよむと也。山あゐとよむべきを、あ文字を略したり。影見えしとよめば水くむ井の心も有て、旁《カタ〳〵》あ文字を略したるにや。そのかみとは、昔の事也。愚案、そのかみの春とは、かの三月八幡の臨時祭に、通信《(ママ)》とゝもに舞人にて侍ける時の事を、忘がたきと也。山井の水に影みえしとは、石清水の事なるべし。それを装束にゑがく山藍をいひかけて、衣手の山井の水とよみ給ふにや。

返し　藤原通信《(ママ)》朝臣

1798 いにしへの山ゐのころもなかりせばわすらるゝ身となりやしなまし

玄旨云、右の返哥なればかくいへり。哥はよくきこえたり。愚案、山ゐの水に影みえし当時を忘れぬといへるをうけて、其事なくば我事は思ひ出給はじとの心也。

七十代後冷泉院《ノ》御時《ノ》大嘗会にひかげのくみをして、実基朝臣のもとにつかはすとて、六十九後朱雀院先帝の御時思ひ出て、そへていひつかはしける　加賀左衛門入道一品宮女房

1799 たちながらきてだにみせよをみ衣あかぬむかしのわすれがたみに

玄旨云、小忌衣きる人は日影の糸を冠にさぐる也。日影のくみとも云也。それを忘がた見と云也。愚案、小忌衣着《ル》を来てだにとそへて、むかしの後朱雀院の御事、忘がたきに来てもみえ給へ、昔を恋る心を慰んと也。

秋夜《ノ》聞《キク》レ蛬《キリ〳〵スヲ》といふ題をよめと人〻に仰せられて、おほとのごもり《帝の御寝なる事也》けるあしたに、其哥を御覧じて　天暦御哥

1800 秋のよのあかつきがたのきり〴〵す人づてならできかましものを

人〻の哥にて聞召を人づてと也。御寝ならで共に蛬を聞召ん物をと也。

秋雨を

1801 ながめつゝ我おもふ事は日ぐらしに軒のしづくのたゆるよもなし　中務卿具平親王 天暦皇子

詠つゝ永雨をそへて也。日暮しは終日也。雨中の徒然の思ひ終日たえぬ心を軒の雫にいひ懸て也。

題しらず　大中臣能宣朝臣

1992 水ぐきの中にのこれる瀧のをといとしもさむき秋のこゑかな

師説、此哥は天台《テンダイ》山の瀑布《ハクフ》廬山《ロサン》の瀑《ハク》《タキ》布などのたぐひ、文選、白氏文集などに見えたる瀧を思ひやりてよめるなるべし。水ぐきは筆の事にて文などの事に用《モチユ》。心は、むかしの水ぐきの中に伝へのこれる瀧の秋のこゑはいとさむきとなるべし。藤原惟成の山晴《テ》秋望多といふ序に、瀑布之《ノ》泉《ノ》波冷《シテ》月澄《スメリ》二四十尺余《ノリニ》一といへる本朝文枠にある心にや。但此哥一本になし。又此次小町哥にも此哥にも題しらずと有。諸本如此、不審。

題しらず　小野小町

1802 木がらしの風にもみぢて《小町集もちらで》人しれずうきことのはのつもるころかな

此哥、小町集には風にもちらでと有。尤可然。木枯にこそ木葉積らめ。さもあらで人しれず身にうきことの葉のつもると也。然ども、新古今諸本、木がらしの風にもみぢてとあり。野州云、もみぢてとは物思ふ事の深くなるよしをよそへてよめり。うきことのはとは只うき事也。木枯紅葉などいふ詞よりよめり。人しれずとは忍恋などにもあらず、心の中に物思ふ事也云〻。故あるべきにや侍らん。

述懐百首哥よみ侍ける時、紅葉を　皇太后宮大夫俊成

1803 あらしふく峰の紅葉の日にそへてもろくなりゆくわがなみだかな

野州云、源氏葵巻に、宮はふく風につけてだに木葉よりけにもろき御泪は、まして取あへさせ給はずと有。哥の心は、峰の紅葉の日にそへて嵐にもろく成ゆくごとく我泪もうき事のまさりて落そふと也。

題しらず　　崇徳院御哥

1804 うたゝねは荻ふく風におどろけどながきゆめぢぞさむるときなき

玄旨云、ながき夢路は迷《マヨ》ひの道なるべし。

宮内卿

1805 竹の葉に風ふきよわる夕ぐれの物のあはれは秋としもなし

玄旨云、竹の葉のそよぎよはるをきけば秋に限らず哀なると也。愚案〳〵物の哀は秋ぞまさ れる、といふ詞を取れり。

和泉式部

1806 夕ぐれは雲のけしきを見るからにながめじとおもふこゝろこそつけ

あまり物悲しきに今より詠まじきと思ふと也。

1807 暮ぬめりいくかをかくて過ぬらんいりあひのかねのつく〴〵として

つく〴〵と何をなすわざもなくて、いくかをかくて過ぬらんと、入相におどろき思ふ心也。

西行法師

1808 またれつる入あひの鐘の音す也あすもやあらばきかんとすらん

野州云、五文字必入相の事ならず。命の事をいふ也。世上の無常なる事は、夕をも只今をもしらぬ身也と終日観念する所に、入相の声を聞て、さてはけふをも過し侍り、あすも亦命あらば、けふのごとくきかんずらんと云心也。有心体の哥也。五文字寄特也。引けふの日も命のうちに暮にけりあすもやきかんいりあひのかね

暁の心を　皇太后宮大夫俊成

1809 あかつきとつげの枕をそばだてゝきくもかなしきかねのをとかな

黄楊《ツケ》の枕を告とそへて也。文集、遺愛寺《イアイジノ》鐘欹《ハソハタテヽ》レ枕聴《ヲキク》といふ詞を用ひて也。かねの無常を告る音に暁の感成べし。

百首哥に　式子内親王

1810 あかつきのゆふつけ鳥ぞ哀なるながきねぶりをおもふまくらに

ながきねぶりとは、無明長夜《ムミヤウヂヤウヤ》の眠とて、此世の煩悩《ホンニウ》晴がたく迷《マヨ》ひゐる事也。暁の鳥に付て、いつ此眠を覚して発心修行すべきの御心成べし。

あまにならんと思ひたちけるを、人のとめ侍ければ　和泉式部

1811 かくばかりうきを忍びてながらへばこれよりまさるものもこそおもへ

世のうさに尼にならんとするに、猶とゞめられて忍び過さば、猶今よりうき思ひもこそすべけれ。なれば出家せんにしかじとの心也。

題しらず

1812 たらちねのいさめし物をつれ〴〵《つく〴〵イ》とながむるをだにとふ人もなし

此哥三木《(ママ)》、つれ〴〵と也。野州本、つく〴〵と云云。野州云、此いさめは折檻《セツカン》したる事也。身の盛り成し時は、人もとふまゝに親もいさめ侍しに、身のふりゆくまゝにつく〴〵と詠めがちにて暮し侍る時分はとふ人もなしと歎きたる也。つく〴〵とは、ま

たゝきゐたる也。たらちねのいさめしとは、引〽たらちねの親のいさめしうたゝねはものおもふときのわざにぞ有ける

1813 熊野へまいりて、大峰へいらんとて、年比やしなひたてゝ侍けるめのとのもとにつかはしける　大僧正行尊

あはれとてはぐゝみたてしいにしへは世をそむけともおもはざりけん

おさなきほどをあはれみて、我をそだてしむかしはかく世を背て、熊野大峰など難行せよとは思はざりけむ物をと也。遍昭哥〽たらちねはかゝれとてしもうば玉の――、此心也。

1814 百首哥奉し時　土御門内大臣

くらゐやま跡をたづねてのぼれども子をおもふ道に猶まよひぬる

玄旨云、位山とは官位に昇《ノボ》るを山にたとへてよめり。跡を尋ねてとは先祖の跡にかはらずのぼるを云也。されば我子孫のいかゞあるべきと思ふ心を猶まどふとよめり。愚案、位山は飛騨也。位にそへて我は先途をたがへずのぼりながら、子は猶高位高官にと思ふ心を、彼〽心はやみにあらねども、の本哥にて猶まよふ哉と也。

1815 百首哥よみ侍けるに、懐旧哥　皇太后宮大夫俊成

むかしだに昔とおもひしたらちねの猶こひしきぞはかなかりける

親の御事は、年へだたるにつけて猶恋しきとの心也。むかしだに親のうせ給ひしは、猶昔と思ひしは、いたく隔たりし心也。猶忘られず恋しきはせんかたなしと也。

1816 述懐百首哥よみ侍けるに　俊頼朝臣

さゝがにのいとかゝりける身のほどをおもへばゆめのこゝちこそすれ

玄旨云、述懐哥也。さゝがにのはかなき家にかゝりてあるは只夢のごとしと也。愚案、さゝがにのは枕詞にて、いとかくはかなき身のほどをと我身の上の事をよめり。

夕ぐれに、くものいとはかなげにすがくを、つねよりもあはれとみて

僧正遍昭

1817 さゝがにの空にすがくもおなじごとまたきやどにもいくよかはへん

玄旨云、すがくとは、蛛の家を作るとてとかくする姿《スカタ》也。おなじごとゝは、其ごとくに我も家にあるは同じ事と也。されども蛛の家ほどにはかなくはあらず、いはゞ全き家なれどもいく世をかへんずらんと、身のはかなき事を思ひつゞけてよめり。またきは全《マツタ》きといふ字の心也。

題しらず

西宮前左大臣高明公

1818 ひかりまつ枝にかゝれる露のいのちきえはてねとや春のつれなき

野州云、此哥題不知と有。定て理《コトハリ》ぞ侍らん。ひかりまつとは春の光也。枝とは花をまつ枝なるべし。栄花の事にや。かゝれるとは其時をまつ命也。栄花にならん時節をも待得ぬ程に、露命きえ果ねとや。世にあふ事の遅き事を述懐して春のつれなきといへり。

野分したるあしたに、おさなき人をだにとはざりける人に

赤染衛門

1819 あらくふく風をいかにとみやぎのゝこはぎがうへを人のとへかし

我をこそとはざらめ。かくあらましき野分をいかにふせぎつると、小萩がうへをだにとへかしと、子にそへて読《ヨメ》る也。桐壺巻〽あらき風ふせぎし陰のかれしより小萩がうへぞしづ心なき

和泉式部、みちさだ《和泉守道貞》に忘られてのち、ほどなく、敦道親王にかよふと聞てつかはしける

1820 うつろはでしばししのだの森を見よかへりもぞする葛のうらかぜ

信田森和泉なれば、和泉守道貞に比して、敦道親王に、うつろはでしばし和泉守の気色を心見よ。若帰り住事もぞあらん。早き心がはり哉との心也。是も赤染の哥なり。

返し　和泉式部

1821 秋風はすごく吹とも葛の葉のうらみがほには見えじとぞ思ふ

道貞が心の秋風はすごくとも、我は恨顔に外にうつろふ事はあらじとおもふと陳じたる心也。

やまひかぎりにおぼえける時、定家朝臣中将転任《テンニン》の事申すとて民部卿範光もとにつかはしける　皇太后宮大夫俊成

1822 をざゝ原風まつ露の消えやらでこのひとふしをおもひをくかな

野州云、風は無常の風也。露は命也。待《マツ》とはけふかあすかと終業の夕を思ふ折ふし也。されば露のきえやらぬあひだ、子の転任《テンニン》の事を思ふと也。転《テン》任とは少将より中将に転ずる事なるべし。愚案、家長日記云、定家朝臣中将の事申すとて父の入道のよみて奉られし哥〽をざゝはら風まつ――、其比老のやまひ、せめていかならんときこえしほど也。御返事かくなん。〽小笹原かはらぬ色の一ふしも風まつ露にえやはつれなき、其たびとげられ侍にき云云。中略。

題しらず　前大僧正慈円

1823 世の中をいまはのこゝろつくからにすぎにしかたぞいとゞこひしき

玄旨云、今はとは離《ハナ》れんきは也。過し方の名残迄、今を限《カキリ》のやゝに更に恋しく覚ると

也。

1824 世をいとふこゝろのふかくなるまゝにすぐる月日をうちかぞへつゝ
世を捨るあらましばかりにて、幾年過ると歎く心なるべし。

1825 ひとかたに思ひとりにし心にはなをそむかるゝ身をいかにせん
玄旨云、一向に思ひ取たる我心にて、弥今我身のありさまの心にもかなはぬよし也。あまりにかく心にいとはれはつる身なれば、さて何とかせんと侘たる心也。心は捨ても、身はうき世のまじはりを捨はてぬ事をよめる哥也。

1826 なにゆへに此世をふかくいとふぞと人のとへかしやすくこたへん
玄旨云、此世といふ詞にて後世は顕《アラハ》れたり。やすくこたへんとは後世の事をもき故に、此世を深くいとふぞとこたへんと也。

1827 おもふべき我後の世はあるかなきかなければこそは此世にはすめ
野州云、我後の世は有かなきかと問て、なければこそはとこたへたり。是は問答の体也。なければこそはとは誠になきといふにはあらず。迷闇の人後世をばしらずして、此世の事にばかりかゝるを、あまりの事にいひたる心也。又説に、住によりての世なれば別に後世も有まじきと也。

西行法師

1828 世をいとふ名をだにもさはとゞめ置てかずならぬ身のおもひ出にせん
野州云、さはとは、さらばといふ詞也。愚案、数ならぬ身は高位高官の名をとゞめんやうはなくとも、世をいとふ名をだにとゞめんと也。わが桑門を卑下の心なるべし。

1829 身のうさを思ひしらでややみなましそむくならひのなき世なりせば

野州云、そむく習ひのなき世ならば、身をうしといひても何のかひかあらん。背くと
云事のあればこそ、身をうしと云てもかひはあれと也。

1830 いかゞすべき世にあらばこそ《やはイ》世をも捨てあなうの世やとさらに思はめ《はんイ》

此哥は遁世のゝちも更にうき事あるを佗てよめり。世にあらばこそとは、遁世せで世
間に在し時の事也。其時ならばこそ、うきに付て其世を捨て、其世をあなうの世やと
も思ふべけれ。今已《ステ》に遁世の身のあなうなど云事なき筈《ツ》ながら、更にあるをいがゝす
べきと也。

1831 なにごとにとまる心のありければさらにしも又世のいとはしき

野州云、もとより何事にも一として心のとまらぬうへに、更に又いとはしきと思ふ心
は心のとまる事の有けるにかとうたがひたる哥也。

入道前関白太政大臣

1832 むかしよりはなれがたきは浮世かなかたみに忍ぶ中ならねども

玄旨云、かたみはたがひに也。人と我と同心に思ふをかたみといふ也。我と世との中、
さやうにはなき物なれどもはなれがたきといへり。

なげく事侍ける比、大みねにこもるとて、同行どももかたへは京へかへりねなど申てよみ
侍ける

大僧正行尊

1833 おもひ出てもしも尋る人もあらばありとないひそさだめなき世に

同行共を京に帰れとの給ひ付て、もし都にて我を思ひ出てとふ人あらば、不定の世に
我ありなどは答《コタ》へそとなり。なき身とおなじ身ぞとの心成べし。

題しらず

1834 数ならぬ身を何ゆへにうらみけんとてもかくても過しける世を

かくとてもかくても過す身を数ならぬ恨をして、富貴栄達ならぬ歎を何故にせしぞと也。万人の教なるべし。蟬丸〽世中はとてもかくても同じ事、を本哥也。

百首哥奉しに　前大僧正慈円

1835 いつか我みやまの里のさびしきにあるじとなりて人にとはれん

とふ人あれば客主といふ事あれど、終に人もとはねば客のあるじのといふ事もなきに、いつかとふ人有て我主とならんとの心也。あまりにさびしきみやまの里のとふ人なきをよみ給へるなるべし。

題しらず　俊頼朝臣

1836 うき身には山田のをしねをしこめて世をひたすらにうらみ侘ぬる

玄旨云、数ならぬうき身なれば、世を恨る事をいひても其かひなし。されば、をしこめてひたすらに侘たると也。山田と云よりひたといふ詞をよめり。愚案、晩稲《ヲシネ》はをくて田也。押籠ての枕詞のやうによめる詞也。

とし比修行の心有けるを、捨がたき事侍て過けるに、おやなどなくなりて心やすく思ひ立ける比、しやうじに書つけ侍ける　山田法師

1837 しづのおのあさな〳〵にこりつむるしばしのほどもありがたの世や

序哥也。こりつむるは柴をこりつむ心也。朝は朝食の煙たてんために、柴をこるをいひかけんためによめり。しばしのほども有がたの世やとは、一大事を思へば、けふあすもしらぬ世に早く修行すべきの心也。

題しらず　寂蓮法師

1838 数ならぬ身はなき物になしはてつたがためにかは世をもうらみん

身のためにこそ数ならぬ歎きして世をも恨つれ。身は捨て出家せしかば、たがために世をもうらみんと也。

法橋行遍

1839 たのみ有て今行末をまつ人やすぐる月日をなげかざるらん

仏道に入て決定往生の頼み有て、行末の来迎を待人は過る月日も歎くまじきを、其頼なき人は歎べきの心也。わづかの生の中に菩提の道もしらで過る月日にそへて死期ちかきを歎く心なるべし。

守覚法親王、五十首哥よませけるに　源師光

1840 ながらへていけるをいかにもどかましうき身のほどをよそに思はゞ

野州云、うき事にながらへたるを、人のうへにてはいかにもどかまし。我身の上をば忘れぬるよとよめり。引〽よそにしてもどきし物をいつしかと袖の雫をとはるべき哉、顕輔〽人の上とおもはゞいかにもどかましつらきもしらず恋る心は、此哥同心也。愚案、うき身のほどにて生ながらふるを、よその事と思はゞいかにもどかしからん。今のわが身の上なれば、人のもどかんも忘れてある事よと也。

題しらず　八条院高倉

1841 うき世をば出る日ごとにいとへどもいつかは月のいるかたを見ん

世のうさは毎日うきといとへども、猶家を出菩提の修行者とはえならず、いつ西方浄土の往生をとげんと歎く心也。出日入月対せり。

西行法師

1842 なさけありしむかしのみ猶忍れてながらへまうき世にもふるかな

野州云、ながらへまうき、まはやすめ字也。ながらへうき也。愚案、情有しは人に情有し事也。ながらへうき世には昔人に情有し事のみ猶忍ばれて、来世を思ふ心はうときと也。猶の字心を付べし。

清輔朝臣

1843 ながらへば又この比やしのばれんうしと見し世ぞいまはこひしき

玄旨、百人一首抄云、次第〳〵に音を思ふほどに、今のうきと思ふ時代をも是より後には忍ばんずるかとの心也。万人の心に観ぜん哥ぞと也。哥には理をつめずして心に持せていへる常の事也。かやうに理をせめて面白きも一体なるべし。いひつめたる哥なれども余情ある也。

寂蓮法師、人〻すゝめて百首哥よませ侍けるに、いなびて《いなといひて也》熊野にまうでける道にて、夢に何事も《熊野託宣にや》おとろへゆけど、此みちこそ世の末にかはらぬ物はあれ、猶此哥よむべきよし別当《熊野別当》湛快《タンクハイ》三位としなりに申と見侍て、おどろきながら此哥を急ぎ読出してつかはしけるおくにかきつけ侍ける

西行法師

1844 すゑの世も此なさけのみかはらずと見しゆめなくはよそにきかまし

此なさけとは和哥なり。彼熊野の道にての夢に何事もをとろへゆけど、此道こそかはらぬなど見し事也。此夢見し故に此百首を読侍る。さなくば此度の勧進の哥はよそにきかんと寂蓮へ云遣也。

千載集えらび侍ける時、ふるき人〻の哥を見て

皇太后宮大夫俊成

1845 ゆくすゑは我をも忍ぶひとやあらんむかしをおもふ《こふるイ》こゝろならひに

古人の哥をみて其人を我忍ぶごとく、昔をしのぶ心習ひに、後代には我哥を見、我集をみて、又我も忍ぶ人やあらんと也。古今序に、いにしへをあふぎていまをこひざらめかもといひし心にや。王義之が蘭亭記に、後‐之《ノ》視《ミン》レ今《ヲ》亦猶《ナヲ》《コトケン》二今之《ノ》視《ミルカ》一レ昔《ヲ》。又曰、後‐之《ノ》覧《ミン》‐者亦将《マサニ》《ス》レ有《ント》レ感《ズルコト》二於斯《コノ》文《ニ》一などいへる心もかよひ侍べし。

崇徳院に百首哥奉ける無常哥

1846 世の中をおもひつらねてながむればむなしきそらにきゆるしら雲

世のはかなくあだなる事を思ひつゞけて、打詠《ナカ》れば虚空にたなびく雲のあとなくきえて、万事無常の道理にもれぬ心を観じたる哥なるべし。

百首哥に　式子内親王

1847 くるゝまも待つべき世かはあだしのゝすゑ葉の露にあらしふく《たつイ》なり

化野は只はかなき野也。人の身のはかなさは化野の草露の嵐に消るがごとし。更に暮る一日をも待べき命にあらずと也。

つのくにゝおはして、みぎはの芦を見給ふて　花山院御哥

1848 つの国のながらふべくもあらぬかなみじかきあしの世にこそありけれ

津国長柄をそへ、芦の節を世にそへて心は明なるべし。難波がた短き芦のふしのまも――。

題しらず　中務卿具平親王

1849 風はやみ荻の葉ごとにをく露のをくれさきだつほどぞ《のイ》はかなき《さイ》

荻風にちる露の或はをくれ或は先だち、共にはかなき心なるべし。

蝉丸 東斎随筆云敦実親王雑色 無名抄云逢坂関明神是也

1850 秋風になびく浅茅の末ごとにをくしら露のあはれよの中
浅茅の葉末の露の風にはかなきがごとくなる世と観ずる心也。

1851 世の中はとてもかくてもおなじこと宮もわらやもは　てしなければ
宮殿もわら屋も、果は無常の世なれば、富貴貧賤さのみ心をなやますべきにあらず。皆同じことゝ也。雑部の終、無常の哥なる事心を付べしとぞ。

新古今和哥集　巻第十九

神祇哥

1852 しるらめやけふの子日のひめ小松おひんすゑまでさかゆべしとは
この哥は、日吉の社司、社頭のうしろの山にまかりて、ねのひして侍ける夜、人の夢に見えけるとなん
知らんや、しらじなどの心の五文字也。子日せし社司の老後まで栄ふべきことを知まじきとて、今示すを頼もしく思ひ侍れと神託也。

1853 なさけなくおる人つらし我やどのあるじわすれぬ梅のたち枝を
このうたは、建久二年の春の比、つくしへまかりけるものゝ、安楽寺の梅をおりて侍ける夜の夢に見えけるとなん
左の詞にてよくきこえ侍り。あるじわすれぬとは聖廟御詠東風ふかば匂ひをこせよ梅花あるじなしとて春な忘れそ、と大鏡にみゆ。其飛梅を折しをつらしとの神詠なるべ

し。安楽寺、拾芥云、天神《ナリ》、号《ス》二天満宮《ト》一在二筑紫太宰府《アリツクシノダサイフニ》一。

1854 補陀落の南のきしに堂たてゝいまぞさかへん北の藤なみ

此哥は、興福寺の南円堂つくりはじめ侍る時、春日のえのもとの明神よみ給へりけるとなん

左の註の詞にみゆ。ふだらく山は観音の浄土なるを、南円堂の壇つく（ママ）、翁此哥をよむ。明神変化と袋草子云〻南京興福寺の南の岸に此南円堂を立て、不空羂索《フクウケンジヤク》観音を安置申されしをなぞらへて、かく読給ふなるべし。藤原氏に南家北家などあり。此堂たて給へる閑院左大臣冬嗣は北家におはしませば、其家の繁栄をしめして、今ぞさかへん北の藤なみと侍るとぞ。今の世までも果然たり。是を元亭釈書にも弘仁四年《ニ》諫議《カンギ》大夫《タイフ》藤《ノ》冬嗣於《テ》レ寺《ニ》建《タテヽ》二南円堂《ヲ》一安《ス》二不空羂索《クウケンジヤク》羣并《ニ》四天王像《ノヲ》一。荘麗《サウレイ》殊特《シユトク也》世《ニ》伝《フ》尓《ソノ》時藤氏寝微《ヤゝビ也》大夫営《ノエイカウハ》構願《ヘリ》レ栄《サカヘンコトヲ》二家族《ヲ》一果《シテ》大夫登《ノホリ》二宰相《ニ》一藤氏益茂《マス〱サカン也》といへり。

1855 夜やさむき衣やうすきかたそぎのゆきあひのまより霜や置らん

住吉の御哥となん

野州云、かたそぎとは社壇の棟に打ちがへて、さきをかたそぎてある木の名也。行合《ユキアヒ》の間《マ》とは、二つをうちちがへたる間成べし。社の破壊《ハエ》を帝へ申させ給へる御哥になん申伝る。住吉の御哥也と古註にあり。愚案、此野州の説は哥論義の義にしたがへり。此哥、孫姫式等にはかさゝぎの行あひとあり。顕昭袖中抄にもしかありといへど、此集にかたそぎとあり。古人も其説にしたがへば其義を用侍るべし。

1856 いかばかり年はへねどもすみの江の松ぞふたゝびおひかはりぬる《けるイ》

此哥は、ある人の住吉にまうでゝ、人ならばとはまし物を住のえの松はいくたびおひかはるらん、とよみて奉ける御返しとなんいへる

御神現形　いせ物語口訣。
彼物語にて可習之

住吉大明神は、神功皇后《グウ》三韓《カン》をしたがへ給てのち、津の国に勧請せさせ給へり。其後
いかばかり年はへねどもとなるべし。心は明にや。

1857 むつまじと君はしらなみみづがきの久しき世よりいはひそめてき

伊勢物語に、住よしに行幸の時おほん神げぎやうし給ひてとしるせり
岸の姫松いく世へぬらんと業平のよめるに答へて、久しき世より祝ひ初し松なり。かく久しき松をむつまじと君は知べき物をと也。

1858 人しれずいまや〱とちはやぶる神さぶるまで君をこそまて

此哥は、待賢門院堀川やまとのかたよりくまのへまうで侍けるに、春日へまいるべきよしの夢を見たりけれど、のちにまいらんと思ひてまかり過にけるを、帰り《都に帰りて也》侍けるに託宣し給ひけるとなん
此歌も左の註の詞にてよくきこえ侍べし。此哥隆教卿ノ続詞花集ニハ、下す女に春日のつかせ給て仰られけると有。御返しに申ける堀川みかさ山さしもあらじと思ひしをあまくだりけるけふこそはしれ、是も続詞花第八に有。

1859 みちとをしほどもはるかにへだゝれりおもひおこせよ我もわすれじ

此哥は、陸奥にすみける人の熊野へ三年まうでんと願をたてゝまいりて侍けるが、いみじうくるしかりければ、いまふたゝびをいかにせんと歎きて御まへにふしたりける夜の夢に見えけるとなん
陸奥よりは道程遠く隔たりければ、心に念じたらば納受あるべしとの御哥なるべし。
左の詞にて明也。袋草紙にある哥也。熊野の御哥と云〻。

1860 おもふこと身にあまるまでなる瀧のしばしよどむをなにうらむらん

此うたは、身のしづめることを歎てあづまのかたへまからんと思ひたちける人、熊野の御前に通夜して侍ける夢に見えけるとぞ

なる瀧、紀伊牟婁《ムロノ》郡也。おもふ事は身にあまるほど成就すべきに、しばし瀧のよどみのごとくよどみたりとて、など心短くうらむらんとの神詠成べし。左の註にて心明也。

1861 われたのむ人いたづらになしはてば又雲わけてのぼるばかりぞ

賀茂の御うたとなん

玄旨云、賀茂の御哥なり。雲わけてのぼらんとは本空に帰り給はんといふ哥也。愚案、別雷の御神なれば、頼む人を徒になしては此世に跡とめ給はんかひなしとの御誓ひにや。袋草子のうた也。

1862 かゞみにもかげみたらしの水の面にうつるばかりのこゝろとをしれ

これ又かもにまうでたる人の夢に見えけるといへり

鏡にも影見え、水にもうつるほどの神慮ぞとの心を御手洗にそへて、我にいのらん人は感応納受あるべしとの御うたとぞ。

1863 ありきつゝきつゝ見れどもいさぎよき人のこゝろを我わすれめや

石清水の御うたといへり

往来に付て見給へ共、清浄の人の心は忘れがたく思召すの心とぞ。石清水は八幡大菩薩也。此哥も袋草紙に有。下句、君が心をと有て是孝謙天皇弓削《ユゲノ》法皇に譲《ユツル》レ位《ヲ》、和気《ノ》清麿、為《シテ》レ使令《トシメ》レ申《サ》二宇佐宮《ノニ》一給《フ》之‐時皈来《カヘリテ》て奏《ス》二不《サル》レ許《ユルサ》之‐由《ヲ》一。仍法皇怒《イカリ》て清麿の足を切りてうつぼ舟にのせて流《ス》。于時《ニ》宇佐宮《ノ》に流寄《ヨル》。彼‐神清丸が清廉《セイレン》をあはれみて誦《ズシ》二此哥《ヲ》一て清丸の膝《ヒサノ》を撫給《ナテタニヒ》し時に、足《アシ》満足云〻。此集には此次の西の海の哥を清丸に託宣とあり。

両説にや。

1864
西の海たつしらなみのうへにしてなにすぐすらんかりのこのよを

此哥は称徳《ショウトク》天皇《ノ》御時、和気《ワケノ》清丸を宇佐宮に奉り給ひける時、託宣《タクセン》し給ひけるとなんかりの此世の理をしめして、清丸が難をも歎く事なかれ。是を聞て彼道鏡法師も、無道の帝位を望む事なかれとの心にや侍けん。註、称徳《セウトク》天皇は孝謙《ケン》帝の重祚《ソ》の御名也。

続日本紀水鏡等委。

延喜六年日本紀竟宴に神日本磐余彦天皇　大江千古江家祖音人男千里兄

1865
しらなみに玉よりひめのこし事はなぎさやつゐのとまりなるらん

玉依姫は神武天皇の御母にて豊玉《トヨタマ》姫のいもうとなり。豊玉姫は彦火《ヒコホヽ》々出見尊《テミノミコト》の妃《ミメ》なり。みこをうむとき八尋《ヤヒロ》の鰐《ワニ》になりしを、彦火《ヒコホヽ》々出見尊《テミノミコト》うかゞひ見給ひし事を恥《ハチ》うらみて、みづからはわたつみにかへりて、みこをいもうとの玉依姫にいだかしめて、なぎさに送り出し奉れり。委日本紀神代下にあり。此事を玉よりひめのこし事は、なぎさやつゐのとまりなるらんとよめるにや。但此哥神武天皇の御事をよめる所きこえず。玉依姫の事のみときこゆ。不審にや。猶次の玉依姫のうたにて可勘合。

猿田彦《サルダヒコ》　紀淑望《ノヨシモチ》紀長谷雄卿子

1866
久かたのあめのやへ雲ふりわけてくだりしきみをわれぞむかへし

日本紀神代下云《ニ》、皇孫《スメミコ》乃離《ヲシハナチ》二天磐座《アメノイハクラヲ》一且排《マタヲシワケテ》二分天ノ八重雲《ヲ》一稜威《イツノ》之道別《チワキニ》々々《チワキテ》而天《アマクタリマスヒウ》一降二於日向《カノ》襲《ソノ》之高千穂峰《タカチホノタケニ》一矣。これ瓊々杵尊《ニニキノミコト》降臨《カウリン》の時の事也。同書云《ニ》、衢神《チマタノカミ》対《コタヘテ》曰《ク》聞《テ》二天照大神《アマテルヲヽンカミ》之子《ノミコ》今当降行《イデマスヘシト》一故《カレ》奉《ル》二迎《ムカヘ》相待《アヒマチ》一吾名《アガナハ》是猿田彦大神《サルタヒコヲヽンカミ》云々。天孫降臨《アメミマガウリン》のみちに待居てむかへ奉りし事をかくよめり。猶日本紀を委見合て心得べし。我とは猿田になりてよめること

日本紀竟宴《ノキヤウエン》　卜部《ノ》兼永《ノ》釈日本紀曰、延喜四年八月廿一日、大学頭《ノ》藤原春海講《スレ》之《ヲ》。六年十月廿二日終《ヲフレ》之《ヲ》。同年十二月十七日《ニ》竟宴。哥人員保親王以下卅六人、序者《ハ》三統理平《ムネノマサ》云々。略記

神日本磐余彦《カンヤマトイハワシヒコノ》　神武天皇の御事也

ば也。

三《ミ》統理平《ムネノマサ》釈日本紀従五位下大内記云ゝ

玉依《ヨリ》姫

1867 とびかけるあまのいはふねたづねてぞあきつしまにはみやはじめける

日本書紀第三神武天皇紀曰《ク》、東《ヒンカシニ》有二美地《リヨキクニ》一青山四周《アオヤマヨモニメクレリ》其中《ニ》亦有《リ》下乗《ノリ》二天磐船《アマノイハフネニ》一飛降者《トヒクタルモノ》上。余謂彼地《ワレヲモフニカノクニ》必当《マサニ》レ足《タリヌベシ》下以恢二弘天業《ヒロメノヘテアマツヒツキヲ》一光中宅《ミチヲルニ》天《ノ》下《ニ》上蓋《ケタシ》六合《クニノ》之中心《モナカ》乎《カ》。厥飛降者《ソノトヒクタルト》謂《云ハ》是《ヲモフニ》饒速日《ニキハヤヒ》歟《カ》何《ソ》不《ンヤ》二就《ツイテ》而都《ミヤツクラ》一之乎。これ神武天皇の御詞也。彼天のいはふねにのりてとびくだる饒速日命《ニキハヤヒノヽミコト》をたづねて、終に東征し給ひて、土蜘蛛《ツチクモ》長《ナガ》すねひこなどたいらげて、大和国橿原《カシハハラ》の宮つくりて都を定させ給へる事なるべし。これを秋つしまにはみやはじめけるといふは、神武天皇御宇《アメノシタシロシメシテ》三十一年四月天皇《ニ》巡幸《シテ》望《ノソミテ》二地勢《ヲ》一曰《ノ玉ハク》、国《ノ》形《カタチ》如《シト》二蜻蛉《アキツムシノ》一、因《テ》レ是《ニ》有《リ》二秋津島《ノ》之名一と同書にあり。よりて大和の国を秋津しまといへばなり。但此哥は彼神日本磐余彦尊《カンヤマトイハワレヒコノミコト》をよめるに似て、玉依姫の題の心にはかなはずとみゆ。此外日本紀の中に勘《カンカフ》べき所管見に及ばず。思ふに、是はじめの哥と此哥と、伝写のあやまりにて、題を書たがへたるにや侍らん。此集、夏の部のはじめまでは定家卿撰者にておはせしが、父の喪にあひて、こもり居給ひしより、夏より以下を知給はで、撰者の名ばかりにておはし、後鳥羽院も此集御後悔の事有て、御遠島のゝち改めさせ給へりといへり。今までの所ゝにも、作者の違ひ詞書の古集にかはれる事共あまた侍し。是らの所など又此題のかはりめのたぐひの事にてや侍けん。しばらく愚意をしるして後の明弁を待ものならし。

賀茂のやしろ午日うたひ侍ける哥

1868 やまとかも海にあらしの西ふけばい《かイ》づれのうらに御舟つながん

いづれのうらに御舟つながん、やまと島にかもつながんといへる心にや。午日是をうたふ。神事賀茂社にあるなるべし。可尋之。

神楽をよみ侍ける　　紀貫之

1869 をく霜に色もかはらぬさかき葉のかをやは人のとめてきつらん

神楽哥に「霜八たびをけどかれせぬ榊葉の、ともよみ」榊葉の香をかぐはしみとめくれば、などよめる詞を用て榊の香をとめ来たるにはあらじ、御神楽のためにこそとなり。一説、やはのは助字云〻。

臨時祭をよめる

1870 みや人のすれる衣にゆふだすきかけてこゝろをたれによすらん

賀茂石清水の臨時祭に、大宮人、小忌衣の上に木綿だすきかくるをいひかけて、誰に心よせすらん、大君にこその心なるべし。

大将に侍ける時、勅使にて太神宮にまうでゝよみ侍ける　　摂政太政大臣

1871 神風やみもすそ川のそのかみにちぎりし事の末をたがふな

玄旨云、太神宮と春日大明神と君臣の御契を読給ふ也。愚案、みもすそ河のそのかみとは、川の川上にそへて、神代のむかし相殿の御契有し事を読給ふなり。日本紀神代下、天孫降臨の所に委。

おなじ時、外宮にてよみ侍ける　　藤原定家朝臣

1872 契有てけふみや河のゆふかづらながきよまでもかけて頼まん

是も宿契《シユクケイ》有てけふ見ると也。ゆふかづらは長きの枕詞なり。木綿蔓《ユフカツラ》とは伊勢の公卿勅使のときなど、木綿をかづらにして、祢宜中臣《ナカトミ》斎部《インベ》などまで冠の巾子《コジ》にかくる事あり。

公卿勅使　伊勢太神宮へ勅使を立らる。中納言参議などむかふとぞ。宸筆《シンヒツ》の宣命《センミヤウ》を給ふ。進発路次の儀など、江次第十二委

けふまうで〻見奉て、宿契までおもひしらる〻神徳に、子孫までの世をかけて頼奉ると也。

公継卿、公卿勅使《イニ公卿の字なし》にて太神宮にまうで〻、かへりのぼり侍けるに、斎宮女房の中より申をくりける　よみ人しらず

1873 うれしさもあはれもいかにこたへましふるさと人にとはれましかば

なつかしき我古里の都人にとはれたらば、嬉しさも哀もいかに答ん。答んやうもあるまじき物を、とはで帰京し給ふ事よと也。

返し　春宮権太夫公継

1874 かみ風や五十鈴川なみかずしらずすむべきみよに又かへりこん

斎宮の数しらず住せ給はん御代の程に、又まいるべければ、此度とはぬを恨み給ひそと也。

太神宮の哥の中に　太上天皇

1875 ながめばや神路の山に雲きえてゆふべのそらにいでん月かげ

自讃哥或抄云、詠めばやとは神宮御幸は有難きによりて遥に仰ぎ給ふ心なり。いづくも月はさやけきながら、殊に神路山の夕の空に出ん影は、岩戸をしひらかれし昔も今の心ちして、さぞ感情のあるらんとあそばされたるにや。宗祇同抄云、此哥神路山とは内外宮の間の山也。心は時代末に下りて、人の心よこしまにまよひふかくなるに、神明《冥イ》王道の光を隠す事を歎き思召て此世間の迷ひの雲消て、月の光待出ん空を詠めばやとの御心にや。野州同義。愚案、此両説或抄は哥の表説、祇抄は裏説なるべし。

1876 神風やとよみてぐらになびく四手かけてあふぐといふもかしこし

梁塵愚案抄云、みてぐらは御幣也。野州云、豊《トヨ》は大也。只おほいなるといふ儀也。四手は幣の四手也。清浄の物なるべし。かしことは辱《カタシケナシ》と恐れたる詞也。愚案、神風といふよりなびく四手と也。扱かけてとつゞけ給ふ御製也。

題しらず　西行法師

1877 みやばしらしたつ岩根にしきたてゝ露もくもらぬ日の御かげかな

野州云、宮柱は宮作りの事まで也。中臣祓に下津岩根に宮柱太立《フトシキタテヽ》とあり。広太なる体なり。露もくもらぬ日の御かげとは、今の世まで和光のかはらぬ事なるべし。愚案、宮柱したつ岩根に敷立てとは、伊勢の御事にや。御鎮座本紀曰、倭姫命《ヤマトヒメノミコト》曰、豊葦原瑞穂《ノトヨアシハラノミツホ》国《ノ》之内尓《ニ》伊勢加佐波夜之《カサハヤノ》国波《ハ》有《ア》二美宮処《ヨキミヤトコロ》一利止見定給比天《トミソナハシタマヒテ》自《ヨリ》二天上《アメ》一志天、投降居給布《シテナケクタシヲキ》天之逆鉾《フアマノサカホコ》大小之金鈴《キキ》五十口日之小宮《ヒノワカミヤノ》之図形文形《シルシ》等是也《ラコレナリ》度天《トテ》天之平手《アマノヒラテヲ》乎拍給《ウチタマヒ》甚寿於懐給《ヨロコヒタマフコトカキリナシ》此処尓《ニ》遷《ウツシ》二造日小宮《ツクリヒノワカミヤヲ》一大二宮柱《ミヤハシラ》太敷立《フトシキタチ》於下津磐根《シタツイハネニ》一太田命《ノミコト》以二地輪精金津根一奉レ敷レ之岐二崎搏風《チキタカシレリ》於高天之原《タカマノハラニ》一云々。くもらぬ日のみかげといふも太神宮の御事ときこえ侍にや。

1878 神路山月さやかなるちかひありてあめのしたをばてらすなりけり

是も月とはよみたれども只天照太神の御事なるべし。日本紀神代上曰、伊弉諾尊《イサナキノミコト》、伊《イサ》弉冊尊《ナミノミコト》共議《トモニハカリテ》曰《ノ玉ハク》、吾已《カレ》生《ニウメリ》二大八洲国《ヤシマノクニ》及《ヒ》山川草木《クサキヲ》一何不《イカンソ》レ生《サラン》二天下之主者《ウマアメノシタノキミタルモノヲ》一歟《ヤ》。於是《コヽニ》共生《トモニウミ》二日《マツリヌノ》神《ヲ》一号《マウス》二大日霊貴《ヲホヒルメノムチ》一此子《トノミコ》光華明彩《ヒカリウルハシクシテ》照二徹《テリトヲル》於六合《クニノ》之内《ニ》一。この心にてさやかなるちかひありて、あめのしたをてらすとよめるにや。又曰、次《ク》生《ニウム》二月《ノ》神《ヲ》一其光彩《ノヒカリウルハシクシテツゲリ》亜《ニ》レ日可《シ》二以配《テナラヘテニ》レ日而治《シラス》一ともあれば、月神の御事にてもながら、只天照太神の御事にて可然か。

伊勢の月よみの社にまいりて、月を見てよめる

1879 さやかなるわしの高根の雲ゐよりかげやはらぐる月よみのもり

わしの高根は、霊鷲山とて、釈迦如来法華経をとき給へる所也。両部習合の神道には、神も本地は如来の衆生済度の方便に、光を和げて神と跡垂《タレ》給ふといへば、其心にてよめる成べし。是も西行哥也。月読森、内宮にも外宮にもあり。

神祇の哥とてよめる　前大僧正慈円

1880 やはらぐるひかりにあまる影なれやいすゞがはらの秋の夜の月

玄旨云、太神宮の御威光の世にすぐれたる事を月によそへて光にあまる影とよめり。

公卿勅使にてかへり侍けるにいちしのむまやにてよみ侍ける　中院入道右大臣

1881 たちかへり又も見まくのほしきかなみもすそ川のせゞのしらなみ

一志の駅宿にて太神宮を思出る心也。立帰りといふ詞、白波の縁語也。みもすそ川、天照太神宮たゝせ給ふ所也。

いちしのむまや　公卿勅使の時、十一日到二一志駅宿一《イタリテイチシノムマヤニ》国司供給《クキウス》と江次第にあり。伊勢の国司勅使に饗応する事也。帰路にてこゝは此哥よみ給へり

入道前関白家百首哥よみ侍けるに　皇太后宮大夫俊成

1882 神風やいすゞの河のみやばしらいくちよすめとたてはじめけん

太神宮の宮始りてより今にかはらず。吾朝の宗廟にておはしますは、幾千世住めと立始しぞと也。すめは川の縁語也。

俊恵法師

1883 神風や玉ぐしの葉をとりかざしうちとのみやに君をこそいのれ

玉串とは伊勢にて榊をいへり。うちとの宮は内宮外宮也。心は明也。

五十首哥奉りし時　越前 嘉陽門院越前歟伊勢氏人女云〻

1884 かみかぜや山田のはらの榊葉にこゝろのしめをかけぬ日ぞなき

山田の原は外宮也。毎日心をかけて祈念する事を心の注連をかけぬ日ぞなきと也。

1885 社頭納涼といふ事を　大中臣明親 至建永元年云々 左近将監 正五位下

いすゞ川空やまだきにあきの声したつ岩根のまつのゆふかぜ

彼御鎮座本紀に下津岩根に宮柱ふとしき立てなどあるによりて、岩根の松の夕風の涼しさに、まだきに空は秋立て風の声もかはり、夏をしらぬにやとの心也。

1886 香椎《カシヒノ》宮の杉をよみ侍ける　読人不知

千はやぶるかしゐの宮のあや杉は神のみそぎにたてる成けり

野州云、香椎宮筑前也。八幡にてましますも也。あや杉はうつくしき葉のしなびて、もくなど紋のある木也。みぞきとは神体を作る木也。杉は直《スク》なる物なれば神によそへてよめる也。御衣木《ミソキ》と書り。

1887 八幡《ノ》宮の権官《権別当》にて年久しかりける事を恨みて、御神楽の夜まいりて、榊にむすびつけ侍ける　法印成清 石清水別当 光清真弟

榊葉に其いふかひはなけれども神にこゝろをかけぬまぞ《イ日ぞ》なき

いふかひに木綿をそへて、榊に木綿をかくる心にてよめり。浅官のいふかひなき身ながら猶心をかけて頼奉ると也。昇進をねがふ心也。

1888 賀茂にまいりて　周防内侍

年をへてうき影をのみみたらしのかはる世もなき身をいかにせん

年へて祈れども我身にかはる気色もなく、うき姿なるを歎く心也。うき影を見るとそへ、御手洗の川とそへて也。

文治六年女御入内屏風に、臨時祭《北也》かける所をよみ侍ける　皇太后宮大夫俊成

1889 月さゆるみたらし川に影見えて氷にすれるやまあゐの袖

小忌衣きし人の影の月にうつりて、御手洗河の氷に山藍すれると見ゆる心也。北祭りのさま也。

按察使公通 左衛門督通季子

1890 社頭雪といふ心をよみ侍ける

ゆふしでの風にみだるゝをとさえて庭しろたへに雪ぞつもれる

社頭の雪のけしき寒風木綿四手に音なふさま、みるやうの体にや。

1891 十首哥合の中に、神祇をよめる

前大僧正慈円

君をいのる心のいろをひとゝはゞたゞすのみやのあけの玉がき

野州云、人のまことを丹誠《タンセイ》といふ也。丹心なり。心の臓は色赤し。さればあけの玉垣の色に心をよそへて、人問はゞ糺《タヽ》すとつゞけて、真実の丹心を正しく顕《アラハ》さんと云たるさま也。彼社の法楽なればかくいへり。

1892 みあれにまいりて、やしろのつかさをの〳〵あふひをかけゝるによめる

賀茂重保 千載作者 神主重継子

あとたれし神にあふひのなかりせばなにゝたのみをかけてすぎまし

神に逢とそへ、頼みをかけても、其縁語也。御生とは、賀茂の明神あらはれ給ひし日なれば跡垂しとよめり。神にあふひといふ物あればこそ、頼をも懸れと也。

1893 社司ども貴布祢にまいりて、あまごひし侍けるつゐでによめる

賀茂幸平 神主家平子

おほみたのうるほふばかりせきかけてゐせきにおとせ川上の神

野州云、大御田《ヲホミタ》は神田也。貴布祢は賀茂の末社にてましませば、社司どもまいるとい

へり。愚案、貴船は賀茂河の上なれば、河上の神と云也。

1894
石川やせみの小河のきよければ月もながれをたづねてぞすむ　　　　鴨長明

鴨社の哥合とて人ゝよみ侍けるに、月を

月も一入清きながれを尋てすむと也。長明無明抄に、是は賀茂川の実名也、当社の縁起に侍りと顕昭にかたりし由有。此石川瀬見の小河、長明はじめてよみてのち、隆信朝臣、顕昭などもよめりと云ゝ。又同抄云、新古今撰ばれし時此哥入られたり。いと人もしらぬ事なるを、とり申人など侍けるにや。すべて此度の集に十首入て侍。是過分の面目なるうちにも、此哥の入て侍るが生死の余執ともなるばかりうれしく侍也。哀無益の事ども哉と云ゝ。顕昭袖中抄には、せみの小川とは、賀茂建角身命《カモタテスミミノミコト》見《ミ》二廻《メクラシテ》賀茂河《ヲ》一而《ノ》言《玉ハク》雖《トモ》レ狭小《セハシト》然《シカモ》石河清川在《キ》仍《リ》号《ナツク》二石河瀬見《ノ》小河《ト》一自彼《ラノ》河‐上《ニ》定‐座《マセス》《シツマリ》二久《キ》‐我《カ》‐国《ノ》之北山《ノ》基《モトニ》一従《ヨリ》二而《ソノ》‐時《ナツケテ》一名曰《ク》二賀茂《ト》一云ゝ。上下略。

1895
よろづ代をいのりぞかくるゆふだすきかすがの山のみねのあらしに　　　　中納言資仲大納言資平子

弁に侍ける時、春日祭にくだりて、周防内侍につかはしける

春日山のあらしをしのぎて、君を万歳といのり奉るとなるべし。春日祭に弁内侍の預る事、江次第委。

1896
けふまつる神のこゝろやなびくらんしでに波たつさほの川かぜ　　　　入道前関白太政大臣兼実公

文治六年女御入内屏風に、春日祭

四手に波たつとは、四手のなびくが波に似たるをよみ給へるなるべし。四手のなびくを神慮のなびくしるしとの心也。佐保川は奈良なれば春日のよせ有ゆへなるべし。

家に百首哥よみ侍けるとき、神祇の心を

春日祭　二月上申日也

1897 あめのした三笠の山の陰ならでたのむかたなき身とはしらずや

天下の人、春日大明神をこそ頼申べけれと也。雨には笠をたのむ心よりよみ給へり。

是も兼実公のうた也。

皇太后宮大夫俊成

1898 春日野のおどろの道の埋れ水すゑだに神のしるしあらはせ

野べの棘に埋れし水也。俊成卿、公卿には有ながら三位の淵にうづもれしを、述懐して、我こそかくあらめ、子孫だにと氏神に祈給也。

大原野春日明神也の祭にまいりて、周防内侍につかはしける

藤原伊家周防守公基子保家孫

1899 千世までも心してふけ紅葉〻を神もをしほの山おろしのかぜ

神もおしみ給ふとそへて、いつまでも、ちらさぬやうに心してふけと也。

最勝四天王院の障子に小塩大原に同シの山書たる所

前大僧正慈円

1900 をしほ山神のしるしをまつのはにちぎりしいろはかへるものかは

いのるしるしを待とそへて、神に祈る契は松の葉変ぜぬごとく変ずまじきと也。色のかはるを、かへるといへば也。

日吉社に奉りける哥の中に、二宮を

1901 やはらぐるかげぞふもとに曇りなきもとのひかりはみねにすめども

野州云、やはらぐる影は垂跡《スイシヤク》也。本《モト》の光《ヒカリ》は本覚の如来也。日吉の二宮は本地薬師にてまします也。又根本中道の本尊も薬師如来なれば、本《モト》の光《ヒカリ》は峰にすめどもとよみ給へり。

述懐の心を

1902 わがたのむ七《ナヽ》のやしろのゆふだすきかけても六の道にかへすな
玄旨云、七の社は山王七社の御事也。ゆふだすきとは木綿にて組《クモ》（ママ）たたる神人のかくるたすきのやうなる物也。六の道にかへすなとは、輪廻させ給ふなと神慮を仰ぐ心也。宗祇自讃哥註云、心は只七社は三如来四菩薩にておはしませばかくいへる也。同或抄云、七の社六の道対句なるべし。ゆふだすきは、かけてといはんため斗也。地獄、餓鬼、畜生、修羅、人道、天人、六道也。

1903 をしなべて日吉の影はくもらぬになみだあやしききのふけふかな
野州云、日吉の和光の影は曇《クモ》らず、衆生迷闇《メイアン》をはらし給ふ利生方便なるに、何とて心の曇るぞといふ心を、泪あやしき昨日けふ哉と述懐し給へり。きのふけふとは、あながちさしつめたる日限にあらず。只此ごろ哉といふ心也。猶説〻あれど此義を可用。

1904 もろともにねがひをみつの浜風にこゝろすゞしきしでのをとかな
玄旨云、ねがひをみつとは所願満足する心なるべし。浜風といふより涼しき四手の音とよめり。又志賀津、大津、粟津、是を三津の浜といへばかく読成べし。

北野によみて奉りける

1905 さめぬればおもひあはせてねをぞなくこゝろづくしのいにしへのゆめ
和尚の御身の上に、菅家の讒にあはせ給ひしたぐひの事おはしける比の御哥にや。御身の上に驚れて覚ぬれば思ひ合せてと也。心づくしの古の夢は天神の左遷の心也。

熊野へまうで給ひける道に花のさかりなりけるを御らんじて　白河院御哥

1906 さき匂ふ花のけしきを見るからにかみのこゝろぞ空にしらるゝ
野州云、咲匂ふ花とあるは、花の色香の人を隔ぬを、神慮の大慈大悲によそへてあそばされたる御哥也。猶此哥口訣。
くまのにまいりて奉り侍し
太上天皇

1907 岩にむす苔ふみならす三熊野のやまのかひあるゆくすゑもがな
人跡まれなる山路を分て、あゆみをはこばせ給ふ信仰のかひある行末もがなと也。

新宮にまうづとて、熊野河にて

1908 熊野河くだすはやせのみなれ竿さすが見なれぬなみのかよひぢ
信仰ふかき御心にて、深山長流をもいとはせ給はずながら、さすがに見馴させ給はぬ早瀬の舟中、叡慮さこそと推量り奉るべし。余情ある御哥とぞ。

白河院熊野にまうで給へりけるに、御ともの人〻塩屋の王子にて哥よみ侍けるに
徳大寺左大臣

1909 たちのぼる塩屋の煙うら風になびくを神のこゝろともがな
塩屋王子の神慮も我祈念になびき給へと也。

熊野へまうで侍しに、岩代の王子に人〻の名など書付させてしばし侍しに、拝殿のなげしにかきつけ侍しうた
よみ人しらず

1910 いはしろの神はしるらんしるべせよたのむうき世の夢のゆくすゑ
うき世の夢とは、如夢幻のこの世のゝちの行末の仏果を頼奉れば、我凡心こそ行末の生所をしらね、神は知せ給ふべければしるべし給へと也。

岩代の王子 紀伊国也。九十九王子ノ一なり

熊野の本宮やけて、年の内に遷宮侍しにまいりて
太上天皇

1911 ちぎりあればうれしきかゝる折に逢ぬわするな神もゆくすゑのそら
再興成就して遷宮の嬉しき折にまいりあはせ給ふも宿契の故なるべし。弥行末の所願

本宮 新宮。両所権現と申是也。薬師観音也。伊弉諾伊弉冊と也

空しくなし給ふなと也。

加賀守にて侍ける時、白山にまうでたりけるを思ひ出て、日吉の客人の宮にてよみ侍ける

左京大夫顕輔

1912 としふともこしの白山わすれずはかしらの雪をあはれとも見よ

加賀守なりしとき白山にまうでし事は、年をへて我も白髪にあらぬさま成とも、白山と客人同神なれば、見忘れ給はずは哀とおぼしめせ、かく老はてし事をと也。

一品聡子内親王（後三条院皇女）住吉にまうでゝ、人〻哥よみ侍けるによめる　藤原道経

1913 住吉のはま松が枝に風ふけば波のしらゆふかけぬまぞ（イ日ぞ）なき

浜松のしづ枝にかゝる波の白木綿かけしに似たる事をかくよめり。彼松のしづ枝をあらふ白波、に風情少かはれり。

奉幣使に住よしにまいりて、むかしすみけるとまりのあれたりけるを読侍ける

津守有基

奉幣使　禁中よりぬさ奉せ給ふ時の使也

1994 すみよしとおもひし宿はあれにけり神のしるしをまつとせしまに

神につかふるしるしを待ほどに、住よしと我思ひし宿は荒て、かく待かひもなしと松にそへてよめるなるべし。

ある所の屏風のゑに、十一月神まつる家のまへに、馬にのりて人のゆく所を

大中臣能宣朝臣

1914 さかき葉の霜うちはらひかれずのみすめとぞいのる神の御まへに

霜をはらへば梢も枯ぬ心を宿をかれず住めといひかけてなり。宿かれずといふ時は離の字也。

延喜御時、屏風に夏神楽の心をよみ侍ける　　貫之

1915 川やしろしのにおりはへほす衣いかにほせばかなぬかひざらん

八雲御抄云、川社、夏の神楽也。俊成説、有《ル》レ瀧川上にてすと云り。夏川の上にてする也。愚案、六百番哥合判《ノ》、俊成卿《ノ》、此貫之哥を註解の詞云《ニ》、河社の前にて夏神楽をしけるなるべし。彼川社しのといへるは、しげくなど、常にいへる古き詞也。万葉集などにも読つかひて侍るめり。おりはへてといふ、又同事也。ほす衣七日ひずといへるは、久しくひぬ事をいはんために七日とも八日ともいふ。又哥の習ひ也。衣と云は誠の衣にはあらず。きぬなどをほしたるに似たるをいへる也。いはゆる瀧門の瀧を、伊せ〽何山ひめの布さらすらん、といひ、又布引の瀧などいふやうなる事也。上下略。愚案、此御説は夏神楽する時、瀧津ながるゝ水の衣ほしたるが久しくひざるやうに見ゆる心なるべし。俊成卿諸社の百首ニ〽五月雨は岩波さそふきふね川河社とは是にぞ有ける、同卿、頭中将資盛朝臣哥合ニ〽五月雨は雲間もなきを河社いかに衣をしのにほすらん、右両首哥林良材に有。皆水をいへる心なるべし。説〻ありといへども彼卿の御説の外を用べきにあらざる歟。貫之家集四、夏神楽〽行水のうへに祝へる川社河なみ高くあそぶなる哉、彼、彼卿の説とて有《ル》レ瀧川上《ノ》にてすと、八雲抄の御説、此哥によりてなるべし。又水を衣ほすといふを定家卿も用給へるにや。〽大井河かはらぬ井せきをのれさへ夏きにけり衣ほす也。定家

釈教哥

1916 なをたのめしめぢがはらのさしも草われよのなかにあらんかぎりは

八雲御抄云、しめぢが原下総。さしも草多生云々。是童蒙抄を用ひさせ給へりとみゆ。其抄云、さしも草とは蓬をいふ云々。袋草子此哥註云、物思ひける女のはかぐ〵しかるまじくは死なんと申けるに、示ける云々。愚案、然ば此女を標原《シメチカハラ》のさしも草に比して、心短《ミシ》く思ひとらずとも猶頼めとの示現なるべし。或説、三界六道一切衆生などいへり。董蒙、袋草子の外難用歟。

1917 何かおもふなにかは《イとか》なげく世の中はたゞあさがほの花のうへの露

この哥は清水《ノ》観音《ノ》御哥となんいひつたへたる

是も袋草子にある哥也。朝顔の露のごとくはかなき世に貧賤をも歎べからず。富貴をもねがふべきにあらずと成べし。

智縁上人伯耆《ハウキ》の大山《ダイセン》拾芥ニ地蔵云々にまいりて、出なんとしけるあかつき、夢に見えけるうた

1918 山ふかくとしふるわれもあるものをいづちか月のいでゝゆくらん

智縁を月に比して、かゝる深山に年へても住物をいづくへとて出行せらるゝぞと、地蔵菩薩の示し給ふにや。

難波のみつの寺にて、あしの葉のそよぐを聞て　　行基菩薩元亨釈書伝アリ

1919 あしそよぐしほせの波のいつまでかうき世の中にうかびわたらん

波の浮びたゞよふがごとく、いつまで此身世に浮びたゞよはんと也。行基難波の橋を造て津国におはせし時、智光法師作礼悔謝せし事、元亨釈書にあり。其比にや。

比叡山中堂建立の時　伝教大師最澄

1920 阿耨《アノク》多《タ》羅《ラ》三藐《ミヤク》三菩提《ホダイ》のほとけたちわがたつそまに冥加《ミヤウガ》あらせ給へ

袋草子云、是中堂建立之材木取に杣に入給ふ時の哥也云〻。野州云、耨多羅三藐三菩提の仏とは無上正遍智とて、仏の上もなくはかりもなくたゞしく御智のすぐれたる事也。仏の位を申と心得べき也。愚案、我立杣とは彼材木とり給ふ杣たつる事也。冥加とは仏の加護を人しれずせさせ給ふ事也。上句は仏の御位をたふとみほめて、其仏たち、我このたびの建立の中堂成就すべき事を守らせ給へと也。元亨釈書云、延暦七年於二山頂《ニ》一創《ハシム》二一宇《ヲ》一名曰《ナツケテフ》二一乗止観院《ト》一自《ラ》刻《キサンテ》二等身薬師《ノ》仏《ヲ》一安《ス》之云〻。これ根本中堂なり。

入唐の時　智証、嘉祥三年春、同四年春両度、三王明神入《テ》レ唐《ニ》求《モトメ》レ法《ヲ》よと夢中にしめし給ふにより仁寿三年の秋入唐云〻

入唐の時のうた　智証大師円珍諡智証 園城寺祖

1921 法の舟さしてゆく身ぞもろ〳〵の神もほとけもわれを見そなへ

求法弘法の心ざしにて舟出し給ふ身ぞと也。みそなへは見そなはせよと也。かへり見、加護しましませと也。

菩提《ボダイ》寺丹波穴穂ニヤの講《カウ》堂《タウ》のはしらに虫のくひたる哥

1922 しるべある時にだにゆけ極楽のみちにまどへる世の中の人

時機相応ならでは善知識のしるべに逢がたし。今因縁有て見仏聞法の時にだに往生せよとの心なるべし。

みたけ吉野金峰山也の笙の岩屋にこもりてよめる　日蔵上人号御嶽上人

1923 寂寞《ジヤクマク》の苔《コケ》の岩戸のしづけきになみだのあめのふらぬ日ぞなき

野州云、寂莫は物のこゑもせずいかにもしづかなる事なるべし。又しづけきとよめるは、句をいひかさねて一段としづかなるさまをいひたる哥也。涙の雨は感涙なるべし。

愚案、元亨釈書九《ノ》曰、釈《ノ》日蔵洛城《ハラクシヤウ》人、延喜十六年二月入《テ》二金峰山《ノ》椿《チン》山寺《ニ》一薙《ソル》レ髪《ヲ》。時《ニ》年十二絶《タツテ》二塩穀《エンコクヲ》一精修《セイシユスルコト》六歳云〻。かやうの苦行のほどの詠哥にや。天慶四年《ノ》秋、金峰山にて三七日食を絶て、密供を修して執金剛神にあひ、金峰菩薩の短札に日蔵九九年月王護の八字を得て、天満天神の註解を承る事などあり。其時の感涙をよめるにや。

臨終正念ならんことを思ひてよめる　　法円上人

1924 南無阿弥陀仏の御手にかくる糸のおはりみだれぬこゝろともがな

御手のいとゝて、五色の糸を本尊の手にかけて、臨修に其糸をもちて来迎引接にあづかるわざする事也。糸にみだるゝといふ縁あれば終り乱ぬ心ともがなとよめり。

題しらず　　僧都源信恵心院号横川僧都

1925 我だにもまづごくらくに生れなばしるもしらぬもみなむかへてん

哥の心は明なるべし。往生要集を作て西方之勧発《クハンホツ》に備《ソナ》へ給ひ、一乗要訣を著《アラハ》して衆生成仏之義を顕《アラハ》し給へるなど、すべて此哥の心とひとしきにや。

天王寺の亀井の水を御覧じて　　上東門院

1926 にごりなき亀井の水をむすびあげてこゝろのちりをすゝぎつるかな

野州云、人に六塵《ロクヂン》といふ事あり。眼耳鼻舌身意《ケンニヒセツシンイ》《マナコミヽハナシタミコヽロ》の六根に色声香味触法《シキシヤウカウミソクホウ》《イロコエカアチフルヽノリ》の六塵を具足せり。衆生この塵にくらまされて六道に輪廻する也。然を此亀井の水にて心の塵《チリ》をすゝぎ給ふとよめり。愚案、心のちりは色にそみ、香にめづる煩悩の塵のけがれは清浄の亀井の水にて洗ひ清めて菩提心をおこし給ふと成べし。

法花経廿八品の哥、人〻によませ侍けるに、提婆品《ダイバボン》の心を　　法成寺入道前関白太政大臣

1927 わたつうみのそこよりきつるほどもなくこの身ながらに身をぞきはむる

野州云、此品《ホン》の心は此経に逢奉てたゞちに仏に成道《ル》を顕《アラ》はせり。提婆達多《タイバダツタ》といふ人五逆罪《ギヤクザイ》の人也。然ども此品《ホン》にて天王如来と申仏に成ぬ。又此哥の心は、八歳の龍女文珠の教化《ケウケ》にて、即身成仏して女身《ニヨシン》を変《ヘン》じて男子となりし事を、此身ながらに身をぞきはむるとよめり。愚案、皆見竜女忽然之間変成男子《カイゲンリウニヨコツネンシケシヘンジヤウナンシ》云〻。

勧持品《クワンジボン》の心を　　　大納言斉信

1928 かずならぬ命はなにかおしからん法とくほどをしのぶばかりぞ

野州云、此品の心は、五百八千の声聞有て仏の滅度《メツト》の後、悪世の中にて此経をひろくとかんとて八十億那由他《ヲクナユタ》の菩薩をはじめて、忍辱《ニンニク》の鎧甲《ヨロヒカフト》をきてそしりのる事有とも忍びて御経を説んと誓《チカ》ひて、仏の御前にていかやうにいひさまたぐるとも腹立せずして達《タツ》て此御経をとかんと、かたくちかひ給ふ也。それを数ならぬ命は何かおしからんとよめり。法とくほどをしのぶばかりぞとは仏法の事を思ふといふ義也。愚案、勧持品云我等敬二信《シテ》仏《ヲ》当《ニ ベシ》レ著《ス》二忍辱鎧《ニンニクノヨロヒヲ》一為《メノ》レ説《ンカ》二是経《ヲ》一故忍《ニフ》二此《ノ》諸《ノ》難事《ヲ》一我不レ愛《セ》二身命《ヲ》一但惜《ヲシム》二無上道《ノヲ》一我等於二来世一護二持《シタハヽ》仏《ノ》所《ロヲ》レ嘱《ソクスル》。上下略。たとひいかに罵詈《ノリソシリ》はづかしめらるゝとも只法を説ほどをこらへ忍ぶばかりにてあり。命も何におしからんと也。

五月ばかりに雲林院の菩提講にまうでゝよみ侍ける　　　肥後

1929 むらさきの雲の林を見わたせば法にあふちの花さきにけり

菩提講に逢ひしを、法にあふちとそへて紫雲に見なしてよめるなるべし。

涅槃経よみ侍ける時、夢に〱ちる花に池の氷もとけぬ也花吹ちらす春の夜のそら、と書きて人の見せ侍ければ、夢の中に返し（ママ）すとおぼえけるうた

1930 谷川のながれしきよく澄ぬればくまなき月のかげもうかびぬ

雲林院　紫野也。常康親王造云〻。前註

菩提講　彼寺の法事成べし

涅槃経　仏祖統記《ニ》曰《フ》、具《ニハ》云《フ》二摩訶般涅槃《マカハツネハント》一。此《コヽニハ》云《フ》二大滅度《メツドヽ》一。大《ノハ》即法身《ホツシン》。滅《ハ》即《チ》解脱《ゲダツ》。度《ドハ》即《チ》般若《ハンニヤ》。一経《ノ》始終純《モツハラ》明《ス》二三徳《ヲ》一

云々。此義四教集解ニモアリ
ちる花に池の氷も　二月十五日涅槃に臨み給ふ心を、花吹ちらす春の夜とにや

述懐哥の中に　　前大僧正慈円

1931 ねがはくはしばしやみぢにやすらひてかゝげやせましのりのともしび

哥の心は明なるべし。涅槃経曰、如来常住《ハ》無《ニシテ》レ有《シアルコト》二変易《ヘンヤク》一、一切衆生悉《コト〱》有《クリ》二仏性一、これくまなき月を如来常住の理にたとへ、谷川の流きよくすめば月のうかぶといふは、一切衆生こと〲く、仏性あることはりをよめるにや。すみぬれば月のうかぶといふ詞衆生の心によくかなへるにや。心を付べし。

1932 とくみのりきくの白露よるはおきてつとめてきえんことをしぞおもふ

直に寂光土に至るべき身を願はくはしばしまよひの衆生を済度のため、やみ路の娑婆界に休らひて法の灯をかゝげて照《テラ》し道引んとの心也。菩薩の一切衆生を度し給はんの誓ひを衆生無辺誓願度と云。其心ばへにや侍けん。

説法をきゝて夜はいねず、つとめてのうへに死なん事をこそおもへ、只に修行もせで死なんはほいなくをろかなることぞとの心を、古今の音にのみきくのしらつゆよるはおきてひるはおもひにあへずけぬべし、とよみし哥の詞ばかりを用ひてよみ給へり。

1933 ごくらくへまだわが心ゆきつかずひつじのあゆみしばしとゞまれ

玄旨云、此哥は浄土宗の他力の本願に乗じて往生極楽する心にはあらず。自力の観念をこらして即身成仏のたのしみを極る心なるべし。さればまた我心行つかず、しばらく存命して観心決定せんといふ心にて、羊《ヒツジ》の歩《アユ》みしばしとゞまれとは読給へり。羊の歩といふ事は、贄《ニヘ》に備はる羊の引れてゆくに、死期近くはかなきたとへ也。歩々近死地といふ是也。人命の毎日つゞまるたとへなり。

観心如月輪若在軽霧中の心を　　権僧正公胤

観心如月輪若　金剛界儀軌
云、復一心白《マウシテ》二言《マウサク》最勝尊《ニ》一我
不レ見二自心《ヲ》一此《ノ》心為《リ》レ相何《ソ》諸
仏咸《コト〳〵》告《クテ》言《ク》心《ノ》相難レ測量《シ》授二
与《ン》心等《ノ》言《ヲ》一即誦《ス》二徹心《ノ》明《ヲ》一観《ハ》レ
心《ヲ》如《シ》月輪《ノ》若《クハ》在二軽霧《ノ》中《ニ》如《ク》理
諦《タヽニ》観《ニ》察《セヨ》

1934 わが心なをはれやらぬ秋ぎりにほのかに見ゆるありあけの月

観念して心月の且且あらはるゝ心成べし。

家に百首哥読侍ける時、十界の心をよみ侍けるに、縁覚のこころを

摂政太政大臣

1935 おく山にひとり浮世はさとりにきつねなきいろを風にながめて

縁覚は独覚ともいへり。師化をたのまず、飛花落葉をみて十二因縁をさとるゆへに縁覚といひ、師化なき故に独覚ともいふ也。されば世をはなれたるおく山に独うき世は覚りにきとよみ給へり。常なき色を風に詠てとは飛花落葉の風にしたがふを見る心也。うき世とは十二因縁生死流転の世をいへり。十界とは、地獄、餓飢、畜生、修羅、人天、声聞、縁覚、菩薩、仏界也。其哥は、皆月清集にあり。

心経のこゝろをよめる

小侍従

1936 いろにのみ染し心のくやしきをむなしとゝける法のうれしさ

野州云、色即是空の文の句面をそのまゝいひたる成べし。愚案、色即是空は心経の文也。人の心有に着するゆへ、色に染香にめづるを、此空理を聞て此着をはなれし嬉しさよと也。

摂政太政大臣家百首哥に、十楽の心をよみけるに、聖衆来迎楽《シヤウジユライガフ》

寂蓮法師

1937 むらさきの雲路にさそふ琴のねにうきよをはらふみねのまつ風

野州云、極楽に往生するには聖衆来迎の音楽にさそはれ紫雲にひかれゆく事を雲路にさそふ琴のねとよめり。琴のひゞきを松風にたとふる物なればうき世をはらふ峰の松

風と也。浮世をはらふとは穢土苦域の界をはなるゝ心によめるなり。愚案、極楽十楽の事、往生要集第二にあり。云、欣求《ゴング》浄土者《トハ》極楽依《ノ》正功徳無量《也》、百劫千劫説《ニトモ》不レ能《アタハ》レ尽《ツクスコト》算《サン》分喩《ユ》分亦非《ス》レ所《ロニ》レ知《ル》、然《ルニ》群疑論明《ニハ》二三十種《ノ》益《ヲ》一安国抄標《ニハス》二一二十四楽《ヲ》一、既知《ニ》称《ス》揚《ハ》只在《リ》二人心《ニ》一、今挙《アケテ》二十楽《ヲ》一而讃《セン》二浄土《ヲ》一猶如《シ》三一毛之《ノ》渧《ルカ》二大海《ヲ》一。一《ニハ》聖衆来迎楽、二《ニハ》蓮華初開楽、三《ニハ》身相神通楽、四《ニハ》五妙境界楽、五《ニハ》快楽《ケラク》無辺楽、六《ニハ》引接《インぜウ》結縁楽、七《ニハ》聖衆倶会《クエ》楽、八《ニハ》見仏聞法楽、九《ニハ》随心供仏楽、十《ニハ》増進仏道楽也。下略。聖衆来迎とは弥陀卄五菩薩等のむかへ也。

蓮花初開楽《レンゲシヨカイ》

1938　これや此うき世のほかの春ならん花のとぼそのあけぼのゝそら

極楽に九品の蓮台あり。はじめて往生せし人の珍《メヅラ》しく楽《タノ》しき心をよめり。うき世の外は極楽也。花の扉を明ぼのは初開の心也。是や此とはとし比願ひし浄土よとふかく楽む心也。

快楽不退楽《ケラクフタイ》

1939　はる秋もかぎらぬ花にをく露はをくれさきだつうらみやはある

野州云、経云、快楽無極長与道徳合明永抜生死根本《クハイラクブキヨクチヤウヨタウトクカツメイエイハツセイシコンホン》といふ説也。極楽のたのしびの盛衰なき事を、春秋もかぎらぬ花をくれさきだつ恨もなき方によみなしたり。愚案、往生要集には、快楽無辺楽とあり。たのしみのはかりもなき心也。野州註の経は無量寿経巻下也。花には春の花秋の花あれど、極楽の花の台時をもわかぬ心也。をく露とは、彼の花のうてなに往生の人は永く生死の根を抜《ヌキ》て、不退にしてたのしみかぎりなき心を彼遍照の〽末の露本の雫や世の中のをくれさきだつためしなるらん、の詞を用ひてよめる成べし。

1940 たちかへりくるしき海にをくあみもふかき江にこそこゝろひくらめ

引接結縁《インゼウケチエン》楽

玄旨云、釈云、安楽国清浄常転無垢一念及一時利益諸群生と云〻。極楽に往生しては縁ある衆生を立帰りすくふよしよめるなり。愚案、深き江を縁深きに添て也。

1941 いづくにも我のりならぬ法やあるとそらふく風にとへどこたへぬ

法花経廿八品哥《ノ》読侍けるに、方便品、唯有一乗法のこゝろを　前大僧正慈円

天台座主にてましませば法華を我法とよみ給へり。空ふく風にとへどゝは、同経に、如風於空中一切無障碍と有。風はとゞこほらぬ物なれば何国か法花の外の法は有やと問へど答ぬは此妙法の外はなき由也。釈和集義。

1942

化城喩品、化作大城郭

おもふなようき世の中をいではてゝやどるおくにも宿はありけり

野州云、化城喩品とは、かりに作《ツクル》二大城廓《シヤウクハクヲ》一といふ義也。たとへば宝を求めに人〻をつれて上るに、其人〻つかれたるを知て五百由旬上るべき山路の半《ナカハ》にかりの城《ミヤコ》をあらはして、汝《ナンチ》が尋る所はこゝなりとしめせば、人〻悦びてつかれを忘るゝ時、此導師又云、こゝはかりのみやこ也。今二百五十由旬上りて、まことの宝所のみやこにつくべしといひければ、其時かの諸人、今は安く二百五十由旬をのぼりて実の宝所につきたり。かくのごとく声聞をみちびき給ひてまづ生死をいとはせで、羅漢果を証せさせ給ひて、其後、実大乗の法華経をときて即身成仏を証せさせ給ふ事、此たとへのごとくとかれたりけるを、宿るおくにも宿は有けりとよめり。思ふなよといへる五文字は、こゝばかりの都なりと思ふなよといふ心也。

水渚常不満　罪業報応《サイゴウホウヲウ》経《ニ》云、水流《レトモ》不㆓常満《ニミタ》㆒火盛《ナレトモ》不《ス》㆓久《シクモ》然《エ》㆒尊栄豪貴《ソンエイカウキノ》者《ノ》無常《ナル》復《ニマタ》過《タリ》㆑是《ニ》。この文なるべし。哥も此心にて、よくきこえ侍にや。水渚の字流なるべし

分別功徳品、或住不退地

1943　わしの山けふきく法の道ならでかへらぬやどにゆく人ぞなき

野州云、不退地に住するとは、此法花経の寿量品の功徳によりて衆生即仏の位に住して、其位を去《サル》事なきを不退地と云也。それを、けふきく法の道ならで帰らぬ宿に行人ぞなきとはよめる也。釈和集云、如来寿量の説を聞て不退転地に至るといふ文の心なれば、かへらぬ宿にゆく人なしといへり。霊鷲山にて、きく道の外に不遇地にやすくいたる道なしといふ心也。

普門品、心念不空過

1944　をしなべてむなしき空とおもひしに藤さきぬればむらさきの雲

此題の経文、聞名及見身心念不空過能滅諸有苦とあり。観世音の名を聞ても身体を見ても心に念じて空《ムナ》しく過さゞれば、能感応有て諸苦を滅すと也。むなしき空にも藤さけば紫雲見ゆるがごとく、念ずる心中に観世音感じ給ひて諸苦を滅し給へりと也。空を心にたとへ、念を藤にたとへ、紫雲を此菩薩の感応にたとへて、よみ給ふなるべし。

水渚常不満といふ心を　崇徳院御哥

1945　をしなべてうき身はさこそなるみ潟みちひるしほのかはるのみかは

水流ルレドモ常に不《ス》㆑満《ミタ》とあれど水の無常なるのみにあらず、浮身はをしなべてさやうにこそ無常なるべけれ。鳴海潟の汐《シホ》の満干のかはるばかりかはと也。さこそなるとそへて也。なるみ尾張の名所也。

先照高山

1946　あさ日さす峰のつゞきはめぐめどもまだ霜ふかし谷の陰草

玄旨云、華厳経に、先照《シ》二高山《ヲ》一次《ニ》照《シ》二平地《ヲ》一次照《ス》二幽谷《ヲ》一とあり。さとりうるもの丶次第〳〵にあきらかなる事をいへり。愚案、四教集解《ニ》云、此経《ノ》中《ニ》云、譬《タトヘハ》如《シ》三日—出《テ》先《ツ》照《スカ》高山《ヲ》一註、此経者《トハ》華厳也。日—出者《トハ》譬《タトフ》二如来出現《ニ》一也。先—照者《トハ》譬《タトフ》下仏《ノ》智光鑑《カンカミテ》二 権実《ノ》機《ヲ》一説《ニ》中、別円《ノ》法《ヲ》上也。高山《ハ》譬《フ》三別円《ノ》大機勝二出《スルニ》小乗《ニ》一也。月光《ハ》雖《トモ》二則無心《ニ》偏照《スト》一山高《シテ》乃自《ヲノツカラ》光蒙《カウフル》レ照耳云〻。哥の心は、朝日さすとは仏の出現して花厳をとき給にたとふ。峰のつゞきはめぐめどもは大乗の機にかなへる人にたとふ。霜ふかき谷の梯は機の熟せざる声聞の仏説をきゝてもえ聞しらぬ事、朝日の影をうけぬ谷のごとくなる心なるべし。

家に百首哥よみ侍ける時、五智の心を、妙観察智《メウクワンサツチ》　入道前関白太政大臣

1947 そこきよく心の水をすまさずはいかゞさとりのはちすをも見ん

野州云、五智とは五欲を覚《サト》りぬれば五智の如来となるといへり。人に五臓あり。此五臓よりおこる所を五欲と云。又五音ともなれり。此根本をさとるを五智の如来と云也。妙観察智といふは物を観じてしる智恵を云也。されば心の水をすまさずは、さとりの蓮は見えじと也。愚案、妙観察智亦《ノ》名蓮花智と云故也。菩提心論、千載集に註。

勧持品　正三位経家

1948 さらずとも《てイ》いくよもあらじいざやさはのりにかへたるいのちとおもはん

前に引く我不愛身命の文の心也。さらずとては、法のため身命を捨ずとて幾世もあり。果まじければ、いざさらば仏の所嘱の法にかへし命と思ひて、法のために捨んと也。

法師品、加刀杖瓦石、念仏故応忍の心を　寂蓮法師

1949 ふかき夜のまどうつ雨にをとせぬはうき世をのきのしのぶなりけり

法師品云、若説二此経《ヲ》一時有レ人悪口罵《シノリ》加《フレトモ》二刀杖瓦石《クハシヤクヲ》一念レ仏《スル》故《ヲ》応レ忍。この文は末世に此経を説時、悪人悪口しのりそしりて刀杖瓦石などにていためくるしむるとも、仏の道を思ふ故に堪忍すべし。釈尊薬王ぼさつにのたまひし偈の詞也。哥の心は、窓うつ雨を刀杖瓦石にてうつにたとへ、音せぬを堪忍にたとへ、うき世をのきとそへて、世をのきはなれし法師の忍辱の衣きたるにたとへて、忍ぶ草茂き軒には深夜の雨も草によりて音せぬ心にそへてよめり。

五百弟子品、内秘菩薩行の心を　　前大僧正慈円

1950 いにしへのしかなく野べのいほりにもこゝろの月はくもらざりけり

野州云、富楼那尊者に仏の印可し給ひて、内には菩薩の行を秘して、外には是声聞を現すとの給へるをかくよめり。いにしへの鹿なく野べとは鹿野園にて仏の阿含《アゴン》経を説給へるに、小乗の空理をさとりて声開となりしふるな也。法花経にて見れば内秘菩薩行にて、其時も大乗円妙の月はありけりとよめり。愚案、鹿苑、四教集解云、群鹿《ノ》所レ居《ヲル》故《ニ》云《フ》二鹿苑《ト》一。猶委。このゆへに、しかなくのべとよみ給ふ月の余情なるべし。心の月は内秘菩薩行の心也。

人々すゝめて法文百首哥よみ侍けるに、二乗但空智如蛍火　　寂蓮法師

1951 みちのべのほたるばかりをしるべにてひとりぞいづるゆふやみのそら

菩薩清涼月、遊於畢竟空

1952 雲はれてむなしき空にすみながらうきよのなかをめぐる月かげ

玄旨云、此文の心は菩薩の悟りを晴たる月にたとへ、衆生にまじはりながら衆生の業識にもそまらぬを畢竟空にあそぶと説たる也。

二乗但空智如螢火　法華玄義十云、大品云二一《ノ》乗智恵《ハ》猶《ヲ》如《シ》二蛍火《ノ》一、この文にや。大智度論卅五云、蛍火虫《ノ》亦《モ》不《スト》レ作二是念《ヲ》一、我光明能照二閻浮提《ヲ》一、諸声聞《ノ》辟支仏《ヒヤクシブツモ》不レ作二是念《ヲ》一、我智恵能《ク》照《ス》二無量無辺衆生《ヲ》一云々。これらの類の文あまたあるべければ、猶可勘之。（この後、歌注を続く）野州云、哥の心は、二乗とは声聞縁覚也。二乗は いづれも小乗也。諸法は空とばかりさとる也。是を但空と云也。此智恵は、大乗にくらぶれば、暗夜に蛍をしるべにて、道を行がごとし

菩薩清涼月遊於畢竟空《ヒツキヤウクウ》　立項すれども注無し

1953
栴檀香風《センダンカウフウ》、悦可衆心《エツカシユシン》
ふく風に花たちばなや匂ふらんむかしおぼゆるけふの庭かな
野州云、是は法華経を説給はんとて六の瑞相の有しに、衆喜瑞とてもろ〳〵の人天竜畜までも何をとき給ふとはしらねども頻《シキリ》に悦の心有しを衆喜瑞と云也。むかしおぼゆるとは昔にあふ心ちする也。説の心なるべし。愚案、此題は法華経序品也。花たちばなや匂ふらんとは栴檀香風の心をよめり。むかし覚るとは仏かの瑞相を現し給ふを、文殊に弥勒のいかなる事ぞと問給ふに、文殊、我見燈明仏本光瑞如此以是知今仏欲説法華経と答給へり。むかし日月燈明仏法華をとき給はむとて、かやうの瑞相を現し給へば、いまの釈迦仏も法華経をとき給はんとの御事にやとの心也。されば過去燈明仏の瑞相をおもひ出らるゝけふの庭の香風ぞと也。

1954
作是教已《サゼケウイ》、復至他国《フクシタコク》
やみ《イま》ふかき木のもとごとに契をきてあさたつ霧のあとの露けさ
野州云、是は寿量品の文也。心は医者の有しがあまたの子を持たるに、此子ども親のみぬまに毒薬をくらひて病にふしたるを、親他所より帰来て見て、よき薬を調合して子どもにあたふるに、毒気ふかく入たる子は親の教へにもしたがはず薬をものまぬ也。其時親薬をば子どもにあづけて、わが身は他国へ行て子のもとへ使をつかはして汝が父は死たりと告さするに、此子力を落してをのれと薬をのみて病いへし也。如此仏の在世に法を聞て悟を得る人は煩悩の毒気浅き也。仏の説給ふを信ぜずして仏入滅のゝち、のこしをき給ふ経文を聞てさとりを得るは煩悩の毒気ふかく入て程へて覚る也。此心を題にて、やみふかき木のもとごとにとはよめり。やみは煩悩の闇也。木のもとごとには子共（ママ）に薬を預けおく也。朝たつ霧は他国へ行たる心也。跡の露けさは他国より使をつかはして死たりと告るに、諸の子どもの悲しめる心也。愚案、此題法華経寿量品《ニ》云《ク》、是好《コノヨキ》良薬今留《トヽメテ》在《コヽニ》レ此汝可《シ》二取服《テス》一勿《ナカレ》レ憂《ウレフルコト》レ不《ジト》レ差《イエ》作《ナシテ》二是-教《ヲシヘヲ》一已《ニ》復《マタ》至《テ》二他国《ニ》一遣《ツカハシテ》レ使《ヲ》還《カヘツテ》告《ク》二汝《カ》-父《ハ》已《ニ》-死《タリト》一。この文也。

此日已過、命即衰滅

1955 けふすぎぬいのちもしかとおどろかすいりあひのかねのこゑぞかなしき　素覚法師

命もしかとは、けふ暮ぬいのちもしかさやうにしゝまるとの心也。

悲鳴、呦咽、痛恋本群

1956 草ふかきかりばの小野を立いでゝ友まどはせる鹿ぞなくなる　寂然法師

玄旨云、此題いづれの経文としらず。哥の心は明也。

棄恩入無為

1957 そむかずはいづれのよにかめぐりあひておもひけりとも人にしられん　寂然法師

世をそむきて無為に入、生死をはなれたればこそ皆倶成仏して、真実に思ひし心をも父母妻子にもしらるれ。恩をすてずして又生死の闇《ヤミ》にまよはゞ、いつ一蓮他生の世もあらんと也。

合会有別離

1958 あひ見ても峰にわかるゝ白雲のかゝるこのよのいとはしきかな　源季広

白雲のかゝるとそへて、かゝる無常の世のいとはしきと也。

聞名欲往生

1959 をとにきく君がりいつかいきの松まつらんものをこゝろづくしに　寂然法師

此日已過命即衰滅　出曜経《ウニ》云、此日已《ステニ》過《スクレハ》命則減少《ケンセウシテ》如《シ》二小水《ノ》魚《ノ》一、斯《コヽニ》有《ン》二何《ノ》楽《ミカ》一、この文を少かへたるにや

悲鳴《ヒメイ》呦咽《ヨウインシテ》痛恋《テフ》二本群《ヲ》一　立項すれども注無し

棄《スレハ》恩入無為　悲華経云、流二転《スレハ》三界中《ノニ》一恩愛不レ能レ断《ルコト》、棄《ステヽ》レ恩《ヲ》入《レハ》二無為《ニ》一真実《ニ》報《スル》レ恩《ヲ》者《也》。三界、欲界、色界、無色界。

含会有別離　涅槃経ニ云、夫盛《ナレハ》必有レ衰、合会《スレハ》有《リ》二別離一、命《ハ》為《メニ》レ死《ノ》所《ル》レ呑《ノ》無レ有《ルコト》二法《トシテ》常《ナル》者一

聞名欲往生　無量寿経下云、其《ノ》仏《ノ》本願力聞《テ》レ名《ヲ》欲《レハ》二往生《セント》一、皆悉到《ル》二彼国《ニ》一

君がりは君がもとへ也。をとにきく君とは弥陀如来をいへり。いつか往《イキ》とそへて也。心づくしは生の松筑前なれば也。さて西方浄土になぞらへて、あみだの彼国に種〻の誓願をたれて心をつくして待給ふらんに、いつかはゆかんと也。源氏浮舟巻〽波こゆる比ともしらで末の松まつらんとのみ思ひける哉、此詞を用。

心懐恋慕、偈仰於仏

1960 わかれにしそのおもかげの恋しきにゆめにも見えよやまのはの月

野州云、寿量品の文也。常住不滅の如来なれども、衆生をみちびかんがために、かりに入滅を示し給へば、衆生仏をしたひ奉る故に発心し善根をうふる也。其心をよめる也。愚案、此品云、当《マサニヘシ》下生《シテ》二於難遭之想《ノヲ》一心懐《ニイタヒテ》二恋慕《レンボヲ》一渇《カツカフシ》二仰於《奉テ》仏《ヲ》一便《スナハチ》種《ウフ》中善根《ヲ》上。哥の心は仏滅度のゝち、こひしたひ奉りて夢にだに見まほしと思ふ心也。方便に涅槃し給ふを入し月になぞらへて其面影の恋しきなどよめり。

僧祇律委
十戒の哥よみ侍けるに、不殺生戒

1961 わたつ海のふかきにしづむいさりせでたもつかひあるのりをもとめよ

不殺生戒は物の命をころさぬ也。哥の心は深き罪にしづむ殺生をやめて、たもてばかひある仏法をもとめよと也。蜑の海に沈てすなどりする事をよせたもつかひあるといふに、貝を戒にもそへてよめり。

不偸盗《チウドウ》戒ぬすみをする事をいましむる也

1962 うき草の一葉なりともいそがくれおもひなかけそおきつしらなみ

磯がくれとは人みぬ所にての心也。一葉ほどの事にも盗む思ひをかけそと也。波の浮草にかゝる縁也。しら波を盗人よむは後漢《ノ》の霊帝の時、黄巾賊乱をおこせるを、漢書《ノ》註《ニ》、西河白波谷云〻。

1963 さらぬだにおもきがうへのさよ衣わがつまならぬつまなかさねそ

不邪婬《ジャイン》戒　釈氏要覧云。在家人《ノ》受則《ウクルトキハ》云二邪淫《ト》一若出家人《ノ》受則云二離非梵行縁一

さあらぬだにとは人妻ならぬ我妻だに女人にふるゝはつみをもきに、まして人づまなど妾などにはと也。衣の縁にて重るなどよめり。

不酤酒《フコシユ》戒

1964 花のもと露のなさけはほどもあらじゑひなすゝめそはるのやまかぜ

花の美景に酒をすゝめなどの遊興はわづかのほどなり。未来の長きつみを思ひて酔を勧《スヽメ》そと也。朗詠〽花下忘帰〳〵。なさけに酒を添て也。是まで寂然哥也。

入道前関白家に、十如是《ノ》哥よませ侍けるに、如是報《ニヨぜホウ》　二条院讃岐

1965 うきもなをむかしのゆへと思はずはいかにこのよをうらみはてまし

玄旨云、法華経方便品に十如是といふ事有。如是報とは何事もむくひのあるをいふ也。

釈和集云、現在のうきをも過去の罪をくんで慰ると也。

待賢門院中納言、人〻にすゝめて二十八品の哥よませ侍けるに、序品、広度諸衆生其数無《クハウドシヨシユウキスム》

有量《ウリヤウ》のこゝろを　皇太后宮大夫俊成

1966 わたすべきかずもかぎらぬ橋ばしらいかにたてけるちかひなるらん

経云、其後当《マサニ》二作《ヘシ》仏《ス》一号名《ナツケテ》曰《フ》二弥勒《ト》一広度《クス》二諸《ノ》衆生《ヲ》一其数《カス》無レ有《アルコトハカリ》レ量。上下略。釈和集云、菩薩は最初《サイシヨ》発心の時、無辺の衆生を度《ド》しつくさんと誓《チカ》ひをたてゝ仏に成て其願をみて給ふ事なるに、かの弥勒仏《ミロクブツ》はかく量《ハカ》りなき衆生をすくひ給ふはいかに誓ひ初給ひしとの哥の心也。橋は人をわたす物なるに、たてけるといはんとて橋柱と読也。

大衆法をきゝて　善導の作の六時礼讃には此文なし。若安楽が和讃など歟

毎日晨朝入諸定　地蔵延命経の文也

1967
美福門院に極楽六時讃の絵にかゝるべき哥奉るべきよし侍けるに、よみ侍ける時に、大衆法を聞て弥歓喜瞻仰《イヨ〳〵クワンギセンガウ》せん

いまぞこれ入日を見ても思ひこしみだの御国のゆふぐれのそら

入日をみてもといふは観経の日想観の心なるべし。此哥は極楽に往生して娑婆にて入日をみても思ひし弥陀の御国よと歓喜《クハンギ》《ヨロコヒ》し瞻仰《センガウ》《ミルアフク》する心也。彼六時讃の絵にあはせし哥なるべし。

1968
暁《アカツキ》至りて、浪《ナミ》の声金の岸によするほど

いにしへのおのへのかねに似たるかなきしうつなみのあかつきの声

是も彼六時讃の心をうけて也。いにしへのとは極楽の金の岸浪の暁の声をきゝて、娑婆にてきゝし尾上のかねをおもひ出し心なるべし。

1969
百首哥中に、毎《マイ》日晨朝入諸定《ジンデウニフシヨジヤウ》の心を　式子内親王

しづかなるあかつきごとに見わたせばまだふかき夜の夢ぞかなしき

上句は題の毎日晨朝入諸定の心なり。定に入とは禅定に入て観念する心也。下句は観念思惟すれば、わが煩悩の夢の猶さめやらぬを歎く心成べし。

1970
発心和哥集の哥、普門品《法華経也》、種《シユ》〻諸悪趣《シヨアクシユ》　選子内親王村上皇女

あふ事をいづくにてとかちぎるべきうき身のゆかんかたをしらねば

後の世に逢ん事をいづくとも契約しがたし。うき身は浮びがたかるべければ種〻の悪趣のいづくにおちんを知ねばと也。

1971
五百弟子品の心を　僧都源信

玉かけし衣のうらをかへしてぞおろかなりける心をばしる

維摩経　註、維摩者《ハ》梵語也。此《コヽニハ》云《フ》二浄名《ト》一。三惑已《ニ》浄《シ》即是真身。名称周徧即是応身。此経《ハ》是浄名居士《ノ》所‐説故《ニ》云二維摩詰所説経《ト》一

此身如夢　此経方便品云、是身《コノミハ》如《シ》レ夢《ノ》為《タリ》二虚妄見《コマウノケン》一。かゝるはかなき喩《タトヘ》十有也

二月十五日　仏入涅槃の日也。涅槃経、前の集に註す

玄旨云、衣裏宝珠の心なり。哥にかくれたる義なし。

維摩経十喩《ノ》中に、此身如夢《シシンニヨム》といへるこゝろを　赤染衛門

1972 夢や夢うつゝや夢とわかぬかないかなる世にかさめんとすらん

野州云、夢といふも現といふもみな夢也。されば夢現と分別なし。此妄想はいづれの時にかつくさんと也。

二月十五日の暮がたに、伊勢大輔がもとにつかはしける　相摸

1973 つねよりもけふの煙のたよりにや西をはるかにおもひやるらん

野州云、けふのけぶりとは仏の入滅し給ふを栴檀の薪にて煙となし奉し事なり。たよりとは仏さへかくのごとしと思ひとりて弥往生の素懐をとげんと思ふ心なるべし。

返し　伊勢大輔

1974 けふはいとゞなみだに暮ぬにしの空おもひ入日のかげをながめて

玄旨云、けふはいとゞとは仏涅槃の日なれば也。入日を詠めてとは西方の願心ふかきよし也。

イ本、此次肥後教置て——、と云哥有。金葉に出、略之。

西行法師をよび侍けるに、まかるべきよしは申ながらまうでこで、月のあかゝりけるに門の前をとをるときゝて、よみてつかはしける　待賢門院堀川

1975 西へゆくしるべとおもふ月かげのそらだのめこそかひなかりけれ

月かげを西行になぞらへて也。西行は往生すべき導師とおもふに、偽のたのめし給ふはおもふかひなきことゝ也。空は月の縁也。

返し　西行法師

即往安楽世界　法華薬王品云、若有二女人一、聞《テ》二是《コノ》教典《ヲ》一如《ク》レ説《ノ》修行《ニ》、於レ此《コヽニ》命終《ハ》即往二安楽世界一、阿弥陀仏大菩薩衆《ニ》囲《ヰ》遶《ニヨウセラレテ》住《ス》処生蓮華《ニ》

1976 たちいらで雲間をわけし月影はまたぬけしきやそらに見えけん

まことに我を待給ふけしきならばたちよるべけれどもとの心也。

人の身まかりにける後、結縁経供養しけるに、即往安楽世界の心をよめる　瞻西上人

1977 むかし見し月のひかりをしるべにてこよひやきみがにしへゆくらん

玄旨云、題は法花経薬王品、若有女人聞此経〳〵、とあり。むかし見しとは此経をきゝし事をよめる也。

観心をよみ侍ける　西行法師

1978 やみはれて心のそらにすむ月はにしのやまべやちかくなるらん

野州云、やみはれては煩悩のやみ晴て也。東は発心門、南は修行門、西は菩提門、北は涅槃門也。菩提とはさとり也。さればにしの山べやちかくなるらんとよめり。

延宝八年庚申九月十七日染筆同九年辛酉二月十八日此抄終功　季吟

巻第二　春哥下

題しらず　中約言家持

ふるさとに花はちりつゝみよしのゝやまのさくらはまださかずなり《イり》

在《リ》二春雨《ノ》下花の香に上《ノニ》一

題不知　赤人

恋しくばかたみにせんとわがやどにうへし藤なみいまさかりなり

在リ二足引下かくてこそ上ノ一

巻第三　夏哥

時鳥の心をよみ侍ける　　顕昭法師

ほとゝぎすむかしをかけて思へとや老のねざめにひとこゑぞする

在二有明下過にけり上一

巻第五　秋哥下

題不知　　恵慶法師

高さごのおのへにたてる鹿のねにことのほかにもぬるゝ袖かな

在二妻こふる下深山辺上一

右之哥在異本

或イ本
巻第二　春下

太神宮に百首哥奉りし中に　　太上天皇

いかにせんよにふるながめしばの戸にうつろふ花のはるのくれがた

在赤人春雨はいたくな降そ下

或本奥書

今此新古今集は、いにし元久の比ほひ和哥所のともがらにおほせて、ふるきいまのうたをあつめて、そのうへみづから撰定めてこのかた、家〻のもてあそび物としてみそぢあまりの春秋を過ぐれば、今更あらたむべきにはあらねども、しづかにこれをみるに、思ひ〳〵の風情ふるきも新しきもわきがたく、品〻のよみ人、たかきもいやしき

此御奥書は後鳥羽上皇於遠島此集を改させ給へる本とかや。落字等あれど本のまゝ也。追而考正すべし

此奥書は一条禅閤御所持の
御本に在

も捨がたくして、あつめたる所の哥ふたちゞ也。数のおほかるにつけては哥ごとに優なるにしもあらず。其うちみづからが哥をいれたる事三十首にあまれり。道にふけるおもひふかしといふとも、いかでか集のやつれをかへり見ざるべき。おほよそ玉のうてな風やはらかなりし昔は、のべの草しげきことわざにもまぎれて、今此よ《本ノマヽ》と月しづかなる今は、かへりて森のこずゑふかき色をわきまへつべし。昔より集を抄する事は其あとなきにもあらず。さればすべからくこれを抄すべしといへども、摂政太政大臣に勅してかなの序を奉らしめたりき。すなはち此集の詮とす。しかれば、是《本ノマヽ》を抄せしめば、もとの序をかよはし用るべきにあらず。これによりてすべての哥の至愚詠の数ばかり改めなをす。しかのみならず巻〳〵の哥の中、かさねてち哥もゝちをえらびて、はたまきとす。たちまちにもとの集をすつべきにはあらねども、更に改めみがけるは、すぐれたるべし。あまのうき橋の昔を聞わたり、八重垣の雲の色にそまむともがらは、これをふかき窓にひらきつたへて、はるかなる世にのこせと也。

一本奥書

新古今集者元久上皇親以五人之撰併為廿巻。文質相交花実兼備、漢序則六角黄門親経卿、和序則後京極摂政公共擬　御製以作之。寔可謂和哥之中興、勅撰之上品者也。学而習之、玩而味之。何人不入三十一字之道。其名可留後五百年之時。今此本者或数寄之家令新写〻〻以一覧之次改数字之謬。猶未尽善重尋証本令校正可矣

壬辰小春　　桃叟判

八代集本奥書

右八代集為備証本、以数本再三令校正之畢

文明第八三月中旬　　牡丹花判

詠歌大概曰、和歌無師以旧歌為師。近来風体曰、連哥至八代集用本歌。故以和歌吟風花、以連哥弄雪月者不可以不講八代集也。謂古今集者二條家之正風而、従仮名之清濁至於夫三鳥三固之秘。無其伝者不能読之。後撰拾遺等亦不可不習其清濁也。偶有註解訓説秘而不伝。故童蒙之輩、未抱臨渇問津之患者幾希焉。益惟　神聖之世詠八雲具四妙以来賛　王綱厚人倫成教誡之端者莫近於和歌連哥。以故累代之　天子勅令撰集示当世垂後代。是所以和歌為和歌也。偏秘而不伝者非和哥之大意乎　本邦之諸書蔵於密而淪没者比比有之。吾恒慨此因茲於古今集直載古抄其余之七代集。或襲先達之註解、或用前人之訓説。定為百八冊名曰八色抄、刊布而寿於久遠呼乎。吾薄識浅見安足窮其渕。微唯欲為童蒙之輩行千里進一歩之裨也。居蓬蒿而置言於勅撰之和歌。竊比種玉老人訓釈万葉等云。天和二年仲春時正日北村季吟秉筆於拾穂之庵下

天和二年中夏吉辰梓行畢

北村湖春
村上勘兵衛

近世旧注編　13

新古今和歌集口訣（日本大学総合学術情報センター本）

青木賢豪　校

新古今和歌集口訣

巻一

1　みよしのは山もかすみて白雪のふりにし里に春はきにけり

此哥忠岑の、山もかすみてけさはみゆらんと読るを本歌にて、もの字をはたらかして、吉野ゝ古郷も春のけしきの至れる風情をよみ給へり。白雪のふりにしさとゝいひつゞけて、雪深き古郷も時至りて山もかすみたち、春の来たる感情浅からず。ことばづかひたくみに自然と長高き躰の哥なり。

2　太上天皇　もろこしにはおりゐの帝を太上皇とばかり云也。此神国は天照太神の御子孫なれば帝を天皇と申奉り、院のみかどをも太上天皇と申侍るなり。瓊瓊杵尊《ニニギノミコト》を天照太神の御孫なれば天孫《アメミコ》と神書に申すがごとし。

巻四

380　ながめわびぬ秋より外の宿もがな野にも山にも月や澄らん

此歌祇注と野州の抄と両義の内、師説も野州と同意ながら、こゝもと皆月を賞したる哥双びたれば、月を詠め侘たるといへる祇注も捨がたきなるべし。所詮両説ながら可用之。

412　たつた山夜半に嵐の松ふけば雲にはうとき峯の月影

此歌嵐には雲吹はらふ物なれば雲には疎きと也。峯の月といふ峯といふ詞松に余情あり。峯より出る月の松に映じて面白きより雲にはうき《と》と心を付てみるべし。にはといふ詞にあたりて力ありと口訣侍し。

巻六

570

月をまつ高根の雲は晴にけり心あるべきはつ時雨かな

此哥抄には両義をあげて、後の儀を時雨の本意もたがはずといへり。然れば後の儀に決定の様なれども、こゝもとの部だてのさま時雨をさのみ専とすべきにもあらず。又心あるべきと、べきといふ詞に心をつけてみるべし。されば猶はじめの説、月をおしみて心なき時雨をいさめたる儀正説なるべし。時雨を心あるといふ心ならば心有けるなどもよむべきにやとぞ口訣侍し。

巻八

801

おもひ出る折たく柴の夕煙むせぶもうれし忘がたみに

此御製に慈鎮の御母の追悼といふ説、後京極殿のうせ給ひといふ説、御后承明門院通光卿の御妹といふ説と三説有ていづれも慥なる説なし。是誰と其人をさすべからず。只上皇の御心ざし深き人の慈鎮も御心しりの御方の哀傷なるべし。其故は誰と露顕すべき人ならば詞書に其よしあるべし。たゞぬれて時雨のなど申つかはしてとばかり侍れば、深く忍ばせ給ふ御かたの事と聞ゆ。慈鎮御心しりなればかくいひつかはさせ給ふに御返哥もあるなるべし。かやうに詞書にそれとなきは誰と註せぬ事撰集の見やうの故実なり。

巻十

925　草枕たびねの人は心せよ有明の月もかたぶきにけり

此歌有明の月もかたぶきにけりといふに、旅宿の見馴ぬ所の落月明がたちかき風情の珍しく面白き心をこめて、旅ねの人は道のつかれなどにいぎたなき物なれば、月も傾き明がたちかし、とく起出て用意せよといふうちに、此有明の月のおもしろきをも心して詠めよといふ心をこめての哥也。有明の月もといふ詞たゞにはあらず。心を付べし。草枕の五文字は旅といはん枕詞に万葉にもよめり。

954　古里に聞し嵐の声も似ず忘ぬ人をさやの中山

声も似ずとは都にかはりて音はげしきことをいふに、古郷人の忘られぬに其人をもみず、声をも聞ず恋しきに、嵐の声も古郷にゝず。さやうには古郷人を隔つべき事かはとかこつ心によめる哥也。野州の説に、さやとはさやうにはともいふ詞なりとばかり註して、委余意をことはらぬを口訣に伝侍し。

巻十一

990 よそにのみみてややみなん葛木や高間の山の岑の白雲

此哥は詩の興の躰などのやう也。かづらきの高間山の峯の雲の遥に面白き玄妙のけしきをみて心をおこしてよめる也。さても我が心をかくる人も高く及びがたきを、たゞによそにのみ見てや止なん、いかゞあらんとふかくおもひ入たるさま也。及びがたき人のさすがに忘れがたきを歎く心とみるべし。野州の抄、詞幽にて初心の人こゝろえがたからん故に口訣を別にせし也。

1015 人しれずおもふ心は足引の山下水のわきやかへらん

此哥古今集の、足引の山下水の木隠れて滝つ心をせきに(ママ)かねつるを本歌にて、山下水とは人にしられぬ道なれば、人しれず思ふ心をよそへて水の涌かへるをそへて、わきやかへらんと読り。此抄に、下に火の有て湯のわき帰るやうにといへる、よろしからぬ故口訣とかきそへたり。

1071 ゆらのとを渡る舟人梶をたえ行ゑも知ぬ恋の道かな

此歌は、我恋は行ゑもしらず果もなし逢をかぎりとおもふばかりぞとよめる詞を用ひて、舟路といふ事あれば恋の道哉とよみて、行末の是非をもわきまへず、わりなき恋路をよめり。

巻十四

1313
里はあれぬおのへの宮のをのづから待こし雪《(ママ)》も昔也けり

万葉集二十に、思《テ》二高円離宮処《タカマトノカリミヤドコロヲ》一作《レル》‐歌五首の中に今城真人《イマキノマウト》が歌、たかまとのおのうへの宮はあれぬともたゞしき君の御名忘れめや、是聖武天皇の高円の離宮の荒たるをよめり。是を本哥にて里はあれぬとよみて、人もとはぬ所の取つくろふこともあらぬさまをよませ給ふ也。おのへの宮のとはをのづからといはん詞のよせばかり也。宮の事にはあらず。里といふにて知べし。此夕このゆふべと待こしほど過て漸むかしになりたりと久しきほどの心をよめり。雪《(ママ)》もむかしなりけりといふもの字に、尾上の宮もむかしあれたる心をふくめてあそばされし哥なるべし。

1322
我恋は庭の村萩うら枯て人をも身をも秋の夕暮

此哥拾遺集中納言朝忠の、人をも身をもうらみざらましとよめるをうけてよみ給ふ也。此本哥つれなくあはぬ人を恨み、あひおもはれぬ身をも恨る心也。されば此慈鎮の御哥も、我恋は人をも身をもうらみうらめしき秋の夕暮ぞとの心也。庭の萩のうら枯たるを見て、わがおもひのはてもかやうにいたづらにこそ成侍らめと心をおこしてよめる哥なるべし。古説には、よし〳〵人をうらみじ身をもうらみじといふ心をふくめたりといへり。彼朝忠のうらみざらましといふ詞を委沙汰せぬ註と見ゆるゆへ、先古説を抄に其まゝしるして此口訣を別に伝受にし侍り。又飛鳥井殿の聞書《後水尾法皇御説》に、万葉の、我せこを我恋《待》をれば我宿の草さへおもひうら枯にけり、此哥をとれり。心は、つれなき人を待て其人を思ふに、時も漸秋に成て庭の萩も咲時分はさりともとうち頼しに、花もうつろひはてゝうら枯になれば今はとふ事もあらじ、人の心ほどうらめしき物はなしと人をもうらみ身をも休したる心也と云々。但万葉には此本哥、我恋をればとあり、待をればとはなし。又、草さへおもひうら枯にけりとこそあれ、萩とはなし。それは草とあるを萩とも読なし侍らめ。所詮両説《待てといふと只恋る心と》すこしのかはりめにてさのみのたがひもあらねば所好に随ひて用ひ侍べし。

巻十六

円融院位さり給て後、舟岡に子日し給ひけるに、参りて朝に奉りける

一条左大臣雅信公

1438 哀なりむかしの人をおもふにはきのふのゝべにみゆきせましや

此子日の御幸の事、古事談云、円融院小野宮右府記子日御幸《ハ》寛和元年二（ママ）月十三日《ノ》事也、巳《ノ》刻上皇御《シテ》二車《ニ》一令《メ》レ向《ハ》二紫野《ニ》一給、左右丞相左雅信右兼家大納言為光朝臣左大将済時右大将中納言文範布衣顕光重光保光右《左カ》近中将義懐散三位布衣参議忠清右兵衛督布衣公季布衣右近中将道隆散三位布衣公卿悉《コトゴトク》騎馬着《ス》二直衣下襲《ヲ》一以《ス》二桜柏桃《ヲ》一左大臣追参《ル》云々、御前《ノ》四方《ニ》立《ツ》二屏幔《ヲ》一、御前《ニ》植《ウ》二小松《ヲ》一云々、次召二和歌《ノ》人《ヲ》於御前《ニ》一先給レ座兼盛朝臣文時朝臣元輔《ノ》真人重之朝臣曽祢好忠中原重節等也、公卿達称《シテナシトサセルメシ》レ無二指召一追《ツ》二立《ツ》好忠重節等《ヲ》一、時通云、好忠已《ニ》在《ト》二召人《ノ》内《ニ》一云々、次左大臣召《シテ》二兼盛《ヲ》一仰《ス》下可レ献二和歌《ノ》題《ヲ》一之由《ヲ》上、即献《ジテ》云、於二紫野《ニ》一翫《モテアソブノ》　子日《ノ》松《ヲ》一者《テイレバ》以二兼盛一令《ム》レ献二和歌《ノ》序《ヲ》一云々、於二御前《ニ》一有《リ》二歌《ノ》遊事一、召《シテ》レ余小野宮《ヲ》為《ス》二和歌講師《ト》一、左大臣以下《ニ》献《シムルニ》二和歌《ヲ》一左府雅信不レ献如何略註、この左大臣は雅信公右大臣は東三条兼家公也。栄花物語花山の巻に云、天元元年といふ十月二日除目有て関白殿頼忠廉義公太政大臣にならせ給ひぬ。左大臣に雅信のおとゞなり給ひぬ。東三条どのゝつみもおはせぬをかくあやしくておはする、心得ぬことなれば、おほき

おとゞたび〳〵そうし給て、やがて此たび右大臣になり給ひぬ云々。さて歌の心は、円融院在位の御時も八幡宮平野社等に行幸あり、おりゐさせ給てもかく舟岡に御幸の御事あるまじき御事ぞと諫《イサ》め申さるる心なるべし。孟子に、先王無二流連之《ノ》楽荒亡之《ミ》行一といへる、白氏文集新楽府にも、吾君不レ遊《ルコト》有《バ》二深意一、一人出《ノ》兮、不二容《玉フコト》易一、六宮従兮、百司備《ソナハル》八十一車《キヨ》千万騎、朝有《ニハ》二宴飲一暮有《ニハ》レ賜《タマモノ》、中人之産数百家、未レ足レ充《アツルニ》二君《ノ》一日費《ノツイエニ》一といへるたぐひ、大君の故なくてみゆきし給ふ事をいさむるたく《こと》ひあげていひがたし。吾朝にも寛平遺誡に、北野神泉苑の御遊を《の》たびかさなるをゆるし給はず。九条殿遺誡にも、公《ヲホヤケニモ》若《モシ》私《ハワタクシニモ》無《ナキヤムコト》レ止《ノ》事之外輙《ニタヤスク》不レ可レ到《ル》二他処《ニ》一といへり。かく君も臣も故なくて遊楽する事はむかしよりいさめいましむる事なれば、雅信公も此円融院へいさめまいらせ給ふ心有て、此子日の御幸にもをくれて追て参り給ふ。和歌をも其日たてまつり給はぬ事、古事談ニしるせるがごとし。此哥の哀也と五文字にいへるは、彼古人の君をいさめ奉りし忠節を感嘆し給ふ心なるべし。むかしの人をおもふにはとは、彼諫言の浅からぬ昔人の心を感じおもふにはきのふの子日の野べにも故なく御幸あるべき事かはとなり。忠臣の心ばせ殊勝にや。此抄第一の秘訣これなり。

1439

引かへて野べのけしきはみえしかど昔を恋る松はなかりき

引かへてとは、昨日の野べのけしきよの常の折にはひきかへて興ある事は有しかど〳〵也。子日には小松を引なれば其縁語にて引かへてとあそばされし也。むかしをこふる松はなかりきとは、あまたの興は有しかど忠言のむかしを恋したふ人はなかりしに雅信公は寄特なりとの御返哥なるべし。むかしをこふる人はなかりきともあるべきを子日なれば松はなかりきと読せ給ふ、寄々妙々と云々。

1697 つくしにも紫おふるのべはあれどなき名悲しむ人ぞ聞えぬ

歌の心は野州の説の外ことなる事はなけれども、つくしにむらさきおふるのべとよませ給ふに故あるべし。允恭天皇の御宇、異国より紫草を貢す。筑紫に着《ツキ》たる故に筑紫といふ。筑は着の儀なるよし風土記にみえたり。さればつくしに紫生る野はあるべき也。ゆかりの人はあるべけれど我無実の讒言にあはせ給を悲しみ、とひてことはりたゞす人もなきを歎かせ給ふ御心なるべし。

1742 くり返しわが身のとがをもとむれば君もなき世にめぐる也けり

此哥の義も玄旨の説の外にことなる事なけれど今少委からず。行尊はうちつゞき白河院、鳥羽院の護持僧にておはしけるよし続世継物語にもみえたり。されば此哥に君とよみ給ふも此二代の内なるべけれど、詞書になければ誰にてもおはすべし。大法秘法を伝受し給ひ、大峯、葛城をはじめ諸方の霊地に苦行修行し給ひて、正しく不動明王の使者にあひなど、有験無双の身におはしませど、猶君もなき世にいきめぐり給ふをわが身の罪とがとおぼしかなしび給ふ心哀深かるべし。さしたるつみはあるまじき御身をしゐてくり返し尋ね求め給ふに、此一事也けりとの御心殊勝にや。大和物語に、僧正遍昭修行しありき給ふに、五条后順子御使をつかはして訪せ給ふ御返事に、みかど仁明かくれさせ給ひて、かしこき御かげに習ひて、おはしまさぬ世にしばしもありふべき心ちもし侍らざりしかば、かゝる山の末にこもりて死なんを期にてと思給ふるを、又なんかくあやしき事はいきめぐらひ侍るといへるによく似て、哀ふかきにや。

巻十九

熊野へまうで給ひける道に花のさかりなるを御らんじて　白河院御歌

1906

咲匂ふ花のけしきをみるからに神の心ぞ空にしらるゝ

歌の心は野州の抄にて聞え侍り。但熊野に花を神木とすべき故あり。日本紀神代上《ノ》曰《ニ》、伊弉冉尊《イザナミノミコト》生《ウミ玉フ》二火神《ヒノカミヲ》一時被レ灼《レテヤカ》而神退去矣《カミサリマシヌ》、故葬《カクシマツル》二於紀伊《キノ》国熊野《クマノ》之有馬《アリマノ》村《ニ》一焉、土俗《ヒト》祭《ルニハ》二此神《ノ》之魂《ミタマヲ》一者、花《ノ》時《ハ》亦以《ヲ》レ花祭《ル》又用《テ》二鼓吹幡旗《ツヅミフエハタヲ》一歌舞《ヒタヒマヒテ》而祭矣《ル》云々、又江談曰《ニ》、問《テ》云、熊野三所《ノ》本縁如何《ン》。被《ラレテ》レ答《ヘ》云、熊野三所《ハ》伊勢太神宮御身《ノ》云々、本宮并新宮《ニ》太神宮也《ハ》、那智《ハ》荒祭《アラマツリ》又太神宮救世《クセ》観音《ノ》御変身《ヘンシント》云々、此事民部卿俊明所《ノ》レ被レ談也云々、然るに伊勢内宮の大宮《ノ》を桜宮と申説有。続古今西行《ニ》、神風に心安くぞ任せつる桜の宮の花の盛をと読る是也。北野に桜葉宮《ノ》と申もいせ太神宮を祝へり。されば熊野ゝ神慮を花の気色の人を隔ぬに思ひよそへて読せ給ふ、故ある事なり。又熊野三所を速玉之男《ハヤタマノヲ》、事解之男《コトトケノ》、伊弉冉尊といへり。神道に説々ありて一決しがたきはよの常の儀也。口訣云《ニ》、彼日本紀に花の時は花をもて祭といふによらば、此神花をめでさせ給ふ事しられたり。されば此哥の義、咲匂ふ花の気色の面白きをみるからに神のめで給ふ心も空にしらるゝと也。是正説とすべし。我心より神慮を推量らせ給ふ也。然ども野州の説は相伝の趣なれば先抄には注し侍し。真実は此口訣私の家説とすべし。

（改丁）

右八色抄之内註口訣之処々為後学好事者
筆之畢不可有外見耳

元禄十年閏二月時正日　　北村法眼季吟

（改丁）

新古今集口訣追加

序

当《テ》二視聴《ノ》之不《ルニ》レ達有《アラン》二篇章《ノ》之猶遺《レル》一

義は抄に委。此詞に深意こもれり。作者の心をのがさま〴〵にて、さのみ執せざる哥は入て或は自讃に思へるももらせりと撰者を恨むこともあるべし。西行法師、鴫たつ沢のうた千載集にいらずと聞て、其葉（ママ）見まほしからずといひて中途より帰りくだりしたぐひもあらん。又誠に秀歌をみもらしのこして、遍昭僧正の、末の露もとの雫の哥三代集にいらで新古今集にしかも秀逸のよしにて入したぐひもあれば、其心づかひにてかくかき給へるなるべし。

春哥上

38 春の夜の夢の浮橋とだえして峯に別るゝ横雲の空

哥の義は抄に委。夢の浮橋とはたゞ夢の事也。是をうきはしといふは、夢には遥なるもろこし迄もゆき、世を隔たる堺にも行至る事、たとへば深谷を隔て、迅瀬をへだてゝも橋あれば安く渡り行故に夢を浮橋にたとへてかくいへり。そのかみ歌には、世中は夢の渡りの浮橋かうちわたしつゝ物をこそ思へと読て、夢の浮橋とつゞきし詞はなかりしを、源氏物語に始て巻の名に夢の浮橋と付しを用て定家卿かくよみ給へる也。

冬歌

613　さ夜更て声さへ寒き芦たづはいくへの霜か置まさるらん

哥にはことなる義なし。只抄に引処の朗詠の詩に霜に鶴の警を作れる事あまたあり。声々已断華表鶴菅三品夜零華表鶴呑声紀納言是皆霜の詩也。周処が風土記より露には鶴の警る事をいひて、季嶠（ママ）が露の詩等抄にひくがごとし。然ども和漢如此の違ある事是のみならず。古人の誤といふべからず。たとへば呂は陰、律は陽なるを、催馬楽に呂を陽にとり、律を陰に取に付て、和哥連哥にもりちのしらべといへば秋の季に用る類ひあまたあるにて知ぬべし。

624　のべみればおばながもとの思草かれゆく冬に成ぞしにける

此哥の思ひ草の事、抄に哥林良材一条禅閤の説を引て委注したり。但定家卿ハ龍胆枯残れるを云と落着のやうに彼良材にしるし給へる。愚案はさやうに落着の儀にはあるまじきにやと思ひ給へて侍る也。是は古今集に、秋の野ゝ尾花にまじり咲花の色にやこひん逢よしをなみとよめる、顕注ニ、尾花にまじり咲花とは薄に交り咲色々の花と読り。色に出て恋といはんとてさせる色なき花に交りて咲花とをける也云々。密勘云、此心違ひ侍らじ。薄に交る花の色々におほく侍らん。是らはとてもかくても侍りぬべき事也。秋の薄まそほの糸をくり懸たる盛りには誠に千種の花もこきまぜ侍ん。猶此哥は同事なれど、秋のゝの盛過心細げなる長月の霜の中に尾花斗残たる比、龍胆の花やかに咲出たるを尾花に交り咲花とは紫の色のゆかりを思へるにやとぞ申人侍し云々。是可知非落着儀也。

雑上

1521 有明の月の行ゑを尋てぞ野寺のかねは聞べかりける

哥の心は抄に委。野寺といふはおほぞうの野べの寺にあらず。江州鏡の宿に近き所にあり。伝教大師の開基にて山門の末寺なれば慈円僧正も此寺におはしけん比よませ給へるなるべし。余情一入なるうた也。

1723 天津風ふけいのうらにゐるたづのなどか雲ゐに帰らざるべき

此哥清正家集には紀伊守になりて還昇を願へる心也。抄にいへるがごとし。ふけいのうらは八雲御抄にも、古人の説和泉国といへり。然共増基法師廬主といふ双紙には、紀伊国吹上の浜と同所とみゆ。されば紀伊守にて読る哥に余情一入にや。廬主云、きの国の吹上の浜に泊れる夜月いと面白し。此浜は天人常に下りてあそぶといひ伝たる所也。げに所もいと面白し。今夜の空も心ぼそう哀也。乙女子が天の羽衣引つれてむべもふけいの浦におるらん、詞は吹上哥吹飯同所の故也。

（この後に「枕草子春曙抄口訣」が続き、巻末に次の奥書がある）

雖私家之深秘依懇情不浅
而不堪感心奉免御書写矣
元禄十五年陽月十四日法印季吟（「七松」の朱丸印）
河越少将殿

解題

12『八代集抄』

『八代集抄』は、北村季吟が、天和二年五月に刊行した八代集の注釈書で全百八巻五十冊。この内『新古今集』の注は、野村貴次氏の研究によれば、延宝八年九月十七日から延宝九年二月十八日までの期間に執筆されたものである。牡丹花肖柏校本の本文に基づき、各集毎にその集に関する解題を記し、師（松永貞徳）説を踏まえ、東常縁、宗祇、細川幽斎などの諸説を参照しながら、各歌の注を付している。

現存伝本は、基本的には、天和二年刊本、文政二年刊本、刊行年不明本に分類されている。千葉義孝氏の研究によれば、これらはさらに次の五種類に分けられる。

①北村季吟古注釈集成本（本書底本）

（刊記）

天和二年中夏吉辰梓行畢

北村湖春

村上勘兵衛

②陽明文庫蔵甲、乙本・岐阜大学蔵本

（刊記）

天和二年中夏吉辰梓行畢
北村書堂
村上勘兵衛

③和歌山大学紀州藩文庫本
（刊記）
天和二年中夏吉辰
京都書舗
堀川高辻上ル町
植村藤右衛門
寺町四条下ル町
植村藤次郎
江戸本石丁十軒店
植村藤三郎
求
板

④鹿児島大学蔵本
（刊記）
天和二年中夏吉辰
柏原屋佐兵衛
奈良屋長兵衛
浪華書舗
古屋助一
鶴屋源蔵
小川屋六蔵

⑤文政二年版本（千葉義孝氏旧蔵本）

（刊記）
天和二年中夏吉辰
文政二己卯年十月求之
浪華書舗
心斎橋通唐物町 河内屋太助
同南久宝寺町 河内屋直助
小川屋六蔵

三都
発行
書舗

江戸日本橋南壱丁目 須原屋茂兵衛
同　浅草茅町二丁目 同　伊八
同　日本橋通二丁目 山城屋佐兵衛
同　中橋広小路町 西宮弥兵衛
同　芝神明前 岡田屋嘉七
同　下谷池端仲町 岡村庄助
同　本銀町二丁目 永楽屋東四郎
同　十軒店 英屋大助
京都三条通御幸町角 吉野屋仁兵衛
屋張名古屋本町通 菱屋藤兵衛
大阪心斎橋唐物町南入 河内屋太助　板

同　全所　　河内屋仁助　行

①～④が天和二年版本であるが、野村貴次氏は本書の底本である①の「北村湖春」が初印、②の「北村書堂」本がそれに続き、③は天和二年の刊記を有するが実際には巻末の公告の書籍の出版年から推定して宝暦十一年から安永の中頃までに刊行されたと推定されている。但し千葉義孝氏の研究によれば、同一の刊記を持つ五十冊本の『八代集抄』でも、若干の異同のある本があり、一系統のみとは断定できない数種の版がある。

③の刊行された時期には『八代集抄』の板株は京都書林玉枝軒植村藤右兵衛（平安錦山堂）の所有になり、さらに④の巻末公告によると河内屋太助（摂陽書林森本金堂）に移り、文政年間には河内太助、仁助板行による⑤が広く全国で販売されたと思われる。⑤には、広告・書舗の異なる版もある。

『八代集抄』には、この他刊行年不明の本として二十五冊本がある他、「北村八」（千葉義孝氏は元禄頃の京都の書舗北村八郎兵衛かと推定されている）刊行の『八代集抄』百八冊などが存在したらしい。また「八色抄」とも呼ばれ、各集の表紙の色が異なる本も存在した（尾崎雅嘉「群書一覧巻四」）とされる。

本書は、新典社刊「北村季吟古注釈集成」（昭和五五年六月）本すなわち①の天和二年刊「北村湖春」本を底本にしている。

参考文献

野村貴次氏『北村季吟の人と仕事』（昭和五二年十一月　新典社）

『季吟本への道のり』（北村季吟古注釈集成別冊1　昭和五八年三月　新典社）

川村晃生氏「北村季吟の『八代集抄』」（国文学　解釈と鑑賞　昭和六一年一月）

千葉義孝氏「北村季吟の八代集注釈作業―『後拾遺和歌集』の場合―」（語文（日本大学）七十輯　昭和六三年三月）

（藤平　泉）

13『新古今和歌集口訣』

北村季吟著『八代集抄』の歌注には、所々に「口訣」「口訣有」などと、別に口伝が存することを示す注記があるが、その口伝の内容を一書にまとめたものとして『八代集口訣』がある。本編にはその中の「新古今和歌集口訣」（「追加」を含む）の部分を翻刻した。

『八代集口訣』については、既に山岸徳平氏『八代集全註1（2）』（有精堂、昭35）に翻刻と解説があり、野村貴次氏『北村季吟の人と仕事』（新典社、昭52）『季吟本への道のり』同、昭58。なお、『八代集全註』所収本についても、同書の序によると、野村氏の労に負うところが大きい由である。）でも触れられているので、以下それらの成果によりながら本書の概要を記す。

『八代集口訣』の伝本は、日本大学総合学術情報センター蔵佐藤文庫本の一本が知られるのみである。(注1)同じく季吟著『教端抄』八冊、『新勅撰和歌集口実』四冊、『万葉集口訣』三冊、『源氏物語微意』『詠歌大概拾穂抄』『十如是和歌集』各一冊とともに全て同じ装丁に仕立てられ、「古今集并歌書品々御伝受之書」と箱書する朱の塗箱に一括納められている。函架番号九一一・一〇四―K i・六八―一〇。縦二三・〇糎×横一六・九糎の袋綴一冊本で、菊花散らしの文様を織り出した梔子色の緞子の表紙中央に縦一三・一糎×横三・〇糎の金箔の題簽を貼り、「八代集口訣全」と墨書する。見返しは布目の金箔に菊花唐草文様の押型。本文の料紙は楮紙で墨付四十丁。首に一丁、尾に二丁の遊紙がある。一面八行、一首一行書き。首に「日本大学図書館蔵」の矩形朱印を押す。注記、見せ消ち等の書き入れは本文と同筆と覚しく、2の記事中の読み仮名「ニニキノミコト」と1322の記事中の傍記「後水尾法皇御説」は朱筆である。「新古今和歌集口訣」末尾（第三十丁ウ）に「右八色抄之内」以下元禄十年の奥書（本文と同筆）があり、「新古今集口訣追加」（五丁）「枕草子春曙抄口訣」（五丁）が続いた後に、「雖私家之深秘」以下の「河越少将」宛の元禄十五年の季吟自筆の奥書がある。この季吟の奥書は書式は一様ではないが、「御伝受之書」七種全てに付されており、七種は一括して河越少将柳沢吉保に献上されたものであることがわかる。さらにそれらの日付が『八代集口訣』に元禄十五年陽月十四日（『新勅撰和歌集口実』も同日の日付）とあるのを含めて、いずれも同年十月〜十一月に集中しており（但し、『詠歌大概拾穂抄』のみは日付がない）、全冊が同じ装丁で揃えられていることと併せて、「このころいっせいに書写し、仕立てられたもの」（野村氏『北村季吟の人と仕事』）とされ、同奥書は「季吟が吉保に伝授するに当って、自家所持の原本を書写することを許し、その書写本に自署したもの」（『八代集全註』解説）とみられている。

ただし、奥書については、中間にも「元禄十年閏二月時正日　北村法眼季吟」（「時正日」は春分の日）とする奥書があり、「八代集全註」の解説はこれを「吉保献上本の原本となったものの書写年代」を示すものとするが、まず、二種の奥書が意味するところを本書の内容に照らして確認しておきたい。

本書は内題がなく

後撰和歌集口訣一ヶ条（第一丁オ〜第三丁オ）

拾遺和歌集口訣四ヶ條《ママ》（第三丁ウ～第五丁ウ）
後拾遺和歌集口訣二ヶ条（第六丁オ～第十一丁オ）
千載集口訣四ヶ条（第十一丁ウ～第十四丁ウ）
新古今和歌集口訣（第十五丁オ～第三十丁ウ）
新古今集口訣追加（第三十一丁オ～第三十五丁ウ）
枕草子春曙抄口訣（第三十六丁オ～第四十丁ウ）

の如く、勅撰集ごとに口訣の数を掲げて標目とし、それぞれに口訣の内容を記している。このうち「新古今和歌集口訣」と「新古今集口訣追加」（以下『口訣』『追加』と略称）とは口訣の数が記されていないが、本文編のとおり、前者が十八個条、後者が六個条となっている。

『口訣』　1・2・380・412・570・801・925・954・990・1015・1071・1313・1322・1438・1439・（1438・1439は贈答歌）1697・1742・1906
『追加』　真名序・38・613・624・1521・1723

一方、『八代集抄』（以下『抄』と略称）の新古今集の歌注には「口訣」「口訣有」などと記して、口訣の存在を示す注記が二十四個所あり、その口訣二十四個条がここでは『口訣』と『追加』とに分かれているのである（なお、注記と口訣は数の上では一致しているが、内容の照応しないものがあり、それについては後述）。

前述の如く、元禄十年の奥書は『口訣』の後に付されており、そこでは「八色抄之内註口訣之処々」を書き記したのだとしている。つまり、この奥書の位置と内容から、『八代集口訣』は、元禄十年の時点で一旦『口訣』までの形でまとめられていたと考えられ、『口訣』の内容が二十四個条ではなく十八個条であるのは、注記のうちの「処々」を選び記した結果であることが知られる。

この奥書の後に『追加』と『枕草子春曙抄口訣』とが続くが、『追加』は、先に『口訣』から除いた六個条をここに追加したものである。おそらくこれは、元禄十五年吉保に献上するのに際して、全体を整えるべく、六個条を加えて『抄』の注に合わせたものと考えられる。

なお『枕草子春曙抄口訣』は丁数にして五丁ほどの内容でしかなく、単独で一書とするには無理なので、『八代集口訣』という外題にはそぐわないが、便宜ここに付したものであろう。

以上は二十四個所の注記と二十四個条の口訣とは一致するものとして扱ったが、実際は、『抄』の新古今集78と「雑歌」(雑上部冒頭)とには注記があるにもかかわらず、それに照応する口訣がなく、逆に『口訣』の1と『追加』の38・1723とは『抄』に注記のないものである。同じような例は「千載集口訣四ヶ条」にも見え、『抄』の千載集には五個所に注記があるが、そのうちの二個所には照応する口訣がなく、『抄』に注記のない口訣が新たに一個条加えられて四個条になっているのである。

また、これとは別に注記そのものにも問題があることが野村氏によって明らかにされている。同氏(『季吟本への道のり』)によると、『抄』の拾遺集と後拾遺集とは初印の北村湖春版と後印の北村書堂版との間に計二十八個所の改訂が行われていて、その改訂に伴って湖春版にあった「口訣」の注記が書堂版では削られている例が一例あり、それに該当する記述は『八代集口訣』にないことが報告されている。(注2)

もともと季吟本には改訂が多く(野村氏)、それは一方で季吟の古典研究の軌跡を示してもいるが、口訣に関していえば、季吟の設けた口訣は考証や先行説の批判、補正が中心であるので、自身の研究の進展に伴ってそれまでの口訣の意味が薄れて削られたり、新しく口訣が設けられたりすることが考えられる。右の後拾遺集の一例は前者に属するもので、初印版の歌注を改訂するのに伴って付随していた口訣が意味を持たなくなり、「口訣」の注記を削除したのであろう。『八代集口訣』にも取り上げておらず、結局、初印版まででこの口訣は消滅したことになる。先に指摘した新古今集（千載集も）の場合も、『抄』の注記に異同はない（野村氏）ものの、『八代集口訣』との間の相違は注記の異同に準じて扱われるべきもので、『抄』から『八代集口訣』に至る間における口訣の加除を示していると考えられる。

すなわち、元禄十年に『口訣』をまとめた時点では、全二十四個条中の六個条を口訣から除き十八個条を残したのであるが、そのうち注記を持つものは十七個条で、注記を持たない1は『抄』以後新たに加えられた口訣ということになる。その後、元禄十五年時点で、注記を持つ五個条に、新たに設けられたために注記のない口訣38・1723を加えて『追加』がまとめられたと考えられる。

さらに、個々の口訣の成立についても問題の残るものがある。

1015は『抄』の歌注に「(上略) 下に火有て湯の涌返《ワキ》るやうに人しれぬ下の思ひは涌返らんとなるべし。口決」とあるのに対して、『口訣』は、まず古今集歌を本歌とみる、『抄』とは異なる説（これが口訣の内容であろう）を示した上で、「此抄に、下に火の有て湯のわき帰るやうにといへる、よろしからぬ故口決とかきそへたり」と、この口訣が『抄』の説を修正するものであることを記す。

1015の『抄』の歌注は特に先行注に依拠している形跡もなく、季吟の自説とみられるが、それが「よからぬ故」、正説を口訣としたというのである。しかも、すでに初印本の湖春版『抄』に「口決」の注記があるので、後になって「よからぬ」ことに気づいたというのではなく、『抄』板行の時点で承知していたことになる。しかし、当初から「よからぬ」説であることを承知で『抄』に掲げることは考えにくいので、たとえば、版下から刷りに至る間に

「よろしからぬ」ことに気づき、『抄』の歌注全体を改める余裕のないまま正説を口訣とすることとして、「口決」とだけ注記したというようなことが考えられないであろうか。

　これと同じような例が『千載集口訣』にもみられ、703「八色抄の義あやまれり」、1262「抄には誤りて」と、こちらは『抄』の説を誤りだと明言したうえでそれを正している。703は『抄』に『口訣』の注記がないので、先に触れたように、後に追加された口訣と考えられるのであるが、1262は新古今集の例と同じで、新古今集の場合と同じように考えざるを得ない。

　『八代集全註』の解説が、「板本に口訣を設けた場合は、その部分の成案が、既にできてゐたとみて差支へなく、八代集の場合も「八代集抄の完成した天和元年（板行は翌二年。稿者注）ごろには、口訣もできてゐたと思われる」とするのは基本的には首肯されるが、このように、細部にはなお検討すべき問題がある。

　『抄』に付された注記で、口訣が季吟自身の設けたものであることが知られるのは、1438「此歌此集第一の秘説あり。数寄人のために口訣に残して今不註」とする一例のみで、多くは「口訣」「口訣有」のように、単に口訣が存在することを示すだけのものであるが、それらも季吟の説けた口訣であると考えられている。しかし、1071「師説此説裏説あり、口訣云々」、1322「師説口伝云々」のような注記もあり、確認を要する。

1071の場合、『口訣』は同歌が古今集・恋二・躬恒の「我恋は」に依拠していることを説くが、それが師説すなわち松永貞徳の説であるかどうかについては触れていない。一方、『百人一首拾穂抄』の同歌の注には、「(上略＝幽斎『百人一首抄』の説を引く）師説云、此歌は、わが恋は行ゑもしらずはてもなしあふをかぎりとおもふばかりぞといへるうたの心ばへより出たるなり」と、同じく躬恒歌に依拠していることを説き、それが師説であることを記している。『口訣』の記述はこれとよく付合しており、『抄』の注記にいう「裏説」であるかどうかは確かめ得ないが、師説によっている点は認めてよいように思われる。

1322の『口訣』は、まず朝忠歌を吟味した上で同歌を本歌とする1322の趣向について説き、『抄』に引いた「古説」（幽斎『増補本新古今和歌集聞書』）が本歌に言及していないので「此口訣を別に伝受にし」たのだというが、やはりそれが師説であるかどうかについては触れていない。また『詠歌大概拾穂抄』（吉保献上本の一つ）も幽斎著『詠歌大概抄』の注説を引くのにとどまっている。ところが、季吟と同門の加藤磐斎著『新古今集増抄』にも「口伝のある歌なり、村はぎと村と云字に義を付べし、ことこのむ人のために筆にあらはしはべらず也」とあり、ここでは「村と云字」の特別の意味を口伝としており、『口訣』にいう説とは異なっている。もっとも、同歌については「此歌種々の義あるよし承及ぬ」（宗祇『詠歌大概註』）、「重々ある歌なり」（『増補本新古今和歌集聞書』）などと見え、諸説があったらしいので、磐斎の場合も貞徳の口伝とは断じ得ない。因に『新古今増抄』にはこれ以外にも「秘伝」「口伝」と注する歌が散見し、季吟の口訣歌と一致するものもあるが、口伝の内容は秘しており、師伝であるかどうかについても触れない。結局、1322が師伝によるものかどうかについては確認し得ないのであるが、先行説の不備を補うという記述態度は、他の口訣のそれと共通するものであり、季吟自身の設けたものとみるのが妥当のように思われる。あるいは、師伝とは別に季吟自身にも口訣があり、それをここに記したのであろうか。

このように、なお慎重を要する点もあるが、少数にとどまっており、仮に師伝であるとすれば、季吟の口訣はそれらを含む形で成り立っているということになろう。

ここでは当面の対象である新古今集の口訣を取り上げたが、954「（『抄』に引く）野州の説に、さやとはさやうにはといふ詞なりとばかり註して、委余意をことはらぬを口訣に伝侍し」という記述に顕著にみられるように、端的にいえば、ここでの口訣は、『抄』の補説としての色合いが濃い。そして、当然のことながら、それが家説として伝えられるものであることは1906「野州の説は相伝の趣なれば先抄には注し侍し。真実は此口訣私の家説とすべし」（「此口訣」は一義的には1906のそれであるが、全体に及ぼし得る）という記述に明言されている。

また、この前半部分は、野州常縁の説（及びその他の先行諸説）に対する季吟の見方や『抄』の注釈のあり方を知るうえで示唆に富む。

このように、口訣はその内容じたいはもとより、季吟の注釈を考えるうえでも興味深い資料といえるのであるが、ここでは本文の提供が第一義であるので、書誌的事項の紹介を中心に問題点を指摘することで解題としたい。

注

1 野村氏『北村季吟の人と仕事』の指摘のように、北村家の遺物目録に「八色抄春曙抄口訣」の記載があるが、存否を確認していない。なお、同目録は、祇王小学校編『北村季吟』（同小学校、昭30）所収。

2 千葉義孝氏『後拾遺集時代歌人の研究』（勉誠社、平3）によれば、同氏架蔵本は湖春版よりも早い刷りと考えられ、『抄』の板本はさらに精査する必要がある。

（青木賢豪）

新古今集古注集成の会

代　表　片山　享

近世旧注編編集委員　大取一馬・兼築信行

青木賢豪・赤瀬信吾・荒木　尚・池尾和也・石川泰水・大取一馬・尾崎知光・片山　享・兼築信行・
蒲原義明・岸田依子・藏中さやか・黒川昌享・後藤重郎・小林　強・近藤美奈子・高橋万希子・
武井和人・田中康二・田中幹子・寺島恒世・藤平　泉・村井俊司・安井重雄・余語敏男

新古今集古注集成 近世旧注編 3

2000年2月29日 第1刷発行

編 者 新古今集古注集成の会
代表 片山 享©
発行者 池 田 つや子
発行所 有限会社笠間書院
東京都千代田区猿楽町2－2－5
興新ビル 〒101－0064
電話 03(3295)1331 FAX 03(3294)0996

ISBN4-305-60154-0 モリモト印刷・渡辺製本
落丁・乱丁本はお取替えいたします。 (本文用紙：中性紙使用)